EL LIBRO DE GABRIEL

VANIR FICTION

LENA VALENTI

EL LIBRO DE GABRIEL

SAGA VANIR, IV

EDITORIAL VANIR
EV

Primera edición: Septiembre 2011

Diseño de la colección: Valen Bailon
Corrección morfosintáctica y estilística:
Miriam Galán Tamarit
miriamgalancp@hotmail.com
De la imagen de la cubierta y la contracubierta:
Shutterstock y Fotolia (© Serguei Kovalev)
Del diseño de la cubierta: ©Lorena Cabo Montero, 2011
Del texto: Lena Valenti, 2011
www.sagavanir.com
De esta edición: Editorial Vanir, 2010

Editorial Vanir
www.editorialvanir.com
valenbailon@editorialvanir.com
Barcelona

ISBN: 978-84-938170-8-4
Depósito legal: B. 28.642-2011
Impreso y encuadernado por: PUBLIDISA

EL LIBRO DE GABRIEL. SAGAVANIR, IV

Gracias

¡Que viene! ¡Que viene! ¡Huh! ¡Huh!
Cuatro libros en poco más de un año y medio... ¡Caray! ¿Quién me lo iba a decir? Esto empezó como un juego y ahora es toda una realidad.
Es tan difícil llegar hasta aquí, y hay un trabajo tan arduo detrás, que no me queda otra que agradecer. Parece que esté siempre dando las gracias pero es lo único que me sale.
Gracias a mis talifanas, a todas, sin excepción, por acompañarme y permanecer a mi lado con tanta alegría en esta gran aventura. Gracias por agitar la bandera Vanir allá por donde vais.
Gracias a Lorena y Emejota. Chicas, ¿qué puedo decir? Me quito el sombrero y me inclino. Vuestro trabajo y vuestra dedicación en el FORO SAGA VANIR es impagable. Quien es bueno de verdad atrae cosas buenas a su alrededor. Por eso el foro es genial y está lleno de buenísima gente. Sois las mejores, *nonnes.*
Como sabéis, la Saga Vanir se va a expandir, y es gracias a varias personas que voy a nombrar:
Gracias a Rebecca Beltrán, ex-editora de PLAZA & JANÉS, por tu simpatía, tu energía y tu profesionalidad. Por fijarte en mí y por tratarnos tan bien. Hoy estamos con RANDOM HOUSE MONDADORI gracias a ti.
Gracias a Justyna Rzewuska y César Cañete, el *Foreign Rights Team.* No podemos estar en mejores manos. Es imposible. ¡Alemania y Bulgaria, *here we go!* ¿Vendrán más? ¿Quién sabe?
Gracias a Juan Díaz, director de DEBOLSILLO, por tu trato tan cordial y por darnos la posibilidad de llegar a más sitios a través del sello *BEST SELLER.*
Gracias a Silvia, Álvaro, Annabel, Ana... ¡Qué ganas tengo de ver el juego! Sois maravillosos y con una creatividad sin parangón.
Gracias a mis amigos y a mi familia. Vosotros hacéis que esto no se desmadre. Quiero dedicar muy especialmente este libro a mis hermanas, Raquel, Gema y Laura, unas valkyrias de pies a cabeza.

Y por último: gracias a Valen Bailon. ¿Qué te puedo decir que no te hayan dicho ya? Que eres un fuera de serie. El mejor. Que sabes muy bien cómo proceder y cómo sacar partido a las cosas. Contigo nada puede ir mal, es lo que pasa cuando hay tanta competencia y tanta inteligencia social en una sola persona. Lo que has hecho en tan poco tiempo no lo hace nadie.

Y, después de esto, sólo me queda deciros que disfrutéis de esta historia que habla de regresos, prejuicios, segundas oportunidades, miedos, risas, rayos y centellas. Los einherjars y las valkyrias también quieren jugar, y estos no se andan con chiquitas.
Si sois valientes y entendéis que los libros son siempre algo más, más que hojas y papeles, más que nombres y recomendaciones, más que premios o reconocimientos, entonces, abrazad *El libro de Gabriel* y dejad que encienda la «chispa» de vuestro corazón.
¡Mordiscos!

Lena

«El amor sólo descansa cuando muere. Un amor vivo es un amor en conflicto.»

PAULO COELHO. *Las Valkirias*

«Usted puede quitarle al hombre sus dioses, sólo dándole otros.»

CARL JUNG

«Sin pasión, el hombre sólo es una fuerza latente que espera una posibilidad, como el pedernal el choque del hierro, para lanzar chispas de luz.»

HENRY F. AMIEL

Er du veldig glad og vet det,
Ja så klapp
Er du veldig glad og vet det,
Ja så klapp
Er du veldig glad og vet det,
Så la alle menn'sker se det
Er du veldig glad og vet det,
Ja, så klapp.

Si eres feliz y lo sabes,
bate las manos
Si eres feliz y lo sabes,
bate las manos
Si eres feliz y lo sabes,
que me lo diga tu cara
Si eres feliz y lo sabes,
bate las manos

NANA DE FREYJA
A LAS VALKYRIAS RECIÉN NACIDAS

PRÓLOGO

Dice la profecía de la vidente:

«Habrá una batalla final entre las fuerzas celestes y las del Inframundo. Será una lucha encarnizada que dará origen y final a los tiempos conocidos. Ésta será la última guerra en la que los dioses llegarán a su ocaso y donde demonios y humanos perecerán en el día llamado "El final de los tiempos", el *Ragnarök*».

En la visión de la *völva,* Odín, conocido como «el Padre de todos», moría a manos del lobo Fenrir, liderado por Loki. Se desataba el caos y la humanidad desaparecía. De los dioses escandinavos, sólo Njörd regresaba a Vanenheim de nuevo. El resto moría en la guerra contra las fuerzas del Mal.

Después de tan oscuro presagio, la völva hablaba del resurgir de un nuevo amanecer. Un futuro más brillante en un nuevo mundo.

El Ragnarök se origina cuando Loki, hijo de los gigantes Farbauti y Laufey, que una vez había sido proclamado hermano de sangre por Odín, más tarde declarado enemigo acérrimo del mismo y nombrado «El Traidor» por todos los dioses, se niega a arrodillarse ante la raza inferior humana. Odín quiere que los humanos evolucionen y lleguen a convertirse en maestros de sus propios maestros, pero Loki se niega a dar una oportunidad a la humanidad, pues, según él, no merecen tal misericordia.

Cuando el dios Aesir escuchó de boca de la vidente el poema profético sobre su destino, decidió tomar cartas en el asunto para que aquello no sucediera. No podía permitir que la profecía se cumpliera, él no podía desaparecer, la humanidad no podía ser aniquilada, así que secuestró a Loki, «el Origen de todo mal», del Jotunheim, y lo encarceló en el Asgard en una cárcel invisible de rocas de cristal. Odín ya sabía que nadie podía fiarse de Loki pues era un timador, un dios transformista que adoptaba mil caras distintas cuando mejor le convenía. Él mismo había sufrido de la peor manera las artimañas de tamaño engañador y su querido hijo Balder había perdido la vida debido a sus maquinaciones.

Sin embargo, Loki, a través de uno de sus famosos engaños, se escapó de la cárcel y descendió al Midgard, la Tierra, para reírse de la humanidad y truncar el proyecto de Odín.

Fue entonces cuando las dos familias del panteón escandinavo que habían vivido enemistados en otros tiempos, los Aesir, liderados por Odín, y los Vanir, liderados por Freyja, unieron sus fuerzas de nuevo y crearon a los berserkers y a los vanirios para proteger a la humanidad de las fechorías de Loki, el hijo de los Jotuns.

Odín fue el primero que escogió a sus guerreros einherjars, vikingos inmortales, y los tocó con su lanza otorgándoles el Od, la furia animal, convirtiéndolos así en guerreros berserkers con semejanzas genéticas e instintivas a la de los lobos, su animal favorito. Los hizo descender a la Tierra con el objetivo de mantener a Loki a raya, y durante un tiempo fue posible; pero las mujeres humanas eran muy atrayentes para ellos, así que mantuvieron relaciones sexuales e hibridaron la raza pura berserker.

El dios gigante Loki consiguió llevar a su terreno a algunos de los híbridos, ya que al ser de naturaleza semihumana eran mucho más débiles y susceptibles a las promesas y a los deseos que él les ofrecía a cambio de unirse a sus filas. Transformó a todos los que se fueron con él en lobeznos, seres abominables y sedientos de sangre que podían parecer humanos, pero que, al mutar, se convertían en auténticos monstruos asesinos, los llamados hombres lobo. Loki conseguía de esa manera mofarse de Odín y de su creación.

El Midgard entonces se descontroló. Cada vez eran menos los berserkers hibridados capaces de ignorar y negar a Loki. La Tierra entraba en una época convulsa de oscuridad y guerra donde no había cabida para la luz ni la esperanza.

Fue en aquel momento cuando los Vanir, al ver el escaso éxito que había tenido Odín para mantener a Loki a raya, apoyaron al dios Aesir y crearon una raza propia de guerreros que además les pudiera representar en la Tierra. Sin embargo, los Vanir no tenían conocimiento sobre manipulación de armas ni tampoco sobre guerra. Ellos eran los dioses de la belleza, el amor, el arte, la fecundidad, la sensualidad y la magia: no sabían nada de destrucción. Así que hicieron una criba con los guerreros humanos más poderosos de la tierra y los mutaron, otorgándoles dones sobrenaturales.

Los dioses Vanir Njörd, Frey y Freyja escogieron a miembros de algunos clanes humanos que entonces poblaban la tierra, y a cada uno les otorgó dones fascinantes. Pero también, temerosos de que alguna vez pudieran sobrepasarles en poderes, les dieron alguna que otra debilidad.

Así nacieron los vanirios, seres que una vez fueron humanos y a quienes los dioses añadieron una fuerza sobrenatural convirtiéndolos en hombres y mujeres inmortales. Eran telépatas, telequinésicos, podían hablar con los animales, podían volar y tenían colmillos como sus creadores Vanir; pero no podían caminar bajo el sol y además soportarían el tormento de la cruz del hambre eterna hasta que encontraran a sus parejas de vida, hombres y mujeres especiales capaces de entregarles todo aquello que sus corazones anhelaran. Pero Loki, conocedor de la insaciable sed vaniria, también les tentó ofreciéndoles una vida en la que el hambre podría solventarse sin remordimientos de conciencia. A cambio, ellos sólo tendrían que entregarle su alma y unirse a su ejército de jotuns. Los más débiles, aquellos que se plegaron a su oferta, aceptaron el trato y se convirtieron en vampiros, seres egoístas que absorben la vida y la sangre humana. Asesinos.

Ahora, ante el refuerzo y la ofensiva de Loki y su séquito, los vanirios y los berserkers que no se han vendido a él se verán obligados a aparcar todas sus diferencias y a permanecer unidos para luchar contra todos aquellos que se han confabulado para conseguir que el Ragnarök llegue a la Tierra y se pueda destruir así a la humanidad.

No obstante, en la lucha encarnizada contra el Mal, ni siquiera la ayuda de estas dos razas de seres inmortales es suficiente para la causa. Los vanirios y los berserkers son fuertes, pero necesitan aliados ahora que se acerca el ocaso de la Tierra.

Muchos humanos de almas oscuras que están a la orden de Loki han unido sus fuerzas, sabedores de que el *Ragnarök* se aproxima; según ellos, la Tierra se rige por ciclos, y el ciclo final debe llegar cuanto antes para que su dios, Loki, haga llegar un nuevo día. Durante siglos, han creado sectas y organizaciones que estudian, secuestran y maltratan a seres como los vanirios y los berserkers, y no conformes con eso, intentan provocar esa apertura dimensional, esa puerta a través de la cual Loki podría entrar a nuestro mundo y sumirlo para siempre en la oscuridad. Organizaciones como Newscientists, la Secta Lokasenna, brujos y hechiceros, lobeznos, vampiros y escoria humana han decidido provocar ese parto planetario antes de tiempo a través de la manipulación de mentes privilegiadas de geólogos y físicos cuánticos. Y es algo que Odín y Freyja han decidido evitar a toda costa.

Hasta ahora, los dioses no podían interceder directamente en el plan evolutivo de la humanidad y esperaban una señal, un acontecimiento, la llegada de un nuevo guerrero que desencadenara la jugada maestra y empezara a mover las fichas.

Ese momento ha llegado.

La diosa Vanir y el dios Aesir enviarán a la Tierra a todos los ejércitos del *Asgard* y del *Vanenheïm*, en un intento desesperado de igualar las fuerzas y echar una mano a vanirios y berserkers.

Freyja dará carta blanca a sus valkyrias para que por fin desciendan a la Tierra e implanten su ley. Estas mujeres guerreras son despiadadas, caprichosas y letales, y han permanecido en el *Víngolf* junto a Freyja desde el momento en que fueron concebidas y dotadas de sus dones. La diosa les va a dar la oportunidad de liberar su frustración y abrazar de una vez por todas su ansiada libertad, aunque para ello tengan que arriesgarse y dejar atrás la protección que los muros del *Valhall* les había dado.

Odín, a su vez, enviará a sus *einherjars*, aquellos guerreros inmortales que no ha transformado en berserkers. Estos guerreros habían sido una vez humanos, y entregaron su vida honorablemente en defensa de los suyos y de los dioses. Ahora son hombres poderosos, con grandes dones, y están dispuestos a todo con tal de luchar en nombre de Odín.

El destino de la humanidad está en manos de estos seres, y ni siquiera el tapiz de las *nornas* en el que se lee el destino es claro en cuanto al final que de la raza humana se refiere. No obstante, los dioses saben que si el ser humano pierde esta batalla desaparecerán con ellos, y eso no lo van a permitir. Hay demasiado en juego.

Pero ni siquiera estos guerreros que van a luchar por la humanidad están a salvo de la energía de la Tierra. Una energía que se mueve a través del amor, el odio, la rabia, la compasión y el sexo. El ser humano es visceral, igual que la realidad en la que vive. Valkyrias y einherjars bajarán de los cielos para defendernos, pero ¿cómo se defenderán ellos de un planeta tan cargado de emociones? ¿Protegerán sus corazones?

El tapiz del destino no está acabado, y cada movimiento que se haga en la Tierra lo transforma y le da nuevos colores y nuevas formas. Cada acción tendrá una reacción. No hay mayores estrategas que los dioses, pero incluso ellos no están seguros de ganar la partida contra Loki porque: ¿Qué importan los planes cuando estás en una realidad tan imprevisible y voluble como la nuestra?

Unos nos defienden, los otros nos atacan.

Unos esperan nuestra aniquilación, y los otros se sienten obligados a defendernos y luchan por nuestra salvación, sin ser conscientes de que mientras nos salvan, alguno de nosotros también puede salvarlos a ellos.

Los humanos somos la raza débil, estamos justo en medio, viviendo nuestras propias vidas, ignorantes de aquello que nos rodea. Pero incluso la raza menor puede dar lecciones a las razas superiores, como por ejemplo que en la guerra y en la venganza el más débil es siempre el más feroz.

La batalla final entre el Bien y el Mal lleva labrándose desde hace tiempo, pero esta vez, las pasiones, los anhelos, la amistad, el corazón, el amor y la valentía, serán factores decisivos en su desenlace.

El *Ragnarök* se acerca.

Y tú, ¿de parte de quién estás?

En el corazón de la Saga Vanir, una nueva raza de guerreros llega al Midgard.

No existe la luz sin la oscuridad.

No se concibe el bien sin el mal.

No hay perdón sin ofensa.

No hay redención sin rendición.

En un mundo de opuestos en el que vivimos, unos seres inmortales vienen a protegernos no sólo de Loki, sino también de nosotros mismos.

La línea entre lo que es bueno y lo que no es muy subjetiva, demasiado fina para nosotros, pero invisible para seres que desde hace milenios están luchando por una raza humana que demuestra muy pocos escrúpulos en todas sus acciones y decisiones. ¿Merecemos ser salvados?

Todo es posible.
Todo está permitido.
Y todo es más real de lo que creemos.
Ésta es la Saga Vanir.
Bienvenidos al mundo de Lena Valenti.

I

Valhall. Residencia de las valkyrias

Los seres humanos miran al cielo y no ven más que un techo de color azul, moteado de nubes y a veces estrellas, si es que se paran a observarlas. ¿Hay algo más ahí arriba? ¿Alguien nos observa? ¿Es vacío e infinito? Nadie está dispuesto a creer por creer, a eso se le llama fe, y la gente ha dejado de soñar y tener esperanza y mucho menos creer en aquello que no puede ver. No obstante, sólo hay que echar un vistazo a las historias mitológicas de todas las culturas para darse cuenta de que todas están inspiradas en una gran verdad. Somos lo que somos porque alguien por encima de nosotros bajó de los cielos y nos lo enseñó todo. Y si toda esa información está grabada en piedras o en papiros o en libros antiguos y milenarios, entonces forma parte de nuestra memoria histórica, una que nos lleva a un punto común, seamos de la religión que seamos, nos hayan enseñado a creer o no, y es la siguiente: no estamos solos y nunca lo hemos estado.

De eso daban fe las valkyrias y los einherjars que se habían congregado en el Valhall. Los dioses habían anunciado la posible llegada de un guerrero esperado por todos e iban a darle una calurosa bienvenida.

Se reunían en el Víngolf, hogar de las valkyrias, un impresionante palacio de marfil rodeado de ríos y cascadas de aguas cristalinas. El cielo era rosáceo, las estrellas brillaban y se movían fulgurantes de un lado al otro, y alguna que otra ave de especie desconocida volaba en círculos sobre las cabezas de los allí presentes. El palacio Víngolf tenía más de quinientas cuarenta puertas, tan grandes cada una, que en un momento podían entrar y salir a través de ellas más de seis cientos cuarenta mil cuatrocientos guerreros. Eran muchos los que allí vivían, sin embargo, según la profecía de la *völva*, no serían suficientes para vencer en el *Ragnarök*.

Todas las valkyrias se hallaban en el patio central de semejante fortín celestial.

Para recibir a los guerreros caídos, se habían disfrazado de águilas y cuervos, en representación de las aves fetiche de Odín que veían todo desde las alturas.

Todos los hombres muertos en el Midgard que habían sacrificado sus vidas por el plan y la humanidad encontraban su lugar de reposo en el Valhall. Allí, el dios Aesir y la diosa Vanir, junto con sus ejércitos celestiales, esperaban la llegada de los caídos y los acogían en sus filas.

Entre las valkyrias que allí se reunían, se hallaban tres muy importantes para Freyja y para Odín: Gúnnr, Róta y Bryn.

Era un día muy especial para las tres.

Bryn, «la salvaje», por fin iba a conocer al supuesto superior al mando que iba a tener en el *Ragnarök*, ya que se decía que ese guerrero iba a liderar a los einherjars y a las valkyrias en la batalla final, y Bryn, era la líder de las valkyrias, la Generala, así le gustaba que la llamaran. Por tanto, Bryn trabajaría codo con codo con él, y lo haría lo mejor posible porque ella era muy competente y se comprometía al cien por cien con todo.

Por su parte, Róta siempre había sido considerada entre sus hermanas como «aquella que todo lo ve», simplemente porque tenía el don de la psicometría muy desarrollado, ése que permite localizar personas u objetos de personas a través del tacto de algo familiar o relacionado con ellos. Róta y Gúnnr habían hecho una prueba, algo que tenía relación con la segunda. La llegada de ese guerrero demostraría si lo que había visto Róta sobre Gúnnr era o no era cierto.

Y por último, Gúnnr, «la dulce», deseaba encontrar al guerrero que antes de morir había mirado al cielo y había clavado sus ojos en ella.

Cuando un humano moría honorablemente y clavaba su mirada moribunda en las nubes, entregaba su alma a una valkyria, y ésta se convertía en la encargada de mimarlo, cuidarlo y recuperarlo en el Valhall. Gúnnr había sentido los ojos azules oscuros e insondables del hombre fijos en ella y cómo ese guerrero se entregaba a sus cuidados voluntariamente. Y eso nunca le había pasado. De hecho, era un milagro de las *nornas,* porque no creía que nadie pudiera encomendarse a ella, ya que ella no era una valkyria corriente. Muchas de las valkyrias ahí reunidas tenían a sus propios guerreros, pero ella no, y confiaba en que había una razón para ello; además, la verdad era que nunca había sentido ni la necesidad ni el llamado de ningún guerrero hasta hacía unos días. Gúnnr no se consideraba una valkyria al uso. Tenía buena puntería con las flechas, pero no era una mujer guerrera. Sus hermanas se lo decían continuamente:

—Gúnnr, quédate cerca de mí y no te alejes —le decía Bryn en las reyertas con los jotuns del Jotunheïm—. Corre cuando yo lo diga. Agáchate. Escóndete.

Todas la protegían porque estaba defectuosa. Las valkyrias necesitaban la furia para luchar, y ella no sentía furia de ninguna de las maneras, y aquello era una contradicción porque su nombre significaba «Furia».

Sus hermanas, que eran todas muy apasionadas y luchadoras, sobre todo Bryn, intentaban hacerla rabiar algunas veces para ver si así, por fin, ella sacaba las garras y explotaba, pero sus tretas no funcionaban. Y además, era la niña mimada de Freyja, y la diosa siempre la protegía.

En realidad, Freyja quería mucho a sus valkyrias, pero si había un ojito derecho para ella, ésa era Gúnnr. Incluso la diosa daba por hecho que Gúnnr tenía más esencia de elfa que de valkyria, y aun así no le importaba, la quería más debido a eso.

Las elfas eran conocidas por su dulzura y su serenidad. Las valkyrias eran conocidas en el Asgard porque todas estaban locas, eran temperamentales, sangrientas y muy caprichosas.

Gúnnr sabía que, de todas sus hermanas, ella era la que más sentido común tenía. No sentía ningún tipo de atracción por los diamantes, bueno, no demasiado, y además no era nada temperamental, más bien al contrario, era tranquilizadora y de carácter muy suave y sosegado.

¿Qué fallaba en ella?

—Muy bien, aguilucho —susurró Róta con su voz ronca y sexy, inclinándose para hablarle al oído. Róta era más alta que ella—: Te apuesto un gofre cubierto de nata y tu DVD de *El diario de Noa* a que el ratoncito que nos traen para comer va directo a tu nidito.

Gúnnr medio sonrió y se mordió el labio. Róta siempre la hacía reír. Para Róta, los guerreros caídos que llegaban eran como ratoncitos, un alimento para las águilas. Las valkyrias eran las águilas, por supuesto.

—Te apuesto el gofre, pero el DVD ni en broma —contestó ella girándose para mirarla por encima del hombro—. Además, Róta, dudo mucho que alguien me reclamara. Tuvo que ser un error, algo creado por mi mente.

Róta era la valkyria más sensual del Valhall. Tenía unas curvas espectaculares, una cintura de avispa que mataba y un pecho que podía amamantar a una jauría de hombres. Era una beldad de pelo muy rojo y ojos azules muy claros; tenía unos labios que hacían mohínes sin quererlo, y eso ya era el colmo de las injusticias porque la mujer era bonita incluso sin proponérselo; las mejillas sonrosadas y unas cejas en forma de arco de un ligero tono más oscuro que el pelo le daban un toque femenino y destructor. Y tenía un pequeño lunar sobre la mejilla, justo un dedo por debajo de la comisura del ojo izquierdo. Incluso vestida como estaba, con el gorro en forma de pico de cuervo sobre su cabeza y toda ella cubierta con plumas negras que, por cierto, cubrían lo justo, era bonita. El Asgard era cruel e igual de injusto que el Midgard.

—¿Por qué pareces una mujer de escándalo y yo en cambio parezco un escándalo de espantapájaros? —le preguntó Gúnnr, ofendida.

Róta se echó a reír y le dio un golpecito en el pico de águila que había sobre su cabeza.

—¿Qué te pasa hoy, aguilucho? ¿Te sientes insegura por algo?

Gúnnr puso sus ojos azabaches en blanco y negó con la cabeza moviendo graciosamente su pelo color chocolate. Cruzó sus brazos llenos de plumas marrones y miró al frente.

—Qué pesada eres, por Freyja... —Gruñó—. Bryn, ¿puedes sacarme al pajarraco de encima?

Miró a su otra hermana rubia, de pelo rizado y largo, con unos ojos tan grandes y claros como el cielo, su nariz chata y unos labios voluptuosos. Bryn parecía un ángel, pero su carácter y su ansia de guerra la convertían en un ángel del infierno. Gúnnr se enorgullecía de ella porque toda esa necesidad de lucha y violencia la empleaba siempre para proteger a sus hermanas, sobre todo a ella, que era la que menos furia tenía. Menos o nada. Cero, en realidad.

—Dale oro —contestó Bryn encogiéndos de hombros—. Los cuervos se pirran por el oro —guiñó un ojo a Róta.

—Oye, que tú también vas de cuervo —se quejó Róta mirándose las plumas, disgustada—. Odín está loco. Insiste en disfrazarnos de pajarracos cuando tenemos que recibir a nuestros guerreros. Pensarán que en vez de valkyrias somos un atajo de locas salidas de uno de esos carnavales que celebran en el Midgard. No sé cómo Freyja lo permite —apostilló indignada.

—Odín es un hedonista —contestó Bryn entre dientes—. Le encantan sus cuervos.

—¿Munin y Hugin? —Gúnnr frunció el ceño—. Tengo la sensación de que esos dos cuervos están poseídos por loros, no dejan de hablar con Odín.

Róta y Bryn se echaron a reír.

—Al menos nuestros einherjars no van de urracas —susurró Róta mirando a los hombres con interés.

Los guerreros einherjars iban a recibir a un nuevo hermano, uno muy especial. Todos llevaban sus ropas de guerra. Unas hombreras metálicas con cintas de cuero negro que les rodeaban los musculosos bíceps y el torso descubierto. Sus piernas iban cubiertas con unos pantalones ajustados marrones oscuros y llevaban rodilleras plateadas y botas de cuero negro con hebillas y punteras plateadas. Y unas esclavas de titanio en los antebrazos que se convertían en sendas espadas. Eran un cruce entre espartanos y moteros, y todos tenían cicatrices de guerras antiguas que las valkyrias y la inmortalidad les habían hecho cicatrizar. Llevaban una lanza en honor a Odín en sus manos.

—Son sexis, no me digáis que no —comentó la valkyria de pelo rojo con una sonrisa aduladora.

De repente se hizo el silencio.

En el centro del Víngolf, en una plataforma circular de mármol negro, aparecieron Odín y Freyja.

El dios iba con una túnica negra que cubría su inmenso cuerpo, y su pelo rubio y largo estaba medio recogido. Lucía un parche de cuero negro en el ojo derecho y una barba muy bien cortada. Era un hombre con una espalda enorme y unos brazos muy musculosos. En cada hombro había un cuervo y parecía que le susurraban cosas al oído. Odín se sentó en una trona dorada y miró a los presentes.

—Mira los loritos —le dijo Róta en voz baja a Gúnnr, refiriéndose a los cuervos que ella odiaba.

Gúnnr sonrió y se centró en Freyja. La diosa vestía una túnica roja transparente que dejaba muy poco a la imaginación. Sus ojos grises y rasgados parecían divertidos cuando estudiaron a los cuervos. Se giró, miró a todas las valkyrias y les sonrió con dulzura. Luego se dio la vuelta de nuevo para encarar a Odín y lo saludó con cara de hastío. En el Asgard se comentaba que Odín y Freyja se deseaban tanto como se odiaban, era uno de esos secretos a voces que los dioses comentaban entre susurros.

Freyja se colocó la larga melena rubia sobre un hombro y carraspeó mientras tomaba asiento al lado de Odín.

—Frígida —murmuró el dios en voz baja a modo de saludo.

—Travesti —contestó mordazmente la diosa.

Freyja y Odín en representación de los Vanir y los Aesir, las dos familias más poderosas del panteón escandinavo, recibían a todos aquellos guerreros muertos en batalla. La tradición era invitar a Bragi, hijo de Odín con la giganta Gunlod. Era el dios de la poesía y de los bardos, y un aesir muy sabio.

Cuando el guerrero caído llegaba al Valhall, Bragi se acercaba a él y le daba la bienvenida cortesmente y le ofrecía un trago de ambrosía, bebida que le otorgaba la inmortalidad y le permitía vivir en el Asgard.

Bragi entró en escena; llevaba un arpa en las manos, el pelo rubio recogido en una coleta alta y una barba un tanto oblicua que cubría su mandíbula cuadrada. Vestía con una túnica marrón e iba con un calzado de tiras de piel.

Odín saludó a su hijo con un gesto de barbilla y Freyja bostezó y miró hacia otro lado. Entonces, por detrás del trono de Freyja, aparecieron dos tigres de Bengala blancos, felinos de inconmensurable belleza. Gúnnr sonrió al verlos, adoraba a esos gatos y sabía que Freyja no dejaba que nadie los tocara excepto ella.

Bragi miró a los felinos de reojo y luego alzó una ceja para mirar a la diosa:

—Supongo que ya les has dado de comer, Freyja —dijo Bragi.

—Mis gatitos están muy bien cuidados y, de todos modos, no tienes por qué preocuparte. Si tienen hambre ya les he dicho que primero vayan a por los tuertos. —Se tapó la boca y abrió los ojos mirando a Odín—. ¡Ups! ¿Lo he dicho en voz alta? —Sonrió abiertamente—. No recordaba que sólo había uno en todo el Valhall.

Odín chasqueó con la lengua mientras intentaba no sonreír, y miraba medio aburrido a su hijo. Súbitamente, el dios Aesir se levantó de la trona y miró al frente. El espectacular cielo del Valhall se cubrió de luces de todos los colores, y cientos de truenos y una brisa llena de electricidad agitó a los presentes.

Gúnnr miró hacia el centro de aquella sala de mármol negro que había al aire libre. Unas majestuosas columnas blancas con las esculturas de los dioses la rodeaban.

¿Quién vendría? ¿Quién sería? ¿Se trataba de él? «No puedes pensar en esas cosas, Gúnnr. Sabes que tienes un defectillo como valkyria, y por eso no puedes convocar a tu guerrero. Es imposible que haya un guerrero para recibir tus cuidados. Imposible», se dijo a sí misma. «Lo que viste no fue real». Con ese pensamiento, tragó saliva y cuadró los hombros. Sus ojos azules oscuros se clavaron en el trueno que hizo crepitar el suelo y las columnas del patio del Víngolf, un trueno que ahora levitaba en el centro de aquel mágico lugar. La luz azulada y brillante habría cegado y quemado a cualquiera, pero ellos no eran humanos, eran inmortales.

El trueno nacía en un agujero en el cielo del Valhall y caía como una liana hasta el Víngolf. Del cielo descendió una valkyria espectacular, vestida con ropa negra y plateada. Tenía a un hombre que medía y pesaba casi el doble que ella. El humano tenía la cabeza echada hacia atrás y los brazos caían laxos a los lados. La valkyria miró a Gúnnr. Con sus ojos marrones rojizos y su boca en forma de beso, sonrió enigmática mientras su pelo corto, castaño y en capa se movía de un lado al otro debido a la energía electrostática. Tenía las mejillas sonrosadas y los ojos brillantes.

Gúnnr frunció el cejo. ¿Qué le pasaba? Parecía como si al bajar al Midgard algo la hubiese afectado.

—Cómo le gusta sobreactuar a Nanna. Me encanta —dijo Róta con un suspiro.

Nanna se sostenía al trueno con una mano y con la otra aguantaba al guerrero.

El hombre era rubio y tenía el pelo rizado, algo largo y precioso. Gúnnr no le veía bien las facciones, pero cuando la cara se volteó a un lado, la joven valkyria se quedó de piedra.

El rostro de ese chico eran tan bello y dulce… Parecía un griego. Las cejas rubias y en forma de arco, los pómulos altos, la barbilla cuadrada y una mandíbula marcada. La nariz patricia y una boca tan suculenta y masculina que podían llegarla a hipnotizar. Gúnnr se estremeció al verlo y sus orejas puntiagudas temblaron y se pusieron en alerta. No podía ser.

Bryn la miró y se acercó a ella, siempre tan protectora.

—¿Estás bien? —le preguntó preocupada.

—No, no está nada bien —dijo Róta orgullosa de sí misma—. Gúnnr, me debes un gofre a rebosar de nata. Es él.

Gúnnr tragó saliva y reculó asustada.

Nanna dejó el cuerpo del hombre de largas extremidades en el suelo. Dio dos pasos atrás con sus largas piernas y se retiró, quedándose al margen y mirando de frente a los dioses.

Cuando Bragi se acercó con la copa llena de ambrosía para dársela al guerrero, Freyja lo detuvo. La diosa alzó la mano y miró a sus valkyrias:

—Un momento —exclamó—. Hoy es un día especial. Lo haremos de otro modo. ¿Ninguna de mis hijas reclama a este hombre? —Preguntó en voz alta.

Un murmullo sordo se levantó en el Víngolf. Gúnnr se estremeció de nuevo y miró a Róta, asustada. Róta entrelazó los dedos con ella para transmitirle seguridad. Eso nunca sucedía así. La bienvenida al guerrero era cosa de Bragi. El guerrero bebía y recibía las palabras del dios poeta. Luego, recibía el beso de Freyja y el don *Druht* de Odín, que lo convertía en einherjar, y al final, la valkyria se lo llevaba al Víngolf y lo resarcía de su cruel muerte.

—Dilo —le susurró Róta.

—¿Qué? —Dijo Gúnnr negando reiteradamente—. No.

—Dilo —la animó de nuevo en voz baja. Sus ojos azules sonreían—. ¿Qué pierdes con ello? ¿Lo haces por el gofre? —preguntó frustrada—. No pasa nada por perder de vez en cuando, Gunny.

—No seas absurda. No lo hago por eso.

La diosa se levantó y a Gúnnr las orejas volvieron a temblarle.

—Es el guerrero que esperábamos —afirmó Freyja—. Esta vez, la bienvenida y la ambrosía las entregará su valkyria. ¿A quién se ha entregado este hombre? —gritó, y clavó sus ojos grises en Gúnnr. Sonrió y esperó a que la valkyria diera un paso adelante. Al ver que no contestaba, Freyja se encogió de hombros y decidió provocar a su joven guerrera—. ¿Acaso tengo que elegir yo quién será su cuidadora? —Miró a sus mujeres y las repasó una a una.

Gúnnr apretó la muñeca de Róta y ésta frunció el cejo y se quejó.

—¡Gúnnr! —exclamó en voz baja—. Me estás haciendo daño.

—No. —Dijo Gúnnr para sí misma. "No puede haber otra cuidadora". "Nadie más puede hacerse cargo de él". Apretó la muñeca de Róta con más fuerza.

—Gúnnr, suéltale la mano —dijo Bryn tomando la otra muñeca de su hermana valkyria.

Freyja se acercó a una valkyria de pelo negro y muy corto. Era alta y delgada y tenía un trasero perfecto. Era Prúdr, la hija de Thor.

Gúnnr sintió la bilis en la garganta al pensar que ese hombre rubio que había en el suelo pudiera caer en manos de ella. Gúnnr y Prúdr no se llevaban nada bien. La hija de Thor era soberbia y creída. No. Ni hablar. Ella no se la iba a llevar.

Era él. Era el hombre que se había encomendado a ella. Sólo quería ver sus ojos para acabar de comprobarlo. Pero, ¿por qué estaba tan asustada? Fácil. No era valiente.

—¡Levántale la mano, Bryn! —exclamó Róta por lo bajini.

—¿Qué? —La rubia la miró por encima de la cabeza de Gúnnr—. ¿Qué dices?

—¡La mano, joder! ¡La mano! —Exclamó Róta frustrada, intentando liberarse de las garras de la pequeña y repentinamente fuerte Gúnnr—. ¡Levántasela!

Bryn pidió perdón a Gúnnr con los ojos, y sin saber por qué, obedeció a Róta. Levantó su mano y todas las miradas se clavaron en ellas.

Freyja las encaró y Bryn empujó a Gúnnr para que diera un paso al frente.

—Gúnnr, ¿eres tú? —Preguntó Freyja con voz inocente y alzando las cejas con fingida sorpresa—. Dulce Gúnnr, acércate.

Gúnnr recuperó la consciencia cuando Róta volvió a empujarle para que caminara hasta ella. ¿Qué le había pasado? ¿Por qué se había paralizado?

Miles de ojos estaban clavados en su persona. Y no le gustaba ser el centro de atención. Ella, a diferencia de sus dos hermanas, iba de águila. Tenía plumas por todo el cuerpo y dos alas majestuosas le cubrían los brazos. Sus largas piernas se veían bronceadas y llevaba un calzado plano de tiras romanas. Un vestido con corsé marrón levantaba sus pechos y moldeaba su cintura y sus caderas de manera insolente. Su pelo color chocolate brillaba suelto y salvaje y sus ojos azules oscuros chispeaban sexis y desafiantes, aunque ella no fuera consciente de la provocación de su mirada.

Freyja sonrió al ver cómo se acercaba. Gúnnr no tenía ni idea de cómo la miraban los hombres. Era un caramelito, uno de esos lascivos y suculentos azucarillos que ponían cachondo a cualquiera. En ella veían inocencia y pureza, mucha dulzura, algo que corromper y manosear. Para la diosa, la belleza de Gúnnr era única y exclusiva, era cautivadora porque tocaba el corazón y no la polla. Gúnnr inspiraba, por eso Bragi, secretamente, estaba obsesionado con ella, y eso que el dios poeta estaba casado con Idúnn. «Cosas de palacio», pensó Freyja.

Gúnnr se colocó delante de la diosa y alzó la barbilla para encararla.

—No has levantado la mano. —La reprendió Freyja en voz baja, para que nadie la escuchara.

Gúnnr no bajó la mirada.

—Es verdad, no lo he hecho.

—¿Por qué? ¿Si esto es tuyo por qué no has levantado la mano, valkyria? —Se acercó más para que nadie la oyera—. ¿No es este el guerrero que has reclamado, Gunny?

Gúnnr achicó los ojos.

—¿Cómo lo sabes?

—Lo sé todo —contestó como si todavía no entendiera por qué la gente no captaba ese detalle—. Eres una valkyria, Gúnnr. Métetelo en la cabeza.

—Todavía no sé por qué soy una valkyria, Freyja —replicó confundida—. Lo único que sé hacer bien es mover mis orejas puntiagudas. No soy fuerte ni poderosa como las demás, y es imposible que un hombre —señaló al guerrero con un movimiento de su puntiaguda barbilla—, se haya encomendado a mí. Si casi no sé cuidar de mí misma, diosa.

—Por eso quiero que te quedes con él. Él no entenderá por qué es el guerrero que esperamos. Sois ideales el uno para el otro. Gúnnr —puso las manos sobre sus hombros llenos de plumas—, a ver cómo te lo explico: él es tu trabajo y yo no acepto un no por respuesta. Las valkyrias reciben a sus guerreros y les cuidan y les ayudan en todo lo que ellos necesiten. Sólo tienes que hacer eso.

—Él no querrá estar conmigo. Es el guerrero por antonomasia, Freyja. Tiene ojos, verá a otras valkyrias más fuertes y más experimentadas que yo y…

—Tú eres Gúnnr. No te hace falta nada más. No me cabrees y haz lo que te ordeno —sus ojos grises se convirtieron en mercurio, señal de que su humor estaba cambiando—. ¿Tienes lo que hay que tener o te devuelvo al Midgard, Gúnnr?

Gúnnr se horrorizó al oír eso. Devolver al Midgard a una valkyria era lo más atroz que podía hacerse. Se le arrebataban los dones y la inmortalidad, y se la trataba como a un humano más. No. Eso era horrible.

Gúnnr se apretó el puente de la nariz. Ni siquiera era una furia y ¿tenía que hacerse cargo del guerrero más importante de los einherjars? ¿De su líder? ¿Ella? ¿Y si fracasaba? Por los dioses, le iba a dar un ataque de ansiedad ahí mismo.

—Además, recuerda que ha sido él quien te ha llamado —le dijo Freyja acercándole la copa de Bragi—. Toma, pequeña. Bautízale, dale de beber ambrosía y entrégale su nuevo nombre. Y por Nerthus, Gúnnr, saca las garras de una puta vez.

Aquel consejo estaba lleno de entusiasmo, pensó Gúnnr, y de cansancio, también. Si Freyja supiera que tenía tantas ganas de ponerse furiosa como ella esperaba…

Lentamente, se acercó a aquel hombre. Era bastante grande. Tenía cara de melancolía y bondad. Fantástico. Era fantástico.

—Dale ambrosía de tu propia boca, Gúnnr —ordenó Freyja con un brillo malicioso en sus ojos plateados.

La joven se detuvo en seco y clavó los dedos en la copa hasta que se le pusieron los nudillos blancos.

—¿Cómo has dicho? —Bueno, no sería un beso, ¿no? Ella nunca había besado a nadie.

—Vierte el líquido en tu boca y pásaselo a él. ¿Me has oído, Gunny? —Freyja sabía que para alguien tan tímido como Gúnnr aquello era llevarla al límite. Y lo haría delante de todos. La valkyria tenía que despertar.

—Sí, Freyja —dijo con un hilo de voz. Agachó la mirada y arrastró los pies hasta llegar a aquel rubio con cara de niño bueno. Cara de ángel.

Las valkyrias adoraban a Freyja, ella adoraba a Freyja, pero a veces sus jueguecitos no le gustaban nada. Era la primera vez que una valkyria iba a dar la bienvenida en público a un guerrero, pero ese no era cualquier guerrero y encima tenía que darle de beber la ambrosía de sus labios. Róta y Bryn tenían que estar partiéndose de la risa.

Los ojos de aquel hombre estaban cerrados y su apetecible boca lucía semiabierta. Gúnnr se dejó caer de rodillas y se llevó la copa a la boca. Se la llenó de aquel líquido dulce y revitalizador, dador de vida. Coló su mano por debajo de la nuca del rubito y le alzó la cabeza hasta apoyársela en las rodillas. «Qué guapo eres», pensó acariciándole inconscientemente la cabeza. «Perdóname, lo haré lo mejor que sepa para que nunca te arrepientas de tu elección», se armó de valor y cubrió su boca con la suya, vertiendo el líquido poco a poco en su interior.

Algo dulce le tocó la lengua. Era una sensación líquida, fría y fuerte. Descendió por su garganta y se internó en su estómago. ¿Cómo podía ser consciente de eso? ¿Cómo podía darse cuenta del momento justo en el que su corazón bombeó de nuevo? Los músculos sintieron un impulso eléctrico y sus extremidades se movieron en un seguido de espasmos débiles. Fuera lo que fuese lo que bebía, le gustaba. ¿Podría ser ella? ¿Podría ser que Daanna McKenna, la vaniria, le estuviera alimentando con su sangre para salvarlo? Deseó con todas sus fuerzas que así fuera, porque eso implicaba que ella sentía algo por él y que le estaba dando una oportunidad.

Joder, su vida había sido una locura. Su cerebro hizo un *flashback* de sus recuerdos.

En el mundo existían seres llamados vanirios y berserkers, creaciones de los dioses nórdicos para proteger a los humanos de un dios caído llamado Loki. Las dos razas eran la versión buena de los vampiros y de los hombres lobo. Y, para más inri, Aileen, una de sus mejores amigas había resultado ser una mezcla entre las dos razas ancestrales creadas por los dioses escandinavos, y ahora estaba unida a Caleb McKenna, el líder del clan vanirio de la Black Country. Y la otra, Ruth, era la Cazadora de almas, una sacerdotisa de la diosa Nerthus. A lo mejor, si lo que estaba bebiendo en ese momento era la sangre de Daanna, él podría convertirse en vanirio y ser tan especial como ellas. Tenía que serlo porque no quería dejarlas solas en sus batallas. ¿Tendría esa suerte? ¿Sería que Daanna, la Elegida, lo estaba eligiendo a él en vez de al sanador del clan vanirio? No se lo podía creer. ¿Sería posible? Daanna quería a Menw McCloud, un rubio muy peligroso de su clan, entonces, ¿por qué coño estaba haciendo eso?

Él había muerto. Lo sabía. Había muerto protegiendo a Ruth, y protegiendo a los gemelos, sobrinos de Adam, el chamán del clan berserker de Wolverhampton, el hombre del que estaba enamorada su amiga. En el intento por defenderla de una berserker traidora que quería sacrificarlos, Margött —así se llamaba la zorra que le había asesinado— le había desgarrado la garganta. Las berserkers eran muy fuertes y rápidas y, lamentablemente, él no había tenido ninguna posibilidad como humano.

Recordaba haber muerto. Recordaba la oscuridad y el frío. El dolor. El vacío. Y las lágrimas de Ruth. Joder, todavía le dolía verla llorar así. No importaba, en cuanto abriera los ojos la buscaría y la abrazaría para demostrarle que no se podía acabar con él tan fácilmente.

El líquido era refrescante, y sintió que los labios le hormigueaban. Una cálida sensación bañó su boca.

Era un beso. Contacto de boca a boca. Era Daanna, sin duda, la suavidad de una mujer y la ternura de alguien tan perfecta como ella. Sonrió y abrió los ojos con lentitud.

Ante él, unos ojos muy grandes y aniñados de color azabache, un negro azulado precioso, lo estaban mirando con cautela. El pelo color chocolate les cubría a ambos. No eran las facciones de su Daanna, eran las facciones suaves y elegantes de un duende de orejas puntiagudas. Y colmillos, advirtió, colmillos pequeños y también afilados que asomban entre el labio superior. Caray, era muy bonita pero…

—¿Daanna? —dijo abrumado por el calor que desprendían los ojos de aquella mujer—. ¿Eres tú, preciosidad? —alzó la mano para acariciarle la mejilla sonrosada.

Gúnnr carraspeó, obligándose a salir de aquella ensoñación. Sintió un chispazo en su interior, como algo que hacía contacto y se preparaba para encender un motor que, por la falta de uso, estaba frío y dormido.

—No. No soy Daanna —contestó roja como un tomate—. ¿Cuál es tu nombre?

—Ga-Gabriel. ¿Estás segura de que no eres Daanna?

—Gabriel —repitió ella saboreando el nombre en su lengua—. No sé quién es Daanna. —Inclinó la cabeza a un lado y sus ojos azules oscuros lanzaron una mirada acerada que se apresuró a ocultar. ¿Qué había sido ese chispazo?—. Ya ha abierto los ojos —gritó a la multitud, perdiendo el contacto con su mirada y colocando su cabeza en el suelo negro.

Gabriel frunció el ceño y se levantó con cautela.

—No. Tú no eres ella —murmuró con la voz todavía dormida. Se llevó la mano a la garganta y notó cómo la carne abierta cicatrizaba y se cerraba. ¿Qué estaba pasando? Sintió que aquel líquido poderoso insuflaba vida y energía en su cuerpo. Su sangre circulaba con fuerza y se sentía eufórico. Miró a su alrededor.

¿Dónde estaba? Había miles de personas en aquel lugar. Las mujeres iban disfrazadas de pájaros. Los hombres parecían espartanos. Enfrente había un hombre con un arpa y una barba muy rara a punto de empezar un salmo. Y tras él, una pareja, altísimos los dos y rubísimos. Él tenía dos cuervos en los hombros y un parche en el ojo. Ella acariciaba a dos tigres blancos de rayas negras enormes. ¿Y qué era aquello que había en un altar? ¿Una cabra? Una cabra que estaba llenando palanganas de oro como si se tratara de un barril de cerveza, y no era leche lo que la cabra sacaba de sus ubres.

Sacudió la cabeza y se llevó las manos al pelo. Buscó a la mujer que lo había besado. Lo miraba con cara de preocupación, como si estuviera avergonzada, y se apretaba las manos nerviosamente. ¿Era un gorro con un pico de águila lo que llevaba en la cabeza?

—¿Estoy en un puto zoo? ¿Es un sueño post mórtem?

—¿Ha dicho «puto zoo»? —gritó Bragi, ofendido, tocando secamente una cuerda de su arpa. La nota vibró fuertemente.

Se hizo el silencio. Uno tenso, de esos que se cortan con un cuchillo.

El rubio enorme, con el parche en el ojo, negó con la cabeza y se acercó a él.

—Bienvenido, einherjar. ¿Sabes dónde estás?

Gabriel se había especializado en un crédito universitario de mitología escandinava. De alguna manera, desde que había llegado a Londres para ver a su amiga Aileen y se habían ido acometiendo todos los sucesos como la aparición de vanirios, berserkers, dioses, hombres lobo y vampiros, él lo había comprendido todo dentro de sus posibilidades. Sus dos últimos meses en tierra habían sido maravillosos y reveladores. Sabía cuál era la jerga de los dioses y conocía a todas las familias del panteón nórdico. Entendía qué movía el *Ragnarök*, y conocía los nueve mundos. Ese hombre con un parche en el ojo, con un parecido sospechoso a Odín, le había llamado einherjar, guerrero inmortal.

Estaba a un paso de ser poseído por el dios de la histeria. Pero él sabía cómo controlar la histeria. Cahal McCloud, uno de los vanirios de la Black Country que estaba muy versado en las artes orientales de la meditación, se lo había enseñado. Se basaba en modular la respiración, en controlarla. Tomó una inspiración lenta y profunda e intentó relajarse. Echó mano de todos sus conocimientos.

El líquido que le habían dado le había despertado el cerebro y podía recordar muchísimas cosas más de las que recordaba cuando estaba vivo. Joder, había muerto. Muerto. Qué fuerte.

Se le llenaron los ojos de lágrimas. Quería ver de nuevo a sus amigas, asegurarse de que estaban bien. Quería asegurarse de que Ruth y Aileen vivían y que las estaban cuidando como se merecían. Quería ver a Daanna feliz.

—Dame un momento —se apretó el puente de la nariz y cerró los ojos con fuerza. Necesitaba entereza para hablar con ese dios.

—Qué mono —susurró Freyja acariciando la cabeza de su enorme gatito.

Gúnnr sintió el dolor del hombre como suyo y se estremeció.

—Contrólate, tío —se decía Gabriel a sí mismo. Cuando abrió los ojos, focalizó y registró en su cabeza todo lo que había a su alrededor—. Esto es un palacio…

—Sí —le interrumpió Gúnnr deseosa de ayudarle—. Es el Víngolf.

—El Víngolf… —repitió Gabriel pasándose la mano por la cara y despeinándose el pelo rizado por todos lados. «Bien. ¿Qué había en el Víngolf? Venga, recuerda, recuerda». Se golpeaba la frente.

—Valkyrias —contestó Gúnnr con las manos entrelazadas y medio sonriendo—. ¿Ves? —se levantó el pelo y le enseñó sus orejas.

Gabriel miró a aquella joven y sonrió al ver el movimiento de sus orejas puntiagudas.

—De acuerdo, valkyrias —susurró más relajado. Miró al rubio enorme vestido con una túnica negra—. Creo que tú, el del parche, eres Odín. La de los gatos enormes es Freyja. Si no me equivoco, el del arpa es Bragi, hijo de uno de tus rollos con una giganta cuyo nombre no recuerdo... —Freyja se echó a reír ante aquel comentario—. Y todos los que nos rodean disfrazados de pájaros y guerreros son valkyrias y einherjars.

Freyja saltó de alegría y dio palmadas eufórica como una niña.

—¡Te adoro! —gritó feliz—. ¡Éste me encanta, vikingo! —tomó del brazo a Odín y lo apretó con las manos.

Gúnnr se rió y Odín miró con adoración a Freyja, en uno de esos momentos extraños que a veces emergía de la nada entre ellos. Pero, tal y como vino se fue.

—Gabriel, te he rescatado del Midgard porque has entregado tu vida por la Cazadora. Y la Cazadora es de los nuestros —aclaró el dios Aesir—. Has luchado en nuestro nombre.

—Quiero a Ruth, es mi amiga, es de los míos —contestó Gabriel solemne—. Ella merece mi vida.

Gúnnr se incomodó ante esas palabras, pero siguió obervando de arriba abajo al einherjar. Se llamaba Gabriel, como el ángel.

—Eres honorable, guerrero —le aseguró Odín—. La cuestión es que esperábamos la llegada de alguien que se entregara desinteresadamente por el ser humano. Alguien que fuera un ejemplo. Un hombre que entendiera cuál era nuestra filosofía y nuestra razón de ser y que conociera a los clanes que ya hay en la tierra. Ese alguien ya ha llegado y comandará nuestros ejércitos de einherjars y valkyrias en el *Ragnarök.*

Gabriel apretó la mandíbula.

—¿No estarás hablando de mí, no? —era imposible que se refiriera a él. Él era un don nadie, un sabiondo lleno de musculitos que nunca había sido la primera elección de nadie. Él no era importante.

—Por supuesto que hablo de ti. Has estudiado mitología escandinava, entregaste tu vida por la continuación del plan. Fue muy importante que salvaras a la Cazadora, Gabriel. Y tú eres el único que puede hacer que nuestro plan continúe.

—Entonces, ¿salvé a Ruth? —Preguntó emocionado—. ¿No le

hicieron...? ¿No le hicieron daño?

—No. Tu intervención fue determinante —contestó Odín con orgullo.

—¿Y Aileen? ¿Y los niños? ¿Todos están bien?

—Gracias a ti, sí.

Gabriel asintió y agachó la cabeza para que no vieran cómo lloraba. Era la mejor noticia que podía recibir en su muerte. Sus amigos eran su familia y para él eran lo mejor que tenía en su vida. Cuando se tranquilizó, levantó la cabeza y se secó las lágrimas con el antebrazo.

—Dices que puedo hacer que vuestro plan continúe. Pero esto es un retiro, ¿no? Es como un cielo. Si me quedo aquí, ¿cómo se supone que puedo hacer que vuestro plan siga adelante?

Freyja se situó al lado de Gabriel y lo miró fijamente:

—El guerrero que lucha por nosotros, merece un deseo en el Valhall. Un deseo para alguien del Midgard. ¿Cuál es tu deseo, guerrero? Piénsalo bien y sorpréndenos. No valen deseos como «la paz mundial», y cosas de esas..., porque en el Midgard eso no funciona.

Gabriel se quedó pensativo. Un deseo. Miró en el interior de su corazón y lo primero que vino a su mente fueron los ojos divertidos y ambarinos de Ruth, y los lilas espléndidos de Aileen, pero ellas ya estaban bien y tenían quien las cuidara y se hiciera cargo de ellas. Entonces, le vino una morena de ojos verdes espectaculares y cara de diosa: Daanna. Ella lo estaba pasando mal, y aunque él iba a estar enamorado de ella durante toda la eternidad, justamente porque la quería, deseaba lo mejor para ella. Y lo mejor para su Daanna era que Menw y ella tuvieran su segunda oportunidad porque, por lo visto, la primera había sido un desastre.

—Quiero que mi Daanna tenga la ocasión de enmendar las cosas con Menw. Quiero que ellos tengan la oportunidad de arreglarse o si no, tengo la sensación de que será demasiado tarde para ambos.

Odín miró a Freyja y ésta sonrió con orgullo. La diosa tomó a Gabriel de la cara y lo besó en los labios. Era el beso de Freyja, la bienvenida a su casa. Una señal de que aceptaba que el guerrero einherjar fuera cuidado por una de sus valkyrias.

Gúnnr miró hacia otro lado con el rostro impasible, ése que ella sabía poner a la perfección.

Gabriel estaba disfrutando de ese beso.

Odín tomó a Freyja del codo y la apartó de él, censurándola con la mirada. Sorprendida, Freyja lo señaló con el dedo.

—Dile a ese ojo que no me mire así —ordenó con fingida ofensa. Miró por última vez a Odín y se echó a reír—. Nos toca mover ficha, vikingo.

Gabriel sonreía como un tonto, observando cómo Freyja se alejaba para sentarse en su trono. Entonces, Odín decidió marcarle con su lanza y grabar el *Druht* en él. La punta de la lanza le quemó en el centro del pecho y Gabriel gritó al sentir la quemazón. Cayó de rodillas y sintió el poder cómo recorría su cuerpo. El *Druht* era el don que otorgaba Odín a los einherjars; la fuerza bruta, la velocidad y la estrategia, así como algunos conocimientos sobre la magia. Los músculos de Gabriel se afilaron, su cuerpo convulsionó. La camiseta se desintegró de su cuerpo y un tatuaje inmenso en forma de alas angélicas y tribales cubrió su espalda. Unas anchas esclavas de titanio rodearon sus antebrazos por arte de magia. Su pelo rubio se aclaró ligeramente y sus ojos cambiaron alternativamente del azul oscuro al color de las llamas, del fuego. Naranjas, amarillos y rojos todos mezclados.

Gúnnr corrió a su lado y se arrodilló, sin tocarlo, sólo haciéndole compañía.

—El dolor no durará —le dijo con voz dulce—. Sólo acéptalo.

—Bienvenido a mi mundo, Gabriel —dijo Odín mirándole desde las alturas—. Te mataron en la tierra, pero he querido darte esta segunda oportunidad por tu valentía. Eres mi einherjar y vas a liderar mi ejército en el *Ragnarök*. ¿Lo aceptas?

Gabriel tenía las venas del cuello hinchadas y hacía titánicos esfuerzos por no gritarle y ponerlo a parir. ¿El dolor y la sensación de que las llamas te quemen el cuerpo era necesario?

Gúnnr puso una mano sobre su hombro. Gabriel la miró y la valkyria sonrió dándole fuerzas. De alguna manera, el toque de esa chica lo había tranquilizado y le había calmado la abrasión de la lanza.

—¿Aceptas el don que te otorgo, Gabriel? —repitió Odín.

El *Druht* le había entregado el valor y había anulado de él el miedo. Gabriel se sentía como nunca se había sentido. Poderoso y seguro de sí mismo. No sabía lo que podía implicar ser el einherjar líder de Odín, pero por su dios, lo haría. Él era su padre. El padre de todos.

—Lo haré, Odín —se incorporó poco a poco y se levantó. Cara a cara con Odín no le perdió la mirada en ningún momento—. Me entrego a ti.

Odín asintió y miró a Gúnnr.

—Dale un nombre, valkyria.

Gúnnr miró su espalda. Había estudiado su aspecto, y sus ojos azules estaban llenos de bondad. Había sido un hombre bueno y había querido mucho a sus amigos. Gabriel iba a ser sobre todo un mensajero de Odín, uno de sus máximos representantes en el Midgard. Recordó haber estudiado que, en hebreo, ángel significaba «mensajero». Las valkyrias adoraban los idiomas y a veces competían para ver quiénes sabían más.

Gabriel levantó una ceja y miró a la joven valkyria con diversión.

—Nada de motes, valkyria —le susurró guiñándole un ojo—. Y olvídate de Valerianos, Sigfridos y Brígidos... No me gustan.

Gúnnr se quedó parada al oír cómo le había llamado «valkyria». Sonrió. Y lo hizo abiertamente, haciendo que dos hoyuelos arrebatadores se dibujaran en sus mejillas. Sí, podía ser su valkyria. La de él y nadie más, a no ser que él la rechazara. Miró sus ojos azules que todavía chispeaban con naranjas, amarillos y rojos. Estaban llenos de gentileza y ternura. Y lo supo. Supo que podía cuidar de Gabriel sin ningún problema, porque él era un buen hombre, tenía un alma transparente y no iba a hacerle sentir jamás incómoda. Era puro en su interior. Y se llamaba Gabriel.

—Quiero llamarle *Engel*.

—Ángel —Odín meditó el nombre—. Mmm... sí, me gusta —asintió—. El ángel Gabriel. Es cursi..., pero me gusta.

Le ofreció la mano a Gabriel y éste le tomó del antebrazo. Odín, complacido con ese gesto, tomó el suyo.

—Sé cómo se saludan los berserkers —le recordó Gabriel—. He aprendido mucho de ellos.

—Entonces, espero que sepas lo duro que va a ser esto, Engel. Empieza tu formación y también tu recuperación. Este es tu momento, todo lo que has hecho como humano, lo bueno y lo malo, te ha llevado a este instante, a este ahora. Ahora eres hijo mío, eres de los nuestros. Esta es tu familia —señaló a Gúnnr y a todos los allí presentes—. Deberás estar preparado para cuando te necesitemos.

—Así va a ser Odín. Podéis contar conmigo.

Odín asintió conforme, y lo miró intensamente.

—¿Por qué? ¿Por qué ha sido tan fácil?

—Porque prefiero esto que la mierda de la Tierra. No me gustan los humanos.

—Tus amigas lo son.

—No. Mi amiga Aileen es una híbrida, mi amiga Ruth es una cazadora de almas inmortal, y la mujer que quiero es una vaniria. No hay rastro de humanidad en ellas. Digamos que prefiero vivir aquí.

—¿Por qué, Gabriel? —preguntó el dios con interés—. ¿Y tus padres? ¿Tu familia?

Gabriel se encogió de hombros.

—No se puede vivir para aquellos con los que no se querría vivir, y la humanidad está podrida. No me importa defenderlos, Odín, pero sabiendo qué soy y quién soy. Ya no soy humano —aclaró mirando a Gúnnr de reojo—. No tengo que aguantarlos.

—Será peor. Tendrás que protegerles. Y no podemos cambiarles, son como son.

—No me importa. Nunca traté de cambiar a nadie, nunca traté de obligar a las personas a ser quienes no eran. Precisamente, gracias a eso, hoy conozco al ser humano.

—Me alegra saberlo —el dios le golpeó el hombro en un gesto amistoso—. Pero ¿sabes qué? Tú nos has devuelto la fe en ellos. A lo mejor hay más como tú ahí abajo, y también necesitan ser salvados. Intentaremos que no mueran antes.

Gabriel asintió.

—¿Qué opinas de tu valkyria? Ella va a ser quien te informe y está a tu disposición para todo lo que desees.

Gabriel miró a Gúnnr como si fuera su hermana pequeña y a ella no le gustó nada aquella mirada tan falta de interés. Pero la aceptó. Sí, mejor, así nunca habrían problemas mayores.

—Me gusta —sonrió educadamente—. Seremos buenos amigos, ¿verdad?

Gúnnr asintió con complicidad.

—Cómo desees, Engel —agachó la cabeza en señal de respeto.

Odín se dirigió a Bragi y pidió que diera la bienvenida pública a Gabriel. El dios poeta obedeció inmediatamente, cerró los ojos y esperó a que llegara la inspiración. Alzó una mano y todos escucharon con atención:

—*Det har skjedd så mye siden sist!!!*[1] —Los einherjars vitorearon e hicieron chocar las lanzas contra el suelo y las valkyrias gritaron y aullaron como ellos—. Ahí va mi bienvenida:

Dicen que en la Tierra hay humanos,
Que nunca ofrecen al prójimo la mano.
Dicen que Loki todas las almas ha podrido,
y que el tiempo en nombre de la humanidad es perdido.
Pero hoy digo que un guerrero ha llegado
Uno que implantará un nuevo legado.
Uno transparente, fuerte y puro
Capaz de ver la luz en el camino más oscuro.
Demos la bienvenida a nuestro líder alado,
Un ángel sangriento que luchará de nuestro lado.

—¡Por Gabriel, nuestro *Engel!*

—¡Por Gabriel! —tronaron todos.

1. *Det har skjedd sa mye siden sist!*: ¡Ha pasado tanto desde la última vez!

II

Un año después en el Valhall

Gúnnr lo había dispuesto todo para la llegada de Gabriel.

En el Víngolf, todas las valkyrias se preparaban para la llegada de sus guerreros einherjars.

En el Valhall, los einherjars se entrenaban cada día, lo hacían a todas horas. Así pasaban el tiempo. Entrenando para el *Ragnarök*. Después de las peleas se iban a beber hidromiel, y por último, llegaban al Víngolf para que los mimaran. Luchaban entre ellos y se herían, no les importaba la multitud de cortes o heridas aparatosas que pudieran lucir en su cuerpo. Ellos sabían que luego tenían su ansiada recompensa. Las valkyrias les cuidarían y les ayudarían a sanar.

Aquellas que habían sido reclamadas, como Gúnnr, podían disponer de su guerrero, a solas. Y las que no, podían repartirse en grupo y ayudar a las elegidas en sus cuidados.

Gúnnr había decidido que no quería ayuda de ningún tipo. Ella podía con Gabriel. No necesitaba que manos que no fueran las de ella lo tocaran y lo resarcieran. Ésa era su misión y lo que ella adoraba hacer. Así que no necesitaba ayuda, ni la necesitaba ni lo soportaría. Se tomaba el trabajo muy en serio y era consciente del papel tan importante que le tocaba desempeñar con Gabriel. Y su Engel era algo primordial para ella.

Quería al guerrero de pelo rubio, largo y rizado; lo quería mucho, de una manera extraña, de un modo que no entendía y que le hacía arder las entrañas. Se habían hecho muy buenos amigos, había confianza entre ellos y, aunque no habían tratado temas muy personales ni se habían hecho grandes revelaciones, había un nudo invisible y fuerte entre ambos, uno que los unía.

Repasó toda la sala. En el suelo de marfil blanco se había dispuesto una manta de seda negra. Sobre ella, un puñado de cojines dorados y rojos. Había una fuente llena de frutas exóticas, fresas, papayas, uvas, cocos…, y un cuenco lleno de aceite perfumado para masaje. La chimenea estaba encendida, el fuego crepitaba suavemente, e iba a poner la música favorita de Gabriel. La canción de *Far and away* de Enya empezó a sonar. Sonrió. A ella también le gustaba mucho lo que creaba esa humana. Era una voz celestial.

Las velas se mecieron al ritmo de la música, iluminaban el salón y le daban un cariz muy acogedor. Los salones del Víngolf se diseñaban ellos solos según el humor de las valkyrias. Gúnnr sólo tenía que fijar una imagen en su mente e imaginarse cómo quería la sala aquel día. Algunas de sus hermanas utilizaban imágenes del Midgard; islas desérticas, campos llenos de flores, hermosas vistas con acantilados... Pero ella no. Ella prefería algo más cálido, más íntimo.

—Gunny, ¿no te pasas con el aceite? —preguntó Róta a sus espaldas, moviendo la nariz y husmeando el aire.

Gúnnr resopló y se giró enfurruñada.

—Róta, aléjate ahora mismo de aquí —Sus ojos de ese extraño color negro azulado refulgieron amenazantes.

Róta se echó a reír y levantó una ceja roja.

—Eres demasiado posesiva con él. Compártelo, mujer —la picó ella.

—No hay nada que compartir. El Engel lo prefiere así, Róta.

—¿Te lo ha dicho?

—No. Pero... Lo sé.

—¿Y cómo lo sabes? —Puso sus manos sobre las caderas mientras estudiaba a su hermana.

—Lo sé.

—¿Instinto de valkyria? —Achicó los ojos azules como el mar—. ¿Estás despertando, Gúnnr?

Gúnnr no contestó y se limitó a recolocar las velas quisquillosamente.

Orden. El orden le gustaba. El orden era control. Sabía dónde estaba todo, cómo colocarlo todo. Sabía lo que a él le gustaba, y aquello era genial porque no había cabida para el error. Gúnnr se limitaba a obedecer y a satisfacer los deseos de Gabriel. Y lo estaba haciendo muy bien porque, de momento, él no se había quejado. Sí, el Engel estaba contento con ella. Y ella lo estaba con él.

Róta le había preguntado si estaba despertando. No lo sabía. Había cosas en su interior que se removían, se agitaban y la ponían nerviosa.

Sensaciones que nunca antes había experimentado. Sensaciones que tenían que ver con ese hombre rubio y adorable que venía a ella cada día desde hacía poco más de un año del Asgard.

Gabriel. El guerrero que la estaba volviendo loca de remate y robándole horas de sueño. No dejaba de pensar en él.

—Llegará en cualquier momento —Gúnnr cuadró los hombros, se giró de nuevo y sonrió al ver el atuendo tan sexi que llevaba Róta.

Las valkyrias recibían a sus guerreros casi desnudas. Róta llevaba un short negro tan corto que parecía un cinturón, y un wonderbra espectacular casi transparente del mismo color.

—Gabriel tardará un ratito en venir —informó Róta como quien no quiere la cosa.

—¿Cómo lo sabes?

—Está hablando con Nanna acerca de un brillante que se le cayó al Engel en el Midgard cuando ella lo recogió y lo subió al Valhall.

Gúnnr sabía lo del brillante, un pendiente que su Engel llevaba como humano. En realidad, a ella no le interesaba, porque no era codiciosa ni tampoco le volvían loca los diamantes como al resto de sus hermanas. Pero saber que Nanna reclamaba algo de Gabriel le molestaba.

—Por lo visto —prosiguió Róta—, Nanna está muy interesada en ir a buscarlo. Ha hecho una apuesta conmigo. Ya sabes cómo es Nanna. Le encanta el juego y la competición.

—¿Cuándo ha pasado todo esto? —Preguntó extrañada—. ¿Ahora mismo?

—Sí —sonrió la valkyria—. Hemos hecho una apuesta para ver quién alcanzaba más manzanas con las flechas. He perdido.

Gúnnr levantó una ceja. Había perdido porque a ella tampoco le interesaba, supuso Gúnnr. De lo contrario, a Róta le hubiera cabreado mucho perder en algo.

—Y me ha utilizado para saber dónde estaba exactamente el brillante. Lo he visto en Wolverhampton —explicó la valkyria—, bajo el Tótem de los berserkers. Allí donde iban a incinerar a Gabriel.

—Entiendo —dijo en voz baja—. Y, ¿qué va a hacer Nanna?

—Lo irá a buscar, por supuesto. Pero antes tiene que pedir permiso a Freyja para hacerlo. Pasará el tiempo hasta que ella le dé el visto bueno.

Siempre funciona igual. Ya sabes cómo es nuestra diosa, le gusta controlar todo al detalle.

Gúnnr suspiró y acarició con el dedo una copa de oro llena de hidromiel. Ella quería un brillante también. Y lo quería ahora que sabía que Nanna iba a tener el de Gabriel.

Nanna no podía ser tocada por ningún macho, fuera de la raza que fuera. Sólo podía tocar a los hombres muertos, y nadie sabía la razón. Por ese motivo, ella se encargaba de recoger a los caídos en la batalla. Eso también era injusto para Nanna.

Se dio la vuelta con los hombros un tanto decaídos, triste por el destino de su amiga y también por el suyo. Pero cuando admiró a Róta, todos los males se le pasaron.

—Róta, eres escandalosamente bonita —susurró Gúnnr sonriendo—. El día que un guerrero te reclame, se morirá de gusto de nuevo al verte.

Róta se sonrió y se acarició el plano vientre.

—Por Freyja, Gunny —puso los ojos en blanco y se dejó caer sobre los cojines—. Antes de la apuesta con Nanna, he visto una sesión de cine. Freyja nos ha dejado ver a través de la Ethernet al berserker de los gemelos y a la Cazadora. Pura dinamita. Estoy cachonda como una perra, y necesito tocar a un hombre.

—Eres una pervertida —pero ella también lo había visto.

La Ethernet era el medio a través del cual Freyja y Odín podían enseñarles los sucesos que daban lugar en la Tierra. Al parecer, el planeta azul tenía a su alrededor una especie de cinturón magnético en el que se grababa toda la información como si se tratara de un disco duro. Lo llamaban el cinturón de Van Allen y a través de él se podía leer y ver todo lo que se quisiera. A Freyja, últimamente, le había dado por enseñar a sus valkyrias todo tipo de encuentros sexuales entre los berserkers, los vanirios y sus respectivas parejas. Y ellas estaban disfrutando de lo lindo con esas sesiones.

Adam Njörd había agarrado a Ruth nada más entrar en su casa de Wolverhampton, y la había arrinconado contra la pared. Al parecer, se habían discutido porque él quería que su *kone*[2] llevara un coche un poco más seguro y adaptado también para sus sobrinos gemelos. La Cazadora

2. *Kone:* Palabra noruega que significa «mujer» o «esposa».

de almas era una fan incondicional de su Smart Roadstar negro y naranja, apodado «El bomboncito». Ruth se había puesto hecha una fiera al recibir la orden de Adam de que no volviera a coger ese coche.

—¡Los huevos! —Había exclamado ella al entrar en la casa—. Tienes un complejo con los coches pequeños, pero el mío me gusta y no pienso dejar de conducirlo sólo porque tú...

Entonces, Adam la había hecho girar hasta empotrarla con su enorme cuerpo en la pared.

—Ese carácter tuyo te traerá problemas —murmuró el berserker con los ojos completamente rojos—. Siempre me llevas la contraria, Cazadora.

—Tu ego lo necesita, lobito.

El moreno rapado echó el cuello hacia atrás y soltó una carcajada.

—Mira lo que dice mi ego —presionó con las caderas contra la entrepierna de Ruth y le levantó la falda negra deslizando las manos morenas por la piel de sus muslos y más arriba, hasta abarcar sus nalgas. Se frotó contra ella hasta que se le humedecieron las braguitas—. Me calientas, *katt*[3].

—Dios, Adam... —Gruñó ella apoyando la cabeza en la pared y cerrando los ojos presa del deseo—. Te encanta solucionar las cosas así.

El *noaiti*[4] sonrió ladinamente y se inclinó para darle un beso húmedo en la barbilla respingona de Ruth. Coló los pulgares en las bragas rosas de su chica y se las quitó poco a poco sin dejar de mirarla.

—¿Sabes qué te voy a hacer? —apretó todo su cuerpo contra ella y le mordió el lóbulo de la oreja apretando lo justo para luego calmar el pinchazo con la lengua—. Voy a taladrarte como un pistón, amor. Ajustaré esas tuercas sueltas que tienes y luego veremos si cedes o no a mi propuesta —cubrió el sexo liso de Ruth con la mano y la acarició superficialmente.

Ruth abrió sus ojos ambarinos y se pasó la lengua para humedecerse el labio inferior.

—Mmm... Veamos cómo va la Black And Decker de mi chamán —se apoyó en sus hombros musculosos y se avalanzó a besar su boca.

El pecho de Adam rugió como el de un animal salvaje y, sosteniéndola con la pelvis, le sacó el suéter azul oscuro de cuello alto por la cabeza. Luego, cada vez más ansioso, le desabrochó el sostén rosa y la dejó sólo con

3. *Katt:* Palabra noruega que significa «gatita»

4. *Noaiti:* Nombre que se la da al chamán del clan berserker.

las botas negras de tacón que llevaba. Seguidamente, le soltó la goma del pelo, que tenía recogido en una cola alta y, aguantándola con una mano por el trasero, con la otra se bajó la cremallera sin dejar de besarla para dejar salir su pene dolorosamente erecto.

—No voy a ir despacio, nena —le dijo sobre su boca, cogiéndose el tallo venoso y dirigiéndolo a su entrada ya húmeda—. Llevo todo el día viendo cómo meneas ese culito, embutida en la diminuta falda que llevas. Estoy famélico.

A Ruth se le puso la piel de gallina y le mordió el labio inferior, tironeando de él de un modo juguetón.

—Pues venga. Cómeme, lobito.

Gúnnr había recordado todo lo que se habían dicho y cómo él había reaccionado al penetrarla. Adam adelantó las caderas al tiempo que dejó caer a Ruth sobre su erección. Cuando la cabeza entró, se olvidó de ser suave y paciente. Ella bramó como una loca al sentir que él entraba en ella. En cuanto notó las paredes apretadas de Ruth envolviéndolo, clavó las pies en el suelo y empezó a mover la pelvis de arriba abajo, como una taladradora, tal y como él le había prometido.

—Amor, cada vez es mejor —murmuró él llevándose un pecho de Ruth a la boca—. Tan apretada…

—¡Adam! ¡Oh, Dios, sí! ¡No pares! —Ella había hundido el rostro en su hombro y se había agarrado a su cuello, completamente abandonada a todo lo que él le estaba haciendo ahí abajo.

Era fascinante para Gúnnr ver cómo un hombre y una mujer podían disfrutar tanto el uno del otro, y cómo se desinhibían y se desenfrenaban hasta mezclar sus propias identidades en una sola. ¿Eso era el sexo?

—Quítate la ropa —le había susurrado ella al oído. Le acarició la espalda y le agarró la camiseta blanca ajustada que llevaba para subírsela hasta arriba. Se ayudó con la otra mano hasta quitársela por la cabeza. Entonces acarició su pecho y sonrió al poner una mano sobre la cabeza del dragón que tenía tatuado en el pectoral y que le rodeaba el hombro izquierdo y parte de la espalda—. Hola, dragoncito —murmuró. Miró a los ojos rojos de Adam y le dijo—: Dile al dragón que quiero que me bese.

Adam sonrió y la abrazó fuertemente, pegando todo su torso oscuro al de ella de modo que la boca del dragón estuviera sobre el pecho de

Ruth. La había apoyado en la pared y no dejaba de embestirla con ferocidad. Y la joven parecía muy contenta con ese trato. Ella sollozaba y él gruñía sobre su cuello.

—Quiero un Mini Countryman… —murmuró ella.

—¡Ajá!

—Uno verde… ¡Oh, Dios mío! Y blanco… Con todas las comodidades y… —La chica luchaba por tomar aire.

—¡Lo que quieras, nena!

—Y un motor de tantos caballos como sea… ¡Ay, joder…! ¡Como sea posible! ¡Adam, no puedo más!

—Córrete, gatita.

Y ella lo hizo al instante. Como si esa orden tuviera algún tipo de poder.

Pero él no dejó de moverse pues todavía no había llegado a culminar.

—Vamos, cariño, déjate ir. Eso es —ella lo animaba y le acariciaba la cabeza rapada—. Me gusta, Adam. ¡Me gusta!

Entonces los dos explotaron a la vez, de nuevo. Y se fundieron en un beso demoledor, que se convirtió en uno más dulce a medida que se calmaban progresivamente. Él se dejó caer de rodillas en el suelo, manteniendo a Ruth ensartada por su miembro, como si esa mujer fuera su bote salvavidas y no fuera a dejarla escapar nunca.

—*Jeg elskar deg*[5], taladro —susurró ella con la voz llena de placer. Se echó a reír y acarició su mejilla con los labios.

—Puedes elegir el coche que quieras, gatita —respiraba con dificultad mientras se volvía a mover en el interior de la chica—, pero deja el de juguete en casa.

Ruth había sonreído, muy a su pesar, y había negado con la cabeza sólo para provocarlo.

Freyja se dedicaba a trastornarlas con ese tipo de demostraciones. Ruth, Adam, Caleb, Aileen… ¿Por qué insistía en enseñarles lo felices que eran esas parejas juntas si ellas no podían ser tocadas de igual forma?

Róta sonrió al notar que Gunny se sonrojaba ante el recuerdo de lo que habían visto.

—¿Y me llamas pervertida? —Exclamó Róta—. ¡La culpa es de

5. *Jeg eslkar deg:* Expresión noruega que significa «Te amo».

Freyja! ¡Está loca! Las valkyrias somos vírgenes, no podemos tener relaciones sexuales con nuestros guerreros. Una de las normas de Freyja, por supuesto —gruñó—. Sólo podemos mimarlos y cuidarlos, satisfacerles a ellos, no a nosotras. ¿Y con qué nos sale la loca de nuestra diosa?

—No blasfemes.

—¡Con porno! ¡Y no porno cualquiera! ¡Sexo auténtico, joder! Porno lleno de amor y pasión —dio una vuelta sobre sí misma y se tocó los pechos—. Muero de hambre por sentir lo que la Cazadora ha sentido con un semental así entre las piernas.

Gúnnr meneó la cabeza y recolocó los cojines.

—¿Por qué os gusta ver eso si sabéis que luego os ponéis así de malas? No entiendo por qué os gusta torturaros. Yo intento no hacerlo.

—¿Cómo no verlo? Aprendes muchas cosas —se apoyó en un codo y miró a Gúnnr de arriba abajo.

Gúnnr llevaba una gasa plateada a modo de vestido vaporoso y liviano que se ajustaba a la cintura y dejaba sus hombros descubiertos. Se había recogido su espesa mata chocolate de pelo liso y escalado en un moño alto y desordenado. Varios mechones le caían por la nuca y alrededor de la cara.

—Gúnnr, ¿vas de monja? —preguntó Róta.

La valkyria se pasó las manos por el vestido plateado y frunció el ceño.

—Estoy a gusto con esto. No tengo por qué ir desnuda como tú, ¿no?

—Las demás van desnudas, yo al menos me cubro las zonas importantes —aclaró—. Tú en cambio... —Bufó con dramatismo—. Enseña tu cuerpo. Lo tienes precioso y elegante. Con tanta ropa es imposible que pongas a ese hombre cachondo. Imposible.

—No hables así de él —gruñó Gúnnr—. Él es... Él es el guerrero más importante y no necesita ponerse cachondo con nadie.

—Es un hombre, Gúnnr. ¿Todavía no te ha pedido que le toques? Las valkyrias hacemos ese tipo de favores. Todo por nuestro guerrero... —Se llevó la mano al corazón, teatralmente—. ¿No te apetece, Gúnnr?

Gúnnr bajó la mirada y se mordió el labio inferior, incómoda.

—¡Lo sabía! —dijo Róta tirándole un cojín dorado—. Quieres

comértelo enterito. ¿Le has propuesto algo?

—¿Algo como qué?

—Algo como: Gabriel, papi chulo, déjame averiguar a qué sabe tu pirulo.

Gúnnr abrió la boca y soltó una carcajada que le marcó dos hoyuelos en las mejillas.

—¡Eres incorregible! El espíritu de Bragi te está poseyendo.

—Culpa al reggetaon. Nanna nos está mal acostumbrando, ¿sabes? En cada una de sus escapadas a la tierra nos trae algo, la última vez me trajo un CD de un tal Don Omar. Me gusta, tiene estilo. *Chequea cómo se menea... la la la la...* —entonó una parte de la canción *Diva Virtual* mientras meneaba las caderas.

—Te gustan todos, Róta.

—Soy una mujer de grandes apetitos. Las valkyrias somos así. ¿Tú no? —preguntó metiéndose una uva en la boca—. Dímelo, no se lo diré a nadie. Dime las palabritas mágicas —la espoleó.

—Me gusta Gabriel.

Lo soltó tan rápido como pudo, sabiendo que Róta no se reiría de ella.

—Es normal que te guste. Es tu einherjar. A las valkyrias nos gustan nuestros einherjars. Sobre todo aquellos que se encomiendan a nosotras —se metió otra uva en la boca.

—Ya... —Carraspeó y jugó con el fuego de una vela—. Pero a mí me gusta... Gusta.

—¿Te gusta-gusta? —Róta frunció el ceño y sus ojos azules claros se llenaron de preocupación—. ¿Gusta-gusta de gusta-gustar?

Gúnnr asintió repetidas veces. Se pasó los dedos por el flequillo color chocolate y lo echó hacia atrás. Medio sonrió, avergonzada. Sí, Gabriel le gustaba. Mucho.

—¿No le has tocado de ningún modo «íntimo», Gúnnr?

La joven valkyria negó azorada con la cabeza.

—Quiero encontrar el valor —explicó contrariada—. Últimamente sale de aquí muy tenso, muy...

—Empalmado —levantó el brazo y cerró el puño.

—Sí. Y quiero saber cómo puedo tocarle. Siento curiosidad...

Una chispa roja llena de interés se encendió en los ojos de la joven valkyria. Curiosidad era una buena palabra. Una que podía definir su estado a la perfección, pero no era la correcta. Lo suyo era anhelo volcánico. Quería averiguar a qué sabían sus labios, qué ruiditos haría si ella lamiera aquel estómago musculoso... Gúnnr también había visto a Caleb y Aileen en acción, y se había calentado tanto que no quería volver a verlos más, sobre todo sabiendo que nunca podría llegar a sentir ese tipo de contacto. Freyja la arrojaría al Midgard y la abandonaría a su suerte, a ella y a quien fuera que se atreviera a perder su virginidad. Y eso era tan frustrante. Se llevó las manos a las mejillas y se ventiló un poco la cara, moviéndolas como si fueran un abanico.

Róta se levantó corriendo con el rostro lleno de sorpresa y la tomó de los hombros.

—Dioses, Gunny. ¡Un chispazo! Tus ojos...

—¿Qué le pasa a sus ojos?

Gúnnr se dio la vuelta y, como siempre le pasaba cuando lo veía, una energía eléctrica le recorrió la columna vertebral y le erizó todo el cuerpo.

Gabriel estaba ahí, de pie, más ancho y grande que nunca. El ejercicio le había tonificado muchísimo, y el sol de Valhall le había dorado la piel. El pelo lo tenía más rubio y claro que cuando llegó, y más largo, a la altura de los hombros. Y su mirada azul se llenaba de ternura cuando la miraba.

Róta los estudió a ambos con una medio sonrisa.

—Valkyria Róta —dijo Gabriel mirándola con mucho interés—. Únete a Sig, hay tres guerreros que necesitan de vuestros cuidados.

Gabriel, al ser el einherjar líder, podía dar órdenes a todas las valkyrias. Excepto a Bryn, que era la Generala. Además, todo el mundo sabía que Bryn no servía a los einherjars. A ninguno.

—¿No me necesitas aquí? —preguntó Róta mirando a Gúnnr con curiosidad sólo para ver cómo reaccionaba su hermanita.

Gúnnr apretó los puños, pero colocó las manos detrás de su espalda, para que él no viera que estaba en tensión.

Gabriel entró como si fuera el hombre de la casa, que lo era, y dejó sus dos espadas de entrenamiento apoyadas en la pared. Iba vestido sólo con unos pantalones negros y bajos de cintura. Y llevaba sus hombreras plateadas con runas grabadas en ellas. Se le marcaban los huesos de las caderas, las venas y las abdominales emergían en su estómago como si fueran montañas. Tenía el torso sudoroso y lleno de heridas, y los brazos salpicados de cortes superficiales por todos lados.

—Me basto con Gúnnr, gracias —contestó Gab parándose frente a su valkyria.

—Como queráis. Me voy a frotar contra un árbol —dijo Róta moviendo las caderas de un lado al otro y guiñándole un ojo a Gúnnr.

Cuando la sexi valkyria hubo desaparecido, Gabriel se echó a reír.

—Róta es muy peligrosa. ¿No la ha reclamado ningún guerrero todavía? —preguntó con interés.

Gúnnr lo miró de reojo mientras negaba con la cabeza.

—Todavía no. Pero más vale que alguien busque su consuelo o puede convertir esto en Sodoma y Gomorra. Está descontrolada.

Gabriel soltó una carcajada y miró los cojines dispuestos en el suelo.

—Túmbate, Engel —le ordenó Gúnnr con suavidad.

—Gabriel. Te lo he dicho muchas veces, florecilla. Llámame Gabriel —cogió una fresa de la bandeja y se la metió en la boca—. Joder, qué ricas… Ven y come conmigo.

Gúnnr carraspeó y lo siguió. Esperó a que él se tumbara cuan largo era, y entonces ella se arrodilló a su lado.

Florecilla. La llamaba florecilla y ella se sentía ridícula al sonrojarse siempre que él pronunciaba ese mote. Y llevaba tanto tiempo diciéndoselo…

—¿Te ha ido bien el día…, Gabriel?

Gabriel la miró a través de sus largas pestañas castañas claras y sonrió con los ojos.

—Me ha ido bien. He matado a ciento cincuenta einherjars. Yo solito —le guiñó un ojo—. Aunque no cuenta, porque luego resucitan.

Gúnnr tragó saliva y apartó la mirada.

A Gabriel le encantaba notar cómo aquella valkyria adorable se ponía roja como un tomate cuando la miraba. Era enternecedor lo tímida que era, y esa timidez, esa modestia en ella, le parecía refrescante. Las valkyrias eran mujeres tan sensuales y tan fuertes, tan soberbias y seguras de sí mismas, que dar con una como Gúnnr era algo extraño. Ella era elegante, llena de una belleza especial, frágil. Era sensual precisamente porque no era consciente de su propia sensualidad. Y rodeado como estaba de mujeres tan despampanantes y agresivas sexualmente, Gúnnr le daba la calma que necesitaba.

Desde que la conoció, ella se limitó a entregarle su amistad y sus atenciones y él, que se sentía muy solo, se aprovechó de ello. Ahora era su mejor amiga, como habían sido Ruth y Aileen. Gúnnr despertaba todo eso en él; ganas de protegerla, de bromear con ella, de cuidarla. Era fantástico poder contar con ella. Miró a su alrededor: velas aromáticas, el aceite, la comida… Era perfecto, su momento favorito del día.

Gúnnr sabía lo que le gustaba y lo preparaba todo con tanto cariño que le hacía sentirse humilde y agradecido por ello. Cerró los ojos con placer y entrelazó las manos detrás de la nuca.

Desde que había vuelto a la vida como einherjar, había aprendido muchas cosas sobre él mismo en el Asgard.

Para empezar, le encantaba pelear. Se había erigido como el mayor estratega de Odín y sabía que sus batallas eran vistas por los dioses como auténticas lecciones sobre el arte de la guerra. Era un adorador de Sun Tzu y cuando era humano había sido un friki de los videojuegos estilo *WarCraft*, *Heroes* y *World in Conflict*, todos de estrategia militar. Era un hacha y esos conocimientos le servían para ponerlos en práctica en los entrenamientos del Valhall. Le habían dicho que era calculador y frío en la batalla, y no obstante, sus órdenes y su modo de hablar y organizar a los einherjars era apasionada. Odín había señalado que la pasión era algo vital en la guerra.

—Estás hecho un cromo, ¿lo sabías? —murmuró Gúnnr con esa vocecita de profesora que solía poner cuando le recriminaba algo—. ¿Dónde habéis ido hoy?

—Hemos ido hasta Álfheim, y hemos jugado un rato con los elfos. Uno de ellos me dio en el hombro con una de sus flechas. Pasó por debajo de la hombrera y se clavó en la carne. Qué cabrones, tienen una puntería los condenados…

Sí, los malditos elfos de la luz, con sus orejas más largas y puntiagudas que las de las valkyrias, con su pelo liso y largo y aquellos ojos tan rasgados y tan claros... Eran tan veloces y tan precisos con sus armas, que era muy difícil vencerles porque apenas intentabas acercarte veinte metros a ellos y ya tenías veinte flechas clavadas en el cuerpo, una por cada metro. Los elfos eran la raza más fría de todo el Asgard, y también la más espiritual. Lo estudiaban todo con raciocinio y sabían leer muy bien las señales. En una guerra, saber leer los acontecimientos era básico para sobrevivir. Los elfos eran los mejores lectores del terreno, pero les faltaba la fortaleza física de los einherjars. No eran guerreros de cuerpo a cuerpo.

Era increíble todo lo que había aprendido y comprendido desde su llegada. Estudiar mitología escandinava era una cosa, y vivirla era otra completamente distinta.

Los dioses aseguraban, según su cosmología, que había nueve mundos: El Asgard era el hogar de los dioses. Luego estaba Vanenheim, el hogar de los Vanir; Álfheim, el de los elfos de luz; Nidavellir, el reino de los enanos; Midgard era la Tierra de los humanos; Jotunheim, el reino de los jotuns y gigantes; Svartalfheim, la tierra de los elfos oscuros; Nilfheim, el mundo de los muertos o el infierno; y por último, Muspellheim, la casa de los gigantes de fuego.

El Asgard lo conformaban Vanenheim, Álfheim y Nidavellir, y estaba cercado por una muralla incompleta. Después de las guerras originarias con los dioses Vanir, la muralla quedó destrozada y Odín la mandó construir de nuevo a un gigante, un *Hrmithur*. Asgard era una tierra opulenta muy fértil, llena de minerales preciosos y bañada en oro, y sus dioses Aesir eran guerreros fuertes, talentosos y bellos.

Nidavellir estaba ubicada al Norte del Asgard. Era un lugar montañoso y rocoso, donde reinaba el eterno atardecer, la llamaban «la llanura oscura». No había sol que iluminara sus peñascos, ni luna que pudiera dominar sus noches. Los enanos de la raza de Sigri trabajaban para los dioses, eran auténticos mineros y vivían en las cuevas subterráneas de las montañas. No medían más de un metro y todos tenían los lóbulos de las orejas muy alargados, los ojos muy pequeños y del color de los invidentes, de hecho, decían que los enanos no podían ver de día debido a la constante oscuridad en la que vivían. Si el sol tocaba sus pieles, se convertían en piedra. Era su talón de Aquiles.

Y Vanenheim era el puto paraíso. En esas tierras llenas de color y magnetismo se hallaba el Valhall, un edén lleno de valkyrias semidesnudas que vivían exclusivamente para sanar a los hombres.

—¿Por qué me miras así? —preguntó Gúnnr sacándolo de sus pensamientos.

—¿Así? ¿Cómo? —Agitó la cabeza sin entender.

—Tenías esa sonrisa... Sonrisa de tonto.

—¿De veras? —arqueó las cejas rubias.

—Sí. Déjame ver —Gúnnr se inclinó y tocó la herida del hombro con sus dedos. Gabriel dio un respingo—. No seas quejica, Gabriel.

—Un respeto, valkyria —contestó frunciendo el ceño.

—Te ha tocado el hueso. Calla y estate quieto. —Puso sus manos sobre la herida y la contorneó con los dedos. La carne abierta y enrojecida del brazo se iluminó, se cerró y cicatrizó inmediatamente.

Gabriel siempre se maravillaba ante el tacto y el don de Gúnnr.

Las valkyrias y sus guerreros creaban una asociación conocida como el *kompromiss*. El compromiso. Las valkyrias se convertían en las sanadoras de los guerreros que se habían entregado a sus cuidados, y sólo la que ellos habían elegido podía hacer que cicatrizaran sus heridas con el toque mágico de sus manos. Lo mismo sucedía con los einherjars, sólo ellos podían ayudar a sanar a sus valkyrias.

La valkyria poseía la *furie* y también la *helbredelse*. La primera era la furia de las valkyrias, una energía interna tan potente y tan llena de rabia y fuego que podía aniquilar a ejércitos enteros. La otra era todo lo contrario a la furia; la cura. Tenían la capacidad de sanar a los guerreros que luchaban con ellas, a aquellos que se habían entregado a sus atenciones. Y eran mujeres contradictorias y apasionadas. Fascinantes.

Cuando era humano y estudiaba mitología, se decía poco de las valkyrias. Ahora, y gracias a Gúnnr, entendía mejor su mundo. Todavía recordaba la noche en la que la joven le contó quiénes eran en realidad.

—Se dice poco sobre nosotras en los libros —le había dicho mientras le masajeaba los hombros—. Nos llaman *disir*, diosas menores. Pero ni somos hijas de Odín, ni somos hijas de Freyja. ¿Sabes qué somos?

—No —había contestado él muerto de gusto—. Cuéntamelo, florecilla.

Gúnnr dejó de masajearle durante unos segundos y Gabriel notó su sorpresa.

—¿No te gusta que te llame florecilla? —Era la primera vez que la llamaba así.

La valkyria, que estaba de rodillas a su espalda, carraspeó:

—No... Bueno, sí... No sé. Si te gusta llamarme así, como desees, Engel.

—Quiero que me llames Gabriel a partir de ahora.

Hubo otro silencio.

—Está bien —había contestado Gúnnr.

—Continúa hablando, por favor.

—Sí... Mmm... La verdad es que somos humanas. Como un día lo fuiste tú.

—¿Cómo?

—Verás, nuestras madres son humanas. Thor, que es el dios del trueno, nos tiene en alta estima porque él siempre dice que somos sus hijas, aunque no sea del todo cierto. En la Tierra, cuando una mujer que está embarazada es alcanzada por un rayo o un relámpago, cae fulminada, muerta en décimas de segundo. Freyja pacta con las mujeres y les alarga la vida unos meses más hasta la concepción. Cuando están a punto de parir, se las llevan al Valhall. Aquí nacemos y crecemos, y a los veinte años, Idúnn, la mujer de Bragi...

—¿El friki de los poemas?

Gúnnr se echó a reír.

—Sí. Su mujer nos da unas manzanas que nos hacen eternamente jóvenes y nuestros cuerpos no envejecen nunca más. Nos convierten en inmortales.

—¿Entonces tienes veinte años? —preguntó con interés.

—Tengo cientos de años, Engel.

—Soy mayor que tú.

—Claro, lo que tú digas —contestó cachondeándose de él.

—O sea, ¿sois hijas del trueno? Por eso Thor dice que sois de él.

—Exacto. Los dioses no nos han dado nada. Es el trueno el que nos muta y nos da los poderes iniciales. Nos otorga un don. Podemos manipular los truenos y los relámpagos. Lanzamos descargas eléctricas con nuestras manos y somos veloces y ágiles. Aquí, en el Valhall, aprendemos todo lo demás: cómo controlar nuestros poderes, cómo ejercitarlos... Sólo podemos morir si nos arrancan el corazón. Los dioses dicen que está hecho de trueno, y si nos lo quitan, nuestro poder, que es nuestra esencia, y nuestra vida, desaparecen.

Gabriel la había escuchado con sumo interés y había girado la cabeza para mirarla por encima del hombro.

—Nunca te he visto hacer nada de eso —murmuró Gabriel—. Me encantaría verte en acción. ¿Lanzas rayos?

Ella se removió a sus espaldas y se quedó en silencio.

—No soy gran cosa. Todas las demás luchan mejor que yo. Yo sólo tengo buena puntería con el arco. No tengo poderes como las demás valkyrias.

—¿Por qué?

—Porque soy defectuosa —había contestado ella en tono llano.

—Lo dudo, florecilla. Eres perfecta y a quien diga lo contrario le cortaré la cabeza.

Había notado cómo ella se había conmovido al oír esas palabras. Sus dedos le habían apretado los hombros, dándole las gracias, y luego había proseguido con el masaje, con dulzura y suavidad.

—¿Y las orejas puntiagudas? —preguntó él para romper el silencio.

—Freyja pidió que se nos diferenciara de las deidades, y decidió ponernos estas orejitas de duende —se burló de sí misma—. Son menos largas que la de los elfos y no tan feas como la de los enanos...

—Ni que lo digas. Los enanos parecen zulúes.

Gúnnr había dejado escapar una sonrisita.

—También nos dio estos colmillitos superiores a los que ninguna de nosotras le hemos encontrado una buena utilidad —se pasó la lengua por un blanco y diminuto colmillo.

Gúnnr se reía mucho de sí misma, y era un rasgo que Gabriel encontraba fascinante.

Y en ese momento, en la actualidad, volvía a recibir uno de esos masajes que lo dejaban tembloroso. La conversación que Gúnnr había intercambiado con Róta hacía unos minutos había sido muy reveladora.

Se había quedado escuchando como un maleducado. Era algo que de humano hacía sin querer, y ahora, con los años, todo se acentuaba más. Ahora sabía algo que hubiera preferido no saber.

—Te he dicho muchas veces que no me gusta que vayas al Álfheim —dijo Gúnnr, retirando la fuente de frutas que habían vaciado entre los dos—. Los elfos de luz son muy fuertes y sus flechas muy dolorosas. Y las elfas son vengativas. Si les haces daño no pararán hasta cortarte una extremidad. Y ya sabes lo doloroso que es que nazca una extremidad, Gabriel.

Oh, sí que lo sabía. Gúnnr le había emborrachado con hidromiel para que no notara tanto dolor. Un einherjar le había cortado el brazo, y tuvo que esperar un día entero junto a Gúnnr hasta que ella hizo que le creciera de nuevo.

—No pienso aguantarte otra vez en ese plan —le aseguró Gúnnr pasando esta vez los dedos por las abdominales magulladas y amoratadas.

—Sí, suelo cabrearme cuando me cortan un brazo. Debo de ser tonto —movió la mano como si no le diera importancia al comentario. Un par de rizos rubios cayeron sobre sus ojos risueños y miraron a Gúnnr con diversión—. Me ha tocado la valkyria más mandona.

Entonces la aludida le pellizcó la tetilla con fuerza y se echó a reír.

—¡No bromees con eso!

—¡Ouch! ¡Salvaje! —exclamó Gabriel frotándose el pezón.

—Cierra los ojos y deja que te cure, ¿quieres? —pidió suavemente.

Él se la quedó mirando. Adoraba a Gúnnr. Le tenía mucho cariño y eso que, en realidad, no sabía mucho de ella, pero de algún modo se sentía conectado a niveles inexplicables. Relajó los brazos a cada lado del cuerpo y con una sonrisa llena de seguridad cerró los ojos para que ella lo sanara.

Sólo con ella podía cerrarlos y quedarse tranquilo porque ella jamás se aprovecharía de él. No era como las demás valkyrias que se echaban a sus brazos como si él fuera un jodido cantante de *rock*. Era el Engel, y por lo visto todas tenían ganas de jugar con él. Por suerte, Gúnnr, aun sabiendo lo que ahora sabía sobre ella, nunca haría nada de eso.

«Me gusta-gusta», había dicho la joven.

Las manos de aquella valkyria eran un bálsamo. Le tocaba con tanta lentitud, con la presión justa, con cuidado de no herirle. La dulce Gúnnr. Tan inofensiva. Tan ella.

No como Daanna. La vaniria estaba grabada a fuego en su piel. Mira que se tenía que ser tonto. Enamorarse de alguien tan inalcanzable como ella. Sus ojos verdes que le quitaban el sentido, su cara, su carácter... Era una pantera. Espectacular.

Mierda. Coño. Ya estaba ahí otra vez.

En algún momento, no sabía cuándo ni cómo empezaba, la sangre se le iba directamente al pene y se ponía duro como una piedra. Y le mortificaba que fuera ella, Daanna, quién le despertara de ese modo, y encima estando con Gúnnr. Joder, seguro que parecía una tienda de campaña. Se llevó una mano a la entrepierna y la dejó ahí parada, presionando un poco para que el miembro se relajara.

Joder, necesitaba sexo. Sexo. Sexo. Rayaba la obsesión.

Llevaba muchísimo tiempo sin una mujer y sus fantasías estaban pobladas de una vaniria que bebía sangre. Y no podía pedir a Gúnnr que le hiciera ningún favor de ningún tipo porque, sencillamente, no podía. No con ella. Las valkyrias podían hacer todo tipo de favores sexuales a sus einherjars, incluso ellos podían tocarlas a su antojo si era lo que deseaban, aunque nunca podían robarles la virginidad. No era que Gúnnr no le gustara, porque Gúnnr era una mujer especial, como una golosina que uno quería robar de una tienda de chucherías. Tenía ese cuerpo tan esbelto, y esos pechitos insolentes tan bien hechos, y una cara tan exquisita y tan bella que era imposible que un hombre no se quedara cautivado al verla. Era una pilluela un tanto vergonzosa, pero era tan adorable.

Sin embargo..., no era Daanna. Y él se había enamorado de Daanna, y había muerto lleno de amor hacia ella. No la podía olvidar.

De repente notó que la mano de Gúnnr se colocaba encima de la que él tenía sobre su paquete. Gabriel sintió que las mejillas le ardían. «Joder. No, no, no».

—¿Gabriel?

—No es nada... tú sigue con el masaje —Gúnnr le estaba acariciando con suavidad la mano que cubría su entrepierna—. Es una ramita. Ya sabes cómo son los bosques del Álfheim. Están llenos de hierbajos tan altos como mis piernas y hay un montón de plantas extrañas y llenas de colores que se mueven y se enzarzan en los muslos y en las pantorrillas e intentan hacerte caer… Me he revolcado por el suelo y se ha tenido que colar una rama de algo. No es nada. Aparta la mano, por favor.

Gúnnr tragó saliva y miró el paquete enorme de Gabriel. Ese hombre estaba teniendo una erección con ella. Ya le había pasado otras veces, muchas además, ¿y decía que no era nada? No entendía por qué el einherjar no le pedía que hiciera algo al respecto. Ella estaba esperándolo, se moría de ganas y era algo que Róta ya había descubierto minutos atrás.

No era tan lanzada como Róta, ni tampoco tan dulce como Freyja pensaba, pero no era tonta, y tenía anhelos como cualquier hembra fuera de la raza que fuera y, ni mucho menos, lo que no era, era la hermana de Gabriel.

—¿Una ramita? —Preguntó aguantándose la risa, entre la maravilla y la sorpresa. Ése era su momento. Tenía que aprovecharlo y sacar el valor.

—Sí, Gúnnr. No le prestes atención —apretaba los ojos con fuerza, como si estuviera avergonzado.

«Qué mono», pensó ella.

—Pues… Esto… ¿Gabriel?

—¿Qué?

—Te ha salido una ramita en toda la polla.

Gabriel abrió los ojos de repente y se la quedó mirando con asombro. Se incorporó sobre los codos y la repasó de arriba abajo. «Ouch, ¿qué ha dicho Gúnnr?».

—Eso ha sido muy directo —susurró él con el ceño fruncido.

Gúnnr se mordió el labio, punzándoselo ligeramente con el diminuto colmillo, sonriendo con naturalidad, como una niña traviesa. Necesitaba armarse de valor. Se lo preguntaría y punto.

—Incluso para mí, ¿verdad? —Preguntó divertida—. ¿Te he asustado? He sido muy bruta, ¿no?

¿Asustado? Gabriel no estaba asustado, exactamente.

—No estoy asustado.

—Sabes que algunas valkyrias ofrecen calor a sus guerreros, ¿verdad? Les calman otro tipo de… dolor.

—Sois vírgenes —contestó él incorporándose todavía más—. ¿No es así? —La miró con ojos acusadores—. Corrígeme si me equivoco.

La valkyria asintió sonrojada al máximo.

—Sí, sí. Claro que sí. Pero eso no quiere decir que no podamos hacer otras cosas.

—Estás roja como un tomate.

—Pues anda que tú. Bueno, escúchame. Has venido a mí cada noche. Y desde hace algún tiempo, bastante diría yo, te vas de aquí con esa «ramita» entre las piernas.

—Puedes llamarla polla, ya te has encargado de romper el hielo.

Gúnnr se sentó sobre sus talones y lo miró fijamente.

—Sarcasmo. Eso es nuevo —susurró ella en voz baja, impresionada por el brillo peligroso de los ojos azules oscuros de Gabriel.

—¿Quieres preguntarme algo? —Gabriel nunca se había sentido tan incómodo en su vida—. Venga, sé que puedes ser directa, florecilla.

Gúnnr lo miró con esos ojos oscuros insondables tan grandes que apenas le cabían en la cara, ligeramente rasgados hacia arriba. ¿Qué debía decirle y cómo? ¿Qué haría Róta? ¿Y Bryn? En fin, no se trataba de ellas, se trataba de su momento y de su einherjar. Sería ella misma.

—Quiero decirte que si te duele, yo... puedo... Podría hacer que dejara de dolerte.

Se clavó las uñas en las palmas y bajó la mirada. El silencio le pareció eterno hasta que oyó que los cojines se movían y escuchó el roce de los pantalones contra la manta de seda. Al momento, sintió las cálidas palmas de las manos de Gabriel en sus mejillas y cómo él le levantaba la cabeza para mirarla. Dioses, ¡por fin iba a besarla!

Se quedaba sin respiración cuando lo miraba. Era tan viril. Tan cuidadoso. Tan atractivo. Tan... Troyano. «Míralo a la cara, Gúnnr. No te pierdas nada de este momento. Vas a recibir tu primer beso. Por fin voy a sentir los labios de Gabriel en los míos».

—Contigo no, florecilla. Contigo no —juntó su frente a la de ella y la miró fijamente a los ojos—. Nunca con mi Gúnnr.

Tardó unos segundos en entender sus palabras. Gúnnr sintió que algo le ardía en el pecho y en la garganta. Era un dolor sordo, una quemazón que casi abarcaba su corazón. Tenía ganas de llorar. Eso era. Era el dolor amargo del rechazo.

—No puedo hacer nada de esto contigo porque eres mi amiga, mi valkyria. Y porque no es justo para ti. Ni tampoco para mí. Me gusta la relación que tenemos, me hace estar a gusto, Gúnnr. No compliquemos las cosas. He oído la conversación que has tenido con Róta. Tú no necesitas hacer nada de eso conmigo. Estamos bien así.

La joven asintió con la cabeza, aturdida al saber que la había escuchado a escondidas hablando de sus particulares inquietudes con Róta.

Levantó la barbilla, un tanto desorientada. A ella también le gustaba la relación que tenían. Entonces, ¿por qué no podía ser? Él le había devuelto muchas cosas, además de seguridad y autoestima, él le había devuelto la «chispa». No era ni el trueno, ni el rayo, ni la furia, pero sí era una chispa. ¿Tocarle y darle placer complicaría las cosas? ¿Por qué?

—¿Es por ella? —Soltó de repente. Y esa chispa estaba ahí, encendiéndose en su garganta. Saliendo en forma de palabras.

Gabriel se envaró y le soltó la cara.

—Ella nunca lo sabría, Gabriel —prosiguió Gúnnr entendiéndolo todo, dispuesta a quedarse en segundo plano sólo por estar con él—. Daanna sabe que estás muerto, ella no sabe lo que tú haces aquí.

—¿Te parece que estoy muerto? —preguntó fríamente mirándose la erección.

—Ella cree que sí —contestó frustrada—. Yo sólo te digo que puedes seguir con tu vida. Y no tienes por qué salir cada día de este salón con un dolor de... —le señaló el paquete, nerviosa— galopante. Por si no te das cuenta, me estoy ofreciendo a ti, guerrero —levantó sus manos temblorosas y las colocó en el corpiño del vestido de gasa plateada. Se lo iba a bajar.

Gabriel volvió a quedarse de piedra ante el tono directo de Gúnnr. Caray con la florecilla, no era lo que parecía ser. ¿Gúnnr había hecho eso con alguien más? Unas ganas locas de averiguarlo arremetieron contra él.

—¡Detente, Gúnnr! —Le gritó deteniendo sus manos.

—¿Por qué? Quiero tocarte y que tú me toques a mí. Tenemos el *kompromiss*, podemos hacerlo. Quiero hacerlo y quiero que seas tú —le suplicó con dulzura.

—¿Has tocado a alguien así alguna vez? —gruñó inmovilizando sus manos.

Gúnnr se detuvo y se humedeció los labios.

—¡No! —contestó ella horrorizada—. ¡No, por Odín! —estaba malinterpretándolo todo. Se apartó de él y se recolocó el vestido, sintiéndose desconcertada.

—Entonces, ¿por qué quieres hacerme una mamada?

Gúnnr abrió la boca y la movió como si fuera un pez, pero sólo salieron sonidos incongruentes de sus labios.

—Se llama así, Gúnnr. Mamada —le explicó él, irritado con la situación.

—Yo... Creo que... Creo que puedo hacer que te sientas mejor, Gabriel —contestó en el mismo tono que él—. Quiero hacerlo por ti.

—Y eso es lo que hacen las valkyrias por sus einherjars, ¿verdad?

—Pueden hacerlo, sí —aseguró, cada vez más fría.

—Entonces, ¿estás dispuesta a comerte el plato que ha calentado otra mujer sólo porque eres mi valkyria? —Gúnnr se echó hacia atrás, como si le hubieran dado una bofetada—. Sabes que estoy enamorado de Daanna. Sigo vivo. La muerte no hace que nos olvidemos de las personas que amamos. Esto que ves aquí —se señaló la erección—, es mi mente pensando en ella mientras tú me tocas. No creo que quieras rebajarte a eso.

Gabriel sabía que se había pasado cuando vio a Gúnnr palidecer y notó que las orejas se le tensaban. Sus ojos azules tan oscuros como la noche se tornaron helados y la habitación se congeló. Hacía frío. Frío de verdad. Gúnnr se levantó dignamente y, tiesa como un palo, cuadró los hombros y enlazó las manos recatadamente.

—Entendido —le temblaba la barbilla y le dolía el estómago—. ¿Precisas algo más, Engel? —su voz sonó neutral, no había nada de la dulzura de antes en ella.

Gabriel apretó la mandíbula y se maldijo por ser tan torpe. Sus heridas ya habían sanado. Se miró el cuerpo con atención. Ahora, sería el momento en que ella le haría uno de esos masajes interminables y hablarían de un montón de cosas sin importancia. Pero el masaje hoy no tendría lugar.

—Sí. Olvida esto que ha pasado, ¿vale? —le ordenó pasándose la mano por la cabeza.

—Olvidado —aseguró ella encogiéndose ligeramente de hombros.

Gabriel se dio la vuelta y se dirigió a la salida.

—¿Ya te vas? —preguntó visiblemente dolida.

—Nos vemos mañana —le prometió sin convicción—. Es mejor así, Gúnnr.

—Como desees, Engel.

Aunque los dos sabían que el mañana no iba a ser igual. Jamás.

Cuando la puerta se cerró, Gúnnr no se dio cuenta de que se estaba clavando las uñas en las palmas de las manos. Ni tampoco notó que sus ojos habían adquirido el color de la sangre. Sólo sabía que le picaban y que estaban llenos de lágrimas. Era una fracasada.

Se limitó a recogerlo todo e intentó no pensar en el rechazo de Gabriel. Las velas todavía titilaban, así que se fue a apagar cada una de ellas con un bufido rabioso.

Toc toc.

Alguien picó a la puerta.

No estaba de humor para hablar con nadie. No abriría.

Toc toc toc.

No podía ser otra que Bryn. Era la única valkyria que no necesitaba prestar atención a ningún einherjar porque ni quería ni se sentía obligada a hacerlo. Nunca más. Así que ahí estaba, molestándola a ella.

Gúnnr se limpió las lágrimas con el antebrazo y abrió a su hermana.

Bryn la miró de arriba abajo. La Generala iba vestida con uniforme de guerra. Con ropa negra y plateada, hombreras en punta, corsé, rodilleras y botas metálicas, guantes negros y plateados y su arco de marfil negro. Bryn tenía el arco más mortal de todo el Valhall. Era capaz de disparar más de diez flechas a la vez.

—¿Qué ha pasado? ¿Por qué lloras? —Llena de rabia, entró en el salón y agitó los brazos. El arco se redujo hasta convertirse en una pulsera de metal negro que rodeaba su muñeca. Eran las *bue* de las valkyrias. De ellas salían sus flechas y sus arcos.

—Nada —nunca mejor dicho—. No ha pasado nada —recuperó el control de su voz y de sus emociones.

—No se llora por nada.

—Y eso lo dice la que nunca ha derramado una lágrima —soltó

Gúnnr.

Bryn levantó una ceja rubia y sonrió con intriga. Gúnnr se arrepintió de hablarle así. Ella y Róta sabían muy bien lo mal que lo había pasado Bryn, aunque ella nunca lo reconociera.

—¿Furia, hermanita? ¿Estás furiosa?

—Gabriel me ha rechazado. Yo... Me he ofrecido a hacerle algo más que sanarle y... Bueno, él me ha dicho que nunca lo haría conmigo. Que está enamorado de otra.

—En pocas palabras: que tú no eres Daanna —recordó las palabras en voz alta que había dicho el guerrero en su ceremonia de bienvenida—. Todas oímos lo que te dijo después de que le dieras de beber ambrosía.

—Sí —apretó los dientes y se cruzó de brazos. Sus orejas puntiagudas se agitaron y se pusieron muy tensas—. Es fantástico que todos lo oyeran —añadió con sarcasmo.

—No. Sólo las valkyrias —aclaró Bryn poniéndole una mano en el hombro—. Nuestro oído es finísimo.

Gúnnr no quería seguir hablando con ella. Quería encerrarse en algún lugar, dar cinco o seis gritos y que la rabia desapareciera. Quería lamerse las heridas a solas.

—Gunny... ¿Sabes que tienes los ojos rojos?

—Es de llorar —se limpió las comisuras de los ojos—. Me he sentido tan humillada, me ha dado tanta rabia... ¡Tanta, tanta rabia!

—No, no, estás equivocada, *nonne*[6] —la tomó de la mano y la colocó frente al espejo—. Mírate.

Gúnnr se quedó plantada, de pie frente al gran espejo ovalado con el marco de oro lleno de tribales que había empotrado en la pared. Se estudió. Era verdad, sus ojos pasaban del azabache al rojo, alternativamente.

—¿Qué es...? —Se tocó los párpados con la punta de sus elegantes dedos—. Por Freyja... Mis ojos, Bryn... Están...

Bryn se colocó tras ella y le puso ambas manos en los hombros.

—Se llama estar furiosa, dulce Gúnnr —y le sonrió con orgullo—. La *furie*. Así nos ponemos las valkyrias antes de que lleguen los fuegos artificiales —le guiñó un ojo.

6. *Nonne*: apelativo cariñoso que significa «hermanita».

III

Catorce amaneceres después

Un episodio de furia.

Un jodido episodio de furia que se estaba alargando más de lo normal, eso era lo que tenía. Bryn y Róta miraban entretenidas a su hermana pequeña. Estaban apoyadas en un inmenso fresno, parecido a Yggdrasil. Por todo el bosque circundante del Valhall había fabulosas réplicas de ese árbol en el que las *nornas* tejían el tapiz del destino. Alrededor de dicho bosque, había amplios campos de tiro al arco, lugar de entrenamiento de las valkyrias, y Gúnnr estaba entrenando, imaginándose que una de las pocas dianas que no estaban chamuscadas por el temperamento *valkyr,* era la cabeza de Gabriel.

Gúnnr tensó las cuerdas del arco mientras meditaba sobre el hervidero de emociones que se habían agolpado en su interior desde que el Engel la había rechazado hacía ya dos semanas. Dos eternas semanas, llenas de aburrimiento e ira.

Apoyó la pequeña barbilla en la *bue*[7] negra y roja, que le hacía a su vez de muñequera metálica, y tensó la cuerda.

Él le había prometido que al día siguiente volvería, pero había mentido. Llevaba catorce amaneceres sin aparecer, sin hablar con ella, y para colmo eso no era lo más humillante.

Clavó sus ojos, que volvían a ponerse rojos como la sangre, en la diana. Una mariposa amarilla, ignorante del estado emocional de Gúnnr, brillante y llena de luz, rondó sobre su cabeza y acarició su orejita con el batir de sus alas. La oreja se sacudió y la mariposa huyó.

Lo más humillante había sido que el muy tonto había luchado todos y cada uno de los días desde entonces y le habían herido multitud de veces, pero no había ido a ella para que cuidara de él. No. Había dejado que otras valkyrias lo sanaran con ungüentos y bebidas mágicas con las que traficaban los enanos, porque ellas no tenían un *kompromiss* con él y no podían curarle naturalmente, como en cambio sí que podía hacer ella. Con ese gesto Gabriel había sido muy claro. Y muy cruel.

7. *Bue:* son las pulseras metálicas negras y rojas que llevan las valkyrias en las muñecas. Si se agitan, una de ellas se transforma en arco y la otra crea flechas de naturaleza eléctrica.

No la quería a ella. Después de tanto tiempo disfrutando de su compañía, el atrevimiento de Gúnnr había salido muy caro.

«Qué tonta he sido».

Gruñó y soltó la cuerda del arco. La flecha negra cortó el aire y, con un silbido, cruzó el campo hasta alcanzar el centro de la diana. Echó los hombros hacia atrás y apoyó un extremo del arco en el suelo, sosteniéndose en él como si fuera un bastón.

El Engel se había portado muy mal, o ¿acaso había sido ella la culpable? No debería haber dado ese paso adelante. No debería haber cedido a ese impulso de querer tocarle de ese modo. Negó con la cabeza y se echó el pelo hacia atrás.

Ahora todos sabían que él no quería que lo tocara ni de ese modo ni de ninguna otra manera. Ya no sólo tenía que lidiar con su falta de poderes, sino que, además, tenía que lidiar con la vergüenza de haber sido rechazada por el einherjar más importante. El líder.

Sí. Estaba furiosa. Pero era una furia interna que ni sabía ni podía expresar ni liberar. Su dolor iba por dentro, por eso sus poderes no se habían manifestado de ninguna manera. Sus ojos estaban la mayor parte del tiempo rojos, pero nada más. Era un volcán que no podía estallar por ningún lado.

Bryn, que estaba comiéndose una manzana, se acercó a ella.

—Llevas dos semanas sin hablar —le dijo harta de la situación y del silencio de su hermana—. ¿Es un voto de silencio?

Gúnnr miró a Bryn de reojo al tiempo que agitaba su *bue* y ésta se recogía en su muñeca. Sí, era un voto de silencio. Necesitaba meditar. Su repentina impulsividad con Gabriel le había costado que él se alejara de ella, que la rehuyera. De ahora en adelante, se pensaría las cosas más a fondo antes de hablar y de actuar.

Le espontaneidad y el deseo eran una mierda.

—Es increíble que estés así —dijo Bryn dando otro mordisco a la manzana—. ¿Y sabes qué es lo más increíble?

No. No lo sabía.

—Que no le hayas arrancado la nuez a ese falso angelito. Ahora estará en manos de unas cuantas hermanitas, siendo manoseado y disfrutando de sus atenciones. Y mientras tanto, tú estás aquí, llorando como la valkyria débil y frágil que dicen que eres.

—No estoy llorando —contestó Gúnnr alzando la barbilla temblorosa.

Bryn la compadeció y le tomó la barbilla con la mano.

—Ha rechazado los favores que tú, como su valkyria que eres, puedes ofrecerle. Es intolerable.

—Lo ha hecho porque le sorprendí y no soy lo que él quiere. Ha sido honesto.

—Lloras por dentro. Suéltalo —le ordenó con suavidad—. Eres una valkyria, aunque tú no lo creas.

—Déjalo ya —Gúnnr retiró la cara—. Insistes en despertar mi furia, pero el problema es que mi furia no está dormida, Bryn. El auténtico problema es que yo no tengo furia.

—¡Sí que la tienes! —Aseguró Róta desde la otra punta, sentada sobre las raíces del fresno, arrancando una hierbajo del suelo.

—¡Déjame en paz, Róta! ¡Tú y tu pirulo me habéis puesto en esta situación! —Exclamó Gúnnr señalándola con el dedo.

Róta se levantó como si tuviese un muelle en el trasero y en dos segundos estaba delante de Gúnnr, echando rayos y truenos rojos por los ojos.

—No es mi culpa, ni tampoco ha sido la tuya —Róta frunció los labios y siseó como una serpiente—. Es culpa de él. El Engel es un puto cobarde. ¿Y él va a liderar a las valkyrias cuando ni siquiera ha sabido lidiar contigo? Es un chiste malo. Los hombres se miden por cómo tratan a sus mujeres, y Gabriel te ha tratado como si fuera El encantador de perros. ¿Qué se ha creído?

—¿Quién es El encantador de perras? —preguntó Bryn sin entender a Róta.

—Perros —la rectificó su hermana de pelo rojo—. Es uno de esos programas terrestres que a Freyja le gusta poner a través de la Ethernet. Es entretenido —se justificó Róta al ver la cara de preocupación de su Generala—. Gunny, yo no pensé que él iba a tratarte así… Es un cretino —murmuró apasionada.

Gúnnr miró a Róta. Suspiró con cansancio y negó con la cabeza:

—No me defiendas y no me hagas mohínes.

Róta puso cara de pena. Se sentía muy culpable por haber animado a Gúnnr a insinuarse a Gabriel.

Gúnnr puso los ojos en blanco y resopló.

—Es inútil. Ni siquiera puedo estar furiosa contigo ni un momento. Soy un fraude.

Róta sonrió agradecida y le echó los brazos al cuello.

—Tranquila, hermanita. Lo superaremos —le susurró dándole un beso en la mejilla—. Yo le corto las piernas, Bryn los brazos y tú la polla, y veremos si los mejunjes de los enanos hacen que le crezcan las extremidades.

—¿No lo piensas reclamar, Gúnnr? —Preguntó Bryn.

—¿A Gabriel? —No entendía la pregunta. Ese guerrero la había infravalorado y dejado de lado—. No. Ha dejado muy claro lo que quiere. Yo no debí hacer eso, ni tampoco debí hablarle de ella. Daanna es sagrada para él.

—¿Freyja no se ha pronunciado? Ella te adora, no puede haberle sentado bien que te hiciera eso —insistió la rubia tirando el corazón de la manzana al suelo. La manzana se fundió con la tierra fértil del campo e inmediatamente emergió una rama que, en un futuro, se convertiría en un árbol de manzanas.

—Freyja tiene muchas preocupaciones como para también tener que estar pendiente de solucionar mis errores.

—¡No ha sido tu error! —Exclamaron indignadas las dos a la vez.

Alguien carraspeó a sus espaldas.

Gúnnr se giró y encaró al intruso.

El sol del Valhall iluminaba a Gabriel. Estaba lleno de sudor y se apoyaba en el mango de su espada. Tenía media melena rubia recogida, y parte de su pelo rizado y húmedo por el sudor caía por sus hombros.

Gúnnr esperó a que la mirara a la cara, pero ese gesto no llegó.

—Bryn —dijo Gabriel.

—¿Qué quieres? —Preguntó la rubia a desgana, como si su presencia le molestara.

Gabriel levantó una ceja vanidosa y sonrió con soberbia. Gúnnr tenía a dos huesos duros de roer como protectoras. Se alegró por ello.

—Reúne a las valkyrias. Odín y Freyja nos esperan en el *Sessrúmnir*.

Bryn se tensó y frunció el ceño.

—¿Ha pasado algo?

—Eso parece —Gabriel miró a Róta, que lo ignoraba por completo. La valkyria, al menos, tenía más ropa puesta que la última vez que la había visto—. ¿Has encontrado tu guardarropa?

—¿Y tú a tu valkyria? —Replicó con atrevimiento—. Creo que la perdiste hace dos semanas, y has tenido dificultades para dar con ella, ¿no es así, Engel?

—Róta —Gúnnr censuró con una mirada a la valkyria.

Gabriel alzó la comisura del labio. Lo tenía merecido.

Se había comportado de un modo atroz. No sabía qué mosca le había picado. Bueno, sí, en realidad no quería hacer sufrir a Gúnnr. «Me gusta-gusta», había reconocido ella. Gabriel sabía lo que era eso, le había pasado con Daanna y no era del agrado de nadie que jugaran con sus sentimientos. Él odiaba jugar. No era que Daanna hubiese jugado, ella en realidad no había tenido que hacer nada para que él cayera de rodillas a sus pies. Había mujeres que eran así y tenían ese poder. Había mujeres que respondían a un ideal, y Daanna respondía al suyo. Pero la situación con Gúnnr podía dar lugar a malos entendidos; él podría dejarse llevar un día y cometer un error muy grande, y la pequeña Gúnnr no merecía eso.

Gúnnr merecía que cuidaran de ella y que la tocaran sabiendo que era en ella en quien pensaban y no en otra mujer. Y también al revés, claro.

Tenía que hablar con Gúnnr. La había visto todos los días y no se había atrevido a decirle nada. Se sentía incómodo como nunca. Nunca se había considerado un cobarde, pero la situación entre ellos se había enrarecido mucho y ahora no sabía cómo dirigirse a ella, ya no era sólo su amiga. Era una mujer.

Allí estaba Gúnnr, con esa mirada llena de embrujo y azúcar clavada en él. Toda vestida de negro, con sus esbeltos hombros al aire echados hacia atrás. ¿Tenía los ojos rojos? ¡Caray! Impresionaba un poco. El flequillo liso y demasiado largo que le caía graciosamente sobre las cejas arqueadas y sexys, y las orejillas que se asomaban tras el pelo color chocolate y lacio le daban un toque de vulnerabilidad. Sus labios dibujaban una mueca de desagrado.

—¿Se puede saber qué estás mirando? —Le preguntó Gúnnr impaciente.

Gabriel pestañeó. A veces se quedaba sumido en sus pensamientos mientras la miraba. Pero no tenía importancia porque él tenía una gran capacidad para dispersarse y abstraerse de todo lo que le rodeaba.

—Nada —contestó. De repente no supo qué decir. Se rascó la nuca y movió la punta de la espada en círculos, señalándolas—. Os espero allí.

Se dio la vuelta y se alejó de ellas.

Gúnnr lo odiaría si seguía comportándose así. Bueno, eso si no lo odiaba ya.

En Folkvang, las tierras del Asgard posesión de Freyja, se hallaba el palacio Sessrúmnir. Sessrúmnir era conocido porque en una de sus salas circulares tenía tantas sillas como valkyrias y einherjars se hallaban en sus filas.

Todo el palacio levitaba sobre el Asgard y se mezclaba con el cosmos. Aquel patio central en el que estaban no tenía paredes, así que debían tener cuidado de no caer al abismo.

Gabriel y sus einherjars habían tomado asiento hacía rato. El einherjar estudió con curiosidad lo que allí sucedía.

Freyja «la Resplandeciente» estaba sentada en su trono de jade, acariciando distraída a sus dos tigres blancos. Odín hablaba con ella como intentando que entrara en razón sobre algo. También se encontraban el dios Frey y el dios Thor.

Thor era el dios del trueno, un Aesir, dios de la batalla, del clima y de los viajes, entre otras cosas. No se dejaba ver nunca en el Asgard, porque se hallaba siempre en reyertas en las tierras de los gigantes, vigilando que ninguno de ellos se colara en su mundo. Era un dios muy venerado y respetado por todos.

El dios Frey había dejado Álfheim para acudir a la reunión. Él era el dios de la fertilidad, la virilidad, la lluvia y el sol naciente o amanecer, y había tomado parte en la transformación de los vanirios. Su hermana era

Freyja, ambos hijos de Nerthus y Njörd.

Las *nornas* se hallaban en una esquina, observadas por todos: tres doncellas jóvenes y temidas por la mayoría. Las tres de piel marfileña, ojos negros y pelo rojo. Skuld era la más bajita de ellas, y también la que más fortaleza irradiaba. Su nombre quería decir: «lo que debería suceder»; Urdr, «lo que ha sucedido», estaba a su lado con los brazos cruzados, mirando pensativa los ejércitos de valkyrias y einherjars de los que disponían; y Verdandi, «lo que ocurre ahora», tenía la mirada clavada en el horizonte abismal. Gabriel había leído que en realidad eran valkyrias. Pero no era cierto. Sólo Skuld cumplía a veces la función de valkyria. Aun así, aquellas mujeres distaban mucho de ser guerreras, tenían un aspecto etéreo y transmitían una serenidad sobrecogedora, lo contrario de lo que una valkyria, tan llena de impulsos y de sangre caliente, podía irradiar. Gúnnr le había explicado que el don de profecía les había pasado factura. Ellas y nadie más podían ver el futuro inmediato de la Tierra y del Universo.

Cuando las valkyrias llegaron al Sessrúmnir, Gabriel buscó a Gúnnr con la mirada.

La valkyria se había colocado al final de todas sus hermanas, como si no quisiera que la miraran o que la señalaran con el dedo. Seguro que eso era precisamente lo que harían muchas de sus hermanas, y todo por su culpa y su poca discreción. No había sabido sobrellevar el atrevimiento de Gúnnr y ahora la pobre estaba pagando su desatino.

Cuando acabara la asamblea de los dioses, hablaría con ella e intentaría recuperar la amistad de antes. Una amistad que distaba mucho de ser íntima, pero, al menos, ella era alguien con quien se podía relajar y hablar de todo sin necesidad de profundizar en nada. Y además, estaba el hecho de que le encantaba su compañía. Le gustaba sentirla cerca y adoraba sus manos. No sólo las adoraba. Las echaba de menos. Las otras valkyrias le habían curado las heridas con esas cremas de los *dvelgar,* los enanos Mótsognir y Durin. Esos enanos sabían hacer de todo.

Las valkyrias que no tenían einherjar propio ayudaban a sus hermanas que sí habían sido convocadas y tenían un *kompromiss*, y lo hacían untándose las manos de esa crema pastosa y gelatinosa a la que habían apodado *hjelp*, el remedio, y así podían ayudar a sanar también al guerrero.

Mierda. Tenía el cuerpo embadurnado de *hjelp*, y olía a metal. Los enanos obtenían el ungüento del barro húmedo del interior de las cuevas. Eran alquimistas, trabajaban las piedras para conseguir de ellas todo tipo de elixires y brebajes o, como en este caso, remedios para cicatrizar las heridas. Y también eran inventores. Trabajaban mucho la tecnología. Gabriel no entendía cómo se podía obtener algo líquido de una superficie sólida, pero los *dvelgar,* los enanos, lo conseguían.

Así que Gúnnr se había quedado rezagada, ocultándose de todos y de todo. Y seguramente, escondiéndose de él. La valkyria lo había mirado fugazmente y había apartado la cara para que él no se diera cuenta de que lo estaba mirando. Pero él se daba cuenta de muchas cosas. Sobre todo de cuando lo observaban.

Odín hizo aspavientos con las manos y reclamó atención a todos sus guerreros. Los miró con aquel ojo que todo lo veía, con serenidad e indulgencia.

—Como sabéis, los humanos son nuestro más preciado experimento. Se encuentran en medio de una batalla entre el desgraciado de Loki y todos nosotros —abarcó la sala con el gesto de su mano—. Loki intenta destruírlos, y muchos de ellos permiten que lo haga. Sabéis que en el Midgard hay sectas de humanos que están al tanto de la Gran Verdad.

La Gran Verdad era la certeza de que otras realidades existían, de que habían otras dimensiones y otros universos paralelos.

—Esos humanos llevan estudiando desde hace muchísimo tiempo la posibilidad de entrar a estas otras dimensiones, dimensiones en las que nos encontramos. Buscan contactar con ellas y entrar en ellas a través de atajos y portales cósmicos. Newscientists, cuyos líderes son berserkers y vanirios que han vendido su alma a Loki, han conseguido abrir una grieta. Y han entrado a nuestro mundo —declaró rabioso.

Todos se pusieron alerta. La multitud se removió inquieta.

—¿Cómo han entrado? —preguntó Gabriel.

—Han abierto un portal en la Tierra y han subido hasta aquí —explicó el dios Aesir frotándose la barba—. Llevan años estudiando los puntos electromagnéticos de la tierra para intentar dar un salto dimensional. La tierra está convulsa y siente que en poco tiempo la alineación planetaria dará lugar a ese acercamiento de dimensiones, y aquello que no se ve, será revelado. La energía electromagnética de la tierra está descontrolada y ellos lo saben, así que no han dudado en ponerla a prueba.

—¿Ha sido Loki? —preguntó Bryn.

—No. Loki es o era, hasta ahora, una entidad mental —dijo Freyja levantándose y caminando de un lado al otro—. Es incorpóreo. Cuando huyó al plano dimensional de la Tierra, él mismo se ocultó de nosotros, desapareciendo físicamente. Lo que vino aquí tenía cuerpo, tenía un vehículo con el que poder tocar y manipular las cosas. Era un transformista. Como él —señaló con los ojos llenos de odio.

—¿Y no se sabe de quién se trata?

Thor y Odín se miraron el uno al otro, recelosos de responder.

—Tenemos una ligera idea, pero no podemos asegurarlo porque no sabemos a ciencia cierta si es o no es posible tal conjetura. Y además, se oculta de nosotros y de las *nornas.* No deja que le encontremos.

—Entonces, dices que han entrado aquí. Pero, ¿qué han hecho, exactamente? —preguntó Gabriel de nuevo.

—El intruso se hizo pasar por Freyja y entró en Álfheim, allí donde residen las armas de la luz —contestó Odín con cara de preocupación—. Los elfos no tuvieron ningún reparo en dejarle entrar, porque para ellos Freyja es su única diosa. Y ella puede corretear por ahí como le plazca.

—Soy mujer. Soy poderosa. Estoy buena y soy una diosa. ¿Qué esperabas? —Replicó Freyja mordazmente.

Las valkyrias sonrieron, pero a los einherjars no les gustó nada el comentario.

Gabriel sabía que los elfos de luz, dentro de la cosmología de los dioses, no pertenecían a ningún bando, pero en caso de ir a la guerra, siempre lucharían del lado de los Aesir y los Vanir porque para ellos, había una raza menor, la humana, que necesitaba protección y ser salvada, y por tanto, lucharían con aquellos que les defendieran. Por ello, esa arbitrariedad les había servido para ser los depositarios fieles de esas armas tan destructoras. Los elfos no eran nada egoístas ni tampoco caprichosos, al contrario, eran benevolentes y muy hospitalarios, no anhelaban el poder, y nunca tocaban nada que no fuera de ellos. Por esa razón las armas estaban a buen recaudo en sus manos, o al menos lo habían estado. Gabriel siempre bromeaba con ellos y les decía que Tolkien había estado equivocado. Légolas se habría pasado la influencia del anillo de poder por el forro.

—La cuestión es que entraron en la sala de las armas, allí donde guardamos nuestras más preciadas posesiones para luchar en el *Ragnarök,* y se llevaron a *Mjölnir* y a *Seier* —anunció Odín.

—¡¿Cómo has dicho?! —gritó Bryn echando rayos rojos por los ojos.

Gabriel se llevó las manos a la cabeza.

—No puede ser…

Mjölnir era el martillo de Thor, el azote de todos aquellos que osaban luchar contra los Aesir. Era un arma poderosa y destructiva. Si alguien osaba utilizarla en la Tierra, podría crear el caos.

—El fin del mundo —asintió Thor, leyendo la mente de Gabriel—. Si alguien usa el martillo en la Tierra, se acabó todo. No entiendo quién lo ha hecho ni cómo ha podido siquiera cogerla sin que el martillo descargara los truenos en él. Sólo yo estoy preparado para cogerlo. Los enanos Sindri y Brok, que hicieron a Mjölnir para mí, me aseguraron que sólo yo podía portar el martillo. ¿Cómo han podido robarlo?

—¿Y cómo se han llevado a Seier? Es la espada de la victoria de Frey. Ningún ejército puede vencerla. ¡Esa puta espada lucha sola! —exclamó Gabriel haciéndose cruces de lo que había pasado.

—Yo le pedí a Freyja que la desactivara con la magia *seirdr*[8] —contestó Frey—. A Seier no le gustaba estar en manos ajenas, y se protegía de todo aquel que se le acercara y no fuera yo —el dios de pelo liso y rubio, como eran casi todos los dioses Vanir y Aesir, se encogió de hombros—. Los elfos estaban un poco hartos.

Odín y Freyja se miraron preocupados.

—Eso no es todo —Odín alzó la voz y calmó los ánimos de los allí presentes—. No sólo se han llevado a Mjolnir y a Seier. También —apretó la mandíbula y los puños, como si quisiera matar a alguien—... También robaron a *Gungnir.*

El palacio enmudeció.

Gúnnr se estremeció ante la noticia.

Gabriel palideció y las valkyrias y los einherjars guardaron un minuto de silencio. Que desapareciera Gungnir era la peor noticia de todas. Seier y Mjolnir eran armas poderosas, pero Gungnir podía desencadenarlo todo.

Gungnir era la lanza de Odín. Las nornas habían profetizado que el

8. *Seirdr:* Magia negra que es principalmente utilizada por Loki y sus brujos.

día que Gungnir tocara el suelo del Midgard, ese día sería el inicio de la batalla final, del *Ragnarök.*

Gabriel creía estar desvinculado ya de la energía de la Tierra y de sus habitantes. Él ya no se consideraba uno de ellos. Sin embargo, tenía la certeza de que con Gungnir en malas manos, llegaría la gran sacudida, como significaba su nombre, y entonces todo se acabaría. Saberlo le provocaba un vacío extraño en el pecho.

—¿Cómo han podido robar a Gungnir? —preguntó Gúnnr sin alzar la voz. Era una pregunta directa y sin rodeos, y no estaban acostumbrados a oír a Gúnnr hablar así—. Es tu lanza, Odín. ¿Cómo te la han podido quitar?

Los ojos grises de Freyja miraron a Gúnnr con interés y orgullo.

—¿Ya hablas? —Le preguntó la diosa.

Gúnnr no se achicó por el tono de Freyja. La diosa sonrió y miró a Odín de reojo.

—Cuéntales, Odín. ¿Por qué te han quitado a Gungnir?

Odín apretó los puños y atravesó a la diosa Vanir con su único ojo azul.

—Estás disfrutando con esto, ¿verdad?

—En absoluto —una sonrisa llena de malicia se dibujó en su rostro de marfil.

Odín murmuró algo para sí mismo y suspiró:

—Entró en Gladheim, mi palacio. Pensé que se trataba de Freyja y que… me hacía una visita. Pero no era la diosa, era él. Cuando me di cuenta, ya se había llevado la lanza.

—Y, ¿cómo te despistaste? —preguntó Thor, con su barba, sus trenzas castañas claras y sus ojos claros, ligeramente divertidos.

—El cómo no importa —aseguró Thor con voz severa—. Lo único que importa es recuperar estos objetos antes de que hagan uso de ellos. El *Ragnarök* no puede llegar antes de tiempo, de lo contrario estamos todos perdidos. Newscientists ha logrado abrir estos portales porque Loki y sus secuaces quieren destruir ya el Midgard. La alineación cósmica tiene una fecha y no pueden acelerar los acontecimientos antes de que estemos completamente preparados, por eso han decidido probar con otro tipo de tretas. Enviaremos a un grupo de einherjars y valkyrias a la Tierra para que nos traigáis nuestros tótems.

—Queremos a los mejores ejecutores, así que Engel y Bryn lideraréis al equipo que descienda —explicó Freyja.

—¿Sabéis dónde están vuestros tótems? —Preguntó Gabriel. Necesitaba toda la información posible—. ¿Tenemos alguna pista sobre su paradero? No podemos dar golpes de ciego, no hay tiempo para ello.

—Observé el Midgard a través de mi trono Hildskalf —contestó Odín.

Hildskalf era el trono a través del cual el dios Aesir podía observar todo lo que acontecía en la Tierra. El trono estaba ubicado en Valaskalf, un palacio construído por los dioses en plata pura. Gabriel entendía que los dioses, aunque lo veían todo, no podían interceder en los planes de la humanidad, ni en sus guerras, ni en sus conflictos, ni en sus decisiones. Ellos sólo les observaban, pero no podían interactuar con ellos. Por eso enviaban a los einherjars y a las valkyrias. Y por eso habían enviado también a vanirios y berserkers con anterioridad.

—No sé nada sobre Gungnir, no la percibo —explicó Odín con mucho pesar—. Seier y Mjolnir se encuentran en tierras americanas, los destellos proceden de allí, y es allí donde os vamos a enviar. Sin embargo, creemos que las están ocultando a nuestro ojos. Ni Skuld, ni Verdandi pueden ver nada, excepto oscuridad. Y Urdr no puede leer nada sobre el pasado porque lo han vetado. Las órdenes son claras: cercar todas las sedes de Newscientists, destruirlas y encontrar los objetos para devolverlos al Asgard. Si ellos abren los portales, el que entró volverá a ellos para entregarles los tótems.

—¿Cuándo? —Preguntó una Bryn muy ansiosa—. ¿Cuándo nos vais a enviar?

—Hoy mismo —contestó Freyja—. Por ahora sólo podemos enviar a los einherjars y a las valkyrias que tengan un *kompromiss,* los mejores, sólo así podréis sobrevivir. Si os hieren, será el único modo de que os repongáis lo antes posible.

Gabriel miró a Gúnnr de reojo. Ellos tenían un *kompromiss.* ¿Cómo iba a sobrevivir Gúnnr en un planeta tan bélico como la Tierra? Esa chica no tenía poderes.

—Y aun así —continuó la diosa—, sé que, si es vuestra hora de morir, moriréis. La Tierra no es el Valhall. Si os arrancan el corazón u os cortan la cabeza —miró a Gabriel—, se acabó. No resucitaréis como aquí.

—Sabemos que la Tierra no es nuestro campo de entrenamiento, Freyja —aseveró Gabriel.

—Habéis sido entrenados para estos momentos —dijo Odín—. Pensábamos descender todos juntos en el *Ragnarök,* pero no va a poder ser. Os necesito abajo ya. Siento si os parece precipitado o si no os doy tiempo para haceros a la idea, pero sois mis guerreros y sé que no vais a decepcionarme.

—No lo haremos, *Alfather*[8] —así es como llamaban los guerreros a Odín. Él era el Padre de todos.

—Me alegra, Engel. Tú eres el líder de los einherjars. Y serás nuestro mensajero. No sólo vas a recuperar los tótems. Tienes que dar un aviso muy importante a todos los clanes guerreros de tu ex-mundo. Contactarás con vanirios, berserkers y einherjars que ya han descendido al Midgard.

—¿De qué se trata? ¿Qué tengo que hacer?

—Alertarás a todo aquel que encuentres sobre los tótems y los unificarás para que luchemos todos juntos cuando se acerque el día. También les dirás que Daanna vendrá a por sus líderes. Su don va a despertar.

El Engel frunció el ceño sin comprender.

—Daanna. Daanna McKenna —le recordó Freyja—. Tu deseo, el deseo que tomaste para ella va a hacer que la vaniria por fin sepa cuál será su función.

Era escuchar su nombre y se ponía nervioso. ¿Daanna iba a despertar gracias a él? Pero ése no había sido su deseo. Su deseo había sido que Menw y ella arreglaran sus diferencias. ¿Tenía que ver eso con que ella despertara? ¿Cómo? No lo entendía. ¿Y si Daanna no había vuelto con Menw? ¿Estaría libre? ¿Podría Daanna fijarse en él siendo un guerrero inmortal como ahora era? Joder, le estaban entrando unas ganas locas de regresar a la Tierra sólo para poder verla.

—Bien, y ahora que ha quedado todo aclarado —dijo Thor cruzándose de brazos—. Preparemos vuestro descenso.

—¡Un momento! —Freyja se levantó de su trono, toda digna—. Necesito un momento a solas con mis valkyrias.

8. *Alfather:* Así es como llaman a Odín «el padre de todos».

Freyja había seleccionado a un grupo muy reducido de valkyrias. Los einherjars se habían ido con Odín, Thor y Frey, y ellas estaban ahora con su diosa. Preparadas para oír lo que fuera que tuviesen que oír.

Gúnnr, que era la única a la que los tigres permitían que los tocara, acariciaba distraída a los dos majestuosos felinos blancos de Freyja. Estos intentaban llamar su atención empujándole las manos con los inmensos hocicos para que les rascara detrás de las orejas, pero la joven estaba ensimismada, pensando en la misión que iba a emprender junto a Gabriel.

—Gunny —Freyja llamó su atención con aquella voz musical. La diosa se levantó de su trono de jade y se acercó a ella, mirándola desde las alturas—. Eres la valkyria del Engel, bajarás con él.

Gúnnr se relamió los labios y sus ojos enormes se cubrieron de preocupación.

—¿Cómo puedo ayudarle a él, Freyja? Las demás valkyrias tienen todos sus poderes disponibles, yo sólo me valgo de mis flechas, no tengo nada más.

—Tenéis el *kompromiss*. Ayúdale al menos a sanar. Si no sabes hacer nada más —dijo pinchándola ácidamente—, cumple al menos con tu función básica hacia él. Él te eligió por algo. ¿Vas a poner en duda el criterio de Gabriel?

Róta y Bryn, junto con el resto de valkyrias se incomodaron ante ese comentario. Gúnnr era su hermana, no permitían que le hablaran así, aunque fuese su diosa quien le dirigiera esas crueles palabras.

—No lo pongo en duda, sólo soy honesta —alzó la barbilla—. Sólo digo que no sé lanzar truenos, y no puedo convocar a los rayos si no hay tormentas. No sé provocar descargas eléctricas. No creo que…

—¡Basta de lloriqueos! —Freyja alzó la mano—. Vas a tener que espavilar, Gúnnr. Ahí abajo no cuidarán de ti como lo han hecho aquí. Si pueden doblegarte, lo harán. Yo tengo confianza en que explotes en algún momento, y quiero ver los rayos y centellas. Eres mía, Gúnnr. Eres una rareza, pero nunca me he equivocado respecto a vosotras. Si digo que eres una valkyria, es que eres una jodida valkyria. ¿Entendido? Puedes detectar tormentas.

—Sí, soy la mujer del tiempo —susurró sarcástica apartando la cara—. Predecir el tiempo no es un don de guerrero.

—No predices el tiempo, Gúnnr. Digo que sientes las tormentas. Puede serte útil —murmuró Freyja enigmática, poniéndole las manos sobre los hombros—. Deseo lo mejor para ti.

A Gúnnr le parecía un don tan ridículo que nunca lo había mencionado a sus hermanas, sólo a Freyja.

—Yo deseo lo mejor para todas vosotras —aseguró la diosa.

Bryn resopló y miró hacia otro lado.

—¿Algo que objetar, Bryn? —Freyja la traspasó con la mirada.

—Nada, Freyja —contestó secamente.

La diosa alzó las comisuras de los labios dibujando una siniestra sonrisa. No le gustaba el carácter rebelde de Bryn.

—Os alegrará saber —Freyja pasó los dedos por el pelo lacio de Gúnnr— que he decidido regalaros algo. No sé cuándo os volveré a ver, ni siquiera sé si regresaréis con vida de vuestra aventura en la Tierra. Deseo que sí —miró con cariño a Gúnnr y le acarició la mejilla con el pulgar—. La energía del Midgard es poderosa, es muy sinérgica y brutal. Era importante para mí que mis hijas fueran vírgenes mientras permanecieran en mis tierras. No quería que ningún hombre os hiciera daño. Pero las normas han cambiado. Es una desgracia morir, pero es todavía peor morir virgen. Así que os doy carta blanca para que experimentéis con vuestros cuerpos allí abajo. La virginidad no tiene razón de ser en los humanos, los hijos de Heimdall. Por tanto, tampoco tendrá razón de ser en mis hijas.

Róta desencajó la mandíbula.

La energía eléctrica de Bryn se disparó.

Y Gúnnr, en cambio, no salía de su asombro. ¿Sexo?

—¿Ahora sí que podemos dejar que los hombres nos toquen, Freyja? ¡¿Ahora?! —gritó Bryn apretando los puños—. ¡Me manipulaste! —la acusó con los ojos rojos y llenos de lágrimas y el pelo rubio ondeando a su alrededor—. ¡Jugaste conmigo!

Freyja alzó la mano y de repente el cuerpo de Bryn se vio amordazado mágicamente por una cuerda dorada que le oprimía de arriba abajo como una anaconda. Otra mordaza más pequeña cubrió su boca.

—Tu genio me saca de quicio, Generala —contestó complacida con sus reflejos—. Hablaré contigo más tarde. Como os iba diciendo…

—A ver si he entendido bien… —dijo Róta achicando los ojos con incredulidad—. ¿Las valkyrias que bajen al Midgard podrán dejar su virginidad atrás?

—Así es. Eso si no os matan antes.

—¿Por qué? —Gúnnr se mordió el labio inferior—. Dices que no quieres que ningún hombre nos haga daño, y sin embargo, ahora nos das carta blanca para tener relaciones con ellos.

—El hombre puede infligir la herida más incurable, pero puede entregar el mayor de los placeres. Son criaturas muy contradictorias. Ése es mi regalo para vosotras. No obstante, no os dejéis llevar por los caprichos ni por el deseo que a veces puede cegaros. El Midgard está lleno de cosas atrayentes, muy magnéticas. No perdáis el objetivo, disfrutad de vuestros guerreros, luchad al lado de ellos, cuidadlos y entregaos por completo a los dioses y a su misión. Hacedme sentir orgullosa de quiénes sois. Nada os limitará allí abajo. Tendréis dinero y dispondréis de todo lo que necesitéis. Gastad y haced lo que os dé la gana, ¡sois valkyrias! —Exclamó con una sonrisa—. Habéis aprendido muchas cosas sobre la Tierra. Os he mostrado todo lo que he podido a través de la Ethernet y Nanna ha subido muchos objetos terrestres para vuestro disfrute. Si bajáis ahí a luchar y a morir, al menos espero que os lo paséis bien. Si morís, morid con una sonrisa en los labios, cubiertas de joyas y el ardor que supone haber sido poseída por un hombre. No hay muerte más digna para mis valkyrias, ¿entendido?

Gúnnr sonrió. Freyja era una diosa que valoraba, por encima de todas las cosas, la diversión y la vanalidad. Con sus palabras no daba cabida a la duda. Para ella, en la guerra también había lugar para el placer.

La diosa levantó la barbilla de Gúnnr y clavó sus ojos en ella para susurrarle en voz baja:

—Te voy a dar un consejo: la valkyria y la mujer son indivisibles, Gúnnr. La furia y la pasión van siempre de la mano, no viven la una sin la otra, al contrario, viven la una en la otra. Despiértalas a las dos y revoluciona el Midgard con tus rayos. Déjate ir y sorpréndeme. Tú eres la elegida del Engel, demuéstrale porqué.

—¿Y las que no tenemos *kompromiss*? —Róta se cruzó de brazos como una niña pequeña, reclamando toda la atención que una mujer tan veleidosa como ella requería. Justo por eso a Freyja le caía tan bien, porque de algún modo, Róta le recordaba a ella misma. Era imprevisible.

—Las que no tengan *kompromiss* se quedarán aquí —Freyja repasó con la mirada gris a su valkyria—. Y yo les pondré toda la Ethernet que encuentre para satisfacer su curiosidad. Pero tú y yo sabemos que no estarás entre las que se queden aquí, sabes que ese no es tu caso, ¿verdad, Róta?

Róta apretó la mandíbula y se sonrojó de arriba abajo. Humillada desvió la mirada hacia otro lado.

Bryn desvió la vista hasta su hermana con suspicacia, meneando el cuerpo como si fuera una serpiente, como si las palabras de su diosa hubieran revelado algo que ella no sabía. ¡Ella era la Generala! ¿Cómo no podía saber esa información sobre Róta?

Nanna se hizo hueco entre las valkyrias y miró fijamente a Freyja.

—¿Y yo, Diosa? ¿Me quedo aquí o bajo con ellas?

Nanna era la encargada de recoger a los guerreros muertos y ascenderlos al Valhall. Sólo ella podía hacerlo pues era la única que, por lo visto, tenía el permiso de los dioses para ello. Freyja sonrió con dulzura a su guerrera, su Nanna.

—No puedes bajar, Nanna. Te necesito conmigo… Por ahora.

Nanna asintió no muy conforme con su respuesta y para consolarse pasó un brazo por encima de Gúnnr.

—Gunifacia —le murmuró al oído. A Nanna le encantaba cambiar los nombres y modificarlos a su antojo—. ¿Te podré robar el DVD de *El diario de Noah*?

Gúnnr asintió. Nanna añadía una hache final al nombre del chico, pero ya estaba acostumbrada a los cambios gramaticales de la valkyria.

¿Por qué no? Claro que se lo daba, ella no lo iba a ver más porque ahora tenía su particular prueba de fuego frente a sus narices. Su propia película en el Midgard.

Podía morir en la Tierra como una valkyria débil y sin dones, o enfrentarse a su sino particular. Gabriel podría no quererla como ella lo quería a él, pero su rechazo iba a motivarla para demostrarle que, probablemente, no era la mejor guerrera del Asgard, ni la más habilidosa, pero sí que iba a ser una mujer luchadora de los pies a la cabeza y no iba a permitir que él se avergonzara de ella.

Se abrían las apuestas.
Se apostaba al todo o nada.
Que empezara el juego.

IV

Iban a descender.

Bajar del Valhall al Midgard, del Paraíso a la Tierra. La sensación era extraña, no porque él no quisiera volver, sino porque, esta vez, él regresaba como alguien diferente. Como humano había sido un don nadie. Sí, había sido un tipo listo y resultón, que caía bien y al que las chicas adoptaban rápidamente como peluche oficial. Entonces él era inofensivo. Pero ahora… Ahora todo había cambiado. Miró su *American Express Black.* Los dioses les habían facilitado una a cada uno.

—Os hacemos bajar en parejas porque no sobreviviríais el uno sin el otro. Si os hieren, tenéis la cura al lado —explicó Freyja asomándose al abismo—. Abajo disponéis de cuentas bancarias a vuestro nombre y podéis usarlas según vuestras necesidades. El dinero es indispensable para moverse con libertad en la Tierra, su sociedad se ha creado así, y vosotros no tenéis los poderes mentales de los vanirios como para obtener dinero gratuitamente. Es lo justo, ¿no?

Gabriel y sus einherjars y valkyrias se hallaban en Valaskalf, en el palacio de Odín. Todos rodeaban el trono del dios, Hildskálf, a través del cual Odín podía ver qué sucedía en todos los mundos.

Con Gabriel bajaban Reso y Clemo, dos einherjars que eran las manos derechas de Gabriel, y también sus parejas valkyrias, las gemelas Liba y Sura. Y, además de Gúnnr, bajaban Bryn y Róta, que eran las únicas que descendían sin pareja, y nadie, excepto ellas, sabían por qué lo hacían. «Los mejores», había dicho Odín.

Un remolino de truenos y relámpagos empezó a formarse a sus pies. Odín se colocó detrás de Gabriel y le dijo:

—Llegó vuestro turno, Engel. Nuestros tótems quedan bajo tu responsabilidad. Sé que, aunque cueste, los hallarás.

Gabriel miró a su dios y asintió solemne.

—¿Cuánto tiempo ha pasado en el Midgard, *Alfather*?

—Poco más de tres semanas desde que falleciste —contestó Odín acariciándose la barba y mirando con seriedad el remolino.

¡¿Poco más de tres semanas?! No era nada. La línea de tiempo en el Asgard, era completamente distinta a la de la Tierra. Poco más de un año en el Asgard, suponía tres semanas en la Tierra. Caray…

Si lograba cumplir su objetivo, iría rápidamente a ponerse en contacto con Ruth y Aileen. Se llevarían un susto de muerte al verlo, pero él necesitaba abrazarlas otra vez, decirles que ellas fueron lo único que realmente valió la pena en su vida como humano. Bueno, ellas y Daanna.

—Si estás pensando en contactar con tu gente, Gabriel, abstente de ello —sugirió el dios.

—¿Por qué razón? —Él necesitaba ir a verlos.

—Porque no puedes mover el destino a tu antojo. Si tiene que ser será. No fuerces las cosas, serán ellos quienes te encuentren, no tú a ellos. Así debe de ser. ¿Queda claro? —los ojos del dios se tornaron completamente negros.

—Por supuesto, *Alfather* —aunque le frustraba no poder contactar con sus amigos, siempre había una razón para ello. Así que esperaría a que el destino les uniera de nuevo. Si esas eran las normas, se debían cumplir. Ya había comprendido que estos dioses no decían las cosas por puro capricho.

—El martillo —dijo Thor acercándose a ellos— atrae a las tormentas. Las valkyrias —miró a Gúnnr, que estaba colocándose bien los protectores metálicos de los antebrazos y los guantes negros— se comunican con los truenos. Los pueden convocar y pueden viajar a través de ellos. Tenéis que trabajar con los einherjars y ayudarlos. Ellos no pueden volar, de momento —sonrió con intriga.

—Lo haremos —aseveró Bryn buscando su sitio frente a sus hermanas.

Tenía la cara roja y los ojos un poco hinchados, como si hubiera estado llorando.

Gabriel frunció el ceño y enseguida quiso saber qué la había afectado de ese modo. Bryn nunca lloraba. Jamás.

Gúnnr se colocó al lado de su hermana y, por lo que Gabriel pudo percibir, le estaba transmitiendo ánimo y apoyo.

—Estamos a la disposición de nuestro einherjars —dijo la Generala mirando a su líder.

—Y nosotros a la vuestra —aseguró Gabriel.

Bueno, al menos tendrían facilidades, pensó Gabriel. Miró a Gúnnr de reojo y ésta enseguida percibió su mirada y lo miró a su vez.

—Las tormentas eléctricas os dirán dónde ha estado o está el martillo —dijo Thor cruzándose de brazos y mirando a Gúnnr de arriba abajo—. Serán mucho más fuertes de lo habitual. Y puede que, si sois listos, adivinéis con antelación cuál será el siguiente movimiento y hacia dónde se dirige Mjölnir.

—De momento, la tormenta eléctrica más fuerte que está asolando al mundo de los humanos está en las montañas rocosas de Colorado. El martillo puede que esté ahí todavía —anotó Odín.

—Al oeste de los Estados Unidos —añadió Gabriel. Adoraba la geografía y se sabía todos los países y capitales del mundo.

—¿Conoces la zona, Engel? —preguntó Gúnnr levantando una ceja.

Gabriel se quedó mirando a Gúnnr.

—No he ido nunca como humano —explicó él—. Pero sé que es una zona muy árida.

—No ahora. Empieza a llover y la tormenta está en su máximo apogeo —dijo Odín apresurándolos—. Bajad, nadie os verá con los relámpagos. Ya sabéis quiénes son vuestros enemigos: vampiros, lobeznos, Newscientist…

—Loki —apuntilló Freyja.

—Aquellos que se han llevado los tótems no serán tan tontos como para no cubrirse bien las espaldas. Saben que iremos tras ellos —dijo Gabriel—. Puede que se hayan reforzado.

—Seguro. No obstante, sólo vosotros sabréis realmente contra qué o quién os enfrentáis. Gúnnr —miró por encima del hombro a la joven valkyria—, no lo dejes ni un momento, tú eres su cura, su salvación.

Gúnnr asintió con las mejillas rojas. No era su salvación, pero sí que iba a ser una buena compañera de guerra.

Gabriel levantó la palma de la mano y esperó a que su amiga «cabreada» enlazara sus dedos con los de él.

La valkyria se revisó las *bue* negras y rojas, y antes de tomar la mano de Gabriel, miró por última vez a Freyja. La diosa sonrió y agitó la mano en señal de despedida.

—Recuerda lo que te dije —le deletreó Freyja con los labios.

Gúnnr tragó saliva y asintió. Miró la mano de Gabriel durante unos segundos que parecieron interminables y posó sus dedos sobre la palma de la mano inmensa de su guerrero, morena y curtida en comparación a la suya, más pequeña y pálida. Gabriel cerró la mano y llenó su piel y su corazón de calor y estremecimientos. Gúnnr cerró los ojos con fuerza, pues sabía que se estaban poniendo rojos de nuevo. Se relajó y cuando los abrió le dijo:

—¿Te encomiendas a mí, Engel?

—Nadie mejor que tú, Gúnnr —le sonrió con dulzura.

La valkyria se abstuvo de ponerle los ojos en blanco. Era un zalamero. Pero su actitud serviría para relajar las cosas entre los dos. Tendrían que hablar de lo sucedido, pero, más tarde, si el tiempo en el Midgard acompañaba.

Ella entrelazó sus dedos con los de él y miró al abismo.

—Somos los primeros en saltar. No me sueltes.

—Te prometo que no lo haré —le dijo él agachando la cabeza para mirarla entre sus largas pestañas—. No tienes que temer nada, florecilla.

El túnel había creado un campo energético alrededor, y movía la larga melena de Gúnnr de un lado a otro. Miles de rayos blancos lo recorrían e iluminaban intermitentemente los rostros de ambos.

—No temo por mí, einherjar —sonrió ladinamente—. Si te sueltas, te electrocutarás y te desvanecerás como si fueras polvo. Yo soy hija de los truenos —levantó la barbilla con soberbia— tú no.

Y dicho esto, saltó al vacío llevándose a un sorprendido Gabriel con ella.

En la mitología cristiana, se hablaba de un grupo de ángeles que, por haberse revelado contra Dios, fueron exiliados y expulsados del cielo. Estos ángeles cayeron en avalancha a la Tierra y se dedicaron a manipular al ser humano, porque eran más poderosos que ellos y no entendían por qué Dios los tenía en tan alta estima. Hoy, eran los demonios de los que hablaba la Iglesia.

Gabriel meditaba sobre esta historia mientras, agarrado a la mano de

Gúnnr, bajaba al mundo que una vez lo había acogido, y que no le había tratado bien.

La historia cristiana no era distinta de lo que Odín había hecho con Loki. ¿Mera casualidad?

¿Qué diferencia había entre esos ángeles y ellos? ¿Y si el descenso de los caídos era algo muy parecido a lo que hacían ellos ahora, sólo que en el bando contrario? Ellos venían a castigar a aquellos que habían robado los tótems de los dioses. Y querían proteger al ser humano de su increíble poder, y de lo dañino que podría ser en manos del mal.

Gúnnr le apretó la mano con fuerza mientras con la otra se sostenía a un rayo iridiscente como si de una inofensiva enredadera se tratase. Tenía el gesto serio y miraba con atención aquello que se divisaba bajo sus pies. No podían hablar. El ruido de los chasquidos eléctricos era ensordecedor.

—¡Estamos llegando! —gritó Gúnnr.

Gabriel hizo negaciones con la cabeza, señal de que no oía nada.

Gúnnr, con un gesto de su barbilla, señaló hacia abajo, al final del túnel.

¿Era tierra lo que se vislumbraba al término del tubo?

Poco a poco descendieron a tierra firme.

Cuando Gabriel tocó con la punta de sus botas de motero el suelo húmedo del desierto del Colorado, las emociones se aglomeraron en su interior. Cerró los ojos y llenó sus pulmones de aire. El aire olía a quemado y a lluvia. Estaban en medio de una increíble tormenta eléctrica. Los relámpagos y los rayos caían con fuerza sobre los charcos del terreno.

—¿Dónde estamos? —preguntó Gúnnr mirando al horizonte desértico, achicando sus ojos.

Gabriel intentó soltarse de su mano e ir él mismo a inspeccionar el terreno, pero Gúnnr lo detuvo.

—No te sueltes, Gabriel. Soy tu pararrayos —señaló con el dedo hacia arriba—. Los relámpagos te achicharrarán antes de tiempo. Mientras estés en contacto conmigo no te alcanzarán, en todo caso, me alcanzarán a mí, y a mí no me hacen daño.

Él movió la cabeza afirmativamente. Ambos chorreaban de arriba a abajo, la lluvia caía incesante. Gúnnr no le parecía tan inofensiva cuando estaba en contacto con los truenos. Parecía una guerrera.

—Puedes tocar los rayos y deslizarte por ellos. Tenía entendido que no sabías hacer nada de lo que hacían las valkyrias.

—No soy una inepta —se quejó ella fulminándolo con los ojos.

Gabriel alzó abruptamente la mano derecha para defenderse de su mirada acusadora.

—Lo siento. No quería insinuar eso. Es sólo que me ha sorprendido.

Gúnnr se relajó.

—Puedo convocar a los rayos mientras haya un tormenta sobre mi cabeza, y puedo deslizarme a través de ellos. Lo que no sé hacer es convocar un rayo en un cielo despejado, ni tampoco sé lanzarlos a través de las palmas de mis manos… Las demás sí pueden. Yo no —reconoció con humildad.

¿Por qué no? ¿Por qué Gúnnr no podía? ¿Y por qué tenía que ser tan sincera y tan honesta? Otras valkyrias mentirían para no mostrar nunca los puntos débiles. Gúnnr debería aprender a hacerlo.

—De acuerdo, florecilla. Entendido.

—No me llames así —le dijo entre dientes.

—¿Por qué no? —Preguntó él extrañado, pasándose los dedos por el pelo mojado— ¿Sigues enfadada conmigo?

—¿Tú qué crees? —arqueó las cejas y lo miró por debajo de las pestañas.

Las valkyrias y los einherjars llegaban uno tras otro. Tenía a un equipo de grandes guerreros, elegidos todos por Odín por su valentía, su fuerza y su pundonor. Un tracio y un espartano que eran muy agresivos, y cinco valkyrias de las cuales, tres de ellas lo odiaban. Róta, Bryn y Gúnnr juntas. Dios, iba a ser un suplicio.

Gabriel conocía a sus dos guerreros, y se llevaba muy bien con ellos. Aunque lo cierto era que la mentalidad que Reso y Clemo tenían seguía siendo muy retrógrada en comparación a la suya. Ambos seguían siendo guerreros en cuerpo y alma, vivían por y para la espada, eran muy poco emocionales y eran muy salvajes. Primitivos. En el Valhall no habían aprendido mucho, puesto que hacían lo mismo que cuando eran humanos; vivían para la lucha, las valkyrias calmaban su líbido y bebían hidromiel hasta casi quedar inconscientes. Seguían siendo unos animales. Pero eran unos animales simpáticos.

En cambio, él no era así. Él era un ser extraño para todos. El Engel marcaba un antes y un después en los einherjars. Era un hombre del siglo veintiuno, más evolucionado. Y mientras él se esforzaba en aprender y comprender la mentalidad de sus guerreros para explotar sus virtudes, ellos seguían en sus trece, tan cuadriculados y toscos como lo habían sido antes de que el dios Aesir los reclamara.

Róta y Bryn descendieron del túnel y llegaron juntas. Ellas no tenían einherjar, aunque por lo visto, aquello no era del todo cierto.

Gúnnr sonrió al mirarlas y decidió que más tarde las interrogaría.

Cuando todos hubieron aterrizado, Gabriel alzó la mano que tenía libre y se giró para hablarles. Él era el líder. Era el estratega del Valhall. ¿Qué debían hacer ahora?

La estrategia era, en realidad, la pericia para dirigir y solucionar un asunto. No tenía ni idea de dónde estaban. No había rastro de tótems, y no había tampoco rastro de enemigos a la vista. Estaban en un puto desierto de roca rojiza y flora verde y escasa, rodeados de una imponente tormenta eléctrica, sin techo y sin lugar para poder, como mínimo, detenerse y pensar en cómo debían proceder. Cuando se encontraba en esas situaciones siempre pensaba en *El arte de la Guerra* de Sun Tzu. «El general debe estar seguro de poder explotar la situación en su provecho, según lo exijan las circunstancias. No está vinculado a procedimientos determinados».

—Debemos buscar un lugar en el que poder establecernos. El martillo ha estado aquí y puede que todavía esté en algún lugar cerca. No hay enemigos a la vista, hemos caído en una ubicación vacía, pero aun y así estamos muy expuestos. Así que cobijémonos y meditemos nuestros pasos.

—Como digas, Engel —asintió Bryn. La rubia valkyria centró la vista en una esplanada rocosa un tanto elevada que había a unos veinte kilómetros de donde se encontraban—. Estamos en campo descubierto. ¿Y si vamos allí? Parece que hay cuevas.

Gabriel se giró con Gúnnr de la mano y clavó su mirada azul en el lugar que indicaba Bryn. Era una meseta, toda de roca árida en la que, al parecer, se distinguían orificios de distintos tamaños. Sí, allí se podrían resguardar del clima extremo, aunque la verdad era que las valkyrias estaban encantadas con aquella situación. Gúnnr no hacía más que alzar el rostro y abrir la boca para beber agua de lluvia, y lo hacía con una gran sonrisa infantil. Gabriel se la imaginó con unas botas de agua amarillas, saltando de charco en charco y riéndose de todos. Adorable.

—¿Otra vez? —Le dijo Gúnnr de reojo.

—¿Otra vez qué?

—Me miras así… Raro.

Gabriel se echó a reír y tiró de ella para pegarla a su cuerpo.

—¿Podéis llegar hasta allí a través de los relámpagos, valkyrias? —Preguntó desafiando a sus compañeras y en especial a su amiga Gúnnr.

La valkyria se dio por aludida y levantó una ceja despectiva.

—Por supuesto que os podemos llevar —dijo Róta.

—Yo Tarzán, tú Jane —murmuró Gúnnr picándolo, contenta de poder demostrarle a su einherjar que aunque no tenía todos los dones que tenían sus hermanas, sí que podía trasladarlo mientras hubiera tormenta—. Agárrate bien fuerte —alzó una mano y exclamó—: *¡Asynjur!*[9]

Un rayo obediente se enrolló en la muñeca de Gúnnr. Todas las valkyrias copiaron el grito de guerra.

—*¡Asynjur!*

—*¡Asynjur!*

Gabriel alzó a Gúnnr por la cintura y la rodeó con sus fuertes brazos. A ella le temblaron las orejas pero, aunque se sonrojó, no quiso mirarlo a los ojos.

Él sintió que algo chispeaba en su interior. «Serán los truenos», pensó.

Todos se alzaron y las valkyrias agarraron los rayos como si fueran lianas. Y así, de rayo en rayo, se desplazaron a gran velocidad, hasta aquella extraña meseta que oteaban en el horizonte.

En apenas sesenta segundos llegaron a la meseta; no obstante, lo que creían que eran cuevas, era, para estupefacción de todos, una especie de poblado construido en la propia roca, en la cima de aquel lugar.

¿Era un pueblo abandonado? Nadie se asomaba a las ventanas. Las puertas estaban cerradas. Los relámpagos iluminaban el lugar y los cielos estaban tan tapados que no sabían si era de día o de noche. Enormes charcos salpicaban el suelo de aquel poblado.

En la diminuta plaza central había unos veinte espantapájaros con

9. *Asynjur:* Grito de guerra de las valkyrias. Así convocan a los rayos.

extrañas y grandes máscaras en la cabeza. Las máscaras eran horrendas, algunas representaban halcones, otras tigres, lobos... Ninguna era humana.

—Hay gente aquí dentro —susurró Gúnnr—. ¿Les oyes?

Gabriel se llevó el dedo índice a los labios y asintió. Sí que les oía. Eran humanos. ¿Quiénes vivían en esas condiciones? ¿Les darían cobijo?

De repente, se oyó un berrido infantil. Venía del interior de una de las casas de piedra.

—¿Qué es eso? —preguntó Róta tapándose los oídos disgustada—. Parece un grito de valkyria.

—Es un bebé —contestó Gabriel—. Quedaos aquí, voy a llamar a una de las puertas. Si nos ven aparecer en tromba se asustarán.

Gabriel soltó la mano de Gúnnr.

—Voy contigo —le dijo ella mirando al cielo.

Los dos juntos se plantaron ante una de las puertas de madera.

Gúnnr picó a la puerta.

—¿En qué idioma hablo? —preguntó Gúnnr algo insegura.

Gabriel frunció el ceño. ¿En inglés? Él, como guerrero einherjar que era, había sido tocado con el don de la xenoglosia. Todas las valkyrias y los einherjars lo tenían, así que podían hablar cualquier idioma inventado con tan sólo oírlo. Estando en las Rocosas, ¿qué se hablaría?, ¿el español o el inglés?

—¿Hola? —dijo Gúnnr en español, forzando la puerta—. *Hello?*

Nadie contestó. Gúnnr miró a Gabriel con preocupación.

—Están ahí dentro. ¿Por qué no abren?

—Están asustados. —Echó un vistazo a los espantapájaros que habían en el centro de aquel poblado—. Han colocado esos muñecos para espantar algo que les daba miedo. Sea lo que sea lo quieren lejos de sus tierras.

La puerta se abrió acompañada de un rugido de un humano desesperado. El hombre era menos alto que Gabriel pero más que Gúnnr. Parecía un indio. Tenía el pelo largo y liso, del color del carbón. Imitaba gruñidos de animales con la boca, y tenía una lanza muy afilada en las manos. Llevaba poca ropa: sólo unos pantalones de pana marrones y unas botas. Tenía las mejillas pintadas con dos líneas rojas y negras, y un collar de plumas de colores en el cuello. Con un paso adelante se cernió sobre el cuerpo de Gabriel y éste tomó la lanza con una mano y la partió. El hombre entonces se cuadró orgulloso y esperó, con una templanza estremecedora, a que Gabriel le golpeara, seguro de que iba a morir, y aceptándolo sin temor.

Gúnnr sonrió y le dijo con voz dulce, negando con la cabeza y levantando la mano en señal de paz:

—No te va a atacar.

El chico la miró a los ojos y se quedó mudo, abducido por los ojos de la valkyria. El indio levantó la mano y le acarició el pelo, como si su mano tuviese vida propia.

Gabriel achicó los ojos. ¿Qué estaba haciendo ese tipo? Le agarró de la muñeca y le dijo:

—No toques, amigo.

—¿Qué haces? —preguntó Gúnnr extrañada.

Gabriel le iba a contestar, sorprendido también por su gesto, cuando una voz que provenía del interior de la choza dijo:

—*Pam taaga lolma*[10].

La voz de un anciano.

Gúnnr y Gabriel repitieron las palabras mentalmente. La xenoglosia haría el resto.

—*Pam kiy ep' e* [11] —dijo de nuevo aquel hombre misterioso, oculto por las sombras y la poca luz del lugar—. *Pam itamuy oohtanige ooviy pitu*[12].

El don desglosaba las palabras, su etimología, les ayudaba a encontrar el sujeto y el predicado, el tiempo verbal y su traducción inmediata.

—*Pam itamuy hahlayy anigat...*[13] Porque ha venido.

Voilá!, pensó Gabriel. Cuando entendió lo que estaban diciendo, se animó a hablar en su mismo idioma. Un idioma muy muy antiguo.

—Estamos encantados de estar aquí.

El indio joven desencajó la mandíbula y miró a Gabriel como si fuera un extraterrestre. Gúnnr sintió simpatía inmediata por el joven y se echó a reír.

10. *Pam taaga lolma*: Expresión Hopi que significa: «Este hombre es bueno».
11. *Pam kyy ep' e:* Expresión Hopi que significa: «Está en su casa».
12. *Pam itamuy oohtanige ooviy pitu:* Expresión Hopi que significa: «Ha venido a visitarnos».
13. Pam itamuy hahlayy anigat: Expresión Hopi que significa: «Debemos estar contentos...».

—Necesitamos cobijo. La tormenta nos ha pillado por sorpresa y requerimos un techo —dijo Gúnnr con suavidad en su mismo idioma.

Su recelos se calmaron al oír la voz de Gúnnr, pero aun y así no se fiaba de Gabriel.

—¿De dónde habéis salido? —preguntó el joven sin dejarlos entrar todavía.

—Chosobi, ¿dónde está tu hospitalidad? —Le dijo el anciano—. Los hopi nunca fuimos ariscos.

«Joder. Coño», pensó Gabriel.

—¿Hopi? —dijo Gúnnr sin comprender.

El anciano resultó ser un indio hopi de pelo blanco y liso que a Gabriel le recordaba a Tyra, una de las sacerdotisas de la Black Country. Todo él tenía un halo de misticismo a su alrededor y era el más anciano de la meseta, el único de ojos azules y claros. Una rareza entre los miembros de su tribu.

Cuando les dejaron cobijarse de la lluvia, fueron el objetivo de cientos de ojos, todos negros. Todos indios.

Los hombres miraban a las valkyrias con mucho interés. La verdad es que las hijas de Freyja eran despampanantes y llevaban todas esas ropas elásticas tan ajustadas que no ocultaban ninguna de las formas de sus cuerpos.

Por su parte, las mujeres hopi sonreían a los hombres einherjars, no con deseo, sino más bien como si se estuvieran pitorreando de ellos.

Los einherjars se miraban sus ropas, también muy espectaculares comparadas con las de los miembros de aquella tribu. ¿De qué se reían?

Gabriel se echó a reír al ver cómo Reso y Clemo cubrían con sus cuerpos a sus respectivas valkyrias. Eran muy posesivos. Qué extraño... ¿Qué era lo que hacía que el hombre creyera que una mujer era de su propiedad? ¿Qué instinto salvaje estimulaba aquel dogma? Cuando, siendo humano, había llegado a la Black Country y había conocido el mundo de los vanirios y los berserkers, no podía creer que alguien pudiera reclamar a una mujer de un modo tan posesivo y dominante como habían hecho Caleb y Adam con sus amigas Aileen y Ruth. Él los había tachado de machistas y arrogantes y de muy anticuados. Las mujeres eran libres, igual que los hombres. Nadie tenía a nadie. Nadie era de nadie. Nadie pertenecía a nadie. Adam y Caleb eran hombres que tenían siglos de edad, podía entender que en su mente cavernícola todavía creyeran que el hombre podía cargarse al hombro a una chica y reclamarla al estilo *highlander:* «Esto lo quiero. Esto es mío. Esto lo tendré». Como Reso y Clemo, sus dos compañeros de guerra. Reso era un tracio carpiano y Clemo era un espartano. Sus mujeres eran suyas. Estaban protegiendo a sus valkyrias con todo el cuerpo, marcando el territorio, y estaba convencido de que a Reso, que era el más mandón de los dos, le estaba saliendo una úlcera al ver tantos ojos masculinos clavados en el espectacular culo de su chica. Y su valkyria, Sura, estaba más que encantada con aquella muestra de posesividad.

Buscó a Gúnnr con los ojos. La valkyria era confiada y dulce por naturaleza. No se percataba de las miradas que le prodigaban. No era consciente de lo que movía a su alrededor. Róta, Bryn y las demás valkyrias, Róta sobre todo, eran coquetas y utilizaban su sensualidad para sus propósitos personales. Bryn estaba apoyada en la puerta, observando cómo los rayos caían sobre la Tierra, ejecutando su particular baile de poderío. Róta sonreía y miraba con soberbia a todos los que osaban mirarla. Pero Gúnnr no. Gúnnr no se servía jamás de su belleza. Ella obviaba ese detalle. Como si ella misma no se diera cuenta de lo bonita que era.

Daanna también era preciosa, pero ella controlaba su cuerpo y su feminidad y la utilizaba como barrera, a veces, y como imán, otras más. Era un arma de mujer y sabía jugar con ello.

Pero Gunny no sabía hacerlo. Y eso era más peligroso porque era como un conejito para los lobos.

Ahora la valkyria estaba hablando con Chosobi, que la miraba como si fuera una diosa. Bueno, es que Gúnnr era una diosa, una diosa menor que venía de los cielos al fin y al cabo. Seguramente, el joven «pájaro azul» —eso era lo que su nombre hopi significaba— ni siquiera podía imaginar con quién estaba hablando. Y a Gabriel no le gustaba cómo miraba a Gúnnr. ¿Qué se creía? ¿Qué tenía alguna posibilidad con la valkyria? Lo tenía claro…

Gabriel estaba sentado sobre una silla de madera. Una mujer hopi le ofreció maíz, y él lo tomó sin apartar los ojos de Gúnnr. Tenía a una valkyria. Era impresionante lo fácil que se había amoldado a aquella situación, lo normal que le había parecido todo. Ella le había hecho sentirse inmediatamente a gusto, y habían desarrollado un vínculo, algo que él nunca había tenido con nadie, no de ese modo. Pero era un vínculo forzado, de necesidad, y aun así, le encantaba que fuera ella quien cuidara de él.

Iban a pasar muchos días juntos en la Tierra hasta que encontraran los objetos, más valía que cuidara de ella o Gúnnr iba a meterse en muchos líos sin comerlo ni beberlo.

El anciano hopi no le quitaba la vista de encima. Gabriel podía sentir sus claros ojos centrados en él, hasta que el hombre le indicó que se sentara a su lado. Él obedeció. Cuando era humano había oído hablar sobre los indios hopi, pero nunca había visto a uno. Ahora, podía hablar con ellos.

Fascinante.

—¿Qué os ha traído a estas tierras? —Le dijo el anciano para llamar su atención.

—¿La curiosidad? —Replicó Gabriel.

—¿Curiosidad por… encontrar algo? —Dijo el anciano con voz rasposa. Los ojos azules del indio veían mucho más de lo que parecía—. Los curiosos son grandes emprendedores y visionarios. ¿Tú eres del tipo que escucha detrás de la puerta o de los que descubren América?

Gabriel sonrió interiormente. «Vaya con el viejo… Si supiera que por culpa de mi curiosidad Gúnnr y yo estamos un tanto distanciados... Joder, hubiera preferido no saber que Gúnnr tenía sentimientos hacia mí. Esto lo ha cambiado todo».

—No sé qué tipo de curioso soy, aún —contestó Gabriel con sinceridad—. Pero estamos aquí porque hemos venido a recuperar algo que nos quitaron.

—Ya veo.

—¿Suelen haber muchas tormentas eléctricas como ésta por estas tierras?

—¿Como ésta? —sonrió y negó con la cabeza—. ¿Tormentas eléctricas que traigan cosas te refieres? —el indio sonrió con sabiduría y sus ojos azules y viejos chispearon.

Gabriel tragó el maíz que tenía en la boca y lo miró fijamente.

—¿Ha traído algo esta tormenta? ¿Usted lo ha visto?

—Mi nombre es Ankti.

—Ankti... —repitió Gabriel—. ¿Danza repetida?

—Sí. ¿Sabes por qué me llaman así, joven? —Gabriel negó con la cabeza—. Porque he bailado muchas veces con los rayos y los truenos. Mis ojos han visto de todo. He visto muchas tormentas, pero ninguna como la de hace dos días. —Se levantó de la silla y se apoyó en el bastón. El hombre renqueaba bastante y Gabriel, con mucha educación, le ayudó para que se apoyara en él. Tiró la mazorca en el cuenco de los restos de comida.

—¿Qué ha visto, Ankti?

—¿Además de hombres con armaduras y mujeres de orejas puntiagudas que hablan hopi perfectamente? —Le dijo arqueando las cejas blancas y espesas, dándole a entender que sabía que ellos no eran muy normales.

Los ojos de Gabriel brillaron con interés.

—He visto a los kachina —anunció el hombre finalmente.

—¿Quiénes son los kachina?

—Los que vienen de arriba y de abajo. Unos buenos y otros malos, como los humanos.

—¿Los vio llegar?

Ankti asintió mientras caminaba agarrado al brazo de Gabriel. Pasaron por el lado de Bryn y salieron al patio interior. Chosobi y Gúnnr les siguieron, y a continuación tanto hopis como einherjars y valkyrias se unieron a ellos. Todos querían escuchar lo que el viejo Ankti tenía que decir.

—Un remolino gigante se abrió allá —señaló al cielo con su bastón—. Cerca del Gran Cañón. A través de ese remolino, salieron muchos kachinas malos. Los oscuros. Los hijos de *Trickster*, el «Tramposo». —Se tocó la cara con manos temblorosas—. Nosotros le llamamos el *ma' ii.*

—El coyote —dijo Bryn.

—¿Hablas de Loki el Timador? —preguntó Gabriel.

—Los que bajaron del cielo tenían rostros terroríficos, como si fueran animales. Ellos traen la oscuridad a la Tierra —se giró y señaló los espantapájaros del centro del poblado—. Nosotros hacemos cuerpos como los de los hijos del *trickster* para que cuando ellos vengan y vean sus rostros reflejados en nuestras máscaras, se asusten y nos dejen en paz. Aquí los conocemos como los «Devoradores». Está «el de máscara de lobo» —señaló a uno de los espantapájaros que tenía ojos rojizos, colmillos amarillentos y cara de lobo—. También «el Gélido» —ésta era otra máscara con rostro de hombre demoniaco, ojos blancos con venas rojizas, colmillos y tez blanquecina—. Y luego vienen todos los demás: «el Destructor», «el Devorador de cadáveres», «el Lodoso», «el Macho cabrío» —para cada nombre había un espantapájaros.

Bryn se colocó al lado de Gabriel.

—Los hijos de Loki. Los jotuns —dijo el einherjar, impresionado. ¿Cuántos nombres se le podía dar a Loki? ¿Cuántas caras tenía el diablo?

—Las caretas que les han puesto se parecen a la de los devoradores —comentó Bryn.

—Los hijos de Loki no son sólo los lobeznos y los nosferatus. Son sobre todo los etones, tursos y trolls —explicó Róta mientras le daba un único vistazo a las caretas—. Devoradores. Demonios menores que ayudan a que se desarrolle el caos.

Gabriel se quedó mirando a Róta.

—¿Alguna idea de cómo detenerlos, valkyria Róta?

—Si son en realidad lo que parecen ser, sólo mueren ante el martillo de Thor. Thor nos explicaba muchas veces cómo había luchado contra ellos en el Jotunheim. Pero entonces, tenía a Mjölnir con él.

«Mmm… Interesante». El martillo de Thor tenía la capacidad no sólo de destruir, sino también de electrocutar, pues tenía la fuerza ampérica que le confería el más potente de los truenos.

—¿Han venido otras veces, Ankti? ¿Os han molestado los de las máscaras? —Preguntó Gabriel con interés.

—¿A Hopi Land? —sonrió con unos dientes algo mellados—. Sí. El pueblo hopi sabemos muchas cosas y ellos saben de la importancia de este lugar —abarcó el pueblo con el brazo que tenía libre—. Ellos son demonios. No les gustamos porque saben que sabemos quiénes son y lo que son capaces de hacer. Sabemos lo que quieren hacer —tomó aire—. Ellos vienen a destruir este planeta y algunos humanos malos les ayudan.

Nuestras profecías hablan de ellos, de lo que nos harán. Pero… —se giró y alzó la vista hasta Gabriel—. También he soñado contigo, Ángel.

Gúnnr caminó con Chosobi siguiéndole los talones y la joven valkyria se colocó frente a Ankti y lo tomó de los hombros.

—¿Qué ha soñado? —Preguntó protectora.

—Soñé que él llegaría. Y tenía que ser antes de que la estrella azul se alzara en el cielo. Cuando la estrella se alce —levantó la mano y la abrió dibujando figuras en el aire— entonces sabremos del Final de los Tiempos. Y seremos juzgados.

—Habla del *Ragnarök* —susurró Gúnnr.

—Pero cuando salga la estrella azul, todos debemos estar preparados. Por eso tú tienes que estar aquí ya, Ángel. Hay kachinas buenos en la Tierra. No son dioses, pero son hijos de ellos, espíritus benignos y ancestrales. Como tú —señaló a Gabriel—, y como tú —miró a Gúnnr con mucho cariño—. Los hopi esperábamos vuestra llegada —alzó la barbilla con orgullo—. Porque, ¿cómo iba nuestra tierra a salir ganadora del enfrentamiento entre el bien y el mal, si no teníamos suficientes guerreros que también lucharan por nosotros? Por fin habéis llegado y esto llena de dicha a mi anciano corazón. Otros amigos de los hopi, sacerdotisas, magos y humanos con dones, nos han hablado de seres que no son humanos pero que ayudan al ser humano. Tienen poderes y son… distintos —miró las orejas puntiagudas de Gúnnr y su peculiar vestimenta—. Unos se transforman en medio animales, y los otros tienen colmillos… El ser humano se asustaría si descubriera que el mundo que no ve está lleno de cosas tan increíbles, ¿verdad? Pero, lo que bajó del remolino es muy malo —aseguró con rotundidad—. Tan malo como los kachinas que esperan para subir aquí y destruir nuestro hogar.

—¿Vio si el ser que bajó del cielo llevaba algo en las manos? —preguntó Gabriel.

—Con él bajaban muchos demonios. Era como un enjambre de abejas. Él era la miel y los demás lo protegían. Pero todos lo vimos desde lejos, no sé si llevaba algo con él.

—No se ha llevado sólo los tesoros de los dioses —murmuró Róta, cruzándose de brazos—. Si lo que dice es cierto, entonces, el que entró en el Asgard se ha traído con él a muchos jotuns para luchar en el Midgard.

—¿Por qué quieren destruir su hogar? —Preguntó Gúnnr con preocupación.

—Es por este lugar… Estamos en las Cuatro Esquinas, en el corazón de la gran tortuga —dijo Ankti.

—Lo que mi abuelo quiere decir es que —explicó Chosobi mirando a Gúnnr—, que estamos en el centro de Estados Unidos. En los límites estatales de Arizona, Nuevo México, Utah y Colorado. Por eso se llama las Cuatro Esquinas. Estamos rodeados por cuatro montañas mágicas y nuestras danzas y nuestros cantos han protegido este lugar de la mancha del *ma' ii.* Hay una cúpula de protección a nuestro alrededor que no se ve, sólo se siente. Pero desde que vimos el remolino, los ataques de los kachinas se han intensificado y está a punto de romperse. Hemos rezado y orado a nuestra madre Tierra para que fortalezca la cúpula que nos protege, pero necesitamos una noche más para ello. Se supone que este lugar es sagrado. Que es un punto de energía telúrica muy importante en la Tierra. Si ellos lo violan, ¿qué pasará cuando llegue la estrella azul? ¿Dónde estaremos los hopi para ayudar a guiar al ser humano cuando haya perdido el norte?

Gabriel quería comprender al anciano Ankti. Lo que él había visto era una puerta dimensional que se abría en el cielo y de él salía el ladrón de los tótems de los dioses, y además venía acompañado con jotuns, y seguramente otros demonios, a tenor de las máscaras que habían hecho los hopi para los espantapájaros.

Pero ellos sólo habían descendido para recuperar a Mjölnir y…

—Sea lo que sea lo que estás buscando —Ankti estudió a Gabriel de arriba abajo—, ya no está aquí. Pero lo que estás buscando ha traído algo que quiere hacernos daño.

Gabriel también lo sabía.

Sólo quedaban los truenos y la tormenta que se retiraba por momentos, observó con ansiedad. El cielo empezaba a abrir claros, y destapaba un atardecer lleno de colores amarillos y rojos. Si no se daban prisa, perderían la tormenta para poder viajar por ella y se quedarían allí hasta encontrar un transporte que los sacara de Hopi Land. Las valkyrias podían transportarse mediante los truenos, sobre todo en las tormentas, pero por lo que él sabía, sólo podían convocar al trueno cuando tenían que movilizarse hasta el Valhall. Ahora ya no podían regresar allí, y sin tormenta no podrían desplazarse. No les quedaba tiempo que perder.

—Hemos venido a otra cosa, Ankti —se excusó Gabriel—. Agradezco la hospitalidad del pueblo hopi, pero...

La verdad era que su misión estaba clara. Recuperar los objetos y regresarlos al Asgard. Nada de relacionarse demasiado con humanos ni inmiscuirse en sus asuntos. Pero aquellos eran asuntos de dioses y demonios. Si había seres que querían hacerles daño, entonces, ellos podían interceder, ¿no?

Gúnnr frunció el ceño y miró a su einherjar. ¿Se iba a negar a ayudarles? ¿Cómo iban a dejar a esa gente sin protección?

—Lo que sea que estás buscando, no está aquí. Pero nosotros sí. Yo vi en mi sueño que tú nos ayudabas. ¿No lo harás? —Preguntó Ankti con voz desolada—. Necesitamos una noche más para que nadie entre en nuestra tierra y vulnere la magia y la luz de nuestro hogar. Sólo una noche más. No podremos resistir otro ataque. La cúpula que antes nos cubría se está resquebrajando debido a sus ataques y si la destruyen, nosotros desapareceremos. Ellos nos eliminarán. Necesitamos vuestra ayuda, Ángel. Ellos se han reforzado y quiero creer que los buenos también lo hemos hecho con vuestra llegada. ¿No va a ser así?

—Sólo esta noche —añadió Chosobi—. Parecéis guerreros. Os han enviado a defendernos, ¿no?

—Gabriel —murmuró Gúnnr, suplicando con sus ojos azules oscuros que se quedaran a echarles una mano.

Bryn y Róta se miraron la una a la otra, igual que las gemelas Liba y Sura. Reso y Clemo permanecían impasibles. La decisión del Engel sería la correcta.

El guerrero miró la punta plateada de sus botas negras. ¿Qué debía hacer?

Era curioso porque, aunque ya no era humano, todavía tenía emociones humanas que seguían metiéndole en líos. Miró al pueblo hopi. Todos tan morenos de piel, tan humildes y sencillos. Únicos. Una tribu especial y antigua en el mundo. Una con principios, y rebosantes de gran espiritualidad. Era increíble comprobar que, en la tierra, aquellos que menos tenían eran los que más ofrecían luego.

Gabriel miró a sus guerreros. Todos acatarían su decisión y nunca le llevarían la contraria. Eso era lo bueno de ser el Engel. Su palabra tenía poder.

—No estamos aquí por casualidad —dijo finalmente—. Os ayudaremos. Pero transcurrida esta noche, nos iremos.

—Gracias, Ángel —digo Ankti—. Si vosotros nos ayudáis, nosotros os ayudaremos a salir de aquí mañana al atardecer. Déjalo en nuestras manos —sonrió enigmático.

—Me llamo Gabriel —aclaró él.

—¿Y acaso Gabriel no era un ángel? —Preguntó Ankti enlazando las manos a la espalda y sonriendo agradecido.

«Que los dioses me perdonen por desviarme de mi misión», rogó Gabriel.

V

—Por un momento pensé que ibas a decir que no.

Gabriel miró por encima de su hombro y se encontró con Gúnnr, apoyada en la entrada de piedra de una de las chozas.

Necesitaba estar solo unos instantes para saber cómo debían actuar. No sabía contra qué se enfrentaban y no conocía la vulnerabilidad del enemigo. En el Valhall se habían entrenado luchando contra elfos de la luz y contra einherjars, algunas veces también contra valkyrias, pero esta vez era distinto. Iba a ser su primer combate real. Y si el enemigo conocía sus debilidades, las utilizaría en su contra. Así que necesitaba pensar unos momentos sobre cuál iba a ser la mejor estrategia.

Chosobi decía que aquellos que les acechaban, desde que había aparecido el remolino en el cielo, podían volar y tenían caras y expresiones demoniacas. Otros se arrastraban por el suelo a grandes velocidades, y otros cuantos tenían inmensas garras enormes y lenguas tan largas como las de los lagartos. Él conocía a los vampiros; podían volar y tenían colmillos, y además se alimentaban de sangre humana.

—Sólo salen en la oscuridad —había dicho Ankti.

Los vampiros eran vulnerables a la luz del sol, una razón más para creer que parte de los seres que les habían atacado eran nosferatus, como los llamaban los clanes de vanirios y berserkers de la Black Country. Contra ellos sí que sabía luchar. Lo que tenía inmensas garras podía tratarse de lobeznos. Contra ellos también sabría luchar, aunque… Joder, siempre que pensaba en garras se acordaba del momento en que las de Margött le destrozaron el cuello y le segaron la vida.

Pero no podía pensar en eso. Ahora era un guerrero einherjar y tenía la posibilidad de luchar de igual a igual con aquellos que quisieran arrebatarle la inmortalidad.

—Iba a decir que no —dijo Gabriel mirándola de arriba abajo. Gúnnr vestía de negro y plata. Con hombreras y coderas metálicas, y unos guantes negros con protecciones en las articulaciones hechas de un metal que no existía en la tierra. Sus *bue* negras y rojas parecían anchas muñequeras metálicas. Llevaba una especie de *body* negro muy ajustado que realzaba sus pechos, y luego estaban esos pantalones que se asemejaban a la goma y que se arrapaban como una segunda piel a su cuerpo. Y las botas. Eran botas como las de él, pero las suyas llegaban hasta casi las rodillas y tenían una serie de hebillas que empezaban en el empeine y acababan al inicio de la rótula. Con el pelo largo y liso, el flequillito de niña buena y aquellos ojos inocentes, los hombres de ciudad la verían y la confundirían con una especie de Ángel del Infierno, peligrosa, engañosamente dócil y pecaminosamente sexi.

Gúnnr se incomodó ante su mirada y se retiró de la puerta. Entró con su elegante andar en aquella espartana choza hopi.

—Le he preguntado a Chosobi cómo piensan ayudarnos a irnos de aquí cuando esta noche aplastemos a los cochina.

Al guerrero le temblaron los hombros de la risa.

—Kachinas.

La valkyria se encogió de hombros como si le importara un comino equivocarse.

—Chosobi me ha dicho que nos ayudarán a convocar una nueva tormenta eléctrica. Los indios hopi pueden hacerlo, ¿sabes? Es su manera de convocar a los dioses. Hacen un ritual de danza con los rayos y los relámpagos —le dijo mientras repasaba con un dedo el acabado de una cómoda de madera. Luego se frotó el dedo índice y pulgar, como si hubiese descubierto desagradables rastros de polvo—. Después de esta noche, y si todo sale bien, convocarán al dios del trueno.

—¿Chosobi te lo ha contado? —Se recolocó en la butaca en la que estaba sentado, y la encaró—. A Chosobi le gustas, valkyria. ¿Te has dado cuenta de ello?

Gúnnr, que se estaba mirando los dedos de la mano, levantó la mirada azabache y la clavó en él.

Tenían que hablar. Él sabía lo que ella sentía por él y la verdad era que ella quería hacer un trato. Uno que no hiriera a nadie y que permitiera todo tipo de libertades. Sabía que Gabriel quería a Daanna, y no era algo que el einherjar pudiese ni olvidar ni negociar con nadie. Se lo había dejado muy claro. La muerte no había hecho que él dejara de amar a la vaniria, y era algo que a Gúnnr le escocía como una rozadura incómoda en la boca del estómago.

—¿Por qué? —Sus ojos brillaban desafiantes a través de las hebras chocolate de su largo flequillo.

—¿Por qué, qué? —Gabriel no entendía.

—¿Por qué le gusto? ¿Cómo lo sabes?

—Gúnnr —hizo negaciones con la cabeza—, no puede ser que no te des cuenta de cuándo le gustas a un hombre. Vas a estar en la tierra y ellos te mirarán y... —Se calló al darse cuenta de que hablar sobre ello le incomodaba.

—¿Sabes qué, Engel? Yo creí que sabía interpretar las señales de cuando gustaba a un hombre —dijo ella con su voz impregnada de sarcasmo, haciendo referencia a lo que pasó hacía dos semanas en el Asgard—. Pero, al parecer, estaba equivocada. Así que, ¿cómo sé que Chosobi no está pensando en otra cuando me mira?

Él levantó la barbilla y echó los hombros hacia atrás, con una sonrisa indolente en sus apuestos labios.

—Sarcasmo. Eso es nuevo —repitió las palabras que le había dicho Gúnnr en el Valhall.

Se miraron durante un largo instante. Estudiándose el uno al otro. No había duda de que tenían un gran problema. Ambos tenían un *kompromiss*. Ambos podrían hacer algo más que mirarse si quisieran porque el *kompromiss* daba paso a ello. Sin embargo, el einherjar, que se había encomendado a ella libremente y por propia voluntad, estaba enamorado de otra mujer. ¿Cómo lo solucionaban?

—Quiero arreglar las cosas contigo antes de salir al campo de batalla esta noche —dijo Gabriel—. Eres mi valkyria, pero además eres mi amiga y te aprecio. Odio haberte hecho daño, Gúnnr. No llevé bien la situación. Fui un bruto. —Se levantó y se acercó a ella—. No estoy orgulloso. ¿Me perdonas?

Gúnnr no dio un paso atrás. Gabriel era noble como pocos y era un rasgo de su personalidad que ella adoraba. Le observó e inclinó la cabeza a un lado mientras lo analizaba. Le perdonaba porque había sido honesto, aunque eso no hacía que le doliera menos. La honestidad daba asco, pero cortaba las ilusiones de cuajo y hacía que tocara de pies en la dura realidad. Ella no sabía lo que era el amor, el de verdad, pero sí que conocía el deseo. Y desde el día en que lo vio, lo había deseado. Con el tiempo, el deseo se había convertido en algo más cálido con la llegada de la amistad y la confianza.

Se había enfurecido mucho al descubrir que Gabriel, además de no ir a ella, estaba usando el *hjelp* de los enanos con otras valkyrias sólo porque no quería verla, porque no quería que ella lo tocara. Sus ojos enrojecieron ante el recuerdo.

—Gunny, tus ojos están… —murmuró levantándole la barbilla con dos dedos.

—Están bien —apartó la cara y se obligó a relajarse. No quería discutir con él. Lo pasaba mal cuando se enfadaba, y no entendía ni su cuerpo ni las emociones que hervían en su interior. Temía lo que pasaría si llegase a estallar. Así que, pensando razonablemente, decidió que necesitaba una tregua inmediatamente.

Eran amigos. Gabriel y ella iban a pasar mucho tiempo juntos si sobrevivían a todas sus batallas.

—Te perdono —susurró con convicción. Pero iba a dejarle las cosas claras.

Él exhaló el aire que había retenido en sus pulmones. Quería volver a tener a Gúnnr cerca, tal y como siempre la había tenido. Le acarició la barbilla con los nudillos.

—Freyja nos ha levantado su particular castigo de castidad —añadió ella calibrando su reacción.

—¿Eh? —Murmuró ensimismado, abducido por la cara aniñada de la joven.

—Que Freyja nos ha dicho que morir es un desastre, pero morir virgen es la peor de las desgracias. Nos permite que nos acostemos con nuestros guerreros o con quienes nosotras queramos. Es nuestro regalo por descender al Midgard antes de tiempo. Y un pequeño premio por arriesgar nuestras vidas aquí —miró a su alrededor.

La mano de Gabriel cayó como peso muerto entre ellos y su mente trabajó rápidamente con conceptos de asociación.

«Gúnnr. Virgen. Sexo. Ya no virgen. ¿Con otro hombre? Putada.»

Sus ojos se volvieron completamente negros y su cuerpo se puso en tensión. Cuando los einherjars se cabreaban, sus ojos se volvían del color del ónix. Oscuros y brillantes.

La valkyria se mordió el interior de la mejilla para no echarse a reír. La situación era muy cómica la verdad. Le encantaba cuando Gabriel sacaba el genio.

—Repítelo.

—Que Freyja nos ha dicho que…

—No, eso no. Lo otro.

—Morir virgen es la peor de las desgracias.

—No, joder —gruñó exasperado—. Lo siguiente.

—Ah —sonrió y se echó la melena lisa hacia atrás. «Vaya, vaya…»—. Permite que nos acostemos con nuestros guerreros o con quienes nosotras deseemos.

—Tú no vas a hacer nada de eso —se enfrentó a ella, alzándose con poderío y mirándola desde las alturas.

—Ya sé que no te vas a acostar conmigo —dijo a la defensiva.

—Ni yo ni nadie.

La valkyria no se amilanó y se puso de puntillas, frunciendo el ceño y dibujando una uve con sus arqueadas cejas negras.

—¿Ah, no? —Le preguntó con un resplandor placentero en los enormes ojos.

—No, guapita. Ni hablar —tajó el asunto de manera fulminante. Freyja estaba como una puta cabra—. Estás bajo mi protección. No voy a dejar que nadie te ponga una mano encima de ninguna de las maneras.

—Gabriel, estás equivocado —replicó ella—. No te estoy pidiendo permiso, ¿sabes? Simple y llanamente te informo de la situación. Que tú no me quieras tocar, no quiere decir que otros no estén dispuestos, einherjar. Y es el regalo de Freyja. Quiero disfrutar de ello. No sé qué problema hay. Me dejaste claro que no te gustaba que…

—¿Quieres tirarte al primer hombre que se te cruce por delante, florecilla? Hazlo. No tienes que darme explicaciones. No me importa —hizo una mueca despectiva con la boca.

—Lo sé. —Por supuesto que lo sabía. ¿Por qué iba a importarle si no sentía nada hacia ella? Pero saber las cosas no suavizaba el doloroso corte.

—¿Y por qué jodida razón me lo cuentas, entonces?

Gabriel hablaba de un modo muy despreciativo cuando se enfadaba.

Era tosco. Y también era... arrollador. Con los ojos completamente negros y las hombreras de titanio negras, el pelo rubio todavía húmedo de la lluvia y tanto músculo definido por todos lados, Gabriel era muy... hombre. Masculino.

—Te lo cuento porque hay un *kompromiss* entre nosotros, y creo justo informarte de lo que voy a hacer —se lamió los labios—. Sé que a ti el *kompromiss* no te importa, pero no me gustó que no vinieras a mí después de nuestra discusión y que, además, fueras a que mis otras hermanas te sanaran. A mí no me gusta tratar a los demás como no me gustaría que me tratasen a mí, así que he decidido decírtelo. Quería que lo supieras. Si tus guerreros hablan de nosotros o te señalan, al menos sabrás cómo defenderte. Yo seguiré sanándote, a no ser —añadió cínica y poniendo los ojos en blanco—, que quieras, por supuesto, que otras valkyrias te curen. Aunque, claro, aquí no estás en el Valhall y no se trafica con el *hjelp* de los enanos, por tanto, aunque te moleste, tendrás que acudir a mí. Siento que tengas que hacerlo, de verdad —reconoció bajando la mirada. El flequillo le tapaba los ojos por completo y sus orejas puntiagudas aparecían entre el largo pelo lacio—. Sé que te repugna que te toque y...

—¡Déjalo ya, Gúnnr! —Rugió Gabriel con la mirada oscura clavada únicamente en ella.

Gúnnr levantó la cabeza y, esta vez, sí que permitió que el guerrero viera sus ojos. Rubíes enormes que iluminaban su cara. Rojos de rabia. Apretó los puños a los lados de las caderas y sintió la primera ráfaga de energía real, de furia, recorrer sus terminaciones nerviosas y sus extremidades. «Por Freyja, ¿qué me está pasando? ¿Gabriel me ha gritado? ¿Se ha atrevido a gritarme?». Nunca, nunca se gritaba a una valkyria. No había nada más ofensivo que levantarle la voz a una valkyria.

El Engel caminó hacia ella obligándola a retroceder. Estaba tan tenso como lo estaba Gúnnr. Parecía que quería zarandearla.

—¡Ya tengo suficiente con saber que mis hombres de confianza van a estar retozando con sus mujeres como locos, como para tener que encargarme de ti también, Gúnnr! —No vio cómo la joven apretaba la mandíbula y se esforzaba por no estallar delante de él—. ¡Que te quede claro esto: tú-no-te-vas-a-liar-con-nadie! ¡¿Entendido?! —estaba a un centímetro de su cara. Sus narices casi se rozaban.

Gúnnr sintió un chispazo en las orejas y cómo sus manos se cargaban de electricidad. ¿Electricidad…? Abrió y cerró los dedos hasta comprobar que pequeñas hebras llenas de energía azul bailaban entre sus dedos.

—Tú no mandas sobre mí, Engel —siseó entre dientes, disfrutando de esa discusión y de la consecuente recepción de imperiosa energía eléctrica —. Haré lo que me dé la gana, con o sin tu permiso.

Lo mejor de Gúnnr era que, aunque la sacaras de sus casillas y la provocaras, siempre actuaba de una manera civilizada. Nunca perdía las formas.

Gabriel iba a rebatir, pero la respuesta de Gúnnr le había dejado sin argumentos. Gúnnr no era propiedad suya. ¿Cómo se había atrevido siquiera a insinuarlo? Hacía un instante se estaba riendo del comportamiento de Reso y Clemo con sus valkyrias, y ahora, estaba haciendo el papel de un amo dominante con Gunny. Coño, vaya cagada.

Se pasó la mano por la boca. Sentía que lo habían puesto en su lugar. Era justo dejar que Gúnnr encontrara lo que estaba buscando ya que él no podía dárselo. Y encima le había hecho un feo muy gordo en el Valhall. La había dejado con el culo al aire, como una diana preparada para que las flechas de algunas de sus hermanas pudieran pincharle. La verdad era que no le agradaba pensar en ella con ningún otro hombre, porque los hombres no sabrían ser delicados con ella y… Gúnnr se merecía que la trataran bien. Y además no quería que nadie le pusiera las manos encima porque… Bueno, pues porque no. Y punto. ¿Cuándo se había vuelto tan arrogante?

—Hagamos un trato, Gúnnr. Si es lo que quieres yo estoy dispuesto a…

Justo en el instante que Gabriel iba a proponerle algo a Gúnnr, Bryn se asomó a la puerta de la choza.

—Engel, ven a ver esto.

La noche cayó con rapidez. Y con la oscuridad, aquellos que los hopi temían salieron de sus escondites.

Lo que había a los pies del pequeño altiplano de piedra en el que se hallaba el poblado hopi era un auténtico ejército de la oscuridad. Por supuesto que había vampiros: eran los que volaban en círculos sobre sus cabezas y chocaban una y otra vez contra la cúpula invisible de protección. Algunos ya no tenían ni siquiera pelo. Eran vampiros viejos y parecía que no bebían sangre desde hacía tiempo. Tenían los ojos blancos y los colmillos muy amarillentos, además de boqueras asquerosas en las comisuras de los delgados labios y la cara llena de venas azules. Por su parte, algunos lobeznos hambrientos estaban escalando la pequeña cima para usurpar la cúpula desde abajo. Clavaban sus garras en la piedra y subían como si fueran ascensores humanos. Sus ojos rojos y amarillentos centelleaban llenos de malicia, y su cara deformada por la mutación era terrorífica. Pero luego, había otros seres que él todavía no había visto.

Reso y Clemo, que habían oído hablar a Thor sobre sus logros en el Jotunheim, le habían explicado las características de esos nuevos adefesios.

—Nosotros nunca hemos luchado contra ellos —había asegurado Reso—, pero lo poco que sabemos de esos devoradores es esto: los que tienen cara de serpiente y tienen la piel negra y resbaladiza, son etones; los que se arrastran por el suelo y tienen aspecto viscoso y blanco se les llama purs, y aquellos que gritan y aúllan como histéricos y parecen gorilas gigantes son trolls.

—Los etones manipulan la mente y absorben la energía vital de la persona —había añadido Clemo mirándolos con recelo—. Su mordedura es venenosa. Los purs, tienen la piel llena de babas tóxicas y corrosivas. Una vez se enrollan en tu cuerpo como si fueran anacondas, te chupan la energía vital como si fueras el pezón de una mujer. Pueden moverse bajo tierra y bajo el agua. Y por último, están los trolls. Tienen una fuerza descomunal y su mordedura es paralizante. Una vez te tienen inmóvil te empiezan a arrancar las extremidades.

—Hay cuarenta y cinco devoradores ahí abajo, y unos diez vampiros y lobeznos. Son muchos —Gabriel los había contado uno a uno.

Según Ankti, los devoradores, grupo en el que el anciano incluía a vampiros, lobeznos y otros monstruos de Loki, podían permanecer largas temporadas en cuevas, hivernando, esperando a que llegara su momento. Entonces, cuando ese momento llegaba, salían todos a cazar en manadas. Después de la tormenta eléctrica, todos habían salido, seguramente por orden expresa de Loki. El caos tenía que hacer presencia en la tierra, y con el martillo de Thor, la espada de la victoria de Frey y la lanza de Odín en manos de sus líderes, el fin estaba más cerca que nunca.

—Thor los vencía con su martillo, pero aquí no hay martillo que valga —Gabriel había activado sus esclavas y tenía las dos espadas empuñadas una en cada mano, observando a sus enemigos con ojos inteligentes—. Este es el plan: tenemos a cuatro valkyrias que pueden echar rayos por las manos.

—Cinco —murmuró Clemo mirando a Gúnnr con sus ojos negros. La joven estaba mirando a Gabriel como si la hubiera herido—. Supongo que tu valkyria también cuenta, ¿no?

—¿Mi valkyria? —Gabriel no quería pensar en ella. Estaba muy enfadado por la discusión que habían tenido en el hogar hopi hacía unos instantes. Hizo un movimiento desdeñoso con los labios y negó con la cabeza—. Mi valkyria me da más problemas que otra cosa. Además, no puede protegerme.

Bryn y Róta emitieron un sonido ahogado de sorpresa e, inmediatamente, miraron a Gúnnr. Su joven hermana había girado la cabeza para que nadie viera lo mucho que le había dolido ese comentario.

—Gúnnr tiene mejor puntería que vosotros tres juntos —aseguró Bryn. La Generala se puso al lado de Gúnnr y le susurró al oído—: Ni caso, Gúnnr.

Róta, en cambio, no fue tan disciplinada como lo había sido Bryn, ni tampoco tan educada. La valkyria de pelo rojo se plantó frente a Gabriel y lo miró con desdén.

—Yo siempre creí que los einherjars se protegían solitos. En todo caso, había entendido que eran ellos quienes debían cuidar de nosotras. Si nadie te lo dice, te lo diré yo —le colocó una mano en el hombro y lo miró como si no tuviera remedio—: Sabrás mucho de estrategias, pero eres un desastre con las mujeres.

—Róta, ven aquí —rogó Gúnnr sin mirar hacia ellos.

Los trolls empezaron a chillar con fuerza y a saltar y vitorear sobre el desierto. Corrían dirigiéndose a la cúpula de protección.

Los hopi estaban todos reunidos alrededor de una hoguera, cantando y *mantralizando* un cántico antiguo y ancestral, uno que protegiera y reforzara la cúpula mágica que cubría sus hogares y la esencia de lo que ellos eran. Se oían los tambores y el retumbar de los pies en el suelo, todos al mismo ritmo. Llevaban máscaras que emulaban a los kachinas buenos, y que, según ellos, les daban fuerzas y energía para contrarrestar la maldad de los devoradores. Cantarían hasta el amanecer para luchar al lado del Engel y sus guerreros, pero lo harían a su manera.

Gúnnr agitó su *bue* y tomó el arco negro y rojo. Movió la otra *bue* y una flecha rojiza hecha de energía y trueno se materializó en su mano. La colocó en la cuerda del arco, pero cuando la iba a tensar, Chosobi le puso la mano en el hombro y la detuvo.

La valkyria se giró y miró al indio con los ojos encendidos como dos faros rojos. Su cuerpo temblaba furioso y la ira recorría su sangre como veneno. El indio llevaba una lanza en la mano y tenía la careta sobre el cráneo, como si fuera una diadema. La miró a los ojos y sonrió dulcemente, para luego, con infinita dulzura, ofrecerle su lanza:

—Mi abuelo dice que las armas son para aquellos que defienden lo suyo con el cuerpo. Nosotros no sabemos luchar, sólo oramos. Pero me gustaría luchar contigo, Gúnnr. Aunque sólo fuera mediante esta lanza. Tú eres una guerrera alada —miró al cielo—. Una mujer de los cielos.

La valkyria apenas oía la voz de Chosobi. Algo en su interior, más poderoso que los rayos, estaba hirviendo como la lava. Algo que le dolía.

—Gra-gracias —dijo Gúnnr aceptando la lanza.

Chosobi asintió y miró a Gabriel de reojo. El Engel lo miró a su vez, medio amenazándolo, y el indio no le hizo ni caso. Se inclinó y le dio un beso en la mejilla a Gúnnr. La valkyria se quedó de piedra. Era el primer beso que recibía de un hombre. El primero.

El hopi se dirigió al círculo de la hoguera y se puso a orar y a bailar con todo el poblado.

Gúnnr parpadeó y se llevó la mano a la mejilla que había recibido el beso.

—Lo único que veo mal en Chosobi —murmuró Róta en su oído— es que no es inmortal. Eso, y la ropa que lleva, claro —puntualizó.

Ese comentario provocó la sonrisa de Gúnnr pero no apagó el fulgor rojizo de sus ojos, ni las ganas de golpear y romper todo aquello que osara cruzarse en su camino. ¿Por qué Gabriel era tan duro con ella? ¿Por qué insistía en ponerla en evidencia? Ella sólo había querido ser su amiga especial. Si eso estaba mal, entonces no lo haría más, no sería su amiga.

Si incomodaba al Engel, entonces sólo se verían en caso de que hubiera heridas de por medio e hiciera falta una curación.

Lo echaría de menos. Muchísimo. Porque ella sí que le quería como fuera. Como amigo o como amigo especial. Pero si eso hacía daño al Engel, ella se alejaría y punto. Lucharían y se utilizarían para todo lo demás que no fuera ni intimar ni hablar.

La escena de Chosobi besando a Gúnnr no había gustado nada a Gab. De hecho, tenía ganas de cortar cabezas, y si era la del indio, mejor que mejor. Con un gruñido y dejando atrás el trago amargo de la «escena beso», se dirigió a su escuadrón.

—Las valkyrias utilizaréis vuestros rayos para detener a los devoradores. Bryn, organizaos —ordenó Gabriel—. Quiero a una arquera aquí. Tú eres la mejor —le dijo—, así que tú te quedas en esta posición. Los vampiros son vulnerables si les dais en el corazón y en la cabeza —se señaló ambas partes—. Las flechas están hechas de truenos, ¿cierto?

—Sí —contestó la Generala.

—Te necesito para ensartar a los vampiros que tenemos sobre nuestras cabezas. Cuando caigan, nosotros les cortaremos la cabeza y les arrancaremos el corazón. Los lobeznos mueren de igual modo: cortadles la cabeza o arrancadles el corazón. Están cercando el altiplano y aparecerán por todos lados. Los devoradores eran vencidos por el martillo de Thor, por tanto, son vulnerables a los rayos. Achicharradlos. Reso y Clemo iréis a por los lobeznos y a por los devoradores que se dirijan al poblado. Róta —se dirigió a la valkyria que lo miraba con odio. Él sonrió provocador—. Róta… ¿Tú qué sabes hacer?

La valkyria levantó la barbilla y lo fulminó con sus ojos azules.

—¿Yo? Hago limonadas y horneo unas galletas de escándalo.

Las valkyrias, sobre todo Bryn, se mordieron el interior de las mejillas para no partirse de la risa.

—¿Seguro? —El Engel arqueó las cejas y la miró de arriba abajo.

—¿Pero sabes qué es lo que hago, Ricitos de oro?

«¿Ricitos de oro? Qué cabrona es». Sonrió muy a su pesar y negó con la cabeza.

—¿Además de enseñar las tetas? No lo sé. Ilumíname.

Róta juntó las manos, las frotó con fuerza y cuando las separó, miles de rayos rojos chocaban y bailaban entre sus palmas.

—Hago llorar a los hombres como tú como si fueran niñas.

—Bien, porque necesito que hagas llorar a los de ahí abajo, ¿entiendes? Te necesito como un segundo escuadrón, en la falda del altiplano. Respeta los espacios y no permitas que se acerquen mucho. Si, por el motivo que sea, te sobrepasan...

—Cosa que no va a suceder —Róta cada vez se sentía más ofendida por las graves acusaciones del Engel.

—Pero si te sobrepasan —Gabriel adoraba meterse con ella—, Bryn tendrá que estar ojo avizor. ¿De acuerdo? Cuando no haya vampiros, nos podréis ayudar con todos los demás, pero primero hay que hacer caer a los cuervos. Sura y Liba —miró a las gemelas fijamente— lucharéis con vuestros einherjars codo con codo. Gúnnr, tú vienes conmigo —no la iba a dejar ahí. Ella necesitaba protección, no sabía luchar como las demás.

La joven se quedó tiesa ante la orden.

—No —estaba roja como un tomate—. Déjame luchar con ellas, por favor —no podía hacerle eso. Si la alejaba de ellas en la lucha, ¿cómo iba a hacerse valer como una valkyria? Ya tenía suficiente sin tener dones, siendo rechazada por él, como para que encima la alejara así de ellas.

Gabriel adelantó la mano y se la ofreció. Ni hablar. ¿Y si le pasaba algo? No se lo perdonaría nunca.

—No, valkyria. Tú vienes conmigo.

—Esto es el colmo —gruñó Róta por lo bajini, chutando una piedra del suelo.

—Engel, por favor —le pidió Bryn—. No hagas esto...

El Engel y Gúnnr tenían un diálogo silencioso. Los ojos azules de Gabriel se habían vuelto negros y los de Gúnnr eran tan rojos que emitían luz.

—Engel —Bryn se acercó y le pidió humildemente—: Deja que luche como ella sabe. No la anules así. No puedes...

—¡Maldita sea! ¡Dejad de defenderme! —Exclamó Gúnnr—. ¡No habléis por mí! —Las manos le picaban y sentía que una serie de chispazos eléctricos se aglomeraban en su estómago. Centró toda su rabia en Gabriel—. ¡¿Quieres que vaya contigo?! ¡Bien! —Agarró la lanza y el arco y se fue dando enormes zancadas. Llegó a su altura y pasó de largo.

—Deja la lanza aquí —ordenó él con frialdad.

La valkyria se detuvo abruptamente.

—No.

Los indios estaban cantando, llegando a momentos álgidos de éxtasis. Los vampiros no dejaban de colisionar contra la cúpula. Y los einherjars y las valkyrias estaban pendientes del desafío de Gúnnr a Gabriel.

—¿Qué has dicho?

—Te he dicho que no, Engel.

«¿Me está desafiando delante de todos?», pensó sorprendido.

—O la lanza o el arco. Si vas con las dos cosas te estorbarán a la hora de pelear. Sólo sabes luchar con tu arco, valkyria, no creo que...

Gúnnr hizo desaparecer el arco y tiró la flecha roja y llena de electricidad a los pies de Gabriel. Ésta desapareció con un chispazo.

—Si no me dejas luchar con mis hermanas, entonces tampoco lucharé contigo como valkyria. Pero no te preocupes —sonrió, pero el gesto no le llegó a los enormes ojos—, no dejaré que mueras antes que yo.

Una exclamación de asombro recorrió a einherjars y valkyrias por igual.

El rubio se frotó la barbilla y se quedó estupefacto.

De acuerdo, como ella quisiera.

—Vamos —corrió hacia Gúnnr, la tomó de la muñeca y bajaron el altiplano—. ¡Seguidme!

La guerra era una experiencia extraña. No era un combate, no era una batalla. En mente sólo se albergaba el pensamiento de que era una partida en la que te jugabas el todo o nada. La vida o la muerte. Un movimiento mal dado, una táctica mal elaborada, un ataque mal ejecutado, un parpadeo cuando no tocaba... Eran los detalles que permitían que al siguiente instante respiraras o no.

—¡Agáchate, Gúnnr! —ordenó. Un lobezno se había lanzado sobre ellos y había caído a cuatro patas. Ahora les enseñaba las fauces llenas de babas.

Estaban los dos en el campo de batalla. Gúnnr y él eran lo único que importaba en esos momentos. La chica corría como el viento, era muy veloz y muy ágil. Tenía buenos movimientos y esquivaba muy bien los golpes, como hacían las valkyrias. Se había sincronizado con él y eso que nunca habían entrenado juntos. ¿Y por qué nunca lo habían hecho?

—¡A la izquierda! —Se habían movido los dos a la vez para esquivar las garras del monstruo. Él intentaba colocarse delante de ella para protegerla con su cuerpo. Pero Gúnnr era la que a veces tiraba de él para que otro golpe improvisado no le alcanzara.

Gabriel alzó las dos espadas y en un movimiento de tijera preciso, arrancó la cabeza de cuajo al lobezno.

La sangre les salpicó a los dos.

Los rayos empezaron a iluminar la zona. Sus hermanas valkyrias estaban haciendo de las suyas. A su alrededor cayeron dos vampiros con sendas flechas clavadas en el cuerpo. Gúnnr cogió la lanza, la alzó y la clavó en el pecho del vampiro.

Gabriel observó la escena con fascinación. La joven había metido la mano en la caja torácica del vampiro y le había arrancado el corazón. Pero antes de hacerlo, el puto deshecho le había arañado el brazo.

—¡Te ha herido! —Gritó Gabriel.

—¡Mata a ése! —Le dijo ella en respuesta.

Él se giró, dio una vuelta a su espada en al aire haciéndola rotar como la hélice de un helicóptero y le cortó la cabeza al vampiro.

—¡Joder, te ha herido! —Dijo esta vez más preocupado—. ¡¿Estás bien?! —Se acercó a inspeccionarle la herida.

Ella asintió con la cabeza.

Un grito de valkyria rasgó el aire. Róta bajaba el altiplano lanzando rayos por las manos y chamuscando a cualquier eton que se acercara a la cúpula. Era una espléndida máquina de matar.

Dos vampiros más cayeron cerca de donde ellos estaban. Gúnnr se lanzó a por uno de ellos con su lanza y Gabriel iba a rematarlos con sus dos espadas, pero antes de que pudieran ejecutarlos definitivamente, cuatro devoradores les rodearon.

—Detrás de mí, Gunny —le pidió Gabriel alzando las dos espadas.

—¡No te peocupes por mí y haz lo que tengas que hacer! Sé arreglármelas —agarró la lanza con fuerza y la colocó entre ella y el cuerpo de un troll y un purs—. Los purs son asquerosos… —Susurró mirando al gusano con asco.

Los devoradores tenían apariencia humana, eran bípedos y tenían brazos y manos. Pero sus caras y sus cuerpos… dejaban mucho que desear. El purs tenía los ojos negros, la piel grisácea, verdosa y gelatinosa. Tenían dos orificios como nariz, y los labios morados. Sus bocas salivaban babas mocosas… Dioses, qué asco.

Gabriel y Gúnnr se colocaron espalda con espalda. Un lobezno y uno de los vampiros caídos también se añadieron a la fiesta.

—Seis contra dos —gruñó Gabriel.

—¿Cuentas conmigo ahora, Engel? —Le preguntó mordazmente.

—¡¿Qué hay de malo en querer protegerte?!

—¡Eso no es protegerme! ¡Es infravalorarme! ¡Menos mal que no has dicho seis contra uno o me voy al otro bando y convierto esto en un siete contra uno! —Murmuró ella manteniendo a una distancia prudencial a los devoradores—. Y te juro que te ensarto yo misma.

Gabriel se maldijo por meter a Gúnnr en una situación como esa. Tendría que haberla dejado con las valkyrias. Pero es que él no quería dejarla sin su protección.

—Muévete como yo diga —ordenó él.

—Ni hablar —contestó Gúnnr. Colocó la lanza como si fuera un pértiga y salió del cerco volando por encima de la cabeza de los dos trolls que tenía delante—. Haz lo que tengas que hacer. Protégete, Engel. Te quito a tres o cuatro de encima.

—¡Gúnnr! —Gritó él dándose la vuelta. Pero ese movimiento fue descuidado por su parte. Nunca le des la espalda a un enemigo. El vampiro le golpeó en los riñones con el puño y lo dejó de rodillas. Y luego le arañó la espalda, por debajo del protector de los hombros.

Gúnnr corría mucho más que los trolls. Intentaban alcanzarla pero ella era veloz como un rayo. Se colocó detrás del troll y lo ensartó con la lanza. Se la desclavó, dio una vuelta sobre sí misma y con la hoja le cortó la cabeza. Para ella, luchar era como una coreografía, se trataba de tener estilo y de no presumir ni infravalorar al enemigo. Nunca. No infravalorar nunca a nadie como Gabriel había hecho con ella.

El purs que la perseguía le agarró una pierna y ella gritó de dolor. La sustancia pegajosa de su cuerpo le estaba quemando la piel. Alzó la lanza y se la clavó en el cráneo, y apretó hasta ensartarlo por completo y ver cómo la lanza le salía por la entrepierna. Se lo sacó de encima como pudo.

—¡Escuece! —Gritó para sí misma mirándose la quemadura del muslo.

La música de los hopi acompañaba cada golpe, cada corte de espada, cada flecha… Menudo ritmo tenían.

Un troll le dio un puñetazo en toda la cara, y ella cayó de espaldas en el suelo. El troll se le subió encima y la intentó estrangular. Le enseñaba los dientes y alargó su lengua hasta lamerle la mejilla.

—¡No! —Gritó ella a punto de vomitar. Alzó la rodilla y le atizó con fuerza entre las piernas. Pero el troll ni se inmutó, siguió apretando con sus enormes manos.

Se le escapaba el aire de los pulmones. Si se quedaba inconsciente entonces la matarían. Miró a Gabriel. Estaba rebanando el cuello a un nosferatu, mientras con la otra espada le cortaba un brazo a un lobezno. Era un guerrero sin igual. Había saltado sobre otro eton y le había atizado una patada voladora en toda la cara. Cayó encima de él y le cortó la cabeza.

Bryn y Róta habían liquidado a los «cuervos». Todos habían caído a tierra y ahora eran víctimas de sus rayos.

Reso y Clemo luchaban con Sura y Liba y lo hacían como si fueran un cuarteto de músicos que seguían las notas de una partitura. Los cuatro eran muy atractivos y muy salvajes. Morenos, de pelo largo y miradas negras las de ellos y almendradas las de las gemelas. Como si fueran cuatro cíngaros tocando su música. El «do» era ensartar a un troll; el «la» era electrocutar a un vampiro caído y arrancarle el corazón; el «re» era cortarle la cabeza a un lobezno. Las parejas luchaban con una sincronía envidiable. Si hacían el amor como luchaban sería un maldito espectáculo.

«¿Por qué pienso en eso? Soy patética, ¡rayos!»

Su einherjar no tenía una valkyria común. Tenía a una sin poderes, una que no valía a sus ojos. Cerró los ojos y dejó que la furia le diera las fuerzas que necesitaba para sacarse al troll de encima. El troll le mordió en el lateral del cuello y ella sollozó de dolor. Pero al instante, el engendro de Loki se echó hacia atrás, como si su cuerpo le hubiera electrocutado. Ella se llevó las manos a los labios porque había sentido el mismo chispazo. Los colmillos, pequeñitos y afilados, se le habían alargado discretamente. Pinchaban pero no eran colmillos tan largos como los de sus hermanastros vanirios.

—¡Gunny! —Escuchó la voz de Gabriel desgarrado por el miedo—. ¡Levántate, maldita sea!

Gúnnr abrió los ojos que había cerrado debido al dolor, y los clavó en él. Le pedía que abriera los ojos. ¡Que los abriera él! No se daba cuenta que había dos vampiros justo a sus espaldas y que se acercaban sigilosamente sin que él lo percibiera.

—Gab... —Murmuró. No tenía voz—. Detrás...

—¡Aguanta, Gunny! ¡Ya voy! —Corría como un descosido.

Él se acercaba más, pero los vampiros estaban a punto de alcanzarle y derribarlo.

La rabia poseyó todo su ser. Si a él lo herían o moría, sería por su culpa, por no haberse defendido todo lo bien que podría haberlo hecho. Por ser una inepta. Por no tener furia. Por ser la dulce e inofensiva Gúnnr. Pero... Es que, ¡ella no era inofensiva!

Echó la cabeza hacia atrás y por primera vez en su vida, de sus cuerdas vocales y de su alma emitió el primer grito de valkyria de su vida. Un grito tan ensordecedor que incluso el troll tuvo que salir de encima de ella y taparse los oídos.

Y entonces... Un rayo cayó encima de Gúnnr y recorrió todo su cuerpo, iluminándolo como si fuera una bombilla. Lo elevó varios metros mientras ella se convulsionaba y gritaba como si fuera víctima de la tortura más dolorosa de todos los tiempos, hasta que el rayo desapareció y ella cayó de golpe, secamente, en la tierra dura y húmeda por la lluvia.

Gabriel corrió como loco a socorrerla. El corazón se le había disparado por la impresión.

Gúnnr se levantó como pudo y cuando abrió los ojos, los tenía en llamas. Le ardían las manos, las rodillas le temblaban y todo el cuerpo se sacudía con espasmos. No había tiempo para pensar en lo que había pasado. Cogió la lanza y ensartó al troll con ella, hasta dejarlo clavado en el suelo.

Ella no era inofensiva.

Lo que le pasaba era que no entendía la furia sin razón. Sus hermanas eran furias, no dominaban su ira ni su temperamento, ni les hacía falta. Las podías provocar y sabías a lo que te atenías luego. Róta machacaba sin compasión a quien ella considerara que se mereciera un castigo. Bryn no era misericordiosa, al contrario, lejos de ser tan «sangrienta» como Róta, ella era más metódica. Fría y limpia. Pero a ellas no les hacía falta estar enfadadas para desarrollar sus dones, porque las valkyrias nacían con su genio y su furia, como si fuera su chispa vital.

Una bronca, una pelea, una lucha. Eso les encantaba. Pero a ella no tanto. Y es que ella nunca había tenido un motivo por el que estar furiosa. Verdaderamente furiosa.

Pero ahora... Miró a Gabriel y la furia en ella aumentó. Ahora sí.

«Yo no soy inofensiva».

Respiraba aceleradamente. Se miró las palmas de làs manos y comprobó que las hebras de electricidad aparecían ahí de nuevo. ¿Podría ser?

Clavó la vista en los dos vampiros que estaban a punto de cortarle la cabeza a Gabriel con sus garras. El Engel venía hacia ella con el rostro descompuesto. ¿Qué le pasaba?

Los vampiros saltaron sobre Gabriel y ella dirigió las palmas de las manos hacia ellos. Un rayo azulado y blanco salió de sus manos y fue a parar directamente a los dos vampiros.

Gabriel se agachó y miró asombrado hacia atrás.

Gúnnr seguía atizándolos con sus rayos y no los soltaba.

Estaba furiosa, claro que sí. Y no. No era inofensiva.

Su einherjar la ignoraba como mujer y como guerrera. ¿Tenía que beber sangre para que él le hiciera caso? ¿Tenía que parecerse a ella? ¿Qué era lo próximo? ¿Había posibilidad de que ella pudiera convertirse en vaniria? ¿Qué más tenía que pasarle? ¿Por qué aquellos que se suponía que tenían que aceptarla hacían lo posible por sacarla de sus vidas? ¡¿Por qué?! Confirió más fuerza a los rayos hasta quemar por completo los cuerpos de los dos vampiros.

Gabriel rodó sobre sí mismo en el suelo y se levantó sin dejar de mirar a Gúnnr.

«Madre del amor hermoso», pensó embrujado por la escena. El pelo de Gúnnr flotaba a su alrededor. Sus ojos, completamente rojos, miraban con determinación a los vampiros, de los que ya no quedaba nada. Un rayo la había alcanzado y cuando se había levantado del suelo se había convertido en la mujer relámpago. Joder, mirándola, ya no quedaba nada de la dulce Gúnnr. Ahora era una mujer fatal, magnética... ¿Qué le había pasado a su Gunny?

Se acercó a ella con cautela. Cuando la tocó, la piel ardiendo de la joven le pasó la corriente, pero eso no hizo que él retirara la mano. Le rodeó el antebrazo con los dedos. La estaba compeliendo a que bajara los brazos y dejara de escupir rayos y centellas de su cuerpo.

Gúnnr clavó la vista en él, sin pestañear. Menudo espectáculo era su valkyria, pensó.

—Ya ha pasado todo, florecilla. Cálmate —le susurró acercándose mucho a su oído.

La oreja de Gúnnr tembló y sus ojos parpadearon sin quitarle la mirada roja de encima.

Gúnnr apretó los dientes. No era inofensiva y estaba furiosa con Gabriel.

Róta y Bryn llegaron en un suspiro. Sus hermanas la miraban a caballo entre la sorpresa y la compasión.

—¿Hermanita? ¿Qué ha sido eso? —Preguntó Róta acercándose a ella.

Pero Gúnnr pasaba de sus «hermanitas». Ella sólo estaba mirando fijamente a su einherjar. Seguía escupiendo rayos por las manos sin hacer caso a nada ni a nadie.

Reso, Clemo y las gemelas tampoco quisieron perderse la escena.

—Baja los brazos, Gunny —le pidió Gabriel con amabilidad. Caray, lo estaba mirando como si quisiera ensartarlo a él también con la lanza. El flequillo se movía sobre sus cejas y ojos debido a la energía electrostática que emanaba de ella. Estaba haciendo un hueco enorme en la base del altiplano—. Se trata de salvar a los hopi, florecilla. No de hundir su altiplano —le sonrió con simpatía.

Sus ojos rojos centellearon.

—No me hace gracia, capullito —le dijo con una voz sorprendentemente suave para el despliegue de fuerza que estaba demostrando en ese momento.

Un rayo cayó justo al lado de su pie y Gabriel se apartó de ella, asombrado porque el rayo había estado a punto de abrasarlo.

—Joder, joder... Está descontrolada —susurró Róta con una sonrisa, complacida con el gesto de Gúnnr.

—¿Florecilla? ¿Capullito? —Soltó Reso con interés—. ¿Te gusta la botánica, Engel? —se mofó de él.

—Llevémonosla —había dicho la Generala, tomando a Gúnnr de la mano y tirando de ella—. Tenemos que aislarla o destrozará todo.

—Tenemos que preparar la *vugge* —comentó Sura recogiéndose su largo pelo negro en una coleta.

—Preguntaré a Ankti si sabe de algún lugar para ello —Liba se llevó a Clemo con ella.

—¿Una cuna? —repitió Gabriel sorprendido.

—Llevémosla rápido —sugirió Bryn.

¿Llevársela? Gabriel arrugó el entrecejo y negó con la cabeza. Bryn y Róta estaban arrastrando prácticamente a Gúnnr, que no dejaba de mirarle por encima del hombro como si él fuera un eton. Él no era el enemigo, ¿no?

—¿Qué? ¿Adónde os la lleváis?

—Gúnnr quiere freírte, Engel —la valkyria de pelo rojo sonrió con malicia. Pasó un brazo por encima de Gunny y añadió—: Vamos a por la salsa. Nos gusta la carne en su punto.

VI

Los hopi celebraban la victoria cantando y bailando alrededor de las hogueras.

Reso, Clemo y las gemelas sonreían y daban palmas con ellos, divertidos por su modo de moverse y cantar. Los devoradores habían sido eliminados. La cúpula se había reforzado. Ahora, era momento de cenar y celebrar la proeza de los ocho guerreros que habían bajado de los cielos para plantar cara a los devoradores, por tanto, los hopi estaban preparando una cena especial para ellos.

Traían platos de barro llenos de tajadas de melones y calabazas asadas, y también servían frijoles fritos, maíz y *piki,* esto último era un tipo de pan de maíz que cocían sobre piedra muy caliente.

Sin embargo, Gabriel les oía tocar sus flautas y sus tambores, y escuchaba a sus guerreros hablar y reírse con sus valkyrias mientras disfrutaban de aquella hospitalidad, pero él no estaba con ellos. ¿Cómo iba a estar con ellos si no sabía lo que pasaba con Gúnnr? ¿Estaría bien? ¿Qué estaban haciéndole?

Róta y Bryn se la habían llevado a una zona resguardada de la meseta porque iban a prepararle la cuna. Una serie de rayos caían tras el peñasco en el que su amiga estaba oculta bajo los cuidados de sus hermanas.

Se oyó otro quejido acompañado de un grito desgarrado. Se puso tenso y hundió los dedos en la roca en la que estaba apoyado. Ese grito era de Gúnnr.

Quería ir a ayudarla. Él era su einherjar y él debía cuidar de ella. ¿Por qué se lo impedían?

Súbitamente, como de la nada, apareció Róta. Se encaramó de un salto sobre la roca y lo observó incriminatoriamente, como si él fuera menos que una mierda.

Gabriel puso los ojos en blanco. Aquella chica era una insolente y no tenía respeto por sus superiores. Pero entendió que aquella animadversión era culpa suya. Cuando era humano ya le pasaba, a veces las mujeres confundían el buen rollo y la simpatía como si fueran una invitación para que a uno le perdieran el respeto.

—¿Cotilleando como una portera? —Preguntó la valkyria.

—Quiero ver a Gúnnr, ¿qué le estáis haciendo?

—¿Te importa, Engel?

Gabriel odiaba utilizar la intimidación con una mujer, pero Róta empezaba a merecerlo. Otro grito y otro relámpago colmaron la noche. Gabriel se estremeció y maldijo en voz baja.

—¡Maldita sea! —Se impulsó con los talones y subió a la roca para estar a la misma altura que Róta. Él era mucho más alto que ella y le gustó ver el gesto de sorpresa en sus ojos azules— ¡¿Qué le estáis haciendo?!

—¡No le hacemos nada! —Exclamó ofendida—. Ella acaba de nacer y necesita su cuna.

—¡Y un cuerno acaba de nacer! Gúnnr es una mujer no un bebé.

—¡Caramba, ya era hora! ¿Ya te diste cuenta de que es una mujer? ¡Por fin! —Hizo un ademán con las manos—. ¿Y bien?

—¿Y bien, qué?

—¿Harás algo al respecto? —Lo miró como si fuera tonto.

Gabriel se apretó el puente de la nariz.

—Te lo voy a decir solo una vez. Lo que pase entre mi valkyria y yo, me concierne a mí y a Gúnnr. A nadie más.

—No cuando dejas a mi hermana en ridículo —negó ella rotundamente— como la dejaste ante todos. Todo el Valhall se enteró de que el Engel prefería la cura de otras valkyrias en vez de la suya. ¿Cómo crees que le sentó? ¿Es que no tienes corazón?

—¡No soy un puto ogro, Róta! —Gritó exasperado—. ¡Y no tengo por qué hablar de esto contigo! Soy tu superior, no un jotun, y me debes respeto. ¡Ahora me vas a decir dónde está y qué puedo hacer para ayudarla o te envío de vuelta al Valhall!

Los ojos azules claros de Róta se enrojecieron y lo aniquilaron con la mirada. La mujer apretó los puños y se mordió la lengua para no soltar la biblia de los tacos por la boca.

—Precisamente… Venía a informarte, Engel —su voz era engañosamente dulce—. Es el einherjar quién tiene que ayudarla en su metamorfosis.

—¿Metamorfosis? —«¿En qué mierda se está convirtiendo? ¿En una jodida mariposa?».

Róta sonrió con pericia y lo miró de arriba abajo.

—Es labor del einherjar ayudarla a salir de su... crisálida —aseguró sin subterfugios, meneando las manos como si fueran pequeñas alas.

Un relámpago, éste más potente que el anterior, cayó a escasos metros de dónde él estaba. Un gemido derrotado llegó a sus oídos. Por Dios, era insoportable saber que Gúnnr estaba sufriendo.

—Dime qué tengo que hacer para ayudarla, por favor —suplicó desesperado.

Ella se cruzó de brazos y lo miró de arriba abajo. La comisura del voluptuoso labio de la valkyria se alzó en una sonrisa llena de intriga.

Bryn colocó la última piedra alrededor de la balsa improvisada que habían creado para Gúnnr. Estaba llena de agua de lluvia, agua fría. En el centro de la balsa había un palo de madera de unos dos metros al que Gúnnr se agarraba como si fuera un chaleco salvavidas.

La valkyria apretó los labios, apoyó la frente en la madera y clavó las uñas en ella. Bryn miró al cielo y alzó el puño con orgullo.

—Ahí va otro, Gúnnr —la Generala intentaba animarla como podía, sabedora de que era una empresa difícil.

Su hermana estaba recibiendo el bautismo de las valkyrias. Habían creado para ello una cuna, la *vugge*. La cuna constaba de una bañera llena de agua y una vara metálica que actuaba a modo de antena conductora para los rayos. Pero, como no tenían nada de eso en aquellas condiciones áridas, habían hecho una cuna casera. Un agujero profundo en la roca que habían llenado de agua de lluvia, un tronco de árbol clavado en el centro y, por supuesto, la valkyria, que sería la verdadera conductora de la electricidad, pues su cuerpo tenía el agua más ionizada de lo normal. Cuando las valkyrias nacían en el Valhall, lo hacían en un medio acuoso, es decir, mediante un parto acuático y natural. Freyja lo había pedido así porque las bebés atraían los rayos y habían provocado muchos destrozos en el Víngolf, y de ese modo se aseguraba de que los relámpagos cayeran sólo donde debían caer. El agua era conductora y atraía a los rayos, pero el cuerpo de las valkyrias lo era más, así que de ese modo creaban un circuito cerrado, y evitaban accidentes. A ellas no les dolía, y si les dolía ya no lo recordaban pues apenas tenían días de vida y su memoria no alcanzaba para tanto.

Gúnnr murmuró una imprecación y se preparó para el siguiente rayo que, no tardó en llegar. Cayó justo en el extremo del tronco y recorrió la piel blanquecina de la valkyria como si se tratara de una lengua de luz.

«Dioses, cómo quema», pensó Gúnnr. No obstante, el dolor era bien recibido. Aguantaría eso y mucho más, y lo haría estoicamente porque necesitaba esa iniciación. A diferencia de sus hermanas valkyrias, ella nunca la había tenido, no había recibido la *vugge*. Ella no había respondido a la canción de cuna de Freyja. La diosa cantaba a todas las valkyrias una canción que las instaba a agitar las manos. Cuando agitaban las manos, las bebés sacaban rayos, la prueba de que eran auténticas valkyrias.

Ella no había sacado ni uno, las había agitado como una bebé normal, porque hasta esa noche, ella no había tenido furia, nunca la había experimentado. Pero ahora sí. ¿Por qué ahora? ¿Habría sido Gabriel el detonante? Apretó los dientes y cerró los ojos con fuerza. Era pensar en él y todo su cuerpo se encendía.

Otro relámpago cayó sobre su espalda y ella se arqueó como si la hubieran fustigado. Gritó y tembló hasta que pasó la quemazón. Le temblaban las rodillas y le castañeteaban los dientes.

—Es el poder, Gunny —susurró cariñosamente Bryn. Esperó pacientemente hasta que Gúnnr giró el cuello hacia su dirección y la miró. La rubia valkyria permanecía acuclillada delante de ella, con los codos apoyados en las rodillas y las manos que caían muertas entre las piernas—. Recíbelo. Nunca había visto un nacimiento como éste —juró maravillada—. Tendrías que verte… Toda tú desprendes energía.

Gúnnr impresionaba. Estaba de espaldas a ella, con el cuerpo completamente desnudo tal y como había venido al mundo. Tenía todo el pelo húmedo echado sobre un hombro, y en aquella elegante espalda relucían sus alas tatuadas. Alas que todas las valkyrias tenían, y sin embargo, no había unas alas iguales. En realidad, eran tribales que simulaban alas abiertas, y en condiciones normales eran de color doradas, como si todo el dibujo hubiese sido salpicado de purpurina. Gúnnr nunca iba con la espalda descubierta porque le daba vergüenza lucirlas. ¿Por qué iba a lucir unas alas que la marcaban como algo que en realidad no era? Cuando la valkyria se enfurecía, el tatuaje refulgía con un magnético color rojo furioso, como si se tratara de un metal ardiendo. Odín había pedido que las valkyrias representaran de algún modo a uno de sus animales favoritos: las águilas. De ahí que Freyja las marcara con esos intrincados y artísticos tatuajes en sus pieles.

—Quema —protestó Gúnnr cogiendo bocanadas de aire de forma desesperada—. Por Freyja, Bryn, esto quema una barbaridad.

—¿Sí? Yo no me acuerdo de cómo fue mi nacimiento. Tú al menos estás naciendo conscientemente. ¿No es maravilloso?

—¡No! —Bramó de forma desoladora cuando otro rayo la alcanzaba de lleno en la espalda—. ¿Cuánto… —susurró con voz débil— … cuánto dura la iniciación, Bryn? Sólo quiero mentalizarme.

La Generala se levantó y miró la noche estrellada. Los rayos venían del Valhall. ¿Debía decirle que iba a estar horas recibiendo el bautismo?

—Puede que hasta el amanecer. Aunque nunca se sabe… —Se encogió de hombros.

«¿Hasta el amanecer? Fantástico…», pensó Gúnnr con sarcasmo. Se abrazó al palo de madera como si buscara un poco de consuelo, esperando que la viga la abrazara y la calmara, y cerró los ojos, rendida.

En el Valhall nunca se había enfurecido. Jamás. Ella siempre había sido diferente, se había sentido distinta al resto de sus hermanas. Y la verdad era que tampoco se había sentido realmente viva hasta que el «ricitos de oro» se había encomendado a ella. Pasó el tiempo y su cuerpo despertó de otra manera. Seguía aletargado en muchos aspectos. Cero rabia, cero furia, cero temperamento, pero no era indiferente a la presencia de Gabriel. Sentía. Sentía cosas por él. Y eran las primeras sensaciones que recorrían su ser de forma auténtica. Porque ella había nacido con una especie de anestesia general permanente, una indiferencia por todo que incluso la había llegado a asustar.

Hasta que Gabriel la rechazó. Hasta ese momento.

En dos semanas sus emociones se habían descontrolado y ya no tenía control de su cuerpo. Alzó las manos y observó cómo las hebras eléctricas bailaban a través de sus dedos, sus muñecas y los antebrazos. Cerró los puños y los volvió a abrir. Era fascinante.

—¿Me enseñarás? —Preguntó mirando a Bryn por encima del hombro—. ¿Me enseñarás a controlar este poder?

La Generala sonrió ampliamente hasta que le salieron unos hoyuelos en las mejillas. Tanto ella como Bryn tenían esos socabones tiernos y risueños que sólo emergían cuando alzaban las comisuras de los labios. Asintió con la barbilla.

—Por supuesto que sí, *nonne.*

Se quedaron en silencio. Gúnnr estaba tensa, en cualquier momento recibiría otra descarga que la dejaría desvalida de nuevo. Tenía que pensar en otras cosas.

—Bryn.

—¿Mmm?

—¿Irás a buscarle?

El rostro de Bryn se ensombreció y su mirada se tornó melancólica.

Gúnnr conocía la historia de Bryn y su einherjar. Había sido un tema muy popular en el Valhall. Todos consideraban a la Generala una mujer fuerte y orgullosa que no cedía por nada ni por nadie, y tampoco había cedido por aquél que se había encomendado a ella. Pero ella sabía que su querida hermana tenía heridas que no dejaba que nadie viera. Todos sufrían por una razón o otra. Nadie se salvaba de tener el corazón libre de culpa o arrepentimiento, y Bryn no era la excepción.

—No —contestó con serenidad, humedeciéndose los labios—. Esta es mi misión y no puedo desviarme —se dio la vuelta para que su hermana no viera el padecimiento que se reflejaba en su cara.

Pero, al darse la vuelta, se encontró con alguien inesperado y en condiciones todavía más inesperadas.

Gabriel. Y no un Gabriel cualquiera, no. ¡Gabriel en pelotas!

Tenía las dos inmensas manos cubriéndose el paquete para que ella no lo viera. La mente perversamente valkyria de Bryn no pudo evitar hacer una cábala: «Si necesita dos manos para cubrirse es que tenemos a un Engel muy bien dotado». Abrió los ojos hasta que casi se le salen de las órbitas. Y justo cuando iba a soltar una exclamación parecida a: «¿Hola? ¡¿Se puede saber qué ha pasado con tu ropa?!», el guerrero le sugirió que se callara poniéndose el dedo índice sobre los labios. Luego le indicó con la cabeza que desapareciera de su vista.

Bryn entrecerró los ojos y lo señaló con un dedo acusador, mientras fruncía las cejas en una uve perfecta rubia platino.

El guerrero estuvo a punto de soltar una carcajada por la situación en la que se encontraba. Charles Chaplin estaría muy orgulloso de ellos, pensó. Negó rotundamente con la cabeza y con un movimiento de barbilla la invitó a irse.

Bryn exhaló.

Gabriel resopló.

Finalmente, la Generala miró hacia atrás. Gúnnr no se enteraba de nada. No se había dado cuenta de que Gabriel estaba allí.

Bryn centró sus ojos azules en el cuerpo desnudo de Gabriel y alzó la mano para hacer el gesto de las tijeras con los dedos índice y anular mientras miraba el paquete cubierto por las manos del einherjar. «Si te pasas con ella te la corto», eso era lo que venía a decir el gesto.

Gabriel la fulminó con la mirada y se dio golpecitos en el interior de la mejilla con la lengua: «Chúpamela, valkyria», le dijo de modo ofensivo.

Bryn sonrió, levantó el dedo corazón y les dejó solos.

El Engel fijó la vista en aquella especie de piscina en la que se hallaba Gúnnr. Róta le había explicado cómo proceder para que ella no sintiera dolor y eso iba a hacer, porque si estaba en sus manos, ella no sufriría más. Y lo que no soportaba Gabriel era oír gritar a su valkyria porque sintiera un dolor que nadie podía curar. Él podía. Y lo haría.

Con decisión dio dos pasos al frente y se internó lentamente en aquella improvisada cuna.

—Sé muy bien cuales son las órdenes, Bryn. Pero, ¿es que no te apetece verle? Ya sabes —Gúnnr se abrazó con desesperación a la viga de madera y cogió aire—. Dioses…, esto me pone de los nervios. Ahí viene otro rayito y cada vez es más fuerte.

Gabriel se quedó con la mirada fija en su espalda. El agua le cubría por debajo de las caderas. Se le marcaban dos hoyuelos muy sensuales sobre el hueso sacro. Los músculos de la espalda se tensaban y se relajaban debido a las convulsiones que estaban sacudiendo a la joven. Nunca le había visto las alas a Gúnnr. Las valkyrias acostumbraban a ir con poca ropa en el Valhall y sí que había visto bellos tatuajes en el cuerpo de sus guerreras, pero no el de Gúnnr. Ella siempre iba muy discreta y nunca enseñaba más de lo debido.

Gabriel sonrió con nerviosismo. Se moría de ver la cara de la chica cuando él la tocara.

Róta le había dicho que tenía que estar en contacto con ella físicamente. Que al ser su einherjar y al ser el uno la cura del otro, ella no sentiría tanto dolor como sentía, porque él iba a aplacarlo con su propio cuerpo.

Pero, caramba... Gúnnr estaba bañada por la luz de la luna y las estrellas. Su piel lucía azulada debido a la oscuridad y a la luminosidad del astro nocturno. Aun estando un poco afligida, la imagen de Gúnnr abrazada a la viga, con el agua acariciando su trasero y cubriendo sus piernas y pintada por la extraña claridad de la noche era, de lejos, la imagen más sensual que él había visto en su vida mortal e inmortal. Un espectáculo.

De repente, sintió que le temblaban las manos y que el corazón le latía más rápido de lo normal. Estaba nervioso. Joder, ¡cómo para no estarlo! Gúnnr podía convertirse en Tormenta de *X-Men* en un abrir y cerrar de ojos.

Se acercó a ella hasta estar a un centímetro de distancia de que sus pieles se tocaran.

—¿Bryn? —Las orejas de Gúnnr se agitaron—. ¿Te has metido en el agua conmigo? —Preguntó agradecida—. Sal de aquí, por favor. Esto te hará daño.

Gabriel se mordió el interior de la mejilla para no reírse ahí mismo y puso voz de mujer para contestarle:

—Me encanta que me hagan daño, cariño.

La valkyria clavó las uñas en la madera y se envaró. Ni siquiera pestañeó. Se quedó con la mirada roja clavada en el horizonte. Estaba desnuda, ¿qué hacía él ahí?

—Gabriel.

Gabriel repasó con la mirada el tatuaje de Gúnnr línea a línea. Eran unas alas preciosas. Hundió una mano en el agua y luego vertió el agua por el femenino hombro.

Róta le había sugerido que Gúnnr tenía que estar húmeda.

Orgulloso, comprobó que la marfileña piel de la joven se erizaba y se ponía de gallina. Seguro que los pezones se le habían endurecido.

Se tensó de golpe. No podía pensar en Gúnnr de aquella manera. Ella era... sólo una amiga. Una amiga especial. Carraspeó.

—Gabriela para ti, cielo —dijo con voz cantarina.

—Lárgate —replicó ella arisca, retirando el hombro de su alcance. Se abrazó al poste, como si se quisiera fundir en él.

Él esperaba ese recibimiento. Gúnnr estaba enfadada con él. Él también lo estaba consigo mismo. Bueno, la iba a resarcir, por eso había decidido acatar los consejos de Róta.

—Sigues enfadada conmigo.

Gúnnr apretó la mandíbula pero no contestó.

—Está bien —echó mano de su sentido del humor. Siempre lo hacía para romper el hielo—. Te perdono por querer violarme en el Valhall y por llamarme capullo delante de mis guerreros. ¿Amigos?

—¡Yo no quise violarte en el Valhall! —Chilló ofendida—. Tú me llamas florecilla... ¡Y toda flor tiene a su capullo! ¿No te parece? No fue un insulto.

—Eres una chica muy lista —adoraba intercambiar ocurrencias con ella.

—No quiero hablar contigo —confesó—. Estoy cansada. Vete.

—Va a ser que no, valkyria. ¿Por qué no te das la vuelta y me miras a la cara? Tienes una espalda y un cuello preciosos, pero no me gusta hablar con una columna vertebral con alas.

—Sabes que estoy desnuda, Engel.

—¿De verdad? —Fingió sorpresa.

—¡Sí! ¡Y estás en mi cuna!

—Soy un asaltacunas —bromeó él—. Deja de llamarme Engel, florecilla. He venido a disculparme por mi comportamiento contigo y, sobre todo, he venido a curarte.

Gúnnr intentó mantener el ceño fruncido, pero cuando Gabriel le hablaba de un modo tan sincero, poco podía hacer para seguir enfadada. Sin embargo, se sentía dolida.

—¿Sabes qué? —La voz de Gabriel sonaba rara. Había bajado un tono—. En este momento, las palabras Gúnnr y cuna no pueden ir en una misma frase.

Gúnnr tragó saliva. Era un zalamero, un peligroso y rufián zalamero. Su labia y su sentido del humor le salvaban en muchas ocasiones.

—Estoy esperando tu disculpa. Y llamarme acosadora no es una disculpa. —Ella estaba muy nerviosa. Ningún hombre la había visto desnuda. ¿Y tenía que ser él, que ni la deseaba ni la quería, el primero en verla? Eso no podía estar pasando. No iba a ceder—. Cuando la oiga te irás y me dejarás en paz, ¿de acuerdo?

El labio del einherjar se elevó formando una medio sonrisa.

—Me estás echando —ronroneó. ¿Qué coño estaba haciendo? ¿Por qué no podía apartar la mirada de la elegante espalda tatuada y el trasero que se adivinaba bajo el agua?—. No voy a irme. Además, quiero que me cures, valkyria.

Gúnnr apretó los puños. Gabriel estaba igual de herido que ella. Y aquellos cortes en la piel picaban mucho. Pero no podía pensar en ello. Ya llegaba el rayo...

—¡Vete de aquí!

La lengua de luz alcanzó la madera y Gúnnr echó el cuello hacia atrás. De su garganta emergió un grito terrible de dolor y desesperación. Fue entonces cuando sintió algo caliente y duro pegado a su espalda. Las manos enormes del guerrero cubrieron las suyas, y la sepultó, cobijándola entre él y la viga. El dolor, el terrible dolor menguó considerablemente, hasta sentirlo como una pequeña e inocente descarga eléctrica.

El olor de Gabriel la inundó, un olor limpio a hierba mojada. A hierbabuena. Ése era su olor. El olor que a Gúnnr la volvía loca de remate. No sentía el agua fría, ni siquiera la brisa del desierto que acariciaba su piel. Sólo podía sentir la piel curtida de ese hombre en contacto con la de ella.

Él entrelazó los dedos con los de Gúnnr y se acercó todavía más a su espalda, como una ventosa.

—¡Joder! ¡Lo siento! ¡Perdona! He sido tonto, tonto... —dijo afectado, hablando rápido y sintiéndose repentinamente culpable por todo. Ver cómo el rayo alcanzaba y hería a Gúnnr delante de sus narices lo había noqueado—. Yo aquí hablando en vez de cuidar de ti como debería haber hecho desde el principio. ¿Me perdonas, Gunny?

—Engel…

—¡Mierda! ¿Es esto lo que tengo que hacer para que te sientas bien? —Hablaba atropelladamente—. ¿Para que los rayos no te dañen? Dime lo que quieres que haga y lo haré. Róta me ha dicho algo sobre…

—¿Róta? —El cerebro de Gúnnr estaba embotellado—. Engel…

—… sobre tocarte y hacerte sentir bien. Lo que sea, Gúnnr. No soporto verte así —sus manos se deslizaron por sus antebrazos y resiguieron las costillas femeninas con pericia. Luego acarició su cintura y se quedaron inmóviles en sus caderas.

Ella abrió los ojos y la boca. ¿Qué le había contado Róta a Gabriel? ¡Le había mentido! ¡Era una trolera! ¡Una lianta! Pero ni siquiera eso era lo más importante.

—Engel…

—¡Gabriel! —Gritó él dándole una sacudida por las caderas—. No me llames Engel, joder. Soy Gabriel —murmuró inclinando la cabeza e inhalando inconscientemente el olor de su pelo chocolate—. ¿Oye, a qué… ? —La consciencia de la cercanía y el perfume de la valkyria le golpearon como un puñetazo—. Caray, hueles a nube de azúcar. A golosina.

—Gabriel —dijo finalmente con voz ahogada—. ¿Se te ha colado otra ramita en los pantalones? —preguntó débilmente.

Él miró hacia abajo. «¡Pedazo de erección, colega!», pensó asombrado. Y esta vez, ni siquiera había pensado en Daanna. ¿Qué coño pasaba?

Sencillo. Que Gúnnr era una mujer, y él era un hombre que llevaba demasiado tiempo sin sexo. Eso pasaba. Y a su polla poco le importaba si era Gunny o no. Se trataba de una mujer hermosa desnuda bajo la luz de la luna.

—Es una rampa —se cachondeó él.

—¡¿Estás desnudo?! ¡¿Estás loco?! —Su voz, siempre suave y sosegada, esta vez era la voz de pito de una histérica.

—Sí. En bolas —gruñó clavándole los dedos en las caderas. «En bolas. Qué galán», se mofó de sí mismo.

La valkyria sonrió y negó con la cabeza. Surrealista. Una situación surrealista.

—Deberías… Deberías dejar de acercarte a mí mientras piensas en Daanna —le aconsejó ella sin maldad.

Gabriel tragó saliva. No estaba pensando en Daanna.

—No estoy pensando en... Da igual. Estoy preparado y dispuesto para lo que quieras, florecilla. Dime qué necesitas —se ofreció amablemente.

—Esto no está pasando —musitó para sí misma—. Esto no está pasando...

Gabriel sintonizó con los nervios de Gúnnr y comprendió todo al instante.

—He venido porque Róta me ha dicho que, como tu einherjar que soy, puedo ayudarte a superar el bautismo estando en contacto contigo y dándote placer. Ella me ha dicho que tenía que entrar desnudo y... Me hace polvo ver cómo sufres —reconoció con sinceridad—, así que he accedido. —Gabriel era muy consciente del trasero de Gúnnr tocando sus muslos. Suave. Muy suave—. Pero me parece que me ha engañado, ¿verdad? —Murmuró distraído por la tersura de la chica—. Creo que la mataré —dijo sin convicción.

—Sí. Te ha mentido.

—No sé nada de vuestro bautismo, nunca me lo contaste —susurró sobre su cabeza, mientras la mantenía fuertemente abrazada. Aquello había sonado como un reproche.

—Nunca preguntaste —le recriminó ella.

Su contestación también había sonado como otro reproche.

Era cierto. Habían hablado sobre muchas cosas, pero nunca sobre temas íntimos o importantes. No sobre ellos. Qué curioso. No sabía por qué razón Gúnnr había despertado a su naturaleza tan tarde, ni sabía nada sobre qué debía hacer al respecto. No sabía nada sobre aquella chica que olía a chuchería.

—Entonces... —Susurró ella decepcionada—. ¿Has venido desnudo a mí porque Róta te lo ha pedido?

—No. He venido porque quiero estar contigo y ayudarte a pasar por esto. No sé si es porque eres mi valkyria, Gúnnr, pero no llevo bien verte en peligro o que te hagan daño... Me... Me molesta. Por eso quise que lucharas conmigo. No quería ofenderte. Es que, de ese modo, estando conmigo, podía vigilarte y ayudarte en caso de que te encontraras en dificultades. No puedo explicar el porqué, pero así me siento respecto a ti.

Eres importante para mí. Y aquí estoy.

Se quedaron en silencio. Gabriel podía oír el engranaje del cerebro de Gúnnr ajustándose a las nuevas revelaciones. No le había dicho ninguna mentira. Se había abierto en ese momento como no lo había hecho con ninguna otra chica. Era fácil comunicarse con ella.

—Soy tu valkyria, pero... Me abandonaste, Gabriel —acusó ella con voz afligida—. Estuve esperándote. Me dijiste que ibas a venir al día siguiente y no viniste más. Me dejaste... sola.

Gabriel apoyó la barbilla sobre su cabeza. Era agradable abrazar así a Gunny. Era como ser acariciado por el sol después de estar rodeado de frío y hielo.

—No llevo muy bien la nueva situación del *kompromiss*, florecilla. Yo nunca conté con que hubiera un interés real entre nosotros.

—¿Lo hay?

—Eres preciosa, es imposible que no me gustes.

Eso no era una declaración de amor, pero bastaba.

—Sé cuáles son los términos entre los einherjars y las valkyrias —prosiguió Gabriel—, pero pensé que tú y yo estábamos bien como estábamos. No quería herirte de ningún modo.

Gúnnr resopló.

—Pues tu «rampa» no dice que no lleve bien la nueva situación, ella va por libre.

—¿Esto? —Adelantó las caderas y rozó su pene a propósito contra la parte baja de la espalda de Gúnnr.

—¡Gabriel!

—¡¿Qué ha pasado?!

—¡Estate quieto! ¡Hablo en serio!

—¡Ha sido una anaconda! —Se echó a reír, divertido al ver su incomodidad.

—¡Estás como una cabra! —Le acusó ella, girando el cuello para mirarlo por encima del hombro con dos rubíes acusadores.

Las ganas de bromear se le pasaron de golpe. Tuvo que tragar saliva porque la garganta se le había quedado repentinamente seca. Las largas y negras pestañas de Gúnnr estaban húmedas de las lágrimas que había derramado al recibir los rayos. Tenía las mejillas sonrosadas y los ojos rojos y brillantes como los de un animal perdido e inocente que aún no conocía su verdadero poder. Se le veían los colmillos a través de aquellos labios tan dulces que pedían a gritos un beso. ¿Un beso?

Sí, pensó Gabriel, definitivamente el espíritu de Bragi lo había poseído.

El efecto fue el mismo para Gúnnr. Gabriel llevaba el pelo largo húmedo y suelto, rubio y oscuro por la noche, una sonrisa por bandera y aquellos hombros enormes que podían soportar muchísimo peso. Y el pectoral… Ella estaba enamorada de su pecho. Tan definido, musculoso e hinchado…

—Vaya… —Murmuró él, cautivado por el modo en que ella lo miraba. Era una chica adorable. Virgen. Y era suya. Su valkyria. Tenía que ser responsable con su situación, como lo era con aquella misión que los dioses le habían ordenado—. ¿Me perdonas de verdad, Gúnnr? —se pegó a ella y la aplastó de nuevo contra la viga.

—Sí —contestó sorbiendo por la nariz y mirando al frente. Se frotó la mejilla con el hombro—. En un día te he perdonado ya dos veces, einherjar. No tientes a la suerte.

—No lo haré —le acarició las caderas arriba y abajo—. Gracias por cubrirme las espaldas ahí abajo. Fue increíble. Me alegra que hayas despertado, Gunny.

Gúnnr sonrió secretamente. Cómo le gustaba recibir ese tipo de halagos por parte de su guerrero.

—Róta te ha engañado. No necesitas darme placer para que el bautismo no me duela. Ella sólo… Sólo quería ayudarme —se mordió el labio, incómoda y a la vez excitada al sentir las caricias de Gabriel. No podía mentir sobre eso. No era justo. Sin embargo, se entristeció cuando él cesó sus caricias de golpe.

—Me lo imaginaba —un gruñido lleno de rabia salió de su pecho.

—Bien. Ya puedes soltarme. —Intentó separarse de él pero la tenía bien cogida.

—Espera. —Deslizó las manos hacia arriba hasta acariciarle los costados de los pechos y detuvo sus manos bajo sus lisas axilas—. Pero has sentido menos dolor cuando yo te he abrazado, ¿no es así? —No estaba dispuesto a soltarla.

—Es verdad —contestó aturdida. Alzó los ojos al cielo negro y estrellado—. Se acerca otro, Gabriel —susurró abrazando la viga con fuerza.

Él se fundió con ella y la rodeó con sus inmensos brazos. Gúnnr era pequeña pero estaba llena de energía y poder. Cubrió sus manos con las suyas más grandes y pegó los labios a su oreja puntiaguda.

—No te dolerá —susurró con dulzura—. Yo estoy contigo, me quedaré hasta que tu iniciación acabe. No voy a dejar que sufras sola, ¿de acuerdo? ¿Tú quieres que me quede?

Los ojos de Gúnnr se llenaron de lágrimas y los cerró con fuerza para que él no las viera. Agradecería a su Engel que se quedara con ella en ese momento, y no únicamente en ese momento. Lo quería con ella para siempre.

Asintió con la cabeza.

—¿Me quedo así? ¿Desnudo? ¿Te vas a aprovechar de mí? —Intentaba relajarla y alejarla de la inquietud que le suponía ser alcanzada por otra descarga.

Los hombros de Gúnnr temblaron de la risa.

—Dioses, cállate ya... Me han dicho que hay una anaconda por aquí, no hagas ruido.

—Entonces no te muevas, florecilla. Cualquier movimiento la despierta —murmuró acariciándole el lóbulo de la oreja con sus labios.

Róta tenía razón. Cualquier caricia de Gabriel podría hacerla sentir bien. Pero, ¿por qué actuaba así? Ya le había dicho que no era necesario.

—Oye... No hace falta que... Te he dicho que Róta...

—No me hables de la bruja de pelo rojo —pasó los labios por el cuello y el hombro de Gúnnr. No estaba actuando ni con premeditación ni con alevosía. Por un momento, le pareció natural tocarla de ese modo. Era natural estar con ella. Tenían un *kompromiss*—. Escúchame bien —murmuró de nuevo en su oreja—: Mi deber es cuidar de ti en todos los ámbitos. Creo que somos amigos y somos adultos, ¿no?

—Sí —contestó ella cerrando los ojos.

—Bueno, aunque estemos en tu cuna quiero decir.

Gúnnr se echó a reír mientras negaba con la cabeza.

—Eres tonto.

—Y tú eres mi valkyria —se sorprendió de lo tontorrón, cromañón y arrogante que sonaba aquella afirmación. Se sintió bien al no recibir ninguna réplica negativa al respecto—. Creo que podemos hacer uso de nuestra situación.

—¿Qué situación?

—Reclamo tus atenciones, he decidido que las quiero y a cambio yo te doy las mías.

—¿Perdón? —¿Hablaba en serio? ¿Iban a intimar de verdad?

—Eres virgen, Gúnnr. No voy a permitir que nadie te ponga una mano encima y te haga daño, ya te he dicho cómo me siento respecto a ti —él no podía ver la sonrisa orgullosa que dibujaban los labios de la valkyria—. Y bien sabe Dios que estoy harto de machacármela como si fuera un mono. Así que voy a acceder a cualquier cosa que puedas darme. Pero con una condición.

Gúnnr lo miró por encima del hombro. Gabriel estaba dando a entender que quería intimar con ella, sí, pero ¿con condiciones? A ella le daban igual las condiciones si podía disfrutar del Engel en todo su esplendor. Si podía tocarlo, acariciarlo o besarlo, las condiciones no eran importantes. Porque ella estaba loca por él y ya era hora de empezar a reconocerlo. Así que saltó al vacío.

—Condiciones.

—Ajá. Eres una mujer muy guapa, Gúnnr —inhaló su pelo húmedo—. Yo voy a tomar todo lo que quiera. Sin compromisos. Sin ataduras. Pero no voy a reclamar tu corazón —se apartó ligeramente para ver la expresión de la cara de Gúnnr—. ¿Estás de acuerdo?

—No quieres mi corazón.

—No. Porque yo no puedo darte el mío. Lo entregué hace tiempo.

Gúnnr no podía entender que Gabriel estuviera prendado por una mujer incluso después de su muerte. ¿Qué habría hecho con ella? De todo, suponía. Para quererla tanto y para no poder quitársela de la cabeza, esa Daanna tendría que ser un dechado de virtudes. Se sintió celosa de pensar que él y ella habían compartido tantos momentos juntos.

—Entonces será sólo... placer —concluyó confundida.

—Amistad y sexo. Podemos ser amigos con derecho a roce. Si acatamos estos términos, nuestro *kompromiss* irá viento en popa. Pero si en algún momento exiges más de lo que estoy dispuesto a darte, entonces me iré.

—¿Tan seguro estás de que no puedas sentir nada más por mí? —No debería haber hecho esa pregunta. Ese tipo de preguntas no se hacían porque la respuesta podía destrozarla.

Gabriel pensó en Daanna un momento.

—Cuando llegué al Valhall, el único deseo que me otorgaron los dioses se lo di a ella. Era lo más importante. Y todavía no ha dejado de serlo.

Un rayo cayó sobre los dos, y éste vino sin avisar. Gabriel la abrazó con fuerza y sepultó su rostro en el cuello de Gúnnr. Pero el dolor ya no hacía mella en ellos. Ahora estaban los dos enfrascados en una conversación muy importante. Cuando el rayo desapareció, ambos respiraban con agitación.

Gúnnr apoyó la frente en la viga.

Menudo mazazo. El rayo no había sido nada comparado con la respuesta de Gabriel. Ella no iba a superar a Daanna jamás.

—¿Y si no acepto? ¿Y si no estoy de acuerdo con estas condiciones? Das por hecho que diré que sí sin dudarlo. Das por hecho... muchas cosas.

Gabriel se quedó de piedra. Gúnnr debía aceptar el trato sí o sí. Eso no era negociable.

—Soy la mejor elección para ti, florecilla —deslizó una mano por su cintura y la bajó hasta su muslo herido. Una energía de color dorada surgió de los dedos de Gabriel e iluminó la cuna—. Es la primera vez que hago esto contigo. Es como si lo hubiera hecho siempre.— Gúnnr suspiró y apoyó la cabeza en el amplio pecho masculino. Se sentía tan bien —¿Te duele? —Preguntó él preocupado.

Ella negó con la cabeza y se quedó mirando el cielo estrellado. Los cortes de los arañazos se habían cerrado, pero la mano no se detenía y ahora acariciaba su muslo de una manera muy excitante.

—Date la vuelta, Gúnnr —su voz sonó tan ronca que parecía la de un animal—. Déjame ver cómo tienes el brazo.

Gúnnr se dio la vuelta hipnotizada por el sonido estimulante de las palabras de Gabriel, estaba desnuda, sí, pero le daba igual. Vamos, que si le decía que saltara a pata coja ella iba y lo hacía sin dudarlo. Se había metido en un buen lío.

—No te apartes de la viga —le pidió suavemente, apoyando su espalda en el tronco de madera—. ¿Te cubres? ¿No dejas que te vea? —los ojos azules de Gabriel se habían oscurecido y estaban centrados en sus pechos, cubiertos por las manos.

«Es una virgen. Es una virgen. No la asustes», se decía una y otra vez. Pero no podía evitar devorarla con la mirada. No la veía muy bien. La luna no alumbraba con la claridad suficiente como para contemplar el cuerpo de su valkyria a placer, pero incluso eso lo hacía todo más excitante. Era el juego de la insinuación.

—Tienes suerte de ser tú, florecilla —dijo entre dientes—. Todavía puedo controlarme un poco.

Gúnnr bajó la mirada avergonzada. ¿Tenía suerte de no saber descontrolarlo?

—Siento no ser el tipo de mujer que te...

—No, no. No lo entiendas mal —la corrigió él—. Tienes suerte de ser virgen, Gunny, sino, estaría ahora mismo hundiéndome entre tus piernas como un bruto. Tu primera vez no puede ser así, empalada contra una viga. Ni hablar —se pasó la mano por los labios mientras sus ojos brillaban llenos de sensualidad.

—Eres demasiado descriptivo.

—Déjame verte —se acercó tanto a ella que sus piernas se tocaron y su pene erecto quedó estirado sobre su vientre.

—Por Freyja —ella dio un respingo. Se relamió los labios y miró hacia abajo de refilón. No quiso mirarlo fijamente y apartó los ojos. Ella no tenía ningún control de la situación. Cuando se había ofrecido a tocarle en el Valhall, a satisfacerle, había sido su decisión y además, ella estaba convencida de poder darle placer y exorcizar a Daanna de su cabeza. Pero ahora... Estaba en su cuna. Una cuna que llegaba con siglos y siglos de retraso. Y encima tenía a su Engel desnudo ante ella. Un hombre que se ofrecía para ser su amigo con derecho a roce, pero nada más. ¿Eso estaba mal? Los humanos podían tener ese tipo de relaciones, los mismos dioses eran muy promiscuos y poco fieles entre ellos, pero ella... No sabía si lo llevaría bien.

Gabriel colocó las manos sobre la viga, por encima de la cabeza de Gúnnr.

—No voy a tocarte si no quieres. Pero estoy desnudo, florecilla. El agua no me cubre tanto como a ti. Soy más alto y tengo a la anaconda que está sacando la cabeza para tomar aire. Puedes mirarme todo lo que quieras, pero yo también quiero mirarte a ti. Es lo justo —un rizo largo y rubio cayó sobre su ojo.

«Respira… ¡Respira! Dioses, qué guapo es…», se decía Gúnnr.

—¿Florecilla? —pasó la mano por la herida que Gúnnr tenía en el brazo, y la cerró al momento—. Si tuviera al eton en frente, lo mataría poco a poco por haberte hecho esto… —se lamentó—. No te protegí bien.

—¡No es verdad! —Replicó ella—. Yo me fui de tu lado. No puedes dividirte, Gabriel.

Pero él no la miraba. Gúnnr se había destapado inconscientemente y ahora le enseñaba los pechos.

«¡Por la polla de Odín!», gritó él mentalmente. Esa chica tenía un busto tan bonito que a uno le entraban ganas de llorar con sólo verlo.

Gúnnr empezó a hiperventilar y se quedó sin fuerzas en los brazos para volver a cubrirse. Su cuerpo temblaba descontrolado, y se sentía poderosa por despertar un anhelo tan profundo como el que se vislumbraba en los ojos de su Engel.

—Joder —él exhaló—. Gunny… Tú eres…

Gúnnr apretó los dientes y los puños. Llevó las manos hacia atrás y se agarró a la viga.

—Abrázame, Gabriel. ¡Abrázame, por favor!

Él la cubrió con su cuerpo inmediatamente, antes de que el relámpago les diera de lleno. Ella dejó caer el cuello hacia atrás y gritó con todas sus fuerzas, pero a medio grito su boca encontró el pecho cálido de Gab. La había cogido por la nuca y apretado a él mientras con la otra mano la rodeaba por la cintura y la pegaba completamente a su cuerpo.

—Aguanta, florecilla —le pidió él, soportando la electricidad del rayo, cada vez más fuerte que el anterior. ¿Cómo podía un cuerpo tan pequeño como el de esa mujer ser un receptor tan grande de energía?

Cuando el caudal de energía eléctrica desapareció, ambos estaban íntimamente abrazados. Gúnnr le había clavado las uñas en la espalda y la pobrecita temblaba por la impresión.

—Éste ha sido muy fuerte... —Murmuró sobre su pecho, sorbiendo por la nariz como una nenita pequeña. Después pasó sus dedos por su espalda llena de cortes, le ofreció la cura y los cicatrizó.

—Gracias —murmuró él sobre su cabeza.

Sí. Había sido muy fuerte. Él le acariciaba el pelo húmedo con mucha suavidad y le masajeaba la espalda con aquellas manos inmensas que Dios le había dado. Tenía las manos muy grandes. Una mano de las suyas abarcaría por completo las nalgas de Gúnnr.

—Ouch... —Se quejó ella.

—¿Qué? —la apartó con cuidado para ver dónde se había hecho daño. Tenía una gota de sangre en el labio. Se había cortado al morderse. Los ojos rojos y brillantes de Gúnnr lo miraban con una mezcla de asombro y cansancio—. Te has mordido.

—Ha sido sin querer... Mis colmillos se han disparado cuando me has abrazado... Yo no sé lo que me ha pasado...

—Calla —él no dejaba de mirarle el labio inferior—. Los vanirios se alimentan de la sangre de sus parejas, ¿sabes?

Ella tragó saliva y asintió con la cabeza. Daanna lo hacía.

—Lo sé.

Los dos se estudiaron en silencio.

—¿Te han besado alguna vez?

«¡No! ¡Nunca! ¡Nunca! ¡Bésame! ¡Bésame!», gritaban sus hormonas.

—Chosobi me ha dado un beso, antes —especificó.

Gabriel gruñó y pegó su cuerpo al suyo hasta atarla a la viga con sus propios brazos.

—¿Chosobi? —Murmuró rabioso.

—Sí. Fue muy dulce. En la mejilla.

—Dulce, ¿eh? Sea lo que sea lo que te ha hecho Chosobi, nena, no tiene nada que ver con lo que yo te voy a hacer ahora. Voy a ser el primero en todo, florecilla.

Gúnnr alzó una ceja insolente y Gabriel quiso bajársela con un beso.

—No he accedido a tu propuesta.

—Créeme, lo harás.

Gabriel inclinó la cabeza y pegó sus labios a los de ella. Fue un beso que tenía un objetivo claro. Hacerla volar y desprenderse de su cuerpo. Los labios de Gabriel se abrieron y apresaron su labio inferior. Lo sorbió con delicadeza y ella sintió una palpitación eléctrica entre las piernas. Necesitaba cogerse a él o se desmayaría. Llevó las manos a sus hombros y luego le rodeó el cuello. Metió una mano en su largo pelo rubio y él soltó un gruñido lleno de placer.

Así que eso era ser besada. La suavidad, la pasión, el hambre... Gúnnr sentía su sexo arder, cada vez más caliente. Si con un beso se ponía así, no quería ni pensar en lo que pasaría cuando él la tocara de verdad. El agua fría de la cuna la refrescaba entre las piernas, pero aquello, en vez de calmarla, la estimulaba de otros modos.

Gabriel llevó un mano a su mejilla e inclinó la cabeza para profundizar el beso. Gúnnr abrió la boca para respirar y ese gesto fue aprovechado por el einherjar para introducirle la lengua. Ella cerró el puño sobre su pelo rubio y deslizó su otra mano hasta su pecho frío y duro como el mármol. Gimió en su boca y él sonrió orgulloso.

—Tu lengua, Gúnnr. Dame tu lengua —le pidió sobre sus labios.

Gúnnr lo atrajo hacia ella de nuevo y lo besó, abriendo la boca y sacando la lengua a la calle para que jugara con la de él. Las puntas se tocaron y se acariciaron, y eso provocó que los dedos de los pies se le agarrotaran por el placer. Gabriel saqueaba su boca como si la quisiera desvalijar, y ella pegó su pecho al de él y se puso de puntillas para besarle con más comodidad. ¡Oh, por Idúnn y sus manzanas! Sentía el cuerpo arder. Estaba a punto de explotar y le costaba coger aire.

—Gabriel...

Él la besó de nuevo. Quería absorberla. Nunca había sentido nada parecido. Eso era un beso de verdad y todo lo demás habían sido tonterías, meros juegos de niños. Sabía a nube. ¿Cómo era posible?

Gúnnr movía las caderas y se frotaba contra él. Él tuvo ganas de gritar victorioso.

La besó con labios, lengua y dientes y no le dio descanso. Ella no se quejaba, al contrario, parecía disfrutar de ese beso desgarrador y agresivo. ¿Cuándo se había vuelto así?

Gúnnr le arañó la espalda y tiró de los pelos de su nuca.

Eso lo puso cachondo y duro como un toro. Deslizó sus manos por la femenina espalda y le amasó las nalgas, acariciándoselas y masajeándolas, siguiendo la forma perfecta y curvilínea de Gúnnr.

Ella se apartó para coger aire de nuevo y cerró los ojos apoyándose en la viga. Cuando los abrió, los tenía completamente escarlatas y brillaban tanto que cautivaban.

Él se inclinó de nuevo, pero ella le puso las dos manos en el pecho para mantenerlo a distancia.

—No se te ocurra apartarme ahora, nena —murmuró él con un deje autoritario.

—Espera, espera… —Le rogó ella mirando todo a su alrededor como si no viera bien—. Algo pasa…

—¿De qué hablas? —Gabriel se llevó la mano a la erección y sonrió al ver sus colmillos de entre el labio superior—. No te vas a escapar, Gúnnr.

Ella lo apartó de nuevo.

—Gabriel, hablo en serio… —Intentaba coger aire y le dolía la espalda. Las alas le escocían.

—¿Qué te pasa? —Se lamió el labio superior y sacudió la cabeza—. Ya veo. Vas a dejarme así, ¿verdad? —Se señaló la imponente erección pero ella no la miró—. Es tu particular venganza.

Ella negó azorada.

—Entonces, déjame que te haga sentir mejor. Lo que te pasa es que sientes cosas que nunca has sentido —Gabriel la tomó de las caderas y la acercó a él de un tirón—. Yo te enseñaré.

—Te he dicho que no, Gab…

Él no la escuchaba. Estaba ardiendo por su culpa. Si Gúnnr besaba así cuando nunca la habían besado, ¿qué pasaría cuando hiciera el amor por primera vez? Él iba a ser el único en averiguarlo.

—Ven aquí —gruñó y le besó el cuello.

—¡No! —Gúnnr lo empujó con tanta fuerza que el cuerpo de Gabriel salió volando fuera de la cuna.

La valkyria se miró las manos. La electricidad y los rayos bailaban de palma a palma. Los ojos le ardían y un sabor alcalino se instaló en su lengua.

Gabriel iba a correr hacia ella, pero ella le gritó:

—¡No te acerques!

Un rayo más grande que el propio cerco de la cuna, cubrió a Gúnnr.

Otro rayo más potente se unió a éste y un tercero elevó el cuerpo de la valkyria. El pelo de Gúnnr bailaba electrocutado de un lado al otro. Sus ojos y su boca emitían luz. Su cuerpo desnudo dibujaba un arco en el cielo, y era puro rayo.

De repente, tal y como los rayos habían aparecido, se esfumaron, y el cuerpo de Gúnnr cayó a la cuna provocando que el agua salpicara por todas partes. La joven estaba inconsciente.

VII

Gabriel miraba a Gúnnr mientras ésta dormía.

La chica no había abierto los ojos desde el espectáculo pirotécnico que había protagonizado en su archicelebrada cuna. Joder, no había visto nada parecido en la vida, exceptuando la película de *Powder*.

La valkyria dormía profundamente, boca abajo, con todo el pelo desparramado por aquella sencilla cama a ras de suelo que le habían preparado los hopi. Tenía la espalda al aire y sus alas tatuadas, que cubrían toda su espalda, cambiaban del color rojo al dorado, como si fueran bipolares y no supieran cuál era realmente su estado anímico. A él le gustaban de las dos maneras.

Gúnnr parecía inocente e inofensiva cuando dormía, y hasta entonces, cuando estaba despierta, también había dado esa impresión. Pero Gabriel empezaba a intuir que no era así. Bryn y Róta le habían dicho que nunca habían visto un nacimiento de valkyria tan espectacular como había sido el de ella. Especulaban diciendo que era adulta y que la energía recibida podía variar, pero no lo afirmaban con seguridad. Él tampoco lo afirmaría.

Gúnnr era como un diminuto frasco lleno de dinamita, y empezaba a preocuparle la incómoda influencia que tenía sobre él. Todavía le hormigueaban los labios de los besos explosivos que habían compartido bajo los relámpagos. Era recordarlo y se ponía duro al instante.

Y no podía ser. Él era el Engel y no podía dar ninguna muestra de debilidad al enemigo. Estaba decidido a que eso no tuviera poder de ningún tipo sobre él. Gúnnr no podía ser una influencia de ninguna clase, ni buena ni mala, porque él necesitaba estar dedicado a su búsqueda y que nada lo desviara. Tenían que hablar y dejar los puntos más importantes del *kompromiss* expuestos. Como mínimo, él necesitaba dejar claro su punto de vista.

Reso y Clemo se asomaron a la choza en la que ella estaba descansando. Caminaban como si fueran auténticos *cowboys*.

Gabriel los miró de arriba abajo, sonrió y les preguntó:

—¿Y el caballo?

Los dos se echaron a reír.

—Consecuencia de pasar la noche con una valkyria, Engel —aseguró Reso pasándose la mano por la cabeza rapada.

Si ellos estaban así, ¿cómo estarían las gemelas? Los einherjars eran unos animales, más que nada porque los guerreros de antaño no eran precisamente caballeros ni en la cama ni fuera de ella.

—¿Ya os habéis acostado con ellas? Qué rapidez.

—Llevábamos siglos esperándolo —contestó Clemo mirando a Gúnnr fijamente—. ¿Cómo está?

—Está durmiendo como un lirón. Bryn y Róta me han sugerido que no la despierte. Su cuerpo necesita recuperarse, pero creen que no tardará en despertar.

—¿Tú y ella habéis consumado el *kompromiss*? —Reso alzó la comisura del labio y chasqueó con la lengua—. Esta noche no has mojado, eh, Engel. Algo me dice que tu espada no ha desenvainado.

—No era el momento. —Gabriel la observó con atención. No era el momento pero, si se hubieran seguido besando, él habría echado por tierra su decisión de no tomarla contra la viga. Tal había sido el poder de Gúnnr. ¿Y en qué lugar lo dejaba eso? Cuando se besaron, él pudo sentir miles de rayos que atravesaban su interior y lo abocaban al descontrol total. Al caos. Y no lo podía permitir. No lo iba a permitir. No amaba a Gúnnr, pero la valkyria tenía armas poderosas que podían distraerle con facilidad—. Espero que tratarais bien a vuestras valkyrias.

Reso y Clemo se miraron el uno al otro y estallaron a carcajadas.

—¡Eso tendrías que decírselo a ellas! —Clemo le dio un golpe amistoso en la espalda—. Las valkyrias son una creación de Freyja y Odín, son... eléctricas. Indomables. Cuando te acuestes con ella —señaló a Gúnnr con la barbilla—, a ver cómo te lo digo... Creerás que tienes alas.

Reso soltó otra carcajada y Gabriel lo miró sesgadamente.

—Ya lo comprobarás, tío —el espartano se puso serio—. En fin, Ankti nos ha dicho que están preparando el llamado a las tormentas. Cree que, al atardecer, la tormenta eléctrica caerá sobre las Cuatro Esquinas. Las valkyrias podrán transportarnos a donde necesitemos ir a través de ella.

—Vamos muy retrasados. Los dioses bien podían habernos dejado en otro lugar —afirmó Reso.

—Los dioses nos han dejado en el lugar que a ellos les convenía —contestó Gabriel—. Ahora nos toca a nosotros salir de aquí. El problema es que no tenemos ni idea de dónde está el martillo —acarició una hebra de pelo de Gúnnr—. Aquí no hay televisión, ni radio, ni nada que pueda informarnos sobre el desarrollo de otra tormenta eléctrica en los Estados Unidos. La línea telefónica se les ha ido al traste por la tormenta. No pueden llamar a nadie que nos facilite un medio de transporte para salir de aquí —la situación era una gran mierda, esa era la verdad. Los que tuvieran el martillo en su poder les llevaban días de ventaja. Debía valorar bien las opciones—. Ankti me ha dicho que a veces los visitan los turistas y vienen con autocares, pero no con este clima. —Retiró un mechón de pelo que cubría la mejilla de Gúnnr—. Thor nos dijo que el martillo atraía a las tormentas eléctricas, y que sabríamos dónde se ubicaba Mjölnir porque la tormenta que crearía sería descomunal. Pero es época de tormentas, así que tampoco sabríamos con seguridad hacia cuál deberíamos dirigirnos. Es una puta locura... Como un juego de azar —sentenció. Se levantó y se dirigió al exterior. Reso y Clemo le siguieron.

—Entonces, ¿qué hacemos? —Preguntó el tracio carpiano.

—Tendremos que aprovechar la única baza que nos dan Ankti y su tribu, la vamos a explotar. Queda poco para el atardecer.

—Las valkyrias aseguran que la tormenta está al caer, no tardará en llegar aquí ni dos horas —anunció Clemo.

Tenían razón. Se percibían las corrientes de aire caliente y húmedo. El cielo empezaba a taparse con nubes espesas, cumulonimbus que hacían todo tipo de figuras abstractas. Sólo quedaba esperar a que Gúnnr se despertara e irse de allí viajando a través de los rayos. La despertaría, se prepararían y se irían.

—Muy bien —decidió finalmente—. Avisad a las chicas y que estén ya listas para partir. Yo me encargo de Gúnnr.

Los dos guerreros asintieron y lo dejaron solo.

«Piensa», se dijo. Sun Tzu le había enseñado que, cuando se llevaba a cabo una contienda, los líderes debían valorar cinco fundamentos. Gabriel tenía la contienda de encontrar los objetos robados de los dioses y devolverlos a sus dueños, pero debía hacerlo los más rápido posible, aprovechando cada situación que se le presentara para avanzar en su objetivo y evitando que nadie de su bando perdiera la vida en ella. Para lograr una victoria rotunda, que se resumía en conseguir el reto marcado, tenía que estudiar y valorar esos cinco factores: política, clima, terreno, comandante y doctrina.

Los dioses habían decidido enviar sólo a ocho guerreros en la búsqueda y rescate de sus tótems. Sólo ocho. ¿Estaban en inferioridad? Bueno, ya se vería. Repasó mentalmente cada fundamento esencial.

Política: los dioses les habían resucitado y les daban la oportunidad de ir a la guerra en su nombre. Luchaban por ellos. Él luchaba por unos dioses escandinavos que le habían otorgado el don de la segunda oportunidad a través del honor y la guerra. Sí, era un motivo suficientemente poderoso como para estar en armonía con ellos. No temían por sus vidas, pues ellos ya habían muerto una vez. Y las valkyrias tenían grabadas a fuego en su ADN las palabras «guerra a muerte». Sabían por lo que luchaban.

Clima: tenían a las valkyrias con ellos, ellas podían utilizar la meteorología adversa a su antojo, no les molestaba. Y él sabía perfectamente cuando era el mejor momento para empezar el cometido que tenían entre manos. Tenía a un tracio y a un espartano a su lado. Reso, el tracio, había sido un excelente rastreador. Y Clemo había sido en Esparta famoso por sus emboscadas. No importaba si hacía frío o calor, si llovía o hacía sol, si el clima era desfavorable. Tenía al mejor equipo con él.

Terreno: era básico conocerlo. Básico para sobrevivir. Y era, en esos momentos, lo que menos controlaba. No saber las distancias exactas, el cómo desplazarse y si estaban o no expuestos allá donde fueran, le inquietaba. No saber hacia dónde ir era exasperante. No obstante, todos tenían reflejos suficientes como para poder actuar con rapidez y amoldarse a las nuevas situaciones.

Comandante: él era el líder y creía poseer las cualidades que hacían que sus guerreros quisieran seguirle; sabiduría, benevolencia, disciplina, coraje y sinceridad.

Y por último, la doctrina: saber qué rango tenía cada uno en su ejército, saber de qué herramientas disponían para la guerra, las provisiones y las rutas de suministro. Eso lo tenía por la mano. La tarjeta *Black* les ayudaría a obtener aquello imprescindible para su tarea. Y estaba deseando empezar a fundirla en cuanto llegaran a alguna ciudad. Tenía en mente muchos artefactos de los que había oído hablar... «Fondo ilimitado», le había asegurado Freyja.

Se cruzó de brazos y miró al horizonte. Los hopi y su reclamo les habían retrasado, pero también ahora les echaban una mano. Si había sido para bien o para mal, no se sabía.

Las valkyrias desplazarían la tormenta eléctrica hasta el aeropuerto más cercano. Una vez allí, se informarían sobre las noticias meteorológicas del continente y entonces tomarían un avión y se dirigirían al punto caliente, a la que sería la madre de todas las tormentas, y allí prepararían el plan de ataque. Pero, ¿cómo iban a viajar vestidos de esa manera? Todo el mundo sabía cómo eran las aduanas americanas, y también las que no eran americanas. ¿Comprarían ropa en el aeropuerto o dirían que formaban parte de un espectáculo y que iban a hacer un bolo? Pero, si hacían eso, requisarían sus armas y ni ellos se iban a desprender de sus esclavas y puños americanos, ni las valkyrias lo harían de sus *bue*. «Coño, vaya problema». Ninguno de ellos tenía poderes mentales disuasorios como los vanirios. Ellos sólo sabían luchar. Bueno, así estaban las cosas. Pensaría sobre ello sobre la marcha.

Ahora necesitaba despertar a Gúnnr.

Cuando Gabriel se dio la vuelta, vio a Chosobi que salía apresuradamente de la choza. El einherjar frunció el ceño y cerró los puños con fuerza. Ya estaba el indio de los cojones molestándola.

En tres zancadas lo alcanzó y le agarró del brazo.

—Quítame tus sucias manos de encima —le dijo Chosobi plantando cara.

—¿Por qué has entrado?

—Le he traído comida. Necesita comer y reponerse. Tú no has cuidado de ella y está cansada. Alguien tiene que hacerlo.

—Yo me encargo.

—¿Tú? —Lo miró de arriba abajo con desprecio—. Eres un gran guerrero, Ángel. Pero no creo que sepas atender las necesidades de un pájaro tan hermoso como el que hay ahí adentro —señaló la choza de Gúnnr con un movimiento de sus negros ojos—. Chosobi sí sabe.

—Mira, Piolín. —Le irritaba que un hombre que no sabía nada de él ni de ella quisiera ahora ganarse el favor de su valkyria. Lo entendía porque Gúnnr podía despertar esos sentimientos con sólo verla, pero Gúnnr se papearía al pajarito en un par de días y, si no lo hacía ella, lo haría él por atreverse siquiera a creer que Gúnnr podría haberse interesado en él—, esa mujer de ahí tiene garras como los gatos. Los gatos se comen a los pájaros. Y, además, está conmigo.

Chosobi resopló como un caballo.

—No está contigo, en todo caso está a tus órdenes. Y ella no me dijo eso ayer.

—Me importa un comino lo que ella te dijera. —Sus ojos azules se tornaron negros y obligó al hopi a retroceder—. Está conmigo, ¿entiendes?

¿De dónde coño salía toda esa posesividad? Tendría que empezar a controlarse con la valkyria o podría llegar a confundirlo, y él siempre había tenido las cosas muy claras. Siempre. Desde pequeño había decidido qué tipo de mujer quería para él y qué clase de hombre sería para ella. Su corazón y su mente ya habían escogido hacía tiempo, y había muerto con esa convicción. La convicción seguía ahí y Gúnnr no podía borrarla.

—¿Es tu mujer? —Preguntó Chosobi incrédulo.

—Es mi... Es... —No era su mujer, pero era su Gúnnr—. Ella me pertenece. Y no me gusta que se le acerquen, ¿entendido? Chosobi, no lo hagas más o me lo tomaré como una afrenta personal.

—Soy bueno con mi lanza, guerrero. Podría ganarte.

Gabriel tuvo ganas de reír, pero lejos de hacerlo, lo que sí sintió fue un profundo respeto por ese hombre que sin ser inmortal y sin estar preparado para luchar, desafiaba a alguien que le doblaba en tamaño y en músculo y que no podía morir.

El indio inclinó la cabeza a un lado y lo observó con detenimiento.

—Está bien. Dejaré al colibrí. Chosobi no se interpone entre parejas, pero tienes que prometerme que vas a cuidar de ella —le ofreció el brazo y esperó.

—Sí. Te lo prometo —Gabriel sonrió y aceptó el antebrazo.

—La palabra de un hopi es para siempre.

—El juramento de un einherjar es eterno.

—De acuerdo —afirmó. Chosobi parecía orgulloso de su conversación, como si lo único que quisiera fuera arrancarle un juramento a Gabriel. Se dio la vuelta y se alejó por el camino de tierra que daba a la plazoleta central del pueblo rocoso.

Gabriel entró en la choza, y se encontró con una Gúnnr sonriente, masticando pan *piki* y melón como si nunca antes hubiera comido. Tenía una manta echada por los hombros, y nada debajo. Acompañaban la bucólica estampa sus mejillas sonrosadas y el pelo deliciosamente desordenado, como si se hubiera dado un revolcón. Estaba hambrienta y él sabía que había oído la conversación con el indio, por eso tenía los húmedos labios arqueados hacia arriba. Sonriendo y feliz por sus palabras.

Dios, no quería confundirla. Pero Chosobi tenía razón, tenía que cuidar de ella más y mejor.

—¿Cómo te encuentras, florecilla? —Se sentó a su lado.

La valkyria dejó el melón sobre la cerámica y mordió el *piki*.

—Me encuentro bien, gracias. Esto está delicioso —le miró con los ojos brillantes llenos de recuerdos de besos húmedos.

Si creía que un sencillo melón con pan de maíz estaba delicioso, ¿qué haría al probar los demás manjares que servían en la Tierra? Sonrió al imaginárselo. Podía sentir la mirada azabache de Gúnnr observándole de soslayo. Parecía tímida o más bien avergonzada. Las dos cosas a la vez.

—Siento lo que pasó —dijo ella limpiándose la mano en la áspera manta.

—¿El qué? —¿Que se besaran?

—Mi bautismo se… —movió la mano nerviosamente—… Se descontroló. No quería asustarte. No sé muy bien lo que me sucedió. Pero me alegra que estuvieras ahí conmigo. Me… Me ayudaste mucho. Gracias —sonrió con dulzura y le tomó de la mano. «Dioses, qué ganas tengo de darte un beso como el de anoche», pensó—. ¿Qué han dicho Bryn y Róta sobre ello?

—Están las dos muy impresionadas. Y… Y yo también —reconoció, retirando la mano con delicadeza—. Me diste un buen susto.

Gúnnr lo miró a los ojos y él le mantuvo la mirada.

—Lo siento. —No le agradó la reacción de Gabriel.

Gabriel se encogió de hombros y tomó un cacho de melón pulcramente cortado. Se lo llevó a la boca y lo saboreó. «Lo de ayer no significó nada. No seas tonto», se repetía mentalmente.

—Come lo que puedas, Gunny. En cuanto te repongas nos iremos.

La valkyria echó un vistazo a su alrededor.

—Está bien. —Estaba un poco aturdida por la apatía del Engel—. ¿Dónde está mi ropa?

—Espera. —La detuvo antes de que se levantara. Esa manta era muy corta. No necesitaba ver más piel ni más cuerpo de Gúnnr. Ella estaba mucho mejor tapadita. Le pasó su ropa y sus botas.

Gúnnr seguía con mirada analítica los movimientos de Gabriel.

Gabriel estiró los brazos y le ofreció la ropa. Ella la tomó sin decir palabra. Cuando iba a retirar la manta para ponerse los pantalones, Gabriel se dio la vuelta.

Gúnnr se quedó algo cortada porque no esperaba esa falta de interés por su parte, y más aún, después de lo que habían hecho la noche anterior. Se sentía rara, no sólo por la descarga brutal de su bautismo, sino, por cómo la trataba él en ese momento.

—¿Tienes idea de por qué te pasó eso? Tus hermanas me han dicho que no era normal. —Podía oír perfectamente el sonido de la ropa rozando la piel suave y tersa de Gúnnr. Tragó saliva—. Creí que ibas a salir volando hasta la estratosfera.

—No lo sé. No sé qué me pasó, y la verdad es que me encuentro un poco aturdida todavía —contestó colocándose el corsé y las hombreras—. Pero también me siento fuerte y percibo la energía eléctrica en mi interior. Me encuentro… bien. —Intentó abrocharse ella misma el corsé, pero no pudo. Necesitaba que alguien se lo ajustara. No iba con hilos, pero sí con unas hebillas metálicas en la espalda que debían cerrarse. Cuando las valkyrias se vestían para los entrenamientos, se ayudaban las unas a las otras para cerrárselo, pero Bryn y Róta no estaban ahí—. ¿Gabriel?

—¿Sí?

—Abróchame el corsé, por favor.

Gabriel se dio la vuelta.

Gúnnr era una visión salida de los libros de fantasía. Tenía los labios rojos de habérselos mordido, seguramente, mientras se ponía las botas. Lo de morderse los labios lo hacía mucho. Se había pasado los dedos por el pelo y ahora lucía sensual y salvaje. El flequillito cubría sus ojos lo justo y alzaba la nariz, como si lo estuviera desafiando. El corsé bailaba ligeramente suelto y ocultaba su cremoso pecho.

Ay, Dios. Gúnnr lo iba a poner en serios problemas. Un sudor frío cubrió su piel.

Caminó hacia ella y colocó sus manos sobre los hombros.

Gúnnr cerró los ojos y sonrió. «Menos mal. Estaba deseando que me besara. Pensaba que otra vez se había cerrado en banda», pensó ella.

Gabriel le dio la vuelta hasta colocarla de espaldas y no vio cómo se le enrojecían los ojos de tristeza y decepción.

Él empezó a proceder con las hebillas en un silencio cortante.

—¿Qué te sucede? —preguntó apenada.

—Nada. —Cerró una hebilla. *Clic*—. Tenemos prisa, Gúnnr. Cámbiate, come, y sal a reunirte con nosotros. —Cerró otra hebilla. Otro *clic*. Le temblaban las manos. ¿Qué le pasaba?

—Suenas muy autoritario.

—Es una orden. Soy tu líder —cerró las dos últimas hebillas. *Clic. Clic.*

Gúnnr dio un respingo y lo miró por encima del hombro. No olvidaba que él era el líder. La mirada azul de Gabriel estaba concentrada en su tarea, la cual podía haber sido una excusa perfecta para tocarla o abrazarla, pero él mismo la había convertido en algo metódico e impersonal. Se apartó de ella física y emocionalmente y eso desesperó a Gúnnr.

—¿Va todo bien? —Se giró preocupada.

—No me pasa nada, ya te lo he dicho. Tenemos mucho que hacer y no puedo perder el tiempo.

Gúnnr inspiró por la nariz y asintió dolida por esa respuesta.

Gabriel se dio la vuelta para irse pero, antes de cruzar la puerta Gúnnr se armó de valentía. No iba a huir ni a recluírse. Entonces dijo:

—¿Esas tenemos? —preguntó frustrada caminando hacia él—. Después de lo de anoche, ¿ahora me sales con eso? Yo pensaba que lo que hicimos ayer…

Gabriel apretó la mandíbula y cerró los ojos con fuerza.

—Anoche no pasó nada, Gúnnr.

—¿No pasó nada? —¿No le daba importancia?

—Nada serio. Fue un mísero beso. Te besé y no pasó de ahí porque te convertiste en un poste de electricidad. Tú y yo tenemos un *kompromiss*, no una relación. Tienes que recordarlo o al final saldrás herida de todo esto.

—No fue sólo un beso —le reprochó ella, ofendida.

—Sí lo fue.

Él empezaba a agobiarse. Empezaba a sentirse mal. No quería relaciones enfermizas. No quería relaciones dependientes. Evocaban a la destrucción, y él no quería eso.

Ni siquiera la inmortalidad le había borrado los dolorosos recuerdos.

Gúnnr achicó los ojos. Estaba rechazando hablar con ella, estaba rebajando lo que habían compartido y esta vez lo hacía más fríamente que en otras ocasiones, y a ella le dolía mucho más porque para ella no había sido un «mísero beso». No había nada miserable en besar a Gabriel.

—¿Hice algo mal? ¿Algo que no te gustó? ¿Es porque te aparté? Sentía el rayo enorme que iba a caer sobre mí y no quería...

—No —contestó irritado—. No hiciste nada mal. Tranquilízate —intentó transmitirle calma, pero él mismo estaba muy tenso a su lado.

—Está bien, Engel.

Gabriel afirmó con la cabeza y cuando iba a cruzar finalmente el arco de la puerta, ella añadió:

—Sólo para asegurarme, ¿sigue en pie tu propuesta? —Preguntó Gúnnr ajustándose los guantes para disimular el temblor de sus manos.

El einherjar se quedó muy quieto.

—Sí —Gabriel se giró para mirarla a los ojos—. Sigue en pie. Quiero lo mismo que anoche. Pero sólo si entiendes lo que realmente significa. Ya te lo dije, no quiero hacerte daño ni que te equivoques respecto a lo nuestro.

—¿Sólo quieres sexo y amistad?

—Exacto.

—Bien. —Se ajustó la cintura del pantalón—. No quiero volver a equivocarme. —Porque no quería volver a quedar en ridículo o a crearse falsas expectativas como las de hacía un momento—. Explícame cómo funciona nuestro trato, por favor.

—Somos amigos —contestó llanamente—. Nos acostamos cuando

nos apetece. Sin compromisos. Durante el día quiero mi espacio. Lucharemos juntos y compartiremos nuestra sanación el uno con el otro. Por la noche, podemos disfrutar físicamente el uno del otro, pero nada más. Esta relación no implica celos, ni posesión, ni nada que tenga que ver con un sentimiento de exclusividad. Somos completa y absolutamente independientes.

El corazón de Gúnnr se heló, pero aguantó el tipo. Gabriel parecía un robot que hablaba con una pared. Ella desde luego se había quedado de piedra.

—No hay exclusividad —la voz le tembló.

—No.

—Entonces sólo cubrimos necesidades básicas, ¿no?

Esta vez, el tono de Gúnnr llamó la atención de Gabriel y un brillo acerado se reflejó en sus azabaches ojos, pero el rostro de la joven no expresaba nada.

—Eso es. Si entiendes estos términos y los aceptas, podremos llevar el acuerdo a buen puerto y nadie saldrá herido. Es el mejor compromiso que podemos tener tú y yo.

«¿Nadie saldrá herido? Y una mierda», pensó ella. Ella podía salir escaldada.

—Entonces seré la primera en llamarte la atención, Engel. Tú no eliges quién es mejor para mí, no está en nuestro contrato. Nunca te atrevas a hablar a nadie más del modo en que has hablado a Chosobi. No tienes ese derecho, amigo. —Se acabó de abrochar las hebillas de las botas—. Ya estoy lista, angelito —se obligó a sonreír maliciosamente y a ponerse una máscara de falsa indiferencia.

Le gustaba el Gabriel dulce y considerado y quería disfrutar de él. Le gustaba cómo la trataba. Y para que él fuese así con ella, ella debía acatar sus normas y fingir que sentía el mismo vínculo impersonal entre ellos. Sólo así él podría relajarse con ella y volver a tratarla con el cariño y el calor con que lo había hecho en el Valhall. El problema era que iba a mentir como una bellaca. Por estar con él lo haría. De acuerdo. Lo haría, por el momento. En el amor no había orgullo, ¿no? No obstante, esa sería su manera de luchar por el guerrero. Sólo estando cerca de él, Gabriel podría darse cuenta de que podía hacerle feliz. Hasta que su corazón decidiera que ya era suficiente, ella lucharía por él. Su bautismo le había dado la confianza como para creer que, siendo una valkyria normal, él podría llegar a interesarse por ella. Ahora no fallaba nada en ella, no había nada por lo que ser repudiada.

Cruzó el arco de la puerta y pasó por delante de él.

La tensión de Gabriel desapareció y en su lugar hizo presencia una extraña inquietud. La obvió y siguió los pasos ligeros y seguros de la valkyria.

VIII

Las nubes habían creado una cortina fascinante, un muro que llegaba desde el cielo a la tierra. Rayos, relámpagos y lluvia eran arrastrados por esa fuerza de la naturaleza que, a pasos acelerados, se acercaba hacia el poblado hopi, siguiendo el ritmo ferviente y extasiado de los indios que atraían a las tormentas. Y por todos los dioses, ¡qué bien se veía! El desierto árido de las Cuatro Esquinas era el mejor mirador para un espectáculo así.

Gúnnr miraba con creciente fascinación a los hopi. Si en la tierra había seres humanos como ellos, personas sabias que respetaban el medio ambiente y que vivían en armonía con la naturaleza, ¿por qué aquél reino medio estaba en tan malas condiciones? Suponía que era porque no todos los humanos tenían la misma paz espiritual que aquellos indios norteamericanos. Porque no todos eran así…, ¿no?

Los dioses hablaban del Midgard como la cuna de una nueva civilización, pero nunca eludían el doble rasero de su personalidad. Eran destructores y creadores. Capaces de lo peor y de lo mejor. Pero lo mejor todavía no se había visto. Irremediablemente inconscientes la gran mayoría, e insultantemente conscientes no los suficientes, que eran una parte marginada y aislada del resto, como aquel pueblo amable y moreno que les había acogido.

Róta y Bryn se colocaron a su lado y miraron excitadas cómo la tormenta eléctrica acudía a ellas.

—Ahí viene, nena —susurró Róta ilusionada—. Viene a por nosotras.

Gúnnr sonrió mirándola de soslayo.

—Después de tu bautismo, Gúnnr, vas a disfrutar esto mucho más —aseguró Bryn poniéndose las manos sobre las caderas—. Ya lo verás. Es nuestro poder, el único y absoluto, el originario de las valkyrias. Báñate en él y disfrútalo.

Gabriel les había explicado a todos lo que iban a hacer con la tormenta y cómo utilizarla en su favor. La llevarían hasta Utah y ahí tomarían un avión. Gúnnr sabía que la idea de Gabriel era muy válida, y deseaba subirse en un avión, no obstante, había algo en su interior que se rebelaba a esa orden, y no porque no soportara las órdenes —que estaba descubriendo que no las toleraba—, sino porque ella sentía que se podía hacer algo más, que había un camino mejor.

—¿En qué piensas? —Le preguntó Róta mirándola fijamente.

—En nada en concreto. Tengo una sensación extraña.

—¿Sobre qué?

—Sobre el plan a seguir.

—¿Qué problema tienes? —Preguntó Gabriel a su espalda, tan cerca que sus cuerpos se rozaban—. ¿Algo que objetar?

Gúnnr dio un respingo y lo miró por encima del hombro. Él la estudiaba inquisitivamente y levantó una ceja rubia.

—No es un problema, es un presentimiento.

Gab inclinó la cabeza a un lado y clavó sus ojos en la tormenta.

—¿No puedes explicármelo mejor, Gunny?

Ya estaba aquel tono tierno y amigable que a ella tanto le gustaba y que hacía que todo su cuerpo se pusiera a temblar.

—Tengo la impresión de que debemos ir a algún lugar... Es como un... llamado. Hay algo que está tirando de mí.

Róta y Bryn la repasaron de arriba abajo en busca de algún tipo de cuerda que la sujetara.

—Puede que todavía sientas la electricidad recorrer tu cuerpo, Gúnnr —intentó explicar la Generala—. Puede que sea ésa la sensación de la que hablas.

Gúnnr negó con la cabeza y miró al suelo con frustración.

—No se trata de eso. La tengo desde que desperté.

Se sentía como si ella fuera un imán y algo intentara atraerla hacia algún lugar. Antes de abrir los ojos había tenido extrañas visiones de Mjölnir. Como si él la llamara. ¿Cómo? ¿Cuándo? Y, ¿por qué? No lo sabía.

Gabriel le dio la vuelta y le alzó la barbilla.

—Cuéntamelo.

Él debía escuchar a todos sus guerreros. Como líder, tenía que hacer caso de cualquier instinto o percepción que tuviera su equipo respecto a la misión. Gúnnr era su valkyria, y debía escucharla.

Ella lo miró a los ojos y se pasó la mano por el flequillo.

—Dime, Gunny —insitió él—. Tu opinión es importante para mí.

«¿De verdad?». Ella asintió conforme.

—Tengo la impresión de que puedo moverme a través de la tormenta...

—Todas podemos —admitió Róta frunciendo el ceño.

—Sí, pero no me refiero a eso. Es una certeza. Una corazonada —se llevó la mano al pecho. Qué difícil era convencer a alguien de algo que se sabía con certeza pero que no se podía ver ni tocar. Se centró en Gabriel—. Engel, me gustaría poder explicarlo mejor, pero no sé qué se supone que puedo hacer yo para estar tan convencida de que puedo llevarte hasta el martillo.

—¡¿Qué?! —Gritaron las gemelas con Reso y Clemo caminando tras ellas.

—Callaos. ¿Sabes dónde está el martillo? —Gabriel la tomó de los hombros—. ¿Dónde? Dímelo.

—No. No lo sé —se apresuró a negar—. Pero desde que me desperté me vienen ráfagas mentales con imágenes del martillo. No te puedo decir dónde está porque no lo sé. Pero es como si él me intentara atraer a algún lugar.

Reso y Clemo resoplaron.

—Recibió el bautismo ayer, Engel —aseguró Clemo, recogiéndose el pelo en un coleta baja—. Puede que esté un poco aturdida aún.

—No estoy aturdida —le dirigió una mirada venenosa y sus pupilas se volvieron rojas por completo.

—Eh —Gabriel le puso una mano en la mejilla y la obligó a que se centrara en él—. Calma a la furia, valkyria —le pidió amablemente—. Tus ojos están completamente rojos.

—Entonces dile que no me provoque —replicó señalando a Clemo. Él no podía permitir que hablaran sobre ella como si fuera tonta o como si se tratara todavía de una niña. Cerró los ojos unos segundos y cuando los abrió eran de aquel color azabache tan especial.

Le había ordenado algo al Engel. Todos carraspearon y Gabriel achicó los ojos con diversión. Ésa Gúnnr con genio y contestona era muy divertida. Le gustaba.

—Podría ser sólo una intuición —le dijo Gabriel—. No puedo desviar la misión sólo por un presentimiento tuyo, Gúnnr. ¿Lo entiendes?

Gúnnr apretó los dientes y asintió. ¿Qué se pensaba? ¿Que Gabriel se replantearía la dirección del siguiente paso porque ella dijera que tenía una corazonada?. Estaba acostumbrada a que no la tomaran en serio. En el Valhall nadie lo había hecho y todos la miraban mal porque era una valkyria defectuosa, sin poderes y sin furia. Por lo visto, ahora había despertado sus poderes pero el cartel de «inútil e inofensiva» todavía lo llevaba colgado a la espalda. Sin embargo, aun entendiendo la posición de Gabriel respecto a ella, le había dolido su falta de confianza.

—Seguiremos el rumbo indicado, ¿de acuerdo? —dijo el Engel a su equipo—. En posición. La tormenta se acerca.

Gab no había pasado por alto la actitud derrotista de Gúnnr, así que la tomó de la mano y entrelazó los dedos con ella.

Gúnnr se quedó mirando fijamente cómo la mano enorme del guerrero había engullido por completo a la suya. Las mejillas se le pusieron rojas y alzó los ojos hacia él.

—¿Cuidarás de mí en la tormenta, valkyria? —Puso cara de contrito, conocedor de que ella se sentiría menos agredida si viera que él realmente la necesitaba.

Gúnnr tragó saliva y asintió con convicción.

—No te sueltes.

Él sonrió orgulloso y le apretó la mano en agradecimiento.

Ankti aprovechó el momento y se situó delante de ellos. Los hopi seguían bailando y cantando alrededor de las hogueras. Se ayudaban de flautas y tambores, y reinaba en ellos la alegría y el fervor por lo que hacían.

—La mujer araña nos ha escuchado y trae la lluvia y los rayos a nosotros —aseguró con una sonrisa complacida. Vestía una túnica blanca y roja y tenía el cabello cano dividido en dos trenzas, sujetas con una cinta negra.

—¿La mujer araña? —preguntó Sura sin comprender.

—La diosa de la tierra —explicó Ankti alzando los brazos al cielo—. Ella habla con nosotros y nos ayuda siempre que le cantamos y le oramos.

Gúnnr se alzó de puntillas y le susurró en el oído a Gabriel:

—Se debe referir a Nerthus.

Nerthus era la madre de Freyja. Odín la había relegado a cuidar de la tierra y a mover los «hilos» convenientes para iniciar y despertar a todos aquellos que podían luchar en el nombre de los dioses en el *Ragnarök*. Era la gran diosa.

Ankti se apoyó con las dos manos en el bastón y los miró uno a uno.

—No os he preguntado de dónde habéis venido porque no es importante. Pero sois hijos de los truenos y a ellos debéis volver. Nosotros los hopi seguiremos aquí, esperando el día en el que todo deba decidirse. Hasta entonces, no dejaremos de danzar y de invocar a la lluvia y a las tormentas para que os ayuden en el final de los tiempos. Somos muchos los que sabemos que habrá una batalla entre la luz y la oscuridad, y desde nuestro corazón hopi, esperamos que cuando la señal aparezca en el cielo, todos nos hayamos unido en feliz comunión para que la balanza se decante del lado del amanecer de un nuevo día, y no del de la eternidad de la noche. Los Hopi, aunque nos veáis precarios en medios, seguimos en contacto a nuestra manera con todos esos humanos que ayudan a la causa, «los danzantes de la luz». No necesitamos ser muchos para lograrlo. Se trata de una cifra. Con nuestra ayuda y la vuestra, evitaremos que el Coyote nos destruya. La Tierra es de todos.

Gabriel se emocionó al oír el discurso de despedida de Ankti. Si Ankti, que era un indio que no medía más de metro y medio, tenía tanta confianza en ellos, ¿cómo no la iban a tener ellos mismos?

—Ángel —Ankti agarró la mano de Gabriel y se la apretó—. La humanidad esperará ver a la estrella azul en el cielo, y nos indicará que el tiempo de dejar de tener miedo y luchar por aquello que queremos ya ha llegado. Pero a veces, no necesitamos alzar los ojos al cielo para encontrar una estrella que nos guíe en el camino. A veces, están a nuestro alrededor y no sabemos verlas —Ankti se echó a reír y le enseñó todos los dientes.

Gabriel se tomó muy en serio las palabras del jefe indio. ¿Había llegado el momento de luchar por aquello que quería?

Gúnnr sonrió a Ankti y éste le hizo una reverencia, mientras le comunicaba con los ojos más cosas de las que ella podía captar.

—No le sueltes la mano, colibrí —le pidió Ankti con humildad.

¿Que no le soltara la mano? Por supuesto que no lo haría, de lo contrario, Gabriel se achicharraría con los rayos.

Chosobi corrió al lado de Ankti y se paró en frente de Gúnnr.

—Esto es para ti —le dijo ofreciéndole un colibrí tallado en madera de manera artesanal. Era precioso, pequeño, dulce y lleno de detalles, como Gúnnr.

Ella miró el nimio presente como si se tratara de algo lleno de oro y diamantes.

—¿Lo has hecho tú? —Preguntó con los ojos brillantes de emoción.

—Por supuesto. Chosobi sabe hacer muchas cosas, colibrí —sonrió mirando de reojo a Gabriel.

Ella tomó el regalo artesanal entre sus manos y lo acarició.

Gabriel se sintió malvado al ver que le molestaba la alegría desmesurada de Gúnnr. ¿Por qué actuaba así por una figurita de madera?

—Nadie me había regalado nunca nada, Chosobi. Muchas gracias —le dio un beso en la mejilla y se apartó rápidamente, admirando su regalo como si fuera una niña con un juguete nuevo.

¿Nadie le había regalado nunca nada? ¿Nunca? Entonces se sintió mal por no ser el primero en poder regalarle todo lo que ella necesitara. Pero se aseguraría de ofrecerle todo lo que le habían negado. Chosobi había sido el primero en darle un beso y en hacerle un regalo personal. Él sería el primero en todo lo demás. Estaba en su naturaleza cuidar de la gente que quería, y él quería a Gúnnr, estaba bajo su cargo y responsabilidad. No la iba a defraudar.

—Prepárate —le ordenó tirando de su mano, más gruñón de lo que hubiera deseado—. El pájaro se va a chamuscar con los truenos.

Ella se apenó y miró algún lugar de su cuerpo en el que pudiera guardar su preciado tesoro. Dirigió la mirada a su escote y lo metió ahí.

—Así no le pasará nada —lo miró condescendiente.

Las cuatro valkyrias miraban la escena con sumo interés. Róta sonreía y Bryn le dio un codazo para que se centrara.

—Espero que Gúnnr juegue bien su partida —Róta se frotó el brazo dolorido por el codazo de Bryn.

—Déjalos. No te metas.

La tormenta se cernía sobre ellos.

Los ocho se prepararon para llamar a los truenos. Las nubes negras se desplazaban amenazadoras, y el muro blanco de cumulonimbus ya había tocado tierra. Los truenos y relámpagos iluminaban el cielo, y la lluvia y el viento azotaban la superficie seca.

Gúnnr sintió la llamada de Mjölnir, pero no tenía ni idea de lo que debía hacer. ¿Dónde estaba? ¿Por qué se sentía así?

En un movimiento ágil y rápido, Gabriel se colgó a Gúnnr a la espalda y le hizo que le rodeara la cintura con las esbeltas piernas. Colocó las manos bajo sus muslos y la sostuvo así.

—¿Qué haces? —Estaba completamente abierta de piernas y él podría sentir cómo ella se acoplaba a su espalda. O cómo sus pechos se aplastaban contra aquella pared llena de músculos.

—¡Me niego a ir agarrado a ti como si fueras una liana! Te agarras a mí con las piernas y utilizas los brazos para desplazarte a través de los relámpagos. Es mejor.

Gúnnr frunció el ceño al ver que Reso y Clemo hacían lo mismo con Sura y Liba.

—Esto es muy…

—Ridículo —dijo Bryn.

—Incómodo —describió Gúnnr avergonzada.

Gabriel le dio una cachetada en la nalga y la miró por encima del hombro. Disfrutó al ver que la joven valkyria había agrandado los ojos y estaba roja como un tomate.

—Así es como yo lo quiero. Es una orden. No me desafíes.

Gúnnr echó humo por las orejas puntiagudas.

—¿Me has zurrado? —Su voz sonó baja y ronca, llena de sorpresa.

—¡Allá vamos, valkyrias! —gritó Bryn. Cuando las nubes estuvieron suficientemente bajas exclamó—: *¡Asynjur!*

La sensación de levitar sobre las nubes y mecerse con los rayos era inexplicable y única. Las piernas increíblemente fuertes de Gúnnr se habían agarrado perfectamente a él. El viento y la lluvia les azotaban sin piedad, pero se movían bajo los gritos eufóricos de sus valkyrias, que disfrutaban de lo lindo en su medio más natural.

La única que no gritaba era Gúnnr. Se veía concentrada en lo que hacía y no dejaba de mirar por encima de las nubes, más allá de la tormenta.

—¡¿Qué te pasa?! —Gabriel le apretó los muslos para que le prestara atención.

Gúnnr negó con la cabeza y siguió con lo suyo.

No. Ni hablar. Él necesitaba escuchar sus pensamientos.

—¡Habla, Gúnnr!

Ella se mordió la lengua. No quería volver a importunarlo con sus corazonadas, pero la sensación era cada vez más fuerte. Y esta vez, algo en el centro de su pecho le hormigueaba y la llenaba de energía, como si fuera un receptor que acumulaba potencia para poder estallar en cualquier momento.

—No me vas a escuchar.

—¡Siempre te he escuchado! ¿Qué sucede? —Preguntó preocupado.

—¡No debemos mover la tormenta! Debemos volar sobre ella y encontrar algo.

—¿Algo?

—Sí. Algo.

—¿El qué?

Gúnnr gruñó frustrada y le clavó los dedos de una mano en el hombro. La otra mano estaba ocupada con un relámpago.

—¡No lo sé! Yo… Gabriel, yo sólo siento esto pero no tengo ni idea de lo que… ¡Por Odín!

Un increíble relámpago atravesó el pecho de Gúnnr y ella echó el cuello hacia atrás. Las piernas le temblaron pero en ningún momento soltó a su einherjar. Él pudo sentir la potencia y la energía de esa extraña luz. No había sido un relámpago normal.

—¡Gunny! —Se giró como pudo y acabó de cara a ella—. ¡¿Estás bien?!

—No —lloriqueó, negando con la cabeza y tomando aire de manera compulsiva—. ¡Arriba! ¡Vayamos arriba, Gabriel!

Él miró a sus guerreros que se habían quedado suspendidos en el cielo, sostenidos por los rayos, mirando a Gúnnr sorprendidos. La tormenta estaba bajo control y él no perdía nada en escuchar a Gúnnr.

—¿Por qué? ¿Qué hay arriba?

—Siento que tengo que ir. Mjölnir me llama —sus ojos estaban rojos por completo y sus pupilas se habían dilatado por la última descarga—. Sé que no lo entiendes, pero…

—Mírame, cariño. —La tomó de la barbilla—. ¿Crees que puedes llevarnos hasta Mjölnir? ¿Cómo?

Ella no podía darle una respuesta a eso, porque no sabía si era capaz de llevarles hasta él. Pero el llamado era cada vez más fuerte. El martillo estaba taladrando su entrecejo y la bombardeaba a imágenes.

Tomó aire y le fue de cara:

—Gabriel, ¿confías en mí? —Preguntó clavando en él los dos rubíes que tenía por ojos.

Confiar o no confiar.

Ceder momentáneamente el mando de su misión a Gúnnr o decidir no cederlo.

¿Qué perdía? Estaba dando palos de ciego en su búsqueda y, al menos, su valkyria parecía estar segura de algo.

Ella nunca había tomado la iniciativa en nada. No había tenido suficiente valor, o no había sido suficientemente valorada para ello. Gúnnr había cuidado de él como nadie lo había hecho, le había escuchado, y se había entregado a él sólo para darle placer, obviando siempre el suyo. No había nadie menos egoísta y más desinteresado que ella. Si no confiaba en ella, ¿en quién lo haría?

—Confío en ti, florecilla. Llévanos arriba.

Gúnnr sonrió.

—*¡Asynjur!* —Una lengua eléctrica recorrió su brazo y se cerró sobre su antebrazo como una liana. Gabriel y Gúnnr fueron impulsados hacia arriba, traspasaron las tupidas nubes y se quedaron mirando el cielo estrellado. Con un movimiento de cabeza, Gúnnr señaló una extraña bruma dorada que levitaba sobre la tormenta—. Ahí. Debemos ir ahí.

Gabriel miró el extraño polvo dorado. ¿Qué era eso?

—¿Estás segura, Gunny? —Él le acarició la mejilla—. Te estoy dando las riendas, nena. Más vale que no estés equivocada. —Un brillo rojizo más claro iluminó las profundidades de los exóticos ojos de la valkyria. No parecía ofendida, más bien interesada en lo que ocultaba esa amenaza—. No tengo ni idea de lo que es eso. ¿Estás segura?

—Sí. Debemos meternos ahí.

Otro rayo salió de la bruma dorada y rodeó a Gúnnr por completo. Ella se abrazó a Gabriel mientras chillaba contra su cuello. La energía electrostática ondeaba el pelo de ambos y los mezclaba creando una marea rubia y azabache alrededor de sus caras.

—¡Gabriel!

—¡Juntos, Gunny! —Ese rayo era diferente. Quemaba y picaba al tacto pero, sobre todo, provocaba una sensación de mareo muy incómoda—. ¡Bryn! —Necesitaba ayuda. El rayo quería engullir a Gúnnr y los arrastraba sin esfuerzo hacia esa nube de polvo que se movía haciendo extrañas ondas.

Bryn y Róta intentaron detenerlos y liberar a Gúnnr del anormal rayo que cambiaba de color y adoptaba la textura de la nube de polvo. Reso, Clemo y las gemelas corrieron a detenerlos también. Crearon una bola humana y fueron presas de aquel extraño estrato que los llevaba a una dimensión desconocida.

Todos abrazados los unos a los otros, Gabriel hundiendo la cabeza en el pecho de Gúnnr y ella sepultando la cara en el cuello de él, fueron absorbidos por el cirro dorado. El cuerpo de Gúnnr se iluminó y entonces, la nube de partículas brillantes explotó como una supernova, creando una onda expansiva de luz azul, para luego desaparecer en el cielo, como si nunca hubiese existido.

IX

En frente del lago Míchigan —un inmenso lago rodeado por los estados de Míchigan, Wisconsin, Illinois e Indiana— en una de sus playas artificiales, había un hombre sentado en la arena, con una gabardina toda húmeda por la lluvia, una barba descuidada y bebiendo de una botella de whisky cubierta con una bolsa de cartón. Llevaba unos guantes negros de lana cortados por los dedos, y miraba con los ojos vidriosos el inmenso lago que, a su parecer, no tenía principio ni final. La tormenta eléctrica arremetía con fuerza y a él no le importaba si uno de esos relámpagos le alcanzaba y acababa matándole. Su vida se reducía a la bebida.

A escasos veinte metros de donde él estaba sentado, en la orilla de aquella playa artificial, se creó una pequeña bola de partículas doradas que levitaba suspendida a unos diez metros del agua. Los relámpagos y los truenos cayeron con fuerza sobre ella y ésta aumentó su tamaño.

El hombre dio un sorbo a su botella y se acercó tambaleante para ver qué narices era aquello. La lluvia arremetía con fuerza y el viento soplaba con intensidad.

De repente, la bola dorada era mucho más grande que él. Y hacía ruido. Como un silbido; como el silbido que avisa que lo que hierve en la olla a presión ya está listo, o como el silbido que alerta de que una bomba supersónica va a estallar.

¡Bum!

La bola dorada explotó y creó una onda expansiva de color azul. De ella salieron ocho personas disparadas hacia todos lados. El hombre, debido a las ondas, se había quedado empotrado en una farola y luchaba por mantenerse despierto. Intentó dar otro sorbo a su botella de *whisky,* pero ésta se había roto al impactar contra el suelo. Cerró los ojos y se desmayó.

Róta y Bryn fueron las primeras en salir despedidas. Cayeron bien, sobre sus pies, después de hacer varios malabarismos en el aire.

Nada más tocar el suelo, Róta se incorporó y sus orejas se pusieron en estado de alerta. Inhaló con ansia y cerró los ojos. Cuando los abrió de nuevo, sus ojos azules claros hicieron un barrido del perímetro buscando a algo o a alguien.

—¿No estamos solos? —Le preguntó Bryn al darse cuenta de su inquietud. La Generala también estaba versada en el rastreo, aunque ella no pudo detectar nada.

—No puede ser… —susurró Róta estupefacta.

La valkyria estaba en estado de *shock* y no dejaba de mirar hacia todas partes, como si fuera un radar.

—¿Estás bien? —Preguntó mirando hacia donde ella miraba.

La joven de pelo largo y rojo asintió con nerviosismo.

—¿Dónde demonios estamos? —Dijo la Generala.

Reso, Clemo y sus gemelas salieron propulsados del agujero de luz y se hundieron en el agua helada del lago.

Gúnnr y Gabriel dieron varias volteretas por los aires y, al final, después de rebozarse en la arena debido a la inercia, sus cuerpos finalmente se detuvieron.

Gúnnr había quedado encima de Gabriel, casi a horcajadas sobre su pelvis. Ambos tomaban grandes bocanadas de aire, extenuados por el extraño viaje que habían emprendido.

Ella sentía los dedos de Gabriel clavados en su tierna carne, a la altura del trasero. Se incorporó sobre las manos y fijó sus ojos en él:

—Gabriel, ¿estás bien?

Cuando él focalizó la mirada, vio a una chica morena, de piel blanquita y enormes ojos rasgados del color de la noche. El pelo caía sobre su semblante como si fuera una cascada de agua oscura. El cielo que tenía a sus espaldas era gris y azulado, imponentemente eléctrico. Se sintió cautivado por la imagen de Gúnnr, y algo en su estómago se encogió.

Alzó una mano y, ante la sorpresa de Gúnnr, le tocó los labios con la punta de los dedos.

—¿Dónde me has traído, florecilla?

Gúnnr besó sus dedos tan rápido como el aleteo de una mariposa y levantó la cabeza para ubicarse. Gabriel no se habría dado cuenta de su caricia.

—Hay unos enormes rascacielos que rodean la playa. Son muy grandes —comentó impresionada—. Los rayos caen sobre ellos.

—¡El agua de esta playa es dulce! —Gritó Reso, saliendo del agua con Sura en brazos.

La mente de Gabriel empezó a carburar.

Levantó la cabeza y no tuvo ninguna duda de dónde se encontraba. La arquitectura de los edificios no daba lugar a especulaciones.

Chicago era la ciudad más moderna y atrayente que él había visto cuando era humano. Ahí vivía su padrino Jamie, que en realidad era «Jaime», pero él siempre decía que se había americanizado y que prefería el nombre gringo.

Jamie había huido de su familia, buscando la paz y la aceptación que no tenía en su propio hogar. Igual que él, pensó Gab. A excepción de que, en su viaje a Londres, él había encontrado un final a su vida y también un nuevo principio.

Inspiró y cerró los ojos para impregnarse de la esencia de la ciudad. De algún modo, Gabriel se sentía como si estuviera en casa.

Al pensar en Jamie, su mente no pudo evitar discurrir en su familia: su padre y su madre. Un estremecimiento recorrió su espina dorsal. Cuando él se iba de viaje, pasaban días hasta que se ponía en contacto con ellos. ¿Les habrían avisado? ¿Les habrían comunicado su muerte? ¿Qué pasaría si fuera a visitar a su padrino?

Centró sus ojos azules en Gúnnr y se incorporó por completo.

—¡Estamos en Chicago! —Informó al grupo sin dejar de mirarla—. ¿Por qué nos has traído hasta aquí?

Gúnnr sacudió la cabeza con impotencia.

—Me haces preguntas que no sé contesarte. Sólo seguí el impulso de mi cuerpo. Seguí mi intuición.

—No. Esto no ha sido mera intuición —le contradijo él.

—No —convino ella—. Tienes razón. Es como un sexto sentido. No sé qué es ni por qué puedo percibir esto pero, Gabriel, Mjölnir está aquí. En algún lugar de esta ciudad. Lo puedo sentir.

Gabriel se levantó con Gúnnr en brazos y la dejó en el suelo nuevamente. Pudo oír, gracias a su excelente sentido auditivo, el sonido de las botas de Gúnnr al tocar aquella arena tan blanca y especial. «Arena cantarina» la llamaban los americanos. La arena de las playas artificiales de Chicago tenía un alto contenido en cuarzo, y chirriaba cuando la pisabas.

Alzó la mirada y se encontró con uno de los edificios más emblemáticos de la ciudad, la impresionante Lake Point Tower. A pocos metros de donde ellos estaban, internándose en el agua, estaba el Navy Pier, que era una zona portuaria de ocio y llena de parques públicos. Con esos dos puntos de referencia tan a la vista, sabía que se encontraba al final de Ohio Street. Bien, desde ahí él sabría cómo moverse.

Había pasado tres largos veranos allí y estaba muy familiarizado con la ciudad. Con doce años se recordaba a sí mismo saliendo de la casa de su tío, con una gorra roja en la cabeza, un balón, una toalla al cuello y corriendo Ohio Street dirección a la playa. Su querido tío, alguien a quien él había querido muchísimo, vivía justo en esa calle. ¿Casualidades de la vida? ¿Acaso los dioses sabían eso?

Gúnnr creía que Mjölnir estaba ahí, y él ya no tenía por qué dudar de su palabra. La valkyria parecía tener una conexión especial con el martillo de Thor. La razón por la que eso era así, era algo que se le escapaba de los dedos, pero tarde o temprano lo averiguaría.

Se giró hacia ella:

—¿De verdad lo crees? ¿Puedes sentirlo? ¿Mjölnir te llama?

Gúnnr miró al cielo y tuvo una visión en la que los rayos descendían sobre la punta de los edificios más altos. Era como una orquesta sinfónica. Ahora iluminaba uno, luego el otro... Y cada rayo sonaba distinto. Por supuesto que sabía que Mjölnir estaba ahí. ¿Dónde? Tenía que averiguarlo. Pero ese tipo de electricidad y la furia desorbitada de la tormenta sólo podía atraerla algo muy poderoso, un tótem divino. Y el único tótem que podía atraer tormentas de tal magnitud era Mjölnir.

Gabriel observó a su valkyria. Gúnnr movió las orejas nerviosamente. Tenía las pestañas húmedas de la lluvia y todo el cuerpo lleno de arena. Todos estaban de la misma guisa, pero esas condiciones en ella le daban un aire inocente y pecaminoso a la vez. Gabriel apretó los dientes.

¿Cómo podía ser tan contradictoria? Le estaba girando el cerebro como a un pulpo. Por una parte la quería probar, sobre todo cuando le demostraba que era una fierecilla, pero por la otra, no quería usarla sin más, porque el lado dulce y frágil de Gúnnr podría salir dañado.

El sexo para él siempre había sido liberación y una forma de expresarse y de reclamar lo que no tenía en otros aspectos de su vida. Pero él sabía mejor que nadie que, en el momento en que Gúnnr conociera el verdadero poder que tenía como mujer, entonces los volvería a todos locos. Lo usaría en su beneficio. ¿Y qué pasaría? Que él se volvería un ansioso, por una senzilla razón: le gustaban los desafíos y le encantaba que lo provocaran. Jugar con mujeres tímidas era una cosa. Jugar con guerreras era otra completamente diferente, y a él le encantaban las segundas, porque siempre se las podía llevar hasta el límite y siempre hacían que las victorias se saborearan más y mejor.

Gabriel no se engañaba. Era un hombre de fuertes apetitos y necesidades; era exigente, aunque su carácter y su extroversión dijeran lo contrario. Gúnnr se iba a asustar si, definitivamente, seguía con su empeño de seducirle de ese modo inconsciente, y, finalmente, despertaba a la bestia, un lado oscuro que sólo él conocía. Y a la chica le daría miedo porque a la bestia los sentimientos y el decoro le daban igual. Él era un guerrero. Un amigo. Un líder. Pero por encima de todo lo demás, era un hombre con instintos que siempre había intentado mantener bajo control.

De ahí su fascinación al haber encontrado a alguien tan fuerte como Daanna. Ella sabría cómo domar al salvaje, cómo plantarle cara, porque ella era poderosa y no se amilanaba por nada ni nadie.

«¿Y tú, Gunny? ¿Tú eres fuerte?», se preguntó sin dejar de mirarla.

—Sí, Gabriel —contestó ignorante a sus pensamientos. Ella había controlado cada emoción que surcaba el rostro de su Engel mientras la miraba—. Siento a Mjölnir.

Él asintió y la agarró de la mano, acercándola a su cuerpo. Había tomado una decisión irrevocable.

Tal y como iban disfrazados, en medio de una tormenta eléctrica, llamarían demasiado la atención, y ellos debían pasar desapercibidos. Nunca se sabía qué ojos había en las calles y si, por casualidad, vampiros, lobeznos y devoradores estuvieran esperándoles, tendrían informadores por todos lados.

—¿Quieres conocer a mi padrino? —Preguntó decidido.

—¿Tu padrino? No deberías entablar relaciones con humanos, Gabriel —le dijo ella suavemente—. Se supone que has muerto.

—Él no lo sabe.

—¿Por qué? ¿Cómo no va a saber que has muerto?

—Porque mis padres no hablan con mi tío Jamie. Así que, en caso de que Aileen y Ruth les hubiesen informado sobre mi fallecimiento, Jamie nunca lo sabría, porque ellos nunca se lo dirían.

—¿Ah, no? ¿Por qué no? ¿Están enfadados con él?

Porque era muy difícil para un hombre tan machista y arrogante como había sido su padre entender que el hermano del que tanto presumía, porque era un ligón y hacía lo que quería con las mujeres, había resultado ser un homosexual defensor de los animales, miembro de Greenpeace y loco por la cocina de diseño. Eso no podía ser motivo de enfado nunca, pero para su padre sí lo había sido. «El Sargento», así llamaba él a su progenitor, trató a su propio hermano de enfermo y leproso y le repudió por ello. Y ese rechazo hacia su tío, y el poco cariño que ya prodigaba Gabriel a su padre, acabó de alimentar el odio y el rencor que tenía hacia él. Por tanto, su padre y él tampoco se hablaban. Pero, por supuesto, nadie sabía nada sobre ello. Ni siquiera las que se suponía que eran sus amigas. Gabriel sólo hablaba de lo que quería y muchas veces disfrazaba su vulnerabilidad y sus problemas familiares con una falsa alegría. No quería aburrir a nadie con sus malos rollos. Tampoco aburriría ahora a Gúnnr.

—¿Por qué no, Gabriel? —Gúnnr tiró de él y le instó a que respondiera. Había visto un destello de dolor en sus profundos ojos azules y había sentido la necesidad de darle un beso y calmarlo. Quería que él hablara con ella.

—Por nada. No importa —se encogió de hombros—. ¿Quieres conocer a Jamie, sí o no? Es el único lugar al que podemos dirigirnos. Allí estaremos a salvo y podremos organizarnos. Necesitamos cambiarnos de ropa —echó un vistazo a la indumentaria negra y húmeda que todos llevaban—, no puedes moverte por Chicago con estas pintas. Mañana saldremos a buscar a Mjölnir. Pero antes necesito un ordenador, y en casa de Jamie seguro que hay uno que yo pueda trastear con tranquilidad.

Empezó a caminar hacia arriba, hasta salir de la playa. No había gente en las calles y el tráfico estaba poco concurrido debido a la tormenta eléctrica.

—¿Para qué quieres un ordenador? —Preguntó Bryn siguiendo los pasos acelerados del Engel.

—Internet, Generala. El mundo en tus manos sin moverte de casa. Es increíble —le explicó Gabriel echando a correr con una sonrisa de oreja a oreja.

Bien. En una ciudad que conocía, con medios que podría explotar y con dinero para poder pagar lo que le diera la gana, él era el rey y no había nadie que pudiera ganarle.

Chicago, da la bienvenida al Engel.

Corriendo a una velocidad difícil de ver por el ojo humano, el Engel y su equipo ascendieron por Ohio Street. La tormenta seguía acometiendo los rascacielos sin remisión.

Pero no todo en Chicago eran inmensas edificaciones. En esa misma calle había casas unifamiliares, plantas bajas, pequeños hogares que daban a entender que los más bajitos podían convivir en armonía con los más altos y no desmerecer por ello esa grandilocuencia de la *windy city*, la famosa ciudad del viento, sino, al contrario, la dotaban de encanto y accesibilidad.

Gabriel sintió un pellizco en el estómago cuando vislumbró la casa de su tío. Aun habiendo pasado tanto tiempo en el Valhall, seguía atesorando recuerdos de su vida en la tierra, y el tiempo que pasó con su tío era, sin lugar a dudas, uno de sus recuerdos más dulces.

Los ocho guerreros se plantaron frente a la casa de piedra blanca, cercada por una valla negra. Tenía un pequeño jardín zen al frente con el césped pulcramente cortado y dos pequeños abetos en las esquinas que figuraban como guardianes del edificio. Unas escaleras de madera oscura ascendían hasta la puerta principal. La casa tenía tres plantas y una impresionante buhardilla. Y según recordaba Gabriel, era una casa muy grande. De amplias habitaciones y salones, y techos altos. Conociendo a su tío, seguramente la habría remodelado.

Con mano temblorosa, apretó el timbre. Cuando era pequeño, Jamie tenía un cachorro de San Bernardo, Bobby se llamaba. Gabriel adoraba a ese perro. De hecho, la fascinación y el cariño que tenía por los animales le venía seguramente por parte de su tío. No se oyó ningún ladrido. Ni tampoco se veía ninguna luz encendida.

Gúnnr dio un paso al frente y se concentró en escuchar si en el interior de la casa había algún ruido.

—No hay nadie —dijo mirando a Gabriel.

—Entremos, entonces.

Saltaron la valla sin dificultad. Su tío seguiría guardando la llave de repuesto en aquel lugar especial. Se inclinó, palpó el segundo escalón de madera dando suaves golpes con los nudillos hasta que sonó hueco. ¡Bingo! Retiró la madera perfectamente cortada y tomó el juego de llaves.

—No creo que a tu tío le guste que entres en su casa como un ladrón —murmuró Gúnnr con cara de preocupación.

—¿Por qué no? —Preguntó Reso con cara de palo—. En Tracia, las casas acogían a toda la familia. Para eso estaban.

Gabriel introdujo la llave y palpó la pared para encender la luz. Rezó para que no hubiera ninguna alarma conectada y se alegró al no oír ninguna sirena.

—Los tiempos han cambiado, amigo —dijo Gabriel con sorna—. En la actualidad, a veces es mejor no meter a familiares en casa o pueden llegar a echarte y cambiar el cerrojo. La humanidad está en crisis, ¿no os lo había dicho? Pasad —se echó a un lado y dejó que sus compañeros entraran y se cobijaran de la tormenta.

Gúnnr sonrió al oler el interior del hogar. Olía a *limón y a vainilla*... una mezcla dulce y afrodisíaca.

—Os voy a buscar algo de ropa —dijo Gabriel descalzándose—. No os mováis, no quiero ponerle la casa perdida de agua.

Todo estaba como lo recordaba. El salón de madera con sofás cómodos y acogedores, la chimenea de diseño, la cocina con la última tecnología, ideal para un hombre que adoraba el arte culinario como Jamie. Tenía una casa muy grande, con cinco habitaciones dobles todas con baño. Y un estudio aparte, en el ático. Ése había sido su refugio. Ahí había pasado las noches de verano, mirando al cielo y leyendo todos esos libros y cuentos de mitología que, más tarde, se convirtieron en su perdición.

Sonrió al ver fotos de su infancia en la pared del pasillo que daba a las habitaciones. En una foto estaban los dos: Gabriel apoyado en su inseparable balón de fútbol y Jamie pasándole el brazo por encima con una enorme sonrisa de satisfacción y orgullo en la cara.

Era una casa muy zen. De blancos y negros. Minimalista y a la vez llena de calidez. Rebuscó en el vestidor y encontró tejanos y camisetas de algodón tan anchas como los cuerpos de los guerreros. Jamie era alto y corpulento, siempre le había gustado cuidarse, y aquello era algo de lo que su padre se mofaba una vez supo sobre sus inclinaciones sexuales. Gabriel apretó los dientes y se obligó a alejar el resentimiento y la vergüenza ajena. Pedazo de cabrón era el Sargento.

Bajó las escaleras corriendo y les lanzó la ropa a cada uno. Para ellas había escogido unas camisas a cuadros que seguramente les llegarían hasta las rodillas —su tío medía metro noventa— y también unos calcetines gruesos y largos para que les calentaran los pies.

Ellas se cambiaron en la cocina y ellos en el salón.

—Esto es una vergüenza —gruñó Róta—. ¿Dónde se supone que vamos así? ¿Al bosque a cortar leña? —Se miró la camisa mientras se la remangaba hasta las codos y le daba un toque sexi ajustándosela en la espalda.

—Deja de marcar, Róta. Aquí no te va a ver nadie —Bryn se mofó de ella. Por alguna razón, Bryn siempre instigaba a Róta con una cosa o otra.

—Que no se fijen en ti, Generala, no quiere decir que no lo hagan en mí —sonrió desvergonzadamente y giró la cabeza en dirección a la ventana que daba a la calle y al jardín.

—Es tan creída —susurró Bryn poniendo los ojos en blanco—. ¿Esperas a alguien? No dejas de mirar a la calle.

Róta la ignoró y se rodeó la cintura con las manos, como si necesitara calor. Ni a Gúnnr ni a Bryn les pasó por alto la actitud de la valkyria, pero tenían pendiente una larga conversación, así que esperarían el momento adecuado.

Las gemelas hablaban la una con la otra, comentando alguna jugada de la pasada noche. Sura hacía gestos con las caderas y Liba afirmaba enérgicamente con la cabeza mientras se apretaba los pechos.

—Por Freyja, estaba descontrolado —dijo Sura con ojos soñadores—. Esta noche iré a por más.

—¡Sí! —Exclamó Liba con una carcajada.

Las tres valkyrias las miraron de reojo y Gúnnr no evitó preguntar:

—¿De qué habláis?

—De sexo. Definitivamente de sexo —contestó Róta antes de que lo hiciera Liba—. Estas dos ya han catado a sus guerreros. Me voy a tapar los oídos y voy a ver si tirándome por esa ventana de ahí tengo la suerte de desnucarme y morirme en el acto por ser tan desgraciada.

Bryn no pudo evitar reírse. Cogió un cuchillo afilado del mármol de la cocina y se lo ofreció:

—Córtate las venas, puede que sea más rápido. Aunque ya sabes que sólo puedes morir si te arrancan el corazón.

Róta bizqueó burlándose de la Generala. Alzó el puño y dijo:

—¡Himen entero para qué te quiero! —Soltó melodramática.

Se oyó la carcajada de los tres hombres en el otro lado de la casa.

—Deja de escuchar reggetaon, Róta —sugirió Bryn abriendo los muebles de la cocina para husmear lo que había en ellos.

—¿Os acostasteis con Reso y Clemo? ¿A la vez? —preguntó Gúnnr muy interesada.

—¡No! ¡Por los dioses, Gúnnr! —Exclamó Sura con los ojos completamente rojos—. Somos gemelas pero no compartimos.

—Pero ya os han…

—¡Oh, sí! —Sura y Liba no paraban de reír y de lanzarse miradas cómplices—. Es… Es increíble. Te volverá loca marcar a Gabriel.

Gúnnr sintió que las mejillas le ardían. ¿Marcar a Gabriel? ¿Cómo?

Él ya le había dicho que sí que quería acostarse con ella. Si hubieran seguido besándose en la cuna, ¿qué habría pasado? Y si Gabriel tenía intención de tocarla y de ser el primero en todo, ¿cuándo lo haría?

Él le había dicho sólo sexo y amistad. Ella no podía jurar que sólo significara eso para ella. Pero quería estar con él. Y si había una primera vez, Gabriel sería su elección. Era lo natural. Él era su einherjar y ella su valkyria.

Gabriel abrió las puertas correderas de la cocina y todas se callaron y salivaron al verlo.

Gúnnr no tenía ni idea de que la ropa de los humanos quedara tan bien. Llevaba una camiseta negra ajustada en el pecho y en los bíceps, y unos tejanos anchos y bajos de cintura. Iba descalzo y cargaba con la ropa mojada de los guerreros. Tenía el pelo rubio, largo y húmedo suelto y se le rizaba en las puntas.

Miró a Gúnnr, sonrió ladinamente y le guiñó un ojo.

—Creo... Creo que acabo de correrme —murmuró Róta mirando a Gabriel de arriba abajo.

Gúnnr sintió que las alas le ardían y que los ojos cambiaban del color azabache natural al rojo deseo. Rojo deseo. ¿Había un color que se llamara así? Bien. Pues, desde ese momento, el rojo deseo sería para siempre el color de sus ojos cuando mirara a Gabriel.

Gabriel abrió la secadora que había en la pequeña habitación contigua y metió la ropa en ella. El pantalón se deslizó un poco por sus caderas marcando un culo estupendo con marca de «patrimonio de la humanidad».

Gúnnr tragó saliva y a Róta le entraron ganas de llorar.

—Creo que soy multiorgásmica —dijo con un gemido.

Gúnnr se giró y pellizcó con fuerza el brazo de Róta.

—¡Ouch! ¡¿Qué?! ¿Acaso es culpa mía? —Protestó ella.

—Dadme vuestra ropa —pidió él educadamente, ajeno a los comentarios por lo bajini de las valkyrias.

Róta se llevó las manos a los botones de la camisa que llevaba puesta y Bryn le dio un codazo.

—Esa de ahí, valkyria —señaló la ropa negra que había en el suelo.

Róta se echó a reír y miró a Gúnnr de reojo. Se apostaba lo que fuera a que Gunny quería arrancarle los ojos. No encontraba otro modo de espolearla para que fuera a por él y lo reclamara de una vez por todas.

Gabriel dejó la ropa preparada para la siguiente tanda.

—Parece que se te dan bien las cosas del hogar —murmuró Gúnnr con la cara roja.

—¿Bromeas? Sé poner una secadora porque sólo hay que darle a un botón. No me pidas nada más, florecilla. Chicas, al salón, os he preparado algo mientras os cambiabais. Y no es una orgía, Róta.

—Aguafiestas —contestó la aludida.

Le guiñó el ojo a la del pelo rojo y se sintió bien cuando notó que Gúnnr cerraba los puños y temblaba ligeramente de los celos.

«Celos. ¿Quién se lo iba a decir?», se dijo Gabriel.

Se sentaron todos alrededor de la mesa de roble del salón. Enfrente, tenían dos pilas enormes de libros. Gabriel caminó alrededor de sus guerreros y al final se paró detrás de Gúnnr y apoyó las manos en el respaldo de su silla.

—No os podéis mover en esta realidad si no sabéis las cosas básicas de mi ex-mundo. En Chicago se habla el inglés americano. Aquí tenéis un diccionario para que lo leáis y toméis las palabras básicas para que se desarrolle la xenoglosia. Tenéis un manual de conducción de moto y coche. Un libro de protocolo y otro de cocina. Un libro sobre aparatos de última generación y otro de *hackeo* informático. Y algunos más que podrían ser de vuestra utilidad.

Los einherjars y las valkyrias tenían mentes superdotadas. Del mismo modo que aprendían un idioma en pocos minutos, podían leer diccionarios y libros de más de mil páginas en apenas media hora. Puede que no tuvieran poderes como los vanirios, eran más físicos, como los de los berserkers, pero a cambio, Odín y Freyja les habían dado una funcionalidad cerebral hiperactiva y cien por cien productiva. Gúnnr le había explicado en una ocasión cual era su teoría al respecto:

—Los dioses son vanidosos y celosos de su poder. Enviaron a vanirios y berserkers a la Tierra y les otorgaron particulares debilidades para que no se creyeran dioses. Creo que han hecho lo mismo en el Asgard. Si tienen a einherjars y a valkyrias conviviendo en su reino, no pueden ser ni más fuertes ni más poderosos que ellos. Por eso pusieron límites a nuestros poderes. Las valkyrias podemos jugar con los rayos en días de tormenta, pero no podemos convocar a las tormentas. Podemos lanzar descargas eléctricas con las manos, y somos rápidas y veloces en la lucha. Pero nuestras debilidades están muy expuestas. No somos extremadamente fuertes en el cuerpo a cuerpo, en cambio, tenemos una puntería única con el arco. Y vosotros sois fuertes en el cuerpo a cuerpo, veloces y con una visión nocturna espectacular, y sois incansables en la lucha. Pero no podéis volar ni tenéis poderes mentales. Somos máquinas de matar, hechas expresamente para la defensa o el ataque. Los dioses no lo querrían de otro modo, ¿no crees?

Gúnnr había dado en el clavo. ¿Cómo iban a rivalizar en poderes con los dioses? Ellos no eran tontos. ¿Qué pasaría si sus «hijos» se rebelaran alguna vez? En igualdad de condiciones podrían llegar a perder todo el respeto y el poder, y aquello no les interesaba.

Mientras recordaba esa conversación, observó a su valkyria.

Gúnnr era muy inteligente. Había subido los pies a la silla mientras se acariciaba el labio con un mechón de pelo, concentrada en su lectura. Estaba repasando el diccionario. Lo dejó sobre la mesa una vez finalizado y se lanzó con ganas a por el libro de conducción. Ella lo miró por encima de las páginas y sonrió. Cuando Gúnnr sonreía no hacía falta mirarle a los labios. Sus ojos reían solos. Gabriel carraspeó y decidió alejarse del salón.

Subió los escaleras. Iría al refugio de su tío y se metería en Internet. Él ya se había leído el libro de *hackeo* informático mientras Reso y Clemo se cambiaban. Era genial obtener tantos conocimientos de un plumazo. Y tenía muchas ideas sobre cómo utilizar lo que había aprendido.

Unas horas más tarde, ya había hecho algunas transacciones importantes a través de sus cuentas de fondo ilimitado. Había contactado personalmente con las personas idóneas y había realizado un montón de compras por Internet. Mañana sería un día muy largo.

Había pedido máxima puntualidad para los envíos urgentes que había contratado. Hizo crujir los nudillos mientras descargaba e imprimía un plano confidencial de túneles de Chicago en el ordenador Mac de su tío. Tenía el iTunes encendido y por los altavoces del ordenador escuchaba el *Freaky like me* de Madcon y Ameerah.

Mientras él trabajaba, los de abajo habían saqueado la biblioteca de su tío y se habían leído todos los libros de su colección.

Alguien había encendido la televisión de cincuenta pulgadas que tenía en el salón, y las mujeres hablaban animadamente mientras veían a Oprah.

Reso y Clemo hacían guardia como si esperasen que en cualquier momento les atacaran.

Pero nada de eso iba a suceder. Él sabía que nadie les iba a atacar porque tenían al factor sorpresa de su parte. Gúnnr.

Nadie sabía que estaban ahí. ¿Cómo iban a imaginarlo? En todo caso, ellos eran los que podían indagar con la seguridad de que, por el momento, nadie les esperaba. Nadie contaba con ellos.

Mjölnir tenía muchísimo poder. Si no lo habían utilizado todavía era porque esperaban la ocasión o el lugar idóneo para que el martillo impactara. Un sólo impacto, uno, y las consecuencias serían devastadoras para la Tierra. La tormenta eléctrica arremetía con fuerza, y ellos tenían a su favor que Gúnnr era su pequeño y sorprendente radar de Mjölnir. Mjölnir atraía a las tormentas eléctricas, y también atraía a su valkyria.

Sin embargo, todavía no habían usado el martillo. ¿Por qué? ¿A qué esperaban?

De repente, un olor a bizcocho flotó hasta su nariz. Descansó la espalda en la silla ergonómica y disfrutó de la esencia de canela que flotaba en el ambiente. Su oído detectó unos pasos tímidos y elegantes que venían de las escaleras. Los pasos se detuvieron en la puerta. Unos nudillos golpearon con suavidad.

Gabriel sonrió. Gúnnr tenía mucha delicadeza para hacer las cosas.

—Entra, florecilla.

La joven entró y miró alrededor. Llevaba en las manos un plato con una generosa porción de bizcocho espolvoreado con lágrimas de chocolate. Y en la mano llevaba un vaso enorme de limonada casera.

Él se incorporó y la estudió con interés.

—Te he preparado un *plumcake* —dijo con perfecto acento inglés—. ¿Te apetece?

—¿Lo has hecho tú? —Preguntó alzando las cejas con asombro.

—No te sorprendas, listillo. Nos has colado, muy inteligentemente por cierto —señaló dejando el plato y el vaso sobre el escritorio—, un libro de recetas de cocina. ¿Qué esperabas? Reso y Clemo han pasado de todo, pero nosotras no. Hemos dejado la nevera repleta de deliciosos platos y postres. Y tienes suerte de que no tengamos un ordenador a mano como tú, ni un coche ni nada por el estilo, sino, estaríamos haciendo todo tipo de maldades —la mirada de soslayo que le lanzó estaba llena de buen humor.

—Reso y Clemo están haciendo guardia.

—¿No te creerás eso, verdad? El tracio y el espartano están babeando por el Audi TT negro descapotable que hay enfrente. Están imaginándose cómo sería conducirlo. ¿Sabes que cocinar relaja mucho? Pues por lo visto, mirar coches también.

Él se echó a reír y se frotó la nuca con una mano.

Le das a un hombre un libro de conducción y se empalman mirando a un coche. Le das a una mujer un libro de cocina y van y te hacen un *plumcake* y una limonada. Principal diferencia entre hombres y mujeres: las mujeres son productivas y los hombres viven de los sueños.

—¿Dónde está tu tío, Gabriel? Se va a llevar un susto de muerte cuando nos encuentre aquí —pasó el dedo por el escritorio y se quedó mirando la pantalla.

—He visto en la agenda de su ordenador que iba a buscar a un animal de una protectora de Wisconsin. Tiene previsto llegar mañana.

—¿Le parecerá bien que le hayas trasteado el ordenador? —Gúnnr jugó con un lapicero del Fútbol Club Barcelona. Jamie era un gran seguidor.

—No pone nunca contraseñas a nada. Es muy confiado.

—¿Tu tío…? ¿Es una buena persona?

—De las mejores —asintió con la voz llena de cariño—. Se preocupa mucho por los animales y el medio ambiente.

—¿Y se preocupó… por ti?

—Siempre. —Hasta que el Sargento le destrozó.

—Tengo la sensación de que, antes de que murieras, ya hacía mucho tiempo que no lo veías. —No quería molestarle con sus suposiciones, pero necesitaba conversar con él. Gabriel parecía tenso, aunque nadie lo notara. Él no contestó, se quedó en silencio. Gúnnr lamentó que él no se abriera. —¿Tienes ganas de verlo? —Le tocó el dobladillo de la parte inferior de su camiseta negra.

—Sí —No iba a mentirle en eso—. Él siempre fue importante para mí.

—¿Y? —Esperó a que acabara la frase.

—Y tengo la sensación de que… De que le fallé, de que le decepcioné.

Ahí estaba. ¿Qué había pasado entre ellos? ¿Qué había pasado en la familia de Gabriel? ¿Quién era él antes de convertirse en el Engel?

Anhelaba conocer todos los aspectos de la vida de ese hombre.

—¿Por qué? —Gúnnr apoyó el trasero en el escritorio, esperando que él se confiara de algún modo a ella. Que le expresara sus secretos, sus miedos, sus vergüenzas. Todo. Veía en sus ojos azules que él también lo necesitaba, pero una barrera invisible le impedía comunicarse como quería.

—No importa.

La punzada de decepción en el corazón de Gúnnr fue ligera, pero la sintió igual. No le presionaría. No lo haría nunca. Llevar a las personas al límite estaba mal. Gabriel hablaría con ella cuando lo quisiera, aunque ella deseara que lo hiciera ya.

—¿Sabes qué? —Dijo él cambiando de tema—. Sé cómo nos desplazamos en el espacio a través de la tormenta eléctrica. Sé lo que percibiste y lo que es el polvo dorado.

—¿De verdad? Cuéntamelo.

—Lo llaman antimateria. Por lo visto, las tormentas eléctricas crean haces de partículas antimateria sobre ellas. La antimateria es como una especie de agujero negro en el que no hay nada, no hay forma, no hay átomos de hidrógeno posibles, por tanto, no hay materia.

—¿Como la Nada de *La historia Interminable*? —preguntó ella—. Tu tío lo tiene en la librería. Me lo he leído mientras cocinaba —se encogió de hombros.

Él sonrió con dulzura.

—Sí. Es exactamente como eso. La materia y la antimateria se eliminan la una a la otra. Pero, al parecer, pueden convivir en nuestra dimensión, como en el caso de las tormentas eléctricas, y entonces, se crean las puertas dimensionales, las cuales están constituidas por energía antimateria. Nosotros hemos viajado a través de ella —explicó pacientemente— y hemos ido a parar al portal antimateria que se estaba abriendo en Chicago con la llegada de Mjölnir y la consecuente tormenta eléctrica que él provoca. Podríamos haber ido a parar a cualquier otro sitio, Gunny, pero la antimateria de la tormenta de las Cuatro Esquinas se ha conectado de alguna manera con la de Chicago. ¿Y sabes qué creo?

Ella negó con la cabeza mientras bebía de la limonada de Gabriel.

—Creo que tu sexto sentido nos ha traído aquí porque tienes algún tipo de relación con el martillo de Thor —sus ojos inteligentes la repasaron de arriba abajo—. Creo que has hecho de nexo entre portales. Gracias a ti, todos hemos podido viajar a través del polvo dorado. Estás conectada a Mjölnir a niveles que ni siquiera entiendes.

—No. No los entiendo —reconoció ella nerviosa—. Pero, ¿me ayudarás a descubrirlo? A mí tampoco me gusta no poder controlar las cosas.

Gabriel le quitó el vaso de las manos y colocó los labios sobre la marca de los labios que había dejado Gúnnr.

—Te ayudaré, Gunny.

Ella miró a su alrededor, mejor eso que quedarse embobada con la boca del guerrero. Se asombró por la cantidad de libros que también había en ese estudio.

—Dioses, me muero por leerlos todos, ¿sabes?

—Adelante. La lectura es conocimiento —la invitó a que curioseara todo lo que quisiera.

—*Tantra* —dijo en voz alta.

Gabriel se levantó masticando un trozo del delicioso *plumcake,* y le quitó el libro de la mano.

—*Éjoreno.*

Ella frunció el ceño.

—Trágate lo que tienes en la boca, marrano. No he entendido ni una palabra.

Gabriel se moría de la risa. Le había dado un libro de protocolo a la señorita Rottenmeier. Engulló y puso el libro en alto.

—Este mejor que no —repitió vocalizando correctamente—. No puedes leer esto.

—No me digas lo que puedo o no puedo hacer.

—Es una orden.

Gúnnr se quedó muy quieta y levantó una ceja.

—Eso no te va a funcionar siempre, Engel. Además, solamente hace falta que le digas a una valkyria que no puede hacer algo para que se muera de ganas de hacerlo. —Se cruzó de brazos y se enfurruñó como una niña pequeña—. Es ridículo.

—Es el placer del desafío, Gunny. A la gente le gusta que le pongan las cosas difíciles.

—Ya. Tienes suerte de que sea más bajita que tú. Relájate, no lo voy a leer.

Gabriel asintió. Dejó el libro en la parte de arriba de la estantería blanca y mordió el *plumcake* de nuevo para luego dar un sorbo a la limonada.

—Está todo muy rico, florecilla. Muchas gracias.

Ella levantó la barbilla con orgullo mientras repasaba con el dedo los títulos de la librería.

—De nada. *La porra de mi novio* —murmuró en voz más baja tomando el libro mencionado.

Gabriel abrió los ojos. ¡Coño! ¿Es que ahí no había ni un libro decente? ¿Su tío era un pervertido? Se levantó y cubrió la estantería con su cuerpo, abriendo los brazos.

—Mira, ¿sabes qué? He cambiado de opinión. No leas. Sé una ignorante toda tu vida.

Ella se puso las manos en las caderas y achicó los ojos.

—Estás paranoico.

—Déjame recomendarte un libro, ¿vale? Pero lo elijo yo.

—¿Por qué?

—Porque he visto por aquí unos libros que les encantan a mis amigas. Déjame ver —se giró y movió los libros con las manos—. Aquí. Mira éste.

Gúnnr tomó el libro y por poco vomita al ver la portada.

—Es una portada feísima.

—Es un libro romántico. Habla de amor —mejor ése que no el *Tantra* o *La porra de mi novio*—. Estos libros le gustaban mucho a Aileen, y ella fue quien vició a Ruth para que los leyera. Cuando morí, ellas ya eran lectoras compulsivas del género.

A Gúnnr se le iluminaron los ojos y fijó sus ojos azabaches en los de él.

—¿Quieres que lea un libro que habla de amor y que no lea los otros que, segurísimo, hablan de sexo? —preguntó inocentemente.

Gabriel se rindió y bajó los hombros.

—Joder, florecilla. A veces me dejas sin argumentos.

Ella se mordió el labio para ocultar su sonrisa, pero se le marcaron los hoyuelos de las mejillas.

—Está bien, Engel. Leeré esta cursilada para ver cuáles son los gustos de tus amigas. Pero espero no desperdiciar mi tiempo con ellos. ¿Alguna vez has leído uno?

—No, por favor. Todos son iguales —hizo un gesto despectivo con la mano—. Hablan de enamoramientos, besitos, príncipes que ya no existen y esas chorradas.

—¿De veras? —La valkyria miraba el libro sin ánimo—. No eres buen vendedor. Pero cuando lo acabe te diré lo que me ha parecido. ¿No necesitas que te eche una mano aquí?

—No, gracias.

—Si quieres me puedo quedar a hacerte compañía —insistió con el pomo de la puerta en la mano, y una expresión esperanzada en la cara.

Joder. No. Esa chica tenía que irse de aquella habitación porque él, simple y llanamente, se estaba muriendo de ganas de tocarla. Desde que se habían besado en su cuna, su cuerpo era como una especie de imán para él. Sintió angustia ante ese pensamiento.

La valkyria lo miraba con esos ojos enormes llenos de inocencia y provocación, vestida únicamente con aquella camisa de leñador con la que parecía sentirse tan cómoda... No llevaba ni braguitas ni sostenes. «¡Mierda! No pienses en eso... ¡Déjala que se vaya!».

—Gracias, Gunny. Pero no hace falta que me ayudes.

Gúnnr se mordió el labio inferior y sus ojos oscuros se fundieron llenos de decepción. Cerró la puerta con suavidad, dejándole solo con sus secretos.

X

Una hora más tarde, Gúnnr se había leído tres veces el maldito libro que Gabriel le había recomendado. Y eso no era lo peor. Lo peor era que tenía el cuerpo ardiendo, le latía la entrepierna y tenía los pechos hinchados y tan sensibles que, cuando la camisa le rozaba, se volvía loca. Si ese libro era así, no quería ni imaginarse cómo eran los otros dos que Gabriel le había prohibido leer.

Lo iba a matar. Había pasado una larga hora. El reloj marcaba las doce de la noche. Bryn y Róta estaban dormidas en el sofá y las gemelas retozaban como poseídas con el tracio y el espartano. Gúnnr no tenía ni idea de lo que les estaban haciendo, pero ni ellos ni ellas podían parar de gemir o gritar, y para colmo, debido a las descargas de las valkyrias, se habían disparado los plomos y se había ido la luz. Y gracias a eso, había dejado de leer, de lo contrario, a ver quién iba a ser el bendito que apartara sus ojos de tan terrible adicción literaria.

Irremediablemente, su cuerpo se había despertado con la lectura y estaba muy excitado. Tenía la piel muy sensible, la camisa rozaba sus pechos constantemente y el útero le palpitaba reclamando que algo la llenara. El libro era muy explícito, la trama era genial, y había aprendido mucho con él. También lo había hecho con las «sesiones golfas» que Freyja les ponía en el Valhall, pero una cosa era ver enfebrecidos a un hombre y a una mujer en pleno coito, y otra muy diferente era sentir la fiebre en las propias carnes, como ahora le pasaba.

Desde su bautismo, su cuerpo había despertado a un nueva dimensión de percepción y sensibilidad, y la libido conocida en las valkyrias, finalmente, la estaba azotando también a ella. Su mente sólo podía pensar en un guerrero, en aquél que se había encomendado a ella, que se había comprometido con ella y que, aunque no quería nada más que un contacto carnal, sí que le había exigido ser el primero en todo.

¿Y ella estaba decidida? ¿Quería que Gabriel fuera su primera vez?

Sus hormonas gritaron: «¡Sí! ¡Sí! ¡Sí! ¡A por ello, chica!».

Gúnnr agarró la novela romántica y se levantó del sofá.

Todo estaba en silencio y a oscuras. Se oía gemir a Sura, y luego lloriqueaba Liba. Y Reso y Clemo sólo gruñían, como si fueran animales. Y mientras tanto, Bryn y Róta dormían como lirones.

Pues menuda situación. Suponía que tanto Gabriel como ella eran los únicos que, al parecer, estaban escuchando el escándalo de las gemelas.

Sonrió secretamente. Volvería a asustar a Gabriel.

Estaba muy nerviosa. Gúnnr tragó saliva y subió las escaleras que daban a la planta de arriba y más aún, al estudio en el que estaba Gabriel. La luz se había ido, era imposible que el Engel siguiera trabajando.

La tormenta eléctrica seguía azotando la ciudad y, de vez en cuando, la casa se iluminaba por los destellos de los relámpagos. La lluvia seguía cayendo, con menos fuerza cada vez, pero repiqueteaba de un modo inquietante contra los cristales de la casa.

Sus pies descalzos se deslizaban sobre el parqué oscuro, hasta que llegó a la habitación en la que se hallaba su einherjar.

Cuando iba a abrir la puerta, Gabriel se le adelantó y la abrió de golpe. Llevaba un portátil Mac en la mano derecha, y la pantalla LED le iluminaba el apuesto rostro. Parecía orgulloso con él mismo, como si lo tuviera todo bajo control.

Él frunció el ceño al verla, y, en un acto reflejo, ella alzó el libro y se lo puso delante de la cara.

—¿Te has vuelto loco? —Le recriminó sacudiendo el libro delante de sus narices.

Gabriel observó a Gúnnr. Tenía las mejillas rojas y los ojos azabache desprendían un brillo seductor.

—¿Te acabaste el libro? —Preguntó con naturalidad.

Gúnnr se pasó la lengua por los labios y Gabriel sintió que se ponía duro de golpe. Madre del amor hermoso. Había sido como una explosión. Un nimio gesto y ya estaba empalmado.

Cerró los ojos, ajustó la puerta de la habitación y pasó por delante de Gúnnr.

—Me voy a dormir a la buhardilla del ático. Ya he hecho todo lo que tenía que hacer y no quiero escuchar cómo Reso y Clemo lo hacen con las gemelas. —Echó un vistazo a la camisa de leñador de Gúnnr. ¿Cómo podía estar tan bonita con ella? ¡Si encima la llevaba abotonada hasta el último botón! Quería manosearla, tocarla por todos lados, pero ella había pasado por mucho en las últimas horas y él no se quería aprovechar de la situación. Estar a solas con Gunny no le ayudaba a mantener la calma—. Mañana será un día muy largo, florecilla. Ve a descansar.

Gúnnr se irritó. Ella estaba ardiendo, el culpable de su estado era él ¿y él la enviaba a dormir? Ah, no. Ni hablar.

—Me has engañado.

—¿Eh? —Se giró sin comprender nada.

Gúnnr dio dos pasos hacia él y le aplastó el libro en el musculoso pecho.

—Te has reído de mí. Antes no me querías dar ni el *Tantra* ni *La porra de mi novio* ¿y vas y me das esto? —Le gritó histérica. Sus ojos se volvieron rojos por completo, pero sacudió la cabeza, tomó una inspiración y regresaron a su estado normal.

—Es una novela romántica. Es de amor… Es rosa, ¿no?

Gúnnr comprendió entonces que él no tenía ni idea de lo que le había entregado. ¿Por qué los hombres no se molestaban en leer aquellos libros que despertaban secretas fascinaciones en sus mujeres?

Sonrió y sacudió la cabeza. Dioses, Gabriel estaba tan guapo… ¡Y a ella le dolían tanto los pechos!

—Gabriel. —Se movió muy rápido.

Él no la vio venir.

Lo agarró de la camiseta negra y lo estampó contra la pared.

Los ojos del guerrero se oscurecieron y adquirieron el color del ónix. Era una reacción natural de un einherjar a la amenaza y a la acción. Y era también una reacción muy personal hacia Gúnnr. El einherjar levantó una ceja rubia e insolente y alzó los brazos en señal de indefensión.

—¿Qué es lo que tanto te ha molestado, florecilla? Léeme un párrafo.

Gúnnr le soltó y se miró las manos como si no supiera lo que la había poseído para tratarlo así.

—No pienso leerte ningún párrafo.

Gabriel sentía la polla a punto de estallar. Gúnnr lo había puesto a mil con esa demostración salvaje llena de iniciativa. Lo había estampado contra la pared. Por un momento pensó que se lo iba a comer, y él hubiera muerto feliz por ello.

—Vamos, florecilla. ¿Qué te ha dado tanta vergüenza? —sonrió malicioso—. Es imposible que en esos libros ponga nada más fuerte que en los otros dos que te he quitado de las manos.

—Eres muy ignorante —le espetó ella respirando agitadamente y mirándolo de arriba abajo—. Tus amigas no son unas santas, ¿sabes?

Gabriel sintió en su cuerpo la mirada abrasadora de Gúnnr. ¿Se lo parecía o Gúnnr estaba tan excitada como él? ¿Qué coño les pasaba? Sin detenerse a pensarlo, la agarró de la mano, tiró de ella y subió las escaleras.

—¿Dónde vamos? —Gúnnr no dejaba de mirar lo bien que quedaban sus manos juntas. Él era tan masculino, tan grande, completamente distinto a ella.

—A mi lugar secreto. Si quieres dormir, es el único sitio en el que no oirás los ruiditos de esos salvajes fornicadores. Las paredes están insonorizadas.

Intentó soltarse de su amarre. Ella quería recriminarle que le diera ese tipo de lectura tan adictiva, sobre todo, si no tenía intención de apagar la hoguera que quemaba su interior.

Él bajó una puerta del techo y tiró de unas escaleras metálicas. Subió y obligó a la valkyria a que lo siguiera. Una vez en el desván, cerró la puerta con los cerrojos interiores.

Gúnnr miró al techo. Era todo de cristal, y se veían las nubes espesas, el agua caer y los rayos iluminando el cielo. Aquel desván no tendría más de veinte metros, pero era cálido y acogedor. Había una cama de matrimonio en el centro, con un edredón blanco nórdico y cojines negros encima. En un lado había una librería de color wengé, y al lado de ésta un espejo de cuerpo entero. En el otro lado, una tele enorme de pantalla plana empotrada en la pared. Y además, había un baño con ducha y todo. Como en una *suite.*

—Está todo casi como lo recordaba —dijo Gabriel con la voz llena de calidez.

Sobre la librería había dos vasos de cristal rojo con unas velas en su interior. Encendió las velas con las cerillas que había al lado y las dejó cerca de la cama. Estaba casi todo como recordaba, pero Jamie le había dado un toque muy chic y romántico a su refugio. La estancia se cubrió de un tonalidad rosada, excitante y llena de secretos.

A continuación, dejó el portátil en un pequeño escritorio que había en una esquina. Como todavía tenía batería autónoma, cliqueó el icono de iTunes y puso algo de música para relajar a su valkyria.

Su tío Jamie tenía unas preferencias musicales muy «tiernas», pero él no se iba a quejar. No pensaba dejar escapar a Gúnnr. No esa noche. Y cualquier ayuda para que ella se sintiera cómoda era bien recibida.

—Aquí pasé muy buenos ratos, ¿sabes? —Caminó hacia ella—. En mi cabaña secreta podremos descansar sin que nos molesten.

—¿Tu cabaña secreta? —«Qué mono. Habla como un niño pequeño»—. No quiero dormir, Gabriel —se lo dejó claro. No quería dormir con él porque no estaba segura de que pudiera contenerse y no tocarle como ella deseaba.

—Desprendes calor, Gunny. —Se inclinó sobre su oído y olió su cuello—. Eres tan inocente. Léeme un trozo de ese libro que ha hecho que te ruborices de ese modo.

Las rodillas de Gúnnr se volvieron de gelatina. Azorada negó con la cabeza.

—Por favor, Gunny. —Le rozó el lóbulo de la oreja con la nariz, y ella se estremeció.

—No hagas eso —susurró y tragó saliva.

—¿Que no haga el qué? —Repitió el mismo movimiento y notó que ella temblaba—. Tienes las orejitas muy sensibles, ¿verdad? —Sonrió enternecido y le acarició los brazos con sus inmensas manos—. Déjame escuchar algo de lo que has leído, por favor. No puede ser para tanto…

Ella se giró muy lentamente hacia él y clavó su mirada en la suya.

—No es buena idea.

—Sí, sí que lo es. Léemelo, Gunny —insistió ansioso por oírla narrar algo de aquella novela que la había incomodado—. Es una orden.

La valkyria alzó las cejas negras y sus labios dibujaron una fina línea de frustración. Muy bien, si eso era lo que él quería… Se encogió de hombros y abrió el libro por una página cuya esquina había doblado para leérsela más tarde a Bryn y a Róta. Dio una última mirada a Gabriel y se dispuso a leer:

—Ella miró su…

—No, no —Gabriel sonrió como un pirata—. Quiero entonación y todo. Siente lo que lees —dijo exageradamente. Le encantaba provocarla.

—Como quieras. —Ese hombre no tenía ni idea, le iba a reventar una vena del cerebro cuando escuchara lo que ella iba a «entonar» en voz alta.

—Buena chica.

«Sí, sí. Buenísima», pensó llena de regocijo.

—*Ella miró su enorme erección. No le cabría en la boca. ¡Imposible! Se pasó la lengua por los labios y sonrió. Se inclinó hacia delante y lamió la inmensa cabeza del pene húmedo de líquido preseminal que...*

—¡¿Pero qué coño es esto?! —Gabriel tenía los ojos como platos. Le arrancó el libro de las manos. Estaba rojo como una cereza. ¡Él sí que tenía una erección!—. ¡Joder! —Ojeó las páginas—. ¿Esto es lo que leen Aileen y Ruth? No me lo puedo creer... ¡¿Qué ha pasado con te doy un beso de buenas noches y no me la metes hasta que estemos casados?! ¡¿Cómo has podido leer esto?!

—Sólo es un libro romántico, ¿no? —Le gruñó. Enfadada con él por obligarla a que lo leyera, y enfadada consigo misma por sentirse tan encendida, pasó por su lado y lo empujó. Pero cuando estaba a punto de abrir la puerta del suelo para largarse de ahí, Gabriel la agarró de la cintura y la pegó a su cuerpo.

—Ahora no te vas de aquí, florecilla.

—Ya te lo he leído.

—No sabía que el libro era así.

—Obvio. Deja que me vaya.

—¿Por qué? —Susurró en su oído.

—Porque no puedo dormir contigo. Ya te he dicho que no tengo sueño —le dijo, mirándolo por encima del hombro, rogando que entendiera su estado o que como mínimo lo adivinara, porque ella se moría de vergüenza si tenía que explicarle lo que le pasaba—. Suéltame.

Él no lo hizo. Al contrario, sonrió comprensivo y la abrazó por la cintura, pegando su erección en la parte baja de la espalda de Gúnnr.

—Yo tampoco tengo sueño. ¿El libro te ha puesto caliente, Gunny? —susurró hundiendo el rostro en el cuello de la valkyria. Con ella podía ser directo, era su amiga, con la que había bromeado durante más de un año en el Valhall. Con ella podía hablar de cualquier modo porque había confianza para hacerlo—. ¿Por eso estás enfadada, pequeña?

Ella apretó los dientes, mortificada por lo que esas palabras provocaban en su cuerpo.

—Gabriel…

—No puedo dejar que salgas de aquí —susurró él acariciando sus caderas, transmiténdole el calor de las palmas de sus manos a través del algodón de la camisa—. Iba a dejarte tranquila hoy, pero va a ser imposible. Desde ayer por la noche que no he dejado de pensar en ti. En nosotros, abrazados en el agua y dándonos ese beso mortal que nos dimos. ¿Tú has pensado en mí? —Deslizó las manos por sus muslos y las coló por debajo de la camisa. Se la levantó ligeramente, hasta cubrir su estómago desnudo con sus manos—. Dios mío, Gunny. Eres tan suave…

Ella tragó saliva y cerró los ojos. Apoyó la cabeza en su pecho y dejó que él la tocara y la acariciara. Gabriel respiraba profundamente y se frotaba contra su espalda buscando un contacto intencionado que a ella la ponía a mil.

—Quiero tocarte por todos lados, florecilla. ¿Me dejas?

Un relámpago iluminó el estudio, y ella pudo ver la estampa que hacían los dos juntos en el espejo de cuerpo entero que había en la pared. Estaba desnuda de cintura para abajo. Podía verse el triángulo de vello púbico de color negro, las caderas, la estrecha cintura, los esbeltos y pálidos muslos… Y al guerrero rubio, detrás de ella, acariciándole el vientre con las manos, temblando de necesidad, y mirándola con avidez a través del espejo. Dioses, ¡cómo la miraba! Sus ojos conectaron, los de él negros de deseo, los de ella rojos de pasión. Completamente rojos.

¡Bum! Se quedaron enganchados el uno en el otro.

—Háblame, pequeña.

—Gabriel, yo… Venía a reñirte por dejar que leyera algo así y luego por hacer que deseara que fueras tú quien me hiciera todas esas cosas —dijo ella con voz temblorosa.

Él sonrió y premió aquella sinceridad con una caricia atrevida casi hasta el pubis.

—¿Quieres que te haga todo lo que le han hecho a la protagonista de ese libro?

Gúnnr tragó saliva.

—Creo que sí —lloriqueó desesperada.

—Respóndeme con un sí o no —le ordenó. Necesitaba tener las señales muy claras.

—Sí.

—¿Seré el primero, entonces? —La besó en el cuello con mucha delicadeza—. La primera vez es muy importante, florecilla. ¿Me la vas a dar a mí?

—Sí, Gabriel... Te la doy a ti.

Los dos se quedaron en silencio. La voz de Céline Dion con su *Let your heart decide* y el sonido de la lluvia al golpear los cristales rompían la quietud.

—¿Por qué? —Preguntó Gabriel. Él sabía el porqué. Pero quería oírselo decir. Su ego necesitaba escuchar que una mujer como ella quería todo lo que él pudiera ofrecer, aunque él no estuviese dispuesto a reclamar nada de ella a cambio. Las mujeres humanas no le habían tomado en serio, una vaniria le había girado el cerebro, eso sí, pero una valkyria lo había escogido para que le hiciera el amor por primera vez. Qué tierno—. Quiero oírtelo decir, Gúnnr. Sólo estamos tú y yo.

I understand that you've met someone
With a perfect heart
But you've been questioned by everyone
Are you in the dark?
Can you choose to fall?
Should you risk it all[14]

—Porque —tragó saliva de nuevo y se armó de valor— incluso antes de conocerte, mi corazón ya había decidido que iba a ser para ti.

Él la miró a los ojos y se envaró.

Sabía que iba a pasar. Su piloto automático, el que estaba traumado, quiso alejarse emocionalmente de esa situación, de Gúnnr, pero ella no se lo permitió y le rodeó la muñeca con fuerza.

—No pasa nada, Gabriel. Tengo las cosas claras, sé lo que hay entre nosotros y lo que no puede haber —y aunque le dolía horrores, lo acep-

14. Entiendo que has conocido a alguien con el corazón perfecto, pero todos lo han puesto en duda. ¿Estás a oscuras?¿Puedes elegir caer? ¿Podrías arriesgarlo todo?

taría, porque él era lo único que siempre le había importado a su tullido corazón—. Sólo tómame, sin compromisos, sin promesas. Tú y yo. Como debe de ser.

Gabriel se sintió humilde, orgulloso y posesivo, un cóctel de emociones fuertes y contradictorias. Gunny le hacía un regalo maravilloso, uno que nadie le había dado. Elegirle a él por encima de los demás. Nunca se había acostado con una virgen, y después del ostracismo sexual al que voluntariamente se había entregado, ahora la pequeña y dulce valkyria le daba el regalo más bonito que podía entregar una mujer. Se prometió que no le haría daño. Si su valkyria hacía eso era porque tenía sentimientos hacia él, por esa razón Gúnnr quería hacerlo con él por primera vez. Era una mujer sincera y honesta, no había ningún tipo de manipulación en ella. Y su gesto era algo que él iba a atesorar para siempre.

—Ni Chosobis, ni mierdas... —gruñó apretándole la cadera, deseoso de marcarla como deseaba—. ¿Nadie, sólo yo?

—Sólo tú —susurró envalentonada por su gruñido posesivo—. Tócame por donde quieras, Gabriel —le dijo ella al reflejo del espejo. Quería que su Engel supiera lo que le pasaba y entendiera que no era fácil para una mujer como ella, desconectada durante toda su vida de las emociones valkyricas, anestesiada emocionalmente, despertar de golpe y reconocer aquella debilidad—. Esto no me había pasado nunca, pero no sé cómo comportarme con esta sensación recorriendo mi cuerpo. Es como si no tuviera control de mí misma. Me quema y me duele por todas partes.

How am I gonna stop it if you wanna give it all to love
When I'm on your side?
And I understand you're the only one to know
Whether wrong or right
Let your heart decide[15]

El guerrero parecía que crecía ante aquella invitación.

Gabriel llevó las manos lentamente a los botones de la camisa. Y los desabrochó uno a uno, aumentando la tensión entre ellos.

—Me vas a dejar que te haga lo que yo quiera. —No era una pre-

15. ¿Cómo voy a detenerte si quieres darlo todo por amor? ¿Cómo voy a hacerlo si estoy de tu parte? Entiendo que eres la única que puede saber que, para bien o para mal, tienes que dejar elegir a tu corazón.

gunta.

—¿Necesitas dar órdenes también en esto? —Preguntó colocando sus manos sobre las de él.

—Te estás entregando a mí, florecilla. Yo cuidaré de ti, pero en esta habitación, en este momento, mando yo.

¿Él mandaba? ¿Qué quería decir eso? Daba igual. Ella necesitaba que él le hiciera el amor. Amor y no sexo, pero se conformaría con lo que fuera.

—¿Oigo un sí? —Deslizó una mano en dirección a su pecho, pero se detuvo. No continuaría hasta no dejar las cosas claras.

—Sí, Gabriel —dijo ella con la piel de gallina. Por Freyja, necesitaba que rozara y tocara su piel.

Él sonrió lleno de seguridad y agradecimiento y le abrió la camisa por completo. Los pequeños pechos de Gúnnr, pálidos y de pezones rosados, estaban hinchados por la excitación. Le retiró la camisa de los elegantes y graciosos hombros y se la bajó hasta los brazos, exponiendo su cuerpo por completo.

Ella tembló y abrió los labios para tomar aire. Su caja torácica se expandió y eso hizo que alzara el busto.

Gabriel rozó su cuello con los labios mientras miraba a Gúnnr a través del espejo.

—Mira qué bonita eres. Tienes un cuerpo que podría ponerme de rodillas.

«Pero no te pone de rodillas», pensó Gúnnr.

¿Estaba bien lo que hacía? ¿Entregarse a un hombre que había entregado el corazón a otra mujer era algo que su alma valkyria aceptaría? Las valkyrias no admiten ser relegadas a un segundo plano, ¿cómo le sentaría a ella a la larga? ¿Arriesgaba demasiado? La letra de la canción traspasó su coraza. Le gustaba lo que cantaba esa mujer de voz tan bonita.

Some may tell you don't take the risk
It's a waste of time
But if you think you'll find happiness
Baby take the dive[16]

16. Algunos te dirán que no te arriesgues, que es una pérdida de tiempo. Pero si crees que encontrarás la felicidad, entonces, nena, toma las riendas.

Gúnnr apostaba por ella misma, e iba a apostar el todo o nada por el rojo. Su rojo. El de su mirada encendida como la de ese momento.

Aunque, apostar por ella no evitó que, por un momento, deseara tener ojos verdes eléctricos y cara de gata, y el pelo más oscuro y negro como la noche. Daanna era así, como una mujer pantera, tal y como le había dicho él una vez. Y por todos los dioses, cómo había odiado esa veneración en su voz. Por un momento deseó poder beber sangre y darle a Gabriel lo que él en realidad anhelaba. Por un momento...

¡Por Freyja! Gabriel le había cubierto un pecho con la mano y se lo acariciaba con reverencia. Ella cerró los ojos, y todos los pensamientos sobre si se rebajaba o no al aceptar lo poco que iba a darle Gabriel al entregarse a él desaparecieron de un plumazo y todos sus sentidos se centraron en las manos de él.

...Whether wrong or right
Let your heart decide...[17]

Gabriel lo masajeó con deseo y alzó la otra mano para cubrirle el otro pecho.

Ella pudo ver cómo abría la boca para lamerle el cuello, y sintió que se quedaba sin fuerzas cuando su piel y su cerebro procesaron ese sensual y largo lametón. Él sonrió, sabedor de lo que provocaba en ella, y entonces alzó la boca hasta su oreja. Le mordió la parte puntiaguda y ella lo premió con un tímido gemido.

—¿Te has tocado alguna vez, Gunny?

Gúnnr abrió los ojos de golpe. Los tenía tan rojos que parecían un semáforo. Se humedeció los labios con la lengua.

—¿Tocarme?

La mirada de él se volvió completamente negra.

—Aquí —le sobó un pecho—. O... —Su otra mano descendió por las costillas, el vientre, hasta cubrir su sexo por completo—. Aquí.

Ella respiraba alterada por el contacto. Se quedó muy tiesa. Gabriel tenía la palma de la mano tan caliente que sintió como si la cubriera con un paño ardiendo. La estaba tocando entre las piernas, y lo hacía con suavidad.

17. ...Para bien o para mal, que lo decida tu corazón...

—No te lo voy a decir.

Él le pellizcó el pezón con el dedo índice y pulgar, y lo pellizcó con fuerza.

—¡Gabriel! —«¡Dioses, que lo haga otra vez!».

—Eso es un sí.

Ella abrió los ojos cuando sintió el dedo anular del Engel acariciar su hendidura y sumergirla entre sus labios inferiores, sin llegar a penetrarla. Estaba viendo en el espejo todo lo que él le hacía, cómo se movía esa mano morena entre sus piernas y cómo hacía que se humedeciera. Él tenía que notar lo mucho que le gustaba eso.

—Chica mala… —murmuró besándole detrás de la oreja, sin dejar de acariciarla—. Estás mojada, nena. Mmm… qué gusto, joder.

Gúnnr estaba en *shock*. Le ardían las mejillas y podía sentir cómo los colmillos crecían tímidamente y se asomaban entre sus labios superiores.

—Me pone duro ver tu boca así, Gúnnr. Tienes unos labios preciosos, en forma de beso. Dámelos —su dedo jugueteó con el estrecho orificio de entrada de su sexo, y luego subió hasta rodear y acariciar su clítoris, hinchado y palpitante—. Gira la cabeza, Gúnnr, y dame un beso.

Ella giró la cabeza obediente, alzó un brazo y le rodeó el cuello con una mano mientras que los dedos de la otra se clavaban en la muñeca de la mano de Gabriel que hurgaba en su entrepierna con tanto descaro y tanta libertad.

El rugió y bajó la cabeza hasta amarrarle el labio inferior con los dientes. Jugó con ella, acariciaba sus labios una y otra vez, pero no la besaba como ella quería.

Gúnnr se puso de puntillas y acopló su boca a la de él dándole a entender que no le gustaba que la tuviera en ascuas.

—Deja de jugar… —Se quejó ella.

Gabriel apretó el dedo anular contra su clítoris y ella soltó un pequeño quejido.

El Engel dejó de torturarla y le dio la vuelta.

Gúnnr se quedó de cara a él, temblorosa, y él clavó su vista en el espejo. Quería verle el culo, pero la camisa se lo impedía. Se la quitó por las mangas mediante pequeños y exigentes tirones, y lanzó la camisa sobre la colcha.

—Madre mía, Gúnnr. No me imaginaba que fueras así —deslizó las manos por aquellas caderas tan femeninas y tan bien hechas, mientras miraba con ojos hambrientos aquellas nalgas perfectamente moldeadas que se reflejaban en el espejo. Llevó sus manos hasta ellas y las acarició de manera egoísta y posesiva. Retiró el pelo de su espalda y se lo puso todo sobre un hombro. Los tatuajes estaban de un color rojo furioso, brillante y llamativo. Él sonrió y algo en su interior emitió un grito de guerra. La valkyria siempre iba muy cubierta en el Valhall, elegantemente vestida y femenina, pero no iba como por ejemplo iban Róta y Bryn, que lucían más piel que tela—. Me alegra que te cubrieras en el Valhall.

El cumplido hizo efecto en ella, y sin saber por qué, se relajó. Sonrió, se puso de puntillas y le rodeó el cuello con las manos.

—Me gusta que te alegre —le dijo ella al oído. Hundió el rostro en su cuello y lo besó apasionadamente en la yugular.

Gabriel entrecerró los ojos y sintió que su polla se ponía todavía más dura. Vaya, ¿y se suponía que tenía que ser tierno con esa chica? Si sólo verla desnuda lo estaba matando.

La espalda de Gúnnr era toda una escultura, sus piernas eran perfectas y su culo merecía que lo aseguraran. Quería hacerlo con ella a lo bestia, como todos sus instintos y sus deseos salvajes clamaban, pero no podía ser así en su primera vez. No iba a traumatizarla.

—Desnúdame —le ordenó él.

Gúnnr fue rápida y veloz. Se retiró ligeramente y le quitó la camiseta negra por la cabeza. Gabriel alzó los brazos para que ella se la pudiera sacar con más facilidad.

«Me muero», pensó al ver su torso musculoso y moreno. Le pasó las uñas por el pecho y las deslizó hasta la pretina del pantalón tejano. Llevó los dedos al botón delantero y lo desabrochó sin dejar de mirarle a los ojos. Él parecía hipnotizado por ella.

Los ojos de Gúnnr sonrieron y él sintió que se quedaba sin aire. Una sonrisa dulce en una cara de ojos rojos era un contraste enloquecedor, y por poco hace eyacular a Gabriel. Era como el rostro de una diablesa pícara y virgen que lo tentaba hasta morir. Su pelo chocolate cubría su pecho izquierdo y su flequillo largo seguía dándole un toque candoroso que hacía que se sintiera como un pervertido. Pero Gúnnr era una mujer, no una niña.

Ella le bajó los pantalones por las caderas y su enorme pene se liberó de la restricción y salió pesado y grueso hacia adelante. No llevaba calzoncillos. Gabriel acabó de sacarse el pantalón a patadas y lo lanzó a una esquina de la habitación.

La chica no pudo evitar estremecerse al ver el tamaño del miembro de Gabriel.

—Por todos los... Es imposible que...

Gab cubrió sus labios con un beso ardiente y húmedo. Le obligó a abrir la boca y le metió la lengua, gimiendo como si le encantara su sabor. Ella se agarró a sus hombros y recibió las estocadas de su lengua con placer. Sacó la suya y la escondió de nuevo, para sorprender a Gabriel y succionarle la lengua. Él le clavó los dedos en las caderas y luego llevó sus manos hasta las nalgas, obligándola a ponerse de puntillas para que se acoplara mejor a aquel beso abrasador.

Ella sentía su erección, que se clavaba en su ombligo. Era suave y caliente. Grande. Muy grande. De hecho no estaba segura de que eso pudiera entrar en ella. Todo era posible, el cuerpo de la mujer era muy flexible, por ahí salían cabezas humanas enormes así que, por esa regla de tres, podían entrar penes de tamaños considerables, pero esa teoría no la tranquilizaba.

De repente, sintió que el mundo daba vueltas, y se encontró tumbada sobre la cama, que olía a limpio y a pino. Gabriel estaba estirado a su lado, con aquel cuerpo de Adonis desnudo y ardiente. Le tomó el rostro con desesperación y la besó como si fuera su aire para respirar.

Gúnnr intentó apartarse para tomar oxígeno, pero él le mordió el labio y eso le gustó tanto que la enervó y lo mordió a él en respuesta, clavándole los colmillos.

—¡Oh, joder! —Exclamó él, sorprendido, llevándose los dedos al labio inferior—. Fierecilla, tienes los dientes muy largos.

Ella respiraba agitadamente y lo miraba recelosa y expectante. ¿Le habría gustado?

—Tú me has mordido primero... Yo... Mis colmillos... No los puedo esconder. Cuando estoy contigo me salen.

—Chist. Me gusta —acarició su cadera con los dedos—. Muérdeme cuanto quieras, Gunny —le dijo pasando la lengua por sus labios. Llevó una mano a la vagina de Gúnnr y la volvió a acariciar, tanteándola superficialmente con un dedo—. Necesitarás morder algo, y yo estoy más que dispuesto para ser tu mordedor, bebé. —Entonces introdujo un dedo en su interior.

Gúnnr abrió los ojos y echó la cabeza hacia atrás. Eso no era normal. Sentía miles de espasmos en su útero, y una quemazón placentera que pedía a gritos que la llenaran con algo más grande.

Él la besó de nuevo y se tragó su grito cuando le metió un segundo dedo y empezó a rotarlos, para prepararla y distendir aquel diminuto agujero por el que él iba a poseerla. Introdujo más los dedos hasta que se topó con el himen. Si quería, podría romperlo con ellos y evitarle el dolor de la primera penetración. Empezó a tocarlo, y hacer un movimiento de tijeras con el anular y el índice, pero entonces ella se tensó y se quejó en su boca.

—No, Gabriel —le pidió, entendiendo instintivamente lo que él pretendía hacer—. Contigo —lo tomó de las caderas para que se recostara encima de ella.

Él se quedó quieto. Sonrió y obedeció.

—Relájate, florecilla —le pidió colocándose entre sus piernas abiertas. Le sorprendía el modo en el que ella se confiaba a él. Lo haría bien. Le daría un regalo que también pudiera atesorar.

Un rayo iluminó la habitación y un trueno retumbó en la lejanía. Gabriel cubrió su vientre con la mano izquierda, y deslizó el pulgar para acariciar y excitar su clítoris; con la otra, se tomó la base del pene, acariciándoselo perezosamente.

Gúnnr meneaba las caderas y le acariciaba las tetillas con los pulgares. Deseaba tenerlo a él bien adentro.

Gabriel se detuvo y la miró fijamente.

—¿Estás asustada?

Gúnnr sonrió con timidez, pero aquellos ojos hablaban de una seguridad pasmosa.

—Confío en ti. Sólo en ti.

Una extraña sensación recorrió su pecho, y se hinchó como un gallo.

Gabriel le acarició la vagina de arriba abajo con la hinchada cabeza de su pene, y ella emitió un gritito lleno de placer. Vio cómo la valkyria cerró los ojos y se mordió el labio con los dientes. Joder, estaba muy húmeda. Se inclinó y se llevó un pezón de Gúnnr a la boca.

Ella le rodeó la cabeza con los brazos, atrayéndolo más cerca de su cuerpo, como si quisiera absorberlo.

Gabriel pasó la lengua por el pezón y lo rodeó repetidas veces. Cerró la boca de nuevo y lo mordió y succionó con fiereza. Levantó la cabeza para soplarle aire frío y ver como el pezón se enrojecía y se levantaba reclamando más atenciones. Él se lanzó a dárselas todas. Lo trabajó hasta que estuvo bien erguido, y cuando Gúnnr tenía el pecho tan sensible que un roce de sus labios le provocaba dolor, prodigó sus atenciones al otro pecho.

—Me podría correr con sólo comerte las tetas —gruñó con deseo.

Gúnnr sentía que iba a estallar. Gabriel la estaba matando ahí abajo, y su boca la iba a licuar si seguía mamando de ella de ese modo. Estaba muy húmeda y los dedos del einherjar resbalaban sobre su sensible piel.

—No... No puedo más. Te necesito, Gab —le dijo tiernamente. Nunca había utilizado ese diminutivo con él, pero le había salido del alma. Era el Engel, su guerrero, su líder, su amante y también su amigo.

Gabriel alzó la cabeza. Tenía los labios hinchados de tanto usarlos, los ojos negros como la noche y el pelo rubio le caía en preciosas ondas por la cara y el cuello. Estaba muerto de deseo. Parecía un animal indomable y salvaje que era capaz de todo con tal de conseguir su objetivo. Y ella era su objetivo.

Gúnnr le acarició las facciones y se incorporó para besarlo.

Él abrió la boca y la recibió. Se acomodó entre sus muslos, y llevó la fastuosa cabeza roma de su erección al estrecho agujero de Gúnnr. Movió las caderas hacia delante, sólo un poco, hasta sentir que hacía la presión justa para meterse con cuidado en su interior. Sintió un latigazo de placer eléctrico en la base de su columna vertebral. ¡Guau! Era puro fuego.

—¡Dioses! —Exclamó ella cerrando los ojos.

—No. —Gabriel sonó muy imperativo. Se estiró encima de ella, y colocó los dos antebrazos apoyados en la almohada a cada lado de su cabeza. La obligó a abrir los ojos mientras le abría más las piernas con los muslos—. Mírame. Te estoy poseyendo, Gúnnr.

Ella abrió los ojos y los clavó en la apuesta cara del Engel. Era dominante y a la vez se preocupaba mucho de ella y de sus necesidades. Un guerrero humano muy especial e inteligente, un einherjar de Odín que le estaba robando el corazón con su ternura y su delicadeza. Sollozó cuando sintió que la cabeza ya estaba dentro y la distendía dolorosamente. Gabriel bamboleó las caderas de un lado al otro, adelante y hacia atrás, para hacerse sitio y acariciar todas las terminaciones nerviosas de la valkyria.

—Estás tan apretada... —Susurró muerto de placer—. Me oprimes como un puño.

Ella empezó a temblar. Aquello era muy incómodo. Si Gabriel seguía mirándola así, no sólo la poseería en cuerpo, si no que acabaría entregándole también el alma. La miraba como si realmente le importara, como si le fascinara tanto como él a ella.

Gabriel avanzó hasta que encontró el himen. Apretó los dientes y clavó los dedos en la almohada. «Lento, tío. Lento». Besó a Gúnnr con desesperación y ella le metió los dedos en el pelo para atraerlo más a su boca. Adoraba besarlo. Adoraba que él la besara con tanta intensidad.

—Si te hago daño, muérdeme —le dijo sobre sus labios.

Sin avisarla, la tomó del muslo y se lo abrió para penetrarla hasta el fondo de un empujón.

Gúnnr sintió un relámpago en su matriz. El útero le ardía y le quemaba. Tiró del pelo de Gabriel y le mordió en la garganta mientras gritaba y se echaba a llorar desconsoladamente.

Él se había quedado muy quieto, dándole tiempo para que ella se amoldara a su posesión. Le rompía el corazón escucharla llorar, ¿la había visto llorar alguna vez? No lo recordaba. Su Gúnnr era muy fuerte y reservada. No le gustaba la debilidad. Pero su pequeño cuerpo se estremecía y emitía pequeños gemidos llenos de vulnerabilidad que lo mataban y lo cortaban por dentro, y eso no lo podía permitir.

—Nena, no llores, por favor... —Le dijo. Intentó retirar la cabeza para mirarla a los ojos, pero entonces se dio cuenta de que Gúnnr no sólo le había mordido, sino que le había clavado los colmillos en la garganta y no lo soltaba. Sintió un tirón exigente en su cuero cabelludo e, indescriptiblemente, percibió un lametazo allí donde ella lo tenía cogido como un perro de presa celoso de su comida. La valkyria ya no lloraba, ahora sólo emitía tímidos sonidos indefensos, pero movía las caderas adelante y hacia atrás y lo estaba acariciando con sus paredes vaginales—. ¿Continúo?

La joven movió las caderas en asentimiento.

El cerebro de Gabriel sufrió un cortocircuito. Le gustaba. A ella le estaba gustando eso, le gustaba sentirle dentro de ella. Se retiró ligeramente y volvió a la carga, penetrándola hasta el fondo.

Gúnnr sollozó, liberó a Gabriel y echó el cuello hacia atrás, exponiendo toda la garganta.

El guerrero se quedó hipnotizado por la perfección del momento y la pureza de la chica. Ella era suya. Abrió la boca y le dio un chupetón en toda la garganta.

Gabriel embestía con fuerza comedida. No quería lastimarla. Tomó a Gúnnr del pelo y la miró directamente a los ojos.

—Mírame, bebé. ¿Te gusta? —Preguntó mientras rotaba las caderas y llegaba a un punto que hacía que las negras pupilas de Gúnnr se dilataran.

—¡Oh, sí! —Se pasó la lengua por los colmillos y lo atrajo hasta ella para besarlo en los labios. Tiró de su labio inferior y rodeó su cintura con las piernas.

—Así, cariño. Muy bien. —Él agarró sus nalgas con fuerza, y la apretó contra él, mientras no dejaba de embestirla cada vez más fuerte y con más decisión—. Vamos a poner esto bien caliente.

Gúnnr le mordió con fuerza en la clavícula y sintió que el pene de Gabriel se endurecía y crecía en su interior.

—¡Joder! —Gritó él cerrando los ojos—. Tienes hambre, eh... —Sus envites eran cada vez más poderosos. De repente un rayo cayó sobre su ancha espalda. ¿Sobre su espalda? Gabriel se murió del gusto.

Gúnnr le mordió en el pecho mientras le clavaba las uñas en las nalgas y le arañaba la piel de los hombros. Él se colocó de rodillas en el colchón, se sentó sobre sus talones y se la llevó con él, sentándola encima.

La valkyria lo miró con los ojos completamente rojos y frunció el ceño al sentir la dolorosa invasión más profunda que esa posición facilitaba.

—¡Espera!

Gab se quedó muy quieto, sosteniéndola por la cintura para frenar las estocadas.

—¿Puedes hacerlo así? —Preguntó él mordiéndole la barbilla con suavidad—. Hazlo así. Muévete conmigo.

—Duele —se quejó ella enredando sus dedos en su pelo rubio.

—A mí también me duelen tus mordiscos, nena. Pero me gustan. ¿Te gusta esto a ti? —La movió arriba y abajo para que ella notara todo lo que albergaba de él en ella—. Mira. Mira hacia abajo.

Gúnnr se lamió los labios y ojeó las vistas. Había una mezcla de pelo rubio y negro, se habían unido por completo.

—No te veo —dijo ella.

Gabriel se echó a reír, y le rodeó las nalgas con las manos, aún sin moverse.

—Estoy todo dentro de ti —besó su mejilla—. ¿Todavía te duele?

Gúnnr rotó las caderas, se concentró en las sensaciones que tenía en su interior y se encogió de hombros. Él se esforzó por no eyacular ante aquel movimiento de danza del vientre tan bien ejecutado.

—Eres grande —dijo regalando los oídos al einherjar. Pero lo decía de verdad—. Me duele, pero me gusta. —Deslizó un dedo por la recta nariz de Gabriel y luego le acarició los labios—. Me gusta. —Sonrió, lo abrazó y hundió su rostro en su cuello—. Muévete, Gab.

Él no esperó otra orden. La embistió con potencia pero también con mucho cuidado. Las estocadas eran firmes y certeras. Daban en el cerviz, tan adentro que Gúnnr pensaba que la iba a partir. Pero él jamás le haría daño.

Gabriel pensaba en ella. En sus necesidades.

La inclinó de una manera en la que su clítoris se rozaba a la vez con el pubis de él. Otro relámpago cayó esta vez sobre Gúnnr e hizo que los dos gritaran azotados por un placer descomunal. Estaban a las puertas de un increíble orgasmo.

Gabriel la tomó de la cara y la besó sin dejar de mover las caderas. Gúnnr sollozaba en su boca y lo besaba con desesperación. Gabriel sintió que sus testículos se apretaban y Gúnnr notó que su clítoris empezaba a palpitar dolorosamente.

—Córrete, Gúnnr. Córrete para mí —le dijo al oído.

Ella abrió la boca, le mordió en el punto que une el cuello y el hombro y se corrió, su cuerpo explotó como una granada. Gabriel la siguió al mismo tiempo. Un rayo cayó esta vez sobre los dos, y alargó el orgasmo llenándolos de éxtasis. De repente, las alas de Gúnnr empezaron a arderle, y Gabriel tuvo la misma sensación en las suyas. Sólo eran tatuajes, ¿cómo podía ser?

Gúnnr gritó y abrió la boca enseñando sus colmillos. Gabriel echó la cabeza hacia atrás y rugió como un animal. Un rayo más fuerte que los anteriores, los recorrió, e hizo que alcanzaran un nuevo orgasmo.

Y entonces, unas alas rojas y llenas de luz, emergieron de la espalda de Gúnnr y se extendieron. Parecían hologramas, eran exactamente iguales que su tatuaje.

Gabriel abrió los ojos aturdido, y se quedó embrujado por la imagen de aquella chica. Ensartada por él, sentada a horcajadas sobre su pelvis, con el cuello echado hacia atrás, exponiendo su torso y su garganta como una ofrenda y, con los ojos rojos y aquellos pequeños y blancos colmillos que emergían de su boca, era única. Como una mariposa que salía de su crisálida. Esa joven, además, tenía unas alas maravillosas, unas alas que parecían estar hechas de rayos láser de color rojo.

Dios mío, era bellísima. Se sintió cautivado por Gúnnr.

Ella miró por encima de su hombro y se vio las alas. Apresada por la sorpresa y el espectáculo de color se dio cuenta de que podía moverlas, eran como una parte de su cuerpo. Refulgían como fuego rojo.

—Por las manzanas de Idúnn… —murmuró agitando las alas como un ave. Al hacerlo, su cuerpo se elevó y estuvo a punto de desempalarse del de Gabriel, pero él la abrazó por la cintura y entonces los dos, íntimamente unidos, se elevaron por encima de la cama y flotaron hasta el techo de cristal.

Gúnnr miró a Gabriel, que seguía con los ojos muy abiertos, estupefacto ante aquella visión. Continuaba en su interior, muy duro, todavía grande… Y ella se sentía pletórica.

—Tienes alas.

—Tengo alas… —Susurró asombrada, mirándolas de reojo—. No lo sabía.

—¿No lo sabías?

—Lo acabo de descubrir. No sabía que nos pasaba esto al mantener relaciones sexuales.

—Claro, ¿cómo íbais a saberlo si las valkyrias sois vírgenes? ¿Les ha pasado lo mismo a las gemelas? —Estudió sus alas con suma atención.

Eran espectaculares y elegantes.

—No hemos hablado mucho de ello. Sólo me dijeron que me iba a encantar marcarte —con un dedo le acarició las señales de los mordiscos que le había dejado en hombros, cuello y pectoral—. ¿Te he hecho daño?

Él negó con la cabeza, estaba concentrado en tocarle las alas. Sus dedos acariciaron aquellas intimidantes extensiones; sin embargo, no eran del todo físicas. Eran más bien etéreas y sentía un extraño placer al pasar la mano por ellas. La punta de los dedos le cosquilleaba.

—¿Notas esto? —Preguntó, pasando el dedo por el esqueleto del ala derecha. Cuando ella asintió, él continuó acariciándola—. Es una ala tribal. Alucinante. ¿Sabes qué? Después de ver la transformación de Aileen, pensé que ella era rarita. Pero lo tuyo ha batido los récords del friquismo.

—¿Me estás llamando *freak?* —Arqueó las cejas y le acarició la nuca con los dedos. ¿Por qué no se sentía fascinada con su transformación? Porque lejos de mostrar interés por haber recibido su don y de descubrir que las valkyrias podían desplegar las alas de sus tatuajes después de perder la virginidad, lejos de prestar atención a que estaba volando con un hombre entre sus piernas, lo que realmente le interesaba y en lo que focalizaba sus seis sentidos era en ese hombre que la había tratado tan bien y que le había entregado una parte de él. Era imposible que Gabriel no hubiera sentido la conexión entre ellos. Imposible.

—¿Me llevas al nido, pajarito? —Gabriel miró la cama con melancolía. Estaban volando y tocaban el techo de cristal con los dedos.

La joven sonrió tímidamente al principio, pero al ver el brillo lleno de deseo en los ojos del Engel, la sonrisa se hizo más abierta y marcó sus dos hoyuelos en las mejillas.

—Sí.

—Eres preciosa —Gabriel le tomó de la barbilla y la inclinó para darle un beso dulce y lleno de aceptación.

El gesto conmovió a la valkyria, que le devolvió el ademán besándole a su vez, y moviendo las caderas para acariciarlo íntimamente.

—Bájanos, Gunny —susurró sobre su boca—, y te daré más de lo que me pides. ¿Sabes cómo guardar tus alitas, nena? Intimidas mucho así. Eres como un ángel vengador.

—¿No te gusta? —Preguntó insegura.

—¿Gustarme? Me empalmaré siempre que recuerde este momento. —Le retiró el flequillo para verle los ojos—. ¿Cómo nos bajas de aquí?

No tenía ni idea. Aquellas inauditas alas habían salido de golpe al experimentar el orgasmo con él. Se concentró en ellas. Visualizó que las alas volvían de nuevo al interior de su tatuaje. De repente, éstas se plegaron, desaparecieron y los dos cayeron de golpe sobre la cama.

Al impactar en el colchón, Gabriel se colocó encima de ella, sin salirse de su cuerpo, y la besó como si quisiera bebérsela, sin darle un segundo para reaccionar.

Ya hablarían de lo que había pasado, pero lo harían después; ahora sólo quería poseer otra vez a aquella mujer increíble que le había dado un recuerdo al que siempre recurriría cuando se sintiera abatido: Gúnnr desplegando sus alas como un verdadero ángel, justo después de haberle entregado la virginidad. A él y a nadie más.

XI

Sentir el cuerpo de Gabriel sobre ella, cálido, fuerte y pesado, era la mejor experiencia de su vida. La estaba cubriendo como si se tratara de un edredón, y ella adoraba que su peso la aplastara contra el colchón. Su mundo acababa de explotar de nuevo, pero ésta vez, había logrado contener las alas en su lugar. Gabriel le había hecho el amor por segunda vez, y el orgasmo había sido más fuerte que el anterior.

Gúnnr miraba las ventanas de cristal del techo, prendida por el temperamento de aquellas nubes centelleantes que, ahora sí, habían dejado de verter agua sobre la ciudad.

La tormenta remitía, pero Mjölnir no se alejaba, seguía ahí. En algún lugar.

El Engel respiraba sobre la almohada, y el aire que él exhalaba con fuerza bañaba el lado derecho de su garganta. Ella alzó una mano para acariciarle la nuca, y sus dedos se enredaron con sus húmedos rizos rubios.

Él se incorporó sobre sus codos y la miró a los ojos. Gúnnr tenía el rostro arrebolado por la pasión y por el ejercicio físico de la cópula de sus cuerpos; los labios hinchados y los ojos negros con tintes azulados, entrecerrados y satisfechos; las mejillas rojas, y el cuello y el pecho húmedo de sudor. Y todo eso lo había provocado él. Aquella chica lo había ordeñado como nadie. Le había robado hasta la última gota y se había vaciado en su interior dos veces. Dos.

Al pensar en ello, un escalofrío le recorrió la espalda. Había sido un inconsciente, pero, para ser sinceros, no lo había podido evitar. No correrse a la vez con Gúnnr había sido misión imposible. Había intentado ignorar sus gemidos, había querido evitar sus mordiscos, y había luchado por no besarla tantas veces: y todos y cada uno de sus intentos habían fracasado.

Ahora ella le acariciaba como si quisiera calmar sus pensamientos, dándole una tranquilidad y un consuelo que jamás había recibido.

—Es la primera vez que lo hago sin condón —murmuró calibrando la reacción de la valkyria.

—No va a suceder nada.

—Conozco a un montón de niños que llegaron al mundo después de que sus padres dijeran esa frase. Por ahora, sólo sé que las berserkers tienen mini camadas, es decir, de dos a tres hijos a la vez. Las vanirias son muy poco fértiles y lo pasan realmente mal durante el embarazo, pero no sé nada sobre las valkyrias. Esto que he hecho ha sido un acto completamente irresponsable. Sé que no tenemos enfermedades y nada por el estilo, pero...

Ella sonrió y negó con la cabeza.

—Relájate, Gabriel. Freyja nos explicó que las valkyrias no podemos tener hijos mientras sirvamos a la causa del *Ragnarök.* Somos mujeres hechas para la guerra y para ser las compañeras de los einherjars. La maternidad, por ahora, no tiene cabida en nuestras vidas.

Gabriel frunció el ceño.

—¿Y os parece bien? Las mujeres tenéis muy arraigada la mentalidad de tener bebés para realizaros.

Gúnnr soltó una carcajada.

—Las humanas puede que sí. Nosotras no lo somos, Gabriel. Lo dejamos de ser al nacer en el Valhall. Freyja y Odín son nuestros padres. Salimos del cuerpo de una mujer humana, pero nada en nosotras lo es. Ni nuestra actitud, ni nuestros dones, ni nuestra furia. Nada —lo miró buscando algún resquicio de duda o desilusión en sus ojos azules.

—Pero sí que eres una mujer —sonrió y movió las caderas para que ella sintiera dónde estaba alojado él.

—Sí... —Tomó aire—. Sí soy una mujer. ¿Te molesta a ti que no podamos concebir? ¿Te gustaría que...?

—¿A mí? —Preguntó sin comprender la pregunta—. ¡¿Estás de coña?! Siempre creí que los hombres tenemos hijos porque el semen es una consecuencia del sexo. Como vivimos obsesionados con el sexo, no nos importan los daños colaterales mientras tengamos un lugar calentito en el que dejar nuestra semillita.

—¿Y tú eres así?

—Bueno, yo siempre pensé que si tienes niños, es porque puedes enseñarles algo a cambio. Si miras este mundo y ves los conflictos abiertos que hay en todo el planeta, te darás cuenta de que los hijos de los hijos de los hijos del primer hombre y de la primera mujer son como clones de sus predecesores. Por eso el Midgard está como está. Nadie ha aprendido nada. Seguimos siendo igual de salvajes e involucionados que hace miles de años atrás, a diferencia de que ahora tenemos tecnología. ¿Y qué hace un ser poco evolucionado espiritualmente con una tecnología muy avanzada?

—¿Destruir el mundo? —Preguntó Gúnnr retirando un mechón rubio que caía sobre el ojo de Gabriel.

—Es obvio, ¿no?

—Es triste —levantó la cabeza y lo besó en los labios con lentitud.

Gabriel ronroneó y le devolvió el beso. No quería hablar de temas tan profundos, y menos, después de estallar dos veces casi seguidas con aquella dulce y atípica valkyria.

—¿Te ha gustado hacer el amor conmigo, Gúnnr? —Preguntó inseguro.

—Tanto que me gustaría hacerlo otra vez —cerró los ojos al sentir que el craso miembro de Gabriel todavía palpitaba en su interior—. ¿Podemos? —Abrió los ojos y sonrió con timidez.

—Tres son demasiadas para tu primera vez, florecilla. No deberíamos haberlo hecho esta segunda vez. Estarás dolorida.

—Estoy en la gloria.

Él rio.

—Mañana no dirás lo mismo.

—Estar contigo me quita todos los dolores. Tu cuerpo sana el mío, tenemos un *kompromiss,* tú tienes mi cura y yo tengo la tuya, ¿recuerdas?

Gabriel asintió y le puso una mano sobre el pecho inflamado y lleno de marcas de succión.

—Quiero que descanses —sugirió como una orden—. Dormiremos sólo durante unas horas. Mañana nos espera un día muy ajetreado.

Gúnnr apretó los dientes. No era que hubiera olvidado su misión en la Tierra, pero tampoco quería perder aquellos momentos de intimidad con él. Para ella, estar con Gabriel se había convertido en lo más importante, pero se había prometido a sí misma que no suplicaría nada a cambio y que disfrutaría de la experiencia.

Las velas se habían apagado ya, como la pasión que habían compartido.

—Está bien —contestó cediendo a desgana—. Pero tienes que salirte de encima, necesito ir a lavarme.

—No —le dio un pequeño beso en los labios—. Yo cuido de ti —poco a poco se salió de su interior. Todavía seguía empalmado. ¿Qué leches le pasaba? Ya debería de estar más tranquilito y, sin embargo, continuaba semiexcitado—. No te muevas.

Se levantó y, gloriosamente desnudo, se dirigió al baño. Tomó una toalla azul oscuro que había colgada en un insignificante toallero y la humedeció con agua muy caliente.

Gúnnr suspiró y se llevó la mano al vientre para transmitir calor y calmar esa zona que Gabriel había tomado. Pero él se arrodilló de nuevo a su lado, y se la retiró como si fuera el dueño y señor.

—Esto te calmará. —Le abrió las piernas con suavidad y la lavó con ternura.

A Gúnnr aquello le pareció más íntimo que nada de lo que ya habían hecho y se removió incómoda.

—Gabriel, ya lo hago yo…

—Ni hablar —dijo él concentrado, abriéndola con el índice y el pulgar y limpiando los restos de sangre y semen con toda la concentración del mundo—. Yo te cuido, florecilla. Me gusta.

—Es embarazoso.

—No lo es —él frunció el ceño y la miró como si estuviera loca. Dejó la toalla húmeda sobre su entrepierna y la presionó con la mano—. Es… lo justo. ¿Mejor?

Ella asintió mordiéndose el labio inferior.

—Perdona por haberte lastimado, la primera vez es dolorosa para la chica.

—Estoy bien. El dolor ha sido bueno. —Estaba tan bien que tenía ganas de llorar. Gabriel la estaba mimando y había dicho que le gustaba cuidar de ella—. Me ha vuelto loca hacer el amor contigo.

Él le dedicó una mirada de orgullo entre las espesas pestañas negras. Se levantó, se fue al lavamanos y él mismo se limpió el pene. Se estiró de nuevo a su lado y la atrajo hacia él, abrazándola y haciendo que ella apoyara su cabeza sobre su pecho.

Se quedaron en silencio, ella dibujando circulitos con los dedos sobre el durísimo pecho de él, y él acariciándole la espalda arriba y abajo con la mano, delineando sus alas que se habían vuelto doradas, el color que, al parecer, adquirían cuando estaba relajada.

—Tus alas cambian de color. Dorado cuando estás tranquila. Rojo cuando estás furiosa, excitada o alegre.

—Y azul hielo cuando nos enfadamos o estamos muy tristes.

Gabriel levantó la cabeza y la miró.

—¿De verdad? Nunca las he visto.

—Ni las verás mientras no me hagas daño o me rompas el corazón.

Gabriel besó su coronilla y frotó la mejilla en ella. No. Haría lo posible por no lastimarla.

—Gúnnr.

—¿Mmm? —Estaba tan bien que se le empezaban a cerrar los ojos.

—A mí me ha gustado ser el primero para ti, florecilla —reconoció en voz baja.

La joven sonrió y hundió su cara en su pecho derecho, ocultando la alegría que le había provocado sus palabras. Un reconocimiento abierto era suficiente para esa noche. Gabriel había sentido la conexión, no había lugar a dudas.

—¿Gabriel?

—¿Mmm?

—Cuéntame algo sobre tu vida aquí. Cuéntame algo que nadie más sepa sobre ti.

Él miró la cabeza morena de Gúnnr. ¿A qué venía esa pregunta?

—Te lo he contado todo.

—No es verdad —ella frotó un pezón con el dedo pulgar—. Siempre me hablabas del modo de vivir que la gente tenía en la Tierra, también me explicaste algunas de tus aventuras aquí junto a Aileen y a Ruth… Hoy he descubierto que querías muchísimo a tu tío, que crees que él no sabe que has muerto y que, por lo visto, había tenido muchos problemas con tu padre. También sé que no crees en tener hijos. Pero nunca me has hablado sobre ti, sobre lo que te gusta o lo que no te gusta, sobre tu vida, tus deseos, tus sueños… No sé nada sobre eso.

—Yo tampoco lo sé sobre ti.

—¿Eso quiere decir que está bien que sigamos así? —Preguntó con un claro tono de desánimo—. ¿Sin… conocernos del todo?

—Nos conocemos. Tenemos una buena amistad. Yo lo prefiero así, florecilla.

Ella no. No prefería la ignorancia sobre quiénes eran ellos realmente al conocimiento y a que abrieran sus corazones. Ella deseaba poder decirle todo lo que sentía, quería que hablaran sobre la conexión, sobre cómo él había tocado su alma inmortal no sólo al hacer el amor, sino desde el primer momento que Nanna lo había traído al Asgard. ¿Habría tocado ella la suya? Sí. Por supuesto que sí. ¿Lo admitiría él? Era un hombre tan reservado…

Gúnnr también lo era, pero con él se abriría y dejaría de serlo, haría una excepción si Gabriel realmente se interesara por ella.

—¿De verdad que no quieres que hablemos? —Preguntó más seriamente.

Pasaron unos segundos eternos hasta que el pensativo de Gabriel contestó:

—Hablamos siempre, florecilla —dijo desenfadado—. Eres la mujer con la que más he hablado en toda mi vida. Nos hemos pasado un largo año conversando en el Valhall y cada día hemos estado juntos. Yo me hería y tú me curabas. Eres mi valkyria favorita. Mi mejor amiga.

—Ruth y Aileen eran tus mejores amigas —señaló ella.

—Tú también lo eres.

Fantástico. ¿También las había desvirgado a ellas? ¿Cómo podía meterla en el mismo saco? ¿Y Daanna qué era? Claro. Daanna era la mujer de quien estaba enamorado. Su temperamento valkyrico iba a emerger de nuevo, hasta que Gabriel le levantó la barbilla y le dio un golpecito en la nariz.

—Florecilla, estoy muy contento de tener a alguien como tú a mi lado. Eres mi pareja de guerra, mi mejor aliada. ¿Tú estás contenta de tenerme?

—Sí, yo también estoy contenta. —Una mirada azulada como la que él le dirigía y se le pasaba el mosqueo en un santiamén. Qué patética era.

—Entonces, ya tenemos suficiente, ¿no crees? —Le acarició la nalga desnuda.

No, maldita sea. No le bastaba. A ella no. No era justo y no lo comprendía.

Gabriel notó cómo ella se retraía. Sonrió divertido y le dijo:

—Gominolas.

Gúnnr lo miró sin comprender lo que decía.

—¿Algo que nadie sabe sobre mí? Gominolas —aclaró encogiendo los hombros.

—¿Gominolas?

—Sí —se echó a reir—. Era adicto a ellas. Me encantan. Cuando tenía que trabajar para pagarme la Universidad, o cuando hacía programaciones informáticas a domicilio, me aseguraba de llevar siempre a mano una buena bolsa llena de gominolas. Me las comía de manera compulsiva.

Gúnnr se quedó con la idea de las gominolas, pero también con la otra información personal que le había dado.

—Y ahora cierra los ojos. Durmamos un poco, Gunny.

No iba a poder sacarle nada más esa noche, pero esperó a que él le dijera: «Dime tú algo sobre ti». Pero ese interés no llegó. Se resignó con tristeza.

—¿A qué saben las gominolas, Gab?

Él le acarició el brazo con los dedos y contestó:

—Saben a: «Si esto es malísimo para mis dientes, que vivan los mellados». A eso saben.

Gúnnr soltó una carcajada y Gabriel la secundó.

—Entonces están muy buenas, ¿no?

—Mañana te compraré una bolsa de gominolas. A lo mejor te gustan tanto como a mí y podemos fundar un club.

—Estás loco.

Gabriel la besó en la coronilla.

—Duérmete.

Ella asintió y se apoyó de nuevo en su pecho.

No supo si fue el cansancio o el estrés de las últimas horas, o si fue el hecho de que Gabriel durmiera con ella por primera vez, desnudos los dos, abrazados, y cubiertos por aquel edredón nórdico, pero una agradable calma recorrió sus extremidades, sus labios sonrieron y sus ojos se cerraron con plena confianza.

Estaba en casa.

El sonido de una puerta al cerrarse acabó con el profundo sueño de Gúnnr.

Al abrir los ojos centró la mirada adormecida en la vela apagada. Tenía tres cosas muy claras: la primera era que había pasado la mejor noche de su vida con su einherjar; la segunda era que Gabriel no estaba en la cama con ella; y la tercera era que él había tenido razón, le dolía todo el cuerpo. Pero era un dolor placentero, uno de esos que se instalan en cada fibra del cuerpo y que grita orgulloso que el esfuerzo ha valido la pena. El dolor de una mujer satisfecha.

Se desperezó e incorporándose en los codos miró a su alrededor. Enfrente, en una butaca de madera, había bolsas de papel con nombres como Escada, Gap, Dolce & Gabbana, G-Star… Ropa «humana».

Trapitos humanos. ¡Chucherías!

Las orejas le temblaron por la excitación y, por primera vez, la vanidad valkyria hizo efecto en ella. Había un *Post-it* amarillo pegado en una de las bolsas que decía: «Esto es para ti. Ponte lo que quieras y baja inmediatamente. Te espero en la cocina. Engel».

¿Engel? Puso los ojos en blanco. Después de tenerle en el interior de su cuerpo durante la noche anterior esas formalidades entre ellos ya no tenían lugar.

Se levantó como un resorte y metió mano a las bolsas. ¡Caray! ¡Ahí había de todo! Tejanos, faldas, camisetas, ropa interior, vestidos, botas, zapatos, calzado deportivo, etc. ¿Era de su talla? ¿Era para ella de verdad?

Muerta de ganas por ponerse esas prendas, se duchó y se aseó rápidamente y alargó sus manos a una de las bolsas llenas de ropa interior en la que ponía Calvin Klein. Después de revisar todos los conjuntos, optó por uno de color negro. Le iban perfectos. El sostén le levantaba el pecho perfectamente y las braguitas eran muy cómodas. Por lo visto, Gabriel había tenido muy buen ojo con su cuerpo. Sonrió y se mordió el labio. «Eres muy observador, Gab». Luego agarró unos vaqueros muy ajustados, unas botas de caña alta de piel marrón oscura, un precioso jersey de elegante cuello alto de color borgoña y una cazadora corta espectacular de color negra y de cuello mao que con sólo mirarla babeaba.

La ropa era preciosa, le encantaba todo lo que Gabriel había comprado. ¡Ey! ¡Un iPhone blanco! En la televisión habían emitido un anuncio con todo lo que no podías hacer si no tenías un teléfono de esos. Lo sacó de la caja y lo trasteó. Qué bonito era...

Se pasó la mano por el pelo húmedo y echó una mirada vacilante a aquel desván en el que había perdido la virginidad con Gabriel. Estaba todo en su lugar. No había nada fuera de sitio, la calma reinaba entre aquellas paredes, como si nunca hubiera pasado nada. Pero sí que había pasado. Una valkyria y un einherjar habían hecho el amor, y ella le había entregado su anhelante corazón para siempre.

Bajó y se dirigió a la cocina, no sin antes detenerse y ojear cada una de las fotos que allí había de Gabriel. Su tío también lo quería mucho, sino ¿para qué guardar tantos recuerdos de él? Gabriel era un niñito muy fotogénico y muy guapo, como un príncipe. Nada que ver con el guerrero enorme y temerario en el que se había convertido. A Gúnnr le gustaba más el einherjar, pero no pudo ignorar que de humano había tenido una calidez especial.

Pasó por el salón y abrió las puertas correderas de madera de la cocina. Se encontraban todos sentados en la mesa del desayuno.

Detuvo su mirada en Gabriel. En su cuerpo musculoso, moreno y alto... Se había recogido el pelo rubio en una cola alta y dejaba sus rasgos felinos al descubierto. Gúnnr sintió que se quedaba sin respiración al verlo de nuevo. Gabriel era suyo. La mirada azul índigo de Gúnnr se tornó suave y ardiente al mismo tiempo.

—Mmm... huele a... —Inhaló con gusto.

—Café —contestó Gabriel sin mirarla. Le sirvió una taza y se la dejó sobre la mesa sin decir palabra.

Gúnnr levantó una ceja y lo miró de reojo. «Buenos días a ti también», pensó. Quería acercarse, abrazarlo y besarle en los labios pero, al parecer, con la llegada del sol, Gabriel había olvidado lo sucedido durante la noche. No había ni rastro de calor íntimo en él. Ni siquiera una mirada cómplice.

Róta y Bryn la miraban con sendas sonrisas de oreja a oreja.

Ella sintió que le subían los colores. No le gustaba ser el centro de atención.

Reso y Clemo la ignoraban y ojeaban unos papeles que Gabriel había dejado para revisión. Pero las gemelas se dieron codazos la una a la otra y sonreían a Gúnnr como si supieran todo lo que ella había sentido durante la noche. Eso le dio mucha rabia. Lo que ella había experimentado con su einherjar era único e intransferible.

—Ven aquí, Gunny —Róta enzarzó el pie en la pata de la silla de madera y la retiró para que ella se sentara.

Gúnnr no había reparado en la ropa que ellas llevaban, y era muy diferente de la que ella usaba. El estilo de sus hermanas parecía ser más sensual, más provocativo y no tan clásico y recatado como el de ella. ¿Por qué?

Achicó los ojos y se sentó, mirando a Gabriel con algo de inquina.

El guerrero había preparado una cafetera enorme para todos llena de esa bebida tan excitante y repleta de cafeína. Y además, había quitado la ropa de guerra de la secadora.

La casa estaba perfecta, como si nadie hubiera entrado sigilosamente la noche anterior.

Gúnnr tomó la taza entre las manos y dio un sorbo al café. Frunció la boca y el ceño y negó con la cabeza.

—¡Puah! ¿Pero qué es esto? ¿Orina de jotun? Quiero azúcar.

—¿Te gusta con azúcar? —Preguntó Gabriel mirándola por encima del hombro.

—Sí, mis papilas gustativas lo agradecen —contestó ella un tanto enervada, cogiendo la azucarera.

Gabriel se encogió de hombros y la ignoró de nuevo.

Gúnnr sintió un chispazo de decepción en el estómago. Ella era su valkyria y la noche anterior se habían acostado. ¿No iba a darle ninguna sonrisa, ninguna caricia, ningún beso de buenos días? Menudo soso.

Frustrada agachó la cabeza y se concentró en llenar la taza de esa arena blanca, mágica y deliciosa.

Gabriel le había dicho que sólo era sexo. Sexo y no amor ni tampoco cariño. Necesidades físicas que debían de ser subsanadas entre ellos.

Sus hermanas la observaban muy entretenidas con la situación. Se lo estaban pasando en grande haciendo sus cábalas.

Frente a cada uno de ellos había una especie de cartera de piel, no muy grande, del tamaño de un bolsillo. Y habían estado revisando esas hojas blancas que había en el centro de la mesa y que parecían mapas.

—¿Qué hay aquí? —Tomó una cartera entre las manos.

—Os he sacado dinero en efectivo de vuestras cuentas —contestó él—. Lo necesitaréis para utilizarlo ocasionalmente. También tenéis vuestros documentos de identidad. Necesitamos una identidad humana para movernos en este mundo, ¿de acuerdo? Debemos actuar con normalidad y llamar la atención lo menos posible. Aclimataos rápidamente a la vida en la ciudad.

—Lo haremos, Gab —dijo Gúnnr con seguridad.

—Engel. —La corrigió él, aclarándose la garganta.

En la cocina pasó un ángel de verdad y todos se quedaron en silencio.

Gúnnr se mordió la lengua y se sintió avergonzada y estúpida por creer en cuentos de hadas y películas de amor como las que veían de vez en cuando en el Valhall. Entre Gabriel y ella todo estaba como si no hubiese pasado nada. Pero, esta vez, ni siquiera quedaba el cariño o la empatía con la que a veces hablaban entre ellos. ¿Qué le pasaba al guerrero?

—Perdón, Engel —se obligó a decir—. ¿Y qué es lo que estamos mirando? —Gúnnr se apoyó en los codos y ojeó con interés lo que reseguían Reso y Clemo con sus dedos. Tenía que comportarse con naturalidad y no demostrar lo mucho que le ofendía su frialdad y su indiferencia.

—Son los mapas subterráneos de los túneles de Chicago —Gabriel se dio la vuelta y apoyó el trasero en el mármol de la cocina, mientras sorbía de su taza negra—. Ayer noche estuve investigando.

—¿Cuándo? —Preguntó Gúnnr muy interesada.

—Mientras leías —contestó sin todavía dirigirle una sola mirada.

—Ah.

—Me metí en *spaceweather.com* y estudié el comportamiento de la tormenta eléctrica en el estado. La tormenta abarcó un radio de treinta kilómetros en el centro de Chicago, y fue una tormenta bicelular estática. Esta tormenta tenía dos núcleos o células, pero uno triplicaba el tamaño del otro. —Se inclinó sobre el mapa de túneles y dibujó círculos sobre una zona determinada—. Aquí es donde se intensificaron más los rayos. Aquí estaba el núcleo mayor. Justo en esta zona.

—Es la que comprende el casco céntrico de la ciudad —apuntó

Bryn.

—Exacto. Quise verificarlo con las imágenes de radio y radar vía satélite, y lo confirmaron. Haqueé la cámara satélite e hice un *zoom.* Los rayos caían con una fuerza inusitada y una intensidad fuera de lo común sobre los tres edificios más altos de Chicago: Willis Tower, el Trump International Hotel and Tower y el John Hancock Building Center. Los tres tienen pararrayos considerables, pero nunca habían conducido descargas de ese tipo. En los periódicos afirman que el interior de los edificios sigue ionizado, aun habiendo acabado la tormenta.

—¿Y a qué conclusión habéis llegado? —Gúnnr quería saberlo también.

Gabriel dejó la taza sobre la encimera y apoyó las manos sobre la mesa. Esta vez, sí la miró, pero lo hizo de un modo impersonal, y eso la confundió y la hirió. Ella no era como los demás, ¿o sí?

—Mjölnir está aquí. Justo entre la zona que comprende estos edificios. Puede que esté oculto en ellos o bajo ellos —señaló el mapa de túneles subterráneos con la barbilla—. Si aseguran que el aire sigue conteniendo electricidad es porque el martillo sigue haciendo su efecto.

—El Engel nos ha dicho que sientes el martillo de Thor, que estás conectada a él. ¿Es cierto? —Preguntó Bryn fijando su mirada en Gúnnr.

—Es cierto —alzó un mano—. Y antes de que me preguntéis nada, os aseguro que sé tanto como vosotros. No sé por qué es así, pero no lo puedo evitar.

—Los hechos ratifican que algo muy poderoso y de naturaleza electromagnética cayó, con igual intensidad y fuerza, con la misma tipología de descargas, en Colorado y aquí en Chicago. Es el mismo tipo de tormenta, el mismo comportamiento. Un núcleo que pretende despistar y uno de energía eléctrica desorbitada. Ése es el que provoca Mjölnir. El martillo atrae a los rayos, provoca a las tormentas, nos lo dijo Thor.

—¿Por qué ha desaparecido la tormenta entonces? —El tracio se pasó la mano por la cara morena, en un claro gesto de incomprensión—. ¿Acaso puede haber algo que desconecte a Mjölnir?

—No hay nada que desconecte a Mjölnir —aseguró Gúnnr con vehemencia—. Mjölnir sigue emitiendo señales, yo lo noto. Pero lo hace en una baja intensidad.

—¿Y dónde está? —Preguntó Clemo mirándola con atención—. Nos han enviado a la Tierra en misión de rescate de tres tótems de los dioses. Llevamos dos días aquí y no tenemos ni idea de dónde se encuentran.

Los ojos azabaches de Gúnnr brillaron desafiantes. Si Clemo quería insinuar algo, que lo dijera en voz alta. Estaba harta de esos comentarios con segundas.

—¿Quieres decirme algo, Clemo? —Sus ojos se tornaron rojos.

La valkyria del espartano se tensó y miró a Gúnnr pidiéndole disculpas.

—Sólo digo que dices que sientes al martillo y no sabes dónde está. Sé de primera mano cómo es el bautismo de las valkyrias. Estáis hipersensibilizadas y creéis que…

—Un bautismo no es como si tuvieras la regla —Gúnnr tiñó de falsa suavidad las palabras llenas de veneno. Parecía que hablaba con un tonto—. Las valkyrias, como te habrá contado Liba, no tenemos la menstruación. Cosa que debe alegrarte, porque podrás seguir retozando con ella las veces que te dé la gana sin ningún problema, como has hecho hasta ahora, en vez de buscar el martillo por tu cuenta. —Todos se callaron. Era la primera vez que Gúnnr plantaba cara de ese modo—. Deja de dudar de mi valía sólo porque he tenido un bautismo tardío. Mi bautismo se dio en el momento que se tenía que dar.

—No era mi intención ofenderte —aseguró Clemo con una sonrisa de orgullo en la cara—. Me gustas más así, Gúnnr. —Liba le pellizcó el muslo por debajo de la mesa y él la miró con sus ojos oscuros llenos de regocijo—. Tú me gustas más.

—Deben tener el martillo en algún tipo de cámara acorazada —continuó Gabriel—. El que ha robado el martillo es un jotun o un eton. Es capaz de transformarse pero no es Loki. Sea como sea… Se mueven en grupo. Tienen que tener sus propias guaridas y no creo que estén muy a la vista. Por eso vamos a rastrear los túneles, será lo primero que hagamos. Ya habéis visto cómo son los devoradores, no tienen aspecto humano. No son lobeznos ni vampiros, por tanto, no pueden mezclarse con los humanos y pasar desapercibidos.

—¿Pero qué quieren hacer con Mjölnir? Todavía no lo han utilizado —Murmuró Bryn cavilante—. ¿A qué esperan?

—Al lugar y momento adecuado —contestó Gabriel—. No obstante, ese momento no ha llegado todavía y nosotros tenemos el tiempo en contra, pero gozamos de una posibilidad de encontrarlo y devolverlo a su lugar, y la debemos aprovechar.

—¿Cuál es el plan, Engel? —Preguntó Bryn haciendo rotar su *bue* derecha.

—Ayer estuve haciendo unas cuantas transacciones. No sabéis la de cosas que uno puede conseguir cuando tiene dinero en sus manos. — Gabriel estaba asombrado por la facilidad que tiene la gente para ser comprada. No importan los horarios, no importa si es legal o no. Ofreces una buena suma de dinero por esos favores adicionales y consigues lo que quieres—. El iPhone está actualizado y sólo tiene una línea única codificada para nosotros. Los abrí y les he incluído un *software* especial hecho por mí. Es un medidor de inducción con disco giratorio digital.

—Un programa que mide la energía electromagnética —dijo Clemo.

—Sí. Además, vuestros teléfonos tienen localizadores para saber dónde estamos a cada momento, y contienen un mapa general de Chicago en el que veréis activados como puntos rojos intermitentes las zonas en las que la energía electromagnética crece. También he escaneado el mapa de túneles, lo he acoplado a la imagen via satélite de la ciudad y he creado un *software* virtual que nos permitirá saber por dónde nos estamos moviendo con una precisión exacta. Sólo cliquead el icono correspondiente en vuestro teléfono y la ciudad se abrirá a vuestro antojo.

—Sabes mucho —Gúnnr sorbió su café y echó un vistazo al menú de su iPhone.

—No sé mucho. Pero he trabajado con Caleb McKenna que, aunque es un nazi, tiene alma de hacker de los pies a la cabeza. Eso, sumado a mis nuevas aptitudes intelectuales como einherjar, hace que pueda lograr cosas como ésta —agitó su iPhone negro con la mano—. El plan es rodear la zona y entrar por la red de túneles hasta el punto caliente que nos indica el medidor. Si el martillo está aquí, debemos recuperarlo. Yo me he tomado la libertad de comprar una serie de artefactos para nuestra causa —sonrió enigmático. Se miró el reloj digital de color negro—. Cinco minutos y el tráiler tiene que estar al llegar...

—¿Cuándo nos ponemos en marcha? —Róta estaba impaciente por salir.

—En cuanto llegue la caballería.

Gúnnr levantó una ceja. Gabriel se veía tan seguro de sí mismo que a veces no parecía que estaban inmersos en una guerra en la que podían perder la inmortalidad para siempre.

—Nos dividiremos en dos grupos. Róta y Bryn vendréis conmigo y con Gúnnr. Reso y Clemo, vais con Liba y Sura. Barreremos la zona de un extremo a otro. Abrid bien los ojos. De día no hay vampiros en Chicago. Esto no es como Londres ni la Black Country, en la que sí pueden salir debido a la capa de ceniza y al clima. Aquí no. Pero en cambio, hay devoradores que llegaron con el ladrón de los tótems y a estos les da igual si hay sol o no. En cuanto nos descubran vendrán a por nosotros. Debemos aprovechar la oportunidad que tenemos entre manos para entrar en su territorio y sorprenderlos.

XII

Gabriel sabía lo sorprendidos que estaban todos por lo que él les había traído. Un tráiler con dos coches Tesla Roadster: de diseño especial de cuatro plazas, uno de ellos de color negro y el otro blanco había llegado a las siete de la mañana y había dejado los coches previamente pagados por transferencia bancaria justo delante de la puerta de la casa.

Además, también había conseguido unos microportátiles Vaio con los últimos programas de decodificación, microcomunicadores y un equipo de microcámaras de vigilancia con batería independiente de larga duración; además, unas ampollas de gas narcotizante y unos chalecos especiales de fibras sintéticas y protegidas con delgadas pero potentes placas de metal que iban a llevar debajo de la ropa para protegerse de todo tipo de balas, ácidos y materiales punzantes.

El dinero era poder. Y conseguir que le facilitaran toda esa mercancía en cuestión de horas y a domicilio había sido mucho más fácil de lo que creyó en primera instancia.

Gabriel había aprendido mucho con sus lecturas espontáneas y sabía del poder que ahora tenía con semejante tecnología en las manos.

Al margen de su excéntrica fascinación por la mitología nórdica, también quiso haber sido un gran ingeniero técnico de sistemas. Le fascinaban los ordenadores y los programas informáticos, sobre todo los de alta seguridad… era una de las pocas cosas que tenía en común con la pareja de su amiga Aileen.

Reso y Clemo por poco se corren al ver los coches, y las valkyrias, al ver el Tesla, un vehículo hecho a su medida por ser un coche eléctrico, se habían emocionado y habían exigido inmediatamente uno para cada una. ¿Qué era eso de compartir? ¡Las valkyrias no compartían nada!

El plan estaba más que trazado.

Lo primero: limpiar los subterráneos de la zona. Los devoradores adoraban la suciedad y la oscuridad, no les dañaba la luz del sol, pero preferían la noche. ¿Qué mejor lugar para ellos que el *underworld* de Chicago?

Había mandado a Reso y Clemo para que barrieran los túneles desde el otro extremo. Tenían un radio de unos diez kilómetros para supervisar. Gabriel y las valkyrias lo harían desde el otro punto. No esperaba tener tanta suerte como para dar con el martillo a las primeras de cambio, pero sería un modo de estudiar el territorio y ver la vida del submundo de Chicago.

Él sabía cómo hacer las cosas.

El arte de la guerra se basaba en el engaño. Cuando se es capaz de atacar, había que aparentar incapacidad e inactividad. El enemigo tiene que creer que estás lejos, aunque en realidad estés justo al lado.

No era su intención la de masacrar a todos los devoradores, vampiros y lobeznos que encontrara a su paso. Aquello sería desembocar una serie de daños colaterales que eran poco inteligentes y que distaban de ser la finalidad por la que ellos se encontraban en la Tierra.

Primero estudiaría el campo. Controlaría a sus enemigos. Localizaría los tótems y cuando menos se lo esperaran... ¡Bum! Lanzaría su ataque, se llevaría los objetos y no dejaría a ninguno vivo. Exterminaría para evitar represalias, pero sólo una vez hubiera conseguido su objetivo.

Qué jodidamente irónico era todo… ¡Su padre jamás creería en lo que se había convertido! En todo un guerrero estratega. Pensar en el Sargento era hacer que un ácido le corroyera las entrañas.

Apretó el volante del coche hasta dejar sus nudillos blancos, y un músculo de mal humor palpitó en su barbilla.

Gúnnr se movió a su lado.

—¿Estás bien? —Le preguntó tímidamente mirando al frente.

Él asintió a modo de respuesta.

La joven estaba sentada de copiloto y no lo había mirado ni una sola vez desde que salieron de la casa de Jamie.

Él no había querido sonar tan duro en la cocina, pero Gabriel tenía más que asumido que no quería nada que lo distrajera de la misión ni que pudiera tampoco mostrar ningún tipo de debilidad por su parte.

Lo de la noche, el sexo y los orgasmos, se quedaban en la habitación. La realidad, el día y la vida que les rodeaba era diferente a ese tipo de intimidad. Más bien, él no quería ni esa vinculación ni ese acercamiento con ella. Pero era difícil ser frío con alguien tan dulce como Gúnnr. Y para colmo... ¡El coche olía a nube! Era la esencia de la valkyria. Gabriel estaba irritado porque sólo podía olerla a ella. Ni Róta ni Bryn olían para él. Sólo ella.

—¿Regresaremos a casa de tu tío Jamie? —Preguntó Gúnnr mientras miraba por la ventanilla aquella increíble ciudad llena de rascacielos. La tormenta había desaparecido y ahora el sol alumbraba los cristales de los sublimes edificios y llenaba de sombras alargadas las calles pulcramente cuidadas de Chicago.

Gabriel negó con la cabeza.

—¿No le has dejado ninguna nota agradeciendo su hospitalidad? Podrías haberle dejado un *Post-it* en la secadora..., o en la cama —añadió maliciosamente mientras se miraba las uñas con desinterés—, puesto que son dos de las cosas que más has utilizado, ¿no?

—Eso es algo que tengo que decidir yo, Gúnnr, y no estoy para notas absurdas.

—Por supuesto —Gúnnr contestó igual de cortante que él.

Bryn alzó una ceja rubia y él pudo ver ese gesto a través del retrovisor. Aquellas entrometidas seguro que estaban más que interesadas en que Gúnnr les explicara todos los detalles de su nueva situación.

Sin embargo, Róta seguía un tanto ausente. Desde que habían aterrizado en Chicago actuaba de manera distinta a como les tenía acostumbrados. Cosa extraña, ya que la valkyria era un huracán, y ahora parecía una brisa más bien veraniega. Tenía la frente apoyada en el cristal de la ventana, mirando sin ver.

—Oye, Gabriel —se oyó la voz de Clemo en el manos libres. Se oían las carcajadas en el interior del coche. Por lo visto, las gemelas y los einherjars se estaban riendo a costa de algo o de alguien—. Nos preguntábamos si ya te han salido alas —un nuevo estruendo de carcajadas llenó la línea de comunicación.

Gúnnr dio un respingo y se frotó el puente de la nariz.

—Genial —susurró.

—Oídme —contestó Gabriel—. La línea no es para comentar esas chorradas.

—¡No son chorradas! —Protestó Reso—. Joder tío, relájate. A nosotros también nos salieron, no te mortifiques. Cualquiera diría que ayer lo pasaste mal con Gúnnr. Todos oímos los gritos que...

Gabriel colgó el manos libres y exhaló con cansancio. Encendió la radio y se escuchó el *Strip me* de Natasha Beingfield.

Sólo el ligero movimiento de las cejas negras de la valkyria le pudo demostrar que el comentario le había ofendido. Por lo demás, Gúnnr era una estatua.

—¿Has sido tú quien ha elegido la ropa a Gúnnr? —preguntó Róta, clavando los ojos en su mirada azul a través del retrovisor.

—Sí —contestó él.

—Es elegante —musitó Bryn con sorna.

—Le falta la sotana —Róta se inclinó y le dijo a Gúnnr al oído—: En cuanto podamos, nos vamos de compras, Gunny. Esta ciudad está llena de tiendas.

Gúnnr la miró de reojo. Nadie quería hablar sobre los comentarios jocosos que estaban soltando en el otro Tesla y la verdad es que ella lo agradecía.

—De acuerdo —dijo con voz débil.

Ah, pero a él no le engañaba. La joven estaba pensando en lo de las alas. Parecía ser que a los einherjars también se les desarrollaban las alas tribales tatuadas que llevaban a la espalda, pero a él no le había sucedido. ¿Por qué?

Estaban en el *Loop* de Chicago, el centro histórico de la ciudad. Gabriel había controlado por el rabillo del ojo todas las expresiones que cruzaban el bonito rostro de Gúnnr mientras observaba lo que le rodeaba.

Él tenía muchísimas ganas de explicarle todo sobre la urbe, quería enseñarle la ciudad como él la conocía, pero hacerlo sería acercarse más a ella y darle falsas esperanzas.

La valkyria sentía una sincera fascinación por aquella increíble ciudad situada a la orilla occidental del lago Michigan. Se había fijado en los urbanitas: todos parecían tener un buen status social. La mayoría de hombres iban con traje y corbata, y las mujeres vestían también elegantemente, al estilo ejecutivo, sobre todo en horas laborables. Las calles eran anchas y estaban increíblemente limpias. Era una ciudad llena de cultura, y también de actividad editorial. Gúnnr no había podido evitar fijarse en la cantidad de bibliotecas, museos y Universidades que amparaba aquella ciudad y que eran símbolos representativos de la esencia de la metrópoli. Sí, a Gúnnr le encantaba Chicago. Igual que a él.

Aparcó el Tesla en el parquin externo de la Willis Tower y se aseguró de que Reso y Clemo ya estuvieran en los alrededores del edificio Hancock.

Entrarían a los subterráneos a través de los párquines.

Puesto que estaban al lado de la calle más importante de Chicago, la Avenida Michigan, la red de alcantarillado público, según su iPhone, estaba justo bajo sus pies. Ahí estaba la entrada a los túneles.

—Hay cámaras por todos lados. ¿Cómo se supone que vamos a entrar y pasar desapercibidos? —Preguntó Bryn.

Gabriel abrió su portátil y empezó a teclear con la misma agilidad y competencia con la que hacía todo. Gúnnr echó un vistazo a lo que estaba haciendo.

—Está congelando una imagen y subiéndola al servidor externo de las cámaras de seguridad del parquin —dijo Gúnnr. Cuando notó la mirada de aprobación de Gabriel no pudo evitar añadir—: No sólo leo tus recomendaciones.

Los ojos azules del Engel sonrieron con diversión e hicieron un escaner virtual del rostro de Gúnnr. Esa mujer era como un tetris para él. Un vicio irritante.

—Valkyrias, preparaos —ordenó obligándose a dejar de mirarla—. Coged las microcámaras de vigilancia.

Gabriel se quitó la chaqueta de piel y la dejó en el coche. Las valkyrias copiaron sus movimientos. Se arremangó el jersey negro hasta los antebrazos y dejó a la vista las dos enormes esclavas de titanio.

Las valkyrias hicieron lo mismo. Sus ojos se volvieron brillantes y rojos como dos rubíes. Róta y Bryn sonrieron, deseosas de empezar a cortar cabezas. Gúnnr miró la entrada circular metálica que tenía a sus pies. Se relamió los labios y apretó los puños.

No sabían lo que había allí abajo, pero Gabriel confiaba en que los jotuns tuvieran sus particulares colmenas. Ella no dudaba de sus instintos, el Engel era el mejor estratega de Odín. Sin embargo, sí que se sintió sola. Su einherjar había roto toda la magia nacida entre ellos durante la noche anterior, y lo había hecho sin ningún tipo de reparo.

Además, ¿por qué a Gabriel no le habían salido alas?

Tragó saliva y sintió el regusto amargo del fracaso deslizarse lentamente por su garganta.

Gúnnr apretó los dientes. Estaba furiosa con él y consigo misma.

Sí. También tenía ganas de aplastar a unos cuantos jotuns.

Estaban empapados. La tormenta eléctrica y la lluvia incesante habían inundado parte del sistema de alcantarillado de la ciudad, pero ellos habían logrado entrar a los túneles subterráneos. Se hallaban a unos cuarenta pies de la superficie. Los túneles subterráneos de Chicago comprendían unos noventa y seis kilómetros de terreno bajo tierra.

—¿Por qué tienen esto bajo tierra si no lo utilizan? —Preguntó en voz baja Róta.

—Estos túneles fueron construidos hace poco más de un siglo —contestó Gabriel acariciando las paredes húmedas del lugar—. Por aquí viajaban todos los vagones destinados a hacer llegar a la ciudad madera y carbón, y también correo y todo tipo de paquetes a los comercios y oficinas del centro. Hasta que, aproximadamente, a mediados del siglo pasado, se empezó a utilizar el gas natural y dejaron de utilizar esos productos, y entonces los trenecitos se utilizaron sólo para la entrega del correo. Y un día, con la construcción y la expansión de las carreteras, los trenes subterráneos dejaron de ser útiles. Hace como medio siglo que no circula ningún tren por aquí, la compañía se declaró en bancarrota y la Chicago Tunnel Company se quedó sin sus vagones. —Palpó la pared con los dedos y miró la pantalla del iPhone. Sonrió—. Pondremos otra cámara aquí. Vamos a crear un circuito cerrado bajo todo el área que comprende los tres edificios más altos de Chicago. Sólo nos quedan unos metros más por barrer y ya tendremos esta zona controlada. Encontraremos el puto martillo. —Apretó el comunicador—. ¿Cómo va el segundo equipo? —Preguntó—. ¿Hay alguna novedad?

—Nada, tío. Huele a huevos podridos, eso sí —contestó Reso—. Pero, por lo demás, está todo en silencio y de momento no nos sentimos amenazados por nada.

—Bien, si veis algo raro, escondeos, que no os vean. Y si lucháis porque no hay más remedio, deshaceos de los cuerpos. No podemos dejar cabos sueltos.

—Silencio. —Gúnnr había quedado algo rezagada. Tenía las manos apoyadas en sus rodillas y la mirada roja clavada en el agua que cubría sus piernas.

Los tres se giraron para atender la orden de Gúnnr.

Gabriel caminó hasta colocarse a su lado, y rodeó su brazo suavemente con los dedos.

—¿Qué pasa, Gunny?

—Calla —pidió deslizando la mirada por el agua—. Siento la energía del martillo. Pero no es… No es el martillo en realidad.

—No estoy para adivinanzas —dijo exasperado.

—¡¿Y crees que yo sí?! —Le escupió con gravedad—. Es como una irradiación. Sea lo que sea lo que se acerca, ha entrado en contacto con Mjölnir. Ha estado cerca de él.

Gabriel achicó los ojos y agudizó el oído. No se oían pasos aproximándose, sólo el goteo ocasional de la humedad de los techos caer sobre el agua que inundaba los túneles. Estaban a oscuras, pero su visión nocturna era excelente. No había ni una luz, ni siquiera un fluorescente que iluminara levemente el lugar.

—Fuera del agua —ordenó Gabriel tirando del brazo de la valkyria—. A los techos. ¡Ahora! —Gritó en un susurro.

De un salto se agarraron a la piedra de los túneles y quedaron colgados de las tuberías y los cables de fibra de carbono como si fueran murciélagos.

Bryn y Róta observaban el radar de movimiento del software que había hecho Gabriel para sus dispositivos móbiles. El pelo rojo de Róta y el rubio de Bryn caía hacia abajo como cascadas de colores. Sus ojos rojos controlaban cualquier movimiento y sus orejas puntiagudas se agitaron buscando cualquier tipo de sonido. No detectaban que nada se acercara.

—¿Por dónde os llega el agua por ahí, chicos? —Preguntó Gabriel en voz baja acercándose el micro del comunicador.

—Casi por la cintura —contestó la voz grave del espartano.

—Salid del agua. Subid a los techos.

Gabriel cortó la comunicación y observó a Gúnnr. Ella estaba muy alerta y muy segura de una amenaza que no podían ver. Estudiaba el agua como si pudiera ver su composición atómica. La chica levantó la barbilla ligeramente e inclinó el cuello hacia un lado, fijando su mirada al final del túnel. La belleza de Gúnnr era inquietante y lo desarmaba con sólo pestañear. Era como una ninfa de cara aniñada y curvas peligrosas.

—¡Hijo de puta! —Se escuchó a través de los comunicadores—. ¡Detrás de ti, Sura!

Los cuatro se pusieron alerta. En el otro lado, sus amigos ya estaban peleando contra algo. Se escuchó el chapoteo del agua y los gritos y gruñidos salvajes de aquellos animales que les atacaban.

Gabriel cortó la comunicación, pues debían permanecer en silencio.

—Bryn. Te quedas cubriéndonos las espaldas —ordenó Gabriel, preparado para luchar.

Bryn asintió. Se quedó colgando de rodillas en el techo y alargó el brazo al frente, hasta que la *bue* hizo su metamorfosis en arco. En la otra mano ya reposaban tres flechas hechas de trueno.

—Está aquí —susurró Gúnnr, acomodándose en el techo y colocándose en posición de lucha.

Gabriel entrecerró los ojos y notó por primera vez un leve burbujeo en la superficie del agua. Burbujas de oxígeno. Las típicas que se creaban cuando alguien buceaba.

Mierda. El radar no detectaba movimiento en medio acuoso, ni tampoco cuerpos que no irradiaran calor. Allí abajo no había humanos, así que lo que fuera que viniera hacia ellos, era muy frío. Fallo suyo.

¡Zas!

Un purs de aspecto blanquecino y cerúleo, piel resbaladiza y venas azules emergió del agua con la boca abierta dispuesto a engancharse a la pierna de Gabriel.

Éste le dio una patada en la cara y el purs cayó de nuevo al agua.

—¡Que no os toquen! Su piel es ácida y quema.

Gabriel estiró el brazo y sus esclavas se transformaron en sus inseparables espadas. Se dejó caer al agua dando una voltereta en el aire.

El arco de Gúnnr se materializó y ella también se dejó caer, dispuesta a matar a quien se cruzara en su camino y dispuesta, sobre todo, a no dejar solo a Gabriel.

—Menuda mierda —Róta puso los ojos en blanco y sonrió de oreja a oreja. Se tiró al agua con un grito de guerra.

Gabriel alzó la espada y le cortó la cabeza a un purs que de nuevo le atacaba.

Todos los purs eran iguales. Podían ser más altos o más bajos, más o menos corpulentos, pero todos tenían esa química nociva en su cuerpo. Una sustancia mucosa que parecía baba, pero era puro veneno. Y ahora también habían descubierto que se movían mucho mejor bajo el agua. Eran veloces y escurridizos.

Gúnnr esquivó a un purs agachando el cuerpo, pero eso propició que emergieran los brazos de otro y le agarraran del cuello hasta sumergirle la cabeza bajo el agua. La valkyria se removió y le atizó un rodillazo en la barbilla. El purs cayó hacia atrás. Ella aprovechó para ensartarlo con el arco, pero otro más dio un salto sobre su espalda y le rodeó la cintura con las piernas. El ácido de la piel del purs traspasó la tela de la ropa y las fibras del chaleco y alcanzaron su piel.

El grito de dolor de Gúnnr sofocó a Gabriel.

Bryn ensartó al purs con tres de sus flechas y Gabriel giró hacia ella, dio un salto por los aires hasta colocarse a la espalda del esbirro de Loki y le cortó el cuello.

Gúnnr cerró los ojos con fuerza y le dijo:

—¡Apártate!

Toda ella se iluminó y una descarga eléctrica achicharró al purs que quería atacar a Gabriel por la espalda.

—¡Bien hecho, Gunny! —Exclamó Róta mientras se frotaba las manos—. ¡Al techo, Engel!

Gabriel tomó a Gúnnr de su cintura abrasada y, de un salto, se encaramó al techo.

Róta frotaba con fuerza sus palmas. Tres purs se acercaban a ella. Los ojos completamente negros y viscosos, y las bocas abiertas y con dentadura desigual y amarillenta. Uno de ellos se lamió los labios lilas. Levantó la barbilla y pareció inhalar, ya que unas bránqueas ubicadas en los laterales de la garganta empezaron a aletear.

Róta torció el gesto.

—¡Qué feo eres! —Le dijo mientras separaba sus palmas. En el centro de éstas, había una bola de electricidad azul levitando y haciéndose cada vez más grande. Róta sumergió la bola en el agua y gritó—: ¡Esto os va a gustar!

Los purs fueron víctimas de una descarga eléctrica tras otra. Gabriel aprovechó y cayó de nuevo al agua para cortarle la cabeza a los tres en un solo movimiento de sus espadas.

Los cuerpos degollados de los purs flotaron en el agua y poco a poco se fueron desintegrando.

—Bien hecho, Róta —la felicitó Gabriel.

—Gracias —sonrió altanera y se colocó bien los pechos dentro del top negro que los oprimía.

Gúnnr sonrió y se dejó caer al agua. Bryn copió su gesto.

Gabriel se acercó a su valkyria. Sus espadas se replegaron y le puso las manos sobre los hombros para acercarla a él.

—¿Estás bien? —Preguntó acariciándole los brazos arriba y abajo. Eso no era sano. Él no podía pasarlo tan mal cuando Gúnnr luchaba con él. Temía por ella constantemente.

—Sí —dijo ella—. Esos purs han estado en contacto con Mjölnir. Siento su energía electromagnética en ellos —explicó Gúnnr mirando cómo se deshacían los cuerpos—. Y no hace mucho además.

—Ya… —Gabriel tenía la vista clavada en su cuello y en la piel de la cintura y el abdomen—. Qué hijo de puta —gruñó—. Te ha quemado.

—Me pondré bien —le aseguró ella retirando las manos de sus brazos.

—Estate quieta, joder —gruñó Gabriel con tono autoritario.

Acercó sus manos a su garganta y una luz blanquecina de sanación recorrió la piel de la valkyria y cerró sus heridas.

Gúnnr tenía los pezones de punta y miró hacia otro lado, avergonzada por su reacción. Gabriel tenía que saber el poder que tenía su contacto en ella.

El Engel pareció no advertirlo y, con el mismo movimiento metódico y algo vago, pasó sus manos por la piel descubierta de la cintura y las costillas. Las quemaduras desaparecieron. Asintió, orgulloso con su trabajo, y dio media vuelta para revisar e inspeccionar la zona.

La joven se quedó mirando fijamente la espalda de Gabriel. Le entraron unas ganas terribles de gritarle y de empujarle hasta sumergirlo en el agua, pero se contuvo. El Engel ni siquiera le hablaba, pero con sólo rozarla ya la ponía nerviosa.

—¿Estáis bien, chicos? —preguntó a través del microcomunicador. En la línea, sólo se escuchaba el chapoteo del agua y los gruñidos de sus guerreros.

—Sí, joder... —Gruñó Reso.

—Los purs actúan como colmenas —informó Gabriel—. No son seres inteligentes, tienen un tipo de mente que se mueve por instintos. No razonan y no piensan. ¿Os habéis fijado en sus ojos? No se mueven. Son fijos, eso quiere decir que tienen poca actividad cerebral y no me equivocaría al asegurar que son ciegos. Se mueven sólo por el olor, de ahí el movimiento de esas cosas que parecen branquias.

—Ellos no sabían que estábamos aquí —comentó Bryn—. Se dirigían hacia algún lugar por el que acceden a través de estos túneles.

—O puede que vinieran de allí —sugirió Róta.

—De momento —dijo Gabriel—, nuestra teoría queda confirmada. Utilizan los túneles para moverse. Los vigilaremos para saber hacia dónde y a qué les conduce y colocaremos estos dispositivos en lugares poco visibles —de su bolsa negra sacó unos pequeños artefactos cuadrados con una luz roja intermitente trasera—. Son bombas de explosión de corto radio rellenas de ácido. Nos queda poco para llegar a Mjölnir, pero cuando lo recuperemos y nos vayamos de esta ciudad no pienso dejar los túneles con mierda.

—Eres un sádico —dijo Róta mirándolo con aprobación.

—¡Y tú una cabrona! —Gritó Liba por el comunicador—. ¡Tu bola de rayos ha achicharrado a mi einherjar! ¡Avisa antes, joder!

Gabriel se echó a reír.

—Me alegra que estéis bien —dijo directamente presionando el comunicador—. Acabemos de hacer lo que hemos venido a hacer. Poned las bombas y acabad de colocar las cámaras —miró a Gúnnr con preocupación—. ¿Puedes seguir?

—Por supuesto — Lo miró con los ojos ligeramente rojos. «¿Y tú vas a seguir comportándote como un gilipollas?».

Cuando salieron de los túneles, sus ropas chorreaban.

Por suerte, al irse de la casa de Jamie, habían llenado el maletero de toda la ropa que Gabriel había pedido por Internet. Se cambiaron dentro del coche y echaron al Engel para ello.

—Cariño, ¿no querrás quedarte ciego? —Soltó Róta mirándole con falsa seducción—. Somos tres para uno…

—Sí, claro, D' Artagnan —Gabriel se puso la mano en el pecho— y las tres *másqueperras* —sonrió con picardía y se dirigió al baño público.

Gúnnr bizqueó. Era un graciosillo.

—Que te zurzan, Engel —replicó Róta enseñándole el dedo corazón—. Bueno, Gunny —dijo sonriente, mientras se ponía un vestido negro ajustado y unas botas negras a juego—. ¡Por fin solas! Empieza a cantar —chasqueó los dedos.

Gúnnr exhaló con cansancio y se dio la vuelta para mirarla a la cara.

—No le han salido alas.

La valkyria frunció el ceño. Miró a Bryn con cara de póquer.

—Al parecer, a Reso y a Clemo, al hacerlo con las gemelas, les han salido alas —le explicó la joven—. A nosotras nos salen alas —hizo un movimiento abrupto con los brazos—. Pero a él no.

—Alas… ¿Y cuándo salen exactamente? —Preguntó interesada Bryn.

—Cuando alcanzas el orgasmo con él —contestó Gúnnr quedándose tan fresca como una lechuga y quitándose los sostenes—. Pásame uno blanco de mi talla —especificó—, por favor.

Se colocó el conjunto a juego, y se puso lo primero que pilló de su bolsa particular.

—¿Orgasmo? —Repitió Róta—. ¿Te dio un orgasmo? ¿Con él? ¿Cómo? ¿Animándote?

Gúnnr negó con la cabeza. No se imaginaba a Gabriel con pompones y gritando su nombre para que ella alcanzara un orgasmo.

—Róta, estás fatal. Con él entre mis piernas. Me dio dos y bien seguidos —Gúnnr se colocó unos tejanos G-Star de pata ancha ligeramente caídos de cintura, unas Converse blancas y un jersey de lana de color blanco.

—A tu guerrero no le gusta nada que enseñes carne, Gunny —murmuró Bryn mirando su ropa de refilón—. Sólo te falta la chaqueta de esquimal.

—¿No está por aquí? —Róta siguió la broma de Bryn y removió los accesorios de las bolsas—. Pues no. Pero, ¡tachán! ¡El gorro a juego! —gritó cachondeándose de ella, sacando un gorro de lana con bisera del mismo color que el calzado y el jersey.

—Muy graciosa —Gúnnr le quitó el gorro de las manos y se miró en el espejo del retrovisor, ocultándose las orejitas con las puntas de los dedos—. A mí me gusta.

—A ti te gusta todo lo que él hace. Estás enamorada de él desde que lo viste.

Gúnnr apretó los puños. Estaba enamorada. Estaba enamorada desde hacía tanto tiempo… Era una verdad como una casa.

Gúnnr estaba tan encaprichada del Engel, le gustaba tantísimo, que por muy mal que la tratara, ella seguía viéndole como el mejor. Como su einherjar. Como suyo. Y esa sensación la enojaba, porque le hacía sentir como si sólo recogiera migajas por su parte, y eso no era justo.

—Necesito unas gafas de sol —murmuró Gúnnr—. Gabriel me tiene todo el día en este estado —se señaló los ojos rojos y sin querer se tocó el párpado y saltó un chispazo—. No controlo todavía mi furia.

—¿Gabriel te pone furiosa, Gunny? —Dijo Róta abrochándose las botas de tacón y colocándose una cazadora negra sobre el vestido. Escondió una sonrisa—. Eso es bueno, ¿no?

—A Gabriel no le gusto como él me gusta a mí. —La mirada rojiza de Gúnnr se tiñó de tristeza—. Él… Él piensa en otra cuando me mira. No me quiere. Lo sé. Lo siento… Está lejos de mí, no sé si me entendéis…

La rubia de Bryn se inclinó hacia delante y le tocó la bisera con cariño.

—A Gabriel le gustas, sólo que él todavía no está preparado para verlo.

—Es como un purs —espetó Róta con una sonrisa genuina—. Cegato perdido.

—No quiero agobiarle. No soporto esperar una sonrisa de su parte, o que me mire y me acaricie… ¡Las valkyrias no suplicamos ni rogamos! —gritó irritada—. Y me siento avergonzada por sentirme así. Esto sólo me demuestra que sigo siendo una decepción como valkyria.

—Pero tú no eres una valkyria cualquiera —Bryn sonrió con comprensión—. Tú tienes tus propias normas, hermanita. Recibes el bautismo cuando te da la gana. Despiertas a tu don cuando te da la gana. Nos haces viajar del desierto de Colorado a Chicago cuando te da la gana. Y quieres como te da la gana. Eres demasiado honesta y demasiado transparente para él… Pero no te compares. Todas somos distintas. Hay rasgos característicos en nosotras, pero no tenemos un corazón igual.

Róta miró a Bryn con cara de estupefacción.

—Ayer viste demasiado a Oprah —le soltó con disgusto—. Lo que Gúnnr necesita es dar un manotazo sobre la mesa y poner en su lugar al «principito ricitos de oro». Ve a por todas, valkyria —le recomendó apasionadamente—. Si le quieres, no le dejes escapar y demuéstrale quien manda. Somos guerreras y no damiselas en apuros.

Bryn puso los ojos en blanco y acabó de abrocharse los tejanos ajustados.

—No me extraña que nadie se haya encomendado a ti —susurró Bryn.

—Pues no es eso lo que dijo Freyja —Gúnnr se giró para encararse a sus hermanas—. Por lo visto sí que tienes einherjar. ¿Quién es?

Róta se quedó callada pero reaccionó rápido.

—Freyja tiene que dejar de beber hidromiel… Y Bryn —Róta sonrió con falsedad a la Generala—. No te preocupes: cuando tenga a mi guerrero —replicó con malicia—, lo último que haré será alejarlo de mi lado.

—¡Yo no alejé a Ardan! —gritó Bryn ofendida.

—No quiero hablar contigo de esto —levantó una mano, miró al frente y le dijo—: Cuéntaselo a mi mano.

—¡Eres como una niña pequeña! —Exclamó Bryn.

—Por favor, no empecéis —Gúnnr estaba más que harta de sus discusiones, y en el fondo, ella sabía por qué peleaban tanto. Tenían que solucionarlo y dejar de ser tan duras la una con la otra.

—¡Una niña repelente! —Gritó la Generala—. Debería castigarte por tu osadía, valkyria. Soy tu superior y…

—¿Chicas? —Gabriel abrió la puerta y se sentó frente al volante.

Las tres se callaron de golpe.

—¿De qué hablabais?

—Del gorro tan sexy que le has comprado a Gúnnr —Róta se cruzó de brazos y se apartó de Bryn—. Y de que la Generala va a comprarse un consolador con diamantes.

Bryn apretó la mandíbula.

—Antes tendré que recoger las pinzas para pezones que me pediste, Róta —contestó Bryn maliciosamente.

Gabriel miró a su valkyria y sonrió. No entendía nada de lo que estaban hablando pero era muy interesante. Consoladores y pinzas para pezones. Fantástico.

Estudió la cabecita de Gúnnr cubierta con el gorro de lana, y todo el interés de la conversación sobre juguetes eróticos se esfumó, y eso que a él le volvían loco. No pudo evitar enternecerse al notar que tenía las mejillas sonrosadas y se había cubierto la orejas puntiagudas.

—Te queda bien —dijo sin intención de babear delante de ella.

—Esta tarde me voy de compras —le aseguró la joven con irritación—. Necesito unas gafas.

Él se encogió de hombros.

—Como quieras. He reservado habitaciones en el Hard Rock. Pero antes iremos a comer algo al Cheesecake Factory. Reso y Clemo ya están allí. Dicen que han descubierto algo importante en los túneles.

En su vida había estado tan incómodo con una mujer.

Él se llevaba bien con las chicas, las sabía tratar, pero le pasaba algo con Gúnnr. Lo irritaba de un modo extraño. No quería estar pendiente de ella, ni quería mirarla a cada instante, ni asegurarse de que comiera o de si le gustaba o no la comida... No quería sentirla cerca ni oler su esencia una y otra vez.

Lo estaba drogando. Estaban sentados el uno al lado del otro, rodeados por sus guerreros, comiendo un delicioso menú en el Cheesecake Factory de la Avenida Michigan, justo en la plaza circular que había en frente del John Hancock. El Cheesecake Factory era una cadena de restaurantes norteamericanos que servían la típica comida americana, con platos tallas XXL y además, tenían la peculiaridad de que en su carta de postres tenían más de treinta tartas de queso distintas. Habían ido allí porque las gemelas mataban por probar una tarta de queso americana y se decía que ahí servían las mejores.

Gabriel estaba saboreando la comida, pero la boca se le hacía agua ante el pensamiento de volver a besar a Gúnnr. ¿Por qué?

No estaba enamorado de ella y había decidido que no iba a sucumbir, porque sabía muy bien lo que quería, y la joven valkyria no respondía al perfil de mujer que buscaba. Pero, entonces, después de haber tenido sexo con ella la noche anterior, ¿por qué no se había desquitado? En realidad, él prefería tener otro tipo de sexo más tórrido, más duro, nada que ver con la ternura de la noche anterior. De hecho, no debería haberle gustado tanto acostarse con ella, pero la verdad era que lo había disfrutado mucho. Y le enfurecía saber que Gúnnr tenía ese poder. Además, tenía que protegerla y no exponerla demasiado. Si descubrían que ella le interesaba mínimamente, irían contra ella, contra su particular talón de aquiles. Y el Engel no quería un punto débil a su lado, quería a alguien que le reforzara y le sirviera de escudo.

En su vida, en su familia, había visto el poder que podía tener un hombre sobre una mujer débil. Su padre había hecho lo que le había dado la gana con su madre, y lo había hecho con la excusa de que la quería mucho, de que la amaba. Su pobre madre siempre cediendo, siempre perdonando, siempre a su merced…

Y él no quería eso. Si se parecía a su padre, como él le había asegurado tantas veces, podría destruir a una mujer de carácter dulce y sumiso como Gunny en un abrir y cerrar de ojos. Como su padre había hecho con su madre.

Apretó el tenedor hasta doblarlo y la porción de tarta de queso cayó al plato.

—Estos cubiertos son de mala calidad —carraspeó y moldeó el tenedor de nuevo.

Todos estaban pendientes de él. Gúnnr lo miraba con aquellos ojazos como queriendo abrazarle y darle consuelo. Si supiera lo que estaba pensando sobre ella, le partiría el corazón. O puede que le sonriera y le dijera como tantas veces le había dicho su madre a su padre: «No pasa nada, cariño, te perdono. Te quiero igual».

—¿Te gusta la tarta, Engel? —Preguntó la valkyria con miedo a que la cortara delante de todos de nuevo.

Gabriel asintió y se llevó un bocado considerable a la boca.

—Está buena.

Lo mejor sería que Gúnnr se alejara de él. Seguramente, eso sería lo mejor. Gúnnr se merecía a alguien que la apreciara debidamente. A Gabriel le encantaba su cuerpo y su forma de ser, pero... Él quería a otra. Y sin embargo, pensar en hacerle daño a Gúnnr... No lo soportaba.

—Encontramos esto en los túneles —dijo Reso sacando una espada samurái de su bolsa negra. El moreno de cabeza afeitada miraba con admiración aquella obra de arte. La espada tenía sólo un lado de la hoja afilada, y tenía caracteres en japonés grabadas en el metal. Reso entrelazó la mano con la de Sura y besó su dorso sin importarle si eso era demasiado íntimo o no a ojos de los demás—. Nos interesará descubrir de quién es.

Por primera vez, Gúnnr tuvo envidia, y de la mala, hacia una mujer. Tuvo envidia de Sura por ser el objeto de cariño y adoración de un hombre.

Reso engañaba. Era un espartano, un salvaje. Pero podía ser tierno con su valkyria. Un hombre tan duro, un asesino al fin y al cabo, y tenía el suficiente corazón como para acariciar a su mujer delante de todos. Increíble.

Gabriel tomó la espada entre las manos y estudió los caracteres de la hoja, para leer en voz alta:

—*Cuerpo de vanirio y alma de samurái. Inmortal* —Gabriel se quedó sin habla—. ¿Un vanirio?

—Eso parece —aseguró Reso.

—Cuando estaba en Londres trabajando con los vanirios —explicó Gabriel dando un sorbo a su cerveza—, me encargaba del foro de mitología celta y escandinava. Había una IP que siempre se repetía en el mismo lugar y a la misma hora. Era de un Starbucks que hay en esta misma calle. Ayer por la noche me registré en el foro con otro nick y lo haqueé para saber si el usuario en cuestión seguía conectándose desde allí.

—¿Entraste en contacto con Ruth y Aileen? ¿Con Daanna? —Preguntó Gúnnr repentinamente pálida.

—No —contestó muy seco—. Odín me advirtió que no lo hiciera, que las cosas debían darse naturalmente. No forcé nada. Simplemente entré para ver cómo estaban las cosas y porque me apetecía echar un vistazo a esa cafetería y ver si localizaba a ese tipo. Su *nick* es Miyaman.

—¿Me dejas, Engel? —Preguntó Róta alargando la mano—. Tengo el don de la psicometría. Localizo a las personas a través de los objetos.

—Adelante —Gabriel cedió la espada a la valkyria del pelo rojo.

Róta tembló al tocarla y sus ojos azules se volvieron completamente rojos. Apretó la mandíbula y todos vieron cómo su mirada se humedeció de lágrimas que no querían derramarse.

Bryn se llevó la mano a la garganta, afectada al sentir cómo perjudicaba el contacto de esa espada con las manos de Róta.

—Suéltala, por favor —le pidió Bryn colocando las manos sobre las de su hermana valkyria. Al tocarla, surgió un chispazo entre ellas y la gente de las mesas de alrededor se las quedaron mirando.

Róta miró a Bryn con una muda advertencia, como si la desafiara a hablar de lo que había sentido. Entre ellas siempre habían tenido una gran empatía y ésa había sido una de las razones por las que se habían llegado a distanciar tanto.

—¿Qué has visto? —Gabriel se inclinó hacia delante, motivándola para que respondiera.

—He visto a un guerrero. Está mirando a través de las ventanas opacas de un piso de diseño. Tiene unas vistas espectaculares de Chicago, puede ver el Navy Pears y todo el lago. Está en esta ciudad —describía sin ninguna emoción—. Tiene colmillos, los ojos grises y el pelo castaño con reflejos rubios. Sus ojos son rasgados, parecidos a los de un oriental, pero tiene facciones occidentales.

—Así que está en Chicago… —Gabriel se apoyó en el respaldo del sofá mullido de piel roja—. Debemos dar con él. Si es un vanirio, seguro que puede ayudarnos.

XIII

Después de comer, se habían hospedado todos en el hotel Hard Rock, en la misma Avenida Michigan en pleno centro de Chicago. Gabriel sabía de la importancia de esa zona. Si pasaba algo por las noches en esa ciudad, sería alrededor de la Magnificient Mile, en zonas como el Millenium Park, cónclaves de reunión social y gran actividad… Y estaban en la calle más importante y más cosmopolita y llena de vida de Chicago.

Sabía que el hotel les gustaría mucho a las valkyrias. Era un lugar magnífico, con un estilo art déco no muy exhuberante, con personalidad y todo lo *fashion* y vanal que ellas podían desear. Además, las valkyrias, que adoraban la música, agradecerían la temática de las habitaciones del hotel. Todas tenían algún tipo de recordatorio o cuadro de los artistas más famosos de la historia del pop y el rock en la Tierra.

Habían pedido cuatro habitaciones.

Gúnnr y él iban a dormir juntos. No debería haber solicitado una habitación para compartir con ella, pero era algo que su instinto no podía evitar. Como su valkyria, Gúnnr debía permanecer cerca de él. La joven no había mencionado nada sobre si daba por hecho o no que esa noche iban a dormir juntos de nuevo. Y él no iba a ser quien se negara ese caramelo, porque la verdad era que el sexo con Gúnnr había sido dulce y explosivo y estaba deseoso de más. De hecho, había decidido que tendría más. En las Cuatro Esquinas, Gabriel le había dejado muy claro cómo iba a ser todo entre ellos y ella había aceptado, así que Gúnnr nunca podría echarle en cara que se había aprovechado de ella. Por eso necesitaba mantener las distancias con ella fuera de la cama, para que no hubiera malos entendidos.

Ella ya había notado lo tenso que estaba cuando se le acercaba demasiado, y Gabriel odiaba comportarse así. Pero era lo mejor. No quería que por nada del mundo ella se hiciera falsas ilusiones. Tenía que marcar la línea entre sexo y pareja. Entre placer carnal y vínculo emocional. Entre amigos con derecho a roce y relación. Y no conocía mejor manera de hacerlo que alejándose de ella a base de indiferencia y frialdad. Aunque lo cierto era que actuar así suponía un gran esfuerzo para él.

Por eso la había enviado, junto a Róta y Bryn, a recorrer la ciudad.

Los radares del *software* eran fiables, pero más fiable era Gúnnr y su particular conexión con el martillo. Ella haría un barrido sensorial de la zona para ver si detectaba destellos o repeticiones de su energía electromagnética. Además, les había ordenado que, después de su itinerario, se dirigieran al Starbucks donde se suponía que se encontraba el usuario del foro llamado Miyaman. Debían estar ahí sobre las ocho, que era la hora en la que ese tipo se conectaba. Ellas lo seguirían y se presentarían ante él para «invitarle», lo más amigablemente posible, a que las acompañara al hotel y poder obtener toda la información que necesitaran, pero sobre todo, él quería comprobar con sus propios ojos de quién y qué se trataba. ¿Era un humano curioso? ¿Era un vanirio? ¿Un berserker? O peor, ¿era uno de los malos?

Mientras tanto, durante el transcurso de la tarde, y para no pensar en Gúnnr, se había reunido con Reso y Clemo para activar las cámaras que habían conectado en los túneles. Las cámaras tenían incorporado un sistema de alarma que se conectaba cuando detectaba movimiento. Por suerte, no medían más de siete milímetros y eran las más pequeñas y resistentes del mercado, así que no dudaba de la competencia de esos aparatos ni tampoco de su discreción.

Liba y Sura, por su parte, estaban indagando en los archivos de la poca vida criminal de la ciudad. Había zonas calientes, como en todas las metrópolis, pero éstas estaban en los barrios más marginales. Sin embargo, no había casos de desapariciones ni asesinatos violentos en el Gold Coast, que era la zona donde se encontraban. Y eso sólo indicaba una cosa: si Mjölnir estaba en ese distrito, los que estaban manipulando el martillo eran muy discretos y sabían cómo proceder para no levantar sospechas.

Conocer esa discreción en su enemigo ponía muy cachondo a un estratega como Gabriel. Cuanto más grande fuera el desafío, mejor se sentiría cuando lo conquistara. Estaba tratando con jotuns inteligentes, nada que ver con los psicópatas que asediaban Londres. Una contienda contra lobeznos y vampiros nunca se daría en esa ciudad, nunca a la vista; no obstante, eso no quería decir que no se desarrollara de otro modo.

Gabriel miró la hora en su reloj digital. Se conectó al foro de mitología nórdica y entró directo al chat. Faltaba poco para las ocho de la tarde.

Miyaman debía estar al llegar.

Gúnnr ya había comprado demasiado.

La Avenida Michigan era una locura. La Magnificient mile, algo así como kilómetro y medio de tiendas de marcas exclusivas, era, por derecho propio y como su nombre indicaba, un magnífico paraíso para cualquier mujer golosa y caprichosa. Y no había nada más goloso y caprichoso que una valkyria.

Con su don recibido le habían llegado las típicas inclinaciones de las mujeres de su raza, pero con moderación. No como Róta y Bryn, por ejemplo, que se imantaban a los cristales de los escaparates con los ojos como platos, muertas de gusto por todo lo que veían y querían comprar.

—Venimos al Midgard a recuperar los objetos y a proteger a la raza humana, pero no por ello voy a reprimir ni mis instintos ni mi esencia. Puede que de ésta no salga, así que voy a permitirme todo lo que me dé la gana —había dicho Róta mirando las tiendas de su alrededor—. Trabajo y placer se pueden mezclar sin ningún problema.

Gúnnr sonreía mientras recordaba sus palabras.

Las valkyrias eran muy hedonistas, les encantaban los perfumes y también las piedras que brillaran, y que pudieran lucir en sus cuerpos. Habían sentido una especial predilección por unas camisetas con lentejuelas y pedrerías que vendían en una tienda que se llamaba Versace, en la cual habían arrasado con todo tipo de trapos y zapatos, y por supuesto, la habían arrastrado a comprar compulsivamente a ella también, aunque no había necesitado mucha persuasión.

Le habían dicho:

—Cuando Gabriel te vea con esto va a entrar en estado catatónico —aseguró Bryn.

Y nada le gustaría más a Gúnnr que ver a su Engel en ese estado, fuera de control. «Podría ponerme de rodillas», le había dicho la noche anterior. Ella quería verlo ya.

Habían comprado tantísimo que no podían cargar con ello así que ordenaron a las tiendas que les enviaran las bolsas al hotel, para que se las subieran a sus habitaciones, eso sí, pagando por todos esos servicios. Los humanos no hacían nada gratis. El dinero mandaba, por lo visto.

Lo que más valoraba de lo que habían adquirido era un lector de libros electrónico y un libro, una edición de lujo, que estaba convencida que iba a fascinar a Gabriel. Él siempre le había hablado de Sun Tzu. Pues bien, habían entrado en una librería llamada Barnes & Noble y había preguntado sobre libros de esa índole, y el librero le había recomendado *El libro de los cinco anillos* de Miyamoto Musashi. Lo había comprado y había pedido que lo envolvieran para regalo.

Róta, por su parte, había comprado un libro sobre la historia de los samuráis. Su amiga lo había leído con afán en apenas quince minutos, mientras caminaban por la Avenida.

Era curioso, pero para Gúnnr, después del dineral que se había gastado en todas esas cosas fatuas, lo que más ilusión le hacía era ese ejemplar. Porque era para Gabriel. Un regalo que esperaba que agradara al einherjar.

Ahora caminaban las tres juntas. Gúnnr iba en medio y llevaba en las manos un paquetito de chocolates deliciosos de la tienda Ghirardelli.

—Esta tienda seguro que la fundaron Odín y Freyja—había dicho Gúnnr mientras se encandilaba de todo los chocolates—. Tiene un halcón en el escudo, su sabor puede dejarte si no ciego, medio tuerto de gusto, y sólo venden pecado.

Comía una bomba de chocolate. Adoraba cómo le estallaba en la boca y el chocolate negro se fundía en su lengua y huntaba su paladar.

No obviaba las órdenes de su einherjar. Gabriel le había dicho que intentara sintonizar con Mjölnir. No había notado ninguna fuerza electromagnética superior en ninguna zona por la que habían pasado. El ambiente seguía un tanto ionizado, y la energía latente de Mjölnir seguía ahí, resguardada en algún lugar. No tardaría mucho tiempo en averiguarlo. Sólo necesitaba sensibilizarse un poco más y estudiar mejor el tipo de afinidad que tenía con el martillo de Thor.

Se detuvieron frente al Starbucks. Esas cafeterías parecían tener mucho éxito entre los americanos. De hecho, el escudo de la cadena le recordaba ligeramente a Freyja.

Róta parecía muy nerviosa. Se asomó a las ventanas para observar el interior del local y se quedó con la vista fija clavada en un punto en particular.

—Ya es la hora —Bryn miró su Tissot Touch con esfera azul—. Entremos y veamos quien está conectado a un ordenador. Busquemos a Miyaman.

—Ahí adentro están todos conectados con sus portátiles. Dejadme entrar a mí primero y doy un primer vistazo —pidió Róta con ansiedad. Sus ojos azules brillaban de emoción.

Gúnnr y Bryn fruncieron el ceño.

—Si entramos las tres levantaremos sospechas —explicó Róta—. Bryn, vas vestida como una fulana y llamas mucho la atención. A tu lado Gúnnr parece tu hija.

Las valkyrias aludidas se miraron la una a la otra repasándose con la mirada.

Gúnnr iba con sus tejanos anchos, la chaqueta de cuello mao y sus bambas Converse del mismo color que el gorro. Además, tenía una de las comisuras de sus labios manchada de chocolate. Los ojos azules oscuros parecían enormes en su rostro y, debido al viento y al frío de esa ciudad, ya tenía las mejillas rojas.

Bryn llevaba unos tejanos azules desgastados de pitillo, unos zapatos rojos de tacón que había comprado en Gucci y que se había puesto inmediatamente, un gorro rojo ladeado al estilo parisino y una cazadora de piel de cuello alto que se arrapaba a su figura sinuosa como una segunda piel. El pelo rubio largo y rizado le brillaba como un amanecer. Se había pintado los labios de rojo en la tienda MAC, que por cierto también habían saqueado.

Róta llevaba el vestido negro, corto y ajustado por debajo de las nalgas, un pañuelo del mismo color atado al cuello y una chaqueta de piel marrón oscura que le llegaba por encima de los riñones. Había hecho lo mismo que Bryn con el calzado que había comprado Gabriel. Se lo había cambiado por unas botas negras también de Gucci que le cubrían hasta las rodillas.

—Es suficiente con que una llame la atención —dijo Róta sonriendo con petulancia.

Gúnnr esperó el comentario mordaz de Bryn, la réplica que siempre tenía a punto para Róta y que parecía no poder tragarse nunca, pero ésta vez, la Generala la estaba mirando de otro modo.

Sus ojos azules parecían sabios y no tenían reproche alguno para la provocación de Róta. La Generala se giró hacia las ventanas del Starbucks como si a través de ellas pudiese ver algo que nadie más veía.

Róta tragó saliva y apretó la mandíbula.

Gúnnr se incomodó. Era la primera vez que veía a su amiga valkyria insegura y con aspecto de vulnerabilidad.

—Está bien —dijo finalmente Bryn—. Entra y dinos qué has visto.

Róta no pasó ni cinco minutos dentro del Starbucks. Salió con los ojos rojos y ligeramente hinchados y la mirada de color rubí. Como si algo de lo que hubiera ahí adentro le hubiese afectado de una manrea íntima y personal.

Gúnnr se acercó a Róta con preocupación y Bryn mantuvo las distancias.

—Está adentro —dijo Róta pasándose la mano por las mejillas para hacer desaparecer las lágrimas—. Es Miyaman.

—¿Cómo lo sabes? —Preguntó Bryn.

Gúnnr no entendía la pregunta de la Generala. Su hermana estaba llorando, y eso que Róta no era de las que lloraban, y Bryn obviaba ese detalle como si no le importara.

—Bryn, ¿no has visto cómo está? —Le reprochó Gúnnr—. ¿Por qué lloras, Róta?

—Lo he visto en la pantalla de su ordenador portátil —contestó Róta con rabia—. Está conectado al foro ése que menciona el Engel. Daanna McKenna está con él. La Elegida.

Un nudo de ansiedad se aposentó en el estómago de Gúnnr. ¿Daanna McKenna? ¿La vaniria de la que estaba enamorado Gabriel? ¡Venga ya!

—¿Cómo dices? —Dijo Gúnnr en un suave susurro.

—Está con ella —repitió Róta con sequedad—. La espada que Reso y los demás encontraron en los túneles es de ese hombre. Es el hombre que ví mediante mi don. ¿Qué hace Daanna aquí?

—¿Acaso has visto a Daanna alguna vez? —Preguntó Bryn levantando una ceja—. ¿Cómo sabes qué aspecto tiene? Sólo Nanna sabe cómo son todos aquí abajo. Nosotras únicamente hemos visto las imágenes íntimas de Ruth y Aileen…

—Siempre que toco a Gabriel la veo —contestó distante.

Gúnnr apretó la mandíbula. Oír esas palabras era una herida de muerte para su corazón. Dejó caer la bolsa de chocolates de Ghirardelli al suelo y los bombones se desparramaron por la acera. ¿Acaso Gabriel tenía algún objeto personal de Daanna que llevara con él? ¿Acaso Gabriel era de Daanna? ¿Como algo suyo? ¿Como para que con sólo tocarlo Róta pudiera encontrar a la vaniria? ¿Tanto la había querido él como para estar marcado por ella de ese modo?

—¿Qué? ¿Por qué nunca me los has dicho? —Gúnnr agarró del brazo a Róta y exigió toda su atención. Se sentía traicionada por su amiga.

—No tiene importancia, Gunny. No lo tengas en cuenta.

—¡¿Ah, no?! —Gritó Gúnnr con los ojos húmedos—. Por culpa de esa mujer Gabriel no puede… No me… —Se mordió la lengua y cerró los ojos muerta de dolor.

—Daanna está ahí —contestó Róta enfrentándose a ella—. Entra, si te atreves, y dile todo lo que le tengas que decir.

Entraría ahora mismo. Sus ojos se tiñeron de furia roja.

—Basta. —Bryn se interpuso entre ellas y les dirigió una mirada mortal capaz de hacer callar al más hablador—. En este momento me da igual los conflictos sentimentales que puedas tener, Gunny —espetó con censura—. Y me importa un comino por qué lloras, Róta. Es asunto tuyo —gruñó mirándole a los ojos durante largos segundos—. Hemos venido a buscar a Miyaman y eso es lo único que nos incumbe.

—Se llama Miya, en realidad —apuntó Róta apartando la mirada.

—Miyaman ya está aquí —dijo una voz masculina, ronca y gutural a sus espaldas.

Todas, excepto Róta, se giraron para ver a ese hombre.

Era muy alto, les sacaba una cabeza y media. Tenía unas espaldas tan grandes como las de los einherjars, la piel morena y aspecto de surfero.

Llevaba una chaqueta de cuero con el cuello levantado, un jersey de punto blanco y unos tejanos azules desgastados remetidos en unas botas altas negras desabrochadas. Su pelo castaño oscuro con reflejos claros estaba recogido en un improvisado moño a la altura de la nuca. Sus ojos grises rasgados tenían matices orientales y parecía que se estaba riendo de ellas.

—No sois humanas. ¿Qué sois? —Dijo con una sonrisa de incredulidad en sus labios.

Cuando Bryn iba a explicarle lo que hacían allí, alguien dijo:

—Hay que joderse… —Un hombre muy grande, con ojos claros, el pelo rubio de punta y una pulida perilla se dirigía a Gúnnr muy cabreado. Llevaba algo envuelto con una mantita rosa en los brazos. Fuera lo que fuese lo que allí llevaba, se agarraba a su camisa negra como si fuera un salvavidas—. ¡Tú!

Gúnnr miró hacia atrás y no vio a nadie, así que se señaló a sí misma. ¿Ese hombre sólo la estaba mirando a ella? Ese hombre era muy parecido a… ¡Mierda!

—¿Yo?

—¡Sí, tú! ¡Estuviste en mi casa con mi sobrino Gabriel! ¡Os vi!

Bryn se tensó y le dijo a Gúnnr al oído.

—Increíble. Soluciona esto ahora mismo.

—¿Cómo? —Susurró con los dientes apretados.

—Tú verás. —Bryn se llevó a Róta y a Miya con ella porque no quería que nada de eso les salpicara.

El hombre se detuvo ante Gúnnr y la repasó de arriba abajo.

—¿Cómo que nos vio? —Repitió horrorizada.

—En mi estudio. ¡Tengo una cámara oculta en mi lapicero!

Eso no podía estar pasando. Definitivamente, era lo último que debía pasar.

—¿Dónde está ese chico sin vergüenza? ¿Utilizáis mi casa como picadero y no sois capaces de dejar una nota de contacto? —Se quejó, visiblemente ofendido.

Bryn puso los ojos en blanco.

Róta miró a Miya de reojo.

Miya no podía creerse lo que había soltado el otro hombre por la boca.

Y Gúnnr se puso roja como un tomate. Ese hombre le había cogido por sorpresa y no sabía cómo reaccionar.

—¿Usted es el tío de Gabriel? ¿Jamie? —Preguntó Gúnnr clavando la vista en el bulto rosa que ese hombre sostenía con tanto mimo.

—Sí, jovencita —sus ojos azules se volvieron pícaros y risueños—. Y ahora mismo me vas a decir dónde está ese mal educado.

No. No podía hacer eso. Pondría a Gabriel en un aprieto. Era impensable.

—Lo siento pero… —Iba a decir Gúnnr.

—Ni hablar. Ahora mismo me lo dices o enseño el video a las autoridades y os denuncio.

«Muéstrate horrorizada», pensó. «Haz como si eso te diera miedo de verdad. Hay que aparentar la máxima normalidad posible».

—¡¿Usted haría eso?! —Gritó espantada—. ¡No puede hacer eso! ¡No comprende…

—Niña bonita —le dijo acercándose a ella. Una mano pequeña de largos dedos arrugados y mucho pelo negro emergió de la manta color pastel y le tocó el pelo chocolate a Gúnnr. Jamie sonrió al ver la confianza de su cachorro con Gúnnr—. No puedes ser mala chica, le gustas a Chispa.

—¿Chispa? ¿Es un mono? —Dijo Gúnnr asombrada.

A Gúnnr le fue imposible no sentir ternura hacia ese animal. Alzó un dedo y Chispa se lo cogió, soltando a la vez un pequeño alarido de alegría. Le entraron ganas de destaparla y cogerla en brazos, pero si Jamie la ocultaba de ese modo era por alguna razón. No sería tan osada como para descubrirla. Y encima se llamaba Chispa.

Sonrió. Ella también daba chispazos de vez en cuando.

—Por favor, entiéndelo. Quiero ver a mi sobrino —la voz de Jamie era un ruego lleno de sinceridad y cariño—. Hace mucho tiempo que no le veo y me entero de que ha estado en mi casa y no me ha dicho nada.

—Señor —Miya apareció como un relámpago y se colocó tras Jamie. Le tocó el hombro y le obligó a que lo mirara a los ojos. Los ojos de Miya se aclararon y se fundieron como plata.

—No, por favor —dijo Gúnnr deteniendo a Miya. Era un vanirio, y los vanirios tenían poderes mentales y podían actuar sobre la voluntad de las personas—. No lo hagas… Está bien.

—¿Quién es éste? —preguntó Jamie sin entender nada y mirando a Miya con interés.

—Puedo solucionar este inconveniente —aseguró el vanirio.

Gúnnr se mordió el labio y alzó los ojos hacia el tío de Gabriel. ¿Qué haría Miya? ¿Le borraría ese recuerdo? No. No podía ser. Si las *nornas* habían decidido que esto sucediese, era por una razón, ¿no? Además, ese hombre de veras que se veía ilusionado con ver a Gabriel. Y ella creía que a Gabriel le haría bien verlo, al menos, una vez más. No entendía cómo era la vida de Gabriel antes de morir, pero estaba segura de que quería a Jamie.

—No hay problema —dijo Gúnnr finalmente—. Sólo estamos hablando.

Miya se encogió de hombros y se reunió de nuevo con Bryn y Róta.

—Ya sabéis donde vivo —Jamie sonrió de oreja a oreja—. Pero llamadme antes, no vaya a ser que no esté en casa cuando vengáis —se llevó la mano al bolsillo trasero de su pantalón negro y sacó una tarjeta cuadrada y de color negra—. Aquí está mi teléfono. ¿Cómo te llamas, jovencita?

—Eh… Gunny —dijo tímidamente.

—Genial. Soy Jamie —le dio un abrazo lleno de calor y cariño y la besó en la mejilla—. Si eres la novia de Gabriel, también eres mi sobrina.

—Yo no soy…

—No importa —Jamie levantó una mano sin darle importancia—. Sé lo que vi en el video…

—¿Eh?

—Espero la llamada —hizo el gesto del teléfono con el meñique y el pulgar y le guiñó un ojo—. Ven a casa con él, Gunny. Es mi única familia. Y Chispa espera que vengas. Le has gustado.

—Bueno…

—¡Ah! Y gracias por llenar mi nevera de todos esos platos suculentos. Cocinas muy bien —sonrió abiertamente y alzó la mano en señal de despedida.

Con esas palabras, Jamie se alejó de ella y desapareció en el horizonte.

Guau… Ese hombre era como un tornado, ¿no? Estaba lleno de buena energía, y tenía una mirada de esas en las que una persona podría confiar siempre.

Resoplando, llena de adrenalina por ese encuentro, se reunió con los demás.

—¿Todo bien? —Preguntó Bryn cruzando los brazos bajo el pecho.

Gúnnr asintió.

—Está controlado — «Ni de coña».

Róta frunció el ceño y miró los ojos y la boca de Miya.

—Soy una valkyria, ¿sabes? —Le dijo como si lo acusara de algo, o peor, como si él lo hubiese preguntado.

—Una valkyria, eh… —Asintió repasándola de arriba abajo—. Nunca había visto a una.

—¿Qué hacía Daanna McKenna ahí contigo? —Preguntó Róta reprendiéndole.

—¿La conoces?

—Sí. Es del clan vanirio de la Black Country. ¿Por qué está contigo?

—Ya no está —se encogió de hombros—. Una pena —chasqueó con la lengua—. Me había alegrado el día.

Róta apretó los puños al lado de sus caderas.

—Yo la he visto. Estaba ahí cuando…

—Se ha esfumado ante mis ojos. Se ha bilocado —explicó Miya estudiando a las valkyrias con sus ojos llenos de bruma—. Lo que has visto era una proyección de su cuerpo. Ha venido a darme un mensaje, por lo visto, era la primera vez que hacía esto. Me ha dicho que tenemos que reunificar los clanes para el *Ragnarök*. Supongo que sabéis de qué va todo esto, ¿no? ¿Qué hacen las valkyrias aquí? Algo muy gordo ha debido pasar para que Freyja y Odín envíen a su escuadrón más fiel a la Tierra. ¿Qué es? ¿Qué ha sucedido?

—Acompáñanos, por favor —le pidió Bryn—. Te explicaremos quiénes somos y qué hemos venido a hacer aquí.

Miya se llevó la mano a la espalda y acarició una espada samurái que tenía bajo la chaqueta.

—Lo haré, las frecuencias mentales que detecto en vosotras, son llanas y buenas, pero, si intentáis engañarme, os cortaré en rodajitas.

—¿Qué te hace pensar que puedes vencernos? —Róta arqueó las cejas rojas y sus ojos azules lo desafiaron.

—Yo sólo os aviso —repasó sus botas negras de tacón, sus muslos esbeltos, la falda que se arrapaba a sus caderas y a su trasero y el generoso busto que se erguía orgulloso—. Es imposible que sepáis luchar vestidas de esta manera.

—Dímelo cuando te esté pisoteando un huevo con mi tacón, guapo.

Bryn se cansó de ese bis a bis y al final le dijo a Miya:

—Las valkyrias nunca mentimos. Nunca. Te aseguro que no es ningún tipo de emboscada. Necesitamos que nos ayudes. El *Ragnarök* podría desencadenarse antes de tiempo, Miya. Por favor, acompáñanos — Bryn clavó su mirada en él y permitió que se reflejara su sinceridad.

—Está bien —Miya miró de reojo a Gúnnr—. ¿Y la niña también viene?

Aquel comentario sacó a Gúnnr de sus casillas. Sólo le faltaba oír eso para rematarla y dejarla sin autoestima. Al lado de Bryn y Róta parecería una menor con sus hermanas mayores, y vestida tal y como estaba pues no llamaba mucho la atención, la verdad. Estaba cansada de eso. Cansada de ella misma.

Encima, ahora había conocido al tío de Gabriel y casi le había afirmado que irían a verle. Y la revelación sobre Daanna y Gabriel le había lacerado el corazón. Tendría que haber visto al menos cómo era la vaniria. No. Eso habría sido más destructivo, si cabe.

Gúnnr era quien era y no lo podía cambiar, no podía competir con alguien que tuviera tanta ventaja sobre ella. Aceptaría su situación y lucharía con sus propias armas. Gabriel estaba con ella ahora. Se acostaba con ella ahora. Bueno, al menos esperaba acostarse con él de nuevo. Es más, el Engel luchaba con ella y no la dejaría sola nunca. Puede que no les uniera el amor, pero sí el *kompromiss*. Y él se había encomendado a ella por alguna razón. En el momento de su muerte, la escogió a ella para que cuidara de él y compartiera su vida inmortal. Eso quería decir algo, ¿no? Eran pareja de guerra. Daanna no podía contra eso, por tanto, Gúnnr todavía tenía una oportunidad.

Sonrió a Miya con una de esas sonrisas destinadas a poner de rodillas a los hombres, la típica sonrisa que ella nunca había puesto en práctica y que le salió de forma natural.

—Si me haces de canguro, me voy contigo donde tú quieras, kung-fu.

Miya soltó una carcajada.

—Qué mona... Esto va a ser divertido.

Estaban revisando las pantallas de los ordenadores cuando Gúnnr entró y con su presencia roció la habitación de olor a nube de azúcar.

Gabriel sintió que la cremallera de su pantalón se tensaba. Le irritaba que aquella mujer lo pusiera en alerta tan fulminantemente. Como un rayo.

Gúnnr llevaba el gorro de lana en la mano y se peinaba el pelo largo con los dedos. Caminó hacia Gabriel y le dijo:

—Tenemos una visita.

El Engel se giró con interés y se apoyó en la mesa del escritorio, mirando directamente al marco de la puerta.

Róta entró cabizbaja. Tras ella, Bryn levantaba la barbilla con orgullo. Y después de Bryn apareció Miyaman.

Reso y Clemo rodearon al Engel.

Gabriel estudió al recién llegado. Era un vanirio. Su mirada gris reflejaba inteligencia y fidelidad, pero sobre todo emitía retazos de humanidad, algo que los vampiros ya no tenían.

A Miya no le hizo falta saber quién era el líder de ese grupo. Gabriel rezumaba liderazgo por cada poro de su piel, pero fue la peligrosa seguridad en sí mismo, esa seguridad que podría volverle arrogante si se descuidaba, la que más respeto le dio a Miya.

Ambos se miraron a los ojos, como en un duelo de pistoleros, pensando si desenfundaban o no sus armas.

—Puedo confiar en ti —afirmó Miya asintiendo—. ¿Por qué confías tú en mí?

—¿Cómo sabes que lo hago?

—De otro modo no me invitarías a tu hogar y no dejarías que conociera a tus guerreros.

Gabriel alzó la comisura del labio.

—Este no es mi hogar —contestó mirando al guerrero de arriba abajo—. Y he visto luchar a los vanirios. Te aseguro que no podrías contra tres valkyrias como ellas —las señaló con un gesto de su barbilla. Caminó hacia él y le tendió la mano—. Soy el Engel, un einherjar de Odín.

—Miya. —Aceptó la mano que le ofrecía—. Vanirio. ¿Qué sucede? ¿Qué hacéis en Chicago?

Gabriel no tardó en explicarle todo sobre lo que hacían allí y por qué razón estaban en esa ciudad. Miya atendía sus palabras casi sin parpadear. La historia era asombrosa y la situación era más crítica de lo normal. Gabriel le explicó su historia en la Black Country y lo que él sabía de los vanirios y berserkers de esa zona inglesa. También le contó el pacto de hermandad que habían hecho los dos clanes enemistados para proteger a la humanidad.

—Veamos si lo he entendido. —La incredulidad asolaba el rostro de Miya—. Tú ya sabías que yo estaba aquí porque administrabas el foro de mitología nórdica y escandinava que yo visitaba. ¿Tan fácil fue encontrarme?

Gabriel se encogió de hombros y sonrió disculpándose.

—Muy poca gente sabe tanto como tú sobre idiomas antiguos y cultura nórdica, y además, sobre el comportamiento de los dioses… Y muy pocos entienden el mensaje encriptado que hay sobre el cabezal del foro.

—*Entra sólo si Odín y Freyja te han hecho inmortal* —recitó el vanirio—. Así que era una invitación literal.

—Sí. Eres un vanirio samurái, ¿verdad?

—Sí.

—No me imaginé que los dioses hubiesen transformado en vanirios a otros guerreros que no fueran *keltois* como lo son los de la Black Country. —No se lo imaginaba, pero por otro lado, le parecía inevitable. Cuantos más guerreros para la causa, mejor.

—Y yo no me puedo imaginar que vanirios y berserkers se lleven bien —replicó Miya negando con la cabeza—. Son una raza muy salvaje los… perros. Por aquí ya no vienen, están todos en Milwaukee. —Se levantó de la *chaise longue* en la que se había acomodado y miró a través del amplio ventanal a través del cual se podía ver la ciudad de Chicago. Inspiró y su pecho se expandió notablemente—. Entonces, no sólo hay que lidiar con los jodidos chupa-sangre, sino que, además, ahora hay que localizar el martillo, la espada y la lanza de Odín. —El vanirio entrelazó los dedos e hizo crujir sus nudillos—. Estamos en serias dificultades. Muy serias.

—Es tan importante una cosa como la otra —explicó Gabriel ofreciéndole una cerveza de la nevera—. Además, son los mismos, sólo que ahora están divididos en conseguir objetivos distintos, pero, con la misma finalidad.

—No, gracias —Miya levantó la mano y rechazó la bebida educadamente—. Yo no bebo.

Róta resopló como si él la aburriera, y Miya la miró de soslayo.

—Hoy ha sido el día de los encuentros inesperados —Miya se masajeó el hombro—. Primero Daanna McKenna y ahora tú…

La sorpresa de Gabriel pasó por su rostro con claridad. Sus ojos azules claros destilaron interés nada más oír el nombre de la vaniria.

Gúnnr captó todas sus emociones y se obligó a mirar hacia otro lado porque ver que a su Engel se le iluminaba la mirada al saber de la Elegida supuso un golpe para su orgullo de valkyria.

Miya explicó todo el encuentro con Daanna. Había descrito cómo ella había aparecido y desaparecido ante sus ojos después de darle una importante información. Había que reunificar los clanes y mantener el contacto perdido para cuando llegara el *Ragnarök*. El foro era la herramienta que iban a utilizar para seguir ese procedimiento.

—Entonces, Freyja tenía razón —dijo en voz baja, tomando una botella de agua. Se la lanzó a Miya y éste la agarró al vuelo—. Daanna ha recibido su don. Puede bilocarse y contactar con los guerreros perdidos. Fascinante.

Cuando él llegó al Valhall, Freyja y Odín le habían asegurado que, gracias al deseo que había pedido, la vaniria *keltoi* recibiría su don.

—Y… ¿Cómo está? —Preguntó Gabriel—. Esa mujer es increíble, ¿verdad?

Gúnnr se abrazó por la cintura y apretó los dientes. ¿Por qué tenía que dolerle tanto? Sólo eran palabras de admiración… Nada más.

—Sip. Sin lugar a dudas —aseguró Miya sonriendo con complicidad—. Es como una pantera. Es… hermosa y peligrosa.

—¿Por eso le diste tu espada *chokuto?* —Preguntó Róta con frialdad mientras ella misma se dirigía a la nevera y tomaba una Coca-cola *Light* del frigorífico.

El samurái bebió de su botella y sus ojos se convirtieron en una línea plateada llena de animadversión hacia aquella mujer de pelo rojo.

—¿Sabes de espadas, valkyria? —Dijo finalmente sin mirarla.

—Sé donde está la que perdiste —aseguró Róta dirigiéndose a un armario de diseño que había en la sala de estar. Sacó la espada de Miya que habían encontrado en los túneles.

El vanirio se levantó de golpe y apretó los puños.

—No la perdí. Me la robaron esa panda de vampiros del Whiskey Sky en una reyerta la misma noche que empezó la tormenta... ¿Por qué la tienes tú? —Le recriminó como si el solo hecho de que Róta tocara su espada fuera una ofensa.

Los ojos de Róta se volvieron rojos de repente. Rojos de rabia y algo parecido a la pena.

—Róta —le advirtió Bryn dirigiéndose hacia ella y colocándose en su campo visual periférico—. Contrólate.

Las valkyrias, como la hermandad de guerreras que eran, no tardaron en posicionarse al lado de Róta, y en mirar a Miya como si fuera menos que un piojo.

—Tu espada la encontramos nosotros —le explicó Reso—. En los túneles antiguos.

Miya no apartó la mirada de la valkyria en ningún momento, ignorando el comentario del otro guerrero.

¿Qué estaba pasando ahí? Gabriel y Gúnnr se miraron el uno al otro. Él le pidió algún tipo de explicación con la mirada, pero ella se encogió de hombros y negó con la cabeza. No tenía ni idea.

—Dámela. Mi *chokuto* no te pertenece —ordenó Miya con la vista clavada en los ojos de Róta.

Esta vez los ojos rojos de Róta se tornaron rubíes, y su cuerpo fue cubierto de pequeños rayos azulados que lamían su piel como si fueran lenguas. Estaba enfadada y muy herida por esas palabras.

—¡Róta! —Bryn la zarandeó.

—Suéltame, Generala —advirtió su hermana.

—¡No, maldita sea! Miya está con nosotros. ¡Por los feos de los enanos! ¡Compórtate!

—¿Quieres tu espada? —Róta no atendía a Bryn. Sonrió con suficiencia a Miya y le dijo—: ¡Cógela!

La espada voló por los aires como un mísil, en línea recta, sin hacer ningún tipo de curva. Miya agrandó los ojos y se movió lo suficiente como para esquivarla, pero no tanto como para que el filo de la hoja se clavara en el cuello de su chupa de piel y lo ensartara en la pared.

—¡Róta! —Gritaron Gabriel y Bryn a la vez.

El samurái, que tenía la espalda contra la pared, miró la hoja de su espada, la cual de vez en cuando destelleaba por los reflejos de las luces de la ciudad que entraban por la ventana. Sus ojos grises se clavaron en el cuello de su chaqueta ahora agujereada y luego se desviaron hasta centrarse en Róta.

—Las mujeres como tú —Miya impregnó sus palabras de veneno— merecerían un castigo por lo que has hecho. Confío en que tu Engel te dé una lección, pues estás echando por tierra la posibilidad de que colaboremos juntos, y has vuelto un encuentro amigable en uno muy poco cordial.

Róta dio un sorbo a su Coca-cola *light,* se encogió de hombros, y sin dar importancia a su advertencia, esta vez se la tiró con fuerza a la cabeza, pero Miya la cogió al vuelo, le dio la vuelta sin derramar una sola gota y pegó sus labios a la botella.

—Un agravio tras otro… —Susurró divertido mientras bebía.

Gabriel se pasó las manos por el pelo rubio y miró a Róta con incredulidad. Bryn agrandó los ojos y miró estupefacta a su hermana.

—Generala, controla a tus valkyrias —gruñó el Engel.

Un músculo tenso palpitó en la delicada mandíbula de Bryn. La rubia pegó la nariz a la de Róta y le susurró:

—Pide perdón.

Róta tragó saliva y apretó los labios. Tenía las mejillas rojas de la rabia y la vergüenza, pero se negaba a bajar la mirada ante Bryn.

—No pienso pedir disculpas. No voy a hacerlo.

Bryn agarró a Róta del escote del vestido negro y la zarandeó.

—Maldita sea, Róta. Pide disculpas.

—No.

—Róta.

—No. No… No me obligues.

—Me da igual lo que tú quieras. Soy tu Generala y debes obedecerme. No toleraré ese tipo de comportamiento en mis valkyrias. No pienso dejar que pases por encima de mi autoridad.

A Róta se le llenaron los ojos de lágrimas.

Gúnnr se llevó la mano a la boca abierta y sintió pena por su hermana. Róta tenía mucho orgullo y aunque esa actitud hacia Miya era intolerable e incomprensible, no podía ser por simple capricho. ¿Qué sucedía?

—No me obligues…, por favor —El ruego fue en voz baja.

Gúnnr nunca había escuchado a Róta suplicar por nada, y su hermana del pelo de fuego, estaba suplicando ni más ni menos que a Bryn.

Bryn la retuvo del vestido y negó con la cabeza, impávida ante las palabras de su amiga.

—No puedo, Róta. Pide disculpas.

Róta se limitó a mirarla fijamente a la cara. Sus ojos regresaron a su estado normal, pero estaban llenos de frialdad y reproche hacia Bryn. Un reproche que se encargó de verbalizar con suma precisión.

—Nunca has podido —espetó con desdén, en un tono de voz que sólo Bryn pudiese escuchar—. Bryn la Generala. Es lo único que te importa. Tu posición ante Freyja. Por ese estatus puedes sacrificar todo lo demás, ¿a que sí, Bryn? Puedes hacer daño a la gente que te quiere, puedes sacrificar el amor, y puedes sacrificar la amistad… Te vendes como una pu…

La bofetada resonó en las paredes de la habitación del hotel, y giró la cabeza de Róta hacia el otro lado.

Bryn respiraba agitadamente, y estaba tan tensa que todos se pusieron en guardia. De todas las valkyrias, la furia y el temperamento de Bryn era la peor. La más letal y silenciosa.

Róta se llevó la mano a la mejilla, colorada por el golpe. Su pelo rojo cubría su rostro y la escondía de la vergüenza.

—Está bien —dijo Miya incómodo—. Ya es suficiente con…

—No —gruñó Bryn mirando todavía a Róta con una amalgama de contradicciones demasiado intensas en su interior.

Gunnr se pasó la mano por el pelo largo y dijo:

—Róta se arrepiente de haberlo hecho, ¿verdad? —Intentó calmar los ánimos con su dulzura—. No lo va a hacer más, es sólo que…

—Silencio, Gúnnr. —A Bryn le temblaban los hombros.

Gabriel miraba la situación seducido por completo por la energía y la fuerza de Bryn, el arrojo de Róta y la lealtad de Gúnnr. Las valkyrias no eran seres a los que uno pudiera vapulear como le diera la gana. Prueba de ello era la demostración de autoridad y respeto que Bryn emitía.

—Dilo, Róta. Lo dices, y dejaré que te vayas a la habitación. No hagas esto más difícil.

Róta alzó la cabeza y se quedó mirando a Bryn, como si fuera la primera vez que la veía, como si no hubiesen pasado la eternidad juntas como hermanas.

La Generala pudo sentir cómo se distanciaba de ella, y lo hacía de golpe. Bryn hizo un gesto de dolor pero se repuso rápidamente. Hasta entonces, había creído que Róta no seguía atada a ella de ningún modo, pero… Por lo visto sí que había seguido habiendo algo invisible que las unía. Fuera lo que fuese, ya no estaba.

La valkyria apartó la mano de su mejilla maltrecha y pasó por el lado de Bryn con la espalda bien recta y toda la dignidad que le había arrebatado con ese manotazo. Róta se detuvo frente a Miya.

El samurái ya había arrancado la espada de la pared y se estaba colocando bien su chaqueta.

—Mis disculpas —dijo Róta en tono llano—. No volverá a suceder.

El vanirio asintió. Ella no lo miró a los ojos y él en cambio se recreó en su rostro.

—Pido permiso para retirarme —dijo Róta con la vista clavada en la puerta de salida de la habitación.

—Concedido —accedió la voz extrañamente temblorosa de Bryn.

En cuanto Róta se fue, y cerró la puerta con un suave clic, Gabriel se encargó de romper la tirantez silenciosa que se aposentó en la habitación.

—No sé qué le ha pasado —le dijo Gabriel—. Pero ya la han puesto en su lugar. No volverá a suceder.

Miya seguía con la vista clavada en la puerta.

—Sabemos que Mjölnir está aquí, en Chicago —Gabriel centró la vista en los dedos tatuados de Miya.

El vanirio se sentó de nuevo en la *chaise longue* y acabó la Coca-cola *light* que aquella impetuosa valkyria había arrojado contra él. Ya no quería agua.

—Supuse que la tormenta eléctrica que asoló el Gold Coast los dos días anteriores no era una tormenta normal. Y también intuímos que los seres que vimos hace dos noches en el Whiskey Sky, justo cuando se desarrollaba la tormenta, no eran los típicos vampiros. Eran distintos, de apariencia menos humana que ellos.

—Así es. No era una típica tormenta eléctrica —aseguró Gabriel—. El que entró en el Asgard y se llevó los tótems, se trajo con él a un ejército de devoradores, son los seres que visteis. Nos encontramos con ellos en las Cuatro Esquinas y hoy mismo en los túneles, donde encontramos tu chokuto. Necesitamos trabajar contigo y con los tuyos. Necesitamos toda la información posible que nos puedas facilitar sobre la actividad vampírica en esta ciudad. Si hay o no hay nidos de jotuns, y en caso afirmativo, ¿dónde están? Si trabajan humanos con ellos o si sabéis que tengan a esclavos que les hagan de ojos durante el día. Si localizamos los nidos puede que demos con Mjölnir. Debemos trabajar codo con codo.

—Cuenta con nosotros. Nos apuntamos a todo lo que sea exterminar a Loki y sus secuaces.

—Bien —Gabriel asintió conforme.

—Venid conmigo esta noche. Os voy a enseñar todo lo que está oculto en esta ciudad. Con un poco de suerte veremos a Khani —dijo Miya acabándose la bebida de un sorbo.

—¿Khani?

—Todo aquelarre tiene a un caudillo. Khani es el caudillo de los vampiros de Chicago.

XIV

La noche en Chicago era un espectáculo de luz y color, la ciudad se vestía de gala y lo hacía no sólo para los residentes, sino que lo hacía especialmente para aquellos que venían de visita.

Sencillamente enamoraba.

Gabriel siempre quedaba fascinado al ver todos esos enormes rascacielos iluminados con un sinfín de luces de colores llamativos.

Conducía el Tesla y a su lado, una pensativa Gúnnr y dos silenciosas Róta y Bryn miraban con los ojos llenos de admiración aquella urbe.

¿Qué estarían pensando? ¿Qué bailaba por sus cabezas? ¿Qué pensaba Gúnnr de la humanidad y su modo de vida desde que había pisado tierra firme?

No le había preguntado nada. Ni siquiera se había interesado por su estado emocional después de ver la incómoda discusión que habían tenido sus amigas en la habitación del hotel. Pensaría que era un insensible. O, seguramente, la joven llegaría a la conclusión de que a él no le interesaba nada de lo que ella pudiese sentir. Y estaba bien así. Ese era el trato, ¿no? Lo jodido era que aunque ese fuera el trato, por alguna extraña razón que no quería interiorizar ni estudiar, ver a Gúnnr tan distante con él le dolía. Le molestaba.

Cuando había estado sin hablarle en el Valhall, él se había sentido… solo. Era raro tener una convicción tan débil respecto a algo. Él, que era el Engel, que no dudaba acerca de nada, que era poderoso y estaba seguro de sí mismo, no tenía claro sobre si hacía bien o no distanciando a Gunny.

Pero era lo mejor para ella. Lo hacía por ella. Porque al final, tarde o temprano, le haría daño… Su padre siempre se lo había recordado.

«Tú eres como yo. Mi sangre corre por tus venas y, por mucho que huyas de esto, nunca podrás escapar de lo que eres».

El recuerdo de su madre consumida por el carácter de su padre le corroyó las entrañas; y la rabia, tan conocida por él, le llenó de resentimiento. A lo mejor, un día, al recordar a sus padres y cómo le había tratado el Sargento, podría sentir una total indiferencia. Pero ese día no llegaba, y Gabriel sabía que la herida seguía abierta. ¿Cuándo se iba a cerrar?

¿Cuando dejaría de compadecer a su madre por haber sido tan débil, por haberse dejado manipular? ¿Cuándo dejaría de odiar a su padre por ser tan hijo de puta?

Gúnnr suspiró y alargó su mano de elegantes dedos hasta la radio digital del coche. La encendió y Gabriel lo agradeció. *All of the lights* de Kanye West y Rihanna anuló el silencio. Mejor escuchar otras cosas que no a su jodida cabeza, y dado que allí nadie hablaba, el sonido relajaría el ambiente.

Lo más curioso de ese sorprendente día había sido averiguar que, al oír el nombre de Daanna McKenna en labios de Miya, no había sentido que le temblaran las rodillas. Se había esfumado el anhelo como si nunca hubiese existido, aunque todavía quedaban resquicios de su encaprichamiento. Daanna era su mujer ideal, pero, entonces, ¿por qué esa falta de emoción al oír de ella? Le alegraba, por supuesto, pero no le volvía loco. Le había gustado saber que tenía su don y que había estado cerca de él, pero no había sido tan devastador como en otras ocasiones.

No iba a pensar en la Elegida. Tenían cosas sumamente importantes entre manos, y si esta noche salía todo bien y Gabriel conocía finalmente al capo de Chicago, no dudaba en que Mjölnir apareciera tarde o temprano. Miya les había dicho que quedaran a las afueras de la ciudad, que allí les esperaría con su clan.

El samurái había comentado que iban a enseñarles los puntos calientes que ellos tenían controlados. Y Gabriel estaba ansioso por organizar el primer ataque.

Miya les había citado en Wicker Park tres horas después de su primer encuentro.

Era la una de la madrugada. Cuando llegaron, se dieron cuenta de que estaban en un barrio muy bohemio de gente joven y de mucha vida nocturna. A Gabriel le recordó la apariencia de Notting Hill, con sus dúplex y tríplex de principios del siglos veinte, todos en fila. Además, estaba atestado de pequeños negocios, de esas típicas tiendas de ropa vanguardista y mobiliario de decoración *art déco* que los grandes centros comerciales se habían encargado de dilapidar.

Aparcaron los coches frente al pequeño parque que daba nombre al barrio y se encontraron con Miya y dos vanirios más. Uno de ellos era una mujer. Ambos de largo pelo liso y negro y ojos rasgados y muy finos, no grandes como los de Miya, ni extrañamente claros. Vestían de negro y cuero, incluso ella, estética que le hacía parecer como la Nikita original.

—Buenas noches —les saludó Miya—. Os presento a mis hermanos: Aiko —señaló a la chica—, e Isamu —señaló al chico.

Los dos japoneses se inclinaron en señal de reverencia y respeto, y las valkyrias y los einherjars hicieron lo mismo.

Róta estudió a Aiko con fascinación, pero en ningún momento miró al samurái con el que, al parecer, tan mal se llevaba.

—Sólo sois vosotros —dijo Gabriel dándolo por hecho—. ¿Dónde están los demás? No puedo creer que sólo vosotros tres…

—No, por supuesto que somos más. Están haciendo guardia, dispersos por la ciudad.

—Entiendo. ¿Por qué en Wicker Park? —Preguntó Gabriel echando un vistazo a su alrededor.

Miya miró hacia un edificio triangular en el que confluían dos de las calles más importantes del centro de Chicago.

—Subamos a esa azotea —sugirió.

Una vez en ella, tuvieron unas espléndidas vistas del West de Chicago y de su capital. Los tres edificios más altos se veían a la perfección, el uno alejado del otro mediante distancias prácticamente exactas.

—Nosotros tenemos constancia de lo siguiente. Llevamos viviendo aquí desde hace un siglo y hemos descubierto esto: la zona de acción de los chupa-sangre y los lobeznos comprende los barrios que abarcamos desde aquí: Lincoln Park, Gold Coast, que es donde os hospedáis, Old Town, Streeterville y Greek Town. En menor medida, la zona en la que nos encontramos, que es Wicker Park. ¿Dónde habéis detectado la presencia de Mjölnir?

Gabriel señaló la línea que hacían los tres edificios que sobresalían al horizonte.

—Justo en esa zona.

—En la Gold Coast.

—Exacto. ¿Cómo actúan aquí los jotuns?

—Verás —el samurái se encogió de hombros—, hasta ahora, todos aquellos humanos que hemos visto marcados y que viven en ese radio son «complacientes» con los vampiros. Es una zona muy vanidosa, llena de lujos y demás... Muchas de las personas que viven en el West End de Chicago darían lo que fueran por la inmortalidad.

—¿Quieres decir que están de acuerdo con que los vampiros beban de ellos? —Preguntó Gúnnr horrorizada.

—Sí, así es. Proceden de otro modo en los suburbios de Chicago. Ahí los lobeznos y los vampiros beben hasta matar, violan y sodomizan a los ciudadanos. Y lo hacen de un modo que se asemejan a asesinatos entre ghettos o tribus urbanas... No les importa si son mujeres o niños, les da igual. Parte de mi clan está en esas zonas, intentando salvar lo que pueden. Pero, aquí, en la zona alta, es así —asintió Miya disgustado—. Ellos les prometen la juventud eterna a cambio de sustento, así que acceden y se convierten en siervos de sangre. Es el modo con el que Khani puede mandar en Chicago. Tiene la ciudad controlada. Muchos ojos trabajan de día para él, e incluso autoridades. Nosotros sólo podemos acechar a vampiros y lobeznos, y aniquilarlos uno a uno antes de que sigan secuestrándonos y tomando todo lo que quieren de nosotros. Ahora nosotros somos la presa.

—¿Así que ni siquiera estáis defendiendo a los humanos? —Bryn miró al horizonte y su larga melena rubia fue mecida por el viento.

—No podemos. Es muy difícil. Ya ni siquiera intentamos salvar a los siervos de sangre. ¿Cómo defender a alguien al que le gusta aquello de lo que tú le quieres proteger? Hemos salvado a muchos, pero no todos quieren ser salvados —concluyó Miya—. Lo que ven tus ojos, Engel, es tierra de vampiros. Marcan a sus siervos como si se tratara de ganado. En el antebrazo. Todos los siervos tienen tatuada la runa Bjarkan.

—La que representa a Loki —Róta miró las luces de los aviones cruzar el cielo.

—No entiendo por qué deberían marcarles —dijo Gabriel—. A no ser que quieran diferenciar un ganado de otro. Y, si es así, es porque no sólo está ese tal Khani trabajando para Loki, ¿verdad? Debe haber un caudillo más.

Los ojos grises de Miya brillaron con interés.

—Eres muy inteligente, Engel.

—Sólo ato cabos —la voz de Gabriel no rezumaba petulancia por ningún lado—. Marcas a tus siervos cuando quieres dejar claro cuál es tu territorio, y sobre todo lo haces para que no se mezcle con el ganado de otro. Es sencillo. Entonces, ¿qué otro ganado hay?

Isamu habló por primera vez. Su voz era suave y sosegada.

—Parece ser que están trabajando con importantes genetistas, todos ellos son adoradores de Loki y forman parte de una secta internacional de gente muy adinerada y con medios que se hace llamar secta Lokasenna. Realizan extrañas mutaciones en los cuerpos de humanos, vampiros y lobeznos, como si quisieran conseguir algo a través de ellos. Hicimos el seguimiento de uno de ellos. Tenía una especie de código de barras en la muñeca con las siglas NS. Al cabo de unas pocas noches se transformó en algo parecido a un lobezno. Mitad lobezno, mitad vampiro. Le matamos antes de que hiciera daño a alguien, pero en el momento de morir recitó algo que sólo diría un adorador de Loki:

Bjarkan's laufgrœnstr lima;
Loki far flærðar tima.

El abedul tiene ramas de verdes hojas;
Loki lleva el tiempo del engaño.

—Están haciendo estudios de campo con estos humanos —dijo Miya—. Isamu escaneó el código de barras de la muñeca y encontró un mensaje cifrado que nos llevó al lugar del que había salido. Se trata de Newscientists, una corporación internacional que se hace pasar por empresas de materiales quirúrgicos…

—La conozco perfectamente. Newscientists no goza sólo de grandes genetistas, sino que, además, trabajan con brillantes científicos cuánticos, decididos a ofrecer su inteligencia para causas como el fin del mundo. Según nos dijo Odín, no sólo utilizan a humanos, vanirios y berserkers para hacer todo tipo de experimentos, también buscan el modo de crear una puerta dimensional para entrar en el Asgard, y abrirles la puerta de nuestro mundo al Jotunheim. Quieren adelantar el *Ragnarök* antes de que el universo dicte la fecha. Y ya han logrado abrir una pequeña grieta, por eso se llevaron los tótems de los dioses que hemos venido a recuperar.

Gabriel explicó todo lo que él sabía al respecto sobre Newscientists. La historia de Aileen, Mikhail, Víctor, Samael, Lucius, Seth, Strike,

Patrick Cerril, Sebastian Smith y ese tal Hummus.

—¿Quién ha podido entrar en el Asgard mediante la transformación? —se preguntó Aiko—. ¿No era Loki el último transformista? ¿El que utilizaba el *seirdr* para sus engaños?

—Al parecer, alguien más sabe hacerlo —concluyó Gabriel—. Newscientists está detrás de esa desgraciada hazaña, pero no sabemos quién la ha liderado. En España y en Inglaterra hay dos sedes, pero ya las tienen bajo control —aseguró Gabriel.

—Te equivocas. ¿No has visto las noticias?

—¿Qué noticias? —Gabriel se puso en alerta.

—Hace cuatro días las dos sedes volaron por los aires. Las dos al mismo tiempo —explicó con una sonrisa.

Gúnnr sonrió a su vez. Isamu tenía una sonrisa contagiosa y le cayó bien al instante.

—¿Explotaron? —Gabriel frunció el ceño.

—Sí —contestó Aiko—. Mencionaron algo sobre un error en las turbinas...

Dos sedes de Newscientists habían volado por los aires. ¿Qué había pasado? Eso de no poder ponerse en contacto con sus amigos le sacaba de quicio. Pero aquel siniestro era una buena noticia, ¿no?

—Cuando nos hicimos eco de los sucedido —Miya hizo crujir los nudillos—, comprendí que alguien estaba de nuestra parte. Pero nunca pensé que había más como nosotros. Daba nuestra batalla contra los jotuns por perdida, aunque eso no iba a impedir que luchara hasta el final. Han sido muchos siglos solos. Y la sed de sangre ha causado estragos y ha provocado que algunos perdieran su alma. Sólo los más disciplinados continuamos en pie.

—Debes ponerte en contacto con As y Caleb —ordenó Gabriel—. No me menciones para nada, porque no saben que estoy aquí. Ellos te explicarán cómo están trabajando para tener a los jotuns lo más a raya posible. No estoy diciendo que aquí os hayan ganado la partida, pero sí que están en una posición muy cómoda —las últimas palabras de Gabriel sonaron a reproche.

—Hemos hecho lo que hemos podido —Miya se pasó la mano por el moño bajo que llevaba. Parecía ofendido—. Tal vez, si los clanes se hubieran mantenido en contacto, o si los dioses nos hubieran avisado sobre dónde y cómo estábamos repartidos, posiblemente, ahora estaríamos en una situación más ventajosa.

—No. No sería así —negó el Engel—. Pero eso ahora no importa...
—No. Lo importante era lo siguiente—: ¿Dónde está la sede de Newscientists?

—Está en Wheaton. A las afueras de todo el núcleo de actividad.

—En Wheaton... —Gabriel se acarició la barbilla. Si estaba en las afueras, quería decir que el martillo no estaba ahí. Newscientists no estaba ubicada en la ciudad. ¿Por qué? En Barcelona y en Londres era todo lo contrario. Las habían ubicado a la vista de todos—. Bien. Haremos los siguiente: llévame esta noche hasta Khani. Vamos a ir a por él.

—Es muy escurridizo, Engel. No es fácil cazarle, sino ya lo habría hecho yo —esta vez Miya lo miraba desafiante—. Tengo ojeadores por toda la zona vigilando los locales que visita más asiduamente. Yo también tengo mis medios.

Gabriel sonrió y le puso una mano en el hombro.

—Perdón si he sonado despectivo, no era mi intención. Llévame hasta ese vampiro, él sabe perfectamente dónde está Mjölnir. Y mañana, tú y yo, volaremos Newscientists por los aires.

Miya sonrió y enseñó sus afilados colmillos.

Róta clavó sus ojos en su boca.

—Trato hecho —contestó el samurái. Su iPhone tuneado con una carcasa negra y un yin yang empezó a sonar. Lo descolgó. Mientras escuchaba, sus ojos rasgados se iluminaron—. Perfecto, Ren. Vamos para allá —cerró la comunicación y miró a Gabriel—. *Voilá!* Khani se encuentra en Streeterville, en el club nocturno Underground. Es la noche de los seres del bosque, una fiesta temática en la que casi todo el mundo va disfrazado, ¿qué mejor lugar para camuflarse que una fiesta de disfraces? Por lo visto, y con la excusa de la fiesta, están celebrando una reunión con alguno de sus siervos más importantes.

Se rociaron con espráis desodorantes, tal y como habían aprendido a hacer los vanirios de la Black Country. Los einherjars y las valkyrias hicieron lo mismo. Los vampiros y los lobeznos lo olían todo, y era mejor pasar desapercibidos. Dejaron los coches en el parquin, y se dirigieron a la entrada del club nocturno. No había lugar mejor para un encuentro con jotuns que hacerlo en un subterráneo. Un underground.

El escudo del Underground era de por sí muy simbólico. Tres runas Bjankar, como tres bes acabadas en punta, unidas de modo que crearan un triángulo. Por tanto, casualidad o no, era el mejor lugar de reunión para los adoradores de Loki.

—Si inviertes las bes —había explicado espontáneamente Isamu a Gúnnr— verás que las runas forman una uve doble. Es porque Loki también puede ser representado por la runa Wunja, que simboliza la travesura y el salvajismo.

—Eso resume a Loki muy bien —simplificó Gúnnr con interés.

Isamu detuvo a Gunny gentilmente.

—Espera. Siempre se cede la entrada a las damas, pero no esta vez, podrías exponerte innecesariamente, valkyria —dijo Isamu con una sonrisa de disculpa.

Gúnnr pensó que si no estuviera obsesionada con Gabriel, Isamu le gustaría muchísimo. El japonés parecía todo lo que no era Gabriel. Solícito y muy cariñoso.

—Por cierto —Isamu clavó sus ojos negros en su boca—. Me gusta cómo hueles. Hueles como a sándalo.

Gúnnr se olió la ropa disimuladamente. Gabriel le había dicho que olía a nube, ¿y el japonés le soltaba que olía a sándalo? ¿Qué estaba pasando? Miró al Engel, y éste, sorprendentemente, estaba vigilándola con aquellos ojos completamente negros. ¿Por qué estaban negros? ¿Estaba enfadado?

—Mi tío Jamie —dijo Gabriel de repente, colocándose a sus espaldas de modo protector— vive justo a dos manzanas de aquí. ¿Te das cuenta de que vive rodeado de putos vampiros? —Susurró preocupado.

Gúnnr sintió un pellizco en el estómago. Debería decirle al Engel que había conocido a su tío, pero Gabriel estaba tan distante con ella que no había encontrado el valor de hacerlo. Estaba controlando su furia muy bien, y si Gabriel le contestara mal o le recriminara algo al respecto, seguramente estallaría. No aguantaba la tensión que había entre ellos. Era incómoda y no se la merecía. Había pasado de buscar el consuelo de Gabriel a no afectarse por su frialdad. O como mínimo, intentaba que no le afectara.

—¿Temes por él?

—Sí. Por supuesto que sí —gruñó el Engel—. ¿Gúnnr?

—¿Sí?

—No tontees con Isamu. Y todavía menos, lo hagas ante mis narices. Recuerda que de cara a los demás tú y yo tenemos un *kompromiss*. Soy el Engel, me debes un respeto.

Y dicho esto, se colocó delante de ella y la dejó con la vista centrada en su enorme espalda, pensando únicamente en aquellas palabras.

«¿Sólo de cara a los demás? ¿Le había perdido el respeto en algún momento? ¿Ella había coqueteado? El Engel estaba como un cencerro».

Cuando entraron al Underground, la música excesivamente alta les dejó momentáneamente aturdidos. Se escuchaba de fondo el *Till the world ends* de Britney Spears.

—Menos mal que nadie nos ha visto ni en su casa ni tampoco en su compañía —dijo Gabriel refiriéndose de nuevo a Jamie—. Fue inconsciente por mi parte ir a su casa. Menos mal que él no sabe que estuvimos allí. No nos pueden relacionar con él, podrían utilizarlo y es lo último que quiero.

—Gabriel… Engel, respecto a eso…

Gabriel le puso la mano en la parte baja de la espalda y la animó a que caminara.

—Céntrate, Gunny. Puede que nos pongamos en acción rápidamente.

El Underground estaba repleto de gente disfrazada. Unos iban de elfos, otros de duendes, otros de hadas y había algún que otro gnomo.

El local tenía inmensas cajas de madera repartidas por toda la sala que hacían la función de mesas. Éstas tenían el logo del Underground, las tres runas formando un triángulo. Las luces que lo iluminaban eran verdes, amarillas y rosas. Los techos estaban cubiertos de inmensas tuberías metálicas que se asemejaban a las que había bajo los túneles de la ciudad. En una de las paredes había un mapamundi con el fondo negro y los continentes iluminados, como si fuera una base secreta de investigación militar. La madera y el metal se combinaban para crear un ambiente especial y cálido, pero a la vez lleno de modernismo. Y luego estaba toda esa gente disfrazada y bastante achispada, que sólo hacía que beber y beber y bailar sin apenas coordinación.

Muchos de ellos tenían la runa tatuada en el antebrazo, tal y como había dicho Miya. Las mujeres tenían los ojos dilatados, y sonreían y coqueteaban con todo el que aparecía por delante.

Cuando los einherjars y los dos vanirios aparecieron, centraron todo el interés de las damas. Elfas, hadas y duendecillas, extremadamente maquilladas todas y con exhuberantes escotes, les miraron confundidas.

Miya se tensó.

—Están bajo el influjo de Khani. Los tiene hipnotizados. Puedo sentir su red mental actuando en sus siervos. Ahora mismo se está alimentando en algún lugar —barrió el local con la mirada.

—¿Khani es negro, tiene la cabeza afeitada y un armario ropero como espaldas? —preguntó Róta sin mucho interés.

—Sí.

—Pues es ése de ahí —los ojos azules de Róta se volvieron rojos y se quedaron mirando al frente.

En la otra punta de la sala, un hombre de piel oscura, un traje blanco de etiqueta y una sonrisa de satisfacción en la cara, se estaba relamiendo los labios manchados de carmesí y miraba a la multitud con orgullo. Se subió a una mesa y abrió los brazos reclamando atención.

—¡Tenemos visita! —Miró a Miya, pero se quedó con los ojos blancos clavados en Gabriel y en Gúnnr—. Savia nueva... —Murmuró lamiéndose el colmillo. Inmediatamente, dos lobeznos le cubrieron y enseñaron sus amarillentos caninos a los einherjars.

Reso y Clemo jugaban con sus esclavas hasta que hicieron aparecer sus espadas. Gabriel frunció el ceño. Aquello era una encerrona.

—Da la orden, Engel, y empezarán a rodar cabezas —gruñó Clemo.

Gabriel estudió a Khani. Era igual de estratega que él. No había duda. Tenía una mirada inteligente, pero le sobraba soberbia. Menospreciaba a sus enemigos y ese era el peor error de un líder.

—Miya, ¿por qué tengo la puta impresión de que nos han tendido una emboscada?

—No debería de ser así —contestó el samurái inquieto.

—Gemelas —la orden de Gabriel fue clara.

—¡Sí! —Gritaron las dos a la vez.

Sura y Liba apretaron los puños, cerraron sus ojos y emitieron un rayo que se dirigió a las luces del local, partiendo los fluorescentes y las bombillas de las lamparitas de mesa.

El salón quedó a oscuras. Los siervos seguían siendo humanos, no tenían dones, no podrían ver en la oscuridad.

Ellos sí. Gabriel dio otra orden.

—Bryn, adelante.

La Generala plantó la mano en el suelo y de su palma surgieron miles de rayos que electrocutaron a los siervos de Khani, que quedaron aturdidos e inconscientes, desmadejados sobre la superficie del local.

Khani abrió la boca con sorpresa, como si estuviera maravillado de lo que veían sus ojos.

—¡Maravilloso! —Exclamó dando palmadas al cielo—. Los samuráis han pedido refuerzos —se jactó el vampiro—. No saben detenernos solos y han ido a buscar a papá y a mamá —miró a Miya y negó con la cabeza—. Tu hermano y tú sois físicamente como dos gotas de agua. Sólo que a él lo dotaron de sentido común, y a ti de incompetencia.

Miya no contestó a la réplica, pero se mordió la lengua. Róta lo miró por encima del hombro como si no comprendiera ese comentario. De hecho nadie, excepto Aiko e Isamu, sabía de qué iba aquello.

Un grupo de devoradores aparecieron por la entrada, y les rodearon. Habían trolls y también purs. Khani se había rodeado de la escoria nueva de Loki, la que había llegado con el martillo. Eso quería decir que Khani sabía dónde estaba Mjölnir, ésa era su mejor prueba.

—Yo también tengo sorpresas —aseguró Khani dando un sorbo a su vaso lleno de sangre—. Loki me provee de aquello que necesito.

—¿Dónde está Mjölnir? —Preguntó Gabriel dando un paso hacia delante.

—¿Mjölnir? —Repitió como si no fuera con él la cosa—. ¿El martillo, dices?

—Sabes a lo que me refiero —dijo Gabriel controlando por el rabillo del ojo a dos vampiros que se acercaban a ellos sigilosamente.

Khani echó la cabeza hacia atrás y soltó una carcajada.

—A ver, rubito. Estás en mi ciudad, en mi estado. Estás metiendo las narices en mi casa y vienes a exigirme que te devuelva algo que no tengo intención de darte. ¿Me tomas por un estúpido? ¿Quién te has creído que eres? No tienes ni idea de lo que vamos a hacer, ¿verdad? Preparaos porque Loki sirve su venganza en plato frío.

—Sólo te lo advierto, puto vampiro mafioso —Gabriel se sintió insultado por la condescendencia de Khani—. Dame el martillo, por las buenas o por las malas.

—¿Me amenazas en mi casa? Interesante… Antes de que te mate, déjame decirte que toda tu palabrería y tu atrevimiento te va a costar caro —Khani repasó a las valkyrias y estudió la posición y la postura de todas ellas—. ¿A quién te tiras de todas éstas? —Gabriel estaba ligeramente inclinado hacia Gúnnr, intentando protegerla con su cuerpo—. ¿A ella? —Miró a Gúnnr con interés—. Es adorable. Un bocadito celestial —siseó como si la estuviera saboreando.

Isamu dio dos pasos al frente y protegió a Gunny de la mirada del vampiro.

—Demasiado tarde, japonesito. Ya la he visto —dio otro sorbo al último dedo de sangre que había en la copa—. Así que, la chica es importante… Tiene la atención y la protección de dos guerreros… Cuando menos te lo esperes, chulito —clavó sus ojos blancos en el rostro de Gabriel— me la follaré por todos lados. —Se encogió de hombros y le dedicó una risa sardónica—. Y juro que te la devolveré tan inservible y desquiciada que deseará que la mates.

Gúnnr hizo un puño con su mano y apretó los dedos hasta que los nudillos se le volvieron blancos. La *bue* se iluminó. ¡Ese vampiro era odioso y arrogante! Su arco se materializó en décimas de segundo, lo suficientemente rápido como para armar una flecha y disparársela al corazón del vampiro. Éste abrió los ojos sorprendido y se movió hacia la izquierda. La flecha se clavó en su hombro derecho.

Gabriel le dedicó una mirada llena de irascibilidad y desaprobación.

La acción de Gúnnr fue el pistoletazo de salida para que unos se avalanzaran contra los otros.

Los devoradores, los vampiros y los lobeznos pasaron por encima de los cuerpos humanos inconscientes de los siervos de Khani y se lanzaron contra el einherjar y su equipo.

Bryn se subió a una de las tuberías y se colgó boca abajo como ya hiciera bajo los túneles.

Aiko y ella se coordinaron perfectamente. Jotun que la valkyria alcanzaba con una de sus flechas, cabeza que la samurái rebanaba.

Un samurái más apareció para reforzarles.

—¡Ren! —Gritó Miya mirando al recién llegado—. ¡Controla a los chuchos!

El samurái, vestido de negro, con el pelo de punta oscuro y con mechones rubios, cerró los ojos, juntó las palmas de las manos y se quedó en las escaleras, ligeramente alejado de toda la pelea.

Los lobeznos empezaron a gruñir, soltando todo tipo de exabruptos y alaridos, mientras se arrancaban mechones de pelo de la cabeza.

Gabriel levantó sus dos espadas y gritó eufórico para empezar la lucha. Agarró una de las cajas de madera que hacía de mesa, y la lanzó contra tres etones que se dirigían hacia Gúnnr. Dos de ellos cayeron al suelo por el impacto, pero un troll logró esquivarla y lanzarse contra la valkyria. Gúnnr abrió la palma de la mano y de ella salió un rayo que atravesó el pecho del troll. Gabriel dio un salto por los aires, y aprovechó para cortar la cabeza del troll y ensartar a los dos etones que había en el suelo con el cráneo abierto. Se levantó como un resorte y se dirigió hacia Khani, pero éste ya había escapado.

Miya se agachó para esquivar las garras de un vampiro, y al hacerlo, Róta aprovechó para apoyarse con el pie en su espalda y saltar por encima del samurái hasta golpear con la rodilla la cara del vampiro. Éste salió disparado hacia atrás, y Miya vio su oportunidad para meter la mano en el plexo del no muerto y arrancarle el corazón.

Las paredes del Underground se salpicaron de oscuridad, putrefacción y muerte.

Un vampiro atacó a Isamu, pero el samurái pudo agachar la cabeza a tiempo. Se impulsó hacia delante para darle un cabezazo en el pecho y hundirle el plexo. Isamu sacó su espada y la clavó en el pecho izquierdo, hasta sacarle el corazón con un movimiento de palanca.

Cuando creían que había acabado todo, un grupo mayor de vampiros y devoradores entraron en el Underground.

El *You' re gonna go far kid* de The Offspring amenizó la lucha. Gabriel miró hacia un lado y hacia el otro.

Reso sonrió como un demonio y le dijo a Clemo:

—Oye, nenaza, me juego lo que quieras a que soy capaz de acabar con estos en un santiamén.

—Soy mejor que tú —le picó Clemo—. Además, esta canción me gusta. Me... motiva.

—El que gane se queda con la que más se parezca a nuestra valkyria —le guiñó un ojo.

Clemo soltó una carcajada e hizo chocar sus espadas por encima de su cabeza.

—Mi Liba sólo obedece a su domine, putita.

Los dos amigos, tracio y espartano, corrieron hacia los vampiros y empezaron a cortar cabezas como si se tratara de una competición.

—Estos son muy buenos, ¿no? —Dijo Miya observando con atención la rabia de los dos guerreros inmortales.

—Son los mejores —Gabriel asintió con orgullo—. Cuando acaben con ellos, ¿qué pasará con la mierda que hay en el suelo? ¿Quién la limpiará?

Los siervos humanos estaban inconscientes. Sería bueno hacerles una limpieza.

—Ren y Aiko —contestó Miya—. Son los mejores en el control mental. Ellos les harán un reinicio y llamarán a nuestros contactos para limpiar el club. No nos interesa que investiguen sobre esto. Y, de ahora en adelante, la situación va a empeorar. La guerra ha quedado oficialmente declarada.

—Bien, porque, ¿sabes qué? —Gabriel arrinconó a Miya contra la pared y le presionó la tráquea con el antebrazo—. Nos has metido en una jodida ratonera. Esta noche podrían haber acabado con nosotros. O peor, con vosotros. Es una suerte que os hayamos acompañado, ¿no?

Los ojos de Miya se volvieron como la niebla, igual de volubles.

—Estoy tan comprometido con esto como tú. Llevo toda mi vida dedicada a ello.

—Pues debe de haber un soplón —gruñó Gabriel con los ojos completamente negros—. O eso, o tienen vuestros teléfonos pinchados. No puedes olvidar ningún detalle.

Gabriel soltó al vanirio y esperó a que Reso y Clemo cortaran las últimas cabezas y arrancaran los pocos corazones que quedaban. Cuando el último no muerto y el último eton murieron, dejaron todo en mano de los vanirios Aiko y Ren.

Los einherjars y las valkyrias no tenían dones telepáticos, los vanirios eran los únicos que podían arreglar aquel desaguisado.

XV

Gabriel seguía muy enfadado. La noche no había salido como él quería. Después del Underground, habían hecho guardia por Streeterville y Old Town, pensando que encontrarían el rastro de Khani y sus secuaces, pero no había sido así. Los vanirios habían ido a controlar las zonas de las playas, y otro grupo más se había quedado en Bucktown y Wickerpark esperando a que el vampiro se manifestara de algún modo. Pero Khani se había esfumado.

Gabriel había revisado en su iPhone el vídeo que retransmitía las cámaras de los túneles en tiempo real, esperando ver algo o a alguien entrando o saliendo a través de ellos, pero sus esperanzas habían caído en saco roto.

El satélite seguía mostrando que Mjölnir se había adormecido por completo, que su señal era vaga, pero Gunny le aseguraba que seguía ahí. Que ella lo podía sentir. Se sentía frustrado por no tener pleno control de la situación, pero la paciencia era lo último que perdía un buen estratega y Gabriel sabía que, tarde o temprano, aparecería su oportunidad y no la desaprovecharía.

Aun y así, el que Khani se hubiera escapado no había sido lo peor de la noche.

Gúnnr y él se habían quedado unos minutos a solas, apoyados en el capó del Tesla, mientras esperaban a Bryn y a Róta. Róta, que necesitaba ir al baño, había tardado más de lo habitual en salir del Underground, y Bryn le había dicho a Gabriel que ella esperaría a que saliera. Así que Gúnnr y él se habían quedado a solas.

—Estás muy hablador —dijo ella con sarcasmo.

—Ya.

—¿Por qué estás tan enfadado? —Le había preguntado Gúnnr peinándose el pelo con los dedos y colocándose el gorro blanco de nuevo. Se le estaban congelando las orejas.

Gabriel la había mirado de reojo. Ella tenía sus grandes ojos del color de la noche atentos sobre su persona.

—Las cosas no han salido bien.

—*Humph* —Gúnnr apoyó la cadera en el capó y cruzó los brazos sobre el pecho—. ¿Para bien o para mal? ¿Quién lo sabe? —Recitó Gúnnr sin darle mucha importancia.

Algo pellizcó el corazón de Gabriel. Gúnnr tenía ese don. Esas mismas palabras, esa misma frase zen la repetía él muchas veces y durante muchas de las situaciones que había vivido como mortal e inmortal.

—Supongo que tienes razón —dijo mirándola con calidez.

Gúnnr se llenó de esperanza ante ese gesto y se envalentonó:

—Espero que lo veas igual cuando te diga lo que te tengo que decir —dijo armándose de valor porque no podía ocultarlo por más tiempo—. Engel, antes, cuando hemos ido a buscar a Miya, nos hemos encontrado con tu tío —Gúnnr pudo percibir la repentina frialdad y la tensión de Gabriel como si la rodearan y le dieran una bofetada. Fue como un frente frío del norte. Poco a poco sintió que perdía la bravura—. Estábamos frente al Starbucks y él me reconoció. Tiene una cámara en el lapicero de su escritorio y se conecta cuando alguien entra en su oficina... Y, bueno... nos había grabado... Te grabó a ti trasteando su ordenador y me grabó a mí revisando su biblioteca, y... Bueno, él me dijo que habíamos utilizado su... casa... como picadero. Y que no le parecía bien que no le hubieras dicho nada. Que esperaba vernos mañana a ti y a mí. —Gúnnr se estaba llevando una mano temblorosa al bolsillo trasero de su tejano para enseñarle la tarjeta que le había dado, cuando Gabriel la agarró de la muñeca con fuerza y la acercó a él de un tirón.

—¡Dime ahora mismo que me estás tomando el pelo! —Gruñó a un centímetro de su cara—. ¡Dímelo, Gúnnr!

Ella tragó saliva y negó con la cabeza.

—No es una broma, Engel. Sucedió furtivamente. Bueno, Miya... se... Se ofreció a borrarle el recuerdo pero yo no le dejé porque...

—¡¿Por todos los demonios?! ¡¿Por qué no me metes una porra por el culo, Gúnnr!? ¡Ya que, al parecer, estás sólo para joderme! —Gritó exasperado.

Gúnnr se lamió los labios resecos.

—¡Has metido la pata hasta el fondo! —Le gritó zarandeándola de nuevo—. ¿Qué parte no entendiste de: «No puede tener relación con nosotros»? Le acabas de poner una diana en la frente. ¿Qué mierda pensaste para no acceder a la petición de Miya? ¿Qué coño pensaste para desobedecer mi orden? Y ya que estamos, ¿qué pensabas cuando has desafiado abiertamente a Khani en el Underground? ¡¿Eres tonta, Gúnnr?!

Los ojos de Gúnnr se volvieron rojos.

—A Khani le disparé por hablar así de mí, como si yo no estuviese delante. Toma nota, Engel, creo que te estás excediendo.

—¡Y más que me voy a exceder, joder! ¡Nada es más importante que esta misión! ¡Nada! ¡Tú no eres más importante que esto! —Estaba tan rabioso que dejó que la ira y el miedo por la seguridad de su tío lo consumieran.

El fondo de ojo rojo de Gúnnr desapareció, y fue suplido por una mirada triste y sin apenas expresión.

—Bueno... Eso ya lo sabía.

—Por supuesto que lo sabías, por eso acabas de poner precio a la cabeza de mi tío. Estoy deseoso de oír el motivo por el que has entablado contacto con Jamie y no has permitido que Miya le borrara la memoria. ¡¿Por qué?!

—Yo... pensaba que no era justo ni para él ni para ti —murmuró desanimada—. Él esperaba verte y tenía una cara... muy ilusionada, como si de verdad quisiera... Él creyó que yo era tu novia y que podría invitarnos a los dos... —Se acongojó y se calló de golpe. La conversación no debería haberse desarrollado de ese modo.

—¿Así que va de eso? —La soltó de golpe y se estiró cuan alto era—. ¿Te gustó sentir que él te consideraba mi novia?

—No, no se trata de eso...

—Te conozco, Gúnnr. Esto no es una novela romántica, ¿comprendes, valkyria? Te dije que si pedías más a cambio de nuestro *kompromiss,* lo nuestro acabaría, ¿verdad? Tú y tus ideas sentimentales... Olvídate de eso. Nunca sucederá. Acabaría comparándote siempre con... Te haría daño... Da igual.

—Ya me haces daño. No me hables así, por favor.

—¿No? Tal vez de este modo, siendo frío y cabrón, se te queda en esa cabecita frita por los rayos tardíos que has experimentado. No quiero que seas mi pareja. Eres una valkyria más y estás a mi cargo. Pero contigo tengo sexo y con las otras no. Punto y final. —Se cernió sobre ella y absorbió su espacio vital—. Ahora atiende bien lo que te voy a decir: si Jamie sufre algún daño por esto, caerá toda la responsabilidad en ti y no tendré piedad contigo. ¿Te ha quedado claro?

Nunca, en su vida de valkyria, se había sentido tan mal y tan herida como para querer que se la tragara la tierra. Pero siempre había una primera vez, y era muy amarga.

—Está bien, Engel. No sigas, lo he entendido —contestó mirando a un punto por encima de su cabeza. Como si ella fuera una recluta que recibiera el escarmiento de Gabriel, su general.

—Eso espero —se dio la vuelta y le dio la espalda mientras chutaba una piedra imaginaria del suelo y soltaba más tacos por la boca.

A las cinco de la madrugada llegaron al Hard Rock. Subieron en ascensor en absoluto silencio, sin dirigirse la palabra en ningún momento. Todos se hospedaban en la misma planta.

Salieron del ascensor uno a uno.

Bryn y Róta se dirigían a su habitación cuando la valkyria de pelo rojo y rizado pasó de largo. Bryn la miró por encima del hombro y levantó una ceja rubia llena de incredulidad.

—Te has pasado de habitación, Róta —advirtió Bryn con los ojos azules llenos de preocupación.

—Esa no es mi habitación, valkyria —contestó Róta hasta detenerse en otra puerta. Sacó la tarjeta que hacía de llave y la metió en la hendidura—. Ésta sí.

—¿Has solicitado un espacio para ti sola? —Preguntó Gabriel con tono cansado.

Róta se encogió de hombros y abrió la puerta.

—Róta, no tolero estos actos. Necesito que me informéis de todo —le pidió Gabriel como si ya no tuviera fuerzas para ello—. Hagáis lo que hagáis. Es crucial que yo sepa cada uno de vuestros movimientos para mantenernos compactos, como un muro, ¿me comprendes?

Róta se giró hacia el Engel, le lanzó una mirada atrevida, se sacó la chaqueta y la dejó caer al suelo, exponiendo una extraña mancha rojiza en forma de círculo sobre la parte superior de su pecho izquierdo.

—Ahora mismo me voy a desnudar. ¿Quieres controlar eso?

Gabriel miró la mancha sobre la piel curvilínea de la valkyria. ¿Qué era? Se parecía mucho a las marcas que dejaba Caleb en el cuello y en el hombro de Aileen...

—¿Qué es eso?

—¿Esto? —Ella se alzó el pecho sin que saliera del escote de su vestido negro—. Una teta.

Gabriel sacudió la cabeza.

—Acuéstate, Róta —Gúnnr se acercó a Róta, la metió dentro de su habitación y cerró la puerta de un portazo.

Gúnnr miró a Bryn, esperaba que ella quisiera arreglar las cosas, pero ésta tenía los ojos fijos en la punta de sus zapatos. La Generala metió su tarjeta en la hendidura y entró sin ni siquiera decir buenas noches.

—Cómo están los ánimos... —Susurró Reso, entrando tras Sura y deseando buenas noches a Gabriel guiñándole el ojo.

Clemo y Liba hicieron lo mismo.

Gúnnr y Gabriel se quedaron solos en el pasillo.

La valkyria sabía perfectamente que Gabriel la miraba con el ceño fruncido, como había hecho toda la noche desde que salieron del Underground y desde que ella le había confesado lo de su tío. Gúnnr no quería encontrarse con sus ojos azules cabreados, o peor, completamente negros y repletos de censura, así que aprovechó para caminar delante de él y dirigirse a su puerta.

—Entro a recoger mis cosas. Yo también me pediré otra habitación —le informó con voz uniforme.

Ella sólo quería descansar. Dejar de pensar en Bryn y Róta, y dejar de pensar en el tío Jamie y, sobre todo, dejar de sentirse juzgada una y otra vez cuando estaba con el Engel. Se había sentido humillada y avergonzada tras la reprimenda del guerrero, merecida o no. Y lo peor es que se sentía ridícula por albergar sentimientos hacia él cuando él le había dejado muy claro que no sólo había entregado su corazón a otra, sino que a ella la consideraba poco competente. Gabriel siempre había sido su amigo, siempre se habían sentido bien el uno al lado del otro, ¿por qué ahora no podía ser así? ¿Por qué todo había cambiado hasta el extremo de querer alejarse de él?

Metió la tarjeta.

La luz roja se tornó verde.

Sintió la respiración de Gabriel en su oído, y su presencia grande, poderosa e intimidante tras ella.

Abrió la puerta y entraron los dos.

Se oyó un portazo y percibió que los cuadros POP-ART de la pared se sacudían por su violencia.

Las *suites* del Hard Rock eran muy amplias, estaban cubiertas de una suave moqueta color beige, y unas paredes en azul y otras en marrón oscuro. Había doble ambiente y una división entre el salón de estar y el dormitorio. En el salón había un gran sofá de color verdoso, en forma de ele, con cojines borgoña perfectamente distribuidos, que estaba situado al lado de uno de las ventanales. Había una televisión de cuarenta y dos pulgadas sobre un mueble de madera con varios estantes. Y en otra esquina, había un escritorio con los ordenadores Mac y todo el material que había comprado Gabriel. La cama se veía desde la entrada, justo al final de la *suite*. Era grande y alta, cubierta con colchas blancas y crema, y tenían un respaldo de madera del mismo modelo que el mueble del escritorio y el de la televisión. Las ventanas tenían el marco de color negro y eran tan grandes que parecía que levitabas sobre Chicago, no apto para gente con vértigo.

Sería un lugar ideal para una pareja de enamorados, para un fin de semana especial y romántico... Podría ser muchas cosas pero no era ninguna de ellas.

Todavía seguía oscuro ahí afuera, señal de que a la noche le quedaba un par de horas para reinar sobre la ciudad.

Gúnnr tragó saliva, apretó los puños y fue a recoger las bolsas llenas de compras que había en el suelo. Caminó con la espalda recta y erguida. No iba a parecer derrotada, por mucho que lo estuviera. Las valkyrias tenían dignidad y ella sabía muy bien lo que era y cómo ponerla en práctica. Se iba a ir de su habitación y no quería estar ahí ni un segundo más.

—Deja las bolsas en su sitio y date la vuelta. —La voz de Gabriel la dejó aturdida por lo fría e impersonal que sonó.

Gúnnr ya había tomado las asas de algunas bolsas. Se quedó muy quieta y se giró para mirarlo. No confiaba en él.

—He dicho —repitió Gabriel— que dejes las bolsas donde están y que te des la vuelta.

Gúnnr se frotó la mejilla con el antebrazo, tiró las bolsas de mala manera y se dio la vuelta con su paciencia a punto de volar por los aires.

—¿Contento?

—No. Hasta que no te desnude no estaré contento —se descalzó apoyando los pies en los talones de las botas mirando el cuerpo de Gúnnr con vulgaridad—. Y puede que ni siquiera después de lo que voy a hacerte me quede contento así que hazlo bien. ¿Vas a hacer algo por mí, Gunny? ¿Quieres que vuelva a ser simpático contigo? Entonces sé buena y acércate. Complace al Engel.

A Gúnnr se le cayó el alma a los pies. Gabriel no podía comportarse así con ella.

—Me quieres castigar porque estás enfadado porque te oculté lo de tu tío. Ya te he dicho que lo siento...

—¡No! ¡No sólo por eso! ¡Estoy hasta la polla de las disculpas! —Gruñó sacándose la camiseta negra por la cabeza. Su largo pelo rubio y rizado, cayó en cascada sobre su espalda y sus hombros. Sus ojos estaban completamente negros—. Tú y Róta me habéis desobedecido dos veces en el día de hoy —levantó el índice y el anular—. ¡Dos cada una! Róta increpa a Miya y luego hace transacciones por su cuenta en el hotel. Y lo tuyo es de juzgado de guardia. —Se llevó las manos al cinturón de piel y lo desabrochó con movimientos bruscos—. No pienso dejar otra desobediencia más sin castigo. No tengo mano dura, pero desde hoy se acabó. Pensaba que el rollo barato de la psicología funcionaba para trabajar con grupos, pero... —Negó con rabia—. Eres mi valkyria y estás a mis órdenes. Ahora haz lo que te ordeno.

—Pero... Estás enfadado —repuso incómoda—. Pensaba que esta noche tú no querrías...

—¿Sí? Mira lo enfadado que estoy. —Se llevó una mano al botón del tejano y se bajó la bragueta—. Ven y compruébalo tú misma.

Gúnnr tenía los ojos abiertos y dilatados. No tenía miedo de Gabriel pero sí que le asustaba la situación.

—No quiero que sea así entre nosotros —Gúnnr pasó por su lado, dispuesta a irse y a dejarle solo con su particular cabreo—. No quiero esto.

—Si sales de esta habitación, mañana reclamaré a los dioses que te lleven de vuelta al Valhall. Aquí me das problemas.

Gúnnr se detuvo cuando su mano estaba apoyada en el pomo de la puerta. Cerró los ojos y sintió un dolor sordo en el pecho. Un aguijonazo que cubrió de resentimiento todo lo que sentía por Gabriel.

—Las valkyrias no podemos volver. Deja de amenazarnos con estas tonterías.

—Las valkyrias podéis volver si yo se lo pido a Odín. No hay nada más importante que lo que hemos venido a hacer aquí, y Odín accederá si yo veo comprometida la misión por culpa de alguna de vosotras.

—No estarías en Chicago si no fuera por mí —replicó ella con voz cortante.

La joven tenía razón, pero Gabriel estaba furioso y no le importaba. Sólo quería provocarla. Miró su propio reflejo en el cristal de la ventana. Siempre había creído que las personas tenían dos caras: una de héroe y otra de villano. Él era de las personas que pensaba ciegamente en que todos los humanos tenían el bien y el mal en su naturaleza. Estaba comprobando por primera vez que él también tenía un lado oscuro y dominante.

Deseaba a Gúnnr con todas sus fuerzas, pero estaba enfadado y quería castigarla por ponerse en peligro y por poner a su tío en el ojo del huracán. Gunny y su valor, o Gunny y su increíble temeridad le estaban arrancando la salud mental.

Gúnnr había desafiado abiertamente a Khani, cuando Khani sólo debería haberse centrado en él. Ahora había puesto precio a su cabeza al exponerse y desafiarle. No podía luchar a su lado y pensar que cualquier desliz pudiera hacerle daño. Era una angustia innecesaria para él. Un problema demasiado enorme en el que pensar mientras estaban en misión. Y era... Era demasiado para él. No estaba preparado para ella. No estaba preparado para ninguna relación de ningún tipo y menos con alguien que lo ponía tan nervioso. Que lo debilitaba.

Pero quería acostarse con ella porque, estando en su interior, todos los problemas se desvanecían. Sólo eran él y el éxtasis. Él y el placer. Él y Gúnnr. El sexo desestresaba y Gúnnr era la cara y la cruz de una misma moneda.

La valkyria lo había estresado con su comportamiento, ergo la valkyria podía desestresarlo con su cuerpo. Pero no iba a forzarla, no se lo podría perdonar nunca, aunque el Engel pudiera hacer lo que le diera la gana con su valkyria, él no era tan sádico como los dioses. En cambio, su alma de estratega encontró la manera de retenerla:

—Sal de esta habitación y mañana ya no estarás aquí. Quédate y asume las consecuencias de tus actos. Hiciste una promesa ante Freyja. Hiciste una promesa ante Odín. Dijiste que cuidarías del Engel. Soy tu einherjar, no estoy pidiéndote nada del otro mundo, sólo aquello que me pertenece, aquello que tú y yo podemos hacer con naturalidad. No te haré daño.

La valkyria apoyó la frente en la puerta. «Gabriel, no. Así no». Le picaron los ojos por las ganas de llorar.

—Así que me quedo y me follas, pero a cambio me perdonas —dijo con voz temblorosa—. Y si no me quedo me destierras.

Gabriel se sorprendía de lo dura y gráfica que era Gúnnr cuando la presionaban.

—Tú decides.

¿Ella decidía? Gúnnr no podría vivir en el Valhall con el cartel de fracasada. No era ningún sacrificio acostarse con Gabriel, pues, la cruda realidad era que ella lo amaba, pero él sólo quería castigarla. Quería que se sintiera mal por quererlo. Sabía perfectamente lo que sentía hacia él, estaba enamorada desde… Desde que él la había elegido, prácticamente. El vínculo se creaba espontáneamente y lo cierto era que, aquel hombre duro y dominante que estaba en el centro de la habitación, le había robado el corazón en el Valhall, con su forma de ser, su sonrisa, su simpatía y su dulzura. Aunque ahora quisiera pisoteárselo con saña y echar por tierra todas esas cualidades.

Lo decidió en menos tiempo de lo que pensaba. Se acostaría con él, pero al día siguiente abrazaría su orgullo y le diría que rompieran el *kompromiss* antes de que también perdieran su amistad, porque ahora ni siquiera le caía bien.

—Como desees, Engel —dijo finalmente.

Gúnnr se retiró de la puerta y caminó lentamente hasta colocarse delante de él. Lo miró con una expresión vacía en sus ojos azules oscuros. Se quitó la chaqueta con movimientos mecánicos, y se quitó las Converse manchadas por el alcohol y algo de la sangre del Underground.

—Enciende la televisión y pon un canal de música —le ordenó Gabriel metiendo una de sus manos morenas en el interior de sus calzoncillos blancos.

La valkyria ni siquiera preguntó por qué. Le daba igual. Intentaría disfrutar de ese momento pues iba a ser el último de esa índole que iba a experimentar con él. Se giró, buscó el mando y encendió la televisión.

—Pon la MTV —Gabriel se acercó a ella por la espalda y rozó sus muslos contra las nalgas de ella—. Y sube el volumen.

Gúnnr ni siquiera se inmutó ante esa cercanía. Había dos maneras de practicar el sexo: con emociones o sin emociones. Esta vez iba a ser sin emociones de por medio, por eso no temblaba al olerle o al sentir que sus ojos le hacían un escáner de arriba abajo. Ni tampoco temblaba al sentirlo tan cerca y rozando su cuerpo contra el suyo. El corazón no tenía nada que decir ahí, sólo el cuerpo.

Cuando la valkyria puso el canal que su Engel le había pedido, se giró para seguir desnudándose, pero Gabriel le puso las inmensas manos en las caderas y la inmovilizó.

—¿No me preguntas por qué quiero música?

—¿Importa?

—Sí —afirmó con voz ronca—. No quiero que te oigan gritar.

Claro, no iba a ser porque a las valkyrias les encantara la música, ¿verdad? Gabriel no pensaba en ella, pensaba en él. Gúnnr se encogió de hombros.

—Si no te gusta que grite, no gritaré —¿Qué importaba ser cínica en esas circunstancias?—. Hoy puedo ser quien tú quieras, cariño —añadió con voz seductora—. Por un módico precio: que no me destierres.

Gabriel se quedó en silencio, mirando la coronilla de aquella mujer que tenía en sus manos. ¿Se estaba llamando puta a sí misma? ¿Por qué? ¿Por hacer algo que los dos querían? Gúnnr estaba herida y él enfadado, pero bajo esas corazas había deseo y atracción; y los dos lo querían y él era lo suficientemente sincero para admitirlo y también avaricioso para arrancarle su confesión. Detrás de su comportamiento tan furioso, había un instinto apasionado.

En la televisión emitían un videoclip de Alexandra Burke, *The silence.*

—Levanta los brazos —ordenó él.

Eso era fácil. Lo podía hacer. Gúnnr obedeció.

Gabriel le sacó el jersey blanco por la cabeza. La calefacción de la habitación le calentaba la piel, aunque seguía sintiendo frío por dentro. La música estaba demasiado alta, pero era una *suite,* y en las *suites* se podía hacer de todo.

Gúnnr sintió cómo las ágiles manos del einherjar le desabrochaban el sostén. Tenía los pechos hinchados y los pezones sensibles. Era la reacción a Gabriel. Dura, humillante e inevitable.

Gabriel hundió el rostro en el cuello de Gúnnr y le cubrió los pechos con las palmas de las manos. Los sobó y los masajeó compaginando fuerza y suavidad al mismo tiempo.

—Isamu te ha dicho que hueles a sándalo —le mordió el lóbulo de la oreja con fuerza para luego decirle al oído—: tú no hueles a sándalo.

—Huelo a nube, ya lo sé, ¿y qué? —Contestó ella sintiendo que se humedecía entre las piernas. Miró hacia abajo y vio los grandes dedos de Gabriel apretándole los pezones como si fueran pinzas. Tiró de ellos y un pequeño gemido salió de los labios de ambos.

—¿Te duelen?

—¿Te importa?

Gabriel apretó más fuerte y escuchó el grito mezclado de dolor y deseo de Gúnnr.

—Oye, valkyria —gruñó Gabriel sobre la piel de su hombro—. Tú no quieres que yo sea rudo contigo, ¿verdad? Tú eres suave y dulce. Así que no me desafíes. Ayer fui muy cuidadoso contigo porque era tu primera vez, pero…

Gúnnr sonrió con indiferencia.

—Me da igual lo que me hagas. Esto no va de mí. Va de ti y de tus necesidades. La Gúnnr que tú conoces está fuera de esta habitación. Aquí sólo hay un hombre y una mujer con instintos básicos. Fríos y sexuales, como tú quieres que sean —Gúnnr sabía que Gabriel sentía cómo temblaba y cómo odiaba cada una de las palabras que estaba diciendo—. Nada nos une, ¿verdad? El *kompromiss* es sólo una especie de nudo invisible entre nosotros, pero no significa nada más serio para ti. Así que, ¿qué importa si eres amable o no? A mí ya me da igual.

Gabriel apretó la mandíbula. ¿De verdad estaba siendo así de cabrón? Gúnnr iba a disfrutar con él y, si no, que le cortaran los huevos. En esa situación, Gúnnr obviaba algo: no le decía que lo quería en realidad, por muy malo o distante que fuera con ella, la valkyria lo quería. Pero se quedaba en silencio y se hacía la dura, y le dejaba a él el rol de animal.

You lift me up, and knock me down
I'm never sure just what to feel when you're around
I speak my heart, but don't know why
Coz you don't ever really say what's on your mind[18]

—Pero tú me quieres. Y quieres todo lo que pueda darte, ¿verdad? —Dejó sus pechos y caminó pegado a ella hasta el respaldo del sofá. Gúnnr se apoyó en él y Gabriel pegó todo su torso a su espalda—. Dímelo. Dime que me quieres —quería provocarla y que admitiera lo que ambos sabían. Gabriel estaba deseando oírlo de su boca aunque fuera de ese modo vil y ventajoso, porque ella nunca se lo había dicho a él directamente. Deslizó sus manos hasta su cintura y las llevó a la parte delantera del pantalón, pero entonces se detuvo—. Demuéstrame que me quieres y bájate los pantalones y las braguitas.

Gúnnr lo miró por encima del hombro. Sus ojos rojos destellearon entre las hebras de su flequillo como los de un animal agresivo acorralado. Clavó los dedos en el respaldo del sofá que le llegaba a la altura del vientre.

Gabriel sonreía con seguridad.

—¿Vas a ser vergonzosa ahora?

Gúnnr levantó una ceja castaña oscura y sonrió con un desamor y una decepción que golpeó a Gabriel en lugares que creía que no tenía.

La chica se desabrochó los tejanos y los dejó caer por sus caderas. Caderas que esa ropa que llevaba ocultaba a la perfección, pero que desnu-

18. Tú me elevas, y me derribas. Nunca sé cómo sentirme cuando estás a mi alrededor. Hablo a mi corazón, pero ni siquiera sé por qué, ya que nunca me dirás lo que pasa por tu mente.

da como estaba ahora, eran femeninas y no se podían esconder. Se quitó los pantalones de una patada. Se llevó las manos a las braguitas y dejó que resbalaran por sus muslos, dejando que Gabriel viera cada centímetro de piel que se revelaba. Las nalgas suaves de Gúnnr eran escandalosamente sexys. El Engel tragó saliva mientras Gúnnr se quitaba las braguitas por los tobillos y las lanzaba encima del pantalón. Y luego también se sacó los calcetines.

Gabriel pegó su erección a su espalda y se agachó poco a poco para rozar su largura, todavía oprimida por los calzoncillos, contra las nalgas de Gúnnr. Ella se tensó y él llevó una mano a la entrepierna de ella. Acarició sus rizos oscuros con suavidad y ambicionó estar en ese momento dentro de ella. Metió un dedo entre sus pliegues y empezó a acariciarla, al tiempo que metía otra mano por detrás de sus piernas y con dos dedos duros y exigentes penetró su entrada.

Gúnnr abrió los ojos y exhaló sorprendida por la impresión de la invasión tan brusca.

—Hay mucha miel aquí abajo, abejita —susurró Gabriel mordiéndole el cuello con su blanca y recta dentadura. Deseó que fuera Gúnnr quien le mordiera, pero si lo hacía se descontrolaría. Movió los dedos, los sacó y los metió con insistencia mientras el otro dedo torturador no dejaba de acariciarle el clítoris—. Estás excitada y te gusta lo que hago. Dime que me deseas. —Metió los dedos más adentro y hurgó en su interior, controlando en cada momento los espasmos de su cuerpo y la expresión de la cara de la valkyria.

Ella echó el cuello hacia atrás y cerró los ojos con fuerza. Su pelo largo y liso acarició su estómago y su erección, que ya salía por la costura de sus calzoncillos.

So say you love me
or say you need me
Don't let the silence
Do the talking
Just say you want me
Or you don't need me
Don't let the silence do the talking[19]

19. Así que dime que me amas, dime que me necesitas, no dejes que el silencio responda por ti. Di que me quieres, o que no me necesitas, pero no dejes que el silencio responda por ti.

—Dímelo —le ordenó pellizcándole el botón del placer con los dedos.

—Te... Te deseo —Eso lo podía decir. Era una confesión que no implicaba un corazón roto.

—Dime que me quieres —la espoleó de nuevo—. Dímelo. Todos lo saben. Yo lo sé. Pero tú nunca me lo has dicho.

Gúnnr negó con la cabeza y se mordió el labio inferior.

It's killin' me (the silence)
It's killin' me (the silence)
It's killin' me (the silence)[20]

Gabriel gruñó ante la negativa de Gúnnr a expresar sus sentimientos. La soltó durante unos segundos para poder liberar el pene de los calzoncillos. No tenía tiempo para sacárselos, se los bajaría y listos. Lo único que ocupaba su mente era estar en el interior de Gúnnr y acabar con aquella locura.

Ella miró hacia atrás. Tenía las mejillas coloradas y los ojos completamente rojos de pasión y deseo. Pero faltaba algo en aquella expresión. Algo que siempre había estado en ella cuando lo miraba y que había desaparecido. No pensaría en ello mientras la tuviera caliente y dispuesta. Le puso una mano sobre la cadera derecha y con la mano izquierda se cogió la base de su pene.

—¿No me lo dices? —Preguntó exigente—. Bien. Pues que empiecen los fuegos artificales.

Gabriel miró cómo la punta abombada de su miembro hacía presión en la entrada de Gúnnr y se lubricaba con el deseo de la chica.

Ella gimió y dejó caer la cabeza hacia delante. Su pelo cubrió su rostro por completo.

El Engel rugió y se metió de golpe en su interior.

Gúnnr gritó de dolor, haciendo fuerza con sus músculos internos para sacarlo, pero cayó hacia delante hasta apoyarse con las manos en los cojines del sofá, por la fuerza del impulso de Gabriel y porque él había caído con ella.

La valkyria no sabía qué había pasado. Él le había hecho daño. Lo

20. ...Me está matando (el silencio). Me está matando (el silencio).

sentía demasiado grande e incómodo dentro de ella. Ahora estaba quieto, pero le dolía horrores.

—¡Gabriel!

Ese era su nombre y no el de Engel. Oírlo en boca de Gúnnr fue como un relámpago que le devolviera parte de la cordura.

El guerrero le rodeó la cintura con el antebrazo y la levantó un poco para liberarla de su peso. Le acarició los muslos, la cintura y el vientre, y lo hizo con cariño, pidiéndole perdón silenciosamente por haber sido tan brusco. La acarició pacientemente hasta que Gúnnr volvió a excitarse y a humedecerse.

—Apóyate en las manos —le dijo con los labios pegados a su nuca.

Gúnnr se preparó para las embestidas potentes que iban a llegar. Gabriel quería lastimarla, ponerla en su lugar, eso iba a ser un castigo, pero entonces ¿por qué le había acariciado de ese modo?

Gabriel se abalanzó de nuevo sobre ella y le abrió las piernas con las suyas. Sus penetraciones eran precisas y duras, moviendo la pelvis rítmicamente de adelante hacia atrás, y, sin embargo, no le hacía daño, al menos no físicamente. Ella cerró los ojos agradecida porque incluso, aunque su einherjar estuviera enfadado, buscaba un modo de complacerla.

Su sexo se llenó de calor y se humedeció todavía más. Gabriel rugió y llevó una mano hacia delante, para acariciarle el clítoris hinchado y resbaladizo.

Ella gimió.

—Dímelo, Gunny —pidió con su voz teñida de preocupación—. Sólo quiero oírtelo decir.

Gúnnr se quedó en silencio y se clavó las uñas en las palmas de las manos.

—¿Por qué? A ti no te importa lo que yo siento.

—Quiero oírtelo decir porque lo digo yo.

Estaba a punto de correrse. No se lo diría. Ni hablar.

Gabriel se detuvo y ella lloriqueó meneando las caderas.

—Gabriel, no me hagas esto. ¡Por favor!

—Ni... Ni se te ocurra correrte —gruñó lamiéndole el cuello—. Tendrás tu orgasmo cuando digas abiertamente lo que sientes por mí. Eso te liberará. Un maestro de la Tierra lo dijo una vez: «La verdad nos hará libres». Di la verdad.

—Eres autodestructivo. Ahí va una gran verdad —dijo ella con voz débil. Las lágrimas de frustración le caían por las mejillas y se fundían en la tela del sofá—. Y un gilipollas. Ahí va otra.

Gabriel frunció el ceño, meneó las caderas suavemente y le pasó la mano por las alas tatuadas. Estaban rojas como un hierro candente. Y quemaban igual.

—Esto va a ser largo, florecilla. A ver quien puede más de los dos.

Una hora después, Gúnnr todavía no se había corrido y Gabriel tampoco. Ella gritaba a cada embestida, estaba tan sensible que cualquier movimiento o roce interno le producía dolor y placer extremo. Estaba tan hinchada que cada penetración era todo un logro. Luchaba por conseguir su objetivo que no era otro que estallar en éxtasis. Pero cuando estaba a un segundo de lograrlo, Gabriel detenía sus dedos y sus caderas y la anclaba con fuerza en su lugar, para que ella no encontrara la liberación rozándose ni contra el sofá ni contra sus manos.

Los dos estaban sudorosos, respiraban con dificultad. El einherjar nunca había deseado tanto a una mujer como la deseaba a ella, y tampoco había luchado tanto por la rendición de una chica en la cama como estaba luchando por la de ella.

Gúnnr sería la delicia de cualquier amo dominante, tendría mucho trabajo con ella hasta convertirla en una sumisa. Pero él no era dominante. Él sólo quería escuchar cómo Gúnnr decía la verdad.

—Venga, valkyria. Estoy esperando. ¿Quieres que estemos así lo que dure la eternidad?

—Detente, por favor… —Pidió ella entre sollozos—. No puedo más. Me escuece…

—Y a mí —dijo comprensivo—. Tengo el pene irritado, Gúnnr, al rojo vivo, pero sólo quiero que me lo digas. Di: «Es verdad, Gabriel, te quiero».

—Yo… No. —Gimió al notar que la embestida de Gabriel le llegaba al cuello del útero—. ¡Por todos los dioses! ¡Animal! —gritó dando un manotazo hacia atrás—. Déjame en paz. Maldita sea, déjame tranquila… —Murmuró con la cara contra el sofá—. No quiero volver a hacer esto contigo nunca más.

—Estás chorreando, Gunny —susurró sobre su oído, empalándose más a fondo—. No me digas que no te gusta porque los dos sabemos lo jodidamente bueno que es. Dos palabras. Dilas y te daré el mayor orgasmo de todos los tiempos, y será nuestro, Gunny. De los dos. ¿Quién nos va a quitar eso? Nadie puede.

Gúnnr decidió que se iba a quedar en silencio. Ya no quería hablar con él. Hasta ahí había llegado. No iba a rendirse. Lo que habían estado haciendo en esa habitación, que olía a sexo duro, no había estado bien, no lo sentía así. No se sentía a gusto consigo misma. No quería que nadie menospreciara unas palabras tan importantes, las primeras que ella diría en su vida inmortal. Gabriel se estaba riendo de ellas y les restaba importancia. Gabriel la había rebajado y eso la hería en lo más hondo, así que, podía deshacerse el Jotunheim antes de que ella se declarara. Se alejó de él y de ese momento. Se ovilló en su interior, en una esquina retirada de la oscuridad y de la ambición del Engel, de la desgracia de su nacimiento, del dolor de su bautismo tardío y de la herida de muerte que le provocaba el rechazo del único hombre que había amado.

Pero ya no amaba. O, como mínimo, intentaría no amarle.

En esa hora interminable el amor se había congelado.

Gabriel notó que ella se retraía y se enfriaba. Un miedo atroz a haberse sobrepasado le recorrió el alma. Gúnnr se alejaba de él a pasos agigantados y era extraño sentirlo cuando estaba tan clavado en su cuerpo que podía hasta notar el latido de su corazón en su vientre. Notó que los tatuajes de Gúnnr se apagaban poco a poco y percibió que del perfil del tatuaje salía humo, como si la piel se chamuscara, como si se estuviera quemando.

—¿Gúnnr? —Preguntó solícito retirándole el pelo de la cara con manos temblorosas.

Ella negó con la cabeza y hundió el rostro en el sofá.

—Mierda —dijo disgustado. Se metió en su interior y la despertó de nuevo. Esta vez no se detendría. Le daría el orgasmo, ambos se lo merecían por torturarse así durante tanto tiempo. Le acarició con los dedos mientras la embestía y, Gúnnr, a regañadientes, se incorporó en las manos de nuevo. Abrió la boca y los colmillitos aparecieron entre sus labios. Iba a gritar. Iba a gritar de verdad—. Eso es, florecilla. Tómalo. Es todo tuyo.

Gúnnr gritó con todas sus fuerzas, y los cristales del espejo del baño saltaron por los aires en mil pedacitos. Gabriel se corrió con ella, echando el cuello hacia atrás como el guerrero que era y gritando de gusto como un salvaje.

Se dejó caer sobre la espalda de ella, que estaba tan fría que quemaba, como lo hacía el hielo seco. Le extrañó. Él estaba ardiendo y ella helada. No era normal.

Pasó una mano por su piel y entonces vio que las alas de la valkyria, ya ni siquiera eran doradas. Ahora eran azules, de un azul plata ártico. «Nunca me rompas el corazón», le había dicho Gúnnr.

Gabriel se apartó de encima de ella y la tomó de la cintura para levantarla con él. Se salió con cuidado, pero ni ese gentil gesto tardío pudo evitar que ella temblara ante el nimio roce. Le puso una mano sobre el hombro y la giró hacia él porque quería verle la cara. Ella miraba al suelo.

—¿Gúnnr? —le alzó la barbilla y le retiró el húmedo flequillo de los ojos—. ¿Te encuentras bien? ¿Qué les pasa a tus alas? ¿Están bien?

Ella retiró la cara y buscó su ropa que estaba desperdigada por el suelo.

—Nada. Se pondrán bien —su voz era tan suave y baja que apenas la escuchó. Pero ya no le importaba que él lo hiciera—. Necesito cambiarme...

—Ya lo harás después. Te prepararé un baño y dormiremos un poco —le tomó la mano, fría igual que su espalda, y la dirigió al baño del dormitorio. Encendió las luces y abrió el grifo de la bañera. Gabriel estaba asustado.

—Quiero ducharme. No quiero baño —pidió débilmente.

Él asintió. Cerró el grifo de la bañera y abrió el de la ducha hasta que salió el agua caliente y la estancia se llenó de vapor.

Se quedó mirándola con fijeza, el uno enfrente del otro.

Él le sacaba casi dos palmos y ella parecía más pequeña de lo habitual y más distante que nunca. La tomó en brazos y la entró en la bañera, colocándola bajo la alcachofa de la ducha. No pesaba nada. Era la primera vez que era consciente del peso liviano del cuerpo de Gúnnr.

Gúnnr alzó la cabeza hacia el agua y abrió la boca hasta enjuagársela. Notaba la garganta en carne viva, y también notaba que sus partes más íntimas no estaban mejor. Mientras estaba sumida en el placer no le importó, pero una vez que el fuego había desaparecido, era una sensación molesta.

Gabriel se huntó las manos de jabón. Se dirigía a limpiarla él mismo cuando Gúnnr lo miró toda húmeda por el agua, con el pelo echado hacia atrás y enseñándole aquella preciosa cara sin ninguna vergüenza. Tenía marcas de sus dedos en las caderas, y mordiscos y chupetones por todo el cuello, y además estaba hinchada entre las piernas. Él no estaba mejor. Se sentía irritado también.

—Voy a lavarte —dijo él sin inflexiones.

—Quiero hacerlo yo.

—No. Yo soy el responsable de...

—No lo vas a hacer —replicó ella—. No eres responsable de nada. Dime, Gabriel, ¿lo he hecho bien? ¿Me he ganado mi no-destierro?

—No sigas, por favor —Gabriel tenía ganas de vomitar por cómo se había comportado—. ¿Podríamos hacer como si la conversación que hemos tenido después de entrar en esta habitación no hubiera tenido lugar nunca? Nunca. —Murmuró deseando entrar en el baño con ella y tranquilizarla. Tranquilizarse los dos. Abrazarla y sólo acariciarse. Eso era lo que él quería ahora.

—Lo siento, pero no voy a olvidarlo —le aseguró ella controlando el temblor de su voz—. Supongo que todas esas cosas que ahora quieres olvidar eran pensamientos que tenías ganas de decirme desde que te arrinconé en el Valhall, o desde que simplemente viste que te miraba de un modo más íntimo, ¿verdad, Engel? Seguro que pensabas que era patética o que era tonta por tener sentimientos hacia ti... —Le temblaba la barbilla y no sabía si era por la conmoción o por la pena—. O peor, por creer que podrías quererme... Qué estupidez, qué estúpida he sido —se regañó ella misma—. A mí nadie me quiso. ¿Por qué ibas a hacerlo tú? Te he molestado demasiado.

Gabriel se sintió humillado por la entereza y la franqueza de Gúnnr. Ella siempre había sido así. Directa y sin rodeos, pero con una sencillez que abrumaba. ¿A qué se refería con eso de que nadie la había querido?

Él no supo qué contestar ni qué decir.

—No es verdad, Gúnnr. Estamos los dos cansados y yo... —Levantó las manos para agarrar su cintura, pero ella se apartó. El Engel no sabía qué era lo que le estaba pasando, ¿por qué de repente tenía ganas de llorar? ¿Por qué le dolía la barriga, la garganta y el pecho?—. He sido un bruto, perdóname —le rogó con arrepentimiento.

—Te perdono —aseguró ella, valiente en su desnudez—. Te perdono, Engel.

Gabriel valoró el gesto de Gúnnr. ¿Cómo podía perdonarle? Él no podía.

—Menos mal… —Bufó y se pasó el antebrazo por la frente—. Acércate, quiero compensarte, Gúnnr.

—No —dijo ella suavemente.

—Pero... Has dicho que me perdonas —gruñó frunciendo el ceño.

—Y lo hago. De verdad —las gotas de agua caían por su barbilla, por su pecho y su vientre.

Gúnnr sonrió, pero estaba a años luz de él. Y Gabriel lo sentía en cada poro de su piel. Levantó una mano temblorosa para rozar el rostro de Gúnnr, pero ella giró la cara. No dejaba que la tocara.

—No sé por qué me escogiste, Engel —dijo con el mismo tono monótono—. Lo he intentado entender durante el largo tiempo que hemos estado juntos… Pero no lo comprendo. No sé por qué te encomendaste a mí cuando nunca me has dejado acercarme lo suficiente, cuando nunca he sido lo que buscabas. Creía que la elección entre valkyrias y einherjars era única y certera, pero siempre hay una excepción, supongo.

—¿Adónde quieres llegar, Gunny?

—Creo que va siendo hora de arreglar nuestro error. Yo te libero, Engel. Ya no eres… *mío*.

Gabriel miró al techo, esperando que algún dios se materializara o que algún rayo cayera sobre ellos, pero no pasó nada de eso.

—No me liberas. No puedes liberarme y no quiero que lo hagas. Todo sigue igual. Yo sigo aquí y tú estás aquí. Estamos juntos, ¿ves? —Señaló al espacio que había entre ambos—. Tú y yo, como siempre.

Era ridículo creer que Gúnnr podía haber roto el *kompromiss* con esas palabras. Pero algo en los ojos tristes de la chica le hicieron creer lo contrario.

Dio un paso adelante y la tomó de los antebrazos, húmedos por el agua de la ducha.

—¿Qué has hecho, Gúnnr? Te pido perdón, de verdad. Me arrodillo y me arrastro si quieres… Oye, florecilla, contéstame… ¿Has hecho algo?

Los ojos de la valkyria se llenaron de lágrimas, mientras asentía con una pena profunda.

—Sí. Te he dicho adiós.

Gabriel sintió que se acongojaba y que un nudo le oprimía la garganta. ¿Cómo le había dicho adiós si la tenía delante de él?

—Mis alas… Mis alas han cambiado de color —le explicó resignada—. Freyja nos dijo una vez que sólo deseando no pertenecer a un einherjar, podíamos romper el *kompromiss*, pero debíamos desearlo con el alma y el corazón. No había pasado nunca, puesto que nunca una valkyria y un einherjar con *kompromiss* habían querido siquiera alejarse el uno del otro, ya que se supone que son almas afines. Pero si se lograba romper el compromiso con sinceridad, la única prueba de que se había logrado era ver que las alas de la valkyria y del einherjar se tornaban azules. Era una señal de que la pasión se había congelado.

—Mis alas siguen ahí —se miró la espalda—, no han mutado. Me estás tomando el pelo, sólo quieres ponerme nervioso, ¿verdad?

—Tus alas tampoco se desplegaron ayer noche —refutó con sencillez—. Sura me ha dicho que a los einherjars se les despliegan las alas cada vez que lo hacen con su valkyria. Esa es la señal de que están con su alma afín. Yo desplegué las mías y tú no —Gúnnr sintió pena por la cara de desolación de Gabriel. Le retiró el pelo de la mejilla, frotó su pelo rubio que tanto la fascinaba con los dedos y luego lo dejó ir—. Parece que la que está equivocada aquí soy yo. Soy yo la que te retiene, Engel. Yo no soy tu alma afín.

Cuando escuchó esas palabras de boca de su valkyria, Gabriel se echó hacia atrás como si le hubieran golpeado.

—Tú tampoco has desplegado hoy las tuyas… —Dijo él con la voz ronca.

—Desde que tuvimos la conversación en el coche y luego me pusiste contra el sofá, he deseado que nuestro *kompromiss* acabara. Mi cuerpo ha reaccionado a mi deseo.

El Engel no sabía dónde mirar. Sólo sabía que veía borroso, que le picaban los ojos y que el corazón le palpitaba muy rápido.

—Esto no es definitivo. No puede serlo —murmuró él con cara de estupefacción—. Gúnnr, tú no me puedes dejar... No está bien... ¡No te puedes ir!

—No me voy a ningún lado, Engel. Me quedo a luchar a tu lado. Al fin y al cabo, me he ganado mi permanencia en el Midgard, ¿no?

Gabriel notó que las rodillas se le debilitaban y decidió salir del baño antes de caer ahí rendido.

Jamás se había sentido tan mal. Le dolía la garganta, como si quisiera salir un grito desde lo más hondo de su alma pero se viera incapaz de hacerlo o de expresar todo lo que sentía y quería decirle a esa mujer.

Necesitaba pensar.

Se puso sus pantalones, guardó su cartera y el pasaporte en el bolsillo trasero, por si decidía salir a despejarse. Miró su reloj. Eran las seis y media de la madrugada. ¿Qué debía hacer ahora? Se sentía enfermo por lo que había pasado en esa habitación. Se daba asco a sí mismo.

Se sentó en una esquina de la cama, apoyó los codos sobre las rodillas y se acarició el pelo con las manos. ¿Qué coño había hecho? ¿Qué retorcido modo de actuar era ese? Al final, su padre tenía razón. Era como él. Un coaccionador, un chantajista emocional. Un mierda.

Repentinamente, el salón se iluminó, y Gabriel pensó que era Gúnnr con sus rayos. Pensó que era la valkyria que por fin se ponía furiosa y le daba la caña. Joder, estaba deseando verla así en vez de ver cómo toda su alegría y calidez se habían apagado por su culpa. Pero Gúnnr estaba en el baño. Entonces, ¿quién había allí?

Se levantó, y sus pies se quedaron inmóviles cuando encontró a una mujer vestida con un traje de época de color rojo y un antifaz negro sobre la cabeza. Tenía los ojos verdes, una melena larga azabache y un rostro de pantera espectacular. Miraba a su alrededor, algo aturdida pero con seguridad, como si no fuera la primera vez que estuviera haciendo lo que fuera que estuviera haciendo.

Era alguien que Gabriel creía haber amado.

Alguien que no había sido más que un capricho.

Alguien que ya no provocaba nada en su sistema nervioso.

La vaniria Daanna McKenna.

—¿Gabriel? —Dijo ella con los ojos vidriosos por la emoción—. No puedo creer que... ¡Por Morgana, Gabriel! ¡¿Qué haces aquí?! Tú... Te vimos cómo...

Gabriel estaba igual de impresionado que ella.

—¿Daanna? Qué... ¿Qué estás haciendo aquí? Yo... Soy el Engel. Un einherjar de Odín. Él me ha reclutado.

Daanna desencajó la mandíbula y lo miró de arriba abajo.

—Un einherjar... ¿Has dicho que eres el Engel? ¡¿Tú eres el Engel?! Es... ¡Es increíble! Tengo muchas preguntas que hacerte y tengo más que agradecerte —dijo ella de manera atropellada—. Entonces... —Miró de nuevo a su alrededor y se quedó pensativa—. Es a ti a quien vengo a buscar —dijo para sí misma—. Increíble. Tengo que llevarte conmigo.

—¿Llevarme? ¿Ahora? ¿Adónde?

Ella sólo le tendió la mano y le sonrió.

—Está bien, está bien... —Daanna se llevó la mano al vientre, como si intentara calmar a algo o a alguien, y puso los ojos en blanco—. Tenemos que hacer un viajecito. Vamos, date prisa —movió los dedos de la mano—. No controlo mucho las bilocaciones todavía y, para serte sincera, no sé ni cómo me he bilocado. Estaba bailando en el jardín con Menw, feliz y plena por haber recibido una excelente noticia y... ¡Zas! Me biloqué. ¿No es sorprendente? —Preguntó sin esperar respuesta—. Pero esta vez, en el túnel, la voz de Freyja me ha dicho que debo llevarte conmigo y creo que estoy a punto de irme ya. Empiezo a marearme. —Daanna se quedó mirando un punto al lado del hombro izquierdo del Engel—. Uy, no estás solo. —Se intentó disculpar.

Gabriel se dio la vuelta y se encontró a Gúnnr, que tenía el cuerpo envuelto en una toalla azul. La valkyria tenía los ojos hinchados por las lágrimas y reconoció a Daanna inmediatamente, porque era una mujer, y las mujeres tenían ese sexto sentido.

—No me lo digas —dijo Gúnnr suavemente—. Eres Daanna, ¿verdad? El amor de Gabriel —tragó saliva y levantó la barbilla.

Daanna frunció el ceño y se quedó con la vista fija en Gúnnr. Era una chica preciosa y muy adorable. ¿Era la novia de Gabriel?

—A este paso todas las mujeres me van a odiar... —Murmuró la vaniria con resignación—. Necesito llevármelo, pero te lo devolveré, te lo prometo —le aseguró con una sonrisa de disculpa.

—No hace falta. Puedes quedártelo, te aseguro que él lo está deseando. Yo… Yo ya lo he liberado de mis garras —miró a Gabriel por última vez, como si en realidad no lo quisiera dejar marchar. Con gesto derrotado se dio la vuelta y se sentó en la cama.

Gabriel se sentía cada vez peor. Dio dos pasos hacia Gúnnr y se sintió ruin al ver la sorpresa en el gesto de la joven, como si la chica jamás esperara algo de él, como, por ejemplo, que la eligiera a ella. «Nadie me ha querido nunca», había dicho Gunny.

Era un desgraciado, eso era, por permitir que alguien tan dulce y bueno como Gúnnr sufriera por su culpa, y era un miserable por haber tenido miedo de ella. El Engel no temía a nada, pero sí que tenía miedo del amor puro e incondicional de una joven valkyria. Él era el patético y el cobarde, no ella. «Florecilla, ¿qué te he hecho?». Quiso arreglarlo todo inmediatamente. Si la abrazaba fuerte y le pedía cien mil veces perdón, a lo mejor ella…

—Lo siento, pero ya lo arreglarás luego. —Daanna lo tomó de la muñeca y tiró de él.

Gúnnr vio que la mirada angustiada de Gabriel la recorría, y luego vio como él clavaba sus ojos definitivamente en los ojos verdes eléctricos de Daanna.

La vaniria y el einherjar desaparecieron de un plumazo, dejando una estela de partículas brillantes a su alrededor.

Y dejando a Gúnnr en Chicago, con las alas heladas y el corazón roto.

XVI

Un túnel de color muy parecido al que habían utilizado para viajar a través de la antimateria llevaba a Daanna con Gabriel de la mano.

Entonces, ese era el don de Daanna, pensaba Gabriel. Se desplazaba en el tiempo y en el espacio; pero lo que no entendía era el vestido de época de color rojo y lleno de pedrería brillante que llevaba la vaniria. El túnel se llenaba de luz y daba vueltas como si estuvieran en el vórtice de un huracán. Se oían voces y todo tipo de ruidos, como los que hace una radio cuando quiere sintonizar una cadena.

Daanna. Iba cogido de su mano, con los dedos entrelazados. En otro tiempo poder tocarla así hubiera hecho que acabara en los pantalones en un santiamén. Pero en la actualidad, aunque la vaniria seguía siendo un espectáculo para la vista, no era tan fascinante ni para sus sentidos ni para su corazón. Y él sabía perfectamente quién tenía la culpa de eso: la valkyria que había dejado llorando en la habitación del hotel, con las alas heladas y una mirada desoladora llena de abdicación.

Su Gúnnr. El puño que le oprimía el pecho regresó de nuevo, y con él llegaron también las ganas de regresar inmediatamente y pedirle a Gúnnr que le perdonara y le ayudara a superar sus miedos. Nadie mejor que él sabía que tenía un problema que escudaba con otro. Él lo había escudado con Daanna.

Estar enamorado de Daanna había sido fácil, ¿quién no lo estaría? Y todo lo que Daanna suponía como mujer era un aliciente para seguir encaprichado toda la vida… Era un escudo para que nadie se acercara, para que todas las mujeres que se le arrimaran tirasen la toalla antes de intentarlo con él, antes de siquiera llegar a conocerlo. Estar enamorado de Daanna había sido como llevar un anillo de casado. Muchas mujeres, las más buenas como Gúnnr, no se hubieran acercado. Pero la valkyria lo había hecho de un modo sigiloso, inocente y puro, como si tejiera una canción de sirena a su alrededor, metiéndose poco a poco bajo su piel. Gunny había sido su amiga, la que le arrancaba las sonrisas, la chica que le había dado calor y cobijo cuando había estado en el Valhall; el cuerpo y el alma de mujer a quien se había encomendado.

Sí; amar platónicamente a Daanna había sido fácil y sencillo, porque podía amarla para siempre en la distancia y no arriesgarse a despertar la naturaleza que su padre estaba convencido que él tenía. En cambio, había convivido con su valkyria y le había hecho daño a propósito para que ella se alejase de él.

Era un capullo. Herir a Gúnnr y perderla era una herida que acabaría con él, que nunca se perdonaría. Por eso, cuando regresara con ella, le rogaría que no le dejara y pelearía por ganarse de nuevo su confianza, una confianza que ella le había entregado a ciegas desde el primer día que se vieron.

Decidido. Lucharía por Gunny porque..., porque... Porque sentía cosas muy fuertes por ella. Cosas que había querido anestesiar con frialdad e indiferencia, pero, al final, había comprendido que no se podía dormir a un dragón con un tranquilizante, ¿verdad? Descender a la Tierra había volatilizado todas esas emociones reprimidas que tenía hacia la valkyria, aunque ni siquiera él sabía que las tenía.

¿Y ahora qué? Sólo le quedaba esperar a verla otra vez. Y mientras tanto, iría donde Daanna lo llevase.

¿Vería a sus amigos? Daanna había dicho que Freyja le había ordenado que se llevara a quien encontrara en su bilocación. Por tanto, era un encuentro permitido, además, no había sido él el que había ido en busca de ellos, ya que eso lo tenía prohibido; pero al ser Daanna quien viniera a buscarlo, las condiciones cambiaban. ¿Vería a Aileen, Ruth, Nora, Liam, As...? Estaba deseando ver la cara que pondrían los arrogantes de los vanirios y los berserkers cuando vieran que él era el Engel, el mejor einherjar de Odín. Iba a disfrutar como un enano al ver su reacción. Cuando era humano y estaba con ellos, tenía que aguantar todo tipo de puyas, le llamaban «Barbie» y «Principito». Pero ya no podían. Sonrió maliciosamente.

Súbitamente, el remolino desapareció y se encontró en un jardín, delante de una fuente que cambiaba de colores, con una estatua de Odín y sus dos cuervos en el centro. Gabriel seguía agarrado a la mano de Daanna, pero ésta estaba en brazos de un Menw McCloud vestido de blanco y con una coleta rubia alta que dejaba entrever una trenza bicolor. Llevaba un antifaz dorado sobre la cabeza. Daanna yacía sentada sobre su regazo, con la cabeza apoyada en su hombro y una expresión de paz y felicidad que nunca antes había visto en su rostro. Parecía completa.

El vanirio, sanador del clan *keltoi,* se levantó con ella en brazos y miró a Gabriel con cara de estupefacción. Gabriel soltó la mano de Daanna y miró a Menw sin titubear.

—¡¿Gabriel?! ¡Me cago en la puta! —Abrió los ojos como platos—. ¡Tú! ¡Tú estás muerto!

—¿Tú crees? —Se miró el pecho desnudo y los brazos con las esclavas.

Daanna se despertó poco a poco, y al abrir los ojos miró a Gabriel con una sonrisa de alegría e incredulidad en los labios. Sus ojos verdes repasaron a Menw y a su amigo humano muerto. No se pelearían, ¿no? Menw captó el pensamiento de Daanna, y todavía sorprendido, inclinó la cabeza y la besó con dulzura en los labios.

—¿Dónde has estado, *mo ghraidh*?[21] —Preguntó Menw con preocupación—. ¿Has bajado al infierno y has rescatado el alma de este loco?

Daanna sonrió.

—Es el Engel.

El sanador arqueó las cejas rubias y se quedó momentáneamente callado, asimilando la información.

—¿Él es…? Pero, ¿cómo…?

—Ajá. Bájame —le pidió Daanna.

Cuando la vaniria tocó de pies en el suelo, dio dos pasos hacia Gabriel, le rodeó la cintura y le abrazó con suavidad.

—No me puedo creer que estés vivo, Gabriel —reconoció con la mejilla en su pecho—, pero antes de que te descubran todos y nos expliques qué haces aquí, quiero decirte algo.

—¿Que soy más alto, más fuerte y más guapo que antes? —Replicó mirando a Menw con diversión. Era extraño no sentir absolutamente nada teniendo a Daanna en sus brazos.

«Gúnnr, ¿qué me has hecho?», pensó resignado.

Daanna negó con la cabeza y Menw carraspeó con la garganta.

—Gracias por devolverme mi corazón. —La vaniria se puso de puntillas y lo besó en la mejilla—. Tu deseo ha hecho que recuperara a Menw —le confesó—. Él era el único que podía activar mi don, y gracias a eso

21. *Mo ghráidh*: En gaélico significa «Mi amor».

pudimos... hablar de muchas cosas —miró a su vanirio con una sonrisa desvergonzada en los voluptuosos labios.

—¿Es eso cierto, sanador? —Preguntó Gabriel acariciando los hombros de Daanna—. ¿Por fin vas a tratarla como se merece? ¿Ya no os odiáis?

Menw apartó a Daanna de los brazos de Gabriel y miró a su *cáraid* con una disculpa en sus ojos azules.

—Ya sabes lo que dicen... *Del odio al amor no hay más que un mordisco.* ¿Verdad, amor? —Sepultó la cara en el cuello de Daanna y ésta le permitió que hiciera cualquier cosa con ella—. Me ponen nervioso tus bilocaciones, Daanna —le susurró—. Estábamos bailando aquí, abrazados, tú habías cerrado los ojos y de repente, te quedaste lacia en mis brazos. Así, sin avisar.

—Parece que puedo bilocarme mediante el estado de la euforia. Es curioso...

—No es curioso. Es terrorífico.

Daanna acarició la mejilla de Menw.

—Está bien. Estoy feliz, amor.

—Y yo. Pero bilocarte así... No sé ni cuándo ni cómo volverás...

—Siempre regresaré a ti, *mo priumsa*[22] —murmuró besándole la mejilla y entrelazando sus dedos con los de él—. Por cierto, ¿no querías decirle algo a Gabriel?

—¿Ahora?

—No, cuando llegue el *Ragnarök* —contestó Daanna con sarcasmo—. Me dijiste que si tenías la oportunidad de verle otra vez, le darías las gracias.

Menw frunció el ceño y chasqueó con la lengua.

El sanador se quedó mirando al Engel con un respeto que hasta ahora nunca le había prodigado. Se plantó ante Gabriel y le ofreció la mano, con sinceridad y reconocimiento.

—Me has dado una lección, Gabriel. Te odié por pensar que querías arrebatarme a Daanna.

Gabriel pensó: «Pues no ibas muy mal desencaminado. Pero era plenamente consciente de que nunca podría conseguirla. Por eso... Por eso me prendé de ella». Gabriel apretó la mandíbula. «Soy un gallina, Gúnnr».

—Pero tu deseo en el Valhall hizo posible que ahora estemos juntos

22. *Mo priumsa*: En gaélico significa «Mi príncipe».

—prosiguió Menw—. Fue noble por tu parte y siempre, siempre, te estaré agradecido. Cuenta conmigo para lo que necesites, Engel.

El einherjar aceptó el antebrazo de Menw, y cuando lo agarró, Menw tiró de él hasta que chocaron los hombros y se abrazaron con el brazo libre.

—Ahora eres mi hermano —proclamó Menw—. *Mae, mo brathair.*[23]

Una onda llena de orgullo barrió a los dos guerreros.

—Es un honor —aseguró Gabriel.

Daanna se limpió una lágrima con la punta de los dedos y entrelazó las manos delante de su barriga.

—Sé de dos personas que cuando te vean van a desmayarse —musitó Daanna.

El ladrido de un perro separó a Menw y a Gabriel.

El Engel echó un vistazo por encima de su hombro y se echó a reír cuando vio quien se acercaba:

—¡Brave! —Abrió los brazos y se arrodilló en el suelo a la espera de que el cachorro de husky de Aileen llegara hasta él dando botes y con la lengua afuera. Gabriel se volvía loco con los animales, y había querido a ese perrito con todo su corazón—. ¡Ven aquí, guapo!

Brave saltó encima de Gabriel y éste lo abrazó, acariciándolo por todos lados.

—Cada vez estás más grande —Brave ladró en respuesta.

La silueta de dos niños pequeños apareció entre los arbustos que daban a la fuente. Eran los gemelos, Liam y Nora, los sobrinos de Adam.

Nora llevaba un vestido blanco con ribetes rosas, una coleta alta rubia y sus ojos oscuros miraban a Gabriel con asombro.

Liam sonreía como si hubiese descubierto un tesoro. Parecía un hombrecito, con su traje negro y aquella cara de indio. Los dos críos llevaban los antifaces sobre la cabeza, y Liam todavía tenía las marcas de la goma en la cara.

—¿Estamos en una fiesta? —Preguntó Gabriel repasando la indumentaria que todos llevaban.

—Estamos en Wiltshire —contestó Menw—. En la casa de campo de As. He preparado un baile de máscaras para mi Daanna. En la vida hay tiempo para la guerra y también para la celebración. Hoy le he pedido que se case conmigo.

23. *Mae, mo brathair*: En gaélico significa «Para siempre, mi hermano».

—Ya veo —murmuró Gabriel sonriendo a su risueña amiga vaniria. Se alegró por Daanna y por Menw. Se lo merecían. Clavó la vista en los gemelos—. Hola, niños.

Nora se acercó a Liam y se cogió a su brazo:

—No se lo digas a nadie, Liam, pero creo que yo también soy una cazadora como Ruth —se cubrió la boca con una manita, y le dijo al oído—: Yo también veo muertos.

—Y yo —dijo Liam asombrado.

—A ver... *¡Slytherin!*—Gritó Nora con convicción alzando la mano y esperando que el arco blanco de los elfos, característico de la Cazadora, apareciera en sus manos.

—Eso es de Harry Potter, Nora... —replicó Liam riéndose de su hermana—. El arco de Ruth se llama *¡Sífilis!* —Él también alzó la manita morena, pero nada en ella se materializó.

Gabriel se levantó con lentitud y dejó al perro en el suelo, pero Brave seguía colgándose de su pierna, pidiendo que lo acariciara.

El arco de Ruth se llamaba *Sylfingyr,* recordó él con una sonrisa.

—¿Eres un zombi? —preguntó Liam.

Daanna y Menw se echaron a reír. Nora puso los ojos en blanco.

—No es un zombi. A los zombis se les caen los ojos y los dientes —miró a Gabriel estudiándolo de arriba abajo—. Me gustan tus pulseras —dijo la niña intrépida, acercándose a él y tocando las esclavas metálicas que llevaba en los antebrazos—. Ya sé lo que eres. Eres un *momio.*

Joder, ¡cuánto había echado de menos a esos renacuajos!

—¿Un momio? —repitió Gabriel ahogando una carcajada.

—Sí, esos que entierran con un montón de oro y joyas y luego reviven —explicó Nora cogiéndole la mano a Gabriel y tirando de él—. Ven a que te vea Ruth, ella va a ponerse contenta cuando te vea...

Liam cogió la otra mano de Gabriel y tiró de él hasta que salieron de la zona de la fuente, con Brave, Menw y Daanna tras ellos, emocionados por el reencuentro.

Cuando llegaron a la magnífica casa de campo, Gabriel se quedó parado delante de la puerta de entrada.

Ellas estaban dentro. Aileen y Ruth. Sus amigas.

¿Cómo iban a reaccionar al verle?

Se oía el jolgorio típico de una fiesta. Risas, palmas, el sonido de un brindis, el golpeteo de los zapatos en el suelo, y música muy alta. La canción de *Where we are* de Westlife estaba haciendo temblar las paredes de aquella mansión de piedra blanca.

Stay, stay where you are.
Don' t let me go,
Don' t let me go.
Made it this far.[24]

Gabriel tragó saliva para que el nudo que tenía en la garganta bajara de una vez. No sabía por qué, desde que había pasado lo que había pasado con Gúnnr, se sentía tan emocionado y sensible. Y ahora, estaba convencido de que iba a llorar como una nenaza cuando volviera a ver a sus chicas.

Pero no le importaba llorar, las palabras de su padre jamás le harían avergonzarse de llorar por ellas. Por ellas no. Jamás. Sus amigas eran auténticas guerreras, mujeres que luchaban por aquello en lo que creían, cuyos objetivos y valores, siempre estaban por encima de su egoísmo. Por Ruth y Aileen podría llorar.

...Oh baby stop!
Stop right there.
Don' t walk away...[25]

Liam y Nora habían entrado como dos cohetes y ahora sacaban cogida de las manos a Ruth vestida con un traje de princesa color amarillo y un antifaz negro, el cual hacía relucir sus ojos de color dorados. Con el pelo caoba y aquella cara de gata que tenía estaba muy bonita. Aileen iba detrás de ella con la seguridad que la caracterizaba. Sus ojos lilas cubiertos

24. Quédate, quédate donde estás. No me dejes ir, no me dejes ir. Alarga este momento.
25. ...Oh, niño, párate. Quédate justo ahí. No te alejes...

con un antifaz plateado y el pelo negro alborotado alrededor de la cara lo dejaron noqueado. Sus dos amigas estaban deslumbrantes.

—¡Mira, un momio! —gritó Liam señalando a Gabriel.

Liam y Nora sonrieron con pillería.

Aileen y Ruth miraron al frente y finalmente lo vieron.

Se quedaron paralizadas.

No se podían creer lo que veían sus ojos. No podían parpadear.

Aileen entrecerró los ojos y se llevó la mano al corazón. La barbilla le empezó a temblar mientras intentaba articular palabra.

Ruth se llevó los temblorosos dedos a los labios y tomó aire repetidas veces mientras sus ojos se llenaban de lágrimas.

We survived the crash,
Made it through the wreckage.
Standing here at last.
So perfectly written.[26]

Las dos a la vez se quitaron el antifaz lentamente y dieron un paso hacia delante, temerosas de que, con aquella acción impulsiva, la imagen adorada de su amigo desapareciera como si jamás hubiera venido a ellas. Y ellas deseaban que él fuera real, porque nada había sido peor que perderle y ver que la luz de Gabriel se había apagado.

Ellos siempre habían sido tres, hasta que él se fue.

Y como si fueran ambas una pareja perfectamente coreografiada, tiraron el antifaz al suelo, porque podría ser que se hubieran quedado sin fuerzas como para sostener algo tan nimio. La vida daba sorpresas increíbles, y era cierto que, al final, los mejores momentos eran aquellos que dejaban a uno sin respiración. Como aquel instante.

Con un grito desgarrado de pena o de alegría, las dos saltaron los seis escalones de golpe, se olvidaron de trajes y protocolos, se levantaron el vestido y corrieron a por su amigo perdido en batalla.

—¡¡¡Gaby!!!

—¡Gabriel!

26. Sobrevivimos al golpe, y lo hicimos caminando por encima de los escombros. Y aquí estamos de pie, al fin. Perfectamente escritos.

Now where we are,
Is where were suppose to be.
Where we are,
Keeps the breathe in me.
Where we've been,
Risen from the day.
Where we're no one
can tear us apart.
That's where we are.[27]

Gabriel no pudo soportar la emoción y se cubrió los ojos con el antebrazo, antes de abrir los brazos, morderse el labio inferior y abrazar a Aileen y Ruth, que impactaron contra él con sus cuerpos, en un lío de brazos y piernas.

No era vergonzoso llorar.

Uno debía tener el derecho de elegir por quien llorar, porque no se podía llorar por todo el mundo. Y él había elegido llorar sinceramente por ellas y con ellas.

Los dioses decían que la virtud no dejaba llorar a los valientes, y que en cambio mandaba llorar a los débiles.

Su padre decía que llorar era de maricas.

Y Sun Tzu mencionaba que no debías mostrar debilidad alguna.

Pero él era Gabriel. Y Gabriel lloraba porque le daba la gana. Nadie diría nunca más qué o quién era, o qué debía o no debía hacer.

Cuando abrazó los menudos cuerpos de sus dos amigas, entendió todo.

Lloraba por él, lloraba por ellas, por verlas de nuevo, por no haber sido sincero con ellas, por un montón de cosas que no sabía expresar con palabras. De ahora en adelante sería quien era en realidad, y lloraba porque se despedía de aquello que había sido de cara a ellas y a todos los demás, porque se despedía de muchas cosas. Lloraba porque era el modo de expresar que había querido y que seguía queriendo. Y eso era un gran descubrimiento para él. Y lloraba porque siempre había una primera vez.

Aileen y Ruth no dejaban de sollozar, acariciándole por todas partes,

27. Donde estamos, es donde se supone que debemos estar. Donde estamos, mantengo mi respiración. Donde hemos estado, elevados por el día. Donde estamos ahora, nadie podrá separarnos. Ahí es donde estamos.

besándolo, tocándolo maravilladas, como si fuera un milagro verle de nuevo. Y lo era.

—Gaby… —Dijo Ruth entre sollozos—. Gaby, no me-me hubiera perdonado no verte nunca-ca más. Arriesgaste tu vida por mí. —Hundió la cabeza en su enorme cuello y lloriqueó como un bebé—. Y encima lle-llevabas esa camiseta melodramática…, que-que me hacía polvo… Desgraciado.

Gabriel sonrió comprensivo y acarició la espalda de Ruth para tranquilizarla.

Aileen le abrazaba tan fuerte y con tanta fuerza que toda ella temblaba y toda la energía para hablar se le iba en ese gesto. Ella no necesitaba decir nada para expresar lo feliz que estaba por verle.

Sus dos amigas, tan buenas y tan diferentes la una de la otra… Qué afortunado había sido por contar con ellas.

—Me alegro tanto de veros —dijo con voz ronca.

Aileen levantó la cabeza. Tenía la cara llena de restregones. Roja y húmeda por las lágrimas.

—Dónde… ¿Dónde has estado? Y… ¿Qué te ha pasado? —Le palpó los hombros y el cuello—. Estás enorme. Y… Y te ha cambiado la voz. ¿Y dónde está tu camiseta?

—¿Por qué no dejáis que entre y nos lo cuente todo? —Sugirió una voz de barítono muy familiar y carismática para él.

As Landin, el *leder* del clan berserker, se había acercado a ellos con respeto y silencio. Llevaba el pelo largo y suelto, un esmoquin negro, la barba muy pulida salpicada de algunas canas y sus ojos verdes llenos de satisfacción.

Gabriel caminó con Ruth y Aileen colgadas de él como si fuera un perchero. Era cierto que estaba más alto, que había crecido a lo largo y a lo ancho: prueba de ello era que los pies de Aileen y Ruth no tocaban suelo por unos cuarenta centímetros. Ahora era como un berserker o un vanirio. Igual de mortífero que ellos e igual de desafiante. Ahora era un guerrero inmortal, no era sólo el humano que había pasado desapercibido por la vida y que en última instancia, había intentado ayudarles. Ese humano ya no estaba.

—Hola, *leder*[28] As.

28. *Leder*: En noruego significa «Líder».

—Guerrero —le saludó As con la boca llena de orgullo—. Es un honor tenerte aquí. —Tomó a Gabriel por la nuca y juntó su frente a la de él, mirándole fijamente a los ojos—. Estás en tu casa, hijo.

Una vez dentro, Caleb McKenna, el líder del clan vanirio de la Black Country, le abrazó con fuerza y le golpeó la espalda con la mano abierta. María y las sacerdotisas le llenaron de besos. Adam, el chamán del clan berserker, le abrazó dándole una cálida y sincera acogida. Gabriel había salvado con su vida no sólo a Ruth, sino también a sus sobrinos:

—Mi gratitud hacia ti será eterna, *kompis*[29]. Tengo una deuda contigo —le dijo el moreno de pelo rapado con tono solemne.

El resto de vanirios le saludaron y brindaron por él. Fue recibido como un guerrero que había ganado la mayor de las victorias, burlar a la muerte. Sin embargo, él sabía perfectamente que esa no era su misión.

Gabriel estuvo un buen rato hablándoles de todo lo que había pasado desde que Nanna le había subido al Valhall. Todos le escuchaban con atención, no salían de su asombro. Les explicó lo del robo de los objetos de los dioses y todo lo que él había descubierto sobre su ubicación. Les habló de los vanirios de Chicago, de los devoradores que habían descendido a la tierra, de los berserkers de Milwaukee, y del transformista que había engañado a los dioses y había entrado en el Asgard haciéndose pasar por Freyja.

—Si no recuperamos esos tótems cuanto antes, puede que los jotuns logren acelerar el día de la llegada del *Ragnarök* —concluyó Gabriel—. Por eso nos han enviado. Para recuperarlos.

—Lo más importante es recuperar el martillo y la lanza —dijo As acariciándose la barba—. ¿Cómo podemos ayudar? ¿Hay algún modo de que podamos interferir o estar informados?

—De momento nosotros estamos en Chicago —explicó Gabriel—. Sabemos que Mjölnir está en algún lugar de la zona céntrica de la capital, pero han encontrado un modo de camuflar su energía electromagnética y, aunque hemos perdido su ubicación exacta, le seguimos el rastro. No veo apropiado que os moviliceis, *leder.* Por lo que me has contado, habéis hecho mucho avances aquí, ¿no? Menw se ha dedicado a hundir

29. *Kompis*: En noruego significa «Compañero».

Newscientists y a encontrar una especie de antídoto para el hambre vaniria. Habéis encontrado a un montón de guerreros y niños perdidos y maltratados de los clanes, y habéis destruído los túneles de Capel-Le-Ferne. Es increíble. Nosotros os mantendremos informados a través del foro. Seguro que tarde o temprano necesitaremos vuestra ayuda.

—Tenemos a Mizar Cerril —murmuró Caleb—. La hija adoptiva de Patrick Cerril.

Los ojos azules de Gabriel reconocieron el nombre del hombre.

—Es uno de los científicos de Newscientists.

—Está muerto —aseguró Menw—. Pero... Tenemos a su hija adoptiva. Por lo visto, es una chica muy inteligente que ha trabajado en Newscientists y, además, es una de las que llevaban el proyecto de la detección de portales electromagnéticos en la tierra. Es un genio de los quarks.

—¿Y bien? ¿La habéis interrogado? —preguntó expectante—. ¿Cómo entraron en el Asgard? Crearon un portal sin lugar a dudas, pero, ¿cómo han podido hacerlo?

—No... Ya no podemos interrogarla. Cahal se está encargando de ella y está utilizando sus propios métodos.

—¿Dónde? —Miró a su alrededor—. ¿Por qué no está aquí?

—Verás... —Daanna se incomodó al hablar de eso—. Mizar fue una de las que torturó a Cahal. Secuestraron a Cahal la noche que fuimos al Ministry of Sound, ¿te acuerdas?

—Sí. Caramba.

—No lo pudimos hallar hasta hace dos días. Lo encontramos en Capel-Le-Ferne. Cahal estaba muy mal herido.

—Menuda zorra.

—Creo que estaba confundida sobre lo que Cahal era en realidad. No sabía nada sobre los vanirios. Para ella, vanirios y vampiros eran lo mismo: asesinos.

—No la disculpes, Daanna —le pidió Menw—. Haga lo que haga mi hermano con ella, estará bien. No podemos juzgarle. No hemos pasado por lo que él pasó a manos de su *cáraid.*

—¡¿Es su *cáraid?!* —Gritó Gabriel impresionado—. ¡Qué putada!

—Sip —asintieron todos los machos vanirios, poniéndose en situación.

—¿Y qué se sabe sobre ellos dos? —Gabriel no podía dejar de compadecer a Cahal. El vanirio más ligón, Cahal McCloud, el más creído de todo el clan, había sido cruelmente torturado por su *cáraid.*

—De momento nada. Sólo que Cahal se ha retirado para recuperarse y que se la ha llevado con él. Se está recuperando con... ella.

—Bueno, esperemos que su retiro sea para bien —Gabriel no se podía imaginar cómo se sentía Cahal al respecto—. ¿Dónde está Noah? —miró la sala con curiosidad—. No lo veo por aquí.

—Ha salido hace un rato a tomar el aire. Estaba un poco agobiado —explicó Adam, mientras acunaba a Nora entre sus brazos.

—¿Y qué se sabe de las valkyrias y los einherjars? ¿Se están preparando para el *Ragnarök?* —As estaba muy interesado en la vida del Valhall.

Gabriel le habló de sus valkyrias y sus einherjars, de cómo peleaban y de lo valientes que eran. Les explicó la relación del *kompromiss* y sus peculiaridades.

—Son guerreros excepcionales —dijo con orgullo—. Es un honor luchar al lado de ellos. Mi valkyria se llama Gúnnr. Os encantaría —aseguró mirando a Aileen y Ruth.

—¿Así que tienes una valkyria? —Preguntó Adam con una sonrisa lobuna—. ¿Es tuya? ¿Es tu... *kone?*

Gúnnr no era su *kone.* Él había perdido el derecho a serlo, por su estupidez y por sus miedos. Joder, ¡qué harto estaba de sí mismo! ¡Y cuántas ganas tenía de regresar y recuperarla!

—Estamos en punto muerto.

Aileen y Ruth levantaron una ceja llena de incredulidad y se miraron la una a la otra como si supieran perfectamente lo que le sucedía.

—Entonces, dices que has conocido a los vanirios de Chicago. Ya has conocido a Miya, ¿verdad? —Preguntó Daanna mientras mordía un trozo de tarta de nata y fresas—. ¿Qué te parece?

—Así es —contestó él sorprendido—. Ayer mismo. Curiosamente, por la tarde le habías visitado tú por primera vez.

La vaniria se levantó con el rostro pálido y los ojos abiertos por completo.

—¿Cómo has dicho?

—Que ayer por la tarde le habías visitado tú. Dijo que era tu primera bilocación.

—Pero eso no puede ser… —Dijo ella sentándose de nuevo, con la mirada perdida. Dejó la tarta sobre el plato.

—¿Cómo que no? Por supuesto. Ayer por la tarde fuimos al Starbucks, porque recordaba que todos los días a partir de las ocho se conectaba un forero muy informado y versado en mitología escandinava. Su *nick* era Miyaman. Lo encontramos. Su nombre es Miya, es de un clan vanirio de samuráis. Cinco minutos antes de que mis valkyrias lo encontraran, tú te apareciste ante él. Se quedó tan sorprendido como yo cuando nos conocimos.

—Un momento —Caleb se apretó el puente de la nariz—. Daanna visitó a Miya hace casi una semana.

El rostro de Gabriel perdió toda expresión. ¿Cómo que hacía una semana?

—Pero eso es imposible, porque yo…

—Dioses, Gabriel… Yo… Puedo moverme en el tiempo a través de mis bilocaciones —le explicó Daanna—. No sabía que había viajado al pasado. No sé por qué sucede así, pero, hace siete días me biloqué al futuro, así que supongo que puedo hacerlo también al pasado. Contacté con Ardan, un einherjar de las Highlands…, y él me dijo… Él me habló de ti. Me dijo que te había conocido.

El Engel se pasó la mano por la cara.

—Yo no conozco a ningún Ardan de las Highlands —repuso aturdido.

—Ahora sí —confirmó As con un brillo inteligente en sus ojos de jade—. A lo mejor necesitabas venir aquí para que Daanna te hablara de él. Puede que sea una pieza clave para que halléis los tótems, o puede que…

—Lo más urgente para mí ahora es regresar a Chicago. ¡Joder! —Gritó irritado con la situación—. A ver si lo entiendo, ¿se supone que hace una semana que no me ven? ¡¿Que les he dejado solos?!

—Lo siento —Daanna estaba afectada—. Freyja sólo me pidió que llevara conmigo al guerrero que me encontrara. Oigo su voz en mis desplazamientos, y normalmente, debo obedecerla. No tuve en cuenta en qué línea de espacio temporal me moví. Nunca lo sé. Sólo he hecho cuatro bilocaciones hasta ahora —se excusó ella—. Y una de ellas ni siquiera la recuerdo. —Menw le puso un brazo protector por encima. Daanna hablaba del momento en que se bilocó en Capel-Le-Ferne, cuando Hummus la dejó inconsciente e iba a violarla. De repente se bilocó y apareció en las cuevas externas del acantilado de Capel Battery. Sabiendo lo que, por el momento, sólo ambos sabían, que no era otra cosa que la buena nueva del embarazo de Daanna, no tenían ninguna duda de que Aodhan había tenido que ver algo en aquella bilocación espacial.

—Si te sirve de consuelo —le aseguró Caleb intentando darle ánimos—, de momento, no ha habido nada apocalíptico en la Tierra. Y no ha habido noticias sobre nada extraño en Chicago, excepto la mención sobre la fuerza de las últimas tormentas eléctricas. Todavía no han utilizado los tótems. Mira, Gabriel, nosotros prometemos obtener la máxima información posible sobre los portales dimensionales y sobre los einherjars de las Highlands. No sabíamos nada de ellos, y eso que somos vecinos. Solidificaremos nuestros vínculos y haremos una red informativa entre nosotros. Tú vuelve con los tuyos y mantennos informados sobre Miya y su clan.

Pero nada de eso le servía a él. Las noticias sobre Chicago no tardarían en llegar. Y Gúnnr… Gunny había estado sola, sin él. No la había protegido. ¿Y si le había sucedido algo? ¡No! ¡Ni hablar! No podía pensar en nada de eso.

—Necesito un teléfono urgentemente —se levantó afectado por el golpe de aquella noticia.

—Son órdenes de Freyja, Gabriel —intentó tranquilizarle As—. No te pongas nervioso. Ella te quería aquí, ahora. Tus chicos lo entenderán. Tú no puedes hacer nada contra los designios de los dioses.

—No. Tienes razón. Pero si por los designios de los dioses me entero de que algo les ha pasado a alguno de mis guerreros, los dioses me oirán. —As no lo entendía. Gúnnr no lo iba a comprender. Ni Bryn, ni Róta… Para ellos sería una deserción en toda regla. Y Reso y Clemo le odiarían—. Necesito volver. ¡Necesito volver ya!

—Miya se puso en contacto con nosotros al día siguiente de que Daanna se presentara en el Starbucks —anunció Caleb entrelazando los dedos con Aileen—. Por la tarde. Nosotros íbamos al concierto del Hyde Park que organizaba la MTV. ¿No es cierto, Luna?

Una de las cuatro humanas que trabajaba para ellos en el local del *Ragnarök,* asintió con la cabeza y dijo:

—La comunicación tuvo lugar sobre las siete. Pero la cortó rápidamente. Sólo se presentó y dijo que estaban en Chicago y que necesitaban ponerse en contacto con As y Caleb. Después de eso, no hemos tenido información relevante desde su zona.

—Desde entonces no ha vuelto a conectarse con nosotros —dijo Emejota, otra de las cuatro.

Gabriel se tiró de los pelos y los dejó desordenados, formando un halo rubio alrededor de su rostro.

—Esto no me gusta —gruñó con disgusto.

—Te ofrezco un void privado ultra rápido, Gabriel —As tenía el móvil en la mano—. Hago una llamada, y llegas a Chicago en menos de diez horas.

—Hazlo, *leder* —lo miró fijamente—. Hazlo ya, por favor.

Hubiese querido estar más rato con ellos, compartir más información, pero, básicamente, si él estaba ahí era para que los de la Black Country supieran que era el Engel, y tuvieran noticias sobre los tótems desaparecidos. Debían ayudarse los unos a los otros.

Caleb y Aileen, y Ruth y Adam, acercaron con su Porsche Cayenne negro a Gabriel a la pista de aterrizaje personal de As.

Gabriel llevaba una bolsa llena de las pastillas milagrosas que había logrado hacer Menw. Las llamaba «Aodhan». Y en un paquete a parte, una USB con toda la composición química de las pastillas. Les serían muy útiles a los vanirios de Chicago, ya que Miya había advertido que el hambre ya había vencido la voluntad de algunos de ellos. Además, Menw le había llenado la bolsa de todos los artefactos que ellos estaban utilizando contra los jotuns.

Ruth le había prestado su teléfono. Gabriel había llamado a todos los números, pues se los sabía de memoria, y todos estaban o apagados o fuera de cobertura.

Sentía un miedo tremendo en su interior. Miedo por una valkyria de ojos grandes y tiernos a la que había hecho mucho daño. «Por favor. Por favor. Que no le haya pasado nada». En ese momento deseaba tener dones telepáticos como los vanirios y poder conectarse con su pareja. Porque Gúnnr era suya. Suya de verdad. No suya por *kompromiss.* Pero, paradójicamente, lo descubría cuando ella ya había renegado de él. Porque, ¿cómo un hombre que había creído desde pequeño que no sabía amar, reconocía las señales cuando amaba de verdad? ¿Cuándo un hombre descubría que su amor no hería a las personas, tal y cómo le habían inculcado a creer?

Todas esas preguntas las contestaría Gúnnr. Pero ella debía estar viva.

—¿Cómo es Gúnnr? —Habían preguntado Ruth y Aileen. Las dos le miraban con una sonrisa en los labios, sabiendo que a Gabriel no le gustaba hablar ni de sí mismo ni de sus sentimientos. Pero esta vez lo iba a hacer, porque no siempre se recuperaba a un amigo de la muerte.

—Es... especial. Es una valkyria que tiene mucho carácter, aunque lo disfraza de dulzura. Es amiga de sus amigos y tiene un corazón enorme. Cuando se enfada levanta la barbilla así —y la imitó mientras se partía de la risa—. Y está llena de bondad. Nunca heriría a nadie a propósito. Es de las buenas.

Sus amigas se quedaron en silencio y asintieron conformes con la descripción de la mujer de Gabriel.

—Estás en un lío, tío —dijo Caleb mirándole por el retrovisor con sus ojos verdes eléctricos—. Esa mujer te gusta. Mi hermana no te gustaba en realidad. Además, no tenías ninguna posibilidad con ella. Ella era de Menw. Siempre lo ha sido.

En otro tiempo, aquel comentario le habría molestado mucho. Pero no ahora. Gúnnr había exorcizado a la Elegida.

—Tu hermana es una mujer que se puede admirar pero sólo de lejos, o sino, Menw puede arrancarte la cabeza de cuajo.

Todos se echaron a reír.

—Mi deseo en el Valhall fue para ellos porque quería que Daanna fuese feliz, y no encontraba otro modo para que lo fuera que juntándola con Menw de nuevo.

—Un gesto que te honra —admitió Caleb—. Todos te estamos agradecidos por ello, Engel. Gracias a ti todo se ha desencadenado.

A Gabriel no le importó que creyeran que fue un gesto honrado. Él sabía la verdad.

Sí, lo hizo por ella. Pero sobre todo lo hizo por él. Era un modo de flagelarse y de no creer en el amor. Podría pensar en Daanna todo lo que quisiera, y siempre lo haría desde la lejanía, creyendo erróneamente que era la mujer que en realidad deseaba, y que renunciaba a ella al dejarla en manos de otro hombre.

Pero no renunciaba a ella en realidad. Estaba renunciando a la posibilidad de equivocarse y comportarse como el Sargento. Y siempre tendría la excusa de decir que Daanna era de Menw, todo por no tomar la iniciativa y descubrir si él era un clon de su padre. Igual de malo que él.

Ahora no tenía otra alternativa que averiguarlo, porque, por nada del mundo, quería alejarse de Gunny. La resarciría.

El Bombardier Learjet 40XR que As tenía en su mini aeropuerto privado, estaba listo para que llevara a Gabriel a Chicago. Caleb le había prestado una jersey negro de lana de cuello alto, y unas botas militares.

Antes de subir al avión, Aileen y Ruth le volvieron a abrazar con fuerza.

—¿Sabes qué, Gab? —Dijo Aileen—. Te ves diferente. No sólo de físico, hay algo en ti que está más receptivo.

—Es esa valkyria que está tan enfadada contigo —aclaró Ruth sonriendo.

—¿Cómo sabes que está enfadada? —Le dijo Gabriel—. Yo no os he contado nada.

—Para variar. Pero lo sabemos porque te has vuelto como ellos —señaló a Adam y a Caleb—. Arrogante y también muy soberbio. Seguro que crees que ella debe actuar como tú dices y te molesta que te sorprenda y que te haga perder el control. ¿Cierto?

—No le lleves la contraria —Le dijo Adam revisando el interior del avión y dando el visto bueno al piloto—. Ruth es una máquina de sacar conclusiones.

—Y siempre acierto —le recordó la Cazadora—. Gab, vas a tener que dejar atrás tus miedos y tus inseguridades y no avergonzarte de ellas. Todos tenemos nuestros propios fantasmas. Sólo hay que enfrentarlos y perderán fuerza sobre nosotros. Te conocemos y, aunque no lo creas, sabemos cómo eres.

—Ahora eres el Engel —Aileen le agarró de la cara y le obligó a agacharse para darle un beso en la frente—. Y si es verdad que eres tan listo y avispado, tendrás que ser lo suficientemente inteligente como para darte cuenta de que esa Gúnnr es la única chica que te ha tocado de verdad.

—¿Y por qué estás tan segura, listilla?

—Porque nunca antes te había visto llorar de emoción —Aileen sonrió con ternura—. Esa valkyria está acariciando cuerdas de tu interior que tenías oxidadas. Y, por fin, estás empezando a reconciliarte con lo que eres. Un hombre que no tiene miedo de llorar delante de los demás, es un hombre que empieza a aceptarse a sí mismo. Tú necesitabas abrirte. Y yo me alegro por ello, y me muero de ganas de conocer a esa valkyria. Se merece un monumento.

—Ahora sube ese culo a ese avión. Salva al mundo y quédate a la chica —gritó Ruth levantando el puño.

—¡No va a ser fácil! —Gritó Gabriel desde lo alto de las escaleras, con la mochila llena de material a cuestas y una sonrisa de agradecimiento en los labios.

—¡El amor nunca lo es! —Replicó Caleb poniendo voz de mujer y moviendo las caderas de adelante hacia atrás.

Gabriel soltó una carcajada y levantó la mano en señal de despedida.

«Nos volveremos a ver pronto», se prometió.

XVII

Gabriel salió de Inglaterra a las cinco de la madrugada y el Bombardier llegó a Chicago a las seis de la madrugada del mismo día, debido a la diferencia horaria. Pidieron permiso para aterrizar, y desde ahí, un taxi le llevó hasta el Hard Rock. A las siete llegó al *hall* del hotel.

En recepción, un tal Sammy, muy delgado y con el pelo engominado, le dijo que hacía cinco días que Gúnnr y los demás habían dejado el hotel.

—¿Dejaron el hotel? —No se lo podía creer. ¿Qué había pasado? ¿Dónde habían ido? —. Disculpe, ¿no le dejaron ninguna nota para mí?

Sammy se giró para mirar en las pequeñas taquillas de madera dedicadas a recados de clientes VIPS. Ellos se habían hospedado en las *suites,* y Gabriel había abierto las cuentas con el Hard Rock como tal.

Sammy sonrió y se giró con una bolsa verde de cartón de la librería Barnes & Noble.

—Sí. Dejaron esto para usted. Esa chica tan bonita… La morena de piel clara y ojos grandes vino dos veces esta última semana y me pidió que le dejara unas notas dentro de la bolsa. Yo no he leído nada, por supuesto, es confidencial —aclaró de modo pedante—. El último mensaje lo trajo una rubia espectacular.

Gabriel tomó la bolsa y la abrió. En ella, había un paquete grande, tres sobres rojos pequeños y su iPhone. Nada más.

Abrió el paquete envuelto en papel de regalo. Se sentía débil y tenía las palmas de las manos sudorosas y los dedos entumecidos. Tras el papel de regalo había una edición de lujo de *El libro de los cinco anillos: La estrategia del guerrero* de Miyamoto Mushashi. Pasó la mano por la tapa negra de letras rojas en japonés. Tragó saliva.

Gúnnr. Había sido Gúnnr.

—¿Me permite? —Preguntó Gabriel apoyándose en la recepción para leer las notas que su valkyria había dejado. Necesitaba sostenerse.

Gúnnr le había dedicado el libro y ponía:

Sun Tzu es muy bueno, pero... No es el único.
Siempre se puede cambiar de gustos, ¿no?
Gúnnr

Quería hundirle en la miseria; eso era lo que quería Gunny haciéndole regalos como ése, demostrándole lo equivocado que había estado respecto a ella, respecto a todas sus reservas y a su actitud distante.

Dios, qué tonto había sido.

El primer sobre rojo contenía una nota que decía:

Hemos abandonado el hotel. Gabriel, ha pasado algo terrible.
Khani localizó a tu tío.
Quemó su casa. Lo siento. Lo siento muchísimo.
Gúnnr

Palideció y las rodillas cedieron ligeramente. Jamie. ¿Había muerto? ¡No! Su tío..., ¿muerto? No podía ser...

La segunda nota también era escueta y clara:

No sé si vas a regresar. Estamos en el Trump. No hemos dado con Mjölnir todavía, pero ya hay movimientos reveladores.
Gúnnr

¿Qué hacían en uno de los edificios donde se suponía que se podía hallar el martillo? ¿Por qué estaban ahí? ¿Qué novedades habían?

¡Mierda! Y él no había estado ahí con ellos, no había estado al lado de Gúnnr. Casi una semana ausente. Era un puto incompetente.

Leyó el último mensaje a pesar de las lágrimas de rabia que le nublaban la vista.

Se han llevado a Róta y a las gemelas. Esos hijos de puta se las han llevado delante de nuestras narices.
Lo que queda de nosotros sigue en el Trump.
Bryn

Y ése era el último mensaje.

—¿Cuándo fue la última entrega? —Preguntó con tono exigente.

Sammy hizo memoria.

—Ayer por la noche —puso cara de preocupación—. Es difícil creer que esas chicas sean boxeadoras. Parecen ángeles.

Gabriel frunció el ceño.

—¿De qué habla?

El recepcionista se tocó la cara.

—Todos esos moratones y cortes… Me dijeron que eran boxeadoras. Pero esos golpes que ellas lucían estaban hechos sin guantes.

Gabriel apretó los puños y su animal interior rugió como si le hubieran herido o increpado. Sí, sí que le habían increpado. Habían hecho daño a la gente que quería y eso no iba a quedar impune. ¿Y su tío? ¿Qué habían hecho con él? ¿Seguía vivo?

Tomó la bolsa y se fue corriendo del hotel, hasta el lugar donde se suponía que estaban sus amigos, en caso de que todavía le tuvieran el respeto suficiente como para al menos escucharle y aceptar sus disculpas.

El Trump era uno de los tres edificios más altos de Chicago, uno sobre el que los rayos de la tormenta eléctrica creada por Mjölnir habían caído.

En recepción, le dijeron en qué *suites* se hospedaban Gúnnr y los demás.

Gabriel estaba tan irritado consigo mismo que no era consciente del aspecto amenazador que presentaba.

Caminaba a zancadas largas, con los brazos tensos y los puños cerrados a los lados. Tan grande como era, era intimidante. Los clientes del hotel se apartaban a su paso. En el ascensor una mujer con dos niños cogidos de sus manos se retiró sutilmente de su lado. Una mujer con un carrito de la limpieza por poco grita cuando lo vio salir del ascensor como un vendaval.

Se presentó en la puerta de una de las *suites,* la que olía a nube. Parecía un perro husmeando tras su hueso, pero no le importó. La empezó a aporrear con fuerza. Sabía que tras la puerta estaba Gúnnr, pero quien la abrió fue Bryn.

Bryn tenía los ojos marrones claros, señal que indicaba que en algún momento se volverían rojos y empezaría a repartir leña a diestro y siniestro. Tenía la cara llena de marcas rojizas, otra señal de que había tenido heridas que se estaban cicatrizando.

Esperaba un recibimiento frío y acusador, pero la Generala parecía desesperada.

—¡Por fin! —Tiró de él y lo metió dentro de la habitación. Una *suite* perfectamente equipada, con dos dormitorios, minicocina y unas vistas espectaculares—. ¡Aiko! —bramó mirando hacia la puerta que daba al dormitorio—. ¡El Engel está aquí! ¡Él puede curarla! ¡Deja que él trate con ella!

La habitación estaba a oscuras, las ventanas cubiertas por las cortinas.

Aiko, la vaniria japonesa, se quedó mirando con incredulidad a Gabriel. Tenía las manos y la ropa manchada de sangre. Se levantó de la silla que había al lado de la inmensa cama.

Gabriel clavó los ojos en la figura que había estirada en ella.

Desnuda de cintura para arriba, y boca abajo, con unas quemaduras horribles en la espalda y cortes profundos dos dedos por encima de las nalgas, se hallaba su valkyria.

La piel quemada se había comido el tatuaje y dejaba ver los músculos destrozados de su espalda. Tenía incluso arañazos en la nuca y horribles mordiscos en los hombros.

Gúnnr.

En un suspiro estaba al lado de su chica.

—Cúrala, maldita sea —gruñó Bryn—. Y luego tendrás que darnos muchas explicaciones —tomó entre las manos el teléfono del hotel y marcó un número—. El Engel está aquí, Miya. Lo que oyes. Venid a la habitación —se giró hacia Gabriel y le dijo—: Te esperamos en el salón.

—No entréis y no me molestéis hasta que salgamos nosotros y haya curado a Gúnnr, ¿de acuerdo? —Ordenó Gabriel.

—Tienes mucho morro al aparecer y seguir dando órdenes como si nada —Bryn le dirigió una mirada acerada.

Gabriel apretó los dientes. Se lo tenía merecido.

—Mi desaparición ha sido justificada, Generala. Cuando salga, hablaremos. Ahora, lo más importante es Gúnnr —con un gesto de la barbilla la invitó a irse.

La rubia y la japonesa cerraron la puerta de la habitación y dejaron a un sorprendido y asombrado Gabriel con una malherida Gúnnr.

Gúnnr hundió la cara en la almohada.

Estaba ahí. Había vuelto el cretino. Entre la bruma del dolor, olió a hierbabuena. Sí, era el olor de Gabriel.

No quería verle. No quería hablarle nunca más. Esos días habían sido terribles sin él, le había dolido el cuerpo cada noche. No dormía debido a las heridas que había sufrido en las últimas reyertas. Pero lo que más le dolía era el corazón.

Cuando él se fue con Daanna, golpeó algo en su interior que activó el modo «furia permanente». Sólo tenía ganas de pelear. De golpear, pegar, electrocutar y matar a cualquier jotun que se le pusiera por delante. Tal era su ira que hacía seis interminables días que sus ojos no se oscurecían y adquirían su color natural.

Quería gritar y destrozar cosas. Lanzar objetos contra la pared y arañarse la piel. Para una valkyria, ver cómo su einherjar se iba con otra era una ofensa demasiado grande para su amor propio y su orgullo.

No quería estar con él, y en cambio, se sentía tan bien ahora que él estaba cerca... Pero no podía perdonarlo. Ni podía perdonarse a ella por todo lo que había sucedido en su ausencia.

Cuando Gabriel supiera lo que había pasado con Jamie, iba a repudiarla y, esta vez sí que iba a enviarla al Valhall. Pero es que habían pasado tantas cosas... Y ella había sido la culpable de todas.

—Dioses, Gúnnr...

La trémula voz llena de dolor y pena del Engel la sacó de su dolor interior. Hundió más el rostro en la mullida almohada y negó con la cabeza.

—Sólo quítame el dolor —dijo con los dientes apretados—.

Quítamelo, necesito respirar.

Gabriel accedió a su ruego con rapidez y eficacia. Pasó los dedos suavemente por encima de las nalgas y cicatrizó los cortes de las incisiones. Retuvo una arcada de rabia y desesperación. Se lo habrían hecho con garras o espadas.

—¿Quién te ha hecho esto? —Había un juramento de venganza en esa pregunta.

—Ya ni me acuerdo —contestó sin darle importancia—. Podría haber sido un purs, o un eton, o uno de los muchos vampiros que tiene infestada a esta maldita ciudad, o un lobezno... No lo recuerdo —se calló al notar la suave presión de la palma de Gabriel sobre su coxis. La estaba tocando como si ella fuera una obra de arte—. ¿Lo has pasado bien con ella? ¿Dónde habéis estado?

En vez de irritarse por aquella insinuación, por otra parte completamente comprensiva, el guerrero siguió acariciando su piel malograda y cerrando cada quemadura, haciéndola cicatrizar, hasta que empezó a vislumbrar aquellas alas tribales que tanto le gustaban. Seguían azules.

Hablarían, pero cuando ella estuviera mejor.

—No me he ido de fiesta, valkyria. ¿Quieres la verdad, Gúnnr? ¿Me vas a creer?

Gúnnr giró la cabeza para mirar hacia otro lado. Claro que quería la verdad. Pero lo que no quería era que le doliera, así que decidió mentirle.

—No me importa la verdad. Sólo espero que hacer lo que, sea que hayas hecho en estos últimos días, valiera la pena el habernos abandonado así —«Haberme abandonado».

Gabriel tembló al imaginarse lo que debían de dolerle esos cortes. Cicatrizó las quemaduras y los mordiscos de los hombros. El *kompromiss* era sagrado entre ellos. Si Gúnnr ya no lo quisiera, su cura no actuaría sobre ella. Y no era el caso. Su tacto estaba haciendo que sanara y que volviera a relucir aquella piel de alabastro que la joven poseía.

—Daanna McKenna hace bilocaciones atemporales. Puede viajar al pasado, al futuro o al presente. Me llevó con ella, porque era la premisa que había recibido de Freyja. Sí, sé lo que estás pensando. Por lo visto, oye la voz de Freyja en sus bilocaciones —explicó pacientemente, pasando la yema de sus dedos por la curva de un hombro y luego del otro—. Me llevó a ver a mis amigos. Pude verles de nuevo, Gunny.

Gúnnr sintió que se acongojaba. Gabriel debió de sentirse muy emocionado al reencontrarse de nuevo con Aileen, Ruth y los demás... Se alegró al saber que había tenido otra oportunidad. Era tan tonta. Debería odiarle y debería no alegrarse por él. Pero lo hacía.

Él le explicó cómo había ido la noche en Inglaterra y la sorpresa que había tenido al enterarse de que había hecho un viaje al futuro, exactamente seis días hacia adelante.

—Ni siquiera Daanna lo sabía —se justificó él—. Me entró una gran ansiedad al darme cuenta de que te había dejado sola tanto tiempo. Estaba tan asustado... —Murmuró con voz ronca.

—No creo, estabas acompañado por la perfecta y grandiosa Daanna McKenna. Es tan guapa... Entiendo que no pudieras evitar compararme con... —Apretó los ojos con fuerza y cerró el puño sobre la sábana. No pudo sofocar un gemido de dolor.

Gabriel vio las sábanas que había bajo el estómago de la valkyria. Estaban empapadas de sangre. Estaba sangrando por delante. Sin pedirle permiso la tomó de los hombros y le dio la vuelta.

Gúnnr gritó y se cubrió la cara con las manos cuando quedó boca arriba.

—Gunny... Nena, te voy a poner bien —aseguró mientras miraba el aparatoso corte en diagonal que iba del hombro derecho a la cadera izquierda—. ¡Qué cabrones! ¡Cabrones! —Gritó con el cuerpo todo tenso. Se obligó a permanecer sereno. A ella no le haría bien verlo nervioso.

Ella no podía creer lo que estaba pasando. Gabriel estaba ahí cuidando de ella y ocupándose de sus heridas con una suavidad que hacía que le entraran ganas de llorar. Estaba ahí. Había regresado.

¡Y a ella se le veían los pechos, otra vez!

Gabriel pasó la mano por el hombro y resiguió el corte.

—No mires. No tienes derecho a mirar —dijo entre sollozos, sin destaparse la cara en ningún momento.

La manó sanadora de Gabriel titubeó al oír aquellas palabras. No podía ser tarde para pedir perdón. Nunca sería tarde mientras hubiera vida.

—¿Cómo pensabas curarte, valiente? —Gabriel odiaba haberle

hecho tanto daño. Porque él sentía que esas heridas eran su responsabilidad. Se había ido de su lado.

—Con tiempo. Las valkyrias cicatrizamos con...

—Necesitarías un par de días, que no tenemos, para curarte —gruñó Gabriel cerrando el corte del estómago—. No me puedo permitir tenerte tanto tiempo en cama, Gúnnr. Tú lugar es a mi lado y te necesito.

Gúnnr apretó los dientes y sintió que las alas le ardían de indignación. Aquello era el colmo.

—¡No me mientas! ¡Me abandonaste!

—Tienes todo el derecho a enfadarte. Lamento lo que pasó...

—¡¿Lo lamentas?! —¿A qué venía tanta docilidad? ¿Por qué Gabriel parecía realmente arrepentido?—. ¡Se han llevado a Róta y a las gemelas! —Explotó con desesperación—. ¡Y ha sido por mí! ¡Por mi culpa! —exclamó—. Tenías razón al enfadarte conmigo. Deberías haberme enviado al Valhall. Estoy descontrolada... ¡Y tú no estabas aquí! Y yo... intenté...

—Tranquilízate, por favor —susurró acariciándole el vientre—. ¿Qué ha pasado?

—¡No quiero tranquilizarme! —Un rayo salió disparado desde el estómago de Gúnnr hacia el techo—. Yo... Sentí a Mjölnir más cerca que nunca y pedí a Róta que viniera conmigo. Bryn nos había prohibido salir. Pero yo le juré que sabía dónde estaba el martillo. Róta y Bryn seguían sin hablarse y Róta vio la oportunidad de desafiarla abiertamente y provocarla. Siguen muy enfadadas. Y entonces, Róta dijo que vendría conmigo. ¡Y nos fuimos las dos! ¡Solas!

—Chist. Tranquila, cariño —Gabriel le acarició el pelo con ternura mientras cerraba el corte de la cadera al completo—. Ya está, florecilla... ¿Qué pasó?

—¡No! ¡Fue una maldita trampa! Sabían que íbamos a ir en su busca. Todavía había sol en lo alto. Los vanirios no podían acompañarnos y ellos... ¡Los jotuns nos esperaban! En algún momento, antes de llegar a la torre Sears...

—¿En la torre Sears? ¿Ahí sentiste al martillo? —Entonces tenía razón desde el principio. Creían que podía estar o en el mismo Trump, o en el Hancock o en el Sears. Había sido el Sears.

—Sí. Fue ahí... Pero Mjölnir dejó de emitir su energía cuando estábamos en el parquin. Liba y Sura nos habían seguido por órdenes expresas de Reso y Clemo. Nosotras dijimos que íbamos sólo a reconocer la zona y a familiarizarnos con ella. Ellos querían estar informados sobre dónde íbamos y lo que hacíamos, por si surgían problemas. No se imaginaron que desobedeceríamos a Bryn. Entonces, Liba y Sura aparecieron y a ellas también las cogieron y... Están heridas, y Róta... ¡A ella también la pegaron! Están muy heridas, Engel... —Lloró desconsolada—. Y yo... al final me escapé. No sé cómo lo hice —exclamó entre hipidos—. Sólo sé que cuando intentaron cargar conmigo, yo... yo... estallé. ¡Estallé! Había luz por todas partes. ¡Me querían a mí! Todos daban prioridad a que me cazaran. ¡A mí! ¡Y no a ellas! Pero se las llevaron —gritó desesperada—. Y ni siquiera sé adónde se las llevaron. Cargaron con ellas en una furgoneta negra. Jugaron con nosotras. Había de todo en ese parquin... Y eran tantos... ¿Cómo puede ser que haya tantos? Purs, etones, trolls... Vampiros... Liba y Sura habían llamado a Bryn para decirles dónde estábamos —tomó aire entre hipidos descorazonadores— y por eso Reso y Clemo me encontraron. Yo... yo no podía caminar. Estaba herida y...

—Entiendo —se encargaría de matarlos uno a uno—. ¿Tienes más heridas, Gunny? —Gabriel se estaba poniendo enfermo al oír el relato de Gúnnr. Lo primero era ella, pero había tomado nota de todo—. Te... ¿Te hicieron algo más? ¿Te tocaron? ¿Te obligaron a...?

Ella negó con la cabeza. Sintió las manos de Gabriel tirando de sus muñecas. Quería verle la cara. Al final, pudo vencerla también en eso, y logró que bajara las manos.

Gabriel miró sus ojos completamente rojos y llenos de lágrimas y ella los suyos plenamente negros y rebosantes de pesar. Por lo visto, él también estaba afectado y enfadado. El Engel tragó saliva.

—Escúchame bien. Vamos a recuperar a Róta y a las gemelas. Voy a hacer que Khani arda en el infierno y voy a robarles a Mjölnir. Pero te necesito a mi lado. A ti y a todos. No lo he hecho a propósito. Mi ausencia no ha sido un acto de irresponsabilidad ni de premeditación. Si Daanna me hubiera dicho que íbamos a dar un salto en el tiempo, le habría dicho que no me iba con ella. Pero obedecía órdenes de Freyja. Y yo traigo información y cosas muy importantes de Inglaterra.

—No lo entiendo —susurró Gúnnr—. ¿Por qué Freyja iba a querer que nos dejaras solos? No tiene sentido. Mira todo lo que ha pasado desde que no estás...

—Nos levantaremos. Lo prometo. Sólo necesito unos minutos para pensar qué debo hacer… —Se pasó los dedos entre el pelo rubio y apoyó la frente en las palmas de las manos—. ¿Habéis… enterrado a mi tío?

Gúnnr se incorporó en los codos y se puso un cojín sobre los pechos desnudos.

—Lamento mucho lo que sucedió. De verdad que lo siento —reconoció con pesar.

—¿Qué pasó? ¿Cómo le mataron? ¿Le quemaron, Gunny?

Gúnnr se quedó en silencio, observando a Gabriel con cara de sorpresa y arrepentimiento.

—Respecto a eso… Tu tío… Verás, es que, en realidad… Él… No está muerto —apretó el cojín contra ella.

Gabriel permitió que ella se tapara porque no iba a asustarla con sus recién descubiertos sentimientos intensos hacia ella. Pero sólo por ahora. Un momento. ¿Qué había dicho?

—Mi tío no está muerto —repitió como un robot—. ¿Eso has dicho?

¿Cómo le explicaba a ese hombre lo que había sucedido con Jamie? No se lo iba a creer. Incluso ella tenía dificultades para creerlo. ¿Cuántas veces pasaba eso en la vida? Las *nornas* eran muy benevolentes.

—Engel…

—Gabriel —le gruñó—. No me llames Engel nunca más. Tú no —rugió apasionado.

—Lo que tú digas —espetó ella sin darle importancia—. Al día siguiente de irte, durante la noche, asaltaron la casa de tu tío. Él estaba ahí. Fueron lobeznos. Le desgarraron la garganta.

Gabriel sufrió un déjà vú, y se vio a él mismo perdiendo la vida en Wolverhampton, a manos de una berserker, delante de la puerta de la casa de Adam y frente a su mejor amiga, Ruth. A Jamie le había pasado lo mismo… Apretó la mandíbula y dos inmensas lágrimas cayeron de sus ojos ennegrecidos. Él había querido tanto a su tío…

Gúnnr no lo soportó. Se sentó en la cama y se colocó delante de él. Gabriel nunca lloraba. Jamás había llorado ni expresado ningún tipo de emoción sentimental hacia nada ni nadie. Y de repente, lloraba ante ella, sin máscaras ni vergüenza.

—Perdona —musitó limpiándose las lágrimas de un manotazo.

La valkyria le levantó la barbilla con una mano, con la otra se apretaba el cojín al torso desnudo.

—Está bien que llores. No te avergüences —murmuró ella con dulzura.

—Estoy así por tu culpa —dijo él.

Gúnnr dejó caer la mano. Claro que estaba así por ella. Ella había tenido la culpa.

—Lo siento —se disculpó.

Gabriel tomó su mano y la colocó en su mejilla. La piel de Gúnnr olía bien y le calentaba el corazón y la sangre.

—No lo entiendas mal. Continúa —murmuró sobre su palma.

—Miya... —No quitaba la vista de sus labios y su mano. Estaba descolocada— Miya me dijo que Khani y sus esbirros iban a por tu tío y que debíamos darnos prisa e ir a buscarle y darle protección. Que seguramente habían leído el recuerdo de Jamie en mi mente, en el Underground. Y que, por eso, habían ido a por él. Los jotuns van siempre a por los puntos débiles —reconoció las palabras de Gabriel—. Tú tenías razón. Cometí un gran error.

—No importa eso, Gunny. —Besó la palma de su mano con cariño—. Sigue.

—Miya e Isamu llegaron a la casa mientras nosotros revisábamos los programas de los túneles y Aiko y Ren reorganizaban al clan para actuar por la noche y tener a sus mirones listos para localizar a Khani—retiró la mano con brusquedad. Gabriel tejía su embrujo con naturalidad y eso a ella la contrariaba—. Se encontraron a tu tío en el salón de su casa. La casa estaba en llamas. Pero cuando Isamu lo vio, algo sucedió entre ellos.

Gabriel arqueó las cejas.

—Describe «algo».

—¿Recuerdas que Isamu me dijo que olía a sándalo? —Dijo Gúnnr.

—Sí. Recuerdo que tiene muy mal olfato.

Gúnnr se levantó y se cubrió con una almohada por delante y la otra por detrás. Gabriel pudo ver el perfil de un pecho y la esbeltez de su vientre y sus piernas.

—Decía que olía a sándalo porque olió a Jamie en mí. Yo me lo encontré ese día. ¿recuerdas? El sándalo es su olor favorito, sin embargo, nunca pensó que pertenecería a la esencia de un hombre. Isamu nunca se había fijado en hombres. Sabía que nunca había conocido a su *cáraid,* pero resultó que su *cáraid,* su pareja de vida, es un hombre. Y es tu tío.

Se oyó el claxon de un coche en la calle, y también el sonido del tintineo de los platos y las cucharas del desayuno que los camareros del servicio subían a las *suites.*

—Es una broma —dijo después de largos segundos.

—No.

—Me tomas el pelo.

—No.

—Es una broma.

—Te repites. —Gúnnr arqueó las cejas y no pudo evitar sonreír. Se le marcaron los hoyuelos y a punto estuvo de caérsele el cojín que le cubría por delante.

—Cuéntame toda la historia —le ordenó Gabriel—. No acaba ahí, ¿verdad? Aclárame por qué mi tío no murió.

Gúnnr se metió en el baño y abrió la ducha.

—Al ver a tu tío y reconocerle, Isamu no lo dudó ni un segundo y, como todavía seguía con vida, le dio de beber de su sangre.

Gabriel abrió los ojos y se puso las manos sobre la estrecha cintura.

—Hace tres días que Jamie es un vanirio —continuó Gúnnr—. Su pareja es Isamu y…, y están juntos. Aquí y ahora. Tu tío quiere verte, pero tendrás que esperar al atardecer.

Gabriel la siguió hasta la ducha. Le temblaban las piernas y las manos y sentía el estómago vacío. ¿Su tío Jamie era un vanirio? ¿Dónde estaba la cámara oculta?

—¿Dónde está?

—Tu tío tiene problemas para aceptar su nueva vida e Isamu quiere estar seguro de que, cuando salga, esté completamente en comunión con su nueva naturaleza. Es un hombre muy activo y muy simpático. Me cae bien. Y sólo tiene ganas de verte para no encontrarse tan perdido. —Cuando se giró, se chocó contra el pecho de Gabriel—. Sal del baño —le ordenó muy seria.

—No voy a irme —se negó en redondo, alejándose y sentándose sobre la taza del inodoro.

Gúnnr se cubrió con las almohadas. Estaba muerta de la vergüenza y se sentía demasiado expuesta a él.

Gabriel prefería a Daanna y la había traicionado. No podía estar ahí. Ella no iba a permitir que él se acercara más de lo necesario.

—¿Me vas a presionar aquí también? —la lengua de Gúnnr era como un azote—. Ya te lo he contado todo. Ahora sal de aquí. No soy la Elegida. Y no voy a dejar que me toques o que me utilices, ni tampoco que me castigues como la última vez que…

Gabriel se avalanzó sobre ella y la estampó contra la mampara, que no se rompió de milagro. Gúnnr estaba impresionada por aquel gesto tan espontáneo. Gabriel se presionaba contra el cojín delantero.

—Te voy a dejar tranquila, Gúnnr. Pero sólo porque tú me lo pides y porque no estás preparada para mí, no lo estás para las emociones que has despertado y que siento cuando estamos juntos. Pero quiero que entiendas algo: no he tocado a Daanna, ella está enamorada de otro hombre. Están felices juntos —se inclinó hacia delante y rozó su nariz con la de él—. Ella ya no es importante.

—No es agradable ser segundo plato de nadie, ¿verdad? —sus ojos destellearon con rabia.

—Estoy intentando ser amable, florecilla. Quiero darte espacio y tiempo. La última noche que pasamos juntos me abriste los ojos. No me quiero perder tu desfile, así que cuando estés lista para vestirte para mí, avísame. Te estaré esperando.

¿Estaba hablando en serio? ¿Vestirse para él? Eso iba con segundas, claro. No podía creerle así como así.

—No es tan fácil —replicó empujándole para que la liberara—. No puedes hacerme lo que me hiciste y abandonarme para luego volver y… No lo voy a permitir. No soy un felpudo.

—No —sonrió con admiración—. No lo eres —por un momento quiso besarla y quitarle de golpe la decepción que se reflejaba en sus ojos, pero no iba a aprovecharse del deseo que había entre ellos—. Gúnnr.

—¿Qué?

—Sólo he estado fuera unas doce horas y te he echado mucho de menos. Muchísimo.

—Estuviste una semana fuera. Te fuiste con Daanna y me abandonaste después de follarme como a un animal. Si crees que por decir que me has echado de menos voy a perdonarte, es que no me conoces en absoluto.

—Te equivocas. Nunca he follado contigo. Y no me gusta nada que hables así.

—¿No? Pues ve preparándote, porque estoy segura que ahora hago muchas cosas que no te gustan.

—Ya lo veremos —sonrió desafiándola.

—Lárgate —le ordenó mientras retiraba la cara y le temblaba la barbilla—. Voy a ducharme.

Gabriel dio un paso atrás y le dejó espacio. No se iba a rendir. Gúnnr era su chuchería y él era adicto a los dulces. Ella no se iba a escapar y él tampoco. No podían huir de lo que eran ni de lo que había entre ellos.

—Reunión en diez minutos. No tardes.

—Nunca tardo —dijo sin mirarlo todavía.

Sonrió de nuevo y se fue del domitorio. Gúnnr no sabía ser estúpida ni cruel, por mucho que lo intentara.

En el salón se encontró con Reso, Clemo y Miya. Tenían ojeras y le miraban como si fuera una mierda. Les habían hecho traer cafés extra largos de Starbucks y bebían de ellos para no sucumbir ni al cansancio ni al sueño.

Bryn estaba sentada en el sofá, con las piernas recogidas y el semblante triste y apagado.

A Gabriel le costó que ellos decidieran escucharle abiertamente, pero una vez contó todo lo que había sucedido y toda la información que traía de Inglaterra, los guerreros cedieron y recuperaron la confianza en él.

—Esto es una gran putada, Gabriel —gruñó Reso—. Se las han llevado, ¡joder!

El tracio y el espartano se veían muy afectados por la desaparición de sus valkyrias y estaban ansiosos por hallarlas. Temían que Sura y Liba se encontraran en peor estado del que habían encontrado a Gúnnr.

Bryn no hablaba. Estaba concentrada en su café. ¿Cómo se sentiría Bryn? Sus dos amigas la habían desobedecido. Y ahora seguro que estaba carcomiéndose por la culpa. Róta no le hablaba cuando se había ido, y Gúnnr había pasado de sus órdenes…

Miya tenía el rostro en sombras. Parecía desubicado y hambriento.

—Las encontraremos —juró Gabriel abriendo la mochila negra—. ¿Dónde está Aiko?

—Descansando un poco. Ha pasado toda la noche con Gúnnr y necesitaba reponerse —Miya miró la puerta de la habitación que permanecía cerrada a cal y a canto—. Sabe de medicina y de puntos de acupuntura. Ha calmado su dolor.

—De acuerdo. Miya, esto es para ti —le lanzó una bolsa llena de pastillas Aodhan y un libro con su composición e instrucciones para elaborarlas—. Me dijiste que en tu clan se perdía a gente por el hambre vaniria. Estas pastillas harán que no sufráis.

Miya no se lo pensó dos veces. Abrió la bolsa con desesperación y se metió dos a la boca. Tomó un sorbo largo de café para acompañarlas. Le temblaba ligeramente la mano.

—Menw, el sanador del clan vanirio de la Black Country —explicó Gabriel sin perder de vista a Miya—, me ha asegurado que son más eficaces cuando se les añade el saborizante adecuado para cada vanirio.

Gúnnr salió de la habitación como nueva, al menos, mejor de como había estado unas horas antes. Tomó un café de la bandeja, abrió tres sobres de azúcar y se los echó. Dio un sorbo, ignorando la atenta mirada de Gabriel.

—Gracias, Engel. Esto nos puede servir de mucha ayuda —aseguró Miya.

—Me alegra. Liam y Nora, los gemelos del clan berserker, son especiales. Liam detecta portales en la tierra, portales a través de los cuales Loki puede traer a sus jotuns y empezar el *Ragnarök.* Y Nora localiza a Loki y a los practicantes de *seirdr.* Me han dado un retrato robot del hombre que la pequeña está viendo ahora en sus sueños, y también un mapa donde Liam ha marcado los puntos que él ve como posibles portales electromagnéticos. Hay que escanearlos y pasarlos a nuestros dispositivos móviles y a nuestros ordenadores. Que todos los miembros de tu clan estén al tanto —le dijo a Miya—. Buscaremos un programa de reconocimiento facial y lo instalaremos para hallar esta cara —señaló el rostro tenebroso que había dibujado Nora, el de un hombre moreno y de pelo muy largo. Tenía aspecto de luchador de *Pressing Catch.*

—Parece que están consiguiendo cosas buenas —murmuró Bryn.

—Daanna también me mencionó que se supone que yo entraría en contacto con un einherjar de las Highlands. Se llama... Ardan.

A Bryn se le cayó el vaso de café en la moqueta y se apresuró a limpiarlo.

—Qué to-torpe he sido... —Musitó.

—¿Conoces a Ardan? —Preguntó Gabriel arqueando una ceja.

Bryn asintió en silencio. No diría nada más.

—Sí.

—¿Sabes dónde vive?

—Sé exactamente dónde vive —aseguró con voz amarga.

—Pues no sé de qué le conoces, pero cuando esto acabe, deberás llevarme ante él. Hay que preparar a los clanes de las Highlands.

—Sí, Engel —contestó Bryn.

Gabriel se levantó y revisó los ordenadores de la habitación.

—Quiero revisar todos los vídeos de los túneles —ordenó—. Nos hemos podido dejar algo. Los están utilizando para mover el martillo, y las cámaras tienen que detectarlo. Seguro que ahora no hay agua en ellos, no seguirán inundados. Revisémoslos y veamos si nos hemos olvidado algo. Reso y Clemo os pondréis con las grabaciones.

—Ayer noche pedí a Isamu que me ayudara a revisarlos —dijo Bryn—. Yo misma pensé que sería bueno revisar esos vídeos. Reso, Clemo y Miya, han estado toda la noche buscando a las valkyrias. Aiko ha estado con Gúnnr, e Isamu debía estar con Jamie.

—De acuerdo —Gabriel se sintió bien al ver la iniciativa de Bryn—. ¿Habéis averiguado algo?

—Por mi parte, no he encontrado nada. Nos hemos dividido las cámaras. No obstante, a Isamu le queda una sección por revisar. Nos llamará en cuanto lo haya revisado todo.

Gabriel asintió agradecido con Bryn.

—Miya, tus chivatos deben saber si esta noche hay movimiento. ¿Te han informado?

—Ren me ha asegurado que Khani va a estar en el Excalibur —miró las pastillas con pesar.

—Ren no me gusta —dijo Clemo—. Llega tarde a las peleas y siempre parece que sepa donde se va a originar una, pero luego nunca está. No me gusta —repitió mirando a Gabriel.

Miya desenfundó su *chokuto* y colocó la hoja sobre la garganta del inmortal.

—Ren tiene más dignidad que todos nosotros juntos. Él fue quien me dijo que iban a ir a por Jamie. No lo juzgues. No lo permitiré.

—Es tu guerrero —Clemo se encogió de hombros—. Me fio de ti, pero no de él. Además, bien podría haberte informado antes sobre lo del tío de Gabriel.

—Si insultas a mi hermano me insultas a mí —le advirtió Miya con cara de pocos amigos—. Somos uno.

—Parad —gritó Gabriel—. Miya, ¿por qué no te pusiste en contacto con el foro después de que yo desapareciera?

—Porque Khani ha reforzado la vigilancia en la ciudad. Es arriesgado, no te puedes fiar de nadie.

Gabriel y Miya se miraron fijamente el uno al otro.

Gúnnr estudió la postura de los dos guerreros. Conocía a Gabriel. Y juraría que Miya y él sabían algo que nadie más sabía. ¿Qué era? A Gabriel le pareció bien la respuesta del samurái y no insistió en ello.

—Esta noche nos toca a nosotros —dijo Gabriel—. Gúnnr, ¿has vuelto a percibir a Mjölnir después de lo del Sears?

—Lo han sacado de ahí, sigue en los alrededores pero lo mueven continuamente.

—¿Sigue en la ciudad?

—Sí —concretó Gúnnr—. Pero no está tan cerca como antes.

—¿Y Ren te ha asegurado que Khani estará en Excalibur? —volvió a preguntar mirando a Miya.

—Me ha dicho que ha organizado una fiesta privada con espectáculo incluído. Ellos lo llaman *showroom*. Las fiestas de Khani están llenas de decadencia y sacrificios.

—Están intentando desviarnos de la atención del martillo —Gabriel lo sabía porque era una táctica que él conocía muy bien—. Y nosotros fingiremos seguirles el rollo. Aunque, en realidad, lo que haremos será actuar por nuestra cuenta. También les despistaremos. Nos han dado unos buenos derechazos, pero no nos van a tumbar.

—¿Y qué hay de Róta? —Preguntó Bryn con voz temblorosa—. ¿Y de las gemelas?

—Os diré qué es Khani. Khani es un líder ególatra. Le gusta presumir de sus trofeos, le gusta exponerlos —explicó Gabriel—. Y, curiosamente, esta noche da una fiesta de exposición. Un *showroom*. Es un provocador, y quiere desviarnos de lo que realmente está moviendo. El cebo de esta noche, lo que van a exponer en el show room, serán las valkyrias, puede que intenten matarlas —caviló sin pretensiones—. No tengo ninguna duda. Quieren pasárnoslas por la cara. Pero si vamos todos a rescatarlas, perderemos la oportunidad de seguir el rastro de Mjölnir, y ver por dónde se mueve, porque no tengo ninguna duda de que planean sacarlo de la ciudad. Así que nos dividiremos en dos grupos.

El teléfono de la habitación sonó una vez hasta que Gúnnr lo cogió.

—¿Sí? ¿Y bien? —Los ojos de Gúnnr se abrieron con sorpresa—. Perfecto. Hasta ahora —colgó el teléfono—. Isamu ha encontrado algo. Ahora viene.

—Bien —Gabriel se alegró al oírlo—. ¿Miya?

—¿Sí?

—Salgamos afuera un momento. Necesito que aclaremos unos puntos en privado.

XVIII

Durante el día, habían estado instalando los programas de reconocimiento facial y habían revisado lo que Isamu había encontrado en los vídeos. Comieron en el hotel. Gabriel repartió las riñoneras que le había dado Menw, con todo tipo de terapias de choque que llevaban los vanirios. El sanador le había cargado unas cuantas en la mochila, además de nuevos y pequeños artefactos de diseño que le servirían de mucho en Chicago.

Lo que había grabado en las cámaras era muy revelador. Había una secuencia, de hacía cinco días, en la que la zona ciega de una de las cámaras del túnel captaba de refilón el movimiento brusco del agua, y luego a dos hombres que se sumergían en ella. Uno de esos hombres, tenía una cresta y la cara tatuada y sostenía al otro que parecía tener el cuerpo y la cara quemada. Aparecían pocos segundos en una zona del túnel entre la cámara quince y la dieciséis: eso los ubicaba justo bajo el Sears.

—Justo aquí —Bryn congeló la imagen por orden de Gabriel—. Pásalo a cámara súper lenta. Así. No se ven bien las caras, están algo borrosas y no son fáciles de reconocer. Tenemos que limpiar la imagen. Mira, ahí. ¿Ves? Parece que el que está quemado le dice algo al *punk.* Necesitamos quitar todo el ruido de la grabación y pasar varios filtros. Pero puede ser suficiente para hacer un reconocimiento facial. Con un programa vía satélite podríamos ubicarlo.

—Tardará bastantes horas —dijo Isamu activando el programa del otro ordenador.

—No importa. Mira ahí —señaló Gabriel—. Cuando se sumergen, el movimiento del agua cesa de golpe. ¿Lo ves?

—Sí —dijo el japonés—. ¿Es lo que crees?

—Sí. Sin duda. Ahí hay o una puerta de entrada o una de salida, pero sea lo que sea está justo en esa zona. Allí iremos tú y yo, Gunny —Gabriel se giró para mirar a su valkyria.

Gúnnr se encogió de hombros y asintió.

—Preferiría ayudarles a rescatar a Róta. —Para ella su amiga era lo más importante.

—¿Ahora te importa? —Preguntó Bryn con la vista clavada en el ordenador—. No te importó ponerla en peligro.

Gúnnr se levantó y se plantó delante de Bryn. Por fin le dirigía la palabra. Ellas eran amigas, aunque desde que estaban en la Tierra, la energía visceral del planeta parecía que también las había afectado.

—¿Crees que lo hice a propósito? ¿Crees que si hubiese sabido lo que iba a suceder habría seguido adelante?

Bryn no le contestó y eso hirió a Gúnnr.

—Bryn.

—No quiero hablar contigo. —La voz de la Generala, tan alta y clara, ahora parecía la de una niña enfadada que o bien arrancaba a llorar o bien daba cuatro gritos.

—Pues tendrás que hacerlo en algún momento —giró la silla de la valkyria y la encaró—. Sé que quieres reñirme. Ríñeme, pero después de eso espero que sigamos juntas y que podamos ir a buscar a Róta.

Los ojos de Bryn se volvieron naranjas y se levantó poco a poco de la silla, hasta quedarse a la altura de Gúnnr.

—Hazlo Bryn —sugirió Reso con tono mordaz—. Porque merece que alguien la castigue. Yo tengo ganas de hacerlo. Si a Sura le sucede algo…

—Yo castigaré a Gúnnr —anunció Gabriel con un brillo peligroso en los ojos—. Pero ahora la necesito entera y en forma. Ella es mi responsabilidad. No os preocupéis por eso.

Gúnnr lo miró por el rabillo del ojo. Gabriel no la iba a tocar de ninguna de las maneras. Ella no se lo iba a permitir.

—Ni lo sueñes —replicó entre dientes.

Él la tomó de la barbilla en un gesto forzosamente brusco y la obligó a mirarlo.

—No me desafíes, valkyria —Gabriel estaba rogándole con los ojos que le siguiera el juego, puesto que intentaba fingir ser duro con ella, pero no sabía si Gúnnr lo estaba entendiendo—. Te equivocaste y pusiste a tus compañeros en peligro. Por supuesto que serás castigada. Eres mi valkyria y las normas son para todos, ¿queda claro? No tendré piedad, Gúnnr.

Gúnnr se soltó de su amarre.

Era justo. El ojo por ojo y diente por diente era uno de los credos y principios de los dioses. Los errores se pagaban. No era un trato extraño para ella, además, Gabriel no podría hacerle más daño del que ya le había hecho. Aun y así, le molestaba que en la habitación hubiera calmado y aligerado su culpa con sus cuidados y sus palabras dulces, y ahora, delante de todos, le riñera. Ella esperaba la riña de Bryn, no la de él.

—Haz lo que quieras. —Desvió la mirada de Gabriel y la clavó en Bryn—. Yo también estoy preocupada por ellas, pero me preocuparé más si al final me alejas de ti así. Eres mi hermana.

—¿De verdad? ¿Y pensabas en ello cuando decidiste no obedecerme?

Gúnnr se retiró como si hubiera recibido un escupitajo de Bryn.

Nunca habían tenido una pelea de ese tipo. Nunca se habían distanciado de ese modo. Pero Bryn había alzado el mismo muro entre ellas que el que había alzado con Róta antes de que la secuestraran.

—¿Cuándo nos vamos? —Preguntó Gúnnr mirando a Gabriel por encima del hombro.

—Media hora.

—Pasaré a dar de comer a Chispa y a ver cómo está Jamie —Gúnnr necesitaba salir de ahí.

Gabriel frunció el ceño y se llenó de curiosidad.

—¿A quién vas a alimentar?

—No lo sabes, ¿verdad? Tienes una prima monísima… —Y alargó la i todo lo que pudo. Les echó una última mirada airada a Bryn y a Gabriel y se fue de la habitación.

—¿De qué habla? —Preguntó el Engel con la vista clavada en la puerta.

Bryn dejó caer los hombros e hizo un gesto con la mano como si no le diera importancia. La valkyria se veía seriamente afectada por lo de Gúnnr y por todo en general.

—Míralo tú mismo. Ve a visitar a tu tío, son casi las siete de la tarde —sugirió Isamu en tono amable—. A esta hora ya suele estar despierto. Y no ha dejado de preguntar por ti. Ve a verle. En cuanto tengamos todo listo aquí arriba, te avisaremos.

El japonés se dio la vuelta y esperó a que el einherjar siguiera su invitación.

Era verdad. La *suite* olía a sándalo. Podría ser que, a raíz de la transformación en vanirio, su tío expectorara su esencia con mayor fuerza. O bien el olor vendría del incienso de sándalo que acababa de descubrir sobre la mesita de madera del salón.

Gúnnr estaba sentada en la *chaise longue,* con un pie colocado bajo su muslo y mirando la espectacular vista que había desde la ventana.

Demasiados edificios. Demasiada gente. Demasiado estrés. Y demasiada ignorancia. Los humanos llevaban una vida estúpida y sin sentido. Gabriel sabía perfectamente que eso era lo que decían los preciosos ojos de Gúnnr mientras se limpiaba las lágrimas de las mejillas y arrullaba con una mantita rosa algo diminuto entre sus brazos.

Un pie, con dedos larguísimos y arrugados, se agarró al brazo de Gunny.

—Chispa, estate quieta. Tienes mucha hambre hoy. —Intentaba sonreír a pesar de la tristeza y la desolación que la embargaban.

Gabriel se quedó de piedra. Se quedó de piedra por ver aquel extraño pie, pero también por la preciosa imagen de Gúnnr, con ese pantalón bajo de cintura y esa camiseta de tirantes de color negra, que tenía un escote demasiado provocador. Tenía las mejillas sonrosadas y el pelo largo y liso color chocolate resbalaba por sus hombros y su espalda. Daba golpecitos en la moqueta con el tacón de las botas negras de caña alta que llevaba. Se cubría el cuello con un pañuelo de cachemira rojo, y sonreía amablemente al bulto rosa. Joder estaba tan sexy bajo la luz del atardecer dando el biberón a…

—¿Qué es eso? —La pregunta le salió en un tono demasiado agudo.

Gúnnr no se sorprendió al verle. Aunque había entrado sin hacer ruido.

—Te has dejado la puerta abierta —le dijo Gabriel—. Ten más cuidado. ¿Qué es eso? —Repitió.

—Es una monita. Se llama Chispa.

—¿Una mona? ¿Qué haces tú con una mona?

—Es de tu tío. Es el animal que fue a buscar a la protectora de Wisconsin.

Gabriel se acercó a Gúnnr y retiró parte de la mantita rosa para ver la carita de una preciosa mona de ojos grandes y castaños, que bebía del biberón como si fuera humana y miraba a Gúnnr como si se tratase de su mamá.

A Chispa no le hizo falta hacer nada. Fue mirarle a los ojos y le robó el corazón. La monita dejó la tetina del biberón y acarició el pelo rubio de Gabriel mientras hacía ruiditos con la boca.

—Me he enamorado —admitió Gabriel—. Qué cosa más guapa.

Gúnnr sonrió pero evitaba su mirada.

—Sabía que te gustaría —contestó la voz ronca de su tío a sus espaldas.

Gabriel cerró los ojos con fuerza. Se giró lentamente hacia él.

Era el momento.

Había llegado la hora de verse las caras después de que él rompiera el contacto abruptamente con Jamie. Después de hacer caso al cretino de su padre. Después de haber sido un cobarde.

Ahora Jamie estaba ahí. Podría haber muerto por su culpa, pero las *nornas* y la maravillosa revelación de Isamu le habían dado una segunda oportunidad. ¿Podría tener él una segunda oportunidad con su tío? Nada le gustaría más. Pero ni siquiera sabía qué podía decirle. Había pasado tanto tiempo…

Sin embargo, había momentos en los que, por mucho que los meditaras, no salían cómo creías que iban a salir. Gabriel tenía pensado sentarse cara a cara con él y hablarle como un adulto. Tenía pensado disculparse y ser sincero con su tío. Tenía pensado ponerle al tanto de todo, pero, seguramente, Isamu ya había hecho esa labor. Tenía pensadas tantas cosas… Sin embargo, cuando finalmente le miró a los ojos, se encontró con su adorado tío Jamie. El único.

Su tío Jamie. El de siempre.

Se encontró con el hombre que había querido más que a su padre. Y entonces, recordó los veranos en Chicago, las largas charlas hasta el amanecer, los helados de Stracciatella y los pasteles de golosinas; las acampadas y las historias sobre los dioses nórdicos mientras quemaban nubes de azúcar en las hogueras; se acordó de los ánimos que le daba para que él hiciera lo que realmente deseaba, de sus bromas que siempre le arrancaban lágrimas de la risa, al contrario que su padre; se acordó de los libros de mitología que él le regalaba a escondidas sólo para que su padre no los encontrara y los tirara; se acordó de todos esos valores que él había intentado inculcarle: respetar el medio ambiente, ser vegetariano, cuidar de los animales, intentar ser lo más espiritual posible, y ser siempre fiel a quien uno era, dijeran lo que dijesen los demás. Y entonces supo que, gracias a su tío Jamie, él era quien era. Gracias a él, él habia aprendido a ser el Engel y a intentar ser justo con todo el mundo. Y gracias a todo lo bueno que él le enseñó, pudo olvidar todo lo malo que quiso inculcarle su padre. Su tío Jamie siempre había tenido fe en él, y esa fe le había permitido seguir adelante y desafiar abiertamente al General. Y decidió, en ese justo momento, que no iba a quedarse con todo lo agrio que su padre le enseñó, sino que, desde entonces, se quedaría con todo lo bueno que aprendió, voluntariamente y sin ningún tipo de coacciones, de su tío Jamie.

Fue por eso, por darse cuenta de todo aquello, y por recordar lo mal que él se había portado con su tío al alejarse definitivamente de su vida sin ni siquiera decir un mísero adiós, que Gabriel se derrumbó y olvidó la madurez.

Volvió a ser un niño, frágil y arrepentido, y empezó a llorar de alegría y de pena.

Jamie abrió los brazos con sus ojos azules húmedos de emoción, sus recién descubiertos colmillos, y su cara llena de bondad y ternura hacia su sobrino. Y supo, Gabriel supo en ese gesto lleno de aceptación, que su tío era un gran hombre, el más valiente que había conocido.

Los hombres, los hombres de verdad, se abrazaban y lloraban como hacían ellos dos. Los hombres como Jamie, buenos de corazón, amaban a los demás, fueran hombres o mujeres, y lo hacían porque, para ellos, el amor se expresaba ayudando a aquellos que amaban a conseguir ser quienes eran en realidad.

Jamie lo había logrado. Y le había dado una lección a Gabriel.

Pero Gabriel estaba en continuo aprendizaje y no iba a olvidar la clase magistral de perdón y superación que le había dado su tío.

—Siento no haberte dicho nada durante tantos años —dijo Gabriel con una congoja de campeonato—. Siento haberme alejado de ti cuando en realidad te necesitaba tanto…

—Eso ya pasó, Gaby. Ya pasó —le alborotó el pelo mientras lo abrazaba.

—Siento lo que te ha pasado, de verdad.

—Yo no —le guiñó un ojo a Gúnnr y le sacó la lengua.

Gúnnr sonrió a Jamie. Se había quedado de pie, con Chispa en brazos. En cuanto había visto a Gabriel en ese estado, se había levantado como un resorte como si la hubieran atizado. Era la segunda vez que veía llorar a Gabriel con sinceridad y abandono. Si hubiera una tercera, no tendría otra opción que acostarse con él para calmarlo.

A una valkyria como ella, nada le parecía más sexi que un hombre mostrando sus sentimientos sin pudor. Le parecía un acto de valor inconmensurable. Ella venía de un reino en el que los hombres no lloraban nunca. Y le afectaba, porque al verlo así, le entraban ganas de abrazarlo y decirle que le hiciera lo que le diera la gana para sentirse mejor.

Gabriel pareció calmarse y tomó a su tío de los hombros.

—Déjame verte —musitó con interés—. ¿Tienes hambre?

—Me muero de hambre —contestó con malicia—. Pero tranquilo, he descubierto que me va el *sushi.*

Gúnnr soltó una carcajada y Gabriel se echó a reír.

Su tío era una contradicción. Nadie hubiera dicho jamás que era gay, porque tenía una presencia hetero muy notable. No era una loca, ni tenía ningún aire femenino. La perilla rubia y bien cuidada y el pelo de punta le daban un aire de gamberro muy delatador, pero ni su ropa, ni su estilo, ni su manera de hablar podrían delatar sus preferencias sexuales. Por eso irritó tanto al Sargento, pensó Gabriel, porque lo confundió y echó por tierra su manera de catalogar a la gente.

—¿Isamu te ha contado todo? ¿Necesitas que te explique algo?

Jamie sonrió para tranquilizarle.

—No te preocupes. Mi *hanbun*[29] me lo ha explicado todo muy bien. No me puedo creer que te mataran hace casi un mes. No tenía ni idea —dijo Jamie con cara de estupefacción—. Ya sabes que tu padre no me habla y no me dijo nada de...

—No lo saben.

29. *Hanbun*: En japonés significa «Mitad».

Los dos hombres se miraron el uno al otro con cara de circunstancias.

—¿No?

—No —Gabriel tragó saliva—. No quiero que lo sepan. No me une nada a ellos. No me quieren. Y yo... Yo tampoco les quiero.

—Son palabras muy duras, Gaby.

Gúnnr no entendía aquella conversación. ¿Así que Gabriel y sus padres no se llevaban bien? ¿Cómo podía ser? ¿Sus padres no lo querían?

—Son tus padres —le recordó Jamie.

—Es sólo un título honorífico, nada más. El Sargento me ha repudiado siempre. Cuando él me mira, te ve a ti. Ve que no me parezco en nada a él.

—Pues entonces debería de estar contento porque yo estoy buenísimo —Jamie se echó a reír y abrazó a su sobrino—. No importa nada de eso. Las cosas han tomado el cauce que debían tomar. Tú has tomado una decisión. Te has apartado.

—Prefiero eso a tener que estar discutiéndome una y otra vez, aguantando todo tipo de humillaciones y soportando sus comentarios sobre todo lo que no les gusta de mí. —Sí, aquello había acabado para siempre—. Se acabó.

—Son unos cretinos —susurró entre dientes.

—Bueno, son los que me han tocado. Pero ni los quiero ni me gustan. Y ahora, hablemos de cosas más importantes. ¿Cómo estás tú?

Jamie se encogió de hombros y miró a Gúnnr con una sonrisa de diversión en la cara.

—No deja de sorprenderme esta realidad dentro de «nuestra» —hizo el signo de las comillas con los dedos— realidad. Es todo verdad.

—¿El qué?

—Los libros que leí. Los mismos que tú has leído sobre Odín, Freyja y todos los demás. Es todo cierto.

Gabriel asintió y Jamie le invitó a que se sentara.

—Come un poco, anda —le pidió Jamie amablemente mientras iba a por la comida—. Esta niña de orejas puntiagudas ha estado aquí estos días y ha cuidado de nosotros perfectamente, ¿verdad, pequeña? Tenemos el frigorífico lleno de comida deliciosa. Y yo tengo hambre constantemente —se tocó la panza.

Gúnnr se puso roja como un tomate.

—No ha sido nada…

—Es muy modesta —le dijo el vanirio a Gabriel—. Pero si no llega a ser por ella, Chispa no hubiera bebido ni gota de leche. Sólo deja que ella la alimente, se ha vinculado a Gúnnr. Además, tu chica venía a traerme comida y café, y me ha ayudado bastante en la conversión. No es fácil, ¿sabes? —Se rascó la nuca—. La conversión es un proceso muy difícil y desagradable.

Gabriel miró a Gúnnr mientras Jamie le ofrecía una ensalada y un *wok* de carne vegetariana.

—Aprende muy rápido. Y se ha hecho vegetariana —Jamie se acercó a Gúnnr y la besó en la mejilla—. Es un ángel.

—Me pinchas con tu barba —se quejó ella con una sonrisa llena de confianza. Miró a Jamie—. Me hice vegetariana porque me dejaste de piedra con lo que me contaste.

Gabriel sintió que el corazón se le paraba. Gúnnr había cuidado de su tío y de aquella monita. ¿Lo había hecho por él? No, probablemente, lo había hecho porque ella era así. Se daba a la gente.

—¿Cómo puede ser que la gente siga comiendo carne? ¿Cómo puede ser que sigan matando para alimentarse? ¿La evolución no se mide también en vuestra alimentación? —Gúnnr miró a Gabriel—. Me dejó alucinada, Gabriel. ¿Sabías que el hambre en el mundo se acabaría si en vez de invertir el dinero en los alimentos que ceban a los animales para que luego vosotros os los comáis, se invirtiera en primeros alimentos para los humanos que están en peores condiciones?

—A mí no me mires —Gabriel levantó las manos en señal de defensa—. Yo ya soy vegetariano.

—Pero es que es indignante —exclamó la valkyria—. ¿Cómo se puede saber eso y seguir comprando carne? Pero eso no es lo peor —Gúnnr besó a Chispa que le reclamaba un beso—. Lo peor es saber que el hambre en el mundo podría acabarse si el ser humano cambiara su dieta carnívora a una vegetariana. El planeta no abastece a toda la demanda de productos que necesita la Tierra. Se consume cinco veces más de lo que la tierra es capaz de dar.

—Estados Unidos es el líder en abusar del consumo. España consume tres veces más de lo que su tierra puede dar. Cada año se matan a dos billones de animales, Gaby —Jamie resopló indignado—. Billones. ¿Sabes cuánto es eso? Para alimentar a estos animales, se tiene que cultivar tres veces más pasto y grano de lo que se necesitaría para alimentar a toda la humanidad. Pero el ser humano prefiere seguir abusando de los animales y exterminarlos, no porque tengan proteínas y formen parte de una dieta equilibrada ni tonterías de estas —Jamie se metió un trozo de carne vegetariana a la boca—. Lo hacen porque hay mucha gente que vive del negocio de la carne. Así es la humanidad. No son carnívoros. Son carniceros.

Jamie alzó la mano y Gúnnr la palmeó con la suya.

—¡*Gimme five!* Bien dicho, colmillos —le dijo la joven.

Jamie se echó a reír y señaló a la valkyria con el pulgar.

—La primera vez que vi a las valkyrias, creí que había despertado en medio de una convención de mujeres a favor de la otoplastia —bromeó Jamie tocándose las orejas—. Pero luego pensé que, que les cambiara el color de los ojos de golpe y porrazo, no tenía que ver con malformaciones ni dolencias de ningún tipo… Así que dije: «Coño, he muerto y he ido al país de *Arthur y los Minimoys*».

Gabriel echó el cuello hacia atrás y empezó a reírse como un loco. Se agarró el estómago de lo mucho que le dolía. Su tío tenía un sentido del humor excelente y siempre veía la situación desde el punto de vista cómico y menos tremendista.

—Pero Isamu me explicó todo con mucha paciencia…

—¿Aceptas… que él sea tu pareja?

—Estoy tan encantado como tú lo estás con Gunny. Ella me ha contado lo bien que la tratas y lo buen guerrero que eres. Estoy muy orgulloso de ti.

Gabriel dirigió a la valkyria una mirada penetrante. Gunny había mentido. Él no la había tratado bien. Pero lo haría. Juró que lo haría.

Gúnnr se centró en Chispa y empezó a tararear una melodía para hacerse la loca.

—Hay que cambiarle el pañal —dijo la joven con voz cantarina.

Desapareció y entró en el otro domitorio para dejarlos solos.

—¿De verdad que te parece bien lo que te está pasando? —Preguntó Gabriel más seriamente.

Jamie centró la mirada en los ojos de su sobrino.

—Supongo que hay personas que no aceptarían vivir lo que yo he vivido. No te voy a engañar, Gabriel. Tengo miedo. Estoy asustado. Y me aterra este sentimiento loco que tengo por «el de la *katana*» —admitió con sinceridad—. No me importa beber sangre y no me asquea lo que soy, porque sé que la transformación no ha tocado mi esencia. Sigo siendo yo. ¿Sabes lo que más me asustaba en realidad?

—No.

—Me asustaba la sociedad. Las personas. Porque no sabía por dónde cogerlas. Los humanos tenemos máscaras, todos. Y somos monstruos codiciosos. Hay bien en nuestro interior, pero sólo dejamos que sea la parte mala la que se manifieste. Somos timadores. Por eso Loki se mueve tan bien entre nosotros. Tenemos distintas caras para según qué momentos. Eran las personas las que me daban miedo porque podían apuñalarte a traición. Sin embargo, no hay subterfugios en esta realidad. Los vampiros, los lobeznos, los jotuns… Todos estos seres que nos atacan son malos, y no llevan máscaras, son lo que son, por eso nunca me tomarán desprevenido. Sé a lo que atenerme.

—Quiero que estés protegido, tío Jamie. No sabes luchar, no sabes controlar tu instinto todavía… —Dijo preocupado.

—Tarde o temprano aprenderé. Pero por ahora soy como un bebé que empieza a gatear. Y todos se han portado muy bien conmigo y me ayudan.

—Intentaré cuidar de ti, tío.

—Gaby, tú ya tienes mucho de lo que cuidar. —Miró la puerta de la habitación en la que estaba Gúnnr—. Sé que no la has tratado bien, por mucho que ella haya intentado hablar de ti de manera positiva. Sé que el hijo de puta de mi hermano tiene la culpa de que te hayas alejado de ella. Siempre te alejaste de todo el mundo. Caías muy bien, eras muy simpático, buena persona... Pero nunca te conocían del todo. Nunca te abrías por completo. Eso tiene que acabar —Jamie estaba harto de que su sobrino no supiera ser feliz. Porque era imposible ser feliz a medias, para serlo por completo, tenía que mostrarse por completo—. Tú no eres él. No eres mi hermano. Eres el Engel, y eres mi sobrino. Un héroe. Haz lo que tengas que hacer, Gaby. Estamos en medio de una guerra, pero vuelve sano y salvo a casa. Vuelve sano y salvo por mí y por Gunny. Tenemos mucho tiempo que recuperar.

Por supuesto que tenía mucho tiempo que recuperar. E iba a hacer todo lo posible para que nadie más de su equipo se perdiera. Los recuperaría a todos. Y recuperaría lo que le habían quitado y lo que él había echado a perder. El cariño de su tío y el amor de Gúnnr.

—Oído cocina, tío. —Era una de las frases que decía de pequeño para hacerle ver a Jamie que había entendido lo que le había explicado.

Gabriel asintió y bebió el zumo de frutas de una sola vez.

Se levantó y le dio una palmada amistosa a Jamie en toda la espalda.

—Gracias por los consejos.

—Aquí estaré… eternamente. —Jamie le guiñó un ojo.

—Tenemos que irnos.

Gunny salió con Chispa en brazos. El bebé mono no dejaba de darle besitos en la cara.

—Me llenas de babas, Chispa —pero se notaba que a ella le encantaba—. Sí, yo también te quiero. Toma, Jamie. —Intentó darle a la monita, pero ésta no se soltaba del cuello de Gunny, y entonces el bebé vio a Gabriel y le echó los brazos.

Gabriel la cogió y la arrulló. Ese animalito era adorable. Los pañales le iban un poco grandes, y era tan peludita y pequeña… Y él se prendó completamente de ese pequeño y peludo animal.

—¿Qué haces con un mono en Chicago? —Preguntó Gabriel—. Pensaba que no dejaban tenerlos como animales de compañía.

—La he adoptado. La he comprado. Y no va a ser la última —aseguró Jamie—. La compré en el mercado negro de Asia. Era eso o dejar que fuera víctima de una costumbre de psicopatía.

—¿Cuál? —Arrulló con cariño a la monita.

—En algunos países de Asia se comen los cerebros de los monos mientras todavía están vivos. No voy a explicarte el procedimiento porque está sacado de una película gore, pero me afectó tanto saberlo que he decidido montar una protectora en Wyoming. Ya hay muchos monos allí, además de otros animales que son especies en extinción o víctimas de maltratos. Chispa me robó el corazón y he decidido quedármela. Me parece una injusticia que permitan que se hagan cosas tan horribles a los animales y que no dejen que personas como yo, que pueden cuidarles y darles cariño, se hagan cargo de ellos. Puta burocracia asquerosa. Pero, ¿qué puedo esperar de esta sociedad? Si incluso trafican con la vida de bebés inocentes que necesitan padres o personas que cuiden de ellos. ¿Quieres un bebé? —Puso voz de mujer—. ¿Sí? Entonces paga cuarenta mil dólares que seguro que no tienes. Ah, ¿que eres homosexual? Uy, pues mejor no porque los niños pueden salir gais como tú. Vaya, ¿que no puedes porque no tienes dinero? Pues el bebé seguirá aquí, sin nadie que lo quiera y en unas condiciones deplorables. Puede que muera, puede que no... ¿Quién sabe? —Se dijo con acidez—: Lo que te dije. Me gustan más los vampiros que los humanos. Al menos, ellos no van con falsa moralidad, son hijos de puta y no lo esconden.

Cuánta razón tenía su tío.

¿Quiénes eran los malos en realidad? ¿Todos lo eran?

—Nos vamos —Gabriel besó a Chispa en los labios. Olía a leche en polvo—. Adiós, monada. Tío Jamie —lo abrazó—. Obedece a Isamu. No salgas de aquí si no es estrictamente necesario.

—Oído cocina. Valkyria, procura no perder el corazón —le dijo a Gúnnr abrazándola con fuerza—. Y tú, Engel —lanzó una mirada de advertencia a Gabriel—, espero que pierdas la cabeza, pero sólo por esta mujer. Es un tesoro.

XIX

Khani iba a probar su propia medicina. Él quería distraerles de lo importante, quería engañarles y hacerles ver que lo relevante se cocía donde él estaba, pero Gabriel no iba a cometer más errores y no iba a caer en su trampa. Khani aprovecharía para movilizar a Mjölnir, porque no había momento mejor para ello que hacerlo mientras tus enemigos estaban en otro lugar, jugándose la vida para salvar a uno de los suyos.

Miya, Reso, Clemo y Bryn se iban a colar en el Excalibur e iban a liberar a las valkyrias.

Isamu, Ren y Aiko avisarían a sus patrullas para que se quedaran en el perímetro de Buck Town y Wicker Park, para ver si veían algún movimiento y, mientras tanto, ellos rodearían el club y actuarían desde la lejanía ayudando a Miya y los demás a su manera.

Por su parte, él y Gúnnr acababan de descender a los túneles subterráneaos de Chicago, y se dirigían velozmente a la sección que habían enfocado las cámaras quince y dieciséis.

Esa noche, la eficacia y la frialdad eran básicas para llevar la empresa a buen puerto. Los túneles eran el medio a través del cual Khani y su aquelarre se movían por la ciudad. Gabriel no dudaba de que debía haber un laberinto de subtúneles bajo los que ellos ya conocían. E iban a ir allí y ver qué mierda tenían bajo tierra.

Iban a reaccionar, aprovecharían el factor sorpresa. Nadie les esperaba.

—¿Estás preparada, Gúnnr? —Preguntó mientras caminaban inmersos en la oscuridad del túnel—. Recuerda: ponemos los explosivos de amitol, los imantamos a la pared, los activamos, y cuando ya no estemos cerca…

—Sí. Sé lo que tenemos que hacer.

Ya había cuatro explosivos de corto radio en los túneles preparados para estallar. Pero si descubrían lo que Gabriel creía que había ahí abajo, iban a necesitar el amitol.

—¿Estás asustada?

—No.

—¿Sigues enfadada conmigo?

Gúnnr no contestó y siguió caminando.

—Ya veo. Sigues muy enfadada —murmuró Gabriel en voz baja—. ¿Estás preocupada por Róta y las gemelas? —No quería que ella se preocupara. Quería tenerla al cien por cien con él.

—Por supuesto que estoy preocupada. Las valkyrias nos hacemos llamar hermanas entre nosotras, pero la verdad es que yo sólo tengo tres. Nanna, Bryn y Róta. No tengo a Nanna conmigo y ella siempre me hacía reír y me hacía sentir bien. Bryn es como mi hermana mayor, la que siempre ha cuidado de mí y en la que siempre he confiado. No soporto ver que la he herido al desobedecerla. Y Róta es mi compañera de juegos. Y no quiero que le suceda nada.

—Yo tampoco lo quiero, Gúnnr.

—Una cámara más y llegaremos a la quince —dijo ignorando su comentario—. Nos quedan unos cien metros —contó mentalmente—. ¿Puedo hacerte una pregunta?

—Sólo si es pervertida.

—Hablo en serio.

Gabriel sonrió. Iba a ser adorable conseguir el perdón de su valkyria.

—Claro.

—¿Qué te hace pensar que no nos están esperando ahí abajo? ¿Por qué lo tienes todo tan claro? Es extraño… En realidad, tú no sabes a ciencia cierta si el plan que has desarrollado saldrá bien. ¿No pecas de arrogante? Eres… frío y calculador, Engel.

—¿Estás poniendo en duda mi profesionalidad, florecilla? —El tono de voz de Gabriel se suavizó al llamarla por su mote cariñoso.

—Creo que estoy preguntándote lo que todos hemos pensado en algún momento. No dudo de tu valía.

—La respuesta es no. No quiero pensar que peco de arrogante. El único factor sorpresa que hasta ahora he aprovechado y que he decidido utilizar porque mi intuición dice que es lo correcto es tu don. Decidí fiarme de ti en las Cuatro Esquinas. Y decido creer en ti cuando me dices que todavía sientes a Mjölnir —Gúnnr se detuvo y Gabriel, que notó el retraimiento de la valkyria, la agarró de la mano y tiró de ella, aunque la joven intentó soltarse—. Lo demás, cada paso que hemos estado dando desde que llegamos, cada paso que estamos dando esta noche, está todo muy estudiado. Antes has dicho que desobedeciste a Bryn. Tu acto impulsivo trajo una serie de consecuencias que no valoraste.

—Sí, y por eso me vas a castigar —murmuró con rabia—. Pero me importa poco lo que me hagas. Aceptaré el castigo porque me lo merezco. Por mi culpa, Róta puede morir a manos de los jotuns. Por mi culpa...

Gabriel tiró de ella bruscamente hasta que la tuvo a su altura y señaló su cara con el índice:

—De nada sirve lamentarse, Gunny. No creo que te equivocaras. Eres una valkyria y eres de sangre caliente. Eres muy emocional. Pero las emociones hacen que no estudiemos el terreno, nos envían de cabeza hacia aquello que queremos salvar o a aquello por lo que queremos luchar, y a veces hay que serenarse y alejarse, sólo para observar, ¿entiendes? Necesitamos perspectiva.

—No te comprendo —lo miró como si se hubiera vuelto azul y le hubiera salido una nariz de payaso—. Si te arrebataran de las manos a alguien que quisieras, dudo que te quedaras en un sillón esperando hasta que llegara el momento adecuado.

—Si te hubieras sentado en ese momento, habrías llegado a la conclusión de que era una trampa. Te querían a ti porque saben que eres nuestro radar. No me preguntes cómo lo saben; pero lo saben, créeme. Querían eliminarte. De algún modo Khani lo averiguó en el Underground, del mismo modo que captó lo de mi tío.

—¡Pero yo no podía saber nada de eso!

—Por eso se necesita a un líder que sepa jugar al ajedrez y no a las damas —Gabriel continuó caminando y no le soltó la mano—. Debería haberte enseñado algo en todo este tiempo que hemos estado juntos —se reprendió.

—Sí. Deberías haber hecho muchas cosas que no hiciste. —De repente, la rabia que sentía por Gabriel empezó a emerger como el despertar de un dragón que llevase demasiado tiempo hibernando.

—Ahora tengo tiempo para hacer todo lo que no hice —le juró regalándole una mirada llena de malas intenciones—. Empújame, Gunny, y me encontrarás. Yo también he aprendido muchas cosas estos días. —Empezaba a ponerse de mal humor—. También me he equivocado y no es agradable darse cuenta de ello.

—¿De veras? —La valkyria se sentía motivada por el malestar de Gabriel—. ¿Te has equivocado? Sí, claro que sí —rio sin ganas—. Te equivocaste al pensar que Daanna podría esperarte o podría ser para ti. Ahí estabas, echándola de menos en el Valhall, haciendo el ridículo mientras ella estaba acostándose con otro… Qué golpe para tu orgullo —se estaba mofando de él—. ¿Sabes qué desearía?

—¿Ser Daanna? —Le dijo con segundas, tanteando el mal humor de Gúnnr. Él también podía increparla.

—No, Gabriel —aseguró con mitigada dignidad—. Desearía haber podido verte la cara cuando la encontraste con Menw y cuando viste que tu venerada Elegida era feliz con él. ¿Y tu perspectiva ahí, Engel? ¿Dónde la dejaste? ¿También te dio igual?

Gabriel achicó los ojos. Gúnnr pensaba que le hacía daño con esas palabras, pero la florecilla no sabía que Daanna ya no significaba nada para él.

—A veces las cosas cambian —se encogió de hombros—. Yo también me puedo equivocar, y ver las cosas desde lejos ayuda mucho.

Ella apretó los dientes y se soltó de su amarre. Aquella respuesta no le había gustado nada a juzgar por el músculo que palpitaba suavemente en su mejilla.

—¡Suéltame! —Exclamó irritada y negando con la cabeza—. Tú eres como un bloque de hielo. Eres incapaz de sentir nada, incluso cuando ves que la mujer de tu vida está con otro hombre. ¡Eres como una piedra! —Gritó en un susurro.

No. Estaba muy equivocada. Si viera a Gúnnr con otro, probablemente lo mataría y no se arrepentiría de nada. Pero quería asegurarse de decírselo cuando estuvieran solos de verdad y no en medio de una misión. Aun y así, se picó:

—Nunca digas eso. ¡No soy impasible, mujer, ni un jodido eunuco! Soy frío en temas de guerra y estrategia —le aseguró él acercando su rostro al de ella. Se excitó cuando vio un chispazo rojo en sus profundidades—. En todo lo demás, puedo sentir exactamente las mismas cosas que tú, florecilla, y cuando quieras experimentarlas sólo tendrás que pedírmelo. Si te atreves a pedirlo, claro… —la desafió abiertamente.

Gúnnr le empujó, necesitaba espacio. ¿A qué estaba jugando ese hombre? ¿Estaba loco o qué? Ella ya no quería jugar. Era competitiva y odiaba perder, y con Gabriel ya había perdido mucho.

—Hemos llegado —dijo él frotándose el pecho—. Pegas duro, valkyria.

—Olvídame.

—Imposible —le aseguró mientras se acuclillaba en el suelo y fijaba sus ojos azules en una compuerta metálica que había bajo sus pies—. Es aquí. Entran y salen por aquí, pero ¿adónde les llevará? Averigüémoslo.

Gabriel recibió un mensaje a través del comunicador.

—Engel —era Bryn.

—Dime, Bryn.

—Estamos dentro.

—Bien, localizad el objetivo. Intentad permanecer serenos, mantened la calma. Y cuando sea el momento id a por ellas. Hay siempre un momento ideal: buscad el vuestro. Aprovechad las barras de luz. Sólo tenéis que encenderlas, os colocáis los anteojos y vais a por Róta y las demás, ¿de acuerdo? Es una luz muy potente, herirá a los vampiros y a todo aquel que no lleve gafas oscuras. Se desorientarán.

—Lo intentaremos.

—Generala.

—¿Sí?

—Lo haréis muy bien. —Quería impregnar de confianza a Bryn. Ella era diligente y competente, pero la energía emocional del Midgard le estaba pasando factura, a ella y a todos sus guerreros—. Controla a Reso y Clemo, que permanezcan tranquilos hasta que se dé la ocasión. Ellos son los que más me preocupan. Permaneced ocultos y luego actuad.

—De acuerdo.

Bryn cortó la comunicación y Gabriel agitó sus esclavas hasta que de ellas emergieron sus increíbles y poderosas espadas. Las clavó profundamente en los laterales de la compuerta y miró a su guerrera.

—¿Estás preparada?

—Siempre estoy preparada —contestó todavía iracunda.

—¿Recuerdas todo lo que debemos hacer?

—No soy estúpida.

—Bien. Imagina que todo lo que se mueva ahí abajo tiene mi rostro. Seguro que así acabarás con ellos en un santiamén.

La comisura izquierda del labio de Gúnnr se alzó ligeramente.

—No lo dudes.

—Y, Gúnnr, ¿sabes qué? —Hizo palanca con las espadas hasta que las bisagras de la compuerta cedieron y se reventaron.

Ella negó con la cabeza mientras fijaba sus ojos azabaches en la cara de Gabriel. Espoleó sus *bue* y cargó el arco en una mano y una flecha en la otra.

—¿Qué?

Una sonrisa lobuna se dibujó en los labios del Engel.

—Mejor que lo hagas muy bien ahí abajo o sino se te acumularán los castigos.

El Excalibur era el club nocturno más popular de Chicago. Con un aire de castillo medieval, iluminado por focos de colores, este edificio, ubicado en el corazón del vecindario de River North, era una exaltación del lujo y la clase, y había sido nombrado tesoro arquitectónico y patrimonio cultural de la ciudad.

Su interior tenía múltiples ambientes, todos decorados con su propia atmósfera y estilo: desde salas *chill out,* a zonas de piscina y salas de entretenimiento, además de uno de los espacios más grandes para bailar en Chicago. No podían faltar sus salas de fiestas privadas, cerradas a la gran mayoría, por supuesto.

Khani había cerrado una sala del Excalibur sólo para su particular fiesta privada.

Miya y Bryn se internaron al ritmo de *What about my dreams* de Kati Wolf. Estaban en una esquina de aquella increíble sala que recordaba a un *Moulin Rouge* futurista. El escenario parecía una plataforma de teatro: del techo colgaba una increíble bola que emitía destellos dorados, y a los laterales había sendos balcones para mirones. Reso y Clemo se habían situado en la zona opuesta a donde ellos estaban, para no llamar mucho la atención.

Habían llegado hacía cinco minutos. Se habían rociado con los espráis desodorizantes para que ni vampiros ni lobeznos pudiesen reconocerles, y Miya estaba actuando como un escudo mental para anular su señal gama y que nadie los detectara.

Pero no era nada fácil controlar sus pensamientos.

Reso y Clemo eran bombas a punto de explotar, hervían de rabia e impotencia, y no estaba seguro de que siguieran las directrices que se habían establecido para la misión.

En cambio, Bryn era toda rectitud y disciplina. No oía nada de ella, pero su tensión la delataba.

Los cuatro vestían de negro para no llamar mucho la atención. Ellos vestían con tejanos oscuros y camiseta negra ajustada y Bryn, con un vestido corto de color violín que cubría su espalda pero que enseñaba todo el escote. Llevaba unas botas oscuras hasta media pierna y lucía un recogido bajo que cubría sus orejas puntiagudas. Ella lo controlaba todo con esos ojos claros y llenos de inteligencia. A Miya la valkyria le caía muy bien, porque era seria y responsable, todo lo que Róta no era.

Esa valkyria del pelo rojo era un huracán impulsivo y caprichoso que le había dejado fuera de control. Era demasiado sensual y coqueta. Abusaba de su atrevimiento y su osadía hasta el punto de que podía llegar a intimidarle. Lo ponía nervioso.

Él no era así. Eran completamente distintos. Polos opuestos y de carácteres inflexibles y, sin embargo, sabiendo esas verdades inalterables e inevitables, estaba inquieto y necesitaba saber que ella estaba bien. Necesitaba verla. Y necesitaba que ella lo ayudara.

—Khani sabe que estamos por aquí —murmuró Miya en voz baja sólo para que Bryn lo distrajera de sus pensamientos—. Noto su presencia mental. Está intentando hacer un barrido.

—¿No nos puede detectar?

—No. Ren me está ayudando desde el exterior. Esos bolígrafos que ha traído el Engel están muy bien. Pero para mí, Ren es mucho más seguro que un dispositivo.

Gabriel les había dado unos bolis que anulaban las ondas mentales.

—¿Él puede hacer eso? —Bryn tomó un trago de su tequila con limonada sólo para aparentar normalidad—. Ese Ren… Parece muy fuerte.

—Lo es —asintió el samurái—. Todos los miembros de mi clan lo somos. Hemos sido adoctrinados desde nuestro nacimiento para desarrollar nuestra voluntad mental. Solo que unos lo pueden controlar más que otros.

—Y... ¿Ren es de los que pueden controlarlo mejor?

—Aiko y Ren son hermanos, los mejores escudos mentales que tenemos. Son mis mejores amigos. De los dos, Ren es el más poderoso.

—Me alegra saberlo —Bryn alzó la cabeza para estudiar el perfil elegante y severo del samurái—. ¿Me prometes que pase lo que pase vas a sacar a Róta de aquí?

Miya alzó una ceja castaña oscura, pero siguió con los ojos grises clavados en el escenario que seguía vacío.

—Vamos a liberarlas y a cazar a Khani —le prometió él.

—Bueno... Yo sólo te pido que si no lo puedo hacer yo, seas tú quien salve a Róta. Ella es muy importante para mí y la quiero. La situación entre nosotras no está bien... Hace mucho que no está bien... Y estoy muy arrepentida de lo que le hice.

—A mí no me pareció mal tu respuesta ante sus provocaciones. Eres su líder y mereces su respeto.

—Pero antes que su líder soy... su hermana de corazón. Su *nonne.* No debí abofetearla. No debí hacerlo —negó con rotundidad.

—Lo que sucedió es pasado, Bryn. Estás aquí, en el ahora, y tendrás que ayudarme a liberarla. Eres como una hermana mayor para ellas, y a veces las hermanas mayores dan cachetadas a las pequeñas cuando se portan muy mal y no les hacen caso. No te tortures. No sé lo que pasó ahí dentro, en el hotel, pero tendréis que arreglarlo vosotras.

La Generala alzó la barbilla y lo miró de arriba a abajo. Era complicado explicar lo que sucedía entre Róta y ella.

—¿Y qué le has hecho tú? ¿Por qué te odia?

El samurái dio un respingo.

Un par de esclavos de Khani pasaron delante de ellos y miraron a Bryn con interés, pero Miya se acercó a ella para que se alejaran y la dejaran en paz.

—Parece que no conectamos —contestó a su pregunta con desinterés.

—Y una mierda no conectáis. Te mira como si le hubieras roto el corazón. Róta nunca es transparente con los hombres, ni tampoco vulnerable. Cuando ha estado contigo la he visto perder toda su seguridad y convertirse en un erizo. Algo le has hecho… —Le recriminó.

Sí. Le había hecho algo. Pero no se lo diría a Bryn. Nadie debía saberlo.

La gente se amontonó repentinamente alrededor del escenario. Bryn y Miya siguieron a la multitud pero se quedaron algo rezagados, como Reso y Clemo.

Los dos guerreros se miraron el uno al otro y se insuflaron fuerzas para tener paciencia. Sus parejas, sus valkyrias, estaban allí e iban a liberarlas.

Los simpatizantes de Khani elevaron el puño y corearon su nombre.

Él salió de la nada y subió al escenario con un esmoquin de color lila, los ojos completamente blancos y los colmillos manchados de sangre. Saludó a la multitud con una sonrisa llena de ego y de vanidad. Se sabía el rey. Era el amo de la ciudad y controlaba a todos.

Miya quiso reventarle la cabeza, pero cualquier movimiento amenazador sería alertado por todos los que lo adoraban como a un dios. Ese vampiro había creado su paraíso personal en aquella ciudad y también su propia fortaleza.

—Bienvenidos a mi *showroom* particular —saludó a todos—. Sabéis que cumplo siempre mis promesas y, como tal, hoy he traído carne nueva.

El líder vampiro alzó el rostro y clavó sus ojos blancos y sin alma en la bóveda del escenario.

De repente, colgadas de una cadena, bajaron tres jaulas doradas. En ellas había tres mujeres que daban la espalda al gentío, con la cabeza cubierta por una máscara de cuero negra, las manos atadas por encima de la cabeza, y la espalda y la parte posterior de los muslos llenas de latigazos y en carne viva. Sólo se veían retazos de las alas tatuadas entre la piel hecha trizas. Únicamente llevaban puestas unas braguitas negras, y Bryn se imaginó que incluso bajo la tela de cuero de esas bragas, también tenían la sensible piel fustigada. ¿Qué les habían hecho?

Miya percibió el vacío estomacal de Reso y Clemo cuando vieron descender a sus valkyrias. Porque no había duda. Eran ellas.

Lo sintió en el dolor y la fría furia de Bryn. Y lo percibió él mismo, en el olor. Sus fosas nasales se abrieron y se empaparon del olor a ella. A Róta.

Y estaba sufriendo. Róta estaba sufriendo y agonizaba de dolor.

Sensibilizó su oído y se centró en el latir de los corazones de las tres mujeres. Se quedó lívido al averiguar algo terrible.

Sólo latía un corazón. Sólo uno. Y lo hacía débilmente.

Róta era la única de las tres que seguía viva.

¿Lo habrían notado Reso y Clemo?

La sangre de las gemelas todavía olía, todavía estaba caliente, por tanto, acababan de matarlas minutos antes de que bajaran en las jaulas. Lo habían hecho a propósito.

Khani nunca jugaba limpio.

Bryn centró los ojos en la piel descubierta de las mujeres.

—¿Siguen vivas? —Preguntó la Generala en voz muy baja, clavando sus uñas en el antebrazo del samurái—. Miya, por Freyja…, ¿siguen... ? —Se obligó a tragar saliva para humedecer la garganta, seca por la impresión—. ¿Siguen vivas? Hay una que… ¡Oh, Dioses! —Se llevó la mano al corazón como si hubiera recibido una información que nadie más que ella podía recibir. Los ojos se le volvieron marrones y se llenaron de lágrimas de indignación. Cerró los ojos con fuerza y se tambaleó ligeramente, pero Miya la sostuvo por el antebrazo.

—Mantente de pie, Bryn —le ordenó—. Ella sigue viva.

—Sí —lloriqueó la valkyria intentando ser tan fuerte como la ocasión merecía—. Pero las gemelas no. —Se sintió mezquina al alegrarse de que Róta no fuese una de ellas. La empatía que tenía con Róta, y el dolor y la vergüenza que ella sentía en ese momento, la abofeteó y la dejó sin fuerzas—. Mi Róta —gimió afectada—. Liba y Sura…

Miya negó con la cabeza y Bryn sintió que se le revolvía la bilis.

—¡Mirad qué cuerpos más bonitos! —Gritó Khani colocándose frente a la jaula del medio. La movió de un lado al otro para que chocara con las demás y se movieran en sincronía.

¿Quién de las tres era Róta?, pensó Miya. Parecían todas iguales. No se les veían los tatuajes porque la piel de la espalda estaba muy castigada, completamente desgarrada. El pelo lo tenían oculto en el interior de aquella máscara de cuero negro, y no podía delatarla, porque el rojo de Róta anulaba los demás colores, por eso lo habían ocultado.

¿Quién había sido el sádico que había practicado con ellas?

¿Le gustaba la sodomización?

¿Qué les había hecho?

—¿Oléis la sangre? ¿Oléis el miedo? —Continuaba el vampiro—. Esto es lo que les sucede a aquellos que osan desafiarme en mi ciudad, en mi territorio. Si estáis conmigo os proveo de todo, pero si estáis contra mí... Os arrebato cada una de las cosas que son importantes para vosotros. Y al final, os dejo sin nada.

Ese mensaje no iba dirigido a sus secuaces. Iba dirigido a ellos.

Los ojos de Khani estaban buscándolos entre la multitud, se notaba en el movimiento nervioso de los párpados y en cómo movía la cabeza de un lado al otro.

—Hoy vais a ver la ejecución de estas tres mujeres —dijo sin más, pasándose después la lengua por los colmillos.

Miya se apretó el comunicador e intentó disimular todo lo que pudo, para hablar con el tracio y el espartano.

—Escuchad... —Necesitaba prepararlos.

Reso y Clemo permanecían en silencio. Ellos amaban a esas mujeres. Eran guerreros, sabían cómo debían proceder, pero el amor que sentían por sus valkyrias les cegó y Miya percibió el momento justo en el que los hombres se descontrolaron por la emoción.

La multitud estalló en júbilo, los gritos ansiosos por ver las ejecuciones llenaron el local.

Y fue en ese momento cuando los dos einherjars decidieron que no iban a esperar eternamente y que no iban a dejar sufrir a Liba y a Sura ni un segundo más.

Activaron las barras de luz solar sin pedir permiso ni a Miya ni a Bryn y todo quedó iluminado.

Bryn se colocó las gafas y pudo ver como una de las jaulas ascendía de nuevo hacia el techo y desaparecía de escena. ¡Ahí estaba Róta!

La gente gritaba alrededor, muchos vampiros tenían los ojos y la piel quemados debido a la luz.

Miya controló la jaula que desaparecía y Bryn se centró en el asesino y maltratador de Khani. Pero cuando Reso y Clemo alcanzaron las respectivas jaulas de Sura y Liba y las abrieron, cuando abrazaron a sus valkyrias y se dieron cuenta de que ya no había vida en ellas, cuando les quitaron las máscaras para llorar sobre sus labios magullados, en ese cruel momento, los cuerpos de las valkyrias estallaron y se llevaron con ellas a sus dos einherjars y a todo el que hubiera delante.

La sala del Excalibur voló por los aires.

El subtúnel olía a moho y a putrefacción. Gabriel caminaba con las dos espadas en mano, y Gúnnr tenía el arco tenso y preparado con dos flechas.

Se oían ruidos extraños, parecidos al sonido de las tripas moverse en el estómago, y también algún goteo ocasional. La lluvia de la tormenta eléctrica había inundado los túneles, pero después de seis días el agua había filtrado de algún modo y ya no estaba crecida.

Gabriel había estado en lo cierto. Caminaban por unas grutas distintas, por debajo de los túneles de la ciudad. No hacía mucho que debían haber construido aquel laberinto inferior.

Estaba muy oscuro y no había ninguna luz que iluminara el camino, pero eso a ellos no les incomodaba porque veían lo suficientemente bien como para vislumbrar al final del túnel una puerta metálica y, en los laterales dos puertas más de barrotes negros.

Una de ellas se abrió y salieron cinco etones, vestidos con ropa humana. Eran patéticos. Se les veía la piel de color negro y los ojos muy amarillos. La lengua viperina se movía de dentro hacia afuera y los colmillos prominentes goteaban de veneno.

Los etones se colocaron como barrera para no dejarles pasar.

—Gunny, activa la onda de frecuencia inversa.

Gúnnr encendió el lápiz plateado, apretó un botón y emitió una luz intermitente de color rojo. La onda de frecuencia inversa era algo en lo que Menw McCloud había estado trabajando. Se limitaba a anular cualquier frecuencia mental, y lo iban a utilizar para contrarrestar los poderes mentales de los vampiros. Por lo visto, el método funcionaba porque los etones se movieron incómodos, y se miraron los unos a los otros.

Aquellos monstruos del Jotunheim podían manipular la mente de sus víctimas, pero si había algo que los anulaba, se quedaban sin facultades.

—Hola, hijos de perra —gruñó Gabriel sonriendo y sabiéndose vencedor, alzando las espadas—. ¡El cartero os hace una visita!

Corrió hacia ellos. A los etones, al ver la fuerza y la energía de Gabriel, no les quedó otro remedio que intentar huir, pero él no se lo permitió.

Cortó lo cabeza de uno y dio un salto sobre sí mismo para esquivar la patada rasa de otro.

Gúnnr disparó una flecha y atravesó la cabeza del eton que corría hacia ella.

—¡No dejes que te muerdan! —Gritó Gabriel a Gúnnr mientras atravesaba a un segundo purs con las dos espadas y luego cortaba en dos su tronco. La parte superior se fue hacia un lado y las piernas cayeron hacia el otro.

—¡Vigila tu culo y déjame tranquila! —gritó Gunny.

Se guardó el arco y levantó los brazos hacia delante.

Le irritaba que el Engel estuviera pendiente de ella siempre que luchaban. ¡Era una valkyria, joder! ¡A ver si se enteraba de una vez! Abrió las palmas y electrocutó a los otros dos etones hasta alzarlos del suelo y colocarlos contra el techo. No detuvo la descarga hasta ver cómo se quemaban y agonizaban emitiendo gritos y siseos parecidos a los de las serpientes.

Gabriel la miró por encima del hombro y, cuando Gúnnr se relajó y dejó de emitir rayos, el Engel le sonrió con malicia y le dijo:

—En realidad eres una sádica, ¿verdad?

Gúnnr se encogió de hombros y se colocó a su lado.

—No. —Se quedó muy quieta y sus orejas aletearon sutilmente. Sus ojos se volvieron rojos y clavó la mirada en la otra puerta lateral de barrotes.

—¿Percibes algo? —Gabriel abrió su iPhone y conectó el radar electromagnético vía satélite—. ¿Es el martillo? —El teléfono no tenía apenas cobertura y el programa no respondía.

—No lo sé... —Susurró ella—. Puede que sí. Es una señal muy

débil —negó con la cabeza—. Podría serlo pero… ¿Y si es una trampa? No es una señal clara, está muy… No estoy segura. No quiero equivocarme.

—Nos queda poco tiempo, maldita sea. No tenemos margen —dijo Gabriel, exasperado, mirando de reojo un monitor con una luz verde intermitente—. Los etones han dado la alarma de intrusión. No tardarán en llegar.

—Entonces abramos lo que sea que hay ahí —dijo ella señalando la puerta metálica con un golpe de cabeza, pero sin dejar de mostrar interés por lo que había detrás de las rejas.

—Bien.

Gabriel aporreó las bisagras de la puerta con la planta de sus botas negras. El cemento alrededor cedió y empezó a caerse a cachitos. Luego colocó las espadas entre la apertura de la puerta y la pared e hizo palanca de nuevo. Se puso rojo como un tomate y se le hincharon las venas del cuello, gritó como un sansón y entonces la puerta cedió y se desencajó.

Gúnnr le ayudó a retirarla y los dos se asomaron al interior de aquella sala en penumbra.

Había una piscina más grande que las olímpicas. Olía a azufre y en el interior de la piscina había algo enorme. Pero eso sí que no lo podían ver bien.

—¿Me iluminas, florecilla? —Pidió él con suavidad.

Gúnnr alzó la palma de la mano y conjuró una esfera de rayos que iluminó por completo aquel apestoso lugar.

Del techo colgaba una especie de baba. La baba creaba unas bolsas, que parecían crisálidas envueltas en espumarajo. Pero algunas de esas bolsas, al parecer, habían caído al agua como consecuencia de su maduración.

Ambos clavaron la vista en el interior de la piscina. Aquello grande y negro que creían que había en la profundidad de esa increíble alberca subterránea, era en realidad huevos, de color negro y muy rugosos.

—Hay que joderse —musitó Gabriel.

Un huevo se estaba rompiendo y de él empezaban a emerger las cabezas de un purs y la de un eton, como si fueran hermanos.

—¡Es una cuna! —Gritó Gabriel—. ¡Por eso hay tantos! ¡Lo sabía!

Gúnnr abrió los ojos con espanto.

—¡¿Han creado una especie de vientre de alquiler bajo tierra?!

Claro. ¿De dónde sino salían todos esos purs y etones? Era imposible que por la puerta dimensional de las Cuatro Esquinas hubieran hecho descender un ejército entero a la tierra, llamarían demasiado la atención. Los purs, los etones y los trolls no podían transformar a nadie, pero sí podían matar. Entonces, no había modo de que se reprodujeran, porque eran asexuales. Por tanto, lo que habían hecho era hacer descender unos cuantos para que ellos pudiesen nacer ahí, según sus condiciones, justo en el Midgard.

—De acuerdo. Vamos a volarles el experimento. —El einherjar sacó las bombas de amitol e imantó una a la pared.

Gúnnr hizo lo mismo e imantó otra al pasillo y otra más en el agujero del que habían salido los cinco etones. Pero allí se detuvo y se quedó mirando un ordenador portátil y una pantalla que había en la pared. En la pantalla se veía reflejado el mapa de esos subtúneles, donde podían divisar la piscina, el cuarto en el que se encontraba y un pasadizo tan largo que podía medir cientos de kilómetros. Sobre el túnel se dibujaba la disposición del callejero de la ciudad que tenían sobre sus cabezas.

Gabriel entró con ella y estudió la pantalla con interés. El pasadizo secreto finalizaba en Wheaton y justo al final de ese túnel parpadeaba una luz amarilla que estaba en movimiento. Alguien acababa de llegar al otro lado y parecía que había huído por los pelos.

—Alguien acaba de llegar a su destino —dijo Gabriel.

—Wheaton. ¿No es ahí donde dijo Miya que había localizado la sede de Newscientists?

—Sí. Es justo ahí. —Acababa de descubrir algo sumamente importante, por eso sonrió a Gunny y la besó rápido y con fuerza en los labios.

La valkyria abrió los ojos como platos e intentó apartarlo empujándole por los hombros. Gabriel se apartó de ella y se pasó la lengua por el labio inferior como un pilluelo.

—¿Qué crees que estás haciendo? —Le recriminó ella pasándose el dorso de la mano por la boca.

—Se llama beso sorpresa.

Gúnnr se quedó mirando los dientes blancos y rectos de Gabriel y luego el brillo seductor de sus ojos, ahora completamente negros.

¿Qué debía decir? ¿Que se moría de ganas de que volviera a hacerlo?

No. Ni hablar. Los tiempos de ir tras Gabriel se habían acabado.

—No lo hagas más —le pidió con voz temblorosa dándole la espalda y centrándose en el ordenador portátil que había sobre la mesa.

Gabriel clavó la vista en la elegante curva de su cuello y apretó los labios con impotencia. Su valkyria estaba muy herida por lo ocurrido, pero la resarciría. No podría rechazarle siempre y él se había dado cuenta de que, con Gúnnr, no sabía ser paciente.

El portátil monitoreaba unas bombas conectadas a la piscina a través de una serie de cables de colores. Por lo visto medían las condiciones del agua y el estado de los huevos.

—Agárralo —ordenó Gabriel desde el marco de la puerta—. Veremos qué hay en el disco duro.

La valkyria lo desconectó y se lo llevó con ella.

Gabriel le tomó la mano libre y pidió gracias a Dios porque ella no se soltara. Los dos se quedaron mirando la otra puerta con rejas.

—Vamos a volar este lugar —dijo dubitativa—. Pero ese pasillo que llega hasta Wheaton… Es por ahí por donde han movido al martillo.

—Sabemos lo que necesitábamos saber y creo que incluso más —aseveró—. Ahora enviemos al infierno a este sitio, y vayamos a saludar a Róta.

Gúnnr asintió con diligencia y siguió sus pasos.

Salieron de los túneles y llegaron hasta el parquin. Los secuaces de Khani debían estar al llegar. Gabriel y Gúnnr se subieron al Tesla negro.

Gabriel alzó el detonador en su mano y le dijo a Gúnnr:

—¿Te apuntas?

Gúnnr pensó que no iba a poder luchar más contra él si seguía tratándola como si contara con ella para todo. Era extraño sentir que era importante para él. Era alentador y esperanzador. Era, más que nunca, aterrador.

Pero, aun estando muerta de miedo por estar otra vez con Gabriel y percibir esas emociones nuevas, no pudo evitar colocar su mano sobre la de él y sonreír tímidamente.

—Me apunto.

—Dale, valkyria —la animó, transmitiéndole el calor y la confianza que ella siempre había tenido en él y que él nunca había sabido valorar, hasta ese momento.

Gúnnr apretó el botón rojo y, mientras oían el ruido de la explosión, parecido al de un metro que se mueve bajo tierra, la valkyria y el einherjar salieron del parquin que había bajo el Sears a toda velocidad.

Aquello había salido muy bien. Pero no quería que fuera la única buena noticia. Gabriel esperaba de corazón que su Generala y sus amigos, hubieran recuperado a Róta y a las gemelas. Necesitaba a todos de vuelta porque al día siguiente iban a recuperar el martillo.

XX

Gabriel tenía enfrente a un hombre completa e irrevocablemente destrozado.

Bryn y Miya habían salido del Excalibur como habían podido después de las explosiones y habían recogido lo que quedaba de sus amigos.

De Clemo y las gemelas nada. No quedaba nada de ellos.

De Reso quedaba un cuerpo roto por todos lados pero todavía con vida física, sólo con ese tipo de aliento, ya que su alma se había perdido en el horror y en la pena. El tracio estaba en cama; la explosión le había amputado una pierna y un brazo y le había cortado parcialmente la yugular, pero no le había arrancado la cabeza, como sí había pasado con Clemo.

El Engel no podía parpadear. La habitación estaba a oscuras, sólo iluminada por la claridad que entraba de la ciudad y las luces de la noche.

Clemo y Reso eran sus guerreros, sus compañeros de guerra…, y en una sola noche iba a perderlos a los dos.

Bryn debía sentir lo mismo respecto a sus valkyrias; ella se sentía tan responsable de las suyas como él de todos. La Generala estaba en su habitación, necesitaba estar a solas. Pero Gúnnr decidió seguirla y acompañarla, se negaba a dejarla sola. Gabriel no sabía si Bryn le había dejado entrar.

Miya estaba tras él, tenía algún corte superficial, pero nada más.

Reso miró al techo y su caja torácica se levantó compulsivamente para tomar aire.

—Les habían arrancado el corazón. A mi Sura… —Se detuvo para tomar aire de nuevo—. Ya estaban muertas. Y nos hi-hicieron creer que todavía vivían. En el lugar donde deberían tener el corazón, había una puta bomba.

Gabriel dio un paso hacia la cama y se sentó en la silla que había frente al cuerpo maltratado de Reso.

El tracio lo miró de soslayo, tenía un derrame enorme en el ojo, y

Gabriel no podía apartar los ojos de su mirada oscura.

—Me quiero ir, Engel —gruñó él.

Gabriel era lo suficientemente honesto como para reconocer la verdad. Reso no iba a poder vivir así. Pero tampoco podía morir a no ser que le cortaran la cabeza. Le tomó de la mano y Reso tuvo los suficientes reflejos como para apretarle los dedos en agradecimiento.

—Nadie dijo que iba a ser fácil, ¿verdad? —Aseguró Reso muerto de dolor.

—No —apretó los dientes—. No lo es.

—Es curioso... En el Valhall sabes que e-eres inmortal. Pero cuando llegas al Midgard, todo se descontrola, porque aquí no hay nada escrito —Reso tiritaba, su cuerpo perdía calor—. La inmo... inmortalidad es subjetiva.

El Engel asintió de acuerdo con sus palabras.

—En la tierra no estamos a salvo ni de los demás ni de nosotros mismos. Es una exposición constante, y hay que saber estar aquí —explicó Gabriel—. Pero has luchado con honor, Reso.

—¿Qué honor hay en ver cómo han matado a tu-tu mujer? —Preguntó Reso—. ¿Qué honor hay en eso? No... No hay honor para mí. No sabes lo que... —Se interrumpió por la tos—, no sabes lo que es sentir el cuerpo frágil y desmadejado de tu valkyria en tus manos... Ver que le han arrancado la vida de un modo tan injusto... No sabes lo que es.

Gabriel se estremeció y pensó inmediatamente en Gúnnr. No. No lo sabía y no quería averigüarlo. No podía pensar si se la imaginaba en peligro.

—Pero sé que la veré de nuevo, allá donde ella vaya, estaré yo —aseguró Reso—. Nuestras almas sí que son inmortales, y se pertenecen. Así que... tengo que pedirte un favor.

Gabriel apretó con fuerza la mano de Reso y agachó la cabeza.

—Ya sabes lo que es... Engel —Reso lo miró con tristeza pero también con un orgullo que el tracio de pelo rapado nunca había ocultado a nadie—. Llévame al otro lado —Reso notó la tensión de Gabriel—. Llévame, Engel. Pero antes de hacerlo, prométeme..., prométeme que vas a vengar la muerte de tus guerreros. De Clemo, de Liba, de mi Sura y la mía. No dejes al Midgard sin justicia. Todos confiamos en ti, siempre lo hemos hecho.

Se quedaron en silencio y se miraron el uno al otro, manteniéndose en vilo, y reconociéndose en cada gesto.

—Prométello, Engel. Y promete también que vas a cuidar a Gúnnr. Cuida de tu valkyria y disfruta de cada momento con ella porque nunca sabes cuando va a desaparecer, y Gúnnr ya ha llamado la atención. Ya saben que ella es importante para ti.

—Lo prometo —se aclaró la garganta—. Lo prometo, Reso.

Reso sonrió y miró al techo, mientras soltaba la mano de Gabriel.

—Oye, samurái —le dijo a un silencioso y respetuoso Miya—. Ve a por Róta. Ella es tu valkyria y los tiene tan bien puestos como tú.

Gabriel miró a Miya por encima del hombro y éste lo miró a él sin bajar la mirada.

—Vamos, Engel. Estoy listo —Reso abrió los ojos. No los cerraría, porque entonces no podría ver a Sura reclamando su alma de guerrero de nuevo, allá donde fuera o allá donde estuviera.

A Gabriel le costó mucho levantarse. Tomó una profunda respiración y agitó su esclava derecha. La espada emergió de ella hasta que se materializó por completo.

—Ha sido un honor luchar a tu lado, Gabriel. —Era la primera vez que Reso se dirigía a él por su nombre.

Gabriel asintió con el alma temblorosa y el corazón lleno de pena por su compañero.

—El honor ha sido mío, Reso.

Alzó el acero:

—¡*Farvel, Reso!*[30]—Exclamó Gabriel con emoción—. ¡Odín, ahí va un hijo tuyo! —Alzó la cara al techo—. ¡Acógelo y guíalo al origen!

Cortó la cabeza del tracio, y su cuerpo se desintegró y dejó una estela dorada en la habitación.

Gabriel se quedó de pie, frente a la cama vacía cubierta de un plástico todo manchado de sangre. Escuchó los pasos de Miya detrás de él y su voz que le decía:

—En la guerra también hay dignidad, Engel. Y también hay espacio para las despedidas. Acompáñame y bebamos sake por el alma de tu amigo. —Lo que Miya no diría era que también bebería por su propia

30. *¡Farvel, Reso!*: En noruego significa «Adiós, Reso».

alma, pues él ya estaba condenado—. Todos se merecen su adiós.

—Pensé que no bebías —dijo Gabriel con voz débil.

—Hoy haré una excepción.

Gúnnr se armó de valor. Bryn podía ser su Generala, pero era su Bryn, su amiga que siempre había cuidado de ella. Ahora era su turno.

Estaba ante la puerta de su dormitorio. Bryn le había dejado entrar en la *suite,* pero no le había permitido que entrara con ella en su retiro. Gúnnr no iba a dejar que sufriera a solas ni un minuto más.

Entró en el dormitorio y encontró a la Generala, con un albornoz enorme de color blanco, sentada y apoyada en el respaldo de la cama, mirando con ojos ausentes los rascacielos de aquella ciudad llena de luces y sombras, de arte y de destrucción.

Los ojos negros azulados de Gúnnr repasaron a Bryn. Bryn era fuerte, sexi y amenazadora, pero en esos momentos su pose sólo reflejaba desolación y desconsuelo.

—No entres —le dijo con aquella voz suave y afilada que podía cortar como una navaja—. No te lo permito.

Gúnnr no se detuvo y se quedó de pie, justo a su lado, interponiéndose entre Bryn y la ventana.

—¿Es que ya ni siquiera vas a respetar mis deseos de estar sola? —Alzó sus ojos azules claros, que se volvían naranjas amarronados por momentos. La furia hervía en su interior pero no con la fuerza suficiente como para manifestarse en rojo. El dolor pesaba más.

Gúnnr se secó las lágrimas de las mejillas y levantó la barbilla.

—Siento mucho lo que pasó… Si pudiera, intentaría hacer las cosas de otro modo…

—¡No te disculpes, ahora! —Gritó la Generala visiblemente acongojada. Su pelo rubio y ondulado caía como cascadas de oro, y sus labios hacían mohínes, como si estuviera a punto de echarse a llorar—. ¡No me sirven las disculpas! ¡Ahora no! ¡Ya no importa! ¡Róta está en sus manos y no te importó llevarla contigo entonces! ¡No te importó desobedecerme!

—¡No digas que ella no me importa! —Gritó Gúnnr a su vez, con los ojos completamente rojos—. ¡No lo digas, Bryn! ¡¿Crees que yo no me arrepiento de haberla animado a que viniera conmigo?! Todo lo que ella está sufriendo ahora es por mi culpa. ¡Por mi error!

—¡Sí, es por tu culpa! ¡¿En qué diablos estabas pensando?! —Gritó poniéndose de rodillas sobre la cama y señalando a Gúnnr con el dedo—. ¡Y si ella muere, si le siguen haciendo daño o si le pasara algo peor, tú y nadie más que tú serás responsable de ello! Y yo... ¡No quiero verte la cara nunca más, Gúnnr! ¡Me traicionaste! ¡Y no quiero a traidoras conmigo! ¡Deberían haberte llevado a ti y no a ella! Pero tú te salvaste, ¡¿verdad?! —Le espetó queriendo hacerle daño. Una estocada sutil. Una pregunta abierta que daba a entender muchas cosas.

Ella se salvó, ¿verdad? Sí, lo hizo. Pero no huyó, como estaba insinuando Bryn. Gúnnr se echó a llorar y se clavó las uñas en las palmas de las manos. No era justo.

—Entonces... ¡Bien! ¡No me verás más! —gritó dándose la vuelta para salir de la habitación, pero se detuvo y dijo en voz baja—: Yo espero que nunca te hieran y que nunca te hagan daño, Bryn. No te deseo nada malo, nunca lo haré, porque te quiero y eres mi *nonne.*

Gúnnr salió de la habitación con la seguridad de que Bryn la despreciaba.

Bryn se cogió las piernas y hundió la cara en sus rodillas, arrancando a llorar desconsoladamente.

No debería haberle dicho esas cosas que no sentía a Gúnnr. Pero estaba tan enfadada con ella y con Róta... Y Róta estaba sufriendo tanto. Odiaba tener la empatía que tenía con ella. Y ahora, con su indomable temperamento y crueldad, había echado a Gúnnr de su lado, cuando su dulce *nonne* venía a consolarla.

Pero la puerta de la *suite* no hizo ningún clic, y Gúnnr entró de nuevo al dormitorio como si fuera un huracán, con el rostro surcado de lágrimas. Se dirigió hacia ella, hecha una valkyria de pies a cabeza, con la furia chisporroteando en su mirada. Ella había cambiado y se lo iba a hacer saber a Bryn. Si algo la hería lo diría y no se lo guardaría en un cajón de su interior. Y si había alguna injusticia como aquella, lucharía para que al menos se supiera la verdad. El amor y el rechazo la habían cambiado.

No se lo pensó dos veces. Se tiró encima de Bryn y se sentó sobre su estómago para cogerle por las solapas del albornoz.

—¡¿Crees que puedes hablarme así?! ¡¿Que puedes engañarme?! —Le recriminó zarandeándola—. ¡Puedes preferir que sea yo quien esté en esas jaulas en vez de Róta! ¡Puedes creer que me escapé vilmente y que dejé que se las llevaran! Pero te diré lo que te pasa, Generala —Bryn no se defendía, sólo podía mirarla con arrepentimiento por todo lo que le había dicho—: Estás asustada. Tienes miedo. Te asusta acercarte demasiado a las personas. Por eso te alejaste de Róta. Utilizas tu rango para marcar distancias con los demás porque no quieres que te hagan daño, porque eres vulnerable. ¡Lo hiciste con Ardan! Y por eso Róta se enfadó tanto contigo, porque ella sufrió mucho por verte así. Y tú la alejaste y ella se alejó de ti después de todo. Te niegas las cosas más importantes y te castigas. Por eso castigaste a Róta. ¡La bofetada que le diste te la diste a ti misma! Y por eso intentas castigarme a mí. ¡Quieres sentirte mal! ¡Quieres responsabilizarte de todo! ¿Sabes por qué? —Bryn negó con la cabeza, como si hubiera sido derrotada—. Porque tienes miedo de dejar de sentir rabia, de dejar de sentir furia, y darte cuenta de que cuando eso desaparece estás tú sola con tu corazón roto. No eres tan fuerte como crees. Tú nunca lloras, y estás hecha un mar de lágrimas. ¿Y eso es malo? ¡No! ¡No lo es! ¡A veces tenemos que dejarnos llevar por nuestros sentimientos! ¡Deja de ser cobarde, Generala!

Una lengua de electricidad recorrió a las dos valkyrias e iluminó la habitación.

Bryn levantó la mano y abofeteó a Gúnnr. ¿La había llamado cobarde? Se miró la mano con consternación, y luego la mejilla magullada de Gunny.

Gúnnr soltó el albornoz de Bryn y se quedó sentada sobre ella.

El silencio decía muchas cosas. Hablaba de comprensión y también de verdades como puños que habían sido derramadas como un golpe tras otro encima de la mesa.

Gúnnr sorbió por la nariz y le lanzó una mirada impenetrable y entonces, *¡zas!* Abofeteó a Bryn también.

Las valkyrias eran así. Explosivas, temperamentales. Y sentían y hacían las cosas siempre a lo grande y sin pensar mucho en las consecuencias de sus actos.

Bryn tenía el rostro vuelto a un lado, con el pelo rubio que le cubría la mejilla.

—No he pegado a la Generala. He pegado a mi amiga Bryn, a mi *nonne* que dice cosas horribles cuando está histérica —aclaró—. Ahora ya te puedo dejar sola. —A Gúnnr le temblaba la voz y estaba cansada—. Ya te he dicho todo lo que tenía que decirte. A lo mejor con un poco de suerte, mañana, o dentro de unas horas, a mí también me cojan y me lleven con ellos, y eso será una alegría para ti, ¿verdad?

Se apartó de encima de ella pero entonces Bryn se incorporó y la cogió por los hombros.

—¡No! ¡Gúnnr! ¡No! ¡No! No te vayas... —Tenía los ojos hinchados y llenos de desolación y lamento. Se acercó a ella de rodillas y apoyó la frente en su hombro, hundiendo la cara en él—. Gunny... Perdóname. —Su cuerpo se estremecía por las lágrimas. Abrazó a Gúnnr con fuerza, reclamando que la disculpara—. ¡No te vayas! Quédate conmigo un rato. ¡Por favor!

—¿Por qué? Si no quieres que yo esté aquí contigo —se encogió de hombros desolada sin devolverle el abrazo.

—¡No! —Bryn la apretó con más fuerza—. ¡No lo he dicho en serio, Gúnnr! Sólo quería hacer que te sintieras mal, porque me asusté mucho cuando tú y Róta os fuisteis. Después de todo lo que había pasado entre nosotras... Y luego al ver que sólo volvías tú se me cayó el alma al suelo. ¡Pero no quiero que os hagan daño ni a ti ni a ella! Me cambiaría con gusto por cualquiera de las dos.

—¡Y yo también, Bryn! ¿Crees que no quiero ser yo la que esté en su lugar?

Bryn negó con la cabeza.

—¡No quiero que estés ahí! ¡Ni quiero que ella siga sintiendo todas esas cosas ahí dentro! ¡Lo siento todo, lo he visto todo! ¡Sólo quiero recuperarla! ¡Soy vuestra líder y tenéis que hacerme caso! ¡El Midgard es una mierda, aquí te matan y te matan de verdad! Hoy han muerto las gemelas, Gunny. Ha sido espantoso, pero ¿sabes qué ha sido peor? Saber que me alegré porque la única que seguía viva era Róta.

—Bryn... Se llaman sentimientos. Querer a las personas y elegirlas por encima de otras no es malo. —Intentó tranquilizarla. Se podía apreciar a muchas personas, o se podía tener simpatía por muchas otras, pero sólo a unas pocas se quería con el corazón.

—No quiero perderos. No quiero perder a Róta… Y quiero que me perdone, y quiero… quiero que tú también me perdones.

Gúnnr apretó los dientes. Su preciosa amiga rubia le había dicho cosas muy feas.

—No hui, Bryn. No sé ni quién soy ni lo que soy —aclaró. Tenía que dejar las cosas claras—. Exploté, mi cuerpo se llenó de luz y maté de un tirón a cinco lobeznos que me golpearon y me mordieron por todos lados. No puedo explicarte nada más. Pero sí sé que no soy cobarde y que nunca dejaría sola a una hermana en peligro. Nunca lo haré.

Bryn asintió y le tomó la cara entre las manos.

—Sí, por supuesto que lo sé. Me avergüenza haberte dicho esas cosas. Ya no necesitas mi protección, Gúnnr. Eres muy fuerte y te has convertido en una gran guerrera. Una que todavía no sabe cual es el límite de su poder. Haces cosas… que ninguna de nosotras hacemos. Y me llena de orgullo que seas… mía. Róta, Nanna y tú, sois mías.

Gúnnr levantó un ceja todavía dolida con Bryn. Sus labios hacían un mohín, y la Generala le limpió las lágrimas de los ojos.

—Eres muy mala, Bryn —la acusó con tono más afable.

—Sí. Soy una zorra —asintió algo más serena—. ¿Me sigues queriendo, *nonne*? —La abrazó mientras llenaba de besos su mejilla.

Gúnnr miró hacia un lado y luego hacia al otro.

—Eres una embaucadora.

—Sí, eso también.

—Y tienes una lengua muy dañina.

—Sí… Me la morderé y me envenenaré con ella.

—Y te mueres de ganas de ver a Ardan.

Gúnnr estaba obligándola a reconocer todos sus pequeños secretos.

—Te estás pasando, Gunny. Pero es verdad. Quiero verle.

—El Engel te lo ha puesto en bandeja. Vas a contactar con él, Bryn. Y os vais a decir todo lo que no os dijisteis.

Bryn pensó que ése no era el problema. Se dijeron muchas cosas, pero a la hora de la verdad, ninguna tuvo importancia relevante.

—Eso haré.

—Y cuando recuperemos a Róta le vas a decir también que la quieres y que sientes todo lo que pasó entre vosotras. Y vais a hablar y a arreglar vuestras diferencias. Erais muy buenas amigas…

—Cuando la recuperemos, yo le daré una tunda y, a lo mejor, cuando le haya roto uno de sus preciosos huesecitos, me decida a hablar con ella.

—¡Bryn!

—De acuerdo —Bryn sonrió—. Hablaré con Róta y le diré lo mucho que la quiero.

Gúnnr sonrió con malicia.

—Y yo lo veré. Ella es mucho más difícil que yo. Hará que te arrastres por los suelos…

—Me hago cargo.

—Bien.

—Bien.

Se quedaron en silencio, pero Gúnnr seguía tiesa como un palo entre sus brazos.

—Gunny, ¿me perdonas? —Preguntó Bryn con humildad.

Gúnnr asintió y hundió la cara en el cuello de Bryn. Luego levantó los brazos y la abrazó, acariciándole el pelo rubio y la espalda.

—Te quiero mucho, tonta —murmuró Bryn más tranquila, después de haberse desahogado con Gúnnr y después de comprobar que no la había perdido también—. Quédate un rato conmigo.

Se tumbaron las dos en la cama y Gúnnr abrazó a Bryn por la espalda como si fueran dos cucharas.

—¿Sabes qué diría Róta en un momento así? —Dijo Gúnnr en voz baja.

Bryn negó con la cabeza y se sumergió en el calor, en la tranquilidad y el cariño de Gúnnr. Seguramente diría alguna barbaridad.

—Te diría algo como: «Te quiero como amiga y te quiero como hermana, pero no te quiero más porque no soy lesbiana».

Bryn se echó a reír como una desquiciada y Gúnnr lo hizo con ella, pero al final sólo quedó un abrazo sentido y afligido, sumado al silencio y a la pena por no tener a Róta con ellas.

Gabriel necesitaba compañía.

La conversación que había tenido con Miya le había dejado a cuadros. Todo lo que el samurái le había contado era fascinante y sobrecogedor.

—Estas pastillas pueden ayudar a Ren —le había dicho Miya mientras se tomaba dos pastillas Aodhan y las ayudaba a bajar con un poco de sake—. Yo creo que pueden ayudarle, pero él dice que no.

—¿Qué le pasa a Ren? ¿Le pierde el hambre vaniria? ¿Por qué hace lo que está haciendo?

—Perdió a su *cáraid* hace un mes, a manos de los esbirros de Khani.

Los vanirios no podían vivir sin sus parejas. Era muy difícil que continuaran con su existencia antes de volverse completamente locos o entregarse a Loki.

—Ren se está inmolando, porque sabe que él ya no puede continuar. Pero nos va a echar una última mano —se bebió el chupito de sake y se lo llenó de nuevo—. Se lo debe a Sharon. Sharon era su pareja, una mujer americana. Llevaban juntos medio siglo. Se querían tanto...

—¿Por eso Ren se hace pasar por contacto de Khani? ¿Por eso se está poniendo en peligro? ¿Por venganza o porque es lo correcto?

—Supongo que por una mezcla de las dos cosas. Ya ha bebido sangre humana, pero milagrosamente y gracias a su autocontrol todavía tiene conciencia. No obstante, le queda poco para perder su esencia. Muy poco.

—Reso y Clemo no confiaban en él —recordó Gabriel—. Yo no sabía cómo decirles que estaban en lo cierto, pero que tú me habías asegurado que Ren no iba a traicionarte. Las valkyrias tampoco confiaban en él. Pero yo no podía decirles la verdad porque nadie podía saberlo, nadie podía saber que es nuestro chivato.

—Sí —los ojos rasgados de Miya se llenaron de rabia y cerró los dedos sobre el vaso de chupito con fuerza—. Pero confío mucho en él, es mi mejor amigo. Él sabe cuáles son los movimientos de Khani, qué hacen y hacia dónde van. Ha intentado meterse en la cabeza del vampiro y ha averiguado cosas muy interesantes. Pero Khani cree que Ren está de su parte: por eso no puede involucrarse ni dejarse ver con nosotros más de la cuenta. Y por eso no podías decirle la verdad a nadie. Khani lo hubiera detectado en la mente de alguno de ellos y nuestra tapadera se habría ido al traste. No lo podía permitir.

En realidad, la táctica estaba bien hurdida. Miya había hablado con Gabriel sobre Ren en el primer momento en que se vieron en el Hard Rock.

—Khani leyó a Gúnnr en el Underground y tú me aseguraste que Ren nos protegería mentalmente —dijo Gabriel observando las botellas que tenían en el bar—. Tú debías hacer como si nos cubrieras, pero Ren era el encargado de abrir la veda para que el vampiro supiera que estaba de su parte. Debido a eso saben quién es Gúnnr y quién es mi tío.

Por eso Gabriel tuvo que hacerse el ofendido en el Underground con Miya y acusarle de que había un topo en su clan, para que Ren pudiera registrar la escena y enseñársela a Khani. El vampiro tenía que seguir confiando en Ren.

—Eso fue error mío. Cuando encontré a las valkyrias no sabía quién era ese hombre que se les había acercado, y Bryn le ordenó a Gúnnr que ella era quien debía hablarte sobre eso. Al no recibir ninguna orden por tu parte al respecto antes de ir al Underground, no le borramos el recuerdo. Se suponía que Ren debía centrarse en proteger vuestras mentes y no vuestros recuerdos, pero eso pesaba mucho en la conciencia de Gúnnr, y salió a la luz. Leyó a Gúnnr y averigüó quien era Jamie. Lo relacionaron contigo igual que a ella, por tu modo de protegerla, y por eso han atacado a los dos.

—Es cierto. Gúnnr me habló después sobre ello —Y la valkyria sufrió su ira, pensó apesadumbrado—. Pero también sabían que Gúnnr podía detectar a Mjölnir.

—No —negó Miya—. No era algo que supieran con seguridad. Ren me explicó que Khani no concebía que alguna de vuestras valkyrias captara a Mjölnir, pero su líder, que es quien robó los objetos, le dijo que debían tener una especie de sensor que localizara al martillo, y que era una mujer. Cubren a Mjölnir con una caja de cristal y metal y un sistema de pararrayos interno. Por eso no recibís señales electromagnéticas. Pero Khani quería saber qué valkyria podía captar al martillo. Por eso lo destapó ligeramente en el Sears, para que Gúnnr lo percibiera y fuera a por él.

—Pero con Gúnnr llegaban tres valkyrias más y eso les despistó.

—Exacto. Las intentaron capturar a las cuatro, pero la que más le interesaba se escapó. Gúnnr tiene un poder sorprendente, Gabriel. ¿De dónde le viene?

—Es algo que me gustaría saber a mí también —murmuró bebiendo un sorbo de esa bebida japonesa.

—Ren me aseguró que la fiesta que Khani había organizado en el Excalibur no era el plato principal. Me dijo que tenían previsto movilizar a Mjölnir esa misma noche, pero que él todavía no sabía donde se encontraba el martillo, pues la cabeza del vampiro era muy confusa y controvertida y no podía estar mucho tiempo en su interior sin que la oscuridad le afectara y se lo llevara. Por eso creí que sería buena idea colocar patrullas en Wicker Park y Bucktown, pues si intentaban movilizar algo desde el *Loop* de Chicago nos daríamos cuenta. Pero no ha sido así.

No. Khani y los suyos tenían otros planes.

—En realidad han movilizado el martillo y ahora mismo está en Wheaton —explicó Gabriel observando el culo del vaso vacío—. Aunque nunca más podrán utilizar esa vía —No. Gunny y él lo habían dinamitado—. Mjölnir está en la superfície y hay que aprovecharse de ello.

Miya asintió y se limpió la boca con la manga del jersey negro.

—Ya has visto lo que había en los subtúneles —añadió Gabriel con disgusto—. Esos cabrones se las saben todas. Espero que Isamu saque provecho a los datos del portátil que encontramos.

—Lo hará. Además, el programa de reconocimiento facial está casi listo, le queda sólo un cinco por ciento para limpiar la imagen y ya sabremos quienes son los dos hombres que aparecen en los vídeos.

—Miya —el Engel le miró intensamente—, si Ren está sacrificándose, no dudo en que serás lo suficientemente responsable como para ayudarle a partir si, finalmente, él se retracta en su decisión. La oscuridad puede atrapar incluso al más inquebrantable.

—Soy samurái, einherjar. Tenemos esos valores muy inculcados. Ren está dejando su vida para ayudarme. Yo… Yo me haré cargo de él, aunque sé que me va a costar. No ha sido fácil para ti ayudar a partir a Reso.

—No. A veces crees que los amigos pueden estar ahí para siempre, y cuando no te los imaginas contigo es porque crees que tú te irás antes que ellos. Pero lo que nunca te imaginas es saber que tú tienes que ayudarlos a hacer el viaje de despedida.

—Eres un gran guerrero, Gabriel. Tienes una esencia muy espiritual. Muy samurái —reconoció Miya.

—Agradéceselo a Sun Tzu.

El vanirio sonrió.

—Prefiero a Miyamoto Mushashi.

Esta vez fue Gabriel el que sonrió abiertamente. Su Gúnnr tenía buen ojo, por lo visto. No le había agradecido el detalle que había comprado para él. Se lo agradecería.

—Me parece honorable que cumplas con Ren —admitió el Engel—. ¿Qué hay de tu hermano?

Miya se quedó paralizado y llenó otro vaso de sake. Gabriel era muy listo y no dejaba pasar ningún detalle.

—Khani mencionó algo sobre él en el Underground. Parece que Khani y él tienen buena relación. ¿Él también era samurái?

—Seiya... Seiya se perdió hace mucho tiempo —se frotó los ojos con el dorso de la mano. Estaba cansado—. Sí, era samurái. Pero no tuvo honor suficiente como para ser inquebrantable y fiel a su voto.

—¿Sigue siendo vanirio?

—Lo es. Pero está de parte de Loki —contestó secamente.

—¿Crees que Seiya está informado sobre los objetos?

Miya se echó a reír sin ganas.

—Todos los jotuns de Loki están informados sobre cada uno de sus movimientos, Engel. Los únicos que hasta ahora hemos estado descoordinados y desconectados somos los que se supone que venimos a proteger al Midgard. Es un puto chiste.

—Tú lo has dicho. ¿Seiya está en Chicago?

—Hace siglos que no veo a mi hermano. No sé dónde está.

Gabriel había puesto en funcionamiento el engranaje de su mente. Intentaba cuadrar todas las piezas.

—¿Por qué mantienen a Róta con vida? —Cernió su mirada acusatoria sobre Miya—. Me parece más una provocación que una necesidad. ¿Es Róta importante para ellos?

Miya apretó la mandíbula y frunció el ceño.

—Si es una provocación, te aseguro que me han provocado. Ella, ahora, es una responsabilidad mía.

—Eso espero —concluyó Gabriel—. Porque Róta es una de mis valkyrias y es amiga mía. Y los vanirios tenéis la fea costumbre de joder a mis amigas. Así que espero que seas la excepción. Tuve suficiente con Caleb McKenna.

—Eres demasiado observador y muy controlador.

—Soy quien soy y no pienso dejar ningún cabo suelto.

Miya alzó el chupito y brindó por él.

—¿Has hablado con los berserkers de Milwaukee? Necesitamos que se cree una red de información y de acción —Gabriel miró su reloj. Ya era la una de la madrugada.

—Sí. Hemos intentado entablar nuevas relaciones. De momento, están informados y esperan conocerte. Te has vuelto muy popular.

El einherjar asintió. Se levantó y le dijo al barman:

—Apúntalo a mi cuenta.

—Sí, señor —contestó educadamente.

—¿Todavía no te ha llamado Ren? —Le dijo a Miya dándole un golpe amistoso en el hombro. El samurái le caía muy bien y sabía que podía confiar en él.

—No. En cuanto lo haga te avisaré y nos pondremos en marcha.

—Bien. Tengo muchas ganas de darles por culo a esos desgraciados.

—Ya somos dos.

Después de esa conversación, había ido a ver a su tío Jamie y le había explicado todo lo sucedido. Isamu le había dicho que en un par de horas tendría pruebas relevantes y oficiales del vídeo y de los personajes que salían en él, y podrían oír incluso aquello que se habían dicho el uno al otro.

—Gúnnr ha venido hace diez minutos —explicó Jamie mientras ayudaba en lo que podía a Isamu—. Se ha llevado a Chispa con ella, no sé lo que le hace pero la mona sólo se duerme con ella. Es como su mamá.

Gabriel no había perdido el tiempo e, inmediatamente, había ido a su habitación para conectarse al foro y dar toda la información que había obtenido. Les contó cual iba a ser el paso siguiente, y lo que iban a hacer. Y después de eso se había duchado y dirigido a la suite de su valkyria con *El libro de los cinco anillos* en mano y algo envuelto en papel de regalo en la otra.

Gabriel había experimentado la pérdida; había visto el dolor en los ojos de un hombre destrozado como Reso; había visto la resurrección en los ojos de su tío Jamie, la desolación y la resignación en los ojos de Gúnnr, la decepción y el miedo en los de Bryn y el hambre en los ojos de Miya. Eran todo emociones muy extremas, pero la muerte y la posibilidad de perder aquello que se ama conlleva la liberación y la exposición de todas esas emociones. Y a él le recordaban que estaba vivo y que había que celebrar la muerte y la vida, la guerra y el amor, aunque fuera en una misma línea de tiempo.

Y si había algo que no quería obviar, era el último mensaje de Reso: quería aprovechar cada momento que no estuviera peleando estando al lado de Gúnnr. Sólo esperaba que ella fuera misericordiosa y le dejara, al menos, abrazarla y descansar un par de horas a su lado, porque él también tenía complejo de mono, y ya no podía dormir si no era con ella.

Llamó a la puerta, y esperó pacientemente a que la valkyria le abriera.

Gúnnr abrió y Gabriel sintió por primera vez que lo habían dejado noqueado.

Decían que el amor tenía ese poder. Y él creyó erróneamente haberlo experimentado con Daanna, pero su Gúnnr le acababa de demostrar que lo que sintiera hacia la vaniria era un mero juego de niños comparado con lo que la valkyria despertaba en su interior.

Entonces, todos los pretextos, todas las tácticas para acercarse a ella esa noche volaron por los aires. Y quedó él, sólo él, enfrente de ella, bajo el marco de la puerta, esperando y rogando a los dioses que aquella mujer deliciosa y que olía a nube de azúcar, que vestía sólo una camiseta de manga corta de los Chicago Bulls, y una mirada de sorpresa e incertidumbre, le dejara entrar, no sólo en su habitación, sino también en su vida.

XXI

Gúnnr no había esperado que Gabriel fuera a verla después de todo lo que había pasado, aunque se había encontrado deseándolo desde que había dejado a Bryn dormida en su *suite*. Como no quería dormir sola y quería abrazar a Chispa, la había recogido de la suite de Jamie como casi cada día, y se la había llevado con ella. Pero Chispa ya estaba dormida, y ella... Ella se sentía inquieta.

Se sentía inquieta porque sabía que Gabriel iba a castigarla, pero por otro lado no esperaba que fuera inmediatamente, porque necesitaba preparar a su corazón para otro varapalo. Por lo visto, para el guerrero era importante demostrarle que seguía mandando aunque hubiese estado unos días ausente.

Gúnnr era un mar de contradicciones.

Quería verle y no quería verle. Quería confiar en él, pero no confiaba. Quería decirle que ella no había roto el *kompromiss*, no en realidad, pero no quería que la pisoteara de nuevo. Quería pegarle y besarle a la vez. Y Gabriel la estaba mirando de un modo muy raro, como si la estuviera viendo por primera vez. «Entereza, Gunny. Debes mostrar entereza».

—¿Qué haces aquí?

Gabriel se encogió de hombros. Llevaba unos tejanos claros y una camiseta blanca de manga corta. En el hotel no hacía nada de frío.

—Vengo a cobrar lo que me debes —entró sin pedir permiso e inhaló el olor de Gúnnr; también percibió el olor a leche dulce que destilaban la piel y el pelo de Chispa.

Gúnnr se retiró el flequillo de los ojos y permaneció impasible.

Cerró la puerta tras ella y caminó muy recta hasta donde estaba el sofá. Él había venido a eso y no debía olvidarlo.

—Vienes a castigarme por haber hecho que secuestren a Róta, y vienes a echarme la culpa de la muerte de las gemelas, de Reso y de Clemo, ¿verdad?

Se colocó frente al sofá, de espaldas a él. Tomó el mando de la televisión con mano temblorosa y la encendió.

—¿Quieres que ponga la MTV para que no me oigan gritar?

Gabriel se sintió mezquino por haber creado esa tensión entre ellos. Ella pensaba que la iba a tratar como la última vez, y no podía culparla por creer algo así. Dios, cuánto daño le había hecho. Dejó el regalo y el libro sobre la mesilla que había frente al sofá, y se quedó mirando la espalda y los muslos desnudos de Gúnnr. Llevaba una cola alta. Iba descalza, tenía las uñas de los pies y de las manos pintadas de azul oscuro y estaba tan sexi que se ponía duro con verla.

La valkyria se estaba levantando la camiseta roja extra grande de la NBA. Era roja y tenía un toro que lo miraba desafiándole. «Un toro contra otro toro», pensó él. Antes de que ella se la quitara y él perdiera toda capacidad de hablar o razonar la detuvo con una única palabra:

—Mírame.

Gúnnr cerró los ojos con fuerza y se giró, colocándose de cara a él. Seguía siendo el Engel y ella le obedecería. Gabriel tenía las manos en los bolsillos delanteros de los tejanos. Y sus ojos azules no reflejaban enojo de ningún tipo, ni odio hacia ella. Sólo la miraban, sin perder ningún detalle de su persona, y Gúnnr empezó a perder la paciencia.

—Oye, no necesitas hacer nada de esto… —Estaba nerviosa. Se sentía extraña, como si esperara cosas imposibles—. Quiero decir que, si tienes que utilizarme, si quieres azotarme o lo que sea que necesites para castigarme, hazlo. Puedes hacerlo, los dioses lo permiten, ya lo sabes. Entre tú y yo no hay nada como para preocuparse luego por posibles arrepentimientos o reproches. Nuestro *kompromiss* no sirve en este caso.

Gabriel sintió un puñal que le perforaba las entrañas. Gunny hundía el cuchillo cada vez más, y tuvo miedo de no poder arreglar lo que había roto. El único modo de acercarse a ella era que lo viera como el hombre que en realidad era, el que le habían enseñado a ser. Pero no era tarea sencilla liberarse de la armadura.

—Ya he leído el libro que me regalaste. Es muy bueno.

A Gúnnr se le dilataron un poco las pupilas y ese fue el primer gesto que indicaba a Gabriel que ella estaba tan nerviosa como él, pero además, la joven estaba a la defensiva.

—Qué bien. ¿Me quito la ropa ya?

El Engel caminó hacia ella.

—No es tu estilo ser tan fría y tan indiferente.

—Tú me has hecho así. Acostúmbrate.

Otra bofetada más. La miseria también podía instalarse en el alma de los hombres.

—Mi nombre de humano era Gabriel Feliu —dijo armándose de valor—. Hijo único. Mi padre... Mi padre era un militar muy respetado, un hombre que de cara a los demás era ideal y perfecto, pero que en casa era un dictador hijo de puta. Él siempre quiso que yo siguiera sus pasos, no por orgullo ni nada de eso, sino porque él era el jefe y en casa se hacía lo que él decía.

Gúnnr dio un paso hacia atrás y se asustó. Frunció el ceño.

¿Qué estaba haciendo? ¿Qué le estaba contando? Ella no quería saber nada de eso. ¿Qué importaban todos esos detalles cuando Gabriel la había tratado como lo había hecho en los últimos días juntos tanto en el Valhall como en el Midgard?

—No te alejes, Gúnnr —le rogó llegando hasta ella y agarrándola de las caderas—. Esto es difícil para mí.

—¿Qué pretendes?

—Hablar contigo.

—Esto no es lo que venías a hacer... —Quiso retirarse, pero Gabriel la clavó en el sitio.

—Mi padre necesitaba el poder continuamente. Él me hizo la vida imposible, cualquier cosa que me gustara, me la echaba por tierra. Nunca me llevé bien con él, él me odiaba y yo dejé de reclamar su atención. Él era un destructor, Gunny. Un hombre machista y arrogante. En la Tierra hay muchos de esos, ¿sabes? Un ególatra que sólo ayudaba a los que no le conocían, y lo hacía sólo de cara a la galería, porque él consideraba que así se hacían los amigos. Tenía un concepto mafioso de la amistad. Mi madre fue una víctima suya, mi tío también y por supuesto yo también lo fui. Todo lo que ves malo en mí, Gúnnr, todo es de él. Lo llevo en la sangre y no me lo puedo sacar de encima.

A Gúnnr se le empañaron los ojos, pero quiso mantener las distancias.

—No puedes culpar a tu padre por tus acciones. Tú no eres él.

—Sí. Lo empiezo a creer, florecilla... —Debía continuar y contarle toda la verdad—. Mi tío Jamie me quería mucho. Él me enseñó todo lo que mi padre no quiso enseñarme. Pero a mi padre le pareció vergonzoso que mi tío fuera homosexual y le molestó, y le increpó hasta alejarlo de mí para siempre. Mi padre demandó a mi tío, le acusó de pedofilia hacia mí y nunca más volví a ver a mi tío. Por supuesto, era falso. Yo entonces era un niño, era menor de edad, no sabía lo que pasaba, pero llegué a comprender que era algo malo y muy feo. Un día entendí lo que era la pedofília y oí hablar a mi padre sobre ello en relación a mi tío. Lo negué rotundamente delante de sus amigos. Eso ofendió tanto a mi padre que no me pude sentar en una semana; yo entonces tenía quince años. Cuando crecí, le desafié de todas las maneras posibles. Nunca haría ni me convertiría en nada de lo que él esperaba. Jamás. Decía que todos los hombres que trabajaban con ordenadores eran maricas de cuatro ojos, incompetentes que escondían su falta de hombría tras una computadora. Así que yo decidí estudiar Ingeniería Técnica de Sistemas y joderle a mi manera. Decía que estudiar mitología o leer libros fantásticos era una pérdida de tiempo y yo empecé a comprar sólo ese tipo de libros y realicé un crédito de mitología nórdica en la Universidad. Estaba en contra de los hombres de pelo largo, así que empecé a dejármelo largo —se llevó la mano al pelo y sonrió como si se disculpara—. Me dijo que nunca sería nadie sin él, que dependía de él económicamente y yo me puse a trabajar a partir de los diecisiete. Él nunca me pagó nada desde entonces. Yo pagué mis estudios y todo lo que necesité. Afirmaba que los animales existían sólo para comerlos y me hice vegetariano. Y así en un sin fín de cosas. Pero hubo algo por encima de todo lo demás que me afectó mucho hasta el día de hoy: me repitió, una y otra vez, que yo iba a ser como él porque por mis venas corría la misma sangre que por las suyas. Y al margen de todo lo que te he contado, a mí me aterrorizaba creer eso por pensar que alguna vez podría tratar a una mujer como él había tratado a mi madre. Eso era lo que más me preocupaba.

—Gabriel... No tienes que... —Dijo fascinada por el tono de su voz y por ver la mirada transparente y sincera de él. Estaba tan distinto.

—¡Gúnnr! —Le apretó las caderas con los dedos. Tenía la cara compungida—. Necesito contártelo. Nunca se lo he explicado a nadie. Sólo a ti. Quiero que me escuches. Mi... madre era frágil. Era dulce, como una flor, ¿sabes? Siempre tenía una sonrisa para todo el mundo, pero no tenía mucho carácter. Era la mujer perfecta para un hombre como él, un hombre que destruía la belleza. Él era la bestia y ella era la bella, pero en términos completamente literales a niveles psicológicos. Con el tiempo, mi madre se apagó y dejó de brillar. Mi padre hablaba por ella, mi padre la vestía, mi padre decidía qué era lo mejor... Mi padre logró destruir todo lo bueno que había en mi madre y, al final, consiguió ponerla también en mi contra.

—Gabriel...

—Y eso me destrozó. Odiaba a mi padre por ser tan cabrón y compadecía a mi madre por ser tan débil. Con el tiempo, el odio y la compasión se convirtieron en indiferencia... Pero, incluso a veces —susurró tocándose el pecho—, a veces, vuelve el pinchazo a la altura del corazón y me dice que no pude ser lo que ellos querían.

Gúnnr escuchaba atentamente cada una de sus palabras. Gabriel se estaba abriendo para ella, pero había algo de lo que había dicho que no concordaba con lo que ella sabía sobre él.

—Yo... creo que... En realidad, no podías ser lo que tú no querías ser. Eso fue lo que aprendiste de ellos, a ver todos sus errores y a no copiarlos. Los errores de tus padres no deben convertirse en los tuyos.

El Engel se estremeció al oír las palabras de Gúnnr.

—Pero, Gunny, también aprendí qué era lo que no quería para mí. Ahora sé que me aterran las mujeres como mi madre. Porque el Sargento siempre me decía que yo iba a ser como él, y lo último que deseaba era hacer daño a una mujer, hundirla y robarle su autonomía, justo como él había hecho con ella.

—¿Adónde quieres ir a parar? ¡¿Por qué me cuentas esto?! —Gritó ella aturdida por toda esa información y por lo vulnerable que él se veía. No debía dejarse engañar. Tenía que aclarar las cosas—. ¡¿Crees que soy como tu madre?! ¡¿Por eso elegiste a Daanna?! ¿Porque ella es todo lo que yo no soy?

—¡No! —Gabriel le puso las manos en las mejillas—. ¡No, Gunny! Sólo te estoy contando por qué he tenido tantas reservas hacia ti, pero eso no quiere decir que haya estado en lo correcto. Te dije que cometí muchas equivocaciones. En Daanna vi a una mujer muy fuerte, que no daba nunca el brazo a torcer. Valiente y poderosa como pocas.

—¡Para! —Le dijo ella empujándole y apartándose de él. Le dolía que Gabriel hablara de ella con esa admiración.

—¡Escúchame! —Corrió hacia ella y la inmovilizó rodeándola con los enormes brazos. Pero Gúnnr luchaba y tenía mucha fuerza—. Escucha, por favor... Pensaba que estaba encaprichado con ella y la puse en un altar como si fuera el único tipo de mujer que un hombre como yo, con unos genes tan destructores, podría tener a su lado. Me convencí a mí mismo diciéndome que la quería cuando, en realidad, Daanna me hacía de parche. ¿Sabes cuál es la verdad, florecilla?

—No quiero saberla —lloró removiéndose contra él—. ¡Suéltame!

—La verdad es que me asusta querer; me da miedo entregarme, porque tengo miedo de... ¡Gunny, por favor, quédate quieta! —La joven se paralizó, tiesa como una vara—. Tengo miedo de parecerme a él y hacer daño a la mujer que pueda compartir mi vida. Tengo miedo de ser igual de mezquino y ruin y aprovecharme de la debilidad y de la bondad de otros. Daanna me sirvió para ponerla entre tú y yo, fue un modo de mantenerte alejada de mí, de poner distancia entre nosotros... De ese modo nunca lo intentaría contigo, nunca comprobaría si mi padre tenía razón o no respecto a mí.

Gúnnr se indignó y alzó la cabeza para mirarle directamente a los ojos.

—Porque yo soy la débil. Yo soy la florecilla. Te doy alergia. Crees que a mí me puedes aplastar, que yo no tengo carácter... —Intentó sacárselo de encima al entender lo que él decía—. No todas somos como tu madre. Déjame en paz, Gabriel. Déjame...

Frustrado, pensó que con Gúnnr sólo funcionaban las órdenes. Pero no quería órdenes, deseaba que ella le tocara y le acariciara a su antojo, sin necesidad de que él le exigiera nada. Deseaba que Gúnnr fuera su compañera de batalla, de juegos, de cama y de vida. Sólo con ella él podría ser quién era realmente y superar su miedo al amor. Porque Gúnnr le daba una lección tras otra, y él aprendería de ella toda la vida y le daría lo mejor de él a cambio.

—No te voy a dejar. Ya te lo he dicho —hundió la cabeza en su cuello y murmuró sobre su piel—: Ahora sé lo que quiero. Quiero esto. Déjame dormir aquí. Necesito que me abraces, Gunny… Lamento lo que pasó la última vez. Lo lamento. Déjame dormir contigo y con Chispa. ¿Es mucho pedir?

A Gúnnr se le deslizaban las lágrimas por las mejillas. Tenía los ojos rojos. Se apartó de su abrazo.

—Sí, es mucho pedir. No quiero abrazarte. Sólo tengo ganas de hacerte daño como tú me lo has hecho a mí. No soy tan buena como crees y debes saber que valkyria y misericordia son palabras casi antagónicas. Han sido unos días muy duros y… He perdido a muchos amigos.

—¡Yo también! ¡Yo mismo me he tenido que encargar de Reso, Gúnnr! —Exclamó destrozado—. Yo también he perdido a amigos, pero ya no quiero perder más cosas…

Gúnnr tragó saliva y sintió el dolor de Gabriel como suyo.

—No me siento dulce ni para darte cariño ni para darte calor, Gabriel. Ve a buscar a otra —espetó sin sentirlo.

—Te lo pido como amiga —debía parecer patético. A punto de echarse a llorar ante ella porque Gunny no le quería y no le perdonaba—. Podemos dormir... como amigos.

—¿Amigos? Tú y yo no somos amigos.

—¿Tampoco?

—No. Los amigos no se abandonan, ni tampoco se niegan.

—¿Ya no me quieres?

—¡No! —Contestó llena de furia—. Que yo recuerde nunca te dije esas palabras, por mucho que me provocaras la última noche. ¿No te dice nada eso?

Gabriel dejó caer los hombros y miró al suelo, pasando el peso de su cuerpo de una pierna a la otra. Gúnnr se mordió el labio al verlo tan desamparado. Aquel hombre quería desquiciarla.

—Entonces… Entonces castígame, Gúnnr. Si es lo que quieres para sentirte mejor, castígame como yo hice contigo —le ordenó levantando los ojos y dejándole que viera el deseo descarnado en su mirada negra—. Si es lo que quieres hacer conmigo, adelante. —Se sacó la camiseta blanca, y mostró el torso musculado y moreno, los hombros anchos e hinchados, y el estómago con una serie de abdominales increíbles. Su piel dorada hacía contraste con las esclavas plateadas y negras que llevaba en los antebrazos. Era todo un guerrero. Un espectáculo—. Las valkyrias sois vengativas, ¿no es cierto? Os encanta. Esta noche venía a castigarte yo a ti, de hecho te lo merecerías por haber desobedecido a tu superior, a Bryn. Pero no quiero hacerlo porque ya lo hice la última vez y no me sentí bien. Por eso, esta vez, seré yo quien se entregue a ti.

Gúnnr soltó una exclamación ahogada y abrió mucho los ojos.

—No sabes lo que dices —replicó ella pasándose la lengua por los labios. Era inevitable. I-ne-vi-ta-ble. Ese hombre se sacaba la ropa, y Gúnnr perdía el fuelle y la rabia—. ¡Y ponte la camiseta!

—Tienes razón —reconoció con pesar, llevándose las manos al botón del tejano—. Pero me da igual. Sólo quiero que me toques. Me da igual cómo lo hagas. Sólo... Sólo quiero estar contigo. Estoy preparado para cualquier cosa. Si quieres pegarme, pégame. Si quieres usarme, úsame. Lo que sea, Gunny —sonrió con seguridad—. Soy fuerte y puedo con todo.

Gúnnr tragó saliva. «Sé fuerte. Sé fuerte. No te tires encima de él».

—No quiero pegarte —musitó débilmente.

Pero ella tenía que demostrarle que no era una mujer fácil. Gabriel no le había dicho en ningún momento nada romántico, ni le había dicho que la quería, ni nada de eso... Ella tampoco se lo diría.

Durante casi una semana había intentado convencerse de que ya no quería al Engel. De que no lo amaba. Pero había regresado, y se había dirigido a ella como si fuera el centro de su existencia; y entonces ella se había dado cuenta de que podía cambiar de idea rápidamente. Claro... ¿A quién quería engañar? Llevaba enamorada de él desde hacía mucho tiempo y, por mucho daño que él le hiciera, no se lo había podido arrancar del corazón. No se engañaría y tampoco iba a ceder. Si había algo que le sobraba a una valkyria era, sin lugar a dudas, el orgullo. Aun así, pensó en tener a Gabriel a su merced y su piel empezó a hormiguearle. Se excitó.

—Entonces haz con mi cuerpo lo que te dé la gana. Pero no me eches —Gabriel tenía el rostro lleno de incertidumbre—. Yo... Sólo... Sólo quiero estar contigo —se quitó el cinturón.

—¿Puedes dejar de desnudarte? A ver si lo he entendido. —Se retiró el flequillo hacia un lado—. ¿Quieres... ?

—Dilo, florecilla —la provocó él.

—¿Quieres que te viole?

—Joder. —Echó un vistazo a su entrepierna que, ya estaba dura y lista para cualquier cosa; dejó que los tejanos resbalaran sobre sus caderas para que ella pudiera ver un calzoncillo ajustado azul oscuro—. Eso ha sonado muy pervertido y… me encanta. Hazme lo que te venga en gana. Hazme sufrir como yo te hice a ti. Véngate, valkyria.

Gúnnr empezó a respirar rápidamente. Sus ojos se volvieron rojos muy claros, la entrepierna se le calentó y sus pezones se endurecieron. ¿Así de fácil era?

—¿Por qué haces esto en realidad?

—Porque quiero demostrarte que no te tengo miedo. Que confío en ti. Y que me… «gusta-gusta» estar contigo —sonrió como un diablillo.

—Pero yo no… Yo no te quiero —levantó la barbilla de manera orgullosa, vanagloriándose por haber sido tan valiente de decírselo sin que le temblara la voz.

Si Gúnnr volvía a decir que no le quería, la iba a estrangular ahí mismo.

—No pasa nada. —Se llevó una mano al paquete—. No hace falta que me lo digas mientras me montas.

La valkyria arqueó las cejas con fingida seguridad, como si no la hubiera escandalizado el comentario.

—Estás loco. Las valkyrias no montan a los hombres. Los desmontan —sonrió con frialdad y percibió el ligero temblor que se produjo en el paquete de Gabriel. «Róta estaría tan orgullosa de mí»—. Quieres darle el poder a una valkyria que está furiosa contigo.

—No quiero darle el poder. Quiero dárselo todo.

Gúnnr no escuchó la última parte, porque dio dos pasos y se colocó a un centímetro de su cuerpo. Estaba tan atraída por la proposición que Gabriel a punto estuvo de clavarse de rodillas y rezarle a Dios agradecido.

La joven le puso una mano abierta sobre el pecho. El calor de la piel contra la piel hizo saltar una chispa entre los dos cuerpos, pero ninguno de los dos reaccionó, pues era natural que entre ellos saltaran chispas.

—¿Me prometes que no me tocarás y que no harás nada que yo no quiera? —Le preguntó concentrada en la dureza y la exquisita definición de su musculoso estómago.

—Lo prometo.

—Estoy muy enfadada contigo. Te dije lo que te sucedería si me hacías daño una tercera vez.

—Lo sé —dijo con estoicismo—. Dame mi merecido.

Gúnnr pensó en lo distinto que se sentía todo respecto a la última vez.

Gabriel había regresado con sorprendentes ganas de estar con ella. Ella tenía más poder que nunca; controlaba su furia a duras penas y estaba magullada emocionalmente. Era una valkyria. No una humana con problemas de personalidad, ni una vaniria con extremadas dosis de seguridad y fortaleza. Era una mujer valkyria a la que habían hecho daño, y era fuerte a su modo; tenía su propio carácter y, sobre todo, la valkyria hería si le hacían daño. No era como la madre de Gabriel, que ponía una y otra vez la mejilla, ni tampoco era lo suficientemente distante como Daanna como para que nunca nadie la hiriera.

Era Gúnnr. Y tenía ganas de decirle a Gabriel que nunca debía darla por sentada. Se alzó de puntillas y le susurró:

—Vas a llorar, capullito —le prometió mordiéndole el lóbulo de la oreja con fuerza.

Gúnnr deslizó el pantalón de Gabriel por sus atléticas y fornidas piernas, él pateó el tejano y se quedó en calzoncillos delante de ella. Esas piernas eran maravillosas. Tenía un vello rubio y claro, y los músculos se delineaban a la perfección, hinchados y poderosos. Deslizó las uñas por los cuádriceps y sintió cómo el miembro de Gabriel saltaba ante la caricia. Estaba tan contento que iba a reventar la tela.

Gúnnr se incorporó y quedó cara a cara con él. Le pasó las uñas azules oscuras por el pecho y tiró de sus pezones, pequeños y marrones, con fuerza.

Gabriel se quedó sin respiración.

Ella sonrió como una pillina y coló sus dedos por la goma de sus calzoncillos, tirando de ellos y guiando a Gabriel hasta el sofá. Lo empujó, y él cayó sentado y desmadejado. El einherjar era tan grande que ese sofá para cuatro personas parecía ridículo. Le obligó a abrir las piernas y ella se situó entre ellas, de rodillas.

—Ay, joder... —Gruñó Gabriel.

Gúnnr sabía lo que quería hacerle. Era algo que había visto en la Ethernet y en la televisión y se moría de ganas por probarlo con Gabriel. Con ningún otro hombre, sólo con él. Cuando había visto que las mujeres se lo hacían a los hombres y que ellos sufrían hasta el punto de casi llorar, se había imaginado a ella misma torturando a Gabriel de ese modo. Las valkyrias hacían eso con sus einherjars en el Valhall, ella lo había presenciado, pero no sabía que podía ser un método de tortura.

Antes de ponerse manos a la obra, quería estar cerca de él. Darse el lujo de tocarlo un poco a su antojo. Quería que se rozaran piel con piel. Y... Quería tantas cosas que no sabía por donde empezar. Se quedó muy quieta, con las manos apoyadas en los muslos de él, y observando su pecho y su estómago como si fueran un manjar.

Gabriel se sintió fascinado al ver cómo lo estaba mirando. Lo deseaba tanto como él a ella y eso era muy bueno. El brillo de sus ojos rojos, los colmillos que se asomaban tras su labio superior, sus orejitas puntiagudas que su pelo recogido no ocultaba, aquella boca tan suculenta y con esa forma tan tierna, y ese rostro aniñado y juvenil... le llegaron al alma. Olía a nube... Y quería comérsela.

—Oye, princesa, voy a querer tocarte... —Murmuró él abriendo y cerrando los dedos de sus manos—. Me duele la piel.

Gúnnr parecía oír la lluvia caer. Se quitó la camiseta de los Chicago Bulls y la tiró al suelo sin ceremonias. Sin *striptease* de por medio. Sus pechos llenos y blancos se irguieron hacia delante. Se quedó sólo con unas braguitas rojas, casualmente, del mismo color que lo que llevaba en el pezón derecho. ¿El pezón derecho?

Gabriel sufrió un cortocircuito. «Dios mío. Dios mío. Me corro ya». Sus ojos se tornaron negro hollín.

—¿Qué es eso que tienes ahí? —la voz le sonó más aguda de lo normal.

—¿Esto? —Dirigió su mirada a su pecho, y tiró del arito de acero con un rubí atravesado—. Un *piercing*. Me lo hice con Róta hace tres días.

Ella y Bryn los llevan por todos lados…

—Dime que no te has hecho nada ahí abajo —su voz era ronca. Le dolía pensar que algo punzante podría haber atravesado su tierna carne, aunque fuera concebido para el placer.

Gúnnr dejó de tirar del piercing y levantó una ceja oscura y desafiante.

—¿Te importa?

—Sí. Me… —Tragó saliva con fuerza—. Me importa mucho.

—¿Por qué? —Se inclinó sobre él y le clavó las uñas en los muslos.

—Porque… —Se le olvidó todo cuando sintió la lengua de Gúnnr en su estómago.

—¿Qué? —Dijo sobre su pezón derecho. Lo mordió y lo lamió haciendo circulitos. Los labios, los dientes, la lengua y la cola color chocolate de aquella preciosidad lo estaba reduciendo a menos que nada.

—Porque… Porque no quiero que nadie te toque ahí, Gunny —se estaba poniendo enfermo sólo de imaginárselo.

—¿De verdad? Me lo puso un hombre que pesaba unos ciento cincuenta kilos, era calvo, tenía tatuajes por todos lados y llevaba gafas de sol. Se llama…

—¡Me importa un rábano cómo se llame! —Se inclinó sobre ella, pero Gúnnr le pasó una descarga eléctrica en los muslos y él saltó sorprendido—. ¡Sádica!

—¡A mí tampoco me importa lo que tú quieras! —le gritó con las mejillas rojas y los labios hinchados y húmedos—. Intenta tocarme y la siguiente descarga será en otro sitio.

Un músculo palpitó en la mandíbula del Engel. Se miraron con desafío, ella parecía mucho más divertida que él.

Gabriel colocó la espalda en el respaldo del sofá y apoyó los brazos como si fuera un marajá. Era su castigo, y si eso hacía que Gúnnr se suavizara y que las cosas se arreglaran sustancialmente, entonces todo lo que le hiciera su valkyria sería bien recibido.

Gúnnr volvió a inclinarse sobre su pecho. Le encantaba morderlo y saborearlo. Succionó uno de sus pezones con fuerza, mientras colaba los dedos en la goma de sus calzoncillos y tiraba de ellos de golpe y hacia abajo.

El pene de Gabriel salió a propulsión, disparado hacia arriba. Gordo, largo y venoso, y rojo e hinchado en la punta. Tenía una mata de pelo rubio, suave y esponjosa.

No se había fijado las dos veces anteriores. La primera vez había sido a oscuras y la segunda vez ni siquiera se habían mirado a la cara. Pero ahora que lo tenía todo para ella, quería hacer un escáner. Bajó el calzoncillo un poco más, y dejó que se le vieran los testículos, dos bolas grandes y pesadas. Dejó la goma del calzoncillo debajo de sus bolsas, y pensó que Gabriel se veía como una ofrenda.

—Eres como un cucurucho invertido de dos bolas —dijo inocentemente—, pero mucho más grande.

Él se hubiera reído si no estuviese a punto de correrse, y eso que no le había tocado todavía.

—Me gustas, Engel —anunció con sinceridad, acariciando el saco de bolas con suavidad y curiosidad—. Estás tan duro y tan grande…

—Oye, Gúnnr… —Su pene dio otro brinco— ¿Qué vas a hacerme?

Gúnnr tomó el pene de Gabriel con las dos manos y ni siquiera así lo cubría por entero. Se inclinó hacia delante, y susurró sobre el prepucio:

—Voy a castigarte.

Gabriel quería morirse. Desaparecer. Lo que fuera por tal de liberarse aunque sólo fuera una vez. El primer lametazo de Gúnnr vino con timidez e inseguridad. Ella se había detenido a saborearlo y había sonreído como si le gustara su sabor. Luego le había dado otro lametazo más largo, hasta la base, y sus ojos rojos se habían clavado en él mientras lo hacía. Gabriel creyó que iba a sucumbir como un chaval. Pero justo cuando creía que iba a correrse, Gúnnr le rodeó la base del pene con fuerza, como si fuera un grillete y él se vio impedido, su orgasmo se negó a salir.

Entonces, la joven valkyria se había dedicado a jugar con él. A veces de una forma osada y experta... Otras, succionándolo en la punta mientras lo trabajaba con las manos, introduciéndoselo hasta el fondo de la garganta y soltándolo justo cuando él estaba a punto de eyacular.

—¡Gúnnr, por favor! —Gabriel había desgarrado el sofá con los dedos de tanta tensión acumulada que tenía—. ¡Por favor, ten piedad!

Pero ella no la tuvo. No la tuvo durante una larga hora castigadora y mortificante. Nunca se había sentido tan reprimido. Se ahogaba y estaba lleno de sudor. Las piernas le temblaban y Gúnnr no hacía otra cosa que darse un festín con él, y dejarlo siempre con las ganas, a las puertas de algo grandioso.

—¿Te duele? —preguntó después de soltarlo y emitir con los labios un suave ¡pop! Ella lo controlaba perfectamente. Sabía que lo estaba enloqueciendo—. ¿Te duele, Engel?

—Sabes que sí, bruja —reconoció echando el cuello hacia atrás, sintiendo el movimiento de la mano de Gúnnr. Le ordeñaba, estaba a punto de correrse, casi lo tenía. Una sacudida más y… Le presionó de nuevo la base del pene, y su orgasmo quedó frustrado. Gabriel echó el cuello hacia atrás y apretó los dientes para no explotar.

—Así me sentí yo cuando me tomaste en el salón del Hard Rock. Dolorida —le dio un largo lametazo que culminó en la punta de la cabeza en forma de champiñón y roja como una ciruela—. Y tan excitada que iba a volverme loca, pero tú no me dejabas.

Gabriel iba a ponerse bizco si la chica no paraba de estimularlo. El corazón se le iba a salir del pecho, y sentía lenguas de fuego recorriendo su espalda y su vientre.

Pero Gúnnr no se detuvo y alargó la tortura media hora más. Gabriel se estremecía y creía que se estaba poniendo enfermo. ¿Aguantar el orgasmo era bueno o malo para un hombre? Le daba igual, si tenía que acabar con él, que lo matara ya.

—¿Te quieres correr ya? —Preguntó Gúnnr con malicia. Sus ojos seguían rojos y además estaban dilatados.

Gabriel negó con la cabeza, apretando los labios en una fina línea. Ahora no se iba a correr. ¡No le daba la gana! ¡Esa mujer lo había reducido a un insignificante flan y no iba a ser vencido por ella!

Gúnnr entrecerró los ojos. El desafío bailó en ellos.

—¿Ya no te quieres correr? —Preguntó dulcemente.

—No pienso hacerlo —gruñó Gabriel muy cabreado. Tenía los ojos húmedos, como si estuviera a punto de llorar—. A ver quien de los dos puede más. Veamos a quien de los dos le duele más: si a mí los huevos o a ti la mandíbula.

Gúnnr sonrió y se encogió de hombros.

—¿Es una apuesta? —Se levantó poco a poco. Había estado todo ese tiempo arrodillada entre sus piernas, haciéndole pasar un suplicio. Gabriel ya no podía más, y la valkyria se compadeció de él. El pobrecito decía que no iba a correrse. Pobre guerrero.

—Sigue chupándomela, Gúnnr —le ordenó con el orgullo herido—. No voy a dejar que ganes. Esto ha sido demasiado, te has pasado de la raya. Yo no estuve tanto rato.

—Te la chupo cuando quiero y como quiero —espetó con genio—. No cuando tú me lo dices. Tu poder no llega hasta ahí.

Gúnnr alzó la comisura izquierda de sus labios. Se llevó las manos a las braguitas rojas y las hizo descender poco a poco por sus muslos y sus caderas. Se había hecho la depilación y le habían dejado el vello púbico en forma de trueno.

Gabriel ladeó la cabeza rubia hacia un lado. Los rizos húmedos de sudor se le habían pegado a los hombros y algunos al pecho. Sus ojos negros expresaban una profunda adoración por lo que estaban viendo.

—Precioso. Me lo comería si no fuera porque… ¡Llevas una hora y media martirizándome! —Gritó él con los puños en tensión.

—Te quejas como una nena. —Gúnnr subió al sofá con tranquilidad. Colocó una rodilla al lado de la cadera izquierda de Gabriel, y la otra al lado de la derecha. Se apoyó con una mano en el hombro izquierdo de él y con la otra le tomó todo el tallo venoso—. Y vas a llorar como una nena —le dijo encantada de ver cómo negaba con la cabeza todo lo que ella pronunciaba por esa boquita—. Sí, ya lo creo que sí —susurró dejándose caer sobre él y colocando la punta roma en la entrada de su cuerpo.

—No tienes tanto poder, guapa —contestó él muy bravo.

Gúnnr se detuvo y movió el pene de Gabriel adelante y hacia atrás, estimulándose y acariciándose con él. Le miró a los ojos y él le esquivó la mirada. La valkyria pensó que el guerrero tenía mucho amor propio. Se inclinó sobre su oído y le lamió la oreja, al tiempo que hacía presión hacia abajo y el miembro de Gabriel la estiraba con fuerza, metiéndose poco a poco en su interior. Se mordió el labio y gimió en su oído. No para seducirle, sino porque no lo podía evitar. Gabriel era poderoso y muy grueso.

El einherjar hiperventilaba. Clavó los dedos en el sofá y lo desgarró todavía más. Gúnnr podía con él, podría siempre. Quiso besarle el hombro, alzar la mano y acariciarle la cara. Quería besarla y abrazarla, pero ella se retiraba si él se acercaba demasiado. Sentir la perfección de estar en su interior era un regalo. ¿Cómo podía expresar lo que sentía? No sólo era el sexo. Era ella. Toda ella. Su valkyria. Su Gúnnr. Su mujer. Única.

La joven se movió para acomodarlo dentro de ella y para hacer que la penetración fuese menos dolorosa.

Gabriel se estremeció y sollozó. El Cielo y el Infierno juntos en un cuerpo de mujer. Estaba caliente, muy húmeda y muy apretada. Lo volvía loco de remate.

—Padre nuestro que estás en los cielos, santificado sea tu nombre... —Gabriel empezó a recitar el padrenuestro. Tenía que concentrarse en algo o sucumbiría, y no estaba dispuesto a caer. La valkyria le mordió en la garganta. Succionó, lamiéndolo para aliviar el dolor. Marcándolo como suyo. «Es tan posesiva», pensó encantado—... Venga a nosotros tu... mierda... —¡Gúnnr se echó a reír la muy canalla!—. Hágase tu voluntad así en la... ¡Bruja!... Así en la Tierra como en el... —Gúnnr se la introdujo entera y soltó un pequeño lamento en su oído. Se quedó quieta unos segundos y después se movió una, dos veces, rotando las caderas, y entonces a él le entró apnea repentina—... ¡Cielo! Danos hoy el... — «Me corro. Me corro»— ... pan que me muero... ¡No! No, por favor...

—Sí. Sí, Gabriel. Córrete dentro de mí. Lo quiero. ¡Dámelo! —Se movió tres veces de arriba abajo y hundió los dedos en el pelo de Gabriel—. Córrete, cariño. Ya no te castigo más. Córrete.

Decir Gabriel y cariño en una misma frase lo hizo estallar. ¡Bum! Así. De repente. Movió las caderas hacia arriba con tanta fuerza que levantaba a Gúnnr del sofá. Ella se afirmó en su pelo y, mientras él se corría, le mordió en el hombro hasta hacerlo sangrar. Y entonces ella misma se estremeció y alcanzó su cénit. «¡Dioses! ¡Qué gusto!».

Gabriel encarriló un segundo orgasmo todavía más descomunal que el anterior. Cerró los ojos y se dejó caer hacia delante, hasta apoyar su frente en el hueco entre el hombro y el cuello de la valkyria.

Sintió el tatuaje de su espalda en carne viva. Se levantó con Gúnnr colgada y ensartada en él y, de repente, unas alas de color azul emergieron de su espalda, exactas al dibujo tribal que él tenía, y les alzaron a dos metros sobre el suelo.

Flotando. Levitando. Volando.

Gúnnr abrió los ojos y se quedó atónita al ver la magnificencia de aquellas extensiones de luz azul. Gabriel había abierto sus alas estando con ella. ¿Eso quería decir que… ? ¿Quería decir que estaba bien con ella de verdad? ¿Que reconocía su *kompromiss* y quería ser su pareja? ¿Que la quería para él?

Pero Gabriel no estaba pendiente de sus alas. Ni siquiera sabía por qué se había levantado del sofá, pero había tenido esa necesidad. Las alas en realidad le daban igual. Lo único de lo que era consciente era de que estaba llorando como una nena, en el interior de la mujer que le había robado la cordura y que hacía que se sintiera en casa. Un hogar en el que podía ser aceptado por ser quien era, con sus virtudes y sus defectos.

Pero Gúnnr no parecía que estuviera en ese cálido hogar. Sus alas, a diferencia de las de él, no se habían desplegado. Ella no quería sus caricias ni tampoco que la abrazara, y además se había salido con la suya. Lo peor era que él era muy mal perdedor y se sentía vapuleado.

—Llevo más de dos días sin dormir —dijo Gabriel sobre su hombro—. Puedo… ¿Me dejas que al menos me estire en la cama contigo? —descendió al suelo y tocó con sus pies la moqueta.

Gúnnr rozó su hombro con los labios y movió la cabeza afirmativamente. Después del castigo que le había impuesto, no importaba que se estirara un rato con ella.

—¿Está Chispa en la cama? —Preguntó Gabriel caminando con ella en brazos.

—No. Ella… Compré una cuna para ella.

En silencio, Gabriel se dirigió hacia el dormitorio, y sus alas se replegaron. Se dejó caer de espaldas sobre el colchón, con Gúnnr sentada a horcajadas sobre su pelvis. Colocó las manos obedientemente a cada lado de su cuerpo, sobre la colcha, para no tocarla ni hacer nada indebido, y cerró los ojos muerto de la vergüenza.

Gúnnr levantó la cabeza poco a poco. Se apoyó con las manos en el pecho de él. Sintió la espalda y las nalgas heladas. Nadie le acariciaba y el sudor se secaba en su piel. Miró a Gabriel, que tenía la cara húmeda y roja como un tomate.

Se había portado muy bien. No había hecho nada indebido, ni se había aprovechado de ella ni de su deseo, más bien había pasado lo contrario. Ella había abusado un poco de él. Había jugado con él y le había encantado. Ahora, estando en contacto con su cuerpo caliente, Gúnnr se dio cuenta de que Gabriel la había respetado en todo momento. Le había dado todo el control. Debía ser muy difícil para un hombre acostumbrado a mandar ceder las riendas de ese modo.

Miró su apuesto rostro. Moreno, algo rojo por el esfuerzo; tenía el entrecejo arrugado por el sufrimiento, las cejas rubias relajadas en un línea recta y las pestañas negras le tocaban los pómulos; los labios gruesos y varoniles estaban entreabiertos. No los había besado. La anterior vez tampoco se habían besado. Y descubrió que se moría de ganas de que Gabriel le diera un beso de verdad. Como el que se habían dado en su cuna, o como los que habían compartido en su primera vez. Sintió pena por él, por ellos, y le limpió las lágrimas que se deslizaban por las comisuras de sus ojos hasta las sienes, con suaves besos y una tímida pasada de la lengua. Al final, él sí había llorado, pero Gúnnr no mencionaría nada sobre ello. Su ego masculino no se lo iba a perdonar jamás. Y ella tampoco se lo perdonaría si, debido a eso, él no volvía a mirarla a la cara.

Le besó en la mejilla con suavidad. Ella también sabía pedir perdón después de todo. Estaría tan enfadado con ella por haberle presionado tanto… Pero lo tenía bien merecido. Además, él quería que lo castigara, ¿no? Así aprendería y sabría que no bromeaba y que, si apostaban por algo, ella siempre apostaría por el rojo. Por ella.

Su pene todavía seguía erecto en su interior. Se retiró hasta sacarlo por completo. Palpitaba y estaba húmedo, y sintió deseos de atormentarlo de nuevo, pero no quería reducir más a Gabriel. Ya habían tenido suficiente los dos. Se apoyó sobre un codo y lo estudió, de arriba abajo.

—Mañana estarás muy dolorido —le susurró besándole inconscientemente en el punto bajo el lóbulo de la oreja. Dirigió la palma de su mano abierta hasta tocar sus testículos e irradió su energía curativa para que su einherjar se recuperara—. Así no te molestará… No me arrepiento de lo que he hecho, pero no lo volveré a hacer —No. Había sido demasiado intenso—. ¿De acuerdo? ¿Gabriel?

Gabriel se había quedado dormido. Dormido como un bebé.

Lo que ella había creído que iba a ser un castigo, no lo fue, sino, muy al contrario, parecía una disculpa en toda regla, y también una invitación a creer que él estaba tan enamorado de ella como ella lo estaba de él.

¿Se atrevería a confiar en él?

XXII

Gúnnr dormía profundamente. Y lo hacía desnuda, sin ningún pudor ni ninguna vergüenza, mostrando su precioso y sensual cuerpo a cualquiera que quisiera mirar. Lo hacía desnuda porque él la había destapado para recrearse en las vistas. Chicago tenía unas vistas espectaculares, pero Gúnnr desnuda en su cama y durmiendo como un lirón era tentativo y adictivo. Se sintió afortunado por tener a una mujer valkyria como ella de compañera. Aunque todavía no le había perdonado. Todavía no.

Estaba sentado en la cama, observando su serena belleza. Le acarició la cola del pelo deshecha casi por completo. Le pasó el dedo índice por la orejita puntiaguda y ésta se removió. Gabriel sonrió. Era tan tierna. Le retiró el pelo de la nuca, y la expuso a él. Se inclinó y olió su piel.

—Puro azúcar —gruñó con deseo, besándola con suavidad.

Luego desvió la vista a lo largo de su columna vertebral. Sus alas habían adquirido de nuevo el tono rojizo, ya no eran azul hielo.

Asintió con orgullo. Ya no estaba helada. Ahora ardía. Él la había hecho arder. Le pasó la palma de la mano por el tatuaje tribal, por aquellas alas que se moría de ganas de ver desplegadas otra vez. Su chica tenía la piel tan suave que a uno le entraban ganas de llorar cuando la tocaba. Como había llorado él la noche anterior.

No había llorado sólo por la tortura; lloraba porque se estaba liberando de años y años de opresión y rabia hacias sus padres: de introversión innecesaria con aquellas que habían sido sus amigas; de años de cobardía por ver y experimentar el amor sólo de lejos. Gúnnr le había ayudado a sacarse todas las corazas. Ahora era su turno de ayudarla, porque la joven también tenía las suyas.

Se sentía eufórico y liberado, sobre todo después de haber desplegado sus alas. Era una sensación extraña sentir que el cuerpo de uno se expandía de ese modo tan fantástico. Había estudiado su espalda y los intrincados tribales que tenía. Las alas no sólo debían salir al hacer el amor con la valkyria adecuada. Eran una elongación del propio cuerpo y, como tal, deberían desplegarse según su voluntad. Había estado practicando mientras ella dormía, y al final había atado cabos. Si un einherjar desplegaba sus alas cuando estaba con su valkyria, era porque el sentimiento de estar con ella lo estimulaba y lo hacía «volar».

Entonces, después de colocarse frente al espejo de cuerpo entero del salón, había pensado en Gúnnr. Miraba a su propio reflejo, con las piernas abiertas, el torso descubierto, y los brazos a cada lado de las caderas. Quería ver cómo funcionaban las alas. Serían de gran utilidad para los einherjars. Pensó en Gúnnr y su cuerpo se llenó de calidez. Reconoció el cosquilleo en la piel tatuada, y de repente dijo:

—Gúnnr.

¡Zas! Las alas se abrieron. Alas de color azul, iguales a su tatuaje. Eran grandes y largas y parecían estar hechas de rayos láser.

Sonrió e, inconscientemente, pudo mover una y luego la otra.

—Esto va a ser divertido... —Agitó las alas, coordinando el movimiento de modo innato, y se encontró levitando por la *suite.* Ahora ya sabía que el *kompromiss* consumado regalaba nuevas armas, nuevos dones tanto a einherjars como a valkyrias. Unas alas con las que podrían volar y luchar también por los cielos.

Tenía muchas ganas de enseñar a desplegar las suyas a la valkyria. Aunque para ello, primero tenía que admitir que lo seguía queriendo. Gabriel no concebía ninguna otra verdad, aunque ella le hubiera dicho la noche anterior que no le quería.

Después de ejercitar sus alas, había hecho varias cosas. No había dormido más de tres horas, pero habían sido suficientes para descansar y renovarse.

Miya le había enviado un mensaje a las cinco de la madrugada en el que ponía lo siguiente:

> De: Miya
> Khani ha adoptado a Ren como hombre de confianza de su círculo. Lo ha conseguido. Ren ha averiguado que Khani y dos miembros de Newscientist Internacional, se van a reunir en la sede de Wheaton a las doce del mediodía. Ren asegura

que hoy van a poner en marcha a Mjölnir y nos espera tres horas antes de las doce. Va a permitir que entremos en la sede y, a partir de ahí, lo que hagamos dependerá de nosotros.

Miró su Tissot. Desde que había leído el mensaje, no había vuelto a dormir y se había levantado. Ahora quedaban tres horas para las nueve.

Era momento de despertar a Gúnnr, pero verla dormir le llenaba de paz. La valkyria no quería ser dulce, pero su dulzura no tenía que ver sólo con su carácter, sino con su apariencia. A cualquier hombre le saldría azúcar en la sangre al contemplarla tal y como estaba ahora.

Llamaron a la puerta de la *suite.*

Gabriel la abrió. El Trump tenía un servicio excelente y cualquier cosa que uno pedía, sus hombres se lo facilitaban. Le habían traído un desayuno completo de Starbucks. Los cafés y las pastas siempre los pedían de ahí. Un capuchino, tal y como le gustaba a Gunny, y dos *muffins* de chocolate. Era una buena manera de empezar el día.

Se dirigió al dormitorio con la bandeja del desayuno y cubrió de nuevo a la joven con la colcha. No quería que de buena mañana se pusiera a la defensiva con él.

Chispa se despertó e hizo un ruidito divertido con la boca.

La mona era de chiste. Ahí con sus pañales y un coquito en la cabeza con un lazo rosa. Lo estaba mirando con esos adorables ojos que le decían: «Deja de mirarme y sácame de aquí». Y no lo pudo evitar. La cogió con la mano libre y el animal se agarró a su cuello como si estuviera acostumbrada a que la cargaran así. Gúnnr y Jamie la habían mal acostumbrado.

—Buenos días, Chispa. ¿Vamos a despertar a la mujer trueno? —Le decía en voz baja mientras la besaba en la cabeza—. Sí. Vamos a despertarla y a darle de comer.

Se acercó a Gúnnr y le puso el capuchino bajo la nariz. Ella abrió los ojos y parpadeó varias veces.

—Buenos días, sádica mía —dijo él con una sonrisa.

Gúnnr se incorporó y se apoyó sobre los codos, algo desorientada por despertar rodeada de olor a café junto a Gabriel. Un Gabriel diferente, sonriente y cálido y con Chispa abrazada a él como si toda la vida hubiera llevado a niños en brazos. Como si fuera su nuevo héroe.

—Ah… Buenos días.

—¿Ves esto? —Le enseñó la bandeja con los capuchinos y los *muffins.*

A Gúnnr le sonaron las tripas.

—¿Es para mí?

—No —contestó con voz cantarina—. Si no vienes en diez minutos al salón, Chispa y yo nos lo comeremos todo. Te estaré esperando.

Se miraron fijamente. Gúnnr estudiaba su cara como si fuera un puzle que intentaba cuadrar.

—No puedes darle azúcar a Chispa. No es bueno para ella —aconsejó Gúnnr levantándose y cubriéndose el cuerpo con la sábana.

—No. Lo que no es bueno es que te cubras delante de mí. Después de todo lo que me hiciste hace unas horas… —Le gustaba ver cómo se sonrojaba sin bajar nunca la mirada—. Diez minutos. El tiempo empieza… Ya.

Gúnnr se duchó en tres minutos. Se cambió en tres más. Y se maquilló en otros dos. El maquillaje de las humanas era fascinante. Abrió la puerta del dormitorio orgullosa de haber tardado sólo ocho minutos, y se quedó cautivada por lo que veía. A Gabriel tan guapo, tan varonil y tan sexi, con la monita en brazos y dándole un biberón. Era un sueño. No se había ido, no la había dejado sola y, además, parecía que estaba de buen humor y que quería compartir su tiempo con ella.

—Te han sobrado dos minutos —comentó tranquilamente.

Gúnnr se encogió de hombros y se sentó en el sofá. Encendió la tele y puso una emisora musical. Era adicta a la música. La única virtud divina que tenían los humanos había sido la de ser capaces de crear melodías y poesía y unirlas para componer canciones.

El desayuno estaba en la mesita de enfrente, y olía delicioso… Y los *muffins* tenían un pinta excelente. Con lágrimas de chocolate grandes y un bizcocho esponjoso y oscuro. Empezaba a salivar.

—¿Se sabe algo de Róta y el martillo? ¿Nos vamos a algún lugar? —Gúnnr acarició a la monita y le dio un beso en la cabeza—. ¿Por qué me has despertado?

—Todavía queda un rato hasta que nos movamos —Gabriel estaba concentrado en colocar bien el ángulo del biberón. Chispa tenía los ojos entrecerrados, luchando por no dormirse sólo para no dejar de beber.

La mirada de Gúnnr se volvió vacilante.

—¿Lo has preparado tú?

—¿El bibe?

—Sí.

—Sólo he tenido que leer las instrucciones. Le has comprado de todo a Chispa, como si fuera un bebé. Pañales, una trona, una cuna, ropa... —Enumeró como si en cualquier momento estuviera a punto de partirse de risa—. Es muy tierno, Gunny.

—Es un bebé —levantó las dos cejas y miró la estampa del guerrero con el bebé mono en brazos—. ¿No creerás que bastaría comprándole un mordedor en forma de plátano?

—No. Oye, Gúnnr...

La valkyria se agarró las rodillas con los brazos y apoyó la barbilla en ellas mientras lo miraba.

—¿Qué?

—Gracias. Por cuidar de mi tío, de Chispa y un poco de todos mientras yo no he estado. Eres una compañera increíble —afirmó con pasión.

Los ojos azules oscuros de Gúnnr se llenaron de agradecimiento al escuchar esas palabras. Se frotó la mejilla en el dorso de la mano.

—Sólo he intentado ayudar. —Se puso muy nerviosa al ver que Gabriel la miraba con tanta intensidad—. Oye, ¿qué vamos a hacer? Tienes cara de tener noticias nuevas.

Él sonrió. Gúnnr le conocía a la perfección.

—Sí. Hoy dejaremos el hotel. Es el gran día.

—¿Tenemos noticias del martillo, entonces? —preguntó emocionada.

—Ajá. —De repente, la mona, que ya se había quedado dormida, soltó la tetina del biberón y un chorro de leche salió disparado hasta el jersey negro de punto de Gabriel y parte de su ojo derecho.

Gúnnr se mordió el labio para no echarse a reír, pero fue inevitable.

—Chispa eres una marrana —murmuró Gabriel con el ojo cerrado con fuerza, dejando el biberón vacío sobre la mesita—. Sí. Tú ríete, valkyria.

—Lo siento. —Se disculpó falsamente, cogiéndose el estómago sin poder detener sus carcajadas.

Gúnnr se compadeció de él y tomó a la mona en brazos para que Gabriel se pudiera limpiar. Chispa se quedaba prácticamente en coma después de tomar el biberón. La dejó en la cuna con suavidad y ajustó la puerta del dormitorio. Eran las seis de la mañana y todavía estaba oscuro en Chicago.

Gabriel se limpió el jersey y la cara con una toalla y cuando se dio la vuelta no pudo quitar los ojos de encima de Gúnnr. Por Dios. ¿Desde cuándo estaba tan obsesionado con ella?

Tenía el pelo suelto y húmedo de la ducha. Se había puesto una falda corta tejana, unos *leggings* negros y unas botas de caña alta Tommy. Y llevaba un jersey de cuello alto negro y una cazadora de piel que le ceñía los brazos y que seguro que si se la abrochaba, le ceñiría la esbelta cintura y el pecho como una segunda piel. Gúnnr no necesitaba ir despampanante para llamar la atención. Su estilo era llamativo de por sí, porque estaba en armonía.

—Veo que has renovado tu vestuario —le dijo en tono desenfadado. Se sentó en el sofá—. Ven aquí y desayunemos.

Gúnnr lo hizo porque sencillamente se moría de hambre. Probó el capuchino y cerró los ojos llena de gusto. Estaba en su punto. Bien cargado de azúcar y sabía de maravilla.

—Qué bueno está…

—¿Habías probado uno de estos? —Le preguntó emocionado por darle a degustar cosas nuevas—. Le he puesto mucho azúcar y un poco de canela por encima. Pensé que te gustaría así. Te gusta el dulce.

Ella asintió con la cabeza y miró la magdalena de reojo.

Gabriel se adelantó, tomó un *muffin* y la partió. Llevó un trozo a los labios de Gúnnr.

—Pruébala. Verás cómo te gusta…

Gúnnr entrecerró los ojos y retiró la cara. Demasiado íntimo y demasiado arrollador.

—Puedo comer sola, gracias.

—En el Valhall me dabas de comer, ¿recuerdas? —Repuso con ternura—. Yo era tu invitado allí. No he sabido lo mucho que me gustaba hasta que he dejado de tener ese privilegio —confesó en voz baja—. Aquí tú eres mi invitada. Sé que no he sido buen anfitrión, pero... Quiero que pruebes muchas cosas que sé que te encantarían. Y quiero ver cómo disfrutas de ello.

—En el Valhall era diferente. Desde que estoy aquí he aprendido mucho —aseguró calentándose las manos con el capuchino. Siguió con los ojos oscuros cómo Gabriel dejó el trozo de *muffin* en la bandeja—. No hace falta que me enseñes nada más.

—Sí, ya he visto que has aprendido muchas cosas. —Estaba disgustado y también un poco desanimado por los recelos de Gúnnr—. ¿Qué has hecho con todo lo que te compré?

—Lo regalé a las señoras del servicio del Hard Rock —contestó con sinceridad.

—Mmm... ¿No te gustaba nada de lo que te traje?

—No. Pensé que no iba a ponerme nada tuyo después de lo que pasó —claro que no. Ella tenía dignidad y también dinero—. Decidí encontrar mi estilo.

—Ya veo. Estás muy guapa. —Sus ojos eran calientes y también inescrutables—. ¿Qué más has hecho en estos días?

—¿Además de intentar salvar la vida cada día? —Su tono era ácido.

—Sí. Además de eso.

—Muchas cosas. —Muchas. Y cuando no estaba en problemas, intentaba ocupar su tiempo en los demás para no pensar en él.

—Claro, muchas cosas —repitió—. Ya he visto que te has atravesado los pezones y que te han depilado de manera muy atrevida. ¿Qué más? ¿Un tatuaje en forma de calavera, alguna orgía, un *ménage,* un poco de *bondage,* Gunny?

La valkyria arqueó una ceja y tomó un sorbo de capuchino. Empezaba a estar enfadado y era divertido verlo.

—No lo sabrás nunca —contestó provocadora.

Percibió que él se ofuscaba y apretaba los puños. No estaba nada cómodo con su sarcasmo ni con su actitud desafiante. Pero así era ella ahora. Una valkyria podía aprender mucho en una semana en el Midgard. La verdadera supervivencia estaba ahí, en el mundo de los humanos.

—La noche que me fui con Daanna, después de dejarte en el baño, me di cuenta de que no quería que me alejaras de ti. Iba a volver para pedirte que me perdonaras.

Gúnnr se tensó y apretó los dientes.

—¿De verdad?

—Gúnnr, ¿puedes dejar ese tono, por favor?

—¿El tono de «No me creo nada de lo que me digas»?

—Sí. Ése. Intento sincerarme contigo —le rogó—. Quiero que confíes en mí.

—Lo siento si te molesta, pero ¿qué esperas que crea? No voy a hacerme ilusiones respecto a ti, Gabriel. Llevo mucho tiempo haciéndomelas y no quiero salir aporreada de nuevo. Siempre que creía que podía gustarte, me decías o hacías algo que me aplastaba el corazón. No quiero volver a eso. Así que perdóname si me cubro las espaldas o si me prevengo.

—Pero… ¿No te sientes mejor después de lo que pasó en este sofá hace unas horas?

—Chuparte la polla no me hace sentir mejor, te lo aseguro —espetó con dureza.

¡Wow! ¿De dónde había salido esa contestación? Gabriel se sintió indignado y avergonzado a partes iguales. La agarró de los brazos y la acercó a él.

—¡Oye, no lo conviertas en algo tan ruin! ¡No se trató de eso y lo sabes!

El gesto que él había tenido durante la noche iba más allá de una felación. Él se había entregado a ella y le había dado todo el control. Se había abierto a ella y le había contado todo sobre él. Le había dado la llave de su casa, por decirlo de alguna manera, cuando él nunca había dejado entrar a ninguna chica en ella. Pero Gúnnr lo había rebajado y lo había ensuciado.

—Suéltame. —Los ojos de Gúnnr se clavaron en él, inexpresivos.

—Tampoco fue agradable para mí —se la devolvió y la soltó—. Me han tratado mucho mejor otras veces.

Gúnnr se encogió al oír el tono herido de Gabriel. Que Freyja la ayudara… Pero estaba a la defensiva y no lo podía evitar. Tenía miedo de Gabriel. Tenía miedo del Engel. Lo amaba con todo su corazón, pero no estaba dispuesta a que la hiriera otra vez.

¿Estaba mal protegerse?

—Creí que valorarías... —Miró con disgusto el capuchino y la magdalena—. Quería desayunar contigo para charlar un rato. Esperaba que pasáramos un tiempo juntos antes de ir a por el martillo —le explicó con una actitud distante y derrotista—. Yo te contaría cosas y tú me contarías las tuyas. Yo te daría de comer y te hablaría de un montón de lugares que no has visto o que no conoces. Si el día hubiera ido muy bien, a lo mejor tú podrías cogerme de la mano y darme algún besito tierno y ocasional. De los de verdad. Esos que hacen que te salga una sonrisa tonta en la cara... ¿Sabes?

No. No sabía. Ella no había experimentado nada de eso. No sabía de lo que le estaba hablando, pero oírle hablar así la emocionaba y la hacía desear todas esas cosas.

—Gabriel, ¿qué quieres de mí? —Se frotó los brazos, como si sintiera frío.

—Lo quiero todo. Me imagino comiendo los dos del mismo plato. Me imagino riéndonos de cualquier tontería. Y me imagino luchando juntos, el uno al lado del otro, como tiene que ser. Me imagino acariciándote, Gunny, y demostrándote que soy de fiar... Me imagino haciendo un montón de cosas y todas a tu lado. Pero sólo es imaginación. Porque no me dejas resarcirte y así no podré acercarme lo suficiente como para decirte lo mucho que me importas y cuánto me arrepiento de haber tenido tanto miedo de ti. Hace una semana me dijiste que cómo iba a elegirte si nadie te había querido nunca —la miró a los ojos con solemnidad—. Eligieron mal, princesa. Me imagino pidiéndote perdón por haber sido uno de ellos. Debían haberte querido. Debí haberte cuidado.

A Gúnnr se le llenaron los ojos de lágrimas y miró hacia otro lado. Gabriel no podía dejarla sin armadura. ¿Cómo iba a protegerse entonces? Él podía decir que ahora quería estar con ella, pero no le decía que la amaba. Sin embargo, sus palabras eran como un bálsamo para su alma herida. «Debí haberte cuidado».

—Deseo que un día me cuentes quién eres, Gunny, y qué pasó contigo. Yo ya te lo he contado todo sobre mí. Te he pedido perdón. No sé qué más decir... No tengo paciencia contigo. Me gustaría que te abrieras hoy mismo y me permitieras demostrarte que sí que puede funcionar —se acercó a ella hasta que sus cuerpos se tocaron.

Gabriel desprendía calor y la templaba poco a poco.

—Y yo necesito tiempo —pidió llena de arrepentimiento—. Estuviste enamorado de una mujer que ni siquiera habías besado durante todo el tiempo que estuviste conmigo en el Asgard, Gabriel. Yo te tocaba y te acariciaba todos los días. Te alimentaba y te curaba las heridas. Hablaba contigo y nos reíamos juntos. Pero siempre me mantenías alejada de ti. Siempre. Porque decías haber entregado tu corazón a otra persona. Y de repente, vuelves después de no saber de ti durante casi una semana y me dices que ella no significa nada y que a quien temes es a mí...

—Gúnnr, sé que no es fácil. Sólo quiero que me creas.

—No puedo creerlo, ¿no lo comprendes? Ni siquiera me has dado una razón suficientemente poderosa como para confiar en ti. Tú ahora quieres estar conmigo, muy bien, yo lo he querido desde que te conozco. ¿Y qué? ¿Se cumplió lo que yo quería? ¡No!

—Estás asustada. Ahora eres tú la que tiene miedo —le tomó la carita entre las manos y le acarició las mejillas con los pulgares—. Me pides tiempo, y tiempo es lo único que no tenemos —replicó Gabriel apenado—. ¡¿Mira cómo vivimos?! Hoy saldremos de aquí y nadie nos asegurará si al anochecer seguiremos con vida. Pero si es lo que necesitas, toma todo el tiempo que quieras mientras sigamos vivos. Nos toca luchar, Gúnnr —gruñó apasionado—. Estamos en medio de una guerra y hoy podemos dar el golpe definitivo. Me encantaría estar en otro lugar, me encantaría tenerte para mí solo, y darte toda la atención que sólo tú mereces. Pero nos vemos obligados a pelear. Y entre guerras, muertes, malentendidos y altercados me toca demostrarte que quiero estar contigo. ¿No me lo puedes poner más difícil?

—No lo quiero poner difícil —refutó indignada, amarrando sus muñecas para sostenerse.

—No, claro que no. —Clavó su mirada en los labios mullidos y húmedos de Gúnnr—. Tú eres de las buenas... —Su gesto se contorsionó como si le doliera algo o como si echara algo de menos—. Estoy aquí. Sólo quiero que lo sepas. Me tuve que ir para darme cuenta de que lo que siempre quise lo tenía delante. Soy patético.

—Eres un patán miope.

—Cállate ya, Gunny. Necesito gasolina para hoy. De verdad que lo necesito.

—¿Gasolina? —Repitió como un loro.

—Sí. Mímame un poco, florecilla, me has tratado muy mal.

Gúnnr se lamió los labios y sus ojos color índigo se entrecerraron. ¿Por qué Gabriel tenía que estar tan bueno? ¿Por qué se había vuelto tan dulce y tan sincero con ella? «Dímelo una sola vez. Si es verdad, dime una sola vez que me quieres. Yo soy de las que necesita oírlo».

—¿Quieres una descarga como el Tesla? —Se estaba volviendo maleable. La cercanía de su cuerpo la volvía loca y anhelante. Y todas las razones por las que no debería acercarse a él, se borraron de golpe.

—Dame un beso. Quiero algo dulce y azucarado. Quiero un recuerdo lleno de nube, porque hoy puede ser nuestro último día. Cada día puede ser el último y no quiero olvidarlo. Y si me voy de aquí y regreso al origen, quiero que sea tu sabor el que me acompañe.

—¿Mi sabor?

El cielo estaba nublado y traía lluvia. El agua golpeaba los cristales con timidez. Pero Gúnnr estaba perdida en los ojos azules de Gabriel y el clima le era absolutamente indiferente.

—¿Me das ese recuerdo feliz? —Susurró él con ternura.

Ella tragó saliva con fuerza y asintió con la cabeza muy lentamente, como si cada movimiento estuviera calculado. En realidad, lo estaba, porque estaba midiendo la grandeza del momento.

—Vale —contestó cautivada—. Pero la ropa sigue en su sitio después.

—Lo mismo te digo, valkyria.

Gabriel sonrió y pasó el pulgar por su labio inferior. Se inclinó y alzó la cara de Gúnnr hacia él. Sólo iba a ser un beso. «Sólo uno. No te vuelvas loco», se decía. Pero ella estaba tan linda. Sus ojos eran una línea oscura; sus labios rosados se entreabrían para él. Acarició con sus labios los de ella. Una, dos, tres veces. Gúnnr le clavó las uñas en las muñecas. Sus alientos se entremezclaron. Se miraron fijamente y una pequeña chispa bailó entre los labios de él y de ella. Gabriel sonrió y se pasó la lengua por el labio superior. Ella se acercó un poco más a él, con sumo interés, como si el cuerpo grande de Gabriel fuese un imán.

Él dejó caer la cabeza y pegó su boca a la de ella y se besaron. Le succionó el labio superior y le lamió el inferior. Luego se lo mordió y tiró de él.

Gúnnr dejó salir el aire de sus pulmones y liberó sus muñecas para agarrarse al cuello de su jersey negro.

—Ábrete —le ordenó él.

Si era una orden, le daba igual. Gúnnr entreabrió los labios y Gabriel metió la lengua en su dulce cavidad. La valkyria tembló y le succionó la lengua. Él gimió y ella se envalentonó. Introdujo su lengua y le acarició los dientes y los labios con ella. Luego bailó con la de Gabriel, dándose sugerentes lametazos. Quería sentarse sobre él, a horcajadas. Le encantaba esa posición y necesitaba sentir el cuerpo de su guerrero contra el de ella. Pero hacerlo y dejarse llevar significaba desnudarse de nuevo, porque ella no sabría parar y a tenor de la desesperación y el hambre que parecía tener Gabriel, él tampoco podría detenerse. No obstante, estaba bien besarse. A sus labios les gustaba besarse y a sus dueños también.

Era un beso. Pero ni Gúnnr ni Gabriel infravaloraban los besos. Eran conscientes de que en ellos se podían decir todas las cosas que no se decían. Era como la colisión de dos mundos que, a través de la rendición, creaban uno nuevo. Efímero, pero más brillante y real que el mundo que ambos regentaban.

Gabriel cortó el beso sosteniendo todavía la cabeza de Gúnnr entre sus manos. Besó su barbilla, su mejilla y la punta de su delicada nariz. El pecho de Gúnnr subía y bajaba aceleradamente. Todavía no abría los ojos.

—Ya has puesto mi motor en marcha —susurró Gabriel sobre sus labios. La besó de nuevo, un beso que de rápido que fue ni siquiera lo sintió—. ¿Yo he puesto el tuyo?

Gúnnr abrió los ojos de largas pestañas negras. Los tenía pintados con kohl azul oscuro. Parpadeó para ubicarse y focalizar la cara amada de su Engel.

—¿Eh? —Dijo sin comprender la pregunta.

Él le regaló una sonrisa perfecta y blanca. Rozó su nariz con la de él.

—Que has puesto mi motor en marcha. Ya tengo gasolina, nena.

Nena. ¿Nena? ¡Por las visiones de las *nornas!* ¿Podía un hombre ser tan sexi hablando? «Muy bien, Gúnnr. Reacciona. Que no piense que eres lerda».

—Mi motor es eléctrico. No necesita gasolina —sonrió por su ocurrencia.

—Entonces, te daré lo que necesitas. —Se estaba inclinando para besarla otra vez como un hombre desesperado, pero el sonido del teléfono de la habitación lo detuvo.

Isamu les había citado. El programa de reconocimiento había captado una semejanza del noventa y nueve por ciento, y los filtros de audio se habían limpiado y podían escuchar lo que decían los dos hombres en el túnel.

El vídeo era muy claro. Y las palabras que intercambiaban también.

—Avisad a Diablo. Que esté listo en una semana —había dicho el que iba encapuchado y tenía el rostro y el cuerpo quemado—. Seguid el procedimiento. Primero Batavia. Después Diablo. La lanza y la espada deben ir juntas. Abriremos el portal.

—Sí, señor —era lo único que había contestado el *punk.*

—Ah, y Cameron —había dicho el quemado—, quiero a la chica que detecta al martillo. Voy a disfrutar mucho cuando la tenga en mis manos.

Gabriel y Gúnnr miraron el vídeo con atención. ¿Quiénes eran Batavia y Diablo?

Ya se imaginaban por qué querían a Gúnnr. Ella detectaba a Mjölnir y por tanto debían eliminarla, así que no les impresionó oírlo.

—Hay más —aseguró Isamu mientras recibía agradecido una taza de café de manos de Jamie—. El del rostro quemado es el mismo que dibujó la niña del clan de Wolverhampton.

—¿El mismo que dibujó Nora? —Preguntó Gabriel asombrado.

Nora había dibujado al hombre que veía en sus sueños, como uno de los que estaban en contacto con Loki y practicaban el *seirdr.*

Hacía poco que la pequeña había logrado verle el rostro ya que, las últimas veces que lo había dibujado, siempre lo veía de espaldas a ella, con el pelo largo por debajo de los hombros y el tronco desnudo. Sin embargo, Nora por fin lo había visto, y el programa de reconocimiento facial le delataba.

—Entonces, se trata de Hummus —dijo Gabriel—. Me explicaron que era un berserker, y que parece ser el líder de Newscientists y la secta Lokasenna. Ha atentado contra los clanes hace cuatro días y sobre todo ha intentado herir a la Elegida. Atemos cabos. Hummus aparece quemado en los túneles de Chicago el día después de haber instalado las cámaras. Hace una semana que esto fue grabado. En el vídeo habla de la lanza y la espada, y de dos nombres: Batavia y Diablo. Ellos abrirán el portal.

—Batavia no es el nombre de una persona —aseguró Jamie con seguridad.

—¿No? —Gabriel frunció el ceño.

—Batavia, sobrino, es el nombre de una ciudad que está en el condado de Kane. Cerca de Wheaton y Geneva. Es además, muy popular porque allí se encuentra el Fermilab.

—Claro —exclamó Isamu—. Es el laboratorio de física de altas energías, donde se halla el segundo acelerador de partículas más potente del mundo. Caray… Esto empieza a dar mucho miedo.

Los cinco ataron cabos inmediatamente.

—Mjölnir está en la sede de Newscientists en Wheaton. Ren nos espera allí, y va a facilitarnos la entrada —dijo Gabriel—. Debemos recuperar el martillo.

—¡Ren es un traidor! —Gritó Bryn—. ¡Lo sabía!

—No lo es —le prometió Gabriel—. Generala, tienes que confiar en mí. El asunto tiene muy mala pinta, pero creo que ya sabemos todos por dónde van los tiros. Y no tenemos tiempo que perder. Tío Jamie —dijo Gabriel—. Necesito que te pongas en contacto con los clanes de la BlackCountry y les informes de todo lo que hemos descubierto. Nosotros nos vamos a Wheaton inmediatamente.

Jamie asintió.

—¿Y si es una trampa? —El hermoso rostro desafiante de Bryn se encaró con el Engel—. Ya hemos perdido a muchos. Róta está en manos de ellos, y no le puede pasar nada…

—Por eso no podemos fallar esta vez —Gabriel cogió de los hombros a Bryn para tranquilizarla e insuflarle confianza—. Tenemos que aprovechar que el viento, a veces, sopla a nuestro favor.

Gabriel, Bryn y Gúnnr viajaban hacia Wheaton en el Tesla.

Miya, Aiko e Isamu, iban tras ellos en un Jeep Wrangler de color negro metalizado y con los cristales tintados.

En el horizonte, el sol manchaba las espesas nubes, pero no lo suficiente como para dar claridad. Estaban preparados para todo. Era ahora o nunca.

El manos libres se encendió y la voz de Miya emergió con claridad.

—Engel.

—Sí —contestó Gabriel mirando a la carretera.

—Milwaukee va hacia Batavia. Se están movilizando.

—¿Llegarán a tiempo?

—Lo intentarán.

—De acuerdo. ¿Cómo vamos a entrar?

—Tendrás que cederme el liderazgo unos minutos, ¿podrás con ello?

—No. No podrá —murmuró Bryn con malicia.

Miya se echó a reír y cortó la comunicación.

En el Tesla, Gúnnr miró a Gabriel con preocupación.

—¿Por qué confías en Ren? —Era una pregunta obvia. Todo indicaba que Ren podía tenderles una trampa.

Gabriel miró por el retrovisor y fijó sus ojos azules en el Jeep.

—Porque Miya confía en él y yo confío en Miya. Sé que el samurái no permitirá que Ren le traicione.

—¿Cómo puede controlar eso? Es imposible —Bryn vestía de negro y rojo. Pantalones negros, botas negras y un corsé negro y rojo, muy apretado. Se había puesto una chaqueta oscura por encima. La Generala estaba muy enfadada y tenía ganas de meterse de lleno en la guerra.

—No lo puede controlar. Pero sí puede cortarlo de raíz cuando lo vea venir —contestó Gabriel.

—Debe ser doloroso que un amigo te traicione de ese modo —supuso Bryn—. Las valkyrias no soportamos la traición. Y llevamos a cabo el ojo por ojo.

—Ya me he dado cuenta —murmuró mirando a una silenciosa

Gúnnr—. Pero Miya sabe lo que tiene que hacer, y si descubre que al final ha sido traicionado, no lo cortaría de raíz por venganza. Lo cortaría de raíz por respeto a Ren. —«El samurái es digno y leal», pensó—. ¿En qué piensas, Gunny? —la valkyria estaba meditativa y miraba al frente con un gesto claro de concentración.

Gúnnr se encogió de hombros.

—Creo que si Ren consigue abrirnos las puertas de Newscientists y recupera así a Mjölnir, habrás aplicado con éxito todo lo que te decía Sun Tzu.

Gabriel se quedó sorprendido y, si no estaba enamorado de ella, acabó de caer en sus redes después de esa conclusión a la que la joven había llegado.

—¿Por qué crees eso?

Gúnnr se quitó una pelusa invisible del *legging* negro.

—Porque he leído varias veces el manual de ese hombre y creo que se opone a la guerra, como tú. Tú no buscas un enfrentamiento abierto entre ellos. No nos hemos citado en un campo de batalla en ningún momento. Has ido dando pasos de hormiga sabia y has llegado al corazón de sus centros de operaciones, sin hacer ruido, justo cuando menos se lo esperaban... Sabías lo de Ren y no lo habías dicho a nadie. De ese modo te infiltras en las líneas enemigas y descubres sus secretos.

—¿Has leído a Sun Tzu? —Preguntó con una erección de caballo. Esa mujer se había colado directamente en su alma y en su pantalón.

—Sí. —Se sonrojó, pero intentó dar un tono de poca importancia—. Te gustaba tanto que quería entender qué veías en él. Y ahora lo comprendo. Puedes conseguir lo que quieras si no haces demasiado ruido.

Dios mío. Quería dar un frenazo y besarla hasta que los dos ardieran.

—Y dime, ¿por qué crees que ahora es el mejor momento para atacarles?

Gúnnr inclinó la cabeza a un lado y se mordió la uña del pulgar mientras cavilaba cuál era la mejor respuesta.

—Es ahora, no sólo porque se hayan dado las condiciones gracias a Ren, sino porque ellos se sienten ganadores. Hemos volado sus túneles, pero ellos tienen a Róta, a los tótems y han asesinado a nuestros amigos. Además, Khani cree que Ren está con él y que es su chivato. No esperan nada de lo que les va a pasar y se revuelcan en su gloria particular. Si no recuerdo mal, tu querido maestro dice algo así como: «Cuando ellos están satisfechos, prepárate a luchar; cuando se sienten poderosos, evítalos».

«Me la como. Yo me como a esta mujer en cuanto pueda. No se va a librar de mí nunca más».

—Mjölnir está cerca —murmuró Gúnnr con la palma abierta contra el cristal—. Y lo están manipulando. Me llama, Gabriel... —Susurró.

El Engel puso su mano sobre el muslo de Gúnnr y levantó la palma hacia arriba. Gúnnr la miró dubitativa y, al final, entrelazó sus dedos con los de él y comprobó la diferencia física que había entre ellos. Se sentía diminuta a su lado.

Wheaton estaba a cuarenta y cinco minutos de Chicago. Newscientists estaba en los alrededores de Cantigny, unos jardines botánicos espectaculares de doscientas dos hectáreas. Newscientists se erigía ahí como un edificio de cuatro plantas, todo acristalado, para que vieran lo que hacían con total transparencia. De cara a la sociedad trabajaban con sustancias y materiales quirúrgicos; debían guardar las apariencias. Arriba estaban las oficinas, pero Gabriel sabía que la verdadera vida de Newscientists estaba bajo el edificio. Como había pasado en Londres, en la calle Oxford, nadie imaginaría nunca lo que allí se hacía realmente, pero el clan vanirio de Miya conocía perfectamente lo que pasaba en su interior. Allí habían llevado a algunos miembros secuestrados de su clan.

Eran las nueve de la mañana. La hora exacta.

Gabriel se preparó bien en el interior del Tesla. Se colocó las protecciones en hombros y torso, y ayudó a colocárselas a sus valkyrias. Se colocó los puños americanos de titanio y revisó sus esclavas. Iban a entrar por el parquin subterráneo que tenía entrada particular y directa al edificio.

Bryn y Gúnnr hicieron lo mismo con sus *bue*.

—Gúnnr, no hace falta que te diga nada, porque ya eres toda una guerrera —le dijo Bryn—. Pero como no tengas cuidado, te mataré, *soster*.

Gúnnr sonrió y colocó su frente sobre la de ella.

—Mange takk for alt, nonne. Jeg I hjertet.[31]

El rostro de Bryn se enterneció y reflejó el más profundo vínculo entre mujeres. Uno invisible lleno de respeto, solidaridad y cariño. Como debía de ser. La Generala sonrió a su hermana pequeña y se rindió a su

31. *Mange takk for alt, nonne. Jeg I hjertet.* En noruego significa «Muchas gracias por todo, hermanita. Yo, en tu corazón».

aceptación y a su amor.

—*Jeg I hjertet, nonne*[32] —contestó Bryn besándola en los labios. Se apartó de ella y miró a Gabriel—. Estoy lista, Engel.

Gabriel asintió y miró a Gúnnr.

—¿Y tú, florecilla? ¿Estás preparada?

Gúnnr se levantó del capote del Tesla y clavó la vista en el edificio que iban a demoler. Mjölnir estaba ahí y ella sabía cómo encontrarlo. Sólo tenía que dejarse llevar.

—Vamos a por ellos, capullito.

Entraron por el parquin donde se encontraron a Miya. El guardia no estaba, tal y como le había informado Ren. El vanirio había abierto las compuertas para que ellos pudieran entrar y además había congelado las imágenes de los monitores de seguridad.

Miya les guio hasta los ascensores. El plan era llegar a las plantas inferiores.

Khani estaba en una sala magnetizada con Ren. Ren nunca había estado en Newscientists, pero, al parecer, tenía tres plantas más subterráneas. La primera era la que estaba protegida por vampiros y lobeznos, y allí es donde debían ir.

—De acuerdo —Miya desenfundó su espada y dejó que la luz del ascensor la bañara—. Llegados hasta aquí, lo principal es no dejar que sepan que estamos en su casa. Todas las plantas tendrán un sistema de alarma y nos vendría muy mal que lo activaran, porque lo primero que evacuarían sería a Mjölnir. Ren me ha dicho que cada planta tiene su propia red de electricidad, es decir, que no hay una caja común para todas. Por tanto, si queréis fundir plomos, podéis hacerlo. No sabemos dónde están la espada y la lanza. Pero yo sí sé algo con seguridad y es que Róta está aquí.

Gúnnr y Bryn se agitaron ante la noticia. La Generala no dejaba de tocarse el esternón como si algo le hubiese sentado mal.

—¿Cómo lo sabes? —Preguntó Gúnnr.

—La puedo oler —dijo sin más. Sacó el bote de pastillas Aodhan y se metió dos en la boca. Las tragó a palo seco. Sí, Róta estaba ahí, y era un olor impregnado de dolor y sufrimiento, pensó lleno de ira.

32. *Jeg I hjertet, nonne:* En noruego significa «Yo, en tu corazón, hermanita».

—Róta sigue viva —aseguró Bryn con los ojos llenos de lágrimas—. Pero está débil y siente mucho dolor.

Gúnnr y Gabriel apretaron los dientes. Debían sacarla de ahí. A ella y a todos los que hubiese encerrados con ella.

—Este es el plan. Nos dividiremos en parejas —dijo Miya—. Gúnnr y Gabriel y Bryn y yo. Aiko e Isamu estarán fuera controlando lo que pase alrededor. Cuando veamos a Ren, él nos dirigirá hacia Róta y podremos liberarla.

Salieron del ascensor con las premisas claras. Al parecer, la planta menos uno en la que se hallaban tenía dos guardias que revisaban la sala de monitores. Ambos tenían la runa de Loki en el brazo.

—Bryn —murmuró Gabriel—. Rompe las pantallas.

La Generala centró sus ojos azules en la sala, caminó hacia ella.

—¡Eh, mira! —Le dijo un guardia al otro—. Vaya hembra —gruñó rizándose el espeso bigote—. Ven aquí, guapa y dinos en qué podemos ayudarte.

Bryn sonrió con suficiencia. Levantó la mano con la palma abierta y luego la cerró haciendo un puño. Miles de hebras eléctricas salieron de él e impactaron en las pantallas de los monitores. Cualquier aparato eléctrico dejó de funcionar, y eso provocó un cortocircuito en la planta. Luego espoleó sus *bue* y sacó su arco y dos flechas. Las colocó en la cuerda y atravesó las cabezas de los sorprendidos guardias que murieron con caras de auténtico terror.

Gabriel miró a sus guerreros.

Miya sonrió.

Gúnnr clavó la mirada en la compuerta metálica que se abría y cerraba al fondo. Se oyeron gritos de sorpresa y estupefacción. Nadie sabía lo que pasaba.

Gabriel sí. E iba a hacérselo saber a Khani.

—Por esa puerta de ahí —señaló Gúnnr con su arco ya en mano—. Mjölnir está ahí.

—Ahí es donde nos espera Ren —aseguró Miya.

Corrieron juntos hasta su destino.

Gabriel fue el primero que, con sus dos espadas en mano, cortó las cabezas de dos lobeznos que corrían por los laterales de las paredes desafiando las leyes de la gravedad y lanzándose hacia ellos. Aquellas bestias salvajes atacaban sin orden alguno. No eran inteligentes, eran sólo fuerza y violencia, pensó Gabriel. Dos más arremetieron contra él, pero una flecha de color rojo atravesó la cabeza de uno de los lobeznos y eso permitió que Gabriel se encaramara de rodillas sobre los hombros del otro y clavara sus dos espadas en el cráneo de la bestia, ensartándolo por completo. Miró hacia atrás y se encontró con Gúnnr, sacándole la lengua y sonriendo como una niña pequeña.

—¡Cuida tu culo! —Le gritó la valkyria.

Gabriel soltó una carcajada, dio un salto mortal hacia atrás e hizo un bloqueo a un par de humanos que intentaban detener la estampida de sus guerreros. Les cogió ambas cabezas y las chocó la una contra la otra, matándolos en el acto.

En la Black Country los vanirios y los berserkers tenían un pacto de no agresión a los humanos, pero no a los títeres de los jotuns. Él, como guerrero, no iba a dejar a títere con cabeza.

Bryn lanzaba rayos a diestro y siniestro. Primero los hería y luego los quemaba.

Gúnnr se limitaba a esquivar golpes y a ensartar jotuns como si se tratara de la mejor de las elfas. Bryn era la mejor arquera, pero Gunny no se quedaba atrás.

Miya era increíble. Se deslizaba sobre el suelo a gran velocidad. Sus cortes eran certeros y nunca fallaba.

¿Cuántos habrían matado? ¿Se consideraba genocidio cuando las víctimas eran seres demoníacos, hijos de Loki? Ya no importaba.

Llegó un momento en el que ya no los atacaban: no salía ningún jotun más de ningún sitio para acecharles. No habían tardado ni quince minutos en sacárselos de encima. Al fondo, una sala se iluminaba a ráfagas y se escuchaba el sonido crepitoso de algo eléctrico en marcha. Algo que no necesitaba electricidad para funcionar.

Gúnnr sintió que ella misma se cargaba de energía y caminó hacia delante.

Gabriel la detuvo con su brazo y le hizo negaciones con la cabeza.

—Detrás, florecilla. No te expongas.

Gúnnr asintió y obedeció a Gabriel.

Entraron los cuatro, manchados de sangre, con pasos llenos de seguridad. La sala estaba plagada de metales y cristales por todos lados. Era cubicular.

En el centro de una plataforma había una caja cuadrada de cristal oscuro.

—¿Ren? —Preguntó Miya.

—Ren te va a matar, perdedor —dijo Khani, apareciendo detrás de la caja, vestido de negro, con aquella sonrisa de colmillos afilados—. Id a por ellos.

Ren salió de detrás de Khani con el rostro en sombras. Tenía ojeras, los ojos muy blancos y expresión de desquiciado. El pelo de punta rubio y negro estaba desordenado, como si se hubiera pasado los dedos una y otra vez, y hacia todos lados.

—Ren —musitó Miya con pena—. ¿Hermano? ¿Sigues ahí?

Un grupo de ocho vampiros y lobeznos les rodeó.

—Atácales, Ren —ordenó Khani.

El vanirio no se movió. Miró fijamente a los que todavía reconocía como sus amigos, pero no les atacó; no movió ni un músculo.

—Gúnnr. Bryn —dijo Gabriel asintiendo con la cabeza.

Las valkyrias dirigieron las palmas de sus manos hacia los jotuns que les rodeaban. Dos rayos azules con una potencia sublime atravesaron a los ocho y cayeron fulminados al suelo. Gabriel y Miya, se limitaron a rematarlos en el suelo, ante la incrédula mirada de Khani.

—¡Maldita sea, chino de mierda! —Khani empujó a Ren—. ¡Muévete, joder!

Ren lo miró por encima del hombro y le dirigió una mirada asesina.

—Soy japonés, capullo. —Alzó la pierna y golpeó la cara del vampiro. Khani cayó al suelo. Ren lo cogió por las solapas de su inseparable americana y lo arrastró hasta donde estaba Miya.

—Os regalo a Khani, y os regalo toda esta escoria —señaló la sala abriendo los brazos—. Pero ya no puedo continuar. —Miró fijamente a su amigo Miya—. La valkyria del pelo rojo está en la planta menos tres. No está sola, hay muchos otros que la acompañan. Son todo rehenes.

—¡Ni tú ni nadie puede salvar a Róta! —Gritó Khani con el labio abierto y sangrante—. ¡Ella es de Seiya! ¡Sí! ¡Ella es de tu hermanito! —

Khani rio fuertemente mirando a Miya.

Miya palideció y apretó los mangos de las espadas.

—¡Seiya no está aquí! —Gritó Miya—. ¡Él no ha tocado a Róta! ¡No!

Khani echó el cuello hacia atrás y rio con más ganas.

—Sigo sin creerme que seáis hermanos. Uno ambicioso y el otro tan conformista. Seiya sabe lo que quiere, no como tú. Cuando cogimos a la valkyria me pareció curioso que ella oliera a ti. Se lo comuniqué a Seiya y vino inmediatamente a conocerla. No tardó en confirmarlo. Él dijo que habías marcado a la valkyria, que te podía oler en ella. Sois hermanos y tenéis gustos similares, así que ¿quién puede culparle por lo que hizo? Simplemente, él la vio y la tomó para él.

Miya se giró y corrió con desesperación para ir a buscarla. Bryn lo siguió igual de afectada.

—No la busquéis —dijo Khani entre carcajadas poseídas de maldad—. No está aquí. De hecho, salieron hace diez minutos.

Gúnnr se acercó a Gabriel y le susurró.

—Algo va mal.

—Dime.

—No siento a Mjölnir. En esa caja de cristal negro no está el martillo. No… No lo siento ya. Lo están moviendo.

Gabriel detuvo a Miya, que estaba alzando la katana contra Khani, el cual, atemorizado, se cubría con los brazos.

—No nos sirve de nada muerto, Miya. Ren. —Se quedó mirando al samurái—. ¿Estás seguro que Mjölnir sigue aquí?

Ren miró la caja de cristal negro con interés. Miya todavía seguía con la katana en alto.

—Debería estar ahí —contestó Ren.

—¡Por supuesto que no! —Exclamó Khani entre dientes—. ¿Crees que soy estúpido? ¿Crees que no tengo un plan de evacuación para estos casos? Soy igual de estratega que tú, rubito —miró a Gabriel—. Cambié la caja sin que nadie se diera cuenta. Presiono un botón y la caja viaja hasta donde realmente importa. Es decir, fuera de vuestro alcance. Y a cambio, se coloca esa preciosa cajita encima para sustituir a la otra.

Ren se acercó a la plataforma. La caja estaba situada sobre un tubo hueco que conectaba con un subtúnel. El todavía vanirio dio un salto en el aire y cayó de pie sobre el cristal. No había ni rastro del martillo en ella.

—Lo han sacado —dijo bajando de un salto—. Tiene razón. No he visto cómo lo ha hecho. Lo lamento.

—Por supuesto que tengo razón puto traidor. Ya apenas te queda alma, ¿cómo es posible que me hayas traicionado?

Gabriel intentó no perder el control. Nunca, en su tiempo como líder, se había sentido tan contrariado como en esos momentos.

Miya pateó a Khani con fuerza.

—¡¿Dónde está Róta?! ¡¿Dónde está?! —Gritaba mientras lo golpeaba poseído por los demonios de la ira y la rabia.

Gúnnr apretó los puños y se dirigió hacia Khani. La valkyria lo miró de arriba abajo. Gabriel abrió su iPhone y encendió el programa vía satélite que localizaba energía electromagnética fuera de control. Un punto rojo e intermitente se movía hacia Winfield.

—Isamu y Aiko —dijo Gabriel presionando el comunicador de su oreja—. ¿Ha salido algún camión o algún tráiler del parquin?

—Hace diez minutos —contestó Isamu a través del comunicador.

—Seguidlos e intentad detenerlos. En ellos van Róta y Mjölnir. ¿Qué se sabe de los berserkers?

—Los chuchos ya están en Batavia —contestó Isamu.

—Bien. Que no se muevan de ahí. Que rodeen Fermilab y destrocen el acelerador. Nadie debería utilizar eso nunca. —Gabriel se presionó el puente de la nariz.

—¿Cómo lo has averiguado, rubito? —preguntó Khani con asombro.

—Soy igual de estratega que tú, pero soy mucho mejor. Miya y Bryn, necesito que, por un momento, dejéis las emociones a un lado —les pidió—. Necesito a Khani vivo.

Gabriel se pasó las manos por la cara y gritó de rabia e impotencia.

—Al menos lo tenemos a él. Y es un cobarde. Cantará, Gabriel —prometió Gúnnr queriendo darle apoyo—. Le haré llorar. Igual que... que ha hecho llorar a Róta —dijo emocionada sin poder detener sus lágrimas.

—Lo sé, Gunny —la acercó a él y la abrazó con fuerza. A su querida Gúnnr le pesaba más el no haber recuperado a su amiga que que Mjölnir se les escapara de los dedos. Ella hundió el rostro en su pecho.

XXIII

Khani se despertó en una cama metálica. Con un foco de luz en la cara y una cámara de video grabándole. El vampiro entrecerró los ojos y se aclaró la garganta. No podía mover ni los brazos ni las piernas. Un Jeep y un Tesla lo rodeaban como si él fuera una estrella que necesitara atención.

Al lado derecho de su cara, apoyado sobre la mesa metálica, había un bolígrafo con una especie de luz que emitía un brillo rojo. Era curioso porque no podía comunicarse con nadie mentalmente ni leer a ninguna de las personas que ahí se encontraban.

—Bueno, bueno… —Murmuró Gabriel inclinándose sobre Khani—. Te estarás preguntando: ¿Dónde estoy?

—¿Dónde estoy? —Preguntó aturdido.

—Estás en Batavia —contestó solícito—. Seguro que también estás pensando por qué no puedes utilizar tus dones mentales, ¿verdad?

Khani entrecerró los ojos y sonrió a Gabriel.

—Me has drogado hijo de perra: puedo sentir la droga en mi sangre. Pero, ¿sabes qué? No pienso hablar. No me vas a sacar ni una…

Gabriel le clavó un puñal rociado de ácido en el muslo y Khani gritó, pero Miya le tapó la boca para que no se oyera nada. Estaban al aire libre, cerca del Fermilab. De hecho, desde donde estaban, tenían unas vistas fantásticas del laboratorio nacional.

Isamu y Jamie se habían quedado con Ren en el Budget Inn de Batavia. Isamu intentaba mantener la sed de sangre de Ren bajo anestesia.

Los berserkers de Milwaukee se habían reunido con ellos y Jamie estaba informándoles sobre todo lo que sucedía y agradeciendo su colaboración. Jamie se había destapado como un increíble relaciones públicas con un don de gentes maravilloso.

Gabriel no podía estar más feliz por él. La vida de su tío había dado un vuelco brutal y necesitaba amoldarse lo más rápido posible y sentirse útil para los clanes y, sobre todo, para Isamu.

—Verás, Khani —Gabriel removió el puñal entre sus músculos y un chorro de sangre negra salió disparado de su pierna—. No me importa cuanto tiempo vaya a estar contigo. Vas a hablar —juró, clavando sus ojos oscurecidos en su cara—. Necesito que me contestes algunas dudas que tengo.

—Que te follen. No puedes matarme, necesitas saber qué va a pasar. Si seguimos aquí todavía es porque Mjölnir no ha hecho nada con los anillos del acelerador, ¿verdad?

Gabriel le ignoró y siguió con su tortura.

—El Fermilab ha sido eficazmente manipulado por un grupo de berserkers de Milwaukee —explicó Miya con voz asesina.

—Los vanirios de Estados Unidos no tienen relación con los berserkers —escupió Khani—. Nosotros nos aseguramos de eso.

—Ahora sí. —El samurái se encogió de hombros—. Las cosas cambian.

Khani frunció el ceño momentáneamente.

—No importa. Llegaréis tarde, no podéis detener algo que está planeado desde...

Gabriel clavó otro puñal en el otro muslo de Khani, y éste se sacudió presa del dolor.

—Tengo toda la noche —prometió el Engel.

—¡Tienes una mierda! —Gritó Khani con los ojos sanguinolentos.

—¿Quieres ver cómo una mujer te hace llorar como una nena? —Preguntó Gabriel trabajando meticulosamente en su otra pierna.

Gúnnr, que estaba con Aiko y Bryn, se acercó a ellos porque quería saber qué tipo de contestación daba. La valkyria se abrazó la cintura y se situó al lado de Gabriel. El Engel la miró a su vez con una aceptación y una adoración absoluta.

Khani la miró y sonrió.

—Hola, zorrita.

El rostro de la valkyria era inescrutable. Gúnnr colocó la mano abierta a dos palmos del paquete de Khani y le lanzó una descarga eléctrica, que lo levantó de la camilla y le hizo llorar como un niño.

—Mi valkyria —dijo Gabriel— asegura que eres un cobarde y que no soportas el dolor. Te ha analizado. —Soltó una sonrisa llena de orgullo—. Y coincido plenamente con ella. Eres un líder, Khani. En realidad, te has ganado el respeto de los demás porque pareces violento y agresivo, implacable. Pero lo único que yo percibo en esa actitud es el miedo de un vampiro demasiado emocional.

—Los vampiros no tenemos emociones.

—Cuando hay un ego tan grande como el tuyo sigue habiendo una emoción subyacente. Y ésa es la que voy a reducir.

Gabriel, Gúnnr y Miya procedieron con el cuerpo de Khani durante una hora. Le producían el suficiente dolor como para volverlo loco, pero no para dejarlo inconsciente.

—Seguro que nunca te has sentido tan vivo como ahora. Es lo que hace el dolor. Aviva nuestros sentidos y nos recuerda que estamos vivos. Un no-muerto como tú debe agradecer este regalo.

Khani ni siquiera podía hablar. Estaba derrotado.

Cuando Gabriel creyó que era suficiente, que el vampiro estaba vencido, Aiko le insertó pentotal sódico en la sangre, un suero que obligaba a decir la verdad.

Se alejaron de Khani, se sentaron sobre los capós de los coches y empezaron a torpedearle a preguntas.

Aiko sostenía una cámara de video con la que iba a grabar toda la información que diera el vampiro.

—Muy bien, Khani. Hagamos esto rápido —Gabriel se frotó las palmas e hizo sitio para que Gúnnr se sentara bien cerca de él—. Quiero que sepas que hemos destrozado tu sede. Ya no queda nada de Newscientists aquí. Todo y todos los que trabajaban ahí adentro han volado por los aires. Y ahora vamos a lo que realmente importa. Cuando mi equipo perseguía a los dos tráileres por la carretera que va desde Winfield a Geneva, dos helicópteros militares de transporte se colocaron sobre ellos y capturaron las dos cargas que llevaban. En un contenedor iban rehenes que habíais estado torturando. Róta estaba entre ellos. En el otro estaba Mjölnir. ¿También están la lanza y la espada? ¿En qué contenedor?

—No... Deben ir juntas. Pero si habéis malogrado la misión, había órdenes expresas de que dejaran los dos objetos en el contenedor de los rehenes.

—¿Adónde os lleváis a los rehenes?

Khani se relamió los labios secos y llenos de su propia sangre. Movía la cabeza de un lado al otro, como si quisiera huir del interrogatorio y de sus posibles respuestas, pero eso no iba a suceder.

—Llevan a los rehenes a... A los Balcanes.

A Miya se le abrieron los orificios de la nariz y apretó la mandíbula. Sus ojos rasgados eran dos rendijas plateadas.

—¿Por qué a los Balcanes?

—Porque la sede principal de Newscientists se encuentra justo allí. Es... allí donde llevan a todas las especies. Desde humanos con dones a seres como nosotros...

—¿Los llevan directamente? —Preguntó Miya ansiosamente.

—No... —Negó con la cabeza—. ¿Te interesa alguien de los que hay en ese contenedor?

—¡No me jodas, Khani y respóndeme!

—Eres patético... —Escupió el vampiro—. Se... se detienen en Escocia.

—¿Qué hay en Escocia? —Gabriel tenía un puzle ante sí, pero no sabía unir las piezas para que cuadrase su lienzo.

—Allí están Seiya y Cameron. Pararán para dejar a la putita con Seiya. Ya que... —miró a Miya de soslayo— la valkyria es suya.

Miya se levantó del Jeep, decidido a arrancarle el corazón al maldito nosferatu. Pero Gabriel y una pálida Bryn lo detuvieron.

—Cálmate. Hay que llegar al final de todo esto, Miya. —Perfecto, es ahí donde Gabriel quería ir a parar. Los rehenes hacían una parada en Escocia—. ¿Dónde se detienen?

—No... No lo sé. Seiya tiene un laboratorio allí y está en contacto permanente con Lucius. Pero no sé dónde lo tiene ubicado.

—Lucius...

—Sí. Él y Hummus venían hoy a ver el espectáculo. Es más, ellos dos están trabajando especialmente en ubicar todas las posibles puertas de entrada de Loki a vuestro mundo.

Así que después de los intentos frustrados de matar a Daanna, Hummus venía a dar un golpe de efecto en América.

—¿Qué es Diablo? —Preguntó Gabriel—. Hummus dijo que primero debíais ir a Batavia, y luego a Diablo.

Khani sonrió y miró el cielo estrellado.

—¿Has conocido a nuestro señor? —Escupió—. Diablo... Está en Florida —la droga hacía su efecto y le relajaba—. Primero queríamos utilizar el acelerador de partículas para abrir la primera brecha en este Continente. Un agujero lo suficientemente grande para empezar a engullir esta parte de vuestro planeta. En Batavia debíamos empezar a crear el caos. Habríamos puesto en marcha el acelerador y con Mjölnir en las manos... ¡Bum! Mjölnir no es sólo un martillo. Abre puertas cuando impacta en los lugares adecuados. Pero eres un incordio, puto rubito. Tú y los tuyos nos habéis estado tocando las narices continuamente.

—¿Por qué no lo hicisteis inmediatamente desde que llegasteis a Chicago? —Preguntó Gúnnr—. ¿Por qué habéis esperado tanto?

—Mjölnir te debilita, te consume y te quema la piel. No se puede tocar sin que te mate. Sólo Thor puede tocarlo, sólo un dios como él puede hacerlo sin que le hiera. No puedes estar en contacto a menos que estés protegido, y ha costado encontrar el modo de contrarrestar su energía; y aun y así, sigue sin ser suficiente.

—Un momento —Gabriel levantó la mano para detener sus palabras—. En las imágenes que hemos visto de Hummus él estaba quemado. ¿Por qué?

—Hummus cargó con Mjölnir —Khani arrancó a reír de nuevo—. Fue él quien entró al Asgard. Nos costó muchísimo abrir el portal para conseguirlo. Pero, aun siendo más fuerte y poderoso que los demás, acabó mal y necesitaba recuperarse. Por eso nos dejó aquí las directrices para poder manipularlo, y obligó a nuestros científicos para que pudieran crear una caja de contención.

—Y él se fue a Inglaterra a por la Elegida.

—Exacto —murmuró Khani con aprobación—. Se fue a por esa vaniria que es igual de molesta que tú. Siempre en medio. No eres tan tonto ni tan inofensivo como pareces.

—Es tu principal error, Khani. Subestimas a tu enemigo. Y ahora contesta a mi pregunta. ¿Qué hay en Florida? Florida es muy grande... ¿Qué tiene que ver Diablo con Florida?

—Florida es el paraíso... Hay uno de los principales vórtices de la Tierra.

—¿Dónde?

—En sus costas. ¿Y sabes qué hay también? La central nuclear de Diablo Canyon—se estaba debilitando debido a la pérdida de sangre.

A Gabriel se le puso la piel de gallina.

—¿Lleváis a Mjölnir ahí?

—Sí. Después de abrir el primer portal en Batavia, debíamos transportar a Mjölnir a Florida y allí crear el segundo estallido. Me imagino que si los helicópteros militares cargaron con los contenedores de los tráileres, ahora deben dirigirse hasta allí. ¿Qué crees que va a pasar cuando el martillo toque tierra en un punto tan delicado? Una reacción en cadena... ¡Bum! ¡Bum! ¡Bum! ¡Muertos! Mjölnir abre puertas dependiendo de la naturaleza de quien lo amarre. Si un jotun lo sostiene e impacta en el Midgard, hará que el Jotunheïm entre en él. Y con los nuestros entrando en vuestro mundo a mansalva sería el fin. Odín jamás podrá ganarnos. Cuando la lanza toque la tierra en el lugar adecuado, se desencadenará el *Ragnarök*. Y con la espada de Frey, venceremos.

—¿Y quién se supone que va a manipular el martillo? —Gabriel empezaba a atar cabos.

—Los devoradores que Hummus se trajo con él, ya que él sólo piensa tocarlo para amarrarlo una única vez y golpear la tierra. Un sólo golpe. Pero los devoradores están dispuestos a sacrificarse por la causa. Los vampiros no duran nada con él en sus manos y se queman casi al instante. Los devoradores son más resistentes. Ellos le ayudarán.

—Matamos a muchos devoradores —replicó Bryn.

—No a los suficientes, rubita. Newscientists está especializándose en la clonación. Y además, sabe cómo reproducir sus cuerpos.

—¿Cómo se reproducen? —Preguntó Aiko con interés.

—Los etones y los purs se reproducen mediante esporas. Las esporas nacen en el Jotunheïm. Pero Hummus... Hummus fue lo suficientemente listo como para adquirirlas y meterlas en un tubo de ensayo. Newscientists tiene esas esporas y está haciendo lo que quiere con ellas. Sí, Gabriel, esos humanitos que protegéis son peores, mucho peores que nosotros.

—No todos —contestó el Engel. Debía creer eso, debía convencerse de esa verdad, o no encontraría razones suficientes como para luchar por los humanos. De repente entendió lo que Caleb, Adam y Menw habían sentido al respecto, y era una sensación descorazonadora.

—Si es lo que quieres seguir creyendo… Tú mismo. Sólo tú te puedes engañar.

—Cada vez quedan menos sedes —aseguró Gabriel con una sonrisa, inclinándose hacia él, con el rostro envuelto en luces y sombras debido a los focos de los dos coches que los alumbraban—. Y te aseguro que con la información que nos estás dando, haremos lo posible por volar las que quedan todavía en pie.

—Sí… Seguro que haréis lo posible… Pero se os acaba el tiempo y…

Aiko observó a Khani.

—Se queda sin fuerzas, Engel.

Quedaba una última pregunta. La más intrigante para él.

—¿Por qué Hummus sabía que Gúnnr podía detectar a Mjölnir? Él lo sabía. ¿Por qué?

Khani cerró los ojos y negó con la cabeza.

—¿Acaso no conoces a los que luchan contigo, General?

Gabriel golpeó la camilla con fuerza.

—¡Contéstame!

Khani dejó caer la cabeza hacia el lado de Gúnnr. La miró con interés.

—Porque los semidioses se pueden captar entre ellos, ¿no lo sabías? Los semidioses de verdad —aclaró—. Y la niña… La niña desprende la misma energía que Mjölnir. Hummus nos lo dijo. Hummus la captó. Y si ella tiene esa misma energía en su interior, puede reconocer y recibir la misma señal de parte de Mjölnir. El Kybalión dice: «Eres atraído y atraes la misma energía que desprendes. Es la ley de la atracción».

Gúnnr abrió la boca y se apartó de la camilla compungida y tiesa como un palo.

Gabriel miró a Gúnnr, esperando que ella le aclarara las cosas. ¿Qué quería decir con eso?

Bryn clavó sus ojos azules en su *nonne*, y Miya y Aiko hicieron lo mismo.

Gúnnr tragó saliva y negó con la cabeza.

—No sabe lo que dice…

—¿No le has hablado de ello a tus amigos? ¿O acaso sería verdad que no lo sabías, guapita?

Gúnnr abrió y cerró las manos húmedas y frías. Khani estaba tomándole el pelo.

—¡Cállate! —Gritó Gúnnr.

—¿Quién es tu papi? —Preguntó Khani con sorna.

—¡No lo sé! —Exclamó ella limpiándose las lágrimas de un manotazo—. ¡Estás mintiendo!

—¡Tú eres la que miente! —espetó el vampiro.

Gabriel lanzó una mirada llena de ira a la valkyria.

—¿Por qué no me has dicho nada? —Le susurró furioso.

—No... No sé de lo que habla, Gabriel. Lo prometo. No sé de... ¡Tienes que creerme!

—¡¿Cómo?! ¡Ni siquiera sé quién eres! Nunca me hablaste de ti... —Murmuró disgustado y sorprendido por la revelación—. ¡¿De quién eres hija, Gúnnr?!

Gúnnr se echó a llorar. Estaba asustada y no comprendía lo que estaban diciendo. Ella era distinta. Nunca había tenido dones hasta hacía unos días... ¿Y Khani decía que era hija de un dios o de una diosa? Se habían vuelto todos locos.

—¡¡¡Te he dicho que no lo sé!!! —Gúnnr arrancó a correr y se alejó de los coches mientras las lágrimas se deslizaban por sus mejillas.

—No es difícil hacer cábalas —murmuró Khani con una sonrisa de ido por completo—. Si la chica... —Tragó saliva mezclada con sangre y lo intentó de nuevo—. Si la chica es la única valkyria que puede sentir a Mjölnir, y Mjölnir es el tótem por antonomasia de Thor... ¿Quién es el padre de tu puta?

Gabriel gritó con todas sus fuerzas. Sus ojos se volvieron negros. Sus espadas salieron disparadas de sus esclavas y bajó los dos brazos a la vez para cortarle el cuello a Khani.

Bryn corrió tras Gúnnr, pero el Engel la señaló con una de sus espadas llenas de sangre oscura.

—¡Quieta, Generala! ¡Ella es mía!

—Gabriel —Bryn estaba consternada y lo llamó por primera vez por su nombre—. Gúnnr nunca fue como nosotras... Ella...

—¡Tendrá que explicármelo ella, Bryn! ¡No tú! —Gabriel desprendía una energía fuera de control, furiosa y aterradora—. No estoy de humor para secretos tan trascendentes como ese. Ella debió decírmelo.

—Ella no lo sabía. ¡Por Odín, nadie lo sabía! —Exclamó igual de furiosa que él.

—Uno siempre sabe quiénes son sus padres. De un modo o de otro lo acaba sabiendo —Gabriel destrozó una de las patas de la camilla metálica con su espada, y el cuerpo decapitado de Khani cayó al suelo y empezó a desintegrarse—. La sangre llama a la sangre —él lo sabía mejor que nadie—. ¡Tuvo una eternidad en el Valhall para descubrirlo!

Bryn miró al suelo y se mordió la lengua. Gabriel no entendía la situación de Gúnnr. Nunca la había entendido. Deseaba que su amiga saliera airosa de la discusión que se avecinaba.

Gabriel se serenó para dirigirse a Aiko.

—Envía el vídeo a Isamu y a Jamie. Que manden toda la grabación a As y a Caleb. Necesito que estén atentos a lo que pueda suceder. Aquí ya no tenemos nada más que hacer —intentó pensar en el siguiente paso—. Intentaremos controlar la ubicación exacta del martillo al minuto mediante los satélites. Poneos a ello —Gabriel se quedó mirando el camino frondoso y lleno de árboles por el que había desaparecido su esquiva valkyria—. Yo me encargo de ella.

XXIV

Gúnnr corría intentando escapar de sí misma y de lo que las palabras del vampiro habían despertado en su interior.

Era imposible tal afirmación. Ella no podía ser hija de un dios, y menos de Thor. Era todo una gran mentira para desestabilizarlos.

Había vivido en el Valhall y pertenecido a las valkyrias como una más. No, no era verdad que había sido una más. Ella tenía algo que la diferenciaba de las demás: nunca había tenido dones. Ese defecto, o esa cruz, la había hecho así. Una mujer que nunca había sentido nada en su interior lo suficientemente fuerte como para luchar por algo. Despegada. Desvinculada. Sólo Freyja y sus tres amigas habían sido mínimamente importantes para ella. Pero, aunque ellas habían llenado su alma aletargada, en cierto modo, se había sentido vacía durante toda su existencia.

Y un día, todo cambió. Llegó Gabriel y avivó su aparente frialdad e introversión con una llama que hasta entonces nunca nadie había encendido en ella. Y ahora Gabriel la perseguía porque creía que le había engañado. Que había omitido esa información tan importante.

—¡Gúnnr! —Gritó él, saltando arbustos y piedras por el camino—. ¡No puedes escapar!

La valkyria corrió a más velocidad. No, no podía escapar de él. Ni siquiera estaba huyendo de él. Huía de ella misma. De lo que podía o no podía ser cierto.

Gabriel la alcanzó, le rodeó la cintura con un brazo y le tapó la boca para que no gritara. Los gritos de la valkyria enfadada se oirían a kilómetros de distancia.

—¡¿Por qué huyes?! —Le gruñó al oído.

La valkyria se removió contra él, moviendo la cabeza frenética.

—¡Déjame, Gabriel! —Le pidió ella.

—Ni hablar. Te he dejado tranquila durante mucho tiempo y no te he prestado la atención necesaria. Y ahora descubro... ¡¿Cómo has podido ocultarme eso?! ¡Me has engañado!

—¡Yo no lo sé! —Le dio una patada en la espinilla con el talón y se soltó. Se giró para encararlo—. Te juro que no lo sé. ¡No es verdad!

Gabriel tenía el pelo rubio recogido en un moño alto. Se marcaban sus facciones a la perfección. Sus ojos de un mágico color negro. Las cejas desafiantes, rubias y altas. La frente ancha, su nariz recta, los labios sensuales y prominentes y aquella barbilla tan marcada. Le palpitaba un músculo en la mandíbula. Las mangas de su jersey negro estaban arremangadas y se veían las esclavas de titanio que rodeaban por completo sus antebrazos.

—No te creo —le dijo—. Uno no oculta que es hijo de un dios.

—¿Por qué iba a ocultar algo así? Uno lo omite cuando no es cierto. No tengo porque ocultar una mentira.

—¡¿Por qué no?! —Repitió él hiriente—. Llevas toda tu vida ocultándote. Escondiéndote de lo que eres. Intentabas pasar siempre desapercibida, la dulce y dócil Gúnnr —se burló—. Una valkyria sin poderes, todo lo contrario a lo que una guerrera de Freyja debía de ser.

Gúnnr estalló y los ojos se le tornaron rojos. A su alrededor la energía electrostática crepitó.

—No me hables de esconderme —le recriminó dando un paso hacia él—. Tú eres el especialista en eso, Gabriel. Siempre ocultando lo que sentías, siempre escondiéndolo bajo un montón de arena, anteponiendo tu miedo a todo lo demás. Fuiste tan cobarde que entregaste tu corazón a una mujer que nunca te querría sólo para asegurarte de que jamás te hicieran daño. ¡¿Qué?! —Gritó cuando él puso cara de sorpresa—. ¿Crees que me tragué todo lo que ayer me contaste? ¡¿Crees que en realidad te doy miedo porque crees que puedes hacerme daño?! ¡No me proteges a mí! ¡Te proteges a ti, hipócrita!—Gúnnr estaba espléndida en su furia. Su pelo chocolate ondeaba de un lado al otro y su cuerpo estaba en tensión, dispuesta a lo que fuera por defenderse—. ¡En realidad te doy miedo porque te asusta que yo pueda hacerte daño como te lo hicieron las personas que más deberían haberte querido!

Gabriel la agarró de las axilas y la zarandeó.

—¿Eres la hija de Thor? —Estaba desesperado por oír la verdad.

—Para, Gabriel… —Le rogó queriendo esconderse en un rincón. Él tenía razón. Era una gran cobarde—. Todas las valkyrias somos hijas de

Thor, el dios del true...

—¡No, maldita sea! ¡Háblame, Gunny! ¡Sabes a lo que me refiero!

Ella se defendió y sus manos se cubrieron de hilos llenos de electricidad que bailaban a través de sus palmas y de sus dedos. Colocó sus manos sobre el pecho de Gabriel y le dio una descarga.

El Engel soportó el ataque como pudo. La tomó del pelo y le echó el cuello hacia atrás.

—¡No me hagas daño, Gúnnr! —Gritó él todavía temblando por el contacto con los rayos de la valkyria—. ¡¿Es Thor tu padre?!

Gúnnr lo empujó con todas sus fuerzas.

La espalda del Engel chocó contra el tronco de un árbol, pero ella no lo dejó ir en ningún momento.

—¡Es imposible que sea mi padre! ¡¿Quieres escuchar la verdad?! Nunca supe quien fue mi madre ni mi padre. ¡Sólo sé que mi madre no me quería tener y que hizo todo lo posible por romper el pacto con Freyja! ¡Intentó perderme una y otra vez! ¡Se quiso quitar la vida centenares de veces antes que concebirme, Gabriel! ¡Mi madre humana nunca me quiso! ¡Por eso nací diferente! —Gúnnr no perdía la mirada a Gabriel mientras decía su triste verdad—. ¡Por eso no fui una valkyria como las demás! Las valkyrias son hijas deseadas, todas, sin excepción, ¡excepto yo! —Se limpió las lágrimas de un manotazo. Su otra mano sostenía a Gabriel contra el árbol—. Cuando Freyja me dejó en la cuna y me cantó su nana para ver si yo reaccionaba, ningún rayo salió de mí. ¡Freyja cantó! —Gritó hasta quedarse afónica—. *Er du veldig glad og vet det, ja sa klapp*[33] —canturreó abatida—. Ningún rayo cayó en mi cuna ni salió de mis manos. *Sa la alle menn'sker se det, ja sa klapp*[34]. Y mis ojos no cambiaron de color, ni mi rostro sonrió. Mi madre me hizo mucho daño, anuló mi don y también anuló mis emociones. ¿Lo entiendes, Gabriel? —Gúnnr se quedó sin fuerzas en brazos de su Engel—. Un día —recordó con tristeza—, estaba con todas mis hermanas valkyrias. Competían para ver quién atravesaba más manzanas con sus flechas. Todas se rieron de mí porque yo ni siquiera podía convocar las flechas del trueno. Así que me puse a llorar desconsoladamente. Freyja intentó explicarme lo sucedido con el mayor tiento posible,

33. *Er du veldig glad og vet det, ja sa klapp*: En noruego significa «Si eres feliz y lo sabes, bate las manos».
34. *Sa la alle menn'sker se det, ja sa klapp:* En noruego significa: «Que lo refleje tu cara, bate las manos».

y eso es muy difícil en ella, ¿sabes? Y aunque lo intentó, el golpe fue igual de duro. Ella intentó darme un lugar en el Valhall, y me cobijó bajo su ala. Intentó que las valkyrias me respetaran al darme la confianza para estar con sus tigres Bengala. Me cuidaba más que a ninguna. Siempre me decía que yo despertaría en el momento más adecuado: «como los grandes jugadores que nunca fallan en las grandes finales», me decía. ¡Pero yo nunca lo creí! ¿Cómo puede despertar una persona a la que intentaron matar por activa y por pasiva antes de nacer? ¡¿Cómo?! Y, ¡¿por qué?! ¿Qué le había hecho yo a mi madre para que quisiera acabar conmigo con tanta saña?

Gabriel la escuchaba sintiéndose azorado por haberla empujado de ese modo. Gúnnr estaba destrozada. Las valkyrias afirmaban que no eran humanas, pero les dolían las mismas cosas. No obstante, aunque la madre de Gúnnr fuera una hija de puta, y su padre un desconocido para ella, eso no confirmaba que su padre no fuera Thor.

Khani decía la verdad. Nadie podía esquivar el pentatol sódico. No se podía mentir bajo su efecto. Y si lo de Khani era verdad, también confirmaba algo muy importante: los semidioses se reconocían, y Hummus había reconocido a Gúnnr, ergo, Hummus era un semidios. ¿De quién era hijo?

Además, Gúnnr era la única valkyria que estaba en sintonía con el tótem de Thor. Eso no podía ser una casualidad.

—Es imposible que Thor sea mi pa-padre. ¿Sabes por qué? —Nunca se había sentido tan mal como en ese momento. Perdida y asustada como una niña pequeña que no podía dejar de llorar—. Po-porque he visto a Thor miles de veces ahí arriba —señaló al cielo—, y él nunca me ha dirigido la palabra. ¡Jamás! Si yo fuera su hija, ¿crees que no iba a saludarme? ¿Crees que no…? ¡No! ¡Déjame!

El Engel la había rodeado con los brazos y había acercado su rostro a su pecho. Le acariciaba la espalda de arriba abajo, para darle calor y arroparla. Apoyó la barbilla sobre su cabeza.

—¡No soy cobarde, Gabriel! —Gritó contra su pecho—. Yo hubiera sido la primera en dar un pa-paso para aproximarme a él si eso hubiera sido verdad. Si él fuera mi padre, yo… Él debería querer conocerme, ¡¿no?! ¿O es que soy tan poca cosa que no valgo la pena? ¿Soy tan decepcionante?

¡Debería haberme di-dicho algo!

A Gabriel se le partió el corazón al escuchar a Gúnnr hablar así de sí misma. Ella nunca se había autocompadecido. Era muy fuerte, y esa fortaleza era la que la mantenía en pie.

—Está bien, florecilla —susurró con ternura—. Está bien. Tranquila —miró el cielo estrellado que caía sobre ellos—. Creo que desconoces la verdad del comportamiento universal, Gúnnr. Y si Thor es tu padre, puedo disculparlo.

—¿Qué verdad es esa? —Susurró entre hipidos—. ¿De qué hablas?

—Que la cobardía y el miedo son comunes entre humanos y dioses —murmuró besándole la coronilla. Deslizó sus manos hasta sus mejillas, y le levantó el rostro—. Es verdad, Gúnnr. Antes me has dicho que me escondía de ti porque me atemorizaba que me hirieran de nuevo. Y tú eres tan pura y tan auténtica, Gunny, que nos das miedo. Das amor, y el amor gratuíto y sincero no es fácil de aceptar, sobre todo en un universo en el que siempre se espera algo a cambio. Nadie te ha rechazado por lo que eres, te han evitado porque tu luz pone en evidencia todos nuestros defectos.

Gúnnr se mordió el labio inferior, se aupó al cuello de Gabriel y hundió su carita en él, para llorar a gusto. Quería vaciarse de verdad. Quería desahogarse, y sólo podía hacerlo si Gabriel la sostenía y la abrazaba como estaba haciendo.

El guerrero deslizó un brazo por debajo de sus rodillas y la levantó, apretándola a su cuerpo y acercándola más que nunca a su corazón.

Gúnnr asustaba a hombres y dioses. Esa era la verdad. Les vapuleaba con su ternura y su dulzura y, en ocasiones, les ponía en su lugar con su repentina furia. Como lo había puesto en su lugar a él.

Caminó con ella en brazos, lentamente, disfrutando de su contacto y de todo lo que representaba para él. Llegó hasta el pequeño altiplano rodeado de árboles en el que habían torturado a Khani. Sus guerreros les habían dejado el Tesla mientras ellos se dirigían al hotel con el Jeep para reorganizarse.

—Gabriel.

—¿Sí?

—Gracias por haberme dicho algo tan bonito.

—Es la verdad —contestó él con las rodillas temblando. Caminó con ella hasta el coche.

—¿Gabriel?

—¿Hum?

—Si es verdad que soy hija de Thor, y que atraigo lo que soy... Creo... Creo que puedo encontrar el modo de que todos lleguemos a Mjölnir.

Él se detuvo y frotó la mejilla en su pelo. Él también se lo había imaginado pero no iba a presionarla.

—Háblame claro, florecilla.

—No estoy segura, pero puedo intentarlo. Puedo intentar llevaros hasta el martillo.

—¿Cómo?

—Atrayendo una tormenta eléctrica y desplazándonos a través de la antimateria. Nos llevará directamente a la tormenta eléctrica que cree Mjölnir allá donde esté. Si es cierto que es el tótem de mi padre, también es el mío, y me pertenece. Yo... Yo podría manipularlo. No tenemos nada que perder.

«¿A qué precio?», se preguntó Gabriel. Claro que había mucho que perder: la podría perder a ella. Khani había dicho que el contacto directo con Mjölnir mataba a los jotuns. Hummus era un semidios y aun y así se había quemado como un trozo de carne humano. Si Gúnnr era hija de Thor, ¿querría decir que era inmune al martillo o, por el contrario, era igual de vulnerable a él como lo había sido Hummus? La abrazó, temeroso de perderla.

—No. Debe de haber otro modo.

—¿Por qué no? —Refunfuñó ella—. Puede ser nuestra única alternativa, Gabriel. Les deben quedar pocas horas para llegar a Florida. Nosotros no podremos llegar antes que ellos. Valora el terreno y las posibilidades, Engel.

—Fue una muy mala idea que leyeras a Sun Tzu, valkyria —gruñó él dibujando una media sonrisa en sus labios.

—Sabes que tengo razón —refutó ella—. Nadie podrá llegar ahí antes. Estamos en Chicago, a miles de kilómetros de ellos.

—No.

—¡Gabriel!

—¡No, Gúnnr! No te voy a exponer así.

Gabriel se sentó en el coche con ella en brazos. Puso en marcha el motor eléctrico, pero Gúnnr puso su manos sobre la de él.

El guerrero se detuvo y la miró expectante.

—¿Qué pasa?

Gúnnr lo abrazaba con suavidad.

—Tienes que dejarme hacerlo, Gabriel. Tengo que intentarlo. Y lo sabes. No tenemos más opciones.

Él apretó la mandíbula y miró hacia otro lado.

La joven le agarró de la barbilla y lo miró con sus ojos azules oscuros, un poco hinchados por el llanto.

—Hemos perdido a muchos amigos. Soy la única carta que te queda, te guste o no. Y no podemos dejar que Reso, Liba, Sura y Clemo hayan muerto por nada. No dejaré que Róta sufra por nada. No vamos a morir por nada. Si hay una posibilidad, y está en mis manos, yo estoy dispuesta a entregarme a vosotros.

—No vamos a morir —le juró él—. Gúnnr… Yo sufro cuando te veo en peligro. No me gusta la idea de que puedas someterte a algo así.

—Está bien que sufras un poco por mí, ¿no? —Pegó su frente a la de él y jugó con el cuello de su jersey negro—. Quiero hacerlo. ¿Crees que no soy capaz de convocar una tormenta eléctrica?

Gabriel la miró fijamente.

—Gúnnr, creo que eres capaz de cualquier cosa. Creo en ti. Pero también creo que estoy en mi derecho de preocuparme.

Gúnnr le acarició la barbilla con el pulgar.

—Me gusta verte así.

—Lo sé, eres una sádica.

Ella sonrió y Gabriel pensó que podría pasar toda su vida viéndola reír. Qué complicada que era la vida. Qué difícil era reconocer que frente a la persona adecuada todos nos quedamos desnudos.

—Me da miedo perderte, Gunny.

—Lo sé.

—¿Estás segura?

—Sí.

—¿Cuándo crees que puedes hacerlo?

—No lo sé. No sé ni cómo hacerlo, no controlo mi poder... Pero podría empezar a intentarlo ahora —miró a su alrededor, buscando con sus ojos el mejor lugar para convocar una tormenta eléctrica—. Podría hacerlo aquí mismo.

El Engel exhaló y se rindió a la petición de su valkyria.

Podría hacerlo ahí mismo. Si Gúnnr lo conseguía, todos viajarían con ella y se presentarían allá donde estuviera el martillo. Era arriesgado, pero era la mejor acción que podían emprender.

Pero antes, antes de que Gúnnr lograra atraer nada, antes de que se centraran en evitar el fin del mundo, antes de que su tiempo juntos pudiera llegar a su fin, necesitaba estar con ella de verdad.

—De acuerdo. —Puso la radio MP3 e introdujo el CD que había comprado Róta. Salió del coche con Gúnnr en brazos—. Vamos fuera — Dejó a Gúnnr sentada sobre el capó negro del Tesla y se dirigió al maletero. Entre armas y bolsas llenas explosivos de diseño estaba envuelto el regalo que llevaba para Gúnnr la noche anterior, cuando había ido a visitarla a su *suite*. Dejó el regalo sobre el capó y se colocó frente a ella.

—¿Qué es esto? —Preguntó—. Pensé que iba a convocar una tormenta...

—No. Todavía no.

—¿Ah, no?

Él negó con la cabeza con seguridad.

—Ayer te traje esto, porque quería que probaras algo que esperaba que no hubieras probado estos días. Quería ver la cara que..., que ponías cuando lo...

—Trae. —Se lo quitó de las manos emocionada. Una valkyria seguía siendo una valkyria. Los regalos eran su perdición. Lo abrió y miró lo que era. Ante sí, tenía un pastel de dulces y golosinas salpicado de un montón de colores y formas—. Huele bien. ¿Qué es?

—Son chucherías. Te dije que me encantaban las chucherías y que era adicto a ellas.

La valkyria alzó las cejas y miró a Gabriel con curiosidad.

—¿Esto es lo que hace que se te caigan los dientes?

—Sí.

—¿Quieres que me lo coma antes de ir a por *Mjölnir?*

Gabriel apretó los dientes, abrió las piernas de Gúnnr y se colocó entre ellas. Apoyó las manos a cada lado de sus caderas sobre el capó y le dijo:

—Adivina qué quiero, florecilla. Adivina qué deseo antes de que me lleves por los cielos y me remuevas el estómago con tus viajecitos.

Había un tono risueño en su voz que llamó la atención de la valkyria.

—¿Qué... Qué quieres? —titubeó un poco.

Gabriel deslizó su mirada por su rostro, tan elegante, femenino y sexi.

—Adivínalo, nena.

Gúnnr posó la mano abierta sobre el corazón de Gabriel. Había tanta calidez en su mirada que ella se deshizo por él.

—¿Me quieres... Me quieres a mí? —Preguntó con una mezcla de esperanza y emoción.

Gabriel acercó su rostro al de ella y le rozó las mejillas con la nariz.

—Sólo si me dejas. ¿Puedo tenerte ahora, Gunny? ¿Aquí? ¿Antes de lanzarnos a ciegas hacia un destino que ni tú ni yo conocemos?

La valkyria se quitó la chaqueta y la lanzó sobre el techo del Tesla. Hundió los dedos en el moño mal hecho de Gabriel y le quitó la goma que lo sujetaba.

—Tú siempre me has tenido, pero nunca te diste cuenta.

Gabriel se lanzó a por ella con un gruñido parecido al de un animal salvaje mientras una música llena de preludios les rodeó. Era el *I can* de Blue.

You were the eyes in the face of fortune
I lost my way and i couldn't find you...[35]

La besó con toda la pasión y la furia que tenía dentro; lo hizo por todas las veces que no la había besado y la acarició por todas las que no la había acariciado. Un beso por ser tan ciego y otro por ser tan negado.

Gúnnr gemía bajo su cuerpo de un modo que hacía que le hirviera la sangre, que se conviertiera en lava espesa y caliente. La aplastaba con su peso contra el capó, y ella no tardó en rodearle la cintura con sus largas

35. Tú eras los ojos en el rostro del destino, yo perdí mi rumbo y no podía encontrarte...

piernas.

Gabriel coló las manos bajo el jersey de Gúnnr. Le acarició las costillas y luego ascendió hasta sus pechos. Los cubrió con sus palmas y la valkyria se arqueó para intensificar la caricia.

We're not the first ones to be divided
Won't be the last to be reunited
No
Oh no[36]

—Gúnnr… —Gruñó él, hundiendo la nariz en su cuello y moviendo las caderas hacia delante y hacia atrás—. ¿Quieres probar a qué sabes para mí?

Ella levantó la cabeza y asintió con los ojos rojos, nublados de fiero deseo.

Gabriel cogió una nube del pastel de chucherías y se la llevó a la boca, dejando el otro extremo libre y ofreciéndoselo a ella.

—Prueba —ordenó él con la nube entre los dientes.

Gúnnr sonrió de modo coqueto y levantó la cabeza para morder el dulce que él le ofrecía. Cuando lo mordió, Gabriel lo hizo a su vez, y las dos bocas se unieron en un beso lleno de azúcar y necesidad. La lengua de Gúnnr jugaba con la de él, los labios succionaban, los dientes mordían y tiraban. Las almas se alimentaban. Los besos llegaron entre texturas dulces y aterciopeladas.

La valkyria pasó la lengua por los labios de Gabriel.

…I can
I will
I know
I can untie these hands
And get backup again…[37]

—¿Así de bueno es mi sabor? —Preguntó sobre su boca, dándole besitos en las comisuras.

Gabriel le agarró las nalgas y empujó entre sus piernas.

36. No somos los primeros en ser separados, no seremos los últimos en ser unidos de nuevo. No.
37. Yo puedo, lo haré, sé que volveré a unir nuestras manos, y volveremos a empezar de nuevo.

—No, florecilla. Tu sabor es mejor, mucho mejor.

Gúnnr se incorporó un poco y curioseó el pastel de chucherías. Cogió una fresa de goma, porque le hacía gracia.

—Abre la boca —musitó sobre sus labios.

Gabriel obedeció y ella le metió la fresa dentro. Sus ojos rojos se aclararon y cerró la boca de Gabriel con la suya. Le metió la lengua, y juntos saborearon aquel pecado.

Las manos de Gabriel apretaron los globos de sus nalgas y los moldearon. Gúnnr estaba en una forma óptima. Dura y suave a partes iguales.

—Quiero hacerte el amor —dijo él con voz ronca.

La valkyria le besó en la mejilla y hundió la nariz en su pelo. Nada le gustaba más que el olor a lluvia de Gabriel. Nada olía mejor para una valkyria. A limpio y a hierbabuena.

—Yo no te voy a detener. —Le mordió el cuello y le clavó los colmillos con suavidad.

El einherjar echó el cuello hacia atrás y cerró los ojos muerto de placer.

—Me gusta... Me gusta, nena. Más fuerte —llevó las manos a los botones de la falda y se la desabrochó para deslizársela inmediatamente por las piernas.

Gúnnr le mordió con más fuerza y él le desgarró los *leggings* con movimientos bruscos. Se encontró con sus braguitas amarillas. Gabriel no esperó: metió la mano en su interior y acarició su raja de un modo efímero. Cuando vio que estaba húmeda, metió un dedo en su interior, hasta el fondo.

Ella saltó en el capó, frunció el ceño y le clavó las uñas en los hombros. Sonrió al ver el hambre de su guerrero y gimió cuando él empezó a moverlo adentro y afuera.

Gabriel se inclinó hacia ella y la besó.

—Eres un bruto —murmuró Gúnnr entre beso y beso. Le desabrochó el pantalón y se lo bajó por las caderas.

Gabriel tomó una mano de Gúnnr y la guió al interior de su calzoncillo negro.

—Mmm... Soy un bruto —ronroneó el guerrero excitado—. Tócame, cariño.

¿Por qué le entraban ganas de llorar cuando Gabriel le decía cariño?

Porque no tendrían suficiente tiempo para disfrutar el uno del otro, porque la palabra «cariño» llegaba demasiado tarde para ellos, porque no sabían si iban a salir vivos de la siguiente aventura.

Pero estaban en el ahora. Era muy difícil decirse todas esas cosas que querían decirse en tan poco tiempo. Hacer el amor no llevaba mucho, las declaraciones se atropellarían las unas con las otras y, en medio del éxtasis ¿cuáles serían sinceras y cuáles no? Pero, ¿acaso eso importaba? Esa podría ser la última experiencia juntos y Gúnnr estaba dispuesta a aprovecharla. No les quedaba otra.

—¿Gabriel?

El Engel estaba concentrado en la humedad y la estrechez de Gúnnr. Era increíble.

—Gabriel, el *piercing* del pezón…

—No me lo digas.

—Me lo colocó una mujer que se llama Margarita. Yo no… —Se quedó quieta cuando él encontró un punto en su interior que hacía que se estremeciera y temblara—. ¡Oh… Por todos los dioses! No… No quiero que ningún otro hombre me toque. Sólo me gusta que me toques tú.

—¿Y el trueno de tu pubis? —Gruñó él con aprobación.

—Eso me lo hizo un hombre llamado Pedro.

Gabriel le pellizcó el clítoris con fuerza y ella por poco no sale volando hacia arriba.

—¡Es broma! ¡Es broma! —Exclamó aguantándose la risa y clavándole las uñas en la muñeca—. También fue Margarita…

—Eso está bien, amor —gruñó él besándola en los labios—. Me alegra saberlo —la tumbó en el capó y se colocó entre sus piernas.

Gúnnr cerró los ojos y tomó aire mientras soportaba las caricias de su macho.

—Esta semana que me has dejado sola… he… he estado a punto…

Gabriel se acariciaba el pene mientras la miraba fijamente a la cara y con la otra mano hurgaba con suavidad y profundidad en su interior.

—¿Qué ha pasado esta semana? —No podía dejar de mirarla. Gúnnr era preciosa en todas partes.

—Que he estado a punto de morir de tristeza sin ti. Sé que soy débil, que no debería decirte todas estas cosas… Pero es lo único que me sale ahora —se tapó la cara avergonzada.

Gabriel sonrió. Le tocó el clítoris con el pulgar y le clavó los dedos más adentro. Estaba abierta de piernas para él, sobre su Tesla deportivo, y era tan bonita que quería escribir poesías sobre ella. El amor le volvía tonto.

—¿Quieres morir de otra cosa, florecilla? —Se inclinó hacia Gúnnr y le subió el jersey por encima de los pechos. A continuación, le liberó las tetas de la opresión del sostén y se desparramaron en sus manos—. Mi valkyria sexi… —musitó maravillado—. ¿Te gusta esto? —le pellizcó el pezón con fuerza y se inclinó a morder el otro.

Gúnnr se agarró a los largos mechones de su pelo rubio y lo atrajo más a ella.

—Sí… Sí, me gusta mucho —le encantaba el umbral entre el dolor y el placer. Le gustaba que Gabriel fuera rudo cuando tenía que serlo. La ponía caliente en décimas de segundo.

—¿Sí? —Tiró del *piercing* y lamió a la vez.

—¡Sí! ¡Sí! —Lloriqueó ella moviendo la cabeza de un lado al otro.

—Abre bien las piernas, nena —Gabriel pasó la lengua por la curva de un pecho y luego por el otro. Besó y lamió los dos con ternura, y luego fue deslizando su boca por los abdominales suaves de Gúnnr y por los graciosos huecos de sus caderas. A él le encantaba que ella quisiera ver todo lo que él le hacía. La joven tenía los ojos muy rojos, los colmillos descubiertos y los labios temblorosos. Era hermosa.

—¿Qué haces?

—Me voy a comer a la madre de todas las nubes. Abre más las piernas. Enséñame lo bonita que eres.

—Eso no es bonito… —Musitó en desacuerdo.

Gabriel ahogó una carcajada. Gúnnr no se imaginaba lo mucho que les gustaba el sexo de las mujeres a los hombres.

—Es bonito. Muy bonito. Estás brillante, hinchada y rosa. Y es mío.

—Y tengo un trueno —replicó ella divertida.

—Sí… —Gabriel iba a estallar como un adolescente si no la penetraba ya. Pero quería que ella estuviera más preparada—. Te voy a matar a besos.

La valkyria se incorporó en un codo y levantó una ceja. Iba a replicar cuando sintió la punta húmeda de la lengua de Gabriel jugando entre sus pliegues como si fuera un minero que buscara oro.

—¡Gab! —Cayó fulminada hacia atrás y dejó un brazo muerto por encima de su cabeza. Con el otro le agarró el pelo rubio al einherjar y lo animó a que continuara. Subía y bajaba las caderas, loca por el excitante ritmo que le imponía. Los labios de Gabriel fueron implacables con ella, los dientes mordían con suavidad y la lengua se metía por donde le daba la gana. Aquello húmedo, suave y esponjoso iba a matarla si seguía acariciándola así—. No, Gabriel... Voy a acabar ya si no paras...

Gabriel levantó la cabeza y sonrió con los labios húmedos. Se pasó la lengua por ellos.

—Córrete, Gúnnr —la animó. Bajó la cabeza de nuevo y la torturó como sólo él sabía. Le introdujo la lengua con fuerza y sintió cómo las apretadas paredes de Gúnnr se convulsionaban presas de un orgasmo fabuloso.

La valkyria gritó y se quejó por el placer extremo. Una lengua de electricidad le recorrió el torso y fue a parar a su vagina. Gabriel se alimentó de ella y disfrutó de la sensación eléctrica y del sabor dulce de su mujer.

Cuando Gúnnr todavía sufría temblores post-orgásmicos, Gabriel la cubrió con su cuerpo, le introdujo la ancha cabeza de su pene y se deslizó poco a poco en su interior. Gúnnr era resbaladiza, pero estaba hinchada y muy sensible todavía. Le apretaba como un puño.

—Me vas a ordeñar como nadie, amor —gruñó él mirándola a la cara y cogiéndole la cabeza y el pelo con las manos—. Pruébate en mí, nena. —Bajó la cabeza y la besó. Adelantó las caderas y se deslizó hasta el fondo, hasta tocarle el cuello del útero.

Ella se quejó, y le mordió el labio inferior.

—Eres muy duro, Engel —lloriqueó sobre su boca y se saboreó—. Y esto... esto no sabe a nube.

Él se echó a reír por el comentario y le acarició los labios con los dedos. Empezó a moverse con cuidado. Midiendo cada estocada, cada envite lleno de poder y resolución.

—Vas a correrte otra vez.

—No me lo puedes ordenar —lo provocó ella—. Me correré si quiero...

—Te vas a correr —rotó las caderas y le agarró las muñecas por encima de la cabeza con una de sus inmensas manos—. Sí, amor, acéptalo, soy más grande que tú.

Gabriel la miraba con los ojos entrecerrados, negros por completo, las mejillas con un color rosado por la excitación, y los labios hinchados por los besos. Era el príncipe de la perversión. El conquistador.

—¿Lo sientes? —La metió más a fondo.

—*Jeg har kroppen full.*[38]

Gúnnr notaba que el pene de Gabriel le golpeaba justo detrás del ombligo. Se sentía henchida de él. La fricción de su dureza la estaba lanzando a un orgasmo demoledor.

—Me vuelves loco de remate, Gunny... No... No sé qué me pasa contigo... Pero... —No dejaba de avasallarla entre las piernas—. Me rindo. Me rindo a ti, nena. ¿Es lo que quieres? ¿Tenerme de rodillas ante la princesa sádica... ?

Gúnnr apretó los dientes y se negó a echarse a llorar, pero las lágrimas acudieron a sus ojos a una celeridad vergonzosa.

—No me lo preguntes a mí. ¿Soy yo lo que quieres?

—Sí. Sí, florecilla... —Gabriel sabía que hacer el amor con Gúnnr, quererla y aceptarla, era como conducir a quinientos kilómetros por hora, sin frenos y sin retrovisor. Nunca podría parar y nunca miraría atrás de nuevo. Y lo más importante, no iba a reducir la velocidad.

—Mi nombre... —La valkyria luchaba por coger aire, menenado las caderas al compás agresivo de Gabriel—. Di mi...

—Gúnnr. —Él hundió la cabeza en su garganta y la marcó con los dientes y los labios. Su pene sintió cómo ella se corría con un grito que era una mezcla de llanto y alegría. —Te quiero... Te quiero, Gúnnr...

Y él la siguió lanzándose de cabeza y llenándola con toda su esencia.

La corriente entre ellos creció y un trueno crepitó sobre sus cabezas alcanzando sus cuerpos.

El cuerpo de la valkyria se curvó dibujando un arco perfecto, con el guerrero sepultado profundamente en su interior. El trueno los alzó del capó del Tesla, y las alas del einherjar y de la valkyria se desplegaron al mismo tiempo.

Las de él azules y las de ella rojas. Emitían tanta luz que alumbraban el perímetro de bosque en el que se encontraban. Gúnnr se abrazó a

38. *Jeg har kroppen full.* En noruego significa «Por todo el cuerpo».

Gabriel y observó sus alas con un sentimiento de orgullo y propiedad que nunca había experimentado. Su einherjar volaba para ella y ella volaba para él.

Él le acarició el pelo y le retiró un mechón de la boca. Bajó la cabeza y la besó mientras la sostenía de las nalgas y se movía en su interior a un ritmo sosegado.

—Mi florecilla voladora… —Murmuró admirando sus preciosas alas—. Creí que nunca las volvería a ver.

—No pude romper el *kompromiss.* —Explicó contrita—. Pero me hiciste mucho daño… Me enfadé mucho y por eso me cambiaron de color.

Él asintió pidiéndole perdón con sus caricias calmantes. Ella cerró los ojos y apoyó la frente en su hombro. Se estaba tan bien así.

—*Sulla meg litt, Engel mi*[39] —le pidió suavemente entregada a él y a ese momento.

Gabriel la meció tal y como ella le pedía. Los dos se emocionaron y se ocultaron del mundo. Ese momento celestial no podría arrebatárselo nadie. Ni el odio, ni la guerra, ni la muerte. Los recuerdos perviven para siempre, flotan en el espacio y en el tiempo. Vibran y tienen vida.

—Yo sí que pedí algo a cambio de cuidarte y mimarte, Gabriel —sorbió por la nariz y se incorporó para mirarlo a los ojos—. No soy tan altruista como crees.

El guerrero sintió que su corazón se llenaba de amor. «Por Dios, qué mujer tan bonita.»

—¿Qué pediste, preciosa?

Gúnnr le acarició los hombros y sonrió con inocencia y humildad.

—Que me quisieras así, aunque sólo fuera una vez.

39. *Sulla meg litt, Engel mi.* En nrouego significa «Méceme un poco, mi ángel».

XXV

Gabriel y Gúnnr estaban sentados los dos sobre el Tesla.

Mientras escuchaban *In the arms of the angel* de Sarah McLachlan, esperaban que Bryn, Miya y los demás llegaran al mirador en el que se encontraban. Gúnnr quería a Bryn cerca para convocar la tormenta, si es que en realidad era capaz de hacerlo.

Él tenía apoyada la espalda sobre el cristal delantero, y Gúnnr estaba estirada entre sus piernas. Se habían vestido, ya que empezaba a refrescar. Mientras se comían el pastel de chucherías como dos lobos hambrientos, Gabriel le daba pequeños besos en las orejas y a lo largo del cuello.

Observaban la instalación del laboratorio. Era increíble que se invirtiera tanto dinero en construcciones que podían poner en peligro el planeta entero. La comisión de energía atómica de Estados Unidos había aprobado el proyecto. ¿Acaso habían expuesto el proyecto a votación popular? No. Ni ellos ni ningún otro país pionero en aceleradores de partículas.

El Fermilab constaba de dos increíbles y enormes anillos de igual tamaño que ocupaban kilómetros de diámetro. Uno de los anillos era el inyector principal y el otro era el Tevatrón. Se suponía que ese acelerador de partículas utilizaba campos electromagnéticos para cargar partículas eléctricamente y alcanzar velocidades que podían rebasar la velocidad de la luz.

—¿Por qué dejan que se construyan estas cosas? —Preguntó Gúnnr mientras mordía un ladrillo relleno de nata y con picapica.

—Porque a los humanos no les importa. La mayoría no saben ni lo que es. No entienden que si un acelerador de partículas falla, podría crear un agujero negro que podría llegar a tragar todo el planeta e incluso crear materia extraña, es decir, que la Tierra tal y como la conocemos, podría dejar de existir, convirtiéndose en algo completamente diferente a lo que concebimos.

—No me has contestado. ¿Por qué permiten que lo construyan?

—Sí que lo he hecho, pero supongo que es tan obvio que incluso es difícil de creer. Lo construyen porque nadie se opone. Lo construyen porque la individualidad y la conciencia de cada uno se centra en su propio ego, no en una conciencia colectiva. No en los demás. No en su planeta. Si lo hicieran, la gente se manifestaría en contra de la construcción de centrales nucleares como la de Diablo Canyon. Me parece lamentable todo lo que les hemos dejado hacer. No se les ocurre otra cosa que montar una central nuclear sobre un lugar que sufre seísmos y en el que hay fallas muy importantes. Si fueran realmente conscientes de que viven en un planeta que debe respetarse y cuidarse, exigirían que se cerrasen todas las centrales nucleares del mundo. Una persona inteligente nunca tendría un explosivo en su casa, ¿no?

—Yo creo que la cuestión está en que una persona buena y decente jamás elaboraría un explosivo. ¿Por qué las crean? Armas, centrales nucleares, drogas, virus, enfermedades, aceleradores de partículas… ¿Se han vuelto todos locos? Este planeta puede abastecerse sin necesidad de energía nuclear; la naturaleza, las energías alternativas os dan todo lo que necesitáis. Parece que los seres humanos tengan prisa por destrozarse los unos a los otros. Les atrae lo nocivo, lo destructivo. ¿Por qué el ser humano no se da cuenta de todo esto?

—Antes, estaba muy obsesionado con las profecías, ¿sabes? —le explicó mientras acariciaba su pelo con la mejilla y besaba el pulso de su garganta—. Las profecías no mienten. Los hopi lo saben. Los mayas lo sabían. Los sumerios lo sabían. Cualquier civilización que alcance un grado de tecnología y que no sea acorde con su grado de espiritualidad va destinada a la destrucción masiva. Creo firmemente que, para que el planeta se salve, tiene que eliminar a su principal parásito, que es el ser humano. Pero, si sucede así, ¿qué posibilidad tenemos de redimirnos? ¿No está todo el juego de los dioses montado para ver nuestra capacidad de redención hacia los demás y hacia nosotros mismos?

Gúnnr frunció el ceño y dijo:

—Nosotros, como valkyrias y einherjars, descendemos al Midgard porque nuestros instrumentos y nuestras herramientas han sido robadas y son tan peligrosas que podrían llegar a destruir vuestro mundo. —Gúnnr huntó su dedo del picapica que había en la bandeja. Gabriel le robó el dedo y se lo llevó a su boca—. Ladrón —sus ojos oscuros refulgieron de rojo—. Si nosotros estamos aquí para protegerlos y actuamos de manera responsable en relación a nuestra tecnología, ¿cómo es posible que creen objetos mucho más grandes aquí e igual de peligrosos? Me siento como una estúpida. ¿Cómo los pueden tener a la vista de ese modo? Es como poner un cartel enorme que diga: «¿Quieres acabar con el planeta? Manipúlame y jódelos a todos».

Gabriel asintió y clavó la vista en el Fermilab.

—En el fondo es porque Loki sabe que la ignorancia colectiva es su mejor baza. A los humanos no les importa y sabe que no harán esfuerzos por entender lo que es un acelerador.

—¿Y entonces qué leches hacemos aquí? —Se colocó de rodillas sobre el capó y lo miró enfadada—. Es absurdo.

—Nosotros venimos aquí en nombre de nuestros dioses, que son los padres de todo, incluso de esta humanidad ignorante y absurda. Y por lo visto, el *Alfather*, cree en ellos. Agárrate a algo en lo que creer y lucha por ello o entonces todo esto perderá sentido.

—Yo creo en tu tío Jamie —espetó ella—, pero ahora es un vanirio..., y no me sirve. Y creo en la inocencia de Chispa, pero es una mona. —Ahogó una risita e intentó poner una cara más seria y reflexiva—. Creo en la simpatía de Margarita, aunque me hizo muchísimo daño... —Recordó con disgusto—. Creo en Ankti y en Chosobi. Creo en ellos. Pero también creo en ti. Tú viniste del reino de los humanos. Y sólo por eso, puedo creer en ellos. Sólo por ti.

Gabriel la abrazó por la cintura y la besó con ternura, saboreándose el uno al otro.

—Así me gusta, valkyria.

Los focos delanteros del Jeep de Miya les alumbraron. Gabriel y Gúnnr se separaron y bajaron del capó.

Bryn repasó a Gúnnr de arriba abajo y levantó una ceja indagadora.

—¿Y tus *leggings,* valkyria?

Gúnnr se miró las piernas sólo cubiertas por las botas de caña alta y la falda corta, y se encogió de hombros.

—Los perdí.

Miya salió del coche con el ceño fruncido, lleno de preocupación; Ren iba tras él, con una mirada llena de determinación. Gabriel y Miya se miraron el uno al otro.

—Es mi última batalla, Engel —juró Ren sabiendo que podía causar incomodidad—. Quiero luchar.

—¿Estás seguro? —Gabriel no sabía por qué confiaba en Ren en verdad. Estaba a punto de entregar su alma a Loki, se veía en sus ojos que se tornaban blancos y claros a cada momento y, con todo y con eso, había algo en el samurái que le impelía a fiarse de su palabra.

—Sí. Si tengo que morir, lo haré siendo yo mismo. Loki me arrebató demasiado, pero no quiero que me arrebate mis recuerdos. Quiero seguir recordando a Sharon como mi *cáraid*, y si me voy de aquí, será ella quien me guíe al otro lado. Al menos, sabré que es ella. —El vanirio se frotó la nuca en un claro y transparente gesto de cansancio. Había luchado demasiado—. No quiero morir como vampiro y olvidarme de todas las emociones y los recuerdos. Partiré como un guerrero vanirio mientras me reste conciencia.

A Aiko se le llenaron los ojos de lágrimas, mientras escuchaba a su hermano hablar con tanto orgullo y honestidad.

—¿Palabra de samurái? —Preguntó Gabriel.

—Palabra de samurái.

Los dos guerreros se midieron y, al final, decidieron que creerían el uno en el otro, como Miya no dudaba en creer en Ren.

—El satélite indica que la energía electromagnética de Mjölnir se desplaza sobre la costa de Florida —detalló Bryn—. Hace media hora que se ha formado una descomunal tormenta eléctrica en el mar.

—Es posible que la caja que protege a Mjölnir haya reventado —anunció Aiko—. Azuzamos mucho a los tráileres, y dieron severos bandazos mientras los perseguíamos.

—¿Habéis informado sobre el contenedor que viaja en dirección a Escocia?

—Sí. Isamu y Jamie se han encargado de ello y han alertado a los clanes de la Black Country para que controlen el espacio aéreo de la zona. Nos ayudarán a interceptarlos —prometió Bryn.

—Yo llegaré antes —prometió Miya con los ojos grises enrojecidos y con los vasos sanguíneos muy rojos. El samurái tenía aspecto de desquiciado.

—¿Cómo piensas llegar antes? —Gabriel achicó los ojos, intentando mirar a través de él—. ¿Conoces algún modo?

—Simplemente llegaré antes —anunció con convicción—. Pero eso ahora no importa. Importa el martillo y que no impacte en Florida.

—¿Eres capaz de ayudarnos, Gúnnr? —Preguntó Bryn con curiosidad.

—Voy a intentarlo. No sé si soy o no la hija de Thor, pero es nuestra única posibilidad. Puede que necesite tu ayuda, Bryn.

La Generala caminó hacia Gúnnr y entrelazó los dedos con ella.

—Cuenta conmigo, *nonne.*

Se trataba de crear dos campos de fuerza que chocaran entre ellos para crear energía. Bryn y Gúnnr estaban la una enfrente de la otra. Permanecían con los ojos cerrados, concentradas en sus cometidos.

Los guerreros se colocaron a su alrededor y esperaron ansiosos a que los poderes de las dos valkyrias se manifestaran de algún modo.

—Ahora, Bryn, atácame —le dijo Gúnnr.

La Generala alzó las dos palmas de sus manos y las dirigió hacia ella, lanzando poderosos rayos que impactaron en el cuerpo de Gúnnr.

Gabriel miraba la escena aterrado. Su pequeña valkyria iba a intentarlo y, sabiendo cómo era de tenaz y lo cabezona que era hasta que conseguía aquello que quería, no dudaba en que podía lograr todo lo que se propusiera. Pero eso lo atemorizaba. Si Gúnnr era capaz de invocar una tormenta eléctrica y viajar a través de ella, el riesgo iba a ser demasiado grande. Mjölnir tenía un poder descomunal y Gabriel tenía miedo de lo que pudiera pasar. Sabía que tenían que recuperar el martillo pero no quería que ella saliese herida. Sin embargo, ahí estaba su valiente guerrera, invocando nada más y nada menos que una tormenta eléctrica, como si fuera una diosa, o mejor, como si fuera la hija del dios del trueno.

Gúnnr no repelió el ataque de Bryn.

—¡Dale, Generala! —La animó. Cerró los ojos y abrió los brazos hacia el cielo. Su cuerpo se llenó de electricidad y fue rodeado por miles de hebras y lenguas de luz que fustigaban su piel. Los talones de Gúnnr se deslizaban por el césped, dibujando profundos surcos rectos en la tierra.

Miró fijamente a su hermana —¡Más fuerte, Bryn! —Gritó—. ¡No te... No te detengas!

Gabriel y Miya miraban la escena con fascinación. Aquellas mujeres eran demasiado poderosas para su propio bien.

Bryn azotó a Gúnnr con nuevas descargas.

La joven absorbió la energía de la Generala como suya y, entonces, activó su propia energía eléctrica. La energía interna de Gúnnr colisionó con la que había recibido de Bryn. Sintió que su sangre circulaba a más velocidad, y notó como su corazón palpitaba a un ritmo frenético.

—Gúnnr... —Susurró Gabriel queriendo acercarse a ella.

—¡No! —Exclamó Gúnnr clavándolo en el lugar.

No, él no podía acercarse. No la podía detener. Sentía su propia energía y no tenía miedo de ella. Jamás se había sentido tan poderosa, nunca antes había concebido tanto poder en su interior. Se creía capaz de todo, y quería disfrutar de la sensación.

¿Era la hija de Thor? ¿Lo era? Eso lo demostraría.

Gúnnr abrió los ojos, que alternaban del color rojo a un gris azulado metálico, como el de las tormentas y los rayos. Apretó los puños y echó el cuello hacia atrás, y un remolino de aire empezó a crearse a su alrededor.

En el cielo se creó al principio un espesa niebla. La niebla se hizo más pesada y consistente y dibujó nubes, cumulonimbus alargados que se elevaban en forma de espiral sobre sus cabezas. El aire a su alrededor soplaba en ráfagas demasiado fuertes, cálidas y húmedas.

Gabriel se recogió el pelo en una cola alta, preparándose para lo que estaba por llegar y asintió mientras miraba a Gúnnr.

—¡Venga, florecilla! ¡Ya lo tienes! —La vitoreó—. ¡Tú puedes! —la voz se la llevaba el viento.

Bryn seguía lanzando rayos sobre Gúnnr y ésta luchaba por no desplazarse del suelo y afianzaba los talones con fuerza.

Algo, algo silencioso la estaba llenando. Como la calma que precede a la tormenta.

El cielo se iluminó y emitió un estallido. Un bramido de enfado por no ser él quien decidiera el clima que debía hacer.

Gúnnr apretó los dientes y enseñó sus colmillos. Miró a Gabriel y sonrió.

—Detente —bramó Gunny.

Bryn se detuvo al instante. La Generala miraba a su hermana como si nunca antes la hubiera visto. Una inmensa bola de luz la rodeaba, y su cuerpo brillaba como el sol.

Gabriel tragó saliva con fuerza.

Miya observaba a la valkyria con solemnidad.

Aiko se pasaba la mano por la cara, como si tuviera que tocarse para ver que aquello era real.

Y Ren miraba a Gúnnr como si fuera un amanecer.

Gúnnr había desplegado sus alas rojas y parecía un ángel del infierno, las batía y se elevaba hacia el cielo que, ahora sí, se había tornado oscuro. Los relámpagos caían sobre Batavia, y resonaban por todos lados.

—*Er du veldig glad og vet det, Ja sa klapp…* —Recitó Gúnnr mirando a Gabriel, recordando la canción de cuna que cantaba Freyja a las valkyrias recién nacidas. Freyja había cantado para Gúnnr siendo un bebé, y aunque Gúnnr agitó sus manitas, de sus manos nunca salió ningún rayo furioso, ni tampoco se le tornaron los ojos rojos. Sin embargo, ahora era su momento, y ella cantaba su propia canción.

El Engel estaba conmocionado. ¿Quién era aquella criatura tan fascinante? Tan hermosa que inspiraba respeto y reverencia. Y aquellas alas… Era fantástica. Se emocionó y su corazón se hinchó de orgullo, porque esa valkyria era de él y de nadie más. Era un jodido afortunado.

—Bate las manos, nena —susurró Gabriel sin perder detalle de aquella demostración de poder. Al verla en todo su esplendor le venía a la cabeza la canción de *Fucking perfect* de Pink. Perfecta—. ¡Bátelas, Gunny!

—¡Bate las manos, *nonne!* —exclamó Bryn alzando el puño con los ojos llenos de lágrimas—. ¡Bate las manos!

La valkyria sonrió agradecida por el apoyo. Abrió las palmas de las manos y las dirigió al centro del remolino que se creaba a veinte kilómetros por encima de sus cabezas.

Gritó con todas sus fuerzas y un rayo que salía de su alma y de su corazón se dirigió al centro del remolino. La tormenta eléctrica tomó vida, y con ella, la valkyria percibió la antimateria que también se formaba por encima de las espesas nubes que traían agua, granizo y truenos.

Estaba ahí. El vínculo con Mjölnir la llamaba, la atraía como se atraían dos polos opuestos.

Gúnnr alargó la mano y la ofreció a Gabriel.

—Engel, tenemos que irnos —incluso su voz parecía diferente. Era la voz de una sirena que arrastraba a los marineros contra las rocas.

Gabriel miró al resto de su equipo y les dijo:

—Chicos, puede ser nuestro último viaje. Vamos a agarrarnos bien que vienen curvas.

Gabriel tomó la mano de Gúnnr, pensó en ella y desplegó sus alas azules. Se unió a su valkyria y la abrazó por la cintura.

—Pero, ¿qué coño les pasa? —Dijo Miya hipnotizado por las alas—. ¿Son pájaros o qué?

Bryn se encogió de hombros, aunque estaba igual de maravillada que él.

—Son pareja. Agarraos a mí —ordenó Bryn.

—Podemos volar —musitó Ren de malhumor.

—Claro —contestó Bryn con una sonrisa—. Pero necesitáis un pararrayos.

Ren, Aiko y Miya decidieron que la valkyria rubia tenía razón. Pusieron las manos sobre sus hombros.

—*¡Asynjur!* —Gritó Bryn alzando una mano.

Una lengua de luz rodeó su antebrazo y Bryn salió disparada hacia el cielo con los tres vanirios que la seguían volando en permanente contacto.

Gúnnr clavó sus ojos rojos en Gabriel.

—Vamos directos a él, al martillo. Tendréis que alejaros —pidió una inquieta Gúnnr.

—No me voy a despegar de ti.

—Pero, Gabriel…

—Tú llévanos de viaje, valkyria —juntó su frente a la de ella y la besó en los labios—. Que empiecen los fuegos artificiales.

Gúnnr se quedó mirando a Gabriel durante largos segundos.

—Como desees, Gab —contestó agradecida.

Gúnnr y Gabriel emprendieron el vuelo con las caras alzadas hacia el centro del remolino, hacia el centro del corazón de la tormenta eléctrica que había creado. A sus pies, Chicago empezaba a verse pequeña. Las luces de la ciudad titilaban como luciérnagas, y el sonido ambiente era un tímido runrún relajante. Los truenos y los relámpagos les azoraban como guiándoles hacia la antimateria, espoleándoles para que los seis guerreros se apresuraran y se dejaran llevar por la fuerza de la naturaleza.

Traspasaron la barrera de nubes y dejaron atrás el vórtice de la tormenta. Ante ellos se hallaba la neblina amorfa y dorada.

—¿Qué es eso? —Ren miraba la nube de oro como si fuera el paraíso.

Gúnnr batió las alas con fuerza.

—Bryn, ¡tenéis que estar en contacto conmigo!

La Generala asintió y, utilizando los rayos como si se trataran de lianas selváticas, se colocó al lado de su amiga y entrelazó los dedos con ella. Los guerreros crearon una cadena humana.

Gúnnr los miró por última vez, y cuando memorizó sus caras, sonrió y voló de cabeza hacia la antimateria, arrastrándolos con ella hacia un destino que nadie conocía.

El mar estaba bravo. La tormenta eléctrica que asolaba California había puesto a todo el estado en alerta máxima. El helicóptero militar descendía sobre la planta nuclear de Diablo Canyon, agitado por tornados imprevisibles que desplazaban el contenedor de un lado al otro.

Un grupo masivo de devoradores, vestidos con túnicas negras y acompañados de pálidos vampiros, esperaban que el contenedor tomara contacto con tierra firme. El helicóptero se movió de un lado al otro, resistiendo las agresivas y adversas condiciones climatológicas y, finalmente, dejó el contenedor en el suelo, para irse por donde había venido.

Los devoradores corrieron a por el contenedor y abrieron sus compuertas. La caja de contención de Mjölnir estaba rota, y el martillo liberaba toda su energía, desplegando un espectáculo de emisiones eléctricas de todos los colores.

La central nuclear de Diablo Canyon constaba de dos reactores gemelos de agua a presión de cuatro circuitos de mil cien megavatios cada uno. La cúpula del reactor se alzaba a cuarenta metros de altura y los jotuns de Loki sabían muy bien lo que tenían que hacer para crear el caos. Entre cuatro vampiros tomaron a Mjölnir y volaron con él en las manos el tiempo suficiente como para dejarlo sobre la cúpula del primer reactor. Sus cuerpos se desintegraron un instante después de dejar el mango del martillo sobre la superficie y Mjölnir quedó a la vista de todo aquel que sobrevolara Avila Beach.

Del martillo emanó un rayo amarillo que impactó en la tormenta eléctrica.

Un par de encapuchados que esperaban sobre el reactor se detuvieron frente al martillo. Uno era de complexión muy delgada, y el otro era más alto y fornido.

El alto se destapó y mostró su cara. Movió los dedos de la mano enfundados en un guante metálico, sonrió a su compañero y le dijo:

—Acabemos con todos ellos y abramos el portal, Lucius.

—Estoy ansioso, Hummus —aseguró enseñando sus colmillos afilados y sedientos de sangre humana.

Una esfera dorada se creó en el cielo, justo a la misma altura que el acantilado en el que se encontraba la planta nuclear. De esa esfera, llena de vida y luz, salieron despedidos seis guerreros que impactaron contra el suelo cementado del recinto.

Gabriel se levantó y ayudó a Gúnnr a incorporarse. La valkyria meneó la cabeza para desaturdirse y echó un vistazo a su alrededor.

—Estamos en la planta nuclear —dijo mirando hacia uno de los reactores. Cuatro vampiros sobrevolaban la plataforma con Mjölnir en las manos mientras éste les deshacía la piel muerta—. Mjölnir… ¡Allí! —exclamó señalando a los nosferatus vestidos de negro.

Bryn corrió hacia ellos y les dijo:

—¡Ocupaos del martillo! —Activó sus *bue* y preparó el arco con sus flechas—. Nosotros nos encargamos de estos —y señaló con la barbilla al grupo de vampiros y devoradores que se dirigían corriendo hacia ellos.

Miya, Aiko, y Ren se lanzaron hacia ellos, con Bryn a la cabeza.

Gabriel y Gúnnr batieron sus alas y se dirigieron volando a gran velocidad hacia el reactor. Los vampiros acababan de dejar el martillo sobre la plataforma del primer reactor. Vieron como dos encapuchados iban a por él y se descubrían la cara.

—¡Es Hummus! —Exclamó Gabriel adquiriendo mayor velocidad—. ¡No lo puede coger!

La *bue* de Gúnnr materializó el arco, y la joven apuntó a la mano metálica que asomaba entre la manga ancha de la túnica negra del lobezno. Se concentró.

«Respira. Apunta bien. Ahora.»

La flecha cortó el aire cargado de electricidad y golpeó la mano metálica que estaba a punto de cerrarse sobre el mango plateado y lleno de runas de Mjölnir.

Hummus apartó la mano y se agarró la muñeca con un gesto de dolor. Alzó la cabeza, sólo para ver que un rayo azul se dirigía hacia él y le golpeaba en el pecho, lanzándolo por los aires.

Por su parte, Gabriel impactó contra Lucius y rodaron los dos sobre la superficie del reactor.

Abajo, los gritos de los vampiros y los devoradores chocaban contra el sonido de los gritos de la valkyria y los vanirios.

Gúnnr, que iba con las rodillas por delante, golpeó en la cara a Hummus mientras este caía después de haber sido alcanzado por una de sus descargas.

Chocaron contra el suelo.

Mjölnir seguía despidiendo el magnífico rayo amarillo que parecía estar agujereando el mismísimo techo estelar y abriendo con su fuerza una puerta directa a las estrellas.

—¡Maldita valkyria! —Gruñó Hummus mientras golpeaba a Gúnnr con el codo en la barbilla.

La joven cayó hacia atrás, y se mordió la lengua. Escupió sangre y gritó cuando sintió algo afilado insertarse en su muslo.

—¡Gúnnr! —Exclamó Gabriel al escuchar su grito. Golpeó a Lucius con el puño americano y le abrió el pómulo—. ¡Apártate de ella! —Cogió al vampiro y, amarrándolo de la túnica, le colocó el pie en el pecho e hizo palanca hacia atrás, para sacárselo de encima y hacerlo volar por los aires.

Lucius rectificó en el aire, y placó a Gabriel por la espalda.

—¡Hummus, coge el martillo y golpéalo! —dijo Lucius mientras desgarraba el cuello y la espalda de Gabriel con sus uñas afiladas y sus dientes.

El einherjar rugió, se giró rápidamente y cortó el pecho del vampiro con su espada.

Lucius cayó de culo al suelo y se miró la sangre del torso con sorpresa.

—Eres rápido, einherjar —murmuró.

Seis vampiros llegaron al reactor y rodearon a Gabriel.

Mientras tanto, Hummus inmovilizaba y retorcía el puñal del muslo de Gúnnr, mientras disfrutaba al sentir que los tendones y alguna que otra vena del interior de la pierna de la valkyria eran cortadas en el movimiento. Luego sacó el puñal ensangrentado y lo dirigió a su pecho.

Ren y Bryn acudieron al rescate de Gabriel y Gúnnr.

El samurái chorreaba de sangre, de los pies a la cabeza, y movía sus espadas en círculos delante de él.

Bryn lanzó dos flechas a la espalda de Hummus, y éste se giró y se arrancó las flechas de la columna. Gúnnr aprovechó para coger aire y, aunque estaba muerta de dolor, golpearle en la cara con el arco. Un chorro de sangre salió de la ceja de Hummus.

Gúnnr vio su oportunidad y aprovechó entonces para lanzar un rayo a Mjölnir. Tenía que alejar el martillo de ahí. Los músculos del brazo le quemaron y lanzó el martillo hacia arriba, al cielo. Lo elevó tanto como el rayo le permitía.

Un portal empezó a abrirse en el cielo, un agujero de gusano impresionante que emitía luces y sonidos de otros mundos.

—¡Joder, no, no! ¡Que no lo toque ella! —Exclamó Hummus llamando la atención a los vampiros.

—¡Está abriendo el Valhall! —Señaló Lucius aterrorizado.

Hummus rugió y se transformó en un terrible lobezno, el más grande que Gúnnr y Gabriel habían visto nunca. La valkyria hizo todo lo posible por mantener al martillo ahí, levitando a miles de metros de distancia, fuera del alcance de los jotuns.

—¡¿Así que la niñita está llamando a su papi?! —El puñal de Hummus le laceró el bíceps del brazo y sus dientes afilados le mordieron el antebrazo.

La valkyria aulló y dejó de controlar el rayo. El martillo empezó a caer a la tierra de nuevo, ya que Gunny no lo podía sostener. El brazo le había quedado inservible. Intentó probarlo con el otro, pero antes de que su rayo impactara en el martillo, Hummus pisó su estómago con fuerza y la dejó sin respiración.

La joven se dobló sobre sí misma y escupió sangre.

—¡Vámonos, Hummus! —dijo Lucius—. ¡Thor y Odín están al llegar! ¡La energía de la valkyria ha entrado en contacto con el tótem de su padre y ha abierto un portal! ¡Le ha llamado! ¡Vámonos, nuestra puerta sigue abierta!

Gabriel pateó a Lucius en el estómago, se lanzó sobre Hummus, y le atravesó con su espada, sacándolo de encima de Gúnnr.

—¡Suéltala! —Gritó.

Bryn ya había matado a uno de los vampiros que habían ido a por ella, pero todavía tenía a los otros dos encima. Miró impotente cómo el martillo, aunque estaba abriendo una puerta dimensional en el cielo, volvía a caer a la tierra. No podía golpear el reactor ni nada de esa zona. Sería el fin.

Cinco vampiros se lanzaron sobre el Engel para evitar que siguiera maltratando a su líder, y Hummus pudo salir de debajo de él malherido y renqueante. El lobezno miró hacia abajo. Los dos vanirios samuráis habían acabado con todos los devoradores, y en el reactor ya no tenían al martillo ni tampoco estaban en buenas condiciones como para plantar cara a esos guerreros.

Sopesó la situación.

Gabriel giró sobre sí mismo varias veces seguidas y cortó las cabezas de los vampiros. Arrancó los corazones de cada uno y los tiró al suelo. Estaba ido, habían hecho daño a Gúnnr y eso no lo podía permitir.

Ren había acabado con los nosferatus que habían ido a por él, aunque estaba muy malherido, pero había acabado con ellos.

Miya y Aiko se encaramaron de un salto volador al reactor.

Hummus sonrió. El martillo seguía cayendo; el portal había dejado de crecer pero seguía ahí. Los dioses no tardarían en aparecer pero, aunque ellos vinieran, Mjölnir golpearía igual. La planta nuclear estallaría y los terremotos se sucederían uno detrás de otro. El vórtice marítimo de Florida se abriría… Y Estados Unidos se convertiría en un nuevo Chernóbil. No estaban tan mal. Harían daño igualmente. El semidios lo decidió.

—Vámonos. Cúbrete —le dijo a Lucius. Alzó el brazo y encendió un pequeño aparato que lanzó una luz tan fuerte que todos tuvieron que cubrirse los ojos.

Lucius y Hummus decidieron abandonar la planta nuclear pues, estaban en inferioridad de condiciones. Salieron corriendo y saltaron al vacío, para desaparecer por otro portal.

Gabriel corrió tras ellos a ciegas, hasta que oyó el grito de Bryn que decía:

—¡Está cayendo! ¡Mjölnir está cayendo! ¡Cae sobre el reactor! —La valkyria se estaba sacando al último vampiro de encima.

Gabriel miró a Gúnnr, que estaba tan malherida que la pobrecita apenas se podía mover. No se lo pensó dos veces. Si alguien debía coger el martillo sería él y no ella. Porque no quería perderla, no quería arriesgarse a que a Gúnnr, su florecilla, le sucediera nada malo. Ni hablar. Él la quería. La amaba. Y por amor se sacrificaba todo lo demás, incluso la propia vida. Batió sus alas y se dirigió a por el martillo.

Ren miró el gesto de Gabriel, y luego clavó sus ojos blanquecinos en Miya y a Aiko. Su hermana negó con la cabeza y Miya apretó la mandíbula y frunció el ceño.

—Incluso aquellos que empiezan a perder sus almas, tienen la oportunidad de ser héroes —susurró Ren a sus amigos—. Hermanos, ha sido un placer luchar a vuestro lado. Nos veremos pronto. —Juntó sus manos e inclinó el tronco hacia delante, en un típico saludo samurái lleno de respeto y cordialidad.

—¡Aún estás a tiempo, Ren! —gritó Miya con los ojos grises húmedos—. ¡Puedes salvarte! Las pastillas…

—Hermano mío, no puedes salvar a aquel que no quiere ser salvado. —Se impulsó en los talones y alzó el vuelo, en busca de la única salvación que él buscaba a través de la inmolación.

—¡No, Ren! —Lamentó el samurái.

Aiko cayó de rodillas al suelo, se tapó el rostro y arrancó a llorar.

Gúnnr se incorporó sobre los codos. Tenía la pierna y el brazo abiertos y completamente machacados. No los podía mover, pero cuando alzó la vista y vio las alas azules de Gabriel que se batían con fuerza para alcanzar el martillo y evitar el impacto, cogió fuerzas de donde no las tenía y se incorporó. Agitó sus alas rojas y se fue a por su guerrero.

Gabriel, que estaba malherido, con su espalda abierta en canal por todos lados, sintió que sus alas renqueaban. Por el rabillo del ojo vio una bala negra con la cabeza rubia y morena que pasaba por su lado.

Era Ren.

—¡Yo llego antes! —Le gritó el samurái—. Aguantaré el martillo todo lo que pueda. —Le hizo un saludo militar con los dos dedos de la mano y le sonrió, dejando ver la poca humanidad que quedaba en su interior—. Ha sido un honor, Engel.

—El honor ha sido mío, *kompiss* —aseguró Gabriel con humildad asintiendo con la cabeza.

Ren pasó por delante y desapareció entre las nubes.

Gabriel intentó volar más rápido. A lo mejor podría ayudarle. Perder a un guerrero con tanto honor nunca era bueno. Ya había perdido a muchos. Cuatro en pocos días, y los de mayor confianza.

Atravesó el banco de nubes y observó que Ren retenía a Mjölnir y volaba con él hacia arriba. El cuerpo del vanirio empezó a carbonizarse, su cara reflejó la paz más absoluta y, al final, estalló como una pequeña supernova.

Gabriel apretó la mandíbula. Ren se sacrificaba por ellos.

Era su turno. Se lanzó a por el martillo con todas sus fuerzas. El portal del cielo seguía abierto, pero de ahí no salía nadie. Ningún dios. Ninguna valkyria. Ningún guerrero que les ayudara. Tenía que llegar hasta el portal y, en el mejor de los casos, sería absorbido por él y se llevaría al martillo consigo.

Gabriel alzó los brazos y amarró el mango de Mjölnir. El golpe fue tan doloroso que apenas pudo soportarlo. Sintió que la sangre se le espesaba, que el cuerpo no le respondía. El mango le quemaba las manos y la electricidad le recorría los huesos y lo dejaba tiritando.

Y entonces, unas manos más suaves y femeninas cubrieron las de él. Un cuerpo cálido se pegó a su espalda, y la nube más cálida de todas le abrazó. A Gabriel se le llenaron los ojos de lágrimas. Gúnnr no debía estar ahí. Ella debía vivir.

—Suéltalo, Gabriel —le pidió con la mejilla apoyada en su espalda—. Suéltalo.

Gabriel no podía hablar. Le dolían los dientes, y tenía un regusto amargo y metálico en la boca. Él negó con la cabeza. No quería mirarla a la cara o se desmoronaría.

—Suéltalo, guerrero —besó su espalda magullada y sus alas quebradas. Le temblaba la voz y no lo ocultaba—. Mjölnir es mío, no tuyo.

—Y tú eres mía, Gúnnr. No voy a... —Un rayo le chamuscó por dentro y un grito ahogado emergió de su garganta.

—¡Gabriel! —Gúnnr se colocó delante del einherjar y lo tomó de las mejillas—. Suéltalo —las lágrimas le resbalaban por la barbilla—. ¡Por favor, dámelo!

—¡No! —Sus ojos se cerraban—. Si lo hago, no te veré más. Yo... yo quiero verte siempre. ¿No lo entiendes?

Gúnnr lo abrazó con fuerza y hundió su cara en su garganta.

Llovía y los truenos iluminaban el cielo.

—Siempre podrás verme. —Musitó contra su piel quemada.

A Gabriel le tembló la barbilla y negó con la cabeza. ¿Cómo iba a verla? Mjölnir la iba a consumir, la convertiría en energía como al puto Powder. No, él no creía en que la gente se convertiera en energía; no se conformaba con esa verdad. No puedes abrazar a la energía, ni besarla, ni enfadarte con ella ni decirle lo mucho que la quieres.

—Tú eres el Engel. Debes quedarte —anunció con serenidad. Le besó en los labios y sonrió abiertamente—. Gracias por todo, *Engel mi* —susurró sobre sus labios de nuevo.

—¿Por... por qué? He fracasado, vamos a morir todos. Nadie puede tocar este maldito martillo sin que te consuma. Ni siquiera tú —murmuró limpiándole la sangre que empezaba a gotear por su nariz.

—No importa —acarició el rostro amado—. No hay fracaso a tu lado, amor. —Gritó al sentir cómo los músculos le ardían y se deshacían ante la energía brutal del martillo—. Gracias por despertar mi don...

Gracias por quererme y por elegirme —memorizó su rostro.

—Gúnnr…

—Perdóname.

—¿Por qué? —Gabriel estaba a punto de quedarse sin conocimiento.

—Por quererte lo suficiente como para desear que vivas por los dos.

Gúnnr agitó la *bue* y amarró una de sus flechas eléctricas. Se la clavó en el estómago a Gabriel. Éste abrió los ojos y fijó la mirada azul y desolada en la cara de la valkyria. Dos inmensas lágrimas se deslizaron por las pestañas del guerrero y sus manos resbalaron del mango metálico del martillo y lo liberaron.

Gabriel caía al mar, sin fuerzas suficientes como para batir sus alas azules; sin la energía necesaria como para gritar a Gúnnr por lo que acababa de hacer; sin el oxígeno suficiente como para decirle con palabras que la amaba y la amaría siempre. No podía hacer nada de eso, sólo llorar y dejar que sus lágrimas se mezclaran con las gotas de la lluvia.

Gúnnr se echó a llorar mientras veía a Gabriel desapareciendo entre las nubes. Nunca la perdonaría. Acababa de echar por tierra su libre elección de cómo morir. Le había traicionado, y un líder como Gabriel no toleraba esas cosas.

El primer latigazo la dejó sin aire.

La segunda lengua eléctrica detuvo su corazón.

El tercer trueno que la alcanzó la hizo estallar como una bola de energía en el aire.

Ella y el martillo se desintegraron y el portal los absorbió.

Gúnnr se había ido.

XXVI

Reino del Asgard, Púdheirmr (Hogar de la Fuerza)
Palacio de Bilskirnir

Ella no quería morir. Gúnnr sólo quería regresar con Gabriel, cuidarlo hasta que se recuperara de sus heridas y vivir a su lado, rodeados de guerra, muerte y destrucción, pero también de guerreros fieles, amistad y felicidad, como habían constatado.

El Midgard era un reino en el que había tensión y conflictos constantes en todas partes del globo, y los humanos habían aprendido a convivir con ello, o bien a base de indiferencia o bien a base de luchar contra ese mundo tan contradictorio.

Ella decidiría luchar no contra el mundo, sino luchar al lado de los que respetaba y amaba, luchar por defenderlos. Bryn, Róta, Gabriel, Isamu, Chispa, Jamie, Aiko, Miya, Ankti, Chosobi... Ellos merecían la pena. Como habían merecido la pena aquellos que ya habían caído.

¿En la muerte permanecía la memoria? ¿Se acordaría de todos ellos? ¿Se acordaría de él, su Engel? ¿Gúnnr había desaparecido? ¿Seguía siendo ella o sólo energía?

Mjölnir, el maldito martillo volador, la había consumido. Y Gúnnr se había dejado consumir con gusto, porque merecía la pena la vida de Gabriel: merecía cada lágrima y cada quemadura. Él tenía que vivir. Ella era una valkyria más, pero el único que podría mantener a los guerreros unidos en el Midgard no era otro que su ángel de pelo rubio y rizado. No ella.

Se había ido con mucho amor, pero le había quedado un regusto amargo en la boca. Porque había sido una cobarde: no le había dicho que lo amaba. No había dicho a su einherjar que lo amaba con todo su corazón, con cada fibra de su cuerpo y con toda su alma. Las palabras a veces aterraban, sobre todo esas.

Un dolor terrible se instaló en su pierna. Parecía que la estaba pisando un aquelarre de caballos salvajes. ¡Dioses, cuánto dolía!

«Pero, si me duele la pierna... es que tengo cuerpo, ¿no? Las almas no tienen cuerpo, no sienten dolor. Y yo tengo la sensación de que me están arrancando la piel a trizas».

Alzó sus, todavía, manos físicas sobre su rostro y se tocó las mejillas y los labios. Dejó caer el brazo derecho porque, si le dolía la pierna, entonces lo que sentía en el brazo era como una Pasión de Cristo a lo *gore.*

Abrió los ojos y clavó su mirada azul oscuro en un cielo multicolor, de colores pasteles, estrellas brillantes, y varias lunas. Un grupo de aves luminosas cruzaron la bóveda celestial, dejando un estela luminiscente tras ellas.

La valkyria reconoció ese cielo.

«¿Estoy en el Asgard?».

Se incorporó sobre un codo, y gimió al mover sus maltrechas y sangrantes extremidades.

—¿Estás despierta, niñita? —Dijo una voz femenina a su espalda.

«¿Cómo? No puede ser».

Gúnnr hizo esfuerzos por girar la cabeza y mirar a Freyja por encima del hombro. La diosa, vestida con una tela negra y dorada y el pelo recogido en una cola alta, iba acompañada de Thor, el dios del trueno, el clima y las batallas. Thor, el más temido del Jotunheim. Thor, tan rubio, grande y barbudo que no se parecía en nada a Gúnnr. Thor, que tenía hijos reconocidos con Sif, y otros no tan reconocidos con la giganta Járnsaxa, y sin embargo, no reconocía a ninguna hija que hubiera tenido con una humana, como por ejemplo ella. Thor llevaba los guantes especiales para sostener a Mjölnir, y estaba mirándola con admiración. A Gúnnr le entraron ganas de vomitar.

—¿Qué hago aquí? —Preguntó en tono cortante—. Creí que Mjölnir acabaría conmigo.

Freyja se quedó mirando al dios, esperando que él le contestara.

—Lo habría hecho —aseguró el dios del trueno—. Los enanos Sindri y Brokk sólo lo crearon para mí, expresamente para mí. No puedes tocar el martillo prolongadamente sin perder la vida por ello. Necesitas estos —levantó los antebrazos y le mostró los guantes de hierro, con mensajes rúnicos grabados en ellos en los que ponía: «Reina sobre el relámpago y el trueno es su voz»—. Mjölnir es una arma a medida.

Gúnnr puso los ojos en blanco y se dejó caer de espaldas sobre el suelo templado del palacio Bilskirnir, el más grande del Asgard, en el que residían Thor y su familia. Una familia que no tenía y que no era de ella.

—Me muero de dolor... —Gruñó entre dientes—. ¿Esto quiere decir que sigo viva?

Freyja se apresuró a levantar la cabeza de Gúnnr y colocarla sobre su regazo.

—Sigues viva —afirmó la impresionante diosa—. Deja que te alivie —pasó una elegante y pálida mano sobre las heridas del brazo de la valkyria—. Voy a matar al chucho sarnoso en el *Ragnarök;* lo pienso matar por haberte hecho esto —murmuró con disgusto.

Hummus le había desgarrado el brazo y la pierna y le había apuñalado con rabia. Ese lobezno tenía mucho poder.

—Hummus entró en el Asgard. Fue él quien robó los tótems. ¿Cómo puede haber hecho eso? ¿Es un *seirdrman*[40]? Controla la magia, puede mutar, y tenía un puñal *guddine*[41]... ¿Quién es?

Freyja y Thor se miraron con preocupación. ¿Qué se dirían?, pensó Gúnnr.

—Hummus no importa ahora —la Diosa le peinó el pelo con los dedos y sonrió con sus ojos plateados con motitas amarillas—. Mira cómo estás, valkyria. Te has convertido en toda una mujer —reconoció con orgullo.

Gúnnr no estaba para halagos ni para reconocimientos.

—¿Por qué sigo viva? —Preguntó apretando los dientes. ¿Qué mierda hacía en el Asgard?

—Eres mi hija —dijo la voz de Thor acuclillándose a su lado—. Por tu cuerpo corre la misma sangre que la mía...

—Por desgracia.

Freyja sonrió ante la insolente y mordaz contestación y Thor la ignoró.

—Mjölnir abre puertas —explicó Thor—. Es un arma destructiva, pero también es una llave. Hummus la quería utilizar para abrir las puer-

40. *Seirdrman:* Así se le llama al brujo que trabaja con la magia oscura seirdr.
41. Puñal *Guddine:* Puñal de los dioses.

tas del Jotunheim y de todos los reinos oscuros, porque esa es su naturaleza. Tú tocaste el martillo y abriste la puerta del Asgard porque eres hija de un dios y ahí es donde debías regresar, y donde debía retornar el martillo. Es tu naturaleza. Y yo —se encogió de hombros— no iba a dejarte morir.

—¿Por qué no? Me has matado durante todo este tiempo, Thor —recriminó herida—. Me has negado.

El dios, tan grande y corpulento como era, actuó como si no le importara el dolor reflejado en la voz de su hija.

—Te he omitido.

Gúnnr apretó los puños y su cuerpo se cargó de electricidad. Freyja intentó calmarla y la ayudó a levantarse. Discutir en una posición tan poco ventajosa no era elegante, y su valkyria era suya: era más hija de ella que de Thor, así que no iba a permitir que se sintiera humillada o vapuleada por el dios arrogante por antonomasia.

—¿Por qué? ¿Por qué me omitiste? Odín no te omitió. No has omitido a Prúdr, que es una valkyria como yo. A ella sí que la has reconocido. —No alzaba la voz. No gritaba. Pero cada palabra certera se oía alto y claro—. Ni omites a Magni ni a Modi, que también son hijos tuyos. Pero en cambio, me omites a mí, porque soy hija de una humana. ¿He de suponer que no valgo lo mismo? —Los ojos azabaches de Gúnnr se tornaron rojos.

Thor resopló cansado y miró a Freyja.

—Échame un cable.

—Ni lo sueñes —contestó Freyja—. Mi valkyria se merece una explicación.

El dios tomó el corto mango de Mjölnir y Gúnnr giró la cara con asco.

—Aparta eso de mí. Es muy dañino.

Thor lo lanzó contra un árbol y el martillo quedó clavado en su corteza.

—Tuve una aventura con tu madre —explicó Thor—. Se llamaba Glenn y era una mujer increíble, hermosa, con un carácter dulce y apacible. La conocí en el territorio que los humanos llaman España. Era morena, de sangre caliente, divertida y… Se parecía mucho a ti —recordó con melancolía—. Tu madre se enamoró perdidamente de mí —y lo dijo como si se riera de la mujer, por haber sido tan tonta de enamorarse de un dios nórdico de dos metros de altura y atractivo como el pecado—. Pero ella no podía saber que yo era un dios, así que cesé mi aventura con ella. Desaparecí de su vida.

—La abandonaste. Abandonaste a una mujer embarazada —repitió Gúnnr sin ningún tipo de respeto por Thor.

—Yo no sabía que habíamos concebido un bebé —intentó defenderse —. Pero un día, una mujer de ese territorio fue alcanzada por un rayo. Freyja y yo bajamos al Midgard para recuperar a la mujer, regresarla a la vida y pactar por la vida de su hija. La mujer era Glenn.

Freyja soltó una risita.

—Quería matar a Thor. Cuando lo vio… Quería arrancarle los ojos por abandonarla… Tendrías que haberla visto, Gunny.

Gúnnr levantó una ceja malhumorada.

—Es muy respetable. Viven un romance, la deja embarazada y desaparece, ¿qué esperabas?

—Tu madre —prosiguió Thor con gesto arrepentido—, no accedió al trato. Le dijimos que si le devolvíamos la vida era sólo para que concibiera al bebé. Glenn me puso de vuelta y media… Ella no encajó bien el pacto. Pero nosotros le aseguramos que era irrevocable, que su hija nos pertenecía.

—No soy un objeto, ¿sabes? —Espetó Gúnnr encarándose con Thor—. Continúa.

—Uy, sí —aseguró Freyja mirando a Gúnnr de arriba abajo—. No hay ninguna duda de que es tu hija. Tiene una parte arrogante y autoritaria como tú.

—Freyja, estoy muy enfadada contigo —la valkyria se dirigió a la diosa y la señaló con el dedo—. ¡Tú lo sabías y nunca dijiste nada! ¡Eso no se hace! ¡Me mentiste, como él!

—No lo siento, dulce Gúnnr —se defendió la diosa echándose la cola hacia atrás en un gesto altivo—. Así debía de ser.

La valkyria se masajeó las sienes. «Bienvenida a casa, Gúnnr», pensó.

Thor se acercó a su hija y le puso una mano en el hombro.

—Glenn se vengó de mí, e intentó por activa y por pasiva quitarse la vida. No le importaba matarte, ella no te quería porque no me quería a mí. Por eso naciste sin dones. Las valkyrias son hijas queridas. Sus dones se otorgan cuando han conocido el amor, y no hay amor más puro que el cuidado que tiene una madre por su hija todavía no nata. Incondicional.

—Sí, claro, el amor de Glenn era tan puro que casi me mata —murmuró hastiada de aquella situación. Se apartó de la mano de Thor—. Y el amor de mi padre es archiconocido. Tiene demasiado amor repartido por todos los reinos, ¿verdad? Son demasiados hijos a los que querer.

—No te burles, valkyria.

—No me digas lo que puedo o no puedo hacer. Tú no eres mi padre —A Gúnnr no le hacía falta alzar la voz para hacer callar ni a las personas ni a los dioses—. No tienes ningún derecho a decirme nada. He vivido una eternidad contigo y nunca me hiciste sentir especial, ni me trataste de un modo preferente. Era una más. Y en cambio, todas las valkyrias saben que Prúdr es tu hija. Ella se encarga de gritarlo a los cuatro vientos —murmuró disgustada. Prúdr era una mimada. Buena guerrera, pero una mimada y niña de papá al fin y al cabo. Eso no iba con ella, no iba con Gúnnr—. Pero nada de esto importa ya. Me da igual ser tu hija.

Thor entrecerró los ojos azules y gruñó:

—No lo dices en serio.

Ese hombre no la conocía. Había vivido toda una vida con ella y no sabía cómo era.

—Muy bien, Thor, a ver, ¿qué quieres? —Preguntó impaciente—. ¿Por qué me has traído aquí? Ya tienes a Mjölnir, ya no me necesitas.

—Pensé que te gustaría saber que eras mi hija —replicó él asombrado—. Sé lo mal que lo has pasado. Yo no podía decir quién eras porque nadie lo creería. No tenías dones, ni poderes, ni furia...

A Gúnnr se le llenaron los ojos de lágrimas y se las secó con rabia.

—Claro, era una vergüenza para el gran Thor admitir que la niñita sin poderes era su hija, ¡¿verdad?!

Thor bajó la mirada y se frotó la cara con la mano.

—Lo siento.

—¿No se te ocurrió pensar que a lo mejor necesitaba que alguien me quisiera? ¡¿Que una de las dos personas que me habían concebido se interesara por mí y me diera cariño?! —Apretó los puños. Tenía ganas de golpearle—. Eso podría haber despertado mis dones.

—Pensé que sería mejor para ti que no lo supieras. Así no te sentirías extraña al ser diferente.

Gúnnr abrió la boca y puso cara de asombro.

—¿Y te tengo que dar las gracias por tu delicadeza?

—No quiero las gracias, Gúnnr —aseguró él austero—. Sólo quiero decirte que esta es tu casa. Todos tienen ganas de recibirte. Eres… eres una heroína. ¿Por qué no entras y conoces a tus hermanastros? —Le ofreció con amabilidad.

Gúnnr miró el palacio que tenía en frente. Era espectacular. Brillaba como el sol y, cuando el cielo oscurecía, cambiaba de colores. Estaba rodeado por jardines, todos con ríos que desembocaban en grandes cascadas.

Ella no quería casas.

Ni quería ser recibida como una heroína.

Ni quería a un padre que la había negado toda su vida.

Ella sabía a quien quería y, precisamente, no se encontraba en el Asgard.

—¿Mis hermanastros sabían quién era yo? —Gúnnr clavó la vista en la puerta de entrada de palacio.

Thor torció el rostro y miró hacia otro lado.

—Sí lo sabían —dedujo Gúnnr. Había decidido que no necesitaba saber más. Su conclusión era que no quería tampoco a unos hermanos que se habían reído de ella y que en todo momento conocían su verdad—. Todos lo sabían menos yo.

—Gúnnr —Freyja se colocó tras ella e intentó hablarle con tiento—. Tienes la oportunidad de tener aquello que deseabas: cariño y alguien a quien pertenecer de verdad, ¿no? —La diosa la miraba divertida, como si la instara a que la contradijera, como si Freyja también supiera su verdad pero quisiera oírla de sus labios—. Thor es tu padre y él va a darte todo lo que necesites. Te quedarás aquí, en Bilskirnir, y tendrás todos los privilegios de los que goza la malcriada de Prúdr —susurró con malicia.

—Sabías la verdad, Freyja, y no me la dijiste. Ahora mismo no me agradas.

—Tienes razón. Sabía la verdad. Pero yo cuidé de ti porque me gustabas, me caías bien. Había perdido la esperanza respecto a ti. No reaccionabas —se justificó ella—. Y entonces subió Gabriel, y él se encomendó a ti. Thor y yo nos dispusimos a vigilaros. Pensábamos que tus dones debían despertar inmediatamente, pero Gabriel tenía una tara.

—Gabriel no tiene niguna tara. La tara la tienes tú en tu cabeza —espetó Gúnnr.

Freyja cruzó los brazos por delante de su cintura y se rio con ganas.

—Me gustas, Gunny. Has crecido. Te has hecho mayor. Pero déjame decirte que sí que tenía una tara, un defecto muy importante. Tu querido Engel creía estar enamorado de Daanna —Freyja puso los ojos en blanco—. Sí, es muy hermosa. ¿Qué le vamos a hacer?

—Gúnnr también lo es —la defendió Thor con una sonrisa de orgullo.

Gúnnr levantó una ceja. Se habían vuelto todos locos. Nada podía ser más surrealista, valorando lo presente, que era que ella, era una valkyria, estaban en el Asgard, y Thor era su padre.

—La cuestión es que Gabriel, el Engel, encendió tu furia. —La diosa se mordió el labio y sonrió—. Te puso celosa y furiosa cuando te rechazó. Eso te activó. Por tanto, no hay mal que por bien no venga, ¿verdad?

—Y entonces robaron los tótems… —Continuó Thor.

—¡Sí! —explicó Freyja animada—. Con tus poderes a punto de emerger y la posibilidad de que las valkyrias y los einherjars pudieseis tener relaciones, tú ibas a ser una tapada perfecta en el Midgard. Estar con Gabriel te haría florecer como la valkyria que en realidad eres. Pura furia. Gúnnr, la hija secreta de Thor, descendía a buscar el martillo. Era cuestión de tiempo que lo encontraras. Eras nuestro elemento sorpresa.

—¿Por qué no enviasteis a Prúdr? ¿Teníais miedo de perderla? —Preguntó Gúnnr desafiante. A ella poco le valían todas esas explicaciones. Se sentía mal, aunque debía reconocer que toda aquella aventura le había hecho aprender muchísimo sobre lo que realmente importaba y sobre ella misma.

—No enviamos a Prúdr porque ella no tiene pareja —contestó Thor.

—La tenía. Arreglaste un matrimonio con el enano Alvíss —le acusó Freyja con malicia. Ella siempre se reía de aquella decisión mercantil de Thor.

—No me lo recuerdes —Thor torció el gesto asqueado.

Thor había vendido en matrimonio a Prúdr a cambio de que Alvíss construyera armas para los Aesir. Finalmente, Prúdr no se había casado porque Thor había logrado engañar al enano.

—Sí —Gúnnr no pudo evitar sonreír. Aquella historia era muy popular; de hecho, Róta, Bryn, Nanna y ella se reían de lo que podría haber sido la orgullosa Prúdr con un enano que le llegaba a las caderas—. Dijiste a Alvíss que, antes de casarlo con Prúdr, tenías que probar su inteligencia, porque temías que de lo pequeño que era fuera corto de miras. Así que lo sometiste a una prueba de inteligencia que durase hasta que saliera el sol. Y como los enanos se convierten en piedra cuando les da el sol…

—Es una bonita figura ornamentaria —se disculpó el dios—. Queda bien en mi jardín.

—¡En fin, da igual! —Exclamó Freyja—. Tus dones despertaron con Gabriel. Él despertó tu auténtica furia a través de su pasión y de su amor. Y gracias a eso, nos has traído a Mjölnir. Ahora sólo faltan las otras dos herramientas. Es imprescindible recuperarlas. Tú puedes descansar un tiempo Gúnnr. Pero serás llamada en el *Ragnarök* —le prometió Freyja tomándole la cara entre las manos. Freyja estaba más feliz de sus logros que ella misma.

Un momento. Ella no era un guerrero que se jubilaba y al que agradecían sus logros. En el Midgard la necesitaban. O no; para ser sincera, ella necesitaba a su gente del Midgard. No quería quedarse en el Asgard.

—Quiero volver —Gúnnr alzó la barbilla y se plantó.

La diosa se apartó ligeramente y miró a Thor por encima del hombro.

—¿Has oído a tu hija? Quiere volver.

—La he oído. —El dios del trueno se acariciaba la barba rubia con incredulidad—… Dame una buena razón para que puedas bajar al Midgard.

Los dos dioses actuaban de un modo un tanto fingido. Como si, en realidad, conocieran el deseo de Gúnnr y esperaran alguna cosa de ella para otorgárselo.

—No tengo que darte explicaciones de nada —le desafió Gúnnr.

—Esta vez sí, niña —murmuró la diosa nórdica con una tristeza un tanto artificial en su gesto—. Sólo él puede devolverte al Midgard. Es tu padre y manda sobre ti. Él decidirá tu futuro.

Gúnnr se puso hecha una furia. Nadie podía mandar sobre ella. Ya no. ¿Qué quería que le explicara ahora? Nunca antes habían hablado, ¿y ahora ese hombre quería saber las razones por las cuales prefería estar en el Midgard que en el Asgard?

—Dímelo, Gúnnr. Decidiré si es o no es una buena opción —el hombre era inflexible.

—¡¿Qué quieres que te diga?! —Estaba indignada.

—Sólo la verdad. El motivo por el que quieres bajar. ¿Acaso no prefieres esperar aquí al *Ragnarök?*

No. Por supuesto que no quería.

La verdadera acción, los valores más poderosos, la incertidumbre y el *carpe diem* se encontraban en el reino de los humanos. Una tierra media que estaba en serio conflicto, no sólo contra los jotuns sino también contra ellos mismos, y era fascinante ver cómo decidirían actuar cuando vieran las orejas al lobo.

No sabían quienes eran, ni sabían lo que hacían en ese planeta. El Midgard era una gran escuela. Y en el Midgard ella había aprendido a luchar, a perdonar y… a amar. A amar a un hombre con cara de ángel, espíritu de estratega y corazón de guerrero. Él era su verdadero hogar. Pero no sólo bajaba por él. Sus amigas estaban en un momento delicado y ellas eran sus verdaderas hermanas, la familia que había elegido. Gabriel, Bryn, Róta, Miya, Aiko, Jamie, Chispa, Isamu y todos los que tendrían que llegar eran las personas que conformaban su vida. Ellos eran la razón por la cual ella removería cielo y tierra para poder luchar a su lado. Y era su verdadera familia porque así se lo decía el corazón.

¿Qué podría competir contra eso? Nada.

—Quiero descender porque quiero a todos los que he dejado ahí abajo. Son míos —explicó con voz temblorosa—. Y no se deja ni se abandona a las personas que pertenecen a uno —Gúnnr recriminó a Thor su actitud para con ella—. Y es imposible abandonarlas u olvidarlas cuando tienen tu corazón en sus manos. Ellos tienen mi corazón de trueno. Ahora sólo les falto yo.

—¿No bajas para salvar a la humanidad? —Freyja se golpeó la barbilla con el dedo índice—. ¿Ellos no te han robado el corazón? ¿No son hermosos?

—El ser humano es muy complejo. No puedes entregar tu corazón a alguien que no sabe lo que hacer con él. Los humanos son seres magnéticos. Son emotivos, pasionales, viscerales, y también son crueles, indiferentes e ignorantes... Son de todo, y lo son mucho. Hay un gran potencial tras ellos, pero no se quieren dar cuenta. Son hermosos porque son impredecibles. Pero yo elijo a quien le doy mi corazón y no se lo doy a ellos.

—No me ha gustado tu respuesta —contestó Thor—. Te he dicho que me digas la verdad y no me la has dicho. Te quedarás aquí.

Gúnnr abrió sus alas y sus ojos se enrojecieron. Sus manos se llenaron de electricidad. ¡No iba a indignarla más, tenía que escucharla!

Thor se detuvo cuando vio a su hija dispuesta a pelear con él. Caray, fuera lo que fuese lo que hubiera ahí abajo, era tan importante como para encararse con un dios, su propio padre. ¿A quién le recordaba?

—Sé sincera y valiente, Gúnnr —ordenó Thor.

—¡Soy valiente! No soy como tú.

Freyja se tapó la boca abierta con las manos. Su valkyria había perdido toda la vergüenza y la educación.

—Gunny, cielo, cierra la boquita —le sugirió con dulzura.

—No pienso quedarme aquí —aseguró mientras las lágrimas le caían por las mejillas. Se negaba en rotundo a morir en vida.

Thor se acercó a su hija y le puso una mano en la mejilla. Miles de hebras eléctricas les rodeaban y temió porque, en cualquier momento, la valkyria le lanzara una descarga.

Inclinó la cabeza a un lado y sonrió con sus ojos azules claros impregnados de reconocimiento.

—Si eres valiente y lo sabes, di la verdad —le canturreó él entonando el tono de la nana de Freyja—. ¿Qué hay ahí abajo que hace que renuncies a la seguridad del Asgard? ¿Qué es lo que vale tanto la pena?

—¡Ahí abajo está mi amor! —Sollozó—. Tú... No lo entiendes. No me puedes quitar eso.

Thor estudió el rostro de su hija. Gúnnr era poderosa y femenina, y tenía tanto carácter o más que él. Él también había tenido el atrevimiento de encararse con Odín en alguna ocasión.

En realidad, ella le importaba. Era un honor admitir que la valkyria que había recuperado a Mjölnir era su hija. Pero también sería un honor recuperar algo del tiempo perdido con ella. Sin embargo, él lo había hecho mal y lo reconocía. Ahora no podía exigirle nada a su hija. En todo caso, para demostrarle que la respetaba y que quería arreglar las cosas entre ellos, lo único que podía hacer era ayudarla a hacer realidad su deseo. A lo mejor, con sus acciones, Gúnnr aprendería a aceptarlo.

—No me puedes quitar a mi Gabriel —prosiguió la joven, acongojada y ronca—. Él... él va a estar solo. Yo voy a estar sola sin él —se puso la mano abierta sobre el corazón—. Y no quiero sentirme vacía de nuevo. Quiero... Quiero decirle que le amo. Y quiero... Yo sólo quiero estar con él, ¿lo puedes entender? —Le preguntó agarrándose a la armadura dorada del robusto pecho de su padre.

Thor miró con fijeza la mano que le oprimía el pecho. Sonrió y las comisuras de sus ojos se llenaron de arruguitas. Asintió conforme.

—¿Quieres bajar? ¿De verdad quieres bajar?

—S-Sí —sorbió por la nariz. ¿Estaban todos sordos?

—Estarás en peligro y hay mucho por hacer —advirtió el dios de la batalla—. De vosotros depende la seguridad del Midgard. Loki y sus jotuns ya saben que eres mi hija y no tendrán piedad. Intentarán ir a por ti y me chantajearán contigo.

—No pasa nada —negó ella con rapidez—. Somos fuertes, podremos con ellos, nos hagan lo que nos hagan. Y si me cogen... No hace falta que me defiendas o que me rescates. Yo...

Thor le puso una mano sobre los labios.

—Eres mi hija. ¿Crees que no te salvaría si estuvieras en peligro? Has estado en el Valhall muy protegida, pero lo he pasado muy mal desde que bajaste al Midgard. Me has hecho envejecer, valkyria —susurró con voz grave.

—Eso es cierto —aseguró Freyja mordiendo una manzana que había hecho aparecer sobre la palma de su elegante y estilizada mano—. Estaba muy preocupado por ti, Gúnnr, y no dormía. Me lo dijo Sif.

¿Así que Thor se preocupaba por ella? Bien. Eso estaba bien, pensó la valkyria.

—Me preocupo por ti, Gúnnr. Y aunque no lo creas, me importas —juró Thor. Su voz sonaba ronca y solemne—. ¿Me has oído?

Gúnnr tragó el nudo que tenía en la garganta y movió la cabeza afirmativamente.

—Sí.

—Sí, padre —rectificó él.

—Bromeas. Eso es pasarse —le espetó con las mejillas rojas como un tomate.

—Dilo o no bajas —amenazó el dios.

Gúnnr miró hacia otro lado, azorada como una niña pequeña.

—Sí... —Tragó con fuerza—. Sí, padre.

—Muy bien, hija —sonrió abiertamente. Thor se llevó la mano al cuello y se sacó un colgante con una réplica del martillo—. El colgante es una réplica de mi tótem. Lo podrás lanzar contra los jotuns y siempre te regresará a las manos. Pero no abre portales ni nada de eso... Eso sólo lo hace mi *¡Mjölnir!* —el martillo acudió a su mano.

Freyja sonrió y meneó la cabeza.

—Qué vanidoso es... —Susurró.

—Freyja, hagamos descender a mi hija.

La diosa de los Vanir asintió, y juntos decidieron cual era el mejor momento para que Gúnnr apareciera. Después de decidirlo, Freyja abrió un portal justo enfrente de ella. Una puerta de luz blanca que podía llevarla hasta su guerrero.

Freyja pasó la mano por el cuerpo de su valkyria y le cambió la ropa que llevaba.

—Así está mejor —dijo la diosa repasándola con aprobación—. Y ahora... —Le pasó la mano por la cara y la maquilló. Una sombra de ojos oscura, la línea del ojo bien negra, coloretes y los labios pintados de color fucsia—. Estás guapísima. Tienes que comprar este maquillaje en *www.thepinksheeps.com.* Te traen lo que necesites a casa y tienen de todo. Te queda muy bien, Gúnnr. Bellísima.

Gúnnr se miró el vestido azul oscuro y brillante de purpurina. Era ajustado y marcaba a la perfección el cuerpo curvilíneo y lleno de suaves y delicadas formas de Gúnnr.

—Freyja.

—¿Sí?

—Necesito saber algo.

La diosa entrecerró los ojos y la miró con interés.

—Dispara.

Gúnnr no estaba segura de querer saberlo, pero era algo que le roía el corazón desde que se lo dijo Róta en Starbucks.

—Róta me dijo que cuando tocaba a Gabriel veía a Daanna. ¿Por qué? Él, él me ha dicho que me quiere, pero... —«Era normal tener dudas, ¿no?».

Freyja sonrió y negó con la cabeza.

—Daanna le dio su sangre para salvarlo. En el organismo de Gabriel hay sangre de Daanna, pero no lo vincula a ella de ningún modo. Por eso, Róta veía el rostro de Daanna cuando tocaba al Engel. Tranquila, cielo. Gabriel no siente amor por esa mujer. Nada.

Gúnnr sacó el aire que no sabía que retenía y dejó que todas sus reservas se abrieran. Podía confiar en Gabriel.

—Estuvo encaprichado de Daanna. Pero no la amó. Los hombres son muy animales —explicó Freyja buscando las palabras adecuadas. Le pasó el índice por la comisura del labio—. Se creen que pueden amar a una mujer, pero, en realidad, es el instinto de procreación lo que les lleva a creer eso. El hombre está hecho para engendrar, para procrear, para poner su semilla en cualquier lugar. Todas le valen. Las mujeres humanas son completamente diferentes. Ellas se enamoran. Se enamoran del hombre que puede ser un futuro padre para sus hijos. Se enamoran de él, pero son exigentes, hacen un test de calidad, ¿sabes?

—No me estás ayudando —dijo Gúnnr.

—Sólo quiero que entiendas que los einherjars, los vanirios, las valkyrias y los berserkers quieren de manera diferente. Sus vínculos son otros, son más emocionales. Irrompibles. Así que si Gabriel se ha atrevido a decirte que te quiere, es que te quiere de verdad.

La diosa le tocó el pelo chocolate suelto y enredado, y le hizo un medio recogido bajo que dejaba caer parte de su melena por su espalda tatuada y le puso unos zapatos de tacón con unas tiras negras que le rodeaban los gemelos.

—Perfecta —Freyja le guiñó un ojo.

La valkyria se miró y frunció el ceño.

—Gabriel ha caído al mar. ¿Me has vestido así para mojarme? Se me va a deshacer el maquillaje y es una pena.

Freyja frunció los labios, y se encogió de hombros.

—Hay que caer con estilo. Oye... Gúnnr —advirtió Freyja con tristeza—. Tenéis que recuperar a Róta y ayudar a Bryn. Ellas... Ellas necesitan que las ayuden. Necesitarán mucho de ti y de Gabriel. Debéis ser fuertes para lo que vendrá.

—Por supuesto, Freyja —asintió Gúnnr—. No vamos a descansar hasta recuperar a Róta. Ella no puede sufrir más. Ni hablar. Y con Bryn... Yo creo que se solucionará todo. Ellas deben solucionarlo.

La diosa la abrazó y la besó en la frente.

—Bate las manos, niña —la despidió con una sonrisa intrigante.

Antes de cruzar el umbral, la valkyria estudió el colgante con ojos inteligentes. Lo deslizó entre los dedos y miró a Thor.

—Te estaré vigilando —le prometió Thor admirándola—. Sed diligentes y actuad con rapidez. El Engel lo está haciendo muy bien. Dile que, como su nuevo padre, me siento muy orgulloso de él.

Gúnnr asintió y se mordió el interior de la mejilla. Gabriel lo agradecería.

—¿Sabes qué..., padre? —Costaba muchísimo llamarlo así.

—¿Qué?

—Te prometo que se te va a poner el pelo blanco —le aseguró Gúnnr con una sonrisa maléfica. Agitó el colgante entre sus manos—. ¿Cómo se abre? ¿Cómo... cómo funciona? —El colgante seguía con el tamaño original por mucho que lo agitara.

—Ah, eso... —Thor se aclaró la garganta y sonrió como un diablillo, como segundos atrás su hija, la valkyria más furiosa del Valhall, había hecho—. Se abre con la palabra papá.

—¡Que me parta un rayo! —exclamó Gúnnr.

XXVII

Un día después de la batalla de Diablo Canyon
Diez de la noche. Chicago.

Gabriel se hallaba en cama.

Estaba bajo los cuidados de Jamie e Isamu. Habían comprado una casa victoriana en el centro de Down Town directamente para entrar a vivir. Era una casa que, en sus formas, parecía un pequeño castillo, con un jardín que la rodeaba, con la peculiaridad que estaba construida en la parte alta de uno de los largos y grandes edificios de la ciudad. Tenía a su vez rascacielos un poco más altos que la cercaban como si fueran sus protectores. Se habían cansado de ir de hotel en hotel, y Jamie había sugerido que podían adquirir algo céntrico que se convirtiera en su base de operaciones.

Khani ya no estaba; Newscientists de Wheaton había desaparecido y los túneles subterráneos ya no se utilizaban, habían quedado inservibles, así que era el momento de dejar de huir y dar un golpe encima de la mesa. Ellos no iban a moverse de ahí. Iban a defender lo que era suyo.

Era momento de poner en orden la ciudad, y momento también de entablar relaciones con los berserkers de Milwaukee. Ellos habían sido parte activa en la ofensiva y la desactivación del Fermilab de Batavia. Si no hubiese sido por ellos, ¿qué habría pasado? Así que, en la ciudad, no iba a reinar la paz de repente, ni mucho menos, todavía quedaban vampiros y también siervos de sangre pero, sin líder a la vista, estaban desorganizados, y, unidos los dos clanes de Odín y Freyja, resultaría más fácil doblegarles. Isamu y Jamie se iban a encargar de ello.

Después de la batalla en Diablo Canyon, todo se había precipitado.

Miya había recogido a Gabriel del fondo del mar, inconsciente y muy mal herido. El samurái lo dejó en la orilla, a los pies del complejo de la central. Él se había ido volando a recuperar a Róta y se llevaba a la Generala para que le echara una mano. Aiko se había hecho cargo de él, y había tardado unas doce horas en llegar a Chicago volando. Ahí permanecía, bajo los cuidados de Jamie y los dos samuráis. Gracias a ellos y a sus remedios, sus heridas sanaban poco a poco.

No podía luchar en su estado. No podía ni moverse ni abrir los ojos, y si los abría, no veía casi nada, porque la carga eléctrica del martillo había chamuscado sus retinas. Por suerte, su vista ya estaba recuperada al cien por cien. Sus heridas, en cambio, tardaban en cicatrizar. Las quemaduras todavía supuraban y sin el *helbredelse* de Gúnnr, aun siendo un inmortal, su cuerpo no sanaba con tanta rapidez.

Todavía le ardían las manos, le quemaba la piel y le dolía la mandíbula de tanto apretar los dientes. Mjölnir era un puto torturador. Era dañino, lacerante y capaz de doblegar la voluntad de las personas.

Sin embargo, lo que más dolor le provocaba, no era ni el martillo ni las heridas, sino el corazón y el orgullo. Se sentía ultrajado.

Gúnnr le había humillado y le había partido el corazón.

El sacrificio debería haber sido de él y no de ella.

Recordaba perfectamente la última mirada. Gúnnr entregaba su vida por la suya. Lo hacía de un modo valiente, altruista, inalcanzable como una semidiosa, y sin remordimientos. Y eso dolía tanto... Sin remordimientos. No le había importado dejarlo ahí.

Dolía porque su ausencia lo estaba matando.

Dolía porque la mujer a la que él había entregado su corazón, la primera y la última, se había sacrificado por él.

Dolía porque necesitaba ver su carita de nuevo, tocar su piel y reírse con ella.

Pero no, no era posible. La valkyria, la maldita valkyria, tenía que mutilarlo. Dios, sentía rabia y pena al mismo tiempo. Pena por querer abrazar un imposible; rabia porque, valga la redundancia, aquello que temía y que en los últimos días le había parecido imposible, se había hecho realidad. Había perdido y hecho daño a su florecilla. Había dejado que se fuera y que se llevara con ella todas sus ilusiones y sus ganas de vivir y luchar.

Gabriel sintió el escozor de las lágrimas, y se las secó con los antebrazos vendados. Tenía vendas por todos lados: en los muslos, pecho, espalda, cuello... Pero la herida más importante no se veía. ¿Quién iba a ver que su corazón había sido incinerado por la valentía y las ganas de hacerse la heroína de una valkyria furiosa?

Lo peor de todo era que no se le daba nada bien estar en cama pero, además, no le apetecía nada moverse y, sin embargo, debía obligarse a sanar bien porque Miya y Bryn le necesitaban.

Bryn estaba destrozada. Se sentía igual de fracasada que él. La altiva valkyria había insistido en acompañar a Miya y desahogar su furia. Ella se sentía responsable de las suyas, y Róta era su hermana, y la Generala no había sido la misma desde que habían secuestrado a su *nonne.* Después de ver cómo Gúnnr estallaba en el cielo como una estrella, la luz de sus ojos azules había desaparecido. El líder samurái le había jurado por su honor que recuperaría los objetos y, sobre todo, a la valkyria. Su intención era interceptar al helicóptero militar antes de que repostara o pudiera tocar tierras escocesas. No se sabía nada de ellos, todavía.

Jamie e Isamu habían avisado a los clanes de Inglaterra para que estuvieran atentos al tráfico aéreo, pues se esperaba que Róta y los tótems llegaran en breve. De momento, no había noticias de ellos.

Gabriel había echado un vistazo al mapa que había dibujado Liam. Estaba lleno de puntos calientes, puntos de energía electromagnética. El niño había marcado la zona de Florida como posible portal. Había acertado. Se lo había comentado a Caleb y a As, para que echaran un vistazo a todos los puntos. También les había dicho que Hummus era un semidios. La noticia no había sorprendido en demasía a los líderes de los clanes.

Toc. Toc. Toc.

Gabriel se incorporó como pudo, y gimió para no quejarse por la tirantez de las heridas. Jamie abrió la puerta. Traía a Chispa con él, y una caja blanca cuadrada en la otra mano. La monita llevaba un pijama rosa y un lazito del mismo color sobre la cabeza, y en cuanto vio a Gabriel le montó una fiesta y le echó los brazos.

Gabriel sonrió. Sólo la mona podía arrancarle ese gesto.

—Lo siento, Gab —se disculpó su tío—. Te he traído una pizza de *Giordano's,* sé lo mucho que te gustan. Y también te traigo a Chispa. Huele a Gúnnr en ti, y sólo deja que tú le des el biberón.

—No importa —Gabriel tomó en brazos al bebé y agarró el biberón que le daba Jamie—. Verla me hace sentir un poco mejor.

Jamie sabía por lo que él estaba pasando. Parecía que estaba más muerto que vivo. Su sobrino era un zombi en espíritu. No quedaba nada de calor ni de esperanza en él. Cero.

—Esta noche me largo —dijo Gabriel de repente—. Cogeré un avión privado. Llamaré a As para que envíe uno de los suyos a buscarme y me deje en Escocia.

—Gabriel, necesitas recuperarte y hacerlo bien. Tus guerreros te necesitan pero… Pero sigues muy malherido.

—¿Mis guerreros me necesitan? Lo que queda de ellos, ¿no? —especificó con derrotismo—. Cuatro de los míos han muerto. Mi valkyria, mi pareja —concretó—, sacrificó su vida por mí, la muy canalla… —Alzó la voz—. Y Róta está secuestrada y sufriendo vete a saber qué tipo de abusos… Bryn y Miya han ido a buscarla y ¡yo estoy en esta puta cama sin poder moverme porque no tengo ni las pócimas de los enanos conmigo ni a mi mujer que pueda cuidar de mí y sanarme! ¡¿Crees que es justo?! ¡Soy un fracaso, tío! Soy un… —Se calló y se frotó la cara con la mano. Chispa agarró el biberón con una de sus manitas y con la otra tocó la cara de Gabriel queriendo consolar con esa caricia al inmenso guerrero.

Jamie se sentó en la cama y lo miró fijamente.

—Qué bien, la autocompasión no va contigo, Gab.

—Así es cómo me siento… Lo he perdido todo.

—Mientras hay vida no hay nada perdido.

—Eso es una mierda —gruñó de modo visceral—. La he perdido a ella. A Gúnnr. Gúnnr se ha ido. Me ha dejado solo… Yo no tengo vida ahora sin ella. Yo… ¡Necesito salir de aquí! ¡Necesito ocupar mi cabeza! Echo tanto de menos a la valkyria que es imposible que… Y el dolor me está matando. Dame algo para eso —le urgió meneando la mano.

—Isamu y Aiko te están dando sus remedios, pero por el aspecto de tus heridas… —Levantó la venda del hombro con cuidado—. Todavía te queda un día o dos para mejorar.

—Un día o dos… —Un día o dos pensando en Gúnnr. Una vida entera anhelándola. Cómo la odiaba por haber hecho lo que había hecho—. Si nadie puede ayudarme, y si lo que queréis es obligarme a quedarme en cama, entonces más vale que me des algo para beber y olvidar o me puedo volver un puto insoportable, ¿entendido?

Los labios de Jamie se estiraron en una sonrisa. El vanirio se acarició la perilla, se levantó y se fue de la habitación. Al cabo de unos segundos entró con una botella de Jack Daniel´s Black Label.

—Toma. Dale. Emborráchate. Vive el luto. Pero esto no te va a devolver a tu valkyria —Jamie lo miraba con cara de pena—. Ella no querría verte así. Llórala, Gabriel. Llórala como se merece, pero no puedes rendirte... Ella no lo querría. Gúnnr era luchadora, ella no...

—¡Nadie puede devolvérmela! ¡Y ella no está aquí! Me traicionó en el cielo. —Las venas del cuello de Gabriel se hincharon y su cara enrojeció—. Me clavó una de sus flechas y yo... Yo estaba tan débil que... Caí. ¡Ella se fue!

—¿Y así se lo agradeces?

—¡No se lo pienso agradecer nunca!

—Ha dejado que vivas —Jamie recogió a Chispa de los brazos de Gabriel. El guerrero estaba desquiciado.

—¡Gúnnr quería que yo la amara, que la necesitara; y justo cuando no puedo evitar reconocer que lo hago y que siento cosas buenas y fuertes por ella, la hija de Thor me apuñala! ¿Y dices que tengo que darle las gracias? ¡No, joder, ni hablar! —Gritó y arrancó la botella de Jack Daniel´s de las manos de su tío—. ¡Y ahora, por favor, dejadme en paz! ¡Quiero estar solo!

Jamie salió de la habitación de Gabriel, que ocupaba un ala de la casa, y accedió a su deseo.

Gabriel se quedó solo en el dormitorio. Inmóvil. En silencio.

Miró la botella negra y pasó los dedos por la etiqueta negra y dorada.

—Yo así no puedo vivir... —Tragó el nudo de la garganta y le tembló la barbilla—. Esto tiene que parar.

Se levantó poco a poco de la cama, con la botella de whiskey en la mano. La abrió y se la llevó a los labios. Dio tres tragos seguidos. El alcohol le quemó la garganta y él lo agradeció. Mejor sentir la quemazón que no la congoja y el dolor de las lágrimas que estaba harto de derramar. Apoyó las plantas de los pies en la cálida alfombra negra y gris.

—Vamos allá... —Se animó él mismo. Se apoyó en los talones y se levantó. Rugió como un animal y se quedó muy quieto. El cuerpo tenía que acostumbrarse. Dio otro sorbo a la botella—. Bien...

Salió del dormitorio, y encendió la televisión. Alzó el volumen a la máxima potencia. Y puso la MTV. Abrió el balcón que daba al jardín superior de su ala, y salió a que le diera el aire. Las luces de Chicago titilaban; la actividad nocturna se desarrollaba con normalidad en la ciudad. Un claxon por aquí, una carcajada por allá... La luna estaba en lo alto, luna llena que le sonreía, jactándose de su desgracia.

Alzó la botella hacia la luna.

—Esto es por ti, florecilla. —La lloraría como se merecía.

Gabriel no estaba del todo borracho, pero su alma y su pena habían quedado algo aletargadas. Eso era bueno porque así no sufría. Llevaba sólo un pantalón de pijama ancho de color azul oscuro. Las vendas le rodeaban los bíceps, el torso, las manos y los hombros, pero las esclavas metálicas no se podían cubrir así que las mostraba sin nigún pudor, aun sabiendo que bajo ellas la piel todavía seguía herida.

La música sonaba tan alta que parecía una discoteca. Una fiesta particular, eso era lo que era. Una fiesta de despedida.

—*Easy come, easy go. That' s just how you live*[42] —cantaba en voz alta y se desgarraba las cuerdas vocales, quería cantar igual que Bruno Mars y su *Grenade*. Estaba tan dolido y enrabietado...—. *¡Oh!! Take, take, take it all, but you never give!!!*[43] ¡Eso, Gunny! —Gritó al cielo—. ¡Te lo has llevado todo y no me has dejado nada!

Gabriel se apoyó en el barandal de piedra gruesa y caliza que rodeaba el balcón. Cómo le gustaría volver atrás. Si no hubiese sido tan cobarde, podría haberle dicho a Gúnnr que la amaba casi desde el principio. Su razón lo había negado, pero sus instintos y su corazón lo aceptaban sin ningún miedo. Y él había luchado contra eso como un puto ciego obstinado. No iba a emborracharse.

No podía. Su tiempo en el Valhall bebiendo hidromiel le había inmunizado al alcohol humano. Se rio de su suerte.

—Ni siquiera puedo emborracharme, coño —gruñó riéndose de Jack Daniel´s y de sí mismo. Presionó la botella con los dedos, y la lanzó con toda su impotencia y furia, hacia la luna—. *Mad woman, bad woman.*

42. Tan fácil como viene, se va. Así es como vives.

43. ¡Te llevas, te llevas, te llevas todo! ¡Pero nunca das nada a cambio!

That' s just what you are, yeah. You' ll smile in my face, then rip the breaks out my car...[44] ¡Gúnnr! —dejó caer la cabeza hacia atrás y abrió los brazos—. ¡¿Es esto lo que querías?! ¡¿Dejarme solo y desvalido?! ¡¿Darme una lección?! ¡¿Para eso querías que apostara por ti, valkyria caprichosa?! ¡¿Para que me abandonaras?! ¡Yo habría sostenido una granada por ti! ¡Me hubiera cortado una mano por ti! ¡Haría cualquier cosa por ti! ¡Pero tú...!

—Yo haría lo mismo —dijo una voz llena de lágrimas tras él—. Daría mi vida por ti.

Gabriel no movió un solo dedo. Abrió los ojos con sorpresa y estupefacción, y clavó los dedos en el barandal de piedra, creando pequeños surcos circulares.

Gúnnr no hubiera imaginado encontrarse a Gabriel en esa situación.

Su pelo rubio lucía suelto y salvaje, azotado por el viento que su aparición había levantado.

¿Qué podía decirle? Lo amaba tanto, tenía tantas ganas de abrazarlo y besarlo, que no sabía cómo proceder.

La espalda del guerrero tembló, y los hombros se estremecieron varias veces. El einherjar sorbió por la nariz.

—Estoy tan mal, que creo que oigo tu voz, florecilla... —Inhaló y cerró los ojos con gusto—. Y creo que hasta te huelo. Mi nube... —Musitó.

Gúnnr se clavó las uñas en las palmas de las manos. Ella no tenía un aspecto mejor. Ver así de triste y mal a Gabriel la destrozaba. Y eso lo había provocado ella. Dio un paso hasta él, el tacón golpeó la madera. Luego dio otro, y otro más, hasta colocarse a un palmo de su espalda magullada.

—¿Gabriel?

El einherjar se giró de golpe y encaró a su particular visión.

¡Pero qué preciosidad, por el amor de Dios! ¿Quién la había maquillado así? Se le veían los ojos enormes y brillantes. Y aquella boca... Verla tan real le oprimió el pecho. Fue como un puñetazo que le dejó sin respiración. ¿Qué hacía vestida de ese modo? El vestido era criminal y los zapatos descubiertos de tiras interminables lo ponían en guardia.

44. Furiosa mujer, mala mujer, Eso es lo que tú eres, sí. Te ríes en mi cara y me dejas el coche sin frenos.

Era Gúnnr. Apretó la mandíbula y sus ojos azules se llenaron de lágrimas. Sí era ella.

La valkyria se estremeció y se sintió agitada al ver la conmoción en su guerrero. «No he caído al mar. Esta Freyja...», pensó agradecida.

—Gabriel, soy yo —susurró Gúnnr acercándose más todavía.

Cuando el guerrero comprendió que Gúnnr estaba ahí, que seguía viva, que la tenía al alcance de la mano, que era real y no una alucinación, su mente reaccionó y despertó con ella su ira y su pasión.

—¿Quién? —Reaccionó él con un gruñido—. ¿Eres mi torturadora? ¿La mujer que me clavó una flecha en el cielo?

Ella movió la boca como un pez y desvió la vista hacia otro lado. Gabriel parecía enfadado y desesperado. Era como una granada en toda la cara. Estaba muy cabreado con ella.

—¿Quién eres? Dímelo —le ordenó sin atreverse a tocarla. Si lo hacía, perdería la oportunidad de decirle a esa mujer lo que había hecho con él. Reducirlo a nada.

—Soy Gúnnr. —Ella alzó una mano y, con su cura, trató las heridas faciales de Gabriel. «Menos mal. Pensé que se iba a apartar». Su mano se iluminó con un fulgor rojizo, y sanó al guerrero. Ahí estaba esa cara varonil y a la vez dulce. Deslizó los ojos por su cuello y sus hombros, y no pudo evitar morderse el labio inferior para evitar echarse a llorar. Tenía muchísimas heridas—. Lo… lo siento, Gabriel. Siento mucho que…

—¿Qué sientes? —La mirada de Gabriel era salvaje. Las heridas no le dolían comparado con el dolor que sentía su alma—. ¿Eres real?

—Sí. Sí lo soy —contestó Gúnnr todavía insegura por su recibimiento.

—¿A qué has venido? ¿Te quedas? ¿Vienes a quedarte? —Exigió saber con tono autoritario. Necesitaba asegurarse—. No importa, porque de aquí no te vas —juró él cerniéndose sobre ella.

No. No podía tener esa suerte. No quería hacerse ilusiones para que luego ella se esfumara de nuevo. Tenía que asegurarse.

—S-Sí, Gabriel. He venido para estar contigo. —Gúnnr conocía muy bien el temperamento loco de Gabriel. Y sabía que él iba a estar muy disgustado con ella. Gabriel tenía muy arraigada la idea de que el hombre era quien debía salvar a la mujer. Y de hecho, la había salvado de otra manera más auténtica y más especial. Así que no le importaba que se convirtiera en un gruñón, porque sus ojos, además de estar asustados, estaban a rebosar de amor, llenos de furia y pasión. El alimento de una valkyria.

La música de *Invincible* de Kelly Rowland y Tinie Tempah llenó el jardín y los cielos de Chicago.

—Si te quedas, y dices que eres Gúnnr —su voz sonaba ronca y baja—, di en voz alta quién eres en realidad.

Gúnnr sonrió interiormente. Ahí estaba. Era su reivindicación.

Qué mandón y qué dulce.

They say we shouldn' t, yeah they say we wouldn' t
Look where we are, we' ve done what they thought we couldn' t [45]

—Soy tu valkyria, Gabriel —le pasó la mano por el pecho y curó sus heridas. Cortó la venda con una de sus uñas azules y liberó su carne de la opresión. Le acarició con las yemas de los dedos. Los músculos de Gabriel se tensaron y marcaron su abdomen y su pectoral. Gúnnr besó un pezón desnudo y lo acarició luego con la mejilla—. Sí, Thor y Freyja me han dado a elegir. Querían que me quedara con ellos, pero yo no pertenezco a ese lugar.

—No. Luego. No quiero oír eso ahora. Ahora quiero escuchar la verdad. ¿Eres mi valkyria? ¿Mía? —Alzó los manos y le abarcó la cara con ellas—. ¿¡Mía, Gúnnr!?

Ella asintió y le miró fijamente a los ojos. Rodeó sus manos heridas y vendadas con las suyas, y éstas se iluminaron. Sus quemaduras y sus cicatrices habían desaparecido.

Gabriel achicó los ojos y entreabrió la boca.

Gúnnr le quitó las vendas y pasó sus labios por sus muñecas y sus manos. Morenas. Grandes. Masculinas. Y sin un rasguño. Movió la cara hacia la palma de su mano derecha, buscando una caricia como un gatito.

—Siempre he sido tuya. Desde el primer día.

Gabriel rugió, hundió una mano desesperada en el pelo medio recogido de Gúnnr, y se inclinó ferozmente sobre sus labios. La besó.

Ella gimió y él gruñó, mientras con el otro brazo rodeaba su cintura

45. Dijeron que no debíamos, dijeron que no podríamos. Mira donde estamos ahora, hemos hecho lo que ellos decían que no podíamos hacer.

y la alzaba contra él.

—Gabriel, espera… tus heridas… Todavía tienes algunas… —Gabriel no la dejaba respirar. Se la quería tragar entera.

Él se giró y apoyó las nalgas de Gúnnr en el barandal. Le abrió las piernas y se coló entre ellas, sin dejar de besarla, de acariciarla… De quererla. La piedra estaba muy fría y traspasaba la fina tela del vestido.

—¡Maldita seas, Gúnnr! —Exclamó él sobre su boca—. Vienes aquí vestida de purpurina, como si fueras un hada… Y yo aquí muerto de pena por no volver a verte. ¿Qué te crees que soy? ¡No puedes jugar conmigo así! —Le mordió el cuello con fuerza.

—¡Argh! —Gúnnr cerró los ojos y tiró del pelo rubio de Gabriel—. No juego… Yo no juego, Gabriel. Yo…

—¡Tú! ¡Bruja manipuladora! Te cuelas bajo mi piel, haces que te quiera como a nadie, ¡y luego me traicionas en el cielo y encima me dejas con vida para que te llore toda la eternidad! —Gabriel alzó las manos hasta el escote del vestido y lo rasgó. Dando tirones hasta abajo, hasta que la prenda se abrió por completo y dejó a la vista los níveos pechos de Gúnnr, y las braguitas azules a conjunto. Gabriel por poco cae de rodillas ante ella.

—¡Has roto mi vestido! —Los ojos de Gúnnr se tornaron rojos y se llenaron de lágrimas de emoción. Por fin Gabriel se descontrolaba con ella—. ¡Y por supuesto que te salvé! ¡Y lo haría otra vez!

Un relámpago cruzó el cielo. Esa era Freyja cabreada por hacer trizas su precioso vestido.

—¡No! —Bramó él—. ¡No, Gúnnr! Tú no puedes convertirme en un hombre inservible. ¿Cómo crees que puedo luchar sin ti? ¡¿Eh?! —La zarandeó por la cintura y sus pechos se movieron de un lado al otro—. ¡¿Cómo?! ¿Cómo coño respiro sin ti? Yo… Yo no valgo nada si no estás a mi lado. Un einherjar no es nadie sin su valkyria.

Gúnnr se echó a llorar desconsoladamente.

—¡Lo hice porque te quiero, Gabriel! ¡Y me da igual que te enfades! ¡No me importa que te pongas furioso porque tú caíste al mar y yo desaparecí entre las nubes! ¡Siempre te elegiré a ti! ¡Siempre! —Le clavó las uñas en el pecho y lo empujó. Pero Gabriel no se movía, era un muro de hormigón instalado entre sus piernas—. ¡Y si estás enfadado te aguantas! ¡Estas cosas se hacen por amor!

Gabriel la miró fijamente. Él todavía estaba temblando por la impresión. Gúnnr lo amaba. Eso era lo que estaba diciendo, ¿no? Su valkyria furiosa decía que lo había hecho por amor.

—Pues no lo hagas más. Por favor, no más...

—Haré lo que me dé la gana —lo desafió ella—. Tú no me puedes decir cómo debo quererte.

—Gunny... —No le salía la voz.

—¡¿Gunny qué?! ¡Dilo! ¡¿Qué?! —le volvió a empujar.

—Gúnnr, me muero sin ti.

Se rindió ante ella. No encontraba mejor modo de decirle a su valkyria que ella era lo mejor de él.

As bad as the odds were looking,
Push yeah, we kept on pushing
And every time I nearly hit the ground,
You were my cushion[46]

Ahí estaba. La valkyria iba a morir de alegría. Eso era lo que quería de él. Una confesión desesperada, una confesión desgarrada de esas que te ponen el vello de punta.

—He tenido que morir para oírte hablar así. ¿Y sabes qué? —Gúnnr levantó la barbilla de Gabriel.

—¿Qué?

—Moriría otra vez por ti.

El einherjar apretó los dientes para no hacer pucheros como un niño pequeño.

—Gabriel... —Le acarició la cara—. No llores, por favor...

—No lloro. Es la lluvia que no cae —admitió con una medio sonrisa—. Estoy furioso contigo, Gúnnr. Me has quitado la vida en estos dos días. Tú crees que me la has dado porque me dejaste vivir. Pero no es así. Vivir sin verte un sólo día, sin tocarte, sin oler tu aroma de azúcar, es como estar muerto. Y no te lo voy a agradecer. —Coló sus manos en sus braguitas azules y las rompió.

Gúnnr sonrió, y atrajo a su guerrero hacia ella.

—Deja de romperme la ropa. Ven aquí, guerrero.

46. Por muy mal que fueran las cosas, nosotros empujamos y seguimos empujando. Y cada vez que estaba a punto de chocar contra el suelo, tú fuiste mi cojín.

Él luchó contra sus caricias y sus besos, peleó contra su dulzura y su cariño, pero al final se rindió a su amor.

Gabriel bufó y gimió, y al final rodeó a Gunny con sus fuertes brazos y hundió su cara entre sus pechos. Ella le acarició el pelo y besó su coronilla mientras le decía todo tipo de tonterías mimosas.

—Gabriel —murmuró deslizando sus labios a lo largo de su pelo rubio, su oreja, el lateral de su cuello y luego su barbilla—. Gabriel... —Besó su mandíbula y luego se acercó a la comisura de sus labios—. Yo tampoco puedo vivir sin ti. Por eso estoy aquí, contigo.

Las palabras tenían la capacidad de calmar o avivar tormentas. Esas palabras tenían un efecto sorprendente en Gabriel. Lo despertaron y lo volvieron a la vida.

Besó a Gúnnr con exigencia y agresividad.

Ella no pudo hacer nada contra el ataque del guerrero. Era imposible detener sus manos y el hambre voraz que le consumía. Y ella no quería detenerle, quería que también la consumiera a ella. Una mujer debía sentirse orgullosa de la pasión que despertaba en un hombre. Lo importante era no sentir miedo de ello.

There's evidence that proves, That you were heaven sent
'Cos when I needed rescuin', You were there at my defence
Girl in you I find a friend, You make me feel alive again
And I feel like the brightest star, 'Cos you make me shine again[47]

Gabriel dejó desnuda a Gúnnr sobre el barandal. Dejó de besarla y lamió su garganta de arriba abajo. Luego le mordió la clavícula con suavidad y finalmente llegó hasta sus pechos. Ahí, en ellos, entre ellos, Gabriel se sintió el rey. Los lamió y los pellizcó. Los mordió y los mamó, como si quisiera sacar leche de ellos.

—Gabriel... Más suave... —Pidió Gúnnr con voz temblorosa.

Él levantó la mirada hacia ella y sonrió. Mordió el pezón del piercing con fuerza y Gúnnr gritó abandonada al placer y a sus caricias. Un relámpago cayó sobre ellos, iluminándoles por completo. Gabriel rugió como un salvaje, encantado por las sensaciones y la recepción de energía.

47. Hay pruebas que evidencian que fuiste enviada desde el cielo, porque cuando yo necesitaba que me rescataran tú saliste en mi defensa. Chica, en ti tengo a una amiga, me has hecho sentir vivo de nuevo, y me siento como la estrella más brillante porque haces que yo vuelva a brillar.

—Este es tu castigo, florecilla, por ser tan mala conmigo —lamió el pezón de nuevo y lo besó. La cogió en brazos y la instó a que rodeara sus caderas con sus piernas. Le acarició el trasero y sonrió como un felino—. Eres perfecta, amor —la besó en los labios y tiró suavemente del inferior.

Gúnnr se sintió fascinada por aquel Gabriel. Se estaba descubriendo ante ella. Era sexi, dominante, salvaje y sabía muy bien cómo tenía que tocarla y tratarla para encender su pasión.

No matter where we are (yea), No matter just how far are paths may lead
We don't need no shields, Love is the armour that we need
We're invincible (we are), Invincible (you are)[48]

—¿Adónde me llevas?

—No voy a dejar que los mirones se recreen mirándote y viendo cómo te como enterita. —Succionó su garganta y le dejó una marca, mientras caminaba con ella en brazos al interior del castillo.

Entraron en el dormitorio y Gabriel dejó a Gúnnr sobre la cama. Se arrancó el pantalón como pudo. Tiró de las piernas de Gúnnr, la acercó a él y las abrió.

Sumergió la lengua y la boca en el sexo de Gúnnr como si fuera un lobo hambriento y ambos enloquecieron. Los rayos y los truenos hicieron un concierto especial en aquella habitación, sólo para ellos y debido a ellos.

Gúnnr gritaba y tiraba de su pelo.

Gabriel se limitaba a torturarla y a hacer que se corriera una y otra vez. Las alas rojas de Gúnnr se desplegaron y tuvo que incorporarse, cruzar los pies tras la nuca de Gabriel y agarrarse a su pelo rubio.

Cuando la valkyria ya no podía moverse más, Gabriel besó el interior de sus muslos, se sentó en el centro de la cama, levantó a Gúnnr por las axilas y la sentó a horcajadas sobre él.

—Me muero de ganas de hacértelo, Gúnnr —besó su hombro mientras guiaba su pene a su estrecha y húmeda entrada.

Gúnnr se sentía como de gelatina, estaba hecha un flan. Tenía la mejilla apoyada en su hombro y notaba el sudor recorriendo sus pechos y su espalda.

48. No importa donde estemos, no importa lo alejados que estén nuestros caminos. No necesitamos escudos, porque el amor es nuestra única armadura. Somos invencibles, Tú eres invencible.

—¿Eh? ¿Qué quieres hacerme que no me hayas hecho ya?

—Quiero hacer el amor contigo. Amarte como yo sé. Como tú me has enseñado.

Gabriel impulsó las caderas hacia delante y la penetró hasta el fondo. La besó mientras se mecía con maestría. Gúnnr lloriqueó por lo sensible que estaba y también por la emoción de ver a Gabriel tan entregado a ella.

—¿Quién soy yo? —Susurró Gúnnr con las lágrimas deslizándose por sus mejillas—. Dímelo.

—Gúnnr.

—¿Qué soy? —gimió al sentir la estocada cada vez más profunda de la polla de Gabriel.

—Mi valkyria. La mujer de mi vida —afirmó Gabriel, besándola y acariciando sus mejillas—. La única.

—¿La única? —Preguntó para asegurarse—. ¿Te gusto-gusto mucho?

Él sonrió y le secó las lágrimas con los pulgares.

—Te quiero-quiero demasiado. Eres la mujer que yo quería, incluso antes de saber qué era lo que quería. Me encomendé a ti. Mi alma, mi cuerpo y mi corazón son tuyos. Te amo, Gúnnr.

Gúnnr pegó su frente a la de él y sonrió feliz. Sus hoyuelos iluminaron su rostro como dos soles, y sus ojos rojos se aclararon. Se le había corrido un poco el rímmel y estaba adorable.

—Dímelo, Gúnnr. No hagas que te ruegue —Gabriel detuvo sus caderas y la miró con seriedad—. Dímelo, me muero de ganas de oírtelo decir.

—Te amo, Gabriel. Te amo con mi corazón de trueno y mi alma de valkyria. Mi cuerpo, y todo lo que yo soy es tuyo. —Besó sus labios con dulzura—. Yo siempre supe que eras el hombre que quería para mí.

Gabriel extendió sus alas, por fin recuperadas tras el contacto con Gúnnr. La declaración de la valkyria lo hizo libre y lo completó. Sus alas azules se agitaron, pero ninguno de los dos quiso volar.

Eran bellos. Como dos pájaros luminosos entregados al amor. No quisieron volar porque ya volaban juntos, elevados por su rendición, purificados por su redención, no había necesidad de batir las alas.

Ah from the wildest water, Yeah to the highest mountains
Aah you and I forever, Even through the driest deserts
You lift me higher than ever, I feel as light as a feather
And when we're fightin' together, We can take on the weather
I will keep you waterproof, Every single storm you
Ever have to walk through, I will go before you
I will be the voice when you, Need someone to talk to
Please don't ever doubt me, Let me reassure you[49]

Permanecieron abrazados, unidos el uno al otro. Con los cuerpos pegados por el sudor y la pasión.

—Capearé cada tormenta por ti, florecilla —murmuró Gabriel con los ojos cerrados y abrazando a Gúnnr no solo con los brazos sino también con todo su cuerpo y su alma—. No dudes jamás de mí.

—Capearé cada tormenta por ti, capullito —Gúnnr hundió la cara en su pecho y dejó que Gabriel la mimara y la acariciara—. No dudes jamás de mí.

—Y ahora cuéntame qué ha pasado ahí arriba. ¿Por qué te han dejado libre? Dices que no perteneces a ese lugar. ¿Por qué? Tu padre está ahí, ¿no?

Gúnnr sonrió y lo besó en los labios.

—Una persona sólo pertenece a aquella que la elige por encima de sí misma. Thor no lo hizo. Mis hermanastros no lo hicieron. Yo pertenezco a un principito rubio, con cara de ángel y malas pulgas. Y pertenezco a mis amigas, que siempre creyeron en mí y que nunca me dejaron de lado. Ellas me necesitan. ¿Tú me necesitas?

—Yo te necesito. Yo te pertenezco —aseguró Gabriel retirando un mechón de pelo chocolate de su rostro—. ¿Quieres hablar de ello, de tu encuentro con tu padre?

—Ahora no, amor. —Volvió a besarlo y musitó con un suave toquecito de su lengua—. Después. Ahora eres mío.

Cuando se disponían a besarse de nuevo, el iPhone de Gabriel sonó con fuerza.

49. Desde el agua más brava, a la montaña más alta, tú y yo para siempre incluso a través de los desiertos más áridos. Me elevas más alto que nunca, me siento ligero como una pluma. Y cuando luchamos juntos, podemos controlar hasta el clima. Te mantendré seca en cada tormenta que tengas que capear, yo iré siempre delante de ti.Yo seré la voz que necesites cuando te haga falta hablar con alguien. Nunca dudes de mí, déjame demostrártelo.

Gabriel y Gúnnr se miraron fijamente, expectantes.

El guerrero descolgó el teléfono.

—¿Sí?

—Gabriel.

El einherjar abrió los ojos y los clavó en los de su valkyria.

—¿Miya?

—Tengo a Róta localizada.

El samurái no mencionaba ni la espada ni la lanza. Sólo le interesaba la valkyria.

—¿Dónde? ¿Desde dónde me llamas? —Preguntó Gabriel con ansiedad y urgiéndole a que diera más información.

—El helicóptero está a punto de descender a un buque de asalto anfibio —explicó Miya.

—Dinos la posición, Miya. Nos movilizaremos inmediatamente.

—Bryn y yo estamos imantados bajo el helicóptero. Está a punto de descender para cargarse de combustible. Están a unos tres mil kilómetros de Irlanda. Tienen pensado descargar ahí, en Cork. Han cambiado de planes.

—¿Por qué? ¿Qué vas a hacer tú? —preguntó Gabriel.

—Vamos a intentar rescatar a Róta y recuperar los objetos. Pero no podemos esperar a que lleguéis. Está amaneciendo y necesito cobijarme. Actuaremos lo más rápido que podamos. Te dejo, Engel.

—Miya —Gabriel acarició la mejilla de Gúnnr—. Cuenta con nosotros. Vamos para allá.

El samurái cortó la comunicación.

Gabriel y Gúnnr se abrazaron con fuerza y ella lloró de alegría.

—Está viva. Róta sigue viva —levantó el puño victorioso.

—Sí. Miya y Bryn ya están en el helicóptero —le dijo Gabriel—. No entiendo cómo lo han conseguido... Van a rescatarla.

—Entonces debemos ir con ellos. Nos necesitan.

—Sí —Gabriel asintió y hundió la cara en el cuello de Gúnnr. Las cosas se ponían en su lugar poco a poco—. Sí, pero dame otro beso valkyria mía.

Gúnnr sonrió y se lanzó a por él.

Juntos se besaron y se amaron.

Se aceptaron y se liberaron.

Descubrieron que eran invencibles, no por ser inmortales, sino porque su amor podía con todo, incluso con la muerte.

Y así fue como una valkyria de Freyja y un einherjar de Odín entendieron que la peor batalla de todas no incluía truenos, ni armas, ni garras, ni colmillos.

La batalla más cruel y sangrienta es la que incluye a dos corazones que deben aprender a ser valientes.

El trueno más sonoro y poderoso es el que crean un hombre y una mujer cuando colisionan y se dicen que se quieren.

La guerra más increíble es la que se desata cuando la furia y la pasión van siempre de la mano.

FIN

Epílogo

En algún lugar del océano Atlántico

Miya y Bryn se morían de frío.

No habían dormido desde que habían salido volando desde Diablo Canyon. Y llevaban cinco horas prácticamente bajo el helicóptero militar.

Habían logrado alcanzar al helicóptero que había salido de Diablo Canyon. Mataron a los dos vampiros que hacían de pilotos, y se hicieron con la cabina y el control de la aeronave. Gracias a ello, pudieron entablar comunicación con el otro helicóptero que llevaba el contenedor de rehenes y que se dirigía a Escocia, pero habían recibido nuevas órdenes de desembarcar en Cork, zona portuaria de Irlanda.

Siguieron el rastro del otro helicóptero mediante el radar. Gracias a que los cristales estaban tintados, Miya había podido resistir las horas diurnas con más comodidad.

En algún lugar del océano Atlántico, el helicóptero en el que iban se había quedado sin combustible, pero estaban a casi una hora del otro, que era el que más les interesaba. Él y Bryn habían dejado que su transporte cayera al mar, y ellos continuaron volando.

Nunca en su vida había volado a tanta velocidad como en ese momento. Un vanirio desesperado podía ser muy rápido, aunque tuviera que cargar con una valkyria.

Y entonces, lo habían localizado; y pensaron que, para no llamar la atención y no poner ni a los rehenes ni a los tótems en peligro, lo mejor era que no los vieran. Por eso se habían colocado bajo la cabina. La valkyria de pelo rojo estaba ahí, encima de él, y él todavía no podía hacer nada. Si hacían algo indebido y los descubrían podían pasar muchas cosas y ninguna buena. Por eso, antes de arriesgarse, se aseguraría de no quedar desvalidos en medio del océano, con todos los rehenes malheridos en un helicóptero sin apenas combustible y a plena luz del día. Ni hablar. Actuaría en el momento justo.

Su olor se desvanecía. El olor de Róta, tan adictivo y matador para él, se esfumaba. Era como si estuviera dejando atrás su esencia.

Miya clavó los dedos con rabia en las ruedas de aterrizaje del Chinook al que estaban cuidadosamente sujetos. No soportaba no poder entrar en su mente.

No podían verles, estaban bien escondidos. Nadie se asomaría a mirar bajo las puertas de la cabina y del fuselaje. No sabían que estaban ahí.

Miya quería contactar con Róta sólo para que se sintiera un poco mejor y supiera que no estaba sola, pero... Ya no podía.

Joder, había perdido el control.

Definitivamente.

O rescataba a Róta o se reuniría con su amigo Ren más rápido de lo que nunca se hubiera imaginado.

Aquella mujer de pelo rojo e increíbles ojos azules había acabado con su serenidad y su cordura en una maldita noche. En unas horas.

Desde que la muy atrevida lanzó contra él su propia *chokuto* en el Hard Rock, había puesto todo su mundo y toda su eternidad de disciplina y respeto patas para arriba. Así, sin más.

«Valkyria provocadora», gruñó.

—Queda poco más de hora y media para que amanezca —dijo Bryn—. O nos damos prisa, o te alcanzará el sol, Miya. Y tenemos que liberarlos antes de que lleguen a Irlanda.

Miya sabía que la Generala tenía razón. En medio del océano estaba a merced del sol. No podría ocultarse.

Bryn era una valkyria impresionante. Rigurosa y ordenada. Pero Bryn y Róta tenían una empatía fuera de lo común, y la Generala sufría mucho debido a eso.

Después de que secuestraran a su amiga, a veces la había visto cerrando los ojos con fuerza y temblando por la impresión. Y no dudaba de que sentía todo lo que experimentaba Róta en su cuerpo.

Miya le había preguntado qué era lo que estaba pasando con Róta, pues a él le era imposible entrar en su cabeza. Pero su amiga se había negado en redondo a darle una mísera descripción o detalle sobre lo que había vivido o estaba viviendo la joven.

—No puedo. Lo siento. —Había apretado la mandíbula y había mirado hacia otro lado para esquivar sus ojos instigadores, ocultarse de ellos y esconder todas esas verdades que él quería revelar—. Al menos, ahora está tranquila. No... no le hacen nada.

—¿Está bien? ¿Pasa frío? ¿Tiene hambre?

Bryn sonrió sin ganas y clavó los ojos en el insondable mar que había bajo sus pies. El viento azotaba su melena rubia de un lado al otro.

—Sólo siente dolor. Sólo... dolor. Y mucha pena —Bryn se acongojó y dejó de hablarle durante un buen rato.

Él lo había hecho muy mal con Róta. No debió haberla tocado. No debió haber perdido el dominio de sí mismo. Pero la mirada desafiante de esa mujer lo había echado todo a perder.

Uno nunca espera encontrarse con una mujer que es un huracán y una deslenguada. Los samuráis y las personas como esa valkyria son completamente antagónicos.

—Miya, contéstame a algo: ¿mordiste a Róta? —Preguntó Bryn sin ningún tipo de censura en su mirada.

Un músculo incómodo palpitó en la fuerte mandíbula de Miya.

—No es asunto tuyo.

—Sí lo es —replicó Bryn—. Si haces daño a mi *nonne* se convierte en algo personal.

—Y me lo dices tú —el samurái alzó una ceja— que le giraste la cara delante de todos los guerreros.

Bryn se calló de golpe y el arrepentimiento cruzó su rostro. Ella estaba tan arrepentida... Se le veía en los ojos.

Un silencio lleno de recriminaciones cayó sobre ellos.

—Quiero salvarla, Miya. —Su voz sonaba débil y muy afectada—. Quiero salvarla para pedirle perdón y para decirle que la quiero. Pero estoy en este maldito helicóptero, sé que la tengo encima de mí, destrozada, y no puedo ir a por ella. ¡Me muero de la impotencia, Miya!

—La salvaremos, Bryn —le prometió él—. No lo dudes. Cuando el helicóptero baje a repostar, será nuestro turno.

Miya apretó los puños y negó con la cabeza. «Róta, aguanta».

Ahora necesitaba recuperarla. Necesitaba rescatarla.

Si su hermano Seiya había puesto sus sucias manos sobre esa valkyria sólo porque lo había olido a él en ella; si había hecho daño a Róta sólo porque tenía su marca; si Seiya había abusado de ella sólo para hacerle daño a él, entonces, nunca se lo perdonaría por haber sido tan descuidado.

Y entonces, Miya no iba a tener más remedio que reclamarla. Aunque fuera lo último que debiera hacer, pero por su alma maldita que lo haría.

Seiya la mataría y la torturaría por diversión. Y Miya no lo podía permitir.

Así que iba a ignorar todas las malditas leyendas que hablaban sobre él y su maldición. Ya sabía que eran ciertas. Sólo tenía que mirar a su alrededor.

Todos aquellos a los que quería, morían. Sus padres, Naomi, Ren y Sharon… Todo aquél con el que podía tener un vínculo afectivo, acababa desapareciendo de su vida para siempre.

Pero no importaba. Prefería eso, a dejar a Róta en manos de un desalmado como Seiya.

Él tenía un plan que había urdido y visualizado en su cabeza, por lo menos, veinte veces desde que perseguían al helicóptero con el contenedor.

Gabriel ya estaba informado sobre sus avances. Ellos vendrían tarde o temprano, pero mientras tanto, sólo Bryn y él podían obrar el milagro.

—¿Por qué la quieres salvar tú? —preguntó Bryn de repente—. Has hecho un gran sobresfuerzo para llegar hasta aquí, como si te fuera la vida en ello. Y no sólo estás aquí por los objetos. Estás aquí por ella. Así que dime: ¿Por qué razón quieres recuperarla?

Miya clavó la vista en el horizonte. Pequeñas luces estáticas relucían en el agua. El buque se divisaba por primera vez después de volar miles de kilómetros sobre el océano atlántico.

Miya inspiró profundamente y después de exhalar dijo:

—La salvaré para decirle: *Gomenasai*[50]. Has conocido al gemelo malo. Yo soy el gemelo bueno.

50. *Gomenasai:* En japonés significa: «Lo lamento mucho».

GLOSARIO DE TÉRMINOS
SAGA VANIR IV

Alfather: El Padre de todos.
Álfheim: Reino de los elfos.
Asgard: Reino que compone Vanenheim, Alfheim y Nidavellir.
Asynjur: Grito de guerra de las valkyrias cuando quieren convocar a los rayos.
Bue: Muñequeras anchas de metal que llevan las valkyrias. De ellas salen los arcos y las flechas.
Cáraid: «Pareja» en gaélico.
Dísir: Diosas menores.
Druht: Don que otorga Odín a los einherjars.
Dvelgar: Enano.
Guddine: De los dioses.
Folkvang: Las tierras de Freyja.
Furie: Furia de las valkyrias.
Hanbun: «Mitad» en japonés.
Hildskalf: Trono de Odín a través del cual se asoma a todos los reinos.
Hjelp: Remedio de los enanos que suple a la cura de las valkyrias.
Helbredelse: La cura de las valkyrias. Funciona con sus einherjars.
Hrmithur: Raza de gigantes.
Jotunheim: Reino de los jotuns y los gigantes.
Katt: Significa «gatita» en noruego.
Kompromiss: Es el vínculo que se crea entre la valkyria y su einherjar.
Kompis: Significa «Compañero» en noruego.
Kone: Significa «Mujer o esposa» en noruego.
Leder: Significa «Líder» en noruego.
Muspellheim: Reino de los gigantes de fuego.
Nidavellir: reino de los enanos.
Niflheim: Reino de los infiernos.
Noaiti: Significa «chamán» en noruego.
Seirdrman: Es el brujo que utiliza la magia seirdr para oscuros objetivos.
Sessrúmnir: Palacio de Freyja.

Svartalfheim: Reino de los elfos oscuros.
Valhall: Tierra de las valkyrias y de Freyja.
Vanenheim: Reino de los Vanir.
Víngolf: Palacio de quinientas cuarenta puertas en el que residen las valkyrias y sus einherjars.

LA SAGA VANIR EMPIEZA CON:

EL LIBRO DE JADE
EL LIBRO DE LA SACERDOTISA
EL LIBRO DE LA ELEGIDA
EL LIBRO DE GABRIEL

VANIRÍZATE Y SIGUE LA SAGA EN:

WWW.SAGAVANIR.COM
FORO SAGA VANIR
FORO ROL SAGA VANIR
SAGA VANIR FANS FACEBOOK
LENA VALENTI FACEBOOK
EDITORIAL VANIR FACEBOOK
WWW.EDITORIALVANIR.COM